Julia Abel / Christian Klein (Hrsg.)

Comics und Graphic Novels

Eine Einführung

J.B. Metzler Verlag

Die Herausgeber

Julia Abel, Dr. phil., ist Lehrbeauftragte für Allgemeine Literaturwissenschaft und Neuere deutsche Literaturgeschichte an der Bergischen Universität Wuppertal.

Christian Klein, Dr. phil., ist Privatdozent und Akademischer Rat a.Z. für Allgemeine Literaturwissenschaft und Neuere deutsche Literaturgeschichte an der Bergischen Universität Wuppertal.

Gedruckt auf chlorfrei gebleichtem, säurefreiem und alterungsbeständigem Papier

Bibliografische Information der Deutschen Nationalbibliothek
Die Deutsche Nationalbibliothek verzeichnet diese Publikation in der Deutschen Nationalbibliografie; detaillierte bibliografische Daten sind im Internet über http://dnb.d-nb.de abrufbar.

ISBN 978-3-476-02553-1   ISBN 978-3-476-05443-2 (eBook)
DOI 10.1007/978-3-476-05443-2

© 2016 J.B. Metzler Verlag GmbH, Stuttgart
www.metzlerverlag.de
info@metzlerverlag.de

Einbandgestaltung: Finken & Bumiller, Stuttgart (Foto: Thinkstock)
Satz: Primustype Hurler GmbH, Notzingen
Druck und Bindung: CPI books GmbH, Leck

Vorwort

Zur Konzeption: Will man in einem Seminar zum Thema Comics und Graphic Novels mit deutschsprachiger Forschungsliteratur arbeiten, die u.a. über Geschichte, Analysezugriffe, Theorien, Genres und Formate informiert, kann man den Studierenden bisher eigentlich nur eine längere Liste von wichtigen Veröffentlichungen zu einzelnen dieser Bereiche empfehlen. Vor diesem Hintergrund haben wir uns überlegt, wie ein kompakter Einführungsband zum Thema Comic gestaltet sein sollte: Er müsste dem Facettenreichtum des Phänomens Rechnung tragen und ein breites Spektrum an verschiedenen Erscheinungsformen diskutieren, gleichzeitig in die historische Entwicklung des Comics einführen und die theoretischen Debatten zum Thema aufbereiten. Daneben sollte er im Hinblick auf die eigene wissenschaftliche Beschäftigung mit Comics wichtige Informationen und Hilfsmittel zur Verfügung stellen, also praxisbezogen sein.

Ganz in diesem Sinne soll der vorliegende Band einen ersten analytischen Zugriff auf Comics ermöglichen. Er richtet sich an Einsteiger_innen ganz verschiedener Disziplinen – neben den unterschiedlichen Philologien etwa auch aus den Medien-, Kunst- und Kulturwissenschaften –, die sich wissenschaftlich mit Comics beschäftigen wollen, und ist neben dem Einsatz in Lehrveranstaltungen auch zum vertiefenden Selbststudium gedacht.

Eine eigenständige Disziplin ›Comicwissenschaft‹ existiert nicht – Comicforschung ist vielmehr eine transdisziplinäre Angelegenheit und der Prozess ihrer Etablierung auch noch keineswegs abgeschlossen (vgl. Kap. 5 und Kap. 6). Der Band trägt diesem Umstand durch die Auswahl seiner Autor_innen Rechnung und versammelt Beiträge von ausgewiesenen Expertinnen und Experten aus unterschiedlichen Philologien, aus den Medien- und Kulturwissenschaften, aus dem Bibliothekswesen, dem Journalismus sowie von Comicschaffenden. Wichtige Vertreter_innen der deutschsprachigen Comicforschung bringen ganz unterschiedliche Perspektiven auf das Phänomen Comic in den Band ein, sodass Leserinnen und Leser einen guten Eindruck von der Vielgestaltigkeit der aktuellen Forschungslandschaft erhalten.

Zum Aufbau: Die Gliederung folgt systematischen Gesichtspunkten, will zugleich aber auch eine stufenweise Annäherung an das Phänomen Comic ermöglichen. Der **erste Teil** des Bandes (*Bestimmung und Entwicklung*) widmet sich einführend der Bestimmung des Comics, indem zunächst die Geschichte des Comics erzählt wird, wobei auch seine kulturspezifischen Ausprägungen dargestellt werden (Kap. 1). Im Anschluss daran werden die Besonderheiten im Hinblick auf die Produktion, Rezeption und Distribution von Comics systematisch dargestellt, die sich ganz erheblich von den Entstehungs-, Verbreitungs- und Rezeptionsbedingungen anderer Kunstformen wie z.B. der Literatur unterscheiden (Kap. 2). Erst vor dem Hintergrund dieser Gegenstandsbeschreibung in den ersten zwei Kapiteln kann sich der Band kritisch mit der letztlich problematischen Frage beschäftigen, was ein Comic ist (Kap. 3).

Der **zweite Teil** (*Analyse und Forschung*) stellt ein umfassendes Rüstzeug für die eigenständige wissenschaftliche Beschäftigung mit Comics zur Verfügung. Dazu zählt ein Leitfaden zur Comicanalyse (Kap. 4), der es erlaubt, die Formensprache unterschiedlicher Comics genauer zu beschreiben, indem er zentrale Aspekte und Kategorien der Analyse erläutert. Ferner ermöglicht ein Forschungsbericht (Kap. 5) die Orientierung im Feld der zunehmend ausdifferenzierten Comicforschung. Schließlich werden die wichtigsten Institutionen und Ressourcen für Comicforscher_innen erstmals gebündelt präsentiert und erläutert (Kap. 6).

Der **dritte Teil** (*Formate und Genres*) nimmt das breite Spektrum an Comics systematisch in den Blick. So werden zum einen unterschiedliche Publikationsformate vom Zeitungsstrip bis zum Webcomic mit ihren je spezifischen Eigenheiten vorgestellt und kontextualisiert (Kap. 7–9). Zum anderen werden im Rahmen der Auseinandersetzung mit verschiedenen Genres (Kap. 10–18), die nicht automatisch an ein bestimmtes Format gebunden sein müssen, deren jeweilige Spezifika aufgezeigt, wodurch gleichzeitig der Variantenreichtum von Comics erkennbar wird. Hingewiesen sei an dieser Stelle darauf, dass der Band natürlich nicht alle existierenden Comicgenres vorstellen kann. Die Auswahl konzentriert sich im Sinne des Einführungscharakters des Bandes auf etablierte Genres, die in der Regel in der Forschung auch breiter diskutiert werden. Allerdings wurde bisher nicht allen diesen Genres gleichermaßen wissenschaftliche Aufmerksamkeit zuteil. Zu den besser erforschten und sehr präsenten gehört die Graphic Novel. Nicht jeder Einsteigerin und jedem Einsteiger wird indes gleich klar sein, dass es sich dabei um eine Untergruppe von Comics handelt; wir sprechen daher der Deutlichkeit halber im Titel des Bandes von Comics *und* Graphic Novels. Vor dem Hintergrund der unterschiedlich intensiven Beforschung der verschiedenen Genres erklären sich auch Abweichungen in Aufbau und Anlage der einzelnen Kapitel im dritten Teil. So muss etwa ein Beitrag zum prominenten Superheldencomic eine Fülle an vorgängiger Forschung berücksichtigen, während ein Beitrag zu einem wissenschaftlich eher vernachlässigten Genre wie dem Phantastischen Comic seinen Gegenstandsbereich erst zu kartografieren hat. Ungeachtet dieser Unterschiede im Einzelnen thematisieren aber alle Beiträge vor dem Hintergrund der aktuellen Forschung terminologische Fragen, systematische sowie historische Aspekte und stellen zentrale Klassiker des jeweiligen Formats oder Genres vor.

Eine besondere Herausforderung besteht darin, dass die Etablierung einzelner Genres mit der Entwicklung bestimmter Formate eng verwoben ist – wie etwa Funnies mit den Zeitungsstrips oder Graphic Memoirs mit Graphic Novels. So liegt es in der Natur der Sache, dass es an der einen oder anderen Stelle zu Überschneidungen kommen kann, zumal bestimmte Comics vor diesem Hintergrund zugleich als Klassiker eines Formats und eines Genres gelten können.

Zur Benutzung: Um den Haupttext so weit wie möglich zu entlasten, erscheinen die Angaben zur Literatur nur in Kurzform; ausführliche bibliografische Angaben stehen jeweils am Ende des Kapitels. Dort findet sich auch die Rubrik ›Grundlegende Literatur‹, die die Funktion einer kommentierten Auswahlbibliografie zum jeweiligen Thema erfüllt. Die am Schluss der Beiträge im dritten Teil des Bandes jeweils unter ›Primärliteratur‹ genannten Titel zielen darauf ab, eine repräsentative Auswahl einschlägiger Beispiele (wenn möglich auch die deutsche Übersetzung) zu präsentieren, und sind in diesem Sinne zugleich als Leseempfehlungen zu verstehen. Das Glossar dient dazu, Fachbegriffe schnell nachschlagen zu können und verweist ggf. auf einschlägige Passagen im Band, wo weiterführende Ausführungen zum jeweiligen Begriff zu finden sind. Sofern bestimmte Begriffe in einzelnen Beiträgen in separaten Definitionskästen erläutert sind, wird im Glossar direkt auf diese Kästen verwiesen. Comic-Künstler und andere für den Comic wichtige Personen lassen sich über das Register ermitteln.

Wir danken: Zuallerst den Beiträger_innen dafür, dass sie sich auf die Herausforderung eingelassen haben, komplexe Diskussionszusammenhänge und umfassende Themenfelder in Einführungsbeiträge zu überführen. Darüber hinaus haben uns eine Reihe von Personen wertvolle Hinweise und gute Ratschläge gegeben – zu nennen sind hier u.a. Klaus Schikowski und Lars von Törne. Ein besonders großes Dankeschön gilt unserem Lektor Oliver Schütze, dessen umsichtige, freundliche und zuverlässige Art wir wieder einmal sehr zu schätzen wussten.

Wuppertal, im Oktober 2015   Julia Abel und Christian Klein

Inhaltsverzeichnis

III.   Formate und Genres

I. Bestimmung und Entwicklung

1 Geschichte und kulturspezifische Entwicklungen des Comics

1.1 | Vorgeschichte und kulturelle Voraussetzungen

Obgleich es unter Historikern schon eine Art Sport ist, auf immer frühere ›Vorläufer‹ zu pochen – beliebt sind neben mittelalterlichen Codices und Einblattdrucken, auf denen Heiligen Spruch-Banderolen aus den Mündern quellen, auch William Hogarth, die Trajanssäule in Rom oder der Teppich von Bayeux –, lässt sich die Geburt des modernen Comics präzise verorten. Er formte sich durch die Verschmelzung bereits bewährter Stilmittel von Karikatur und Bildergeschichte zu etwas gänzlich Neuem am Übergang vom 19. zum 20. Jahrhundert. Eine Voraussetzung für seine Geburt war als Resultat der Aufklärung die **Massenalphabetisierung**, die gegen 1850 in eine ›Medienrevolution‹ mündete. Zu dieser Zeit konnten etwa sechzig Prozent der Männer und dreißig Prozent der Frauen in Nordwesteuropa lesen und schreiben und waren begierig nach kurzweiliger Lektüre. Am Ende des Jahrhunderts sind es neunzig Prozent, der Unterschied zwischen Männern und Frauen hat sich beinahe nivelliert, und dank zunehmender Grundschulbildung gibt es nun sogar auch ein junges Publikum.

Die zweite Bedingung war die **Erfindung des Flachdrucks** 1796 durch Alois Senefelder. Mit Gutenbergs Buchdruck war das zuvor gängige Miteinander von Wort und Bild aus ökonomischen und technischen Gründen einem – bestenfalls – Nebeneinander gewichen; das Drucken von Holzstichen war weit aufwendiger als das Drucken mit beweglichen Lettern und beides ließ sich kaum verbinden. Durch die Einführung der Lithographie sinken nun die Kosten für das Vervielfältigen von Zeichnungen enorm und es sind höhere Auflagen möglich, was, vor allem in England und Frankreich, die Verbreitung der Karikatur befördert. Künstler wie James Gillray oder George Cruikshank kommentieren die politischen und sozialen Verhältnisse ihrer Epoche, und damit ihr Anliegen überhaupt erst deutlich werden kann, verwenden sie in ihren Zeichnungen Sprechblasen, mit denen sich ihre Protagonisten unmissverständlich artikulieren – der Text kehrt zurück in die Bilder, in Prosa-Form und ›gesprochen‹. Ab 1830 erscheint in Paris die Wochenzeitschrift *La Caricature*, deren maßgeblicher Zeichner **Charles Philipon** zwei Jahre später *Le Charivari* gründet. Die **gezeichnete Satire** ist bei den Bürgern derart beliebt, dass Louis-Philippe 1835 sogar ein allgemeines Verbot politischer Karikaturen erlässt.

Parallel dazu entwickeln sich unterschiedliche Formen der Bild-*Erzählung*: 1831 druckt **Rodolphe Töpffer** in Genf seinen *Monsieur Jabot* als Autografie in einer Auflage von fünfzig Exemplaren, bestehend aus mehr als zweihundert mit kurzen Texten einhergehenden Bildern, die chronologisch das Schicksal eines Schwerenöters wiedergeben. Eine Publikumsausgabe folgt zwei Jahre später. Dass er zu einer gänzlich neuen Art des Erzählens gefunden hat, ist Töpffer bewusst, kein Geringerer als Goethe hatte ihn zur Veröffentlichung ermutigt. »Beides [Bild und Text] zusammen bildet als Ganzes eine Art Roman«, notiert Töpffer im Vorwort, »der umso origineller ist, da er sowohl einem Roman als etwas anderem ähnelt.« 1845 verfasst er mit seinem *Essai de physiognomonie* auch eine erste Theorie des Erzählens mit Bildern. Im gleichen Jahr erscheint Heinrich Hoffmanns **Struwwelpeter**, 1854 in fünfhundert

Holzstichen **Gustave Dorés** *Historie vom Heiligen Russland* und mit **Max und Moritz** 1865 die heute berühmteste aller Bildergeschichten, deren Motiv hämischer Schadenfreude den frühen Comic noch zu Buschs Lebzeiten maßgeblich prägt. Die Sprechblase allerdings bleibt ein Stilmittel der Karikatur, in Bildergeschichten findet sie so gut wie keine Verwendung.

Das **Erzählen mittels Bildern**, bei dem sich die Geschichte aus den Bildern selbst entwickelt und keines weiteren Kitts bedarf, wird in der zweiten Hälfte des 19. Jahrhunderts zum Stimulus: Bilder sollen nicht mehr allein entscheidende Momente eines Geschehens inszenieren, den »fruchtbaren Augenblick«, wie Lessing es nannte, sondern mittels der Bild-*Folge* Bewegung imitieren und den Verlauf von Zeit suggerieren. Dafür, dass dieses Bestreben kein Phänomen allein der Moderne ist, finden sich Belege bereits in der Höhle von Lascaux, doch erst jetzt sollte es gelingen – und zu einer ganz neuen Bildwahrnehmung führen. Die Lösung liegt in der Reduzierung der Zeitspanne zwischen zwei Momenten einer Bildabfolge. 1872 erbringt Eadweard Muybridge mit seinen **Serienfotografien** den Beweis, dass sich bei galoppierenden Pferden zeitweise alle vier Beine in der Luft befinden. Vier Jahre darauf erfindet Émile Reynaud das Praxinoskop als Vorläufer von Thomas Edisons **Kinetoskop**. Und am 28. Dezember 1895 veranstalten die Brüder Lumière im Pariser Grand Café am Boulevard des Capucines die **erste öffentliche Filmvorführung**. Der Traum, die Illusion des Lebendigen zu erzeugen, hat sich erfüllt: Als in einem der aufgeführten Kurzfilme mit 14 Bildern pro Sekunde ein Zug auf das Publikum zudampft, hasten die Zuschauer erschrocken aus dem Café.

Doch der Film, der zunächst eine Attraktion der Jahrmärkte und Nickelodeons bleibt, ist nicht die einzige Antwort auf die Herausforderung, Bilder zu animieren. Ein Jahr zuvor, am 18. November 1894, war in der *New York World* ein später zigfach (u. a. 1931 von Hergé) kopierter Gag erschienen, der damit beginnt, dass ein Clown und sein Hund ein Nickerchen machen. Vom Baum kriecht eine Boa, verschlingt den Hund, und der Clown erwacht neben der trägen Schlange. Kurzerhand schneidet er ihr vier Löcher in den Bauch, durch die der verspeiste Hund seine Beine streckt, ergreift die noch aus ihrem Maul hängende Leine und zieht fröhlich mit dem Bastard von dannen. Es gibt keinen Text – der hier auch gar nicht vonnöten ist –, sechs Zeichnungen erfüllen den Zweck, dass der Betrachter das Geschehen vor sich ›sieht‹ und zweifelsfrei versteht: Was zwischen den Szenen fehlt, ergänzt das Hirn in wundersamer Weise zu einem Film im Kopf. *Origin of a New Species* hat ihr Zeichner Richard F. Outcault die Episode genannt – und aus heutiger Sicht mag es scheinen, als sei das nicht nur auf Darwin gemünzt. Dem Comic fehlt noch eine Zutat, mit der Outcault aber schon im nächsten Jahr zu experimentieren beginnt.

1.2 | Die Anfänge des Comics in den USA und der frühe Zeitungsstrip (ca. 1890–1930)

Outcault war 1890 auf der Weltausstellung in Paris als technischer Zeichner für die Präsentation von Edisons Glühlampe verantwortlich gewesen und inzwischen ins Zeitungsgewerbe gewechselt. 1894 beginnt er für die farbige Unterhaltungsbeilage zu zeichnen, die Joseph Pulitzer im Jahr zuvor für die Sonntagsausgabe seiner *New York World* entwickelt hat, Manhattans größte Tageszeitung, und lässt auf einem seiner Cartoons im Jahr darauf am Rande einen kahlköpfigen Jungen aus den New Yorker Slums auftauchen. Der ist auch in den nächsten Wochen immer wieder mit von

Abb. 1: Richard F. Outcault, *The Yellow Kid* im *New York Journal*, 25. Oktober 1896

der Partie und wird zur stehenden Figur, zum **ersten gezeichneten Serienhelden**. Wegen seiner Wiedererkennbarkeit durch sein strahlend gelbes Nachthemd – der Farbdruck ist noch eine Sensation und Pulitzer verfügt über die modernsten Maschinen – ist der ›**Yellow Kid**‹ bald in aller Munde und die Auflage der *World* klettert von dreihundert- auf vierhundertfünfzigtausend Exemplare. Ein Comic ist Outcaults Serie allerdings noch nicht, denn eine jede Folge verdichtet das Geschehen in nur einem Bild. Von Beginn an aber integriert er jetzt auf vielfältigste Weise Text in seine Zeichnungen – die Kommentare des Yellow Kid etwa sind von seinem Nachthemd abzulesen –; Sprechblasen allerdings verwendet er kaum und nur als eine von etlichen Möglichkeiten, Text in das Bild aufzunehmen.

Am 25. Oktober 1896 jedoch, Outcault hat sich inzwischen von Pulitzers Konkurrenten William Randolph Hearst für dessen *New York Journal* abwerben lassen, erscheint ein sich in fünf Bildern kontinuierlich entwickelnder Gag und der Yellow Kid artikuliert sich mittels Sprechblasen (Abb. 1). Die Mehrzahl der Historiker fixiert diesen Sonntag als **Geburt des modernen Comics**, dessen grundlegende Eigentümlichkeit seine **Bild-Text-Verzahnung** ist und das **sequenzielle Erzählen**. Es lassen sich frühere Beispiele anführen, die diese Charakteristika partiell aufweisen (wie etwa *Origin of a New Species* – hätte Outcault seinem Clown, als der erwacht, nur ein »Oh!« in den Mund gelegt, läge damit ein lupenreiner Comic vor), der Comic als originäre Text-Bild-Kombination und öffentliches Phänomen allerdings nimmt seinen Anfang erst mit Outcaults *Yellow Kid*.

Dessen ungekannte Popularität – Gelb wird zur ›Hausfarbe‹ des *Journal*, was zu dem Begriff ›*yellow press*‹ führt – animiert Hearst zu einem zweiten Versuch. Ist der Yellow Kid unverkennbar irischer Herkunft, soll der nächste Streich vor allem die deutschstämmigen Leser ansprechen, mit achthunderttausend Menschen New Yorks zweitgrößte Bevölkerungsgruppe. Hearst beauftragt den aus Schleswig-Holstein stammenden Zeichner **Rudolph Dirks**, »something like **Max and Moritz**« zu entwerfen. Dirks' *The Katzenjammer Kids* debütiert am 12. Dezember 1897 und die erste Episode ist in einer kruden sprachlichen Mixtur aus Deutsch und Englisch mit »Ach Those Katzenjammer Kids« betitelt. Sie zeigt drei Lümmel, die in Busch'scher Derbheit einen Gärtner mit einem Wasserschlauch malträtieren, doch am Sonntag darauf ist der überzählige Bruder verschwunden und bleibt es fortan auch. Aber auch zu zweit gelingt es Hans und Fritz immer wieder, Mama Katzenjammer und andere Respektspersonen mit ihren Streichen zu übertölpeln; »Mit dose kids, society is nix!« wird bald ein gängiger Stoßseufzer. Anfangs verwendet Dirks noch keine Sprechblasen, sondern erzählt seine Gags als gezeichnete Pantomime oder mithilfe unter den Bildern platzierter Zeilen. Als er die Dialoge schließlich in die Zeichnungen integriert und das zum Prinzip macht, entwickelt er gleichzeitig ein Repertoire bildsprachlicher Mittel, derer sich der Comic bis heute bedient: Wenn eine Figur rennt, unterstreichen Speedlines die Bewegung, wenn jemand einen Schlag abbekommt, signalisieren Sternchen Schmerz, und wer sich einen Tritt in den Hintern einfängt, dessen Allerwertester weist anschließend einen markanten Fußabdruck auf. Dabei kommt Dirks seinem Vorbild Busch stilistisch und motivisch so nahe, dass seine Serie in dem deutschsprachigen *Sonntags-Morgen-Journal*, das Hearst bis 1918 in New York herausgibt, mit *Max und Moritz* betitelt ist. Die Katzenjammer Kids erscheinen noch heute und sind damit die dienstältesten Helden des Comics.

Im ethnischen Gemisch New Yorks, in dem um die Jahrhundertwende siebzig Sprachen gesprochen werden, ist der neuartige Bildwitz leicht verständlich und erzeugt ein Gefühl gemeinsamer Identität: Iren, Deutsche, Italiener und Russen lachen jetzt über die gleichen Kalauer. Anfangs wird das hybride Druckerzeugnis noch ›*new humor*‹ oder ›*funnies*‹ genannt, dann setzt sich ›*comic strips*‹ durch, komische Streifen. Mit Frederick Opper, einem der populärsten Karikaturisten seiner Zeit, engagiert Hearst 1899 einen dritten Zeichner, der im nächsten Jahr die Serie **Happy Hooligan** um einen Tramp in zerfranstem Jackett und geflickter Hose beginnt, der eine leere Konservendose als Hut trägt und sich trotz aller Missgeschicke, die er förmlich anzuziehen scheint, nicht unterkriegen lässt – ganz wie später auf der Leinwand Charlie Chaplin oder Buster Keaton.

Zügig findet das neue Erzählprinzip weitere Interpreten, immer neue Comicseiten erscheinen und breiten sich von New York aus über die gesamten USA aus. 1904 beginnt George McManus **The Newlyweds** um ein junges Paar und sein Baby und fügt der Kid- und Tramp-Thematik der ersten Jahre ein weiteres schnell beliebtes Sujet hinzu, die Familie. Noch gibt es keinerlei verbindliche Regeln, der deutschstämmige Charles Schultze etwa verwendet bei seinem *Foxy Grandpa* (ab 1900) anstatt Sprechblasen lieber kurze Texte unter den Bildern, ganz in der Tradition der heimischen Bildergeschichten. Und **Winsor McCay** verzichtet in *Dream of the Rarebit Fiend* sogar auf eine stehende Figur, sein Comic wird allein über das Thema zur Serie, die – kurz zuvor ist Freuds *Traumdeutung* erschienen – Albträume, die der jeweilige Protagonist einer Folge nach dem Verzehr von Käsetoasts durchleidet.

Ganz wie seine Kollegen begreift McCay den **Comic** zunächst **als Humorform**, am Ende soll der Leser lachen, was zählt, ist die Pointe. Sich gelegentlich über mehrere Folgen erstreckende ›Handlungsstränge‹ sind nicht erzählerisch motiviert, sondern dienen als roter Faden für die Lacher oder als Vorwand für Running Gags. Am 15. Oktober 1905 beschreitet McCay allerdings einen gänzlich neuen Weg und legt seinen *Little Nemo* als Erzählung an, in der die Zeit mit der gleichen Geschwindigkeit vergeht wie die der Leser (u. a. findet zu jedem Jahreswechsel ein Silvester statt). Immer, wenn Nemo am Samstagabend zu Bett geht, gerät er in seinen Träu-

men in das märchenhafte, in der feinen Lineatur des Jugendstils bildgewaltig inszenierte ›Slumberland‹, auf der Suche nach dessen einsamer Prinzessin, mit der er
dann, nachdem er sie ein dreiviertel Jahr später endlich gefunden hat, zu weiteren
Abenteuern aufbricht. Damit tritt das Dramatische an die Seite des Komischen (vgl.
Abb. 43 in Kap. 12).

Am Ende einer jeden Folge wird die Expedition unterbrochen, da Nemo im letzten
Bild erwacht – Fortsetzung nächsten Sonntag! Schon bald ähnelt das abrupte Aufwachen allerdings eher einem Cliffhanger als einer Pointe. Manchmal träumt Nemo,
dass er erfriert oder erdrückt wird, und stellt beim Aufwachen fest, dass er die Decke
weggestrampelt oder seinen Kopf unter das Kissen geschoben hat. Oder er träumt
von einem Orchester mit Pauken und Trompeten und erwacht vom Schnarchen seines Vaters. Dass McCay mit seiner Serie ein ganz anderes Ziel verfolgt als seine Kollegen, unterstreicht zudem sein Stil, mit dem er sich von der Ästhetik anderer Comics abhebt. *Little Nemo* wird nicht nur zum ersten grafischen Meisterwerk des Comics, sondern ist visionär vor allem in seiner **Erzählhaltung**, mit der sich der Comic
zum ersten Mal der Literatur nähert. McCay wird 1911 zudem zum Pionier des Kinos
und produziert mit viertausend Zeichnungen für vier Minuten Laufzeit den **ersten
Zeichentrickfilm**. Gleich zu Beginn verkündet dessen Held – Little Nemo – in einer
Sprechblase die eigentliche Sensation: »Watch me move!« Comics und das Kino be-
fruchten sich fortan immer wieder gegenseitig.

Bei seinen Kollegen findet McCays Erzählhaltung keinen Anklang, nur wenige,
1907 etwa Franklin Morris Howarth mit *Old Opie Dilldock*, greifen seinen **Wechsel
vom Witz zur Erzählung** auf. Die Zeichner verstehen sich als *gag men*, deren Kla-
mauk dazu dient, Zeitungen zu verkaufen. Der Comic bleibt, wie es schon der die
Komik ins Zentrum rückende Begriff programmatisch verkündet, eine Form des gezeichneten Humors wie Karikatur oder Cartoon und *Little Nemo* für lange Jahre ein
Ausnahmephänomen.

Ab 1907 kommt zusätzlich zu den Sonntagsseiten der an den Werktagen erscheinende schwarz-weiße Tagesstrip auf, zunächst mit neuen Figuren und Themen. Serien, die sich künftig als ›daily‹ bewähren, erhalten das Privileg auch einer Sonntagsseite in Farbe, sodass die beliebtesten Helden an allen sieben Tagen der Woche zu-
gegen sind. Zunächst werden die Tagesstreifen dort abgedruckt, wo Platz ist. Am
31. Januar 1912 dann, einem Mittwoch, veröffentlicht Hearst in seinem **New York
Journal** zum ersten Mal vier Strips auf einer ganzen Seite und begründet so die ›comic section‹, die von anderen Zeitungen übernommen und landesweit schnell zur
festen Institution wird.

Besonders für die schwarz-weißen Tagesstreifen (*daily strips*) gibt es außer ihrem
Format keine Konventionen, und so kann 1913 aus **George Herriman**s drei Jahre zu-
vor begonnenem Strip *The Dingbat Family* ganz unvermittelt aus einer Laune heraus
der Geniestreich *Krazy Kat* hervorgehen, ein surreal durchgedrehtes Dreiecksdrama
vor der Kulisse einer bizarren, vom Death Valley inspirierten Kulisse zwischen einer
Maus, einer Katze und einer Bulldogge in Polizeiuniform, das Herriman über dreißig
Jahre hinweg Tag für Tag aufs Neue variieren wird. Der frühe Medienforscher Gilbert
Seldes erklärt den Strip 1924 in seinem Buch *The Seven Lively Arts* zum »neben den
Filmen Charlie Chaplins einzigen Beitrag der USA zur Weltkultur«. 1914 wartet **Rube
Goldberg** mit seinem Professor Lucifer Gorgonzola Butts auf, der die Erzählform des
Gag-Strips schlicht ignoriert und stattdessen Nonsens-Erfindungen vorführt, die als
›Rube-Goldberg-Maschinen‹ in den Sprachgebrauch eingehen.

Allerdings setzt jetzt eine Standardisierung der Themen ein, die der anarchisch kreativen Phase der ersten Jahre ein Ende bereitet. Vor allem Soap Operas, die die ganze Familie ansprechen, sind gefragt. 1915 gründet Hearst das King Features Syndicate, das die Serien seiner Zeitungen landesweit und bald auch über die Grenzen hinaus vertreibt. Der Comic wird zum zielgruppenorientierten Produkt, doch bewähren sich auch frische Ideen. In **Frank Kings Familienserie** *Gasoline Alley* (ab 1919) etwa altern die Charaktere in Echtzeit, kriegen Kinder, die nach herzhaftem Liebesschmerz endlich heiraten und sich mit ihren Lesern auf eigenen Nachwuchs freuen. Die Serie erscheint bis heute, ist bei der fünften Generation angelangt, und Walt Wallet, mit dem alles begann, ist längst ein Greis von weit über hundert Jahren; Phyllis Blossom, die er 1926 geheiratet hatte, verstarb 2004.

Andere Figuren treibt es in die Ferne wie die gertenschlanke Olive Oyl und ihren ewigen Verlobten Ham Gravy. Deren täglich erscheinende Serie **Thimble Theatre** zeichnet **Elzie Segar** schon seit neun Jahren, als Olive und Ham am 17. Januar 1929 plötzlich jemanden brauchen, der ein Boot lenken kann. Zufällig – wie in Comicstrips ja immer zur Hand ist, was gerade benötigt wird – steht ein Matrose herum und wird angeheuert. Da Popeyes bodenständiger Gerechtigkeitssinn und plumpe Einfältigkeit in manche Keilerei münden, wird er schnell zum Publikumsliebling und bleibt am Ende dauerhaft. Der Serientitel *Thimble Theatre* erhält den Zusatz »**starring Popeye**«. Über sechshundert Zeitungen drucken dessen Abenteuer bald landesweit, und 1933 wird er zudem zum Trickfilm-Star. Erst hier werden seine ungeheuren Kräfte mit dem Verzehr von Spinat begründet und Segar übernimmt die Idee in seinen Strip. Der Umsatz der Spinatindustrie steigt um dreißig Prozent und im texanischen Crystal City setzen die Farmer dem Seemann ein Denkmal.

Vornehmlich in Familienserien wie *Gasoline Alley* oder *The Gumps* entspinnen sich zu Beginn der 1920er Jahre **melodramatische Szenarien**, die sich in Fortsetzungen oft über Monate erstrecken und manchmal sogar handfeste Abenteuer bieten – vor allem aber Drama: Als Sidney Smith in *The Gumps* 1929 zum ersten Mal im Comic eine zentrale Figur ableben lässt, ist eine ganze Nation schockiert. Dennoch bleibt der Witz die treibende Kraft, der Comic bewahrt seine komische Natur. Das ändert sich allerdings 1924 mit **Harold Grays** *Little Orphan Annie* um ein – Mary Pickford ist gerade ›America's sweetheart‹ – gutherziges Waisenmädchen, das von seiner neureichen Stiefmutter erbärmlich geschunden wird, schließlich, in Begleitung nur seines Hundes Sandy, flieht und die Verhältnisse der Zeit durchstreift, Habgier und soziale Ungerechtigkeit anprangert und später, während der Depression, in ausladenden Monologen Roosevelts New Deal preist und versichert, dass die Welt durch Fleiß und Ehrlichkeit schon wieder in Ordnung komme. Beim King Features Syndicate weiß man durchaus, dass man etwas Neues probiert, und beginnt den Strip am 5. August zunächst nur in der New Yorker *Daily News*. Als die Resonanz dann positiv ausfällt, startet die Serie drei Monate später landesweit. Schon bald erscheint *Little Orphan Annie* in über vierhundert Zeitungen mit 16 Millionen Lesern täglich und wird zu einer nationalen Institution. Einzig die karikaturesken Zeichnungen erinnern noch daran, dass das Versprechen der Zeitungsstrips bislang die Komik war.

Die **Zäsur**, die der Comic jetzt erfährt, wird deutlich, als, zufällig, am 7. Januar 1929 mit **Buck Rogers** und *Tarzan* die beiden ersten reinen **Abenteuerserien** gleichzeitig starten und damit ein neues Kapitel beginnt (vgl. Kap. 11). Beides sind Umsetzungen von Storys aus den Pulps, reißerischen Zehn-Cent-Heften mit Genrestorys, die gerade populär sind, Adaptionen statt originäre Kreationen: Der Comic wird **Teil einer multimedialen Unterhaltungsindustrie**, beinahe gleichzeitig liiert er sich mit dem Film. Aus den Nickelodeons sind inzwischen Kinos geworden und ab 1923 wird auch Pat Sullivans **Trickfilm-Kater Felix zum Comic-Helden**, gezeichnet von Otto Messmer. Walt Disneys Mickey Mouse, die ihr Debüt zuvor in dem knapp achtminütigen *Steamboat Willie* hatte, dem ersten Zeichentrickfilm mit Ton, folgt 1930.

Für die **Mickey Mouse-Strips** zeichnet bald Floyd Gottfredson verantwortlich und entwickelt die Maus, mit ihren beiden kreisrunden Ohren als Silhouette schon bald ein weltbekanntes Markenzeichen, zu einem ebenso handfesten wie gewitzten Draufgänger, der sich heiklen Herausforderungen stellen muss, vor allem, wenn der Erzschurke Peg-Leg Pete (Kater Karlo) mit von der Partie ist. So entsteht eine neue Variante des Comics – das Abenteuer als Bewährung, das aufgrund seiner als Karikaturen angelegten Charaktere im Kern dennoch komisch bleibt.

1.3 | Abenteuer, Superhelden und die Geburt des *comic books* in den USA (ca. 1930–1950)

Mit Beginn der 1930er Jahre verändert sich das Aussehen der Comicseiten und Sonntagsbeilagen elementar, statt Witz werden nun zunehmend **Spannung und Action** präsentiert, je härter, desto besser. 1929 ist am Schwarzen Donnerstag die Börse zusammengebrochen, die USA leiden weiter unter dem Gangstertum der Prohibition, dann kommt in Deutschland Hitler an die Macht – die Zeiten sind nicht lustig. Die allgemeine Befindlichkeit bildet sich ab in einer Generation neuer Helden, die binnen kurzem die *comic sections* erobern und die burlesken Spaßvögel der ›Golden Twenties‹ aus den Zeitungen großflächig verdrängen: tollkühne Kerle mit breiten Schultern und dem Herzen am rechten Fleck, die in Serie versichern, dass das Böse am Ende nicht das Rennen macht.

Buck Rogers wartet mit einer bolschewistisch unterjochten Zukunft des 25. Jahrhunderts auf und orientiert sich an der rauen Optik der Illustrationen zu den Actionstorys der Pulps, an die sich die meisten Abenteuerzeichner anlehnen. Die karikatureske Ästhetik weicht einer **naturalistischen**, entlastendes Lachen dem Gefühl der Anspannung und Bedrohung. Der Comic als dramatische Erzählform ist ohne Vorbild. Die Themen borgt er sich aus beim Kino und bei den Pulp-Magazinen, und eine Form für sein neues Metier muss sich erst noch finden. Viele frühe Versuche geraten sperrig; auch fremdeln etliche Zeichner mit der Sprechblase und experimentieren mit ganz unterschiedlichen Formen der Texteinbindung.

Hal Foster etwa, geschult als klassischer Illustrator, verzichtet bei *Tarzan* konsequent auf Sprechblasen zugunsten von Prosatexten und grenzt sich damit bewusst ab von den Comicstrips. Sein Anliegen ist vor allem die naturgetreue Darstellung, und er inszeniert die Burroughs'sche Dschungelwelt akkurat und wie eine klassische Bildergeschichte: Die Zeichnungen illustrieren den Text, sie suchen, vor allem zu Beginn, nicht die Bewegung, kein Miteinander, sondern kaprizieren sich auf den »fruchtbaren Augenblick« der einzelnen Erzählhäppchen (Abb. 2). Fosters *Tarzan* ist, ebenso wie ab 1937 sein *Prince Valiant* (dt. **Prinz Eisenherz**), ein Zwitterwesen und erscheint heute als Ausnahmephänomen. Als sich der Abenteuercomic gerade frisch entwickelt, wird Fosters Prinzip zunächst allerdings vielerorts übernommen und manchmal sogar aus Gründen der Bildwirkung bevorzugt.

Da durch Pulp-Hefte wie *Amazing Stories* die **Science Fiction** gerade einen Boom erlebt (sowie die Transformation zur Space Opera), wendet sich 1934 auch **Alex Raymond** mit *Flash Gordon* dem utopischen Genre zu (vgl. Kap. 12). Anfangs ver-

Abb. 2: Hal Foster, *Tarzan*, 1929

wendet er Sprechblasen, doch 1939 wechselt er zu Textblöcken, was er durch eine sich langsam wandelnde Handhabung der Dialoge seiner Figuren über etliche Wochen hinweg als sanften Übergang gestaltet: Für Raymond zählt vor allem die grafische Wirkung der *Flash Gordon*-Seiten. Die furiose **Zeichenartistik** seiner farbigen Sonntagsseiten im über einen halben Meter hohen Zeitungsformat ist eine schiere Sensation, an der sich die Leser staunend festgucken. Da spielt es keine Rolle, dass die Erzählung häufig ›ruckelt‹, sie ist in erster Linie Vorwand für den **Fluss der Bilder**. In der ersten Folge bricht Flash Gordon auf ins All, um die Erde, irgendwie, vor einem heranrasenden Kometen zu retten, doch schon am Sonntag darauf landet er auf dem Planeten Mongo, der unterjocht ist vom Diktator Ming, und der Komet ist vergessen. Gekämpft wird mit Strahlenpistolen und dem Schwert, Logik spielt keine große Rolle, einzig die heroische Inszenierung. Und dass der muskulöse Held stets derselbe bleibt, demonstriert schon sein ewig gleiches rotes Wams.

Auch **Milton Caniff**, durch seine frühere Serie *Dickie Dare* mit der Sprechblase vertraut, verliert das ursprüngliche Vorhaben (die Suche nach einer verschollenen Mine), mit dem seine Helden in **Terry and the Pirates** Ende 1934 in einem nicht näher bezeichneten chinesischen Hafen anlanden, bald aus den Augen und verwickelt Terry Lee und Pat Ryan stattdessen in die Wirren des gerade ausbrechenden Japanisch-Chinesischen Krieges. Nicht allein die Authentizität seiner mit expressionistischem Pinselstrich und scharfen Kontrasten aus Schwarz und Weiß eingefangenen Schauplätze und die überzeugende Schilderung der Entwicklungen in China, die der Leser quasi ›miterlebt‹, sind erstaunlich, sondern vor allem die Zeichnung seiner **Charaktere** sowie deren Veränderung und Entwicklung. Berühmt wird Caniffs Strip auch durch das Auftreten einer Reihe undurchsichtiger Femmes fatales; die Aura knisternder Spannung, die sich durch sie entfaltet und über weite Strecken zum Treibstoff des dramatischen Abenteuers wird, beruht vor allem darauf, dass Caniff das Innenleben seiner Charaktere nicht ausspart, sich für ihre Emotionen und Verstrickungen interessiert und sie damit selbst zum Thema macht anstatt das Lösen äußerer Konflikte.

Caniff kann damit als der **erste ernsthafte Erzähler des Comics** gelten, der an dieser Stelle tatsächlich eine, wie es der amerikanische Comic-Historiker Rick Marschall formuliert hat, »zweite Geburt« erlebt. Oder sich, stellt man sich einen Stammbaum vor, gabelt in einen Stamm, der weiterhin – auf unterschiedlichste Weise – dem Witz und der Karikatur verpflichtet ist, und einen anderen, an dem sich knapp ein halbes Jahrhundert später der Ast der Graphic Novel bilden wird. *Terry and the*

Abb. 3: Chester Gould, *Dick Tracy*, 1951

Pirates zählt zudem zu den Wegbereitern eines Genres, das sich zu Beginn der 1940er Jahre auf den Comicseiten der Tageszeitungen ausbreitet: **Flieger**-Comics, deren waghalsige Helden sich unverzagt ins Kriegsgeschehen stürzen. Zeitungsstrips haben keinen unerheblichen Einfluss auf die politische Meinungsbildung; einer Studie der Zeitschrift *Fortune* zufolge liest 1939 mehr als die Hälfte der Leser die Comics, nur jeder dritte hingegen den Leitartikel seiner Zeitung.

Zur ersten Generation der neuen Comic-Helden zählt auch der Chicagoer Detective **Dick Tracy**, von dessen gewöhnlich unverblümt ausgefochtenem Kampf gegen das Gangstertum ab 1931 Chester Gould erzählt. Gould findet bald zu einer höchst eigenwilligen Ästhetik, die trotz aller Kugelhagel weit stärker der Karikatur verpflichtet ist als dem Naturalismus (Abb. 3). Dieser Spagat gelingt, weil Gould gleichzeitig auch die Wirklichkeit, die seine Kollegen möglichst glaubhaft zu inszenieren suchen, karikiert. Später etwa kommuniziert Tracy über ein Videosprechfunkgerät in seiner Armbanduhr (noch vor der Erfindung auch nur der Quarz-Armbanduhr) oder verfolgt flüchtige Gangster geräuschlos per Flugeimer aus der Luft. Die Schurken heißen nicht bloß Flattop, Pruneface oder The Mole, sondern sehen auch so aus. »Da das Verbrechen eine hässliche Angelegenheit ist, muss man auch die Verbrecher hässlich darstellen«, lautet Goulds Devise. Und hässlich enden sie zumeist, sie verbrühen sich mit Säure und verbrennen, werden zerquetscht oder stürzen von Hochhäusern. Beeindruckt von derartiger Effizienz, outet sich auch J. Edgar Hoover als Bewunderer.

Aus der Perspektive einer Zeit multimedialer Wertschöpfung ist es erstaunlich, dass der Comic in den USA nahezu vierzig Jahre lang alleinige Disziplin der Tageszeitungen geblieben ist. Zwar hatte bereits mit dem Yellow Kid, der auf Keksdosen und Damenfächern abgebildet und als Puzzle erhältlich war, auch ein **Merchandising** begonnen, separate Printausgaben bleiben jedoch Ausnahmen, seit der Jahrhundertwende sind es kaum mehr als fünfhundert. 1933 aber kommt ein Angestellter in einer Druckerei der Sonntagsbeilagen auf die Idee, die Comicseiten auf ein handliches Heftformat, ähnlich dem heutiger Comic-Hefte, zu verkleinern und das Produkt Industriekunden als Werbegabe zu offerieren. Einige Exemplare versieht er mit Zehn-Cent-Aufklebern und legt sie probeweise bei Zeitungshändlern aus. Zwei Tage später sind alle Hefte verkauft, das *comic book* ist geboren. *Famous Funnies* heißt das erste, das dann im Februar 1934 an den *newsstands* ausliegt und im Untertitel »100 comics and games, puzzles, magic« verheißt. Im Jahr darauf folgen zwei weitere Hefttitel und 1936 veröffentlichen schon sechs Verlage insgesamt 76 Comic-Hefte in zehn verschiedenen Reihen.

Die Verlage bedienen sich aus dem Fundus der Zeitungen und drucken beliebte

Serien wie *The Gumps, Mutt and Jeff, Captain Easy* oder *Dick Tracy* aus den farbigen Sonntagsbeilagen nach. Als die zur Neige gehen und ab 1936 rasch gegründete Studios, deren Zeichner nicht selten noch Teenager sind, für Nachschub sorgen, werden die Themen und Genres der Zeitungscomics imitiert und auch deren Ästhetik. Die *comic shops* bieten die eigens gezeichneten Seiten günstiger an als für zehn Dollar, die die Syndikate für den Abdruck verlangen; sind die Zeichner der Zeitungsstrips hoch bezahlt und genießen gesellschaftliches Ansehen, verdienen die wie am Fließband arbeitsteilig produzierenden Zeichner der *comic books* gerade einen Dollar für ihren Arbeitsanteil (Bleistiftentwurf, Tuschezeichnung der Figuren oder Hintergründe) an einer Seite. Ihr Gewerbe gilt allgemein als Schmuddel-Branche und ist tatsächlich eine Art Halbwelt, in der es nicht zuletzt um die Auslastung überschüssiger Druckkapazitäten geht. Als Publikum haben die Verlage Kinder und Jugendliche im Visier, Qualität oder Sorgfalt sind einerlei, solange ein Heft ins Schwarze trifft.

Seinen **Durchbruch** erlebt das **Comic-Heft 1938** mit dem Auftritt von Superman und wird schlagartig zur **ersten medialen Jugendkultur**, noch vor Bill Haley und dem Rock 'n' Roll: 1938 erscheinen schon beinahe dreißig verschiedene Heftserien, im Jahr darauf sind es doppelt so viele; darunter, allen voran, Bob Kanes Batman, knapp zwei Dutzend weitere kostümierte Heroen mit variierenden Supertalenten. Zunächst spricht man noch nicht von »**superheroes**«, sondern von »masked« oder »costumed heroes«, und im nächsten Jahr schießt ihre Zahl auf über fünfzig. Insgesamt verkaufen sich 1940 in den USA über **zweihundert Millionen** *comic books: All in color for a dime*. Der Trend setzt sich unvermindert fort, 1941 kommt mit Wonder Woman eine erste Superheldin dazu und am 11. Dezember des Jahres erklären Deutschland und Italien den USA den Krieg; vier Tage zuvor haben die Kaiserlich Japanischen Marineluftstreitkräfte die in Pearl Harbor vor Anker liegende Pazifikflotte der US-Navy vernichtet. Die Superhelden kommen im rechten Moment, es wird eine betriebsame Zeit. Schon bald drucken die Verlage Hunderttausende von Heften jeden Monat allein für das Militär zur Verschiffung an die US-Soldaten in Übersee. Fans bezeichnen die Jahre von 1938 bis Anfang der 1950er heute als ›Golden Age‹ der *comic books*.

Auch den Verlagen kommt der Erfolg der Superhelden gelegen, denn der Umsatz mit den Pulps bröckelt zusehends, ein neues Geschäftsmodell ist dringend gefragt. Comic-Hefte füllen die Lücke, die die Pulps hinterlassen, sind quasi deren Nachfolger und entwickeln sich zu einem noch größeren Hype. **Superhelden** bilden **das einzige, genuin vom Comic hervorgebrachte Genre**, und es dominiert das Heftangebot in den USA bis heute. Zuvor waren **Jerry Siegel** und **Joe Shuster**, beide noch Teenager, mit ihrer Idee allerdings fünf Jahre lang vergeblich hausieren gegangen. Den Verlagen erschien ein allmächtiger Überheld, wie es ihn seit den Heroen der Antike nicht mehr gegeben hatte, als viel zu phantastisch, sie lehnten ab. Nur weil gerade noch eine Story fehlt, können Siegel und Shuster ihren **Superman** im Juni 1938 in der ersten Ausgabe des Heftes *Action Comics* unterbringen (Abb. 4) – das dank des *man of steel* schließlich mit über neunhundert Ausgaben bis 2011 erscheinen wird (und anschließend einen Neustart erfährt). Vor allem bei Teenagern wird Superman ein Phänomen wie vierzig Jahre zuvor in New York der Yellow Kid. Schon von der vierten Ausgabe werden knapp eine halbe Million Exemplare verkauft, doppelt so viel wie von anderen Heften, ›super‹ wird zum jugendsprachlichen Ausdruck. Im Sommer 1939 bekommt Superman zusätzlich ein eigenes Heft, von dem bald jeden Monat über eine Million Exemplare Absatz finden. Im selben Jahr läuft zudem ein

Abb. 4: Das Debüt von *Superman* in der ersten Nummer der *Action Comics*, 1938

Superman-Zeitungsstrip an, im Jahr darauf eine Radioserie, Trickfilme folgen 1941 und dann auch ein Roman.

Nach wie vor ist die Optik der Hefte die der Abenteuerstrips, erzählt wird mit oft immer gleich großen Bildern, die das Geschehen aus stets den gleichen Perspektiven zeigen. Eine eigene Bildsprache beginnt sich zu entwickeln, als **Jack Kirby** und **Joe Simon** im Herbst 1940 die neue Serie **Captain America** beginnen und dabei die Heftseite als Ganzheit begreifen, die sie in explosiven Layouts als dynamisches Gesamtkonzept gestalten. Ihr Held prescht über die Blätter und sprengt dabei die Panelränder, suggeriert in seinen Posen Tempo, Aktion und ständige Bewegung. »Captain America sollte eher wie ein Film als wie ein herkömmliches Comic-Heft wirken«, so Kirby, der zuvor für die Fleischer Studios an den *Popeye*-Trickfilmen mitgearbeitet hatte. »Filme waren das, was ich am besten kannte, und ich wollte Geschichten zeichnen, wie sie das Kino zeigt.«

Zur gleichen Zeit entdeckt auch **Will Eisner** die **Seitenarchitektur** als Gestaltungsmittel. Eisner hat, zusammen mit Jerry Iger, 1936 einen der ersten *comic shops* gegründet (für den zeitweise ebenfalls Kirby arbeitet). Unter seinen Abnehmern ist auch ein britisches Magazin und das Recycling der dort im Großformat erschienenen Storys für amerikanische Verlage soll die Ertragslage des Studios verbessern. Allerdings müssen die Seiten dazu auf das Format der *comic books* gebracht werden. Während Eisner die Originale zerschneidet und die Einzelbilder zu neuen Layouts arrangiert, entwickelt er aus keilförmigen, runden oder extrem schmalen Panels, sich überlappenden Szenen, harten Schnitten und überraschenden Einstellungen eine ganz eigene Ästhetik und optimiert so die Wirkung seiner Seiten. 1940 beginnt er die Serie **The Spirit** (die nicht als *comic book*, sondern in einer neuartigen Sonntagsbeilage für Zeitungen im Format der Hefte erscheint), die heute als ein Meilenstein gilt, vor allem auch, weil Eisner in seinen Storys die äußere Aktion oft nur als Vorwand nutzt, um sich mit dem Innenleben seiner Figuren auseinanderzusetzen. Für ihn bietet die Emanzipation des Comics von den üblichen Zeitungsformaten nicht allein grafische Möglichkeiten, sondern er sieht auch ein »literarisches Potenzial«. Das ist ein völlig **neues Verständnis des Comics** und findet einen Vordenker allein in Winsor McCay. Als Eisner allerdings im Oktober 1941 seine Auffassung in einem Interview erstmals äußert, wird er sogar von seinen Kollegen ausgelacht.

Die Graphic Novel liegt noch in weiter Ferne, als die **Superhelden zum popkulturellen Mythos** werden. Anfangs kaprizieren sie sich noch nicht exklusiv auf das dramatische Abenteuer, sondern haben durchaus auch clowneske Züge; Supermans der fünften Dimension entstammender Widersacher Mr. Mxyzptlk etwa oder die Schurken der Serie *Batman*, allen voran der Joker, Two-Face, The Penguin oder der Riddler, wirken wie ein Nachhall der komischen Ursprünge des Comics. Ebenso wie zu dieser Zeit in Hollywood sind die Protagonisten der jungen Heftindustrie, Verleger, Zeichner, Autoren und Redakteure, fast ausschließlich nach Anerkennung strebende **jüdische Einwanderer aus Osteuropa** in der zweiten Generation. Vielerorts gesellschaftlich ausgegrenzt, erschaffen Juden mit Comics und dem Kino – beides dem Bürgertum zunächst suspekte Vergnügen und damit frei von sozialen Schranken – eine eigene Welt und prägen so, paradoxerweise, die Mythen und Ideale einer amerikanischen Kultur, an die sie sich zu assimilieren suchen, überhaupt erst aus. Im Subtext verhandeln *superheroes* die **Erfahrung verkannter Identität** und die Isolation in einer nur leidlichen Heimat, im Hintergrund schwingt die Legende vom Golem mit. So verbirgt sich unter Captain Americas Kostüm ein im normalen Leben als Schwächling geltender Teenager, der durch Willenskraft (und ein neuartiges Wunderserum) über sich hinauswächst und zum strahlenden Verteidiger der Freiheit aufsteigt. Superman wird von Lois Lane angehimmelt, in seiner bürgerlichen Existenz als der Zeitungsreporter Clark Kent jedoch nur verachtet: Niemand will erkennen, was tatsächlich in ihm steckt.

Als dann der **Zweite Weltkrieg** näher rückt, machen, ganz wie ihre Kollegen in den Zeitungen, auch die Superhelden mobil. Der Erste ist, schon ein knappes Jahr vor dem japanischen Angriff auf Pearl Harbor, Kirbys und Simons Captain America. »Wir suchten für die Serie zuerst nach einem möglichst dämonischen Gegner und fanden ihn in Hitler«, erinnert sich Joe Simon später. Konsequenterweise trägt Captain America ein Kostüm in den Farben der amerikanischen Flagge und versetzt dem Führer schon auf dem Titelbild des ersten Heftes einen krachenden Kinnhaken (während auf einem Bildschirm im Hintergrund ein Nazispion eine amerikanische Munitionsfabrik in die Luft sprengt). Das spricht der gesamten Nation aus dem Herzen.

1.4 | Ein ›zweiter Start‹: Comics in Europa und Japan ab den 1920ern

Zu Beginn ist der Comic keinesfalls an Kinder und Jugendliche adressiert – allerdings auch nicht, wie es häufig heißt, explizit an Erwachsene –, sondern er wendet sich vielmehr an die ganze Familie von den Großeltern bis hin zum Nachwuchs. Zeitgenössische Autoren wie Sinclair Lewis (in *Babbitt*, 1922) oder John Dos Passos (in *The 42nd Parallel*, 1930) haben beschrieben, wie der Vater, dem als Käufer der Zeitung (mit den von ihm favorisierten Figuren) das Privileg des Erstlesers zusteht, am Sonntag im Wohnzimmer die Comic-Beilage entsprechend der Familienhierarchie weiterreicht, während die Kinder, die am Schluss an der Reihe sind, schon ungeduldig warten. Erst mit dem Hype um die Hefte gerät der Comic in den Ruf der (minderwertigen) Jugendkultur, was sich in der öffentlichen Meinung als Pauschalurteil massiv verankert und vielerorts bis heute nachwirkt.

In Europa allerdings wurzelt der Comic in der Tat in der **Jugendkultur**. Während der ersten dreißig Jahre ihrer Entwicklungsgeschichte in den USA wurden Comics in der ›Alten Welt‹ kaum wahrgenommen, und so kommt es hier erst Ende der 1920er Jahre quasi zu einem zweiten Start. Gelegentlich waren Zeichner in der Redaktion ihrer Blätter in Kontakt mit amerikanischen Zeitungen und deren Comics gekommen, und in der Folge entstehen eigene Serien mit stehenden Figuren wie *Bécassine* (ab 1905) und *Les Pieds Nickelés* (1908) in Frankreich, *Gorito* in Spanien (1908), Antonio Rubinos *Quadratino* (1910) und Sergio Tofanos *Signor Bonaventura* (1917) in Italien, *Rupert the Bear* (1920) in England oder Oscar Jacobssons *Adamson* (1920) in Schweden. Zumeist sind sie Bestandteil Ende des 19. Jahrhunderts gegründeter **Kinderzeitschriften**, die oft **klerikaler Kontrolle** unterliegen; sie sollen nicht allein unterhalten, sondern auch belehren: Die katholische Kirche sieht in Bildergeschichten ein ideales Instrument, um Einfluss auf die Jugend zu nehmen, und begrüßt und fördert ihre Veröffentlichung ausdrücklich. Zelebrieren die amerikanischen Comicstrips den Slapstick und subversive Doppelbödigkeit, gewürzt mit proletarischem Slang, sind die Zeichenhelden der Kinderzeitschriften in Europa sittsam und brav. Lange bleibt es bei Textzeilen oder -blöcken unter den Bildern, wie die Leser es von der Bildergeschichte gewohnt sind. Die Sprechblase als Gestaltungsprinzip übernimmt erstmals in Frankreich 1925 Alain Saint-Ogan bei seiner Serie *Zig et Puce* um zwei junge Herumtreiber, die noch im gleichen Jahr während einer Expedition zum Nord(!)pol dem Pinguin Alfred begegnen, der fortan der Dritte im Bunde ist. *Zig et Puce* erscheint in der Sonntagsbeilage *Dimanche Illustré* des *L'Excelsior* und ab 1927 auch als Albumausgabe – bis 1941 folgen zehn weitere Bände.

Hergé (d. i. Georges Remi), der in den 1930er Jahren einen Stil entwickelt, der später als *ligne claire* bekannt werden soll und ihn zum einflussreichsten Zeichner in Europa macht, verwendet für seine Bilderzählung um den Pfadfinder Totor 1926 noch Blocktexte, doch dann wechselt auch er mit *Tintin* (dt. *Tim und Struppi*) zur Sprechblase. *Tintin* beginnt am 10. Januar 1929 – in den USA sind erst drei Tage zuvor mit *Tarzan* und *Buck Rogers* die beiden ersten Abenteuercomics erschienen und eine Woche später wird in Segars *Thimble Theatre* Popeye sein Debüt geben – in *Le Petit Vingtième*, der wöchentlichen Kinderbeilage der konservativen Tageszeitung *Le XXième Siècle*, und führt in Form eines belehrenden Reiseabenteuers sogleich in die noch junge Sowjetunion, wo Reporter Tim die propagierten Fortschritte der Revolution als Potemkinsche Dörfer entlarvt (vgl. Kap. 11).

Tintin wird ein bemerkenswerter Erfolg, das erste Abenteuer erscheint bereits 1930 als Albumausgabe, dennoch bedarf es amerikanischer Unterstützung, damit sich der moderne Comic in Europa verbreiten kann. Erst mit dem im Oktober 1934 in Paris gegründeten **Journal de Mickey**, das nicht nur Adaptionen von Disney-Trickfilmen enthält, sondern auch aus dem Fundus anderer Zeitungsserien des King Features Syndicates schöpft, findet der Comic ein breites Publikum. Bald verkaufen sich jede Woche fast eine halbe Millionen Exemplare, was wiederum die eigene Produktion stimuliert. Ab April 1938 erscheint in Belgien wöchentlich das Magazin **Spirou** mit dem Untertitel »Pour la jeunesse«, für die Jugend, ein halbes Jahr später folgt in den Niederlanden ein Pendant unter dem Titel *Robbedoes* in flämischer Sprache. In

Abb. 5: André Franquin, *Gaston*, 1971

Belgien heißen Comics *bandes dessinées*, gezeichnete Streifen, in Holland *stripverhaal*, Streifenerzählung. Nach der Besetzung durch deutsche Truppen jedoch fallen beide Ausgaben 1943 der Zensur zum Opfer, die auch jeden anderen Ansatz zu einer eigenen Comic-Kultur erstickt.

Unmittelbar nach der Befreiung setzt *Spirou* das Erscheinen im Oktober 1944 (bis heute) fort und bekommt im September 1946 Konkurrenz durch das Magazin *Tintin* (samt der niederländischen Version *Kuifje*) mit Hergés *Tim und Struppi* als Zugpferd. In der Folge entwickeln sich **zwei gegensätzliche Stilrichtungen** – oder vielleicht besser: ›Philosophien‹ –, die die weitere Entwicklung in Europa maßgeblich prägen. Merkmale des Stils Hergés, für den Joost Swarte 1976 den Begriff *ligne claire* (klare Linie) prägen wird, sind funktionale, präzise Konturen und die flächige, monochrome Kolorierung: Schraffuren oder Farbverläufe, selbst Schatten, kommen nicht vor, alles nähert sich dem ›reinen Zeichen‹. Auf der Erzählebene findet dieses Prinzip seine Entsprechung in der stringenten Konstruktion der Geschichten; jedes Ereignis ist der Rahmenhandlung unterworfen und ergibt sich erzähllogisch aus einem anderen, es gibt keine überflüssigen Wucherungen oder Mehrdeutigkeit, jede Szene hat ihre klare Funktion.

Hergés strenge Auffassung schlägt sich in einer **statischen Optik** auch anderer in *Tintin* erscheinender Serien nieder, während die Comics im pulsierenden *Spirou* lebendiger wirken, dynamisch **Aktion und Bewegung** zelebrieren und den Dingen freien Lauf zu lassen scheinen. Die Figuren werden nicht wie bei Hergé zu ›Zeichen‹, sondern sie scheinen wie aus dem Leben gegriffen, und während Tim und Struppi voller Vertrauen in die unfehlbare Technik bereits 1953 auf dem Mond landen, kann bei den Zeichnern der École Marcinelle (so benannt nach dem Verlagssitz von *Spirou*) bereits ein Rasierapparat zum Chaos führen wie im Film in Jacques Tatis Welt der modernen Apparate. Damit steht *Spirou* dem anarchischen Charakter der Comicstrips sehr viel näher. Auch die naturalistisch gestalteten Abenteuerserien des Blattes

sind deutlich inspiriert von amerikanischen Vorbildern, die sie gemäß ihrer pädago-
gischen Intention in der Dichte der Erzählung und ihrer Schlüssigkeit sogar übertref-
fen.

Belgien wird zur Comic-Hochburg Europas und bringt weitere Klassiker wie
Lucky Luke (1946), das *Marsupilami* (1952), *Gaston* (1957; Abb. 5) oder *Die
Schlümpfe* (1958) hervor, in denen der Witz, der dem Comic im Blut liegt, und abenteuerliche Erzählungen sich zu etwas gänzlich Eigenem zusammenfügen (das oft
auch als ›Semi-Funny‹ bezeichnet wird). In **Frankreich** dagegen gibt es seit 1945 das
der Kommunistischen Partei nahestehende *Vaillant*, das mit *Spirou* und *Tintin* aber
kaum mithalten kann, obwohl auch dort beachtliche Arbeiten erscheinen wie etwa
Paul Gillons *Fils de Chine* (1950). Erst in den 1960er Jahren geraten die belgischen
Magazine durch den Erfolg von **Pilote** mit der neuen Serie **Asterix** unter Druck.
Deren Autor René Goscinny ist einer der beiden Chefredakteure der 1959 in Paris
gegründeten Comiczeitschrift, die in weiten Teilen ihren belgischen Vorbildern
ähnelt, nicht zuletzt, weil einige Zeichner und Autoren und bald sogar *Lucky Luke*
von *Spirou* zum französischen *Pilote* wechseln. Goscinny peilt ein älteres,
studentisches Publikum an und öffnet *Pilote* langsam für eine neue Generation
satirischer Zeichner. *Spirou*, *Tintin*, *Vaillant* und *Pilote*, deren Konzept überall in
Europa übernommen wird, in Italien etwa mit *Il Giornalino* (1969) oder mit *Trinca*
(1970) in Spanien, prägen ein im Gegensatz zum amerikanischen *comic book* speziell
europäisches Magazinformat: Die gewöhnlich mit zwei Seiten pro Woche in Fortsetzungen veröffentlichten Geschichten mit (aus drucktechnischen Gründen) stan-
dardmäßig 46 oder 62 Seiten werden anschließend als Alben über den Buchhandel
vertrieben, und in der Regel ist die gesamte Backlist lieferbar, bei beliebten Serien
inzwischen längst mehr als siebzig Bände.

Nach dem Zweiten Weltkrieg beginnt sich der Comic auch in **Japan** zu einer
neuen Jugendkultur zu entwickeln, ein in Ostasien einzigartiges Phänomen. Schon
ab Mitte der 1920er waren in den Zeitungen, nachdem der Zeichner Ippei Okamoto
1922 Hearsts *New York Journal* besucht hatte und von dessen Comicserien schier begeistert war, Strips nach amerikanischem Vorbild mit vier gleich großen Bildern verbreitet, die analog zur japanischen Lesart vertikal angeordnet sind. Die Form dieser
humoristischen ›yonkoma manga‹ ist bis heute präsent. Der Begriff ›**Manga**‹ (man =
spontan, lebendig, albern; ga = Bild), den der Ukiyoe-Meister Katsushika Hokusai
1814 für seine Skizzenbücher einführte, ist nicht mit ›Comics‹ gleichzusetzen, sondern eigentlich der Oberbegriff für verschiedene gezeichnete Gattungen wie u. a. Karikatur und Cartoon (vgl. hierzu und zum Folgenden Kap. 14). In den 1930er Jahren
werden in Kinderzeitschriften erschienene Streifen zu Bänden zusammengefasst, die
vor allem durch Leihbüchereien eine breite Leserschaft finden.

Der Beginn einer modernen japanischen Comic-Kultur lässt sich auf das Jahr 1947
datieren, in dem mit dem monatlichen **Manga Shōnen** das erste reine Comic-Heft erscheint und schnell Nachahmer findet. Produktionszentrum der billigen, nur mit einem dünnen roten Umschlag versehenen *akahon* (rotes Buch) ist das Viertel der
Spielzeugfabrikanten in Osaka, der Vertrieb erfolgt über Süßwarenläden. Im gleichen
Jahr revolutioniert **Osamu Tezuka** die Erzähltechnik des japanischen Comics: Seine
zweihundertseitige Geschichte *Shin Takarajima* (Die neue Schatzinsel) markiert den
Übergang vom *gag strip* zum erzählenden **story manga**, verkauft vierhunderttau-
send Exemplare und animiert die Verlage zur Produktion weiterer epischer Geschichten. In Bezug auf den Manga nimmt Tezuka eine ähnliche Schlüsselrolle ein wie etwa
Will Eisner für den amerikanischen oder Hergé für den europäischen Comic; in

Japan wird er heute als ›**Manga no Kamisama**‹ (Gott der Mangas) verehrt, 1994 eröffnet in seinem Heimatort Takarazuka ein ihm gewidmetes Museum. Sein Gesamtwerk umfasst mehr als siebenhundert Manga-Bände mit über hundertfünfzigtausend Seiten.

Tezukas Rolle als Pionier bezieht sich nicht allein auf seine Anfänge als *mangaka*, der studierte Mediziner prägt den modernen japanischen Comic über Jahrzehnte hinweg in seiner Erzähltechnik ebenso wie stilistisch. Beeindruckt von den Trickfilmen Disneys und Fleischers, betont er bereits bei seiner *Schatzinsel* vor allem die **filmische Bewegung**, über Strecken hinweg verzichtet er ganz auf Text und lässt allein das Bild die Geschichte vorantreiben. Die Dialoge sind kurz und verteilen sich stattdessen auf mehrere Szenen, was das Lesetempo steigert und ein Gefühl von Rasanz erzeugt. Das **multiperspektivische Erzählen** wird zur Grammatik des Mangas und unterscheidet ihn maßgeblich von amerikanischen oder europäischen Comics. Wo der europäische Comic verdichtet, fächert der Manga auf, erweitert seine Oberfläche und betont in seinen Bildern die Emotion und bald auch latente Erotik. So kann sich eine Auseinandersetzung, die in einem europäischen Comic in wenigen Panels entschieden ist, in einem Manga über zwanzig oder mehr Seiten erstrecken, und es ist nicht ungewöhnlich, dass Storys auf den **Umfang einiger tausend Seiten anwachsen**. Ähnlich wie in Europa wird es gängiges Prinzip, in den oft telefonbuchstarken, wöchentlichen und monatlichen **Magazinen** (*mangashi*) in Fortsetzungen veröffentlichte Geschichten in **Taschenbüchern** (*tankōbon*) nachzudrucken und vorrätig zu halten, die ebenso wie die Magazine auf Farbe verzichten; wie die amerikanischen Tagesstrips bleibt der Manga schwarz-weiß: Der *mangaka* versteht sich eher als Bilderzähler denn als Zeichner, die Bilder sind allein Mittel zum Zweck ohne (künstlerischen) Eigenwert. Während in den USA und Europa die Arbeitsteilung zwischen Autor und Zeichner üblich ist, vereint der *mangaka* in der Regel beides in einer Person.

Osamu Tezukas erster großer Erfolg wird im April 1951 in *Manga Shōnen* die bis 1968 erscheinende Serie ***Tetsuwan Atomu*** (Eisenarm Atom) um einen kleinen Roboter in der fernen Zukunft des Jahres 2003, dem sein Erfinder das Äußere seines bei einem Autounfall ums Leben gekommenen Sohnes verliehen hat. Eine weitere Serie, mit der Tezuka den Manga entscheidend formt, entsteht 1953 mit *Ribon no Kishi* (Ritter mit Schleife) um die junge Saphir, die Prinzessin eines europäischen Phantasiekönigreichs, die sich als Junge ausgeben muss, um eines Tages den Thron besteigen zu können. Die geschlechtliche Ambivalenz, die vor allem in den Serien für Mädchen bis heute typisch ist, hat ihren Ursprung im traditionellen Kabuki- und Noh-Theater, bei dem weibliche Rollen auch heute noch von kostümierten Männern dargeboten werden. *Ribon no Kishi* begründet das Genre der sich explizit an Mädchen als Zielgruppe richtenden **shōjo manga**, die sich von den **shōnen manga** für Jungen nicht nur thematisch, sondern auch ästhetisch unterscheiden. 1961 gründet Tezuka das Studio Mushi Productions und macht seinen Tetsuwan Atomu auch zum Helden der **ersten japanischen Zeichentrickserie**. Unter dem Titel *Astro Boy* wird sie 1963 von dem amerikanischen Fernsehsender NBC ausgestrahlt. Das ist der erste, noch vage Kontakt der westlichen Welt mit dem Manga.

1.5 | US-Comics nach dem Zweiten Weltkrieg (ca. 1950–1970)

Nach überstandenem Weltkrieg geht es wieder aufwärts in Amerika, euphorisch bricht die Nation auf ins Düsenjet- und Atomzeitalter; stromlinienförmige Limousinen werden zum Symbol der erfolgreich verteidigten Freiheit und Unabhängigkeit. Auf den Comicseiten der Zeitungen zeigt sich der **Optimismus** bald durch eine wachsende Zahl neuer *gag strips*, die mit einer sparsamen Ästhetik auf die Beschleunigung des Alltags durch sich verbreitende Supermärkte, Fast-Food-Ketten und das Fernsehen reagiert. Die Leser überfliegen die Strips nun lieber, anstatt sich in sie zu vertiefen, und Zeichner wie Charles M. Schulz oder Mort Walker setzen mit *Peanuts* (1950) und *Beetle Bailey* (1950) auf eine rasch zu erfassende, pointierte Grafik und den prompten Lacher am Schluss. Damit wird die epische Erzählform obsolet und gewissermaßen bedeutet der Verzicht auf das Fortsetzungskonzept eine **Rückkehr zur ursprünglichen Form des Tagesstrips**. Serien wie *B. C.* (dt. *Neander aus dem Tal*), *Redeye* (dt. *Häuptling Feuerauge*), *Broom-Hilda*, *Hägar* oder *Garfield* folgen dem Vorbild, und in den 1960er Jahren beginnen die mit der Wirtschaftskrise aufgekommenen Abenteuer- und Kriminalserien mehr und mehr Terrain zu verlieren.

Den amerikanischen Superhelden fehlen nach dem Krieg adäquate Kontrahenten, fiesere Schurken als Hitler oder Hirohito, an denen sie sich die letzten Jahre abgearbeitet haben, lassen sich kaum ersinnen. Das Interesse an ihren Eskapaden erlahmt, bald sind nur noch wenige von ihnen übrig, der Comicmarkt beginnt sich zu konsolidieren und zu verändern. Die Verlage versuchen sich an neuen Themen wie **Crime- oder Romance-Titeln**: Die Heftleser der ersten Generation sind inzwischen älter geworden und keine Teenager mehr, es ist an der Zeit, eine neue Zielgruppe ins Auge zu fassen. Vor allem der Verlag EC (Entertaining Comics) bringt ab 1950 eine Reihe von Titeln wie *Vault of Horror*, *Tales from the Crypt* oder *Haunt of Fear* heraus, in denen einige der damals besten Zeichner subtil die **Paranoia des Kalten Krieges** in düsteren **Horrorstorys** reflektieren oder zuweilen verstörende Blicke in die Abgründe der menschlichen Psyche werfen. Verleger William Gaines und seine Redakteure Al Feldstein und Harvey Kurtzman entwickeln ein Konzept, das sich in Form der **Comic-Shortstory** der Literatur annähert. Es gibt keine wiederkehrenden Charaktere, einzig skurrile Figuren wie der ›Crypt-Keeper‹ oder eine ›Old Witch‹, die zu Anfang in die Erzählungen einstimmen, schaffen eine gewisse Verbindung – und eine bissig subversive Atmosphäre der Beunruhigung: In der Geschichte ***Master Race*** (1955) schildern Al Feldstein und Bernard Krigstein, wie ein ehemaliger KZ-Insasse in der New Yorker U-Bahn zufällig auf seinen damaligen Aufseher und Peiniger trifft.

Das alarmiert Erzieher, Kirchenverbände und Eltern, die Comics als reine Kinderlektüre betrachten, man unterstellt den Heften, dass sie ihre Leser zu Analphabeten machen, und vor allem einen unmittelbaren Zusammenhang mit der nach dem Krieg ansteigenden Jugendkriminalität. Jugendkultur ist immer auch Distanzierungskultur und damit Kriegsschauplatz zwischen den Generationen; es kommt zu **öffentlichen Verbrennungen von Heften** sowie am 21. und 22. April 1954 im Senat zu den landesweit im Fernsehen übertragenen **Kefauver Hearings**. Dabei ereignet sich der legendäre Schlagabtausch zwischen Senator Estes Kefauver und EC-Verleger Gaines, der am Tag darauf zur Titelstory der *New York Times* wird. Kefauver hält die aktuelle Ausgabe des EC-Heftes *Crime SuspenStories* hoch, auf dessen Titelbild ein nur bis zur Brust sichtbarer Mann eine blutige Axt in der Hand hat und in der anderen einen abgetrennten Frauenkopf (Abb. 45 in Kap. 12). »Halten Sie das etwa für geschmack-voll?«, fragt er. »Ja, Sir«, antwortet Gaines. »Als Cover eines Horrorheftes durchaus.« »Aber ihr kommt Blut aus dem Mund.« »Ein bisschen.«

Als **Fredric Wertham**, Leiter einer psychiatrischen Klinik in New York, im glei-chen Jahr sein *Seduction of the Innocent* (Verführung der Unschuldigen) veröffent-licht, wird das Buch, das den verheerenden Einfluss der Comics auf die Jugend nach-weisen zu können meint, zum nationalen Bestseller. Die Kommunistenjagd der McCarthy-Ära im Kampf gegen die äußere Bedrohung durch Stalins ›Reich des Bö-sen‹ findet ihr Pendant in einem hysterischen **Kreuzzug gegen die** *comic books* als Gefahr von innen. Um ein Einschreiten des Gesetzgebers abzuwenden, gründen die Verlage noch im Oktober 1954 die **Comics Magazine Association of America** (CMAA) als Institution der freiwilligen Selbstzensur, deren **Comics Code** schon »Misstrauen gegen Streiter für Recht und Gesetz« oder »Sympathie für Kriminelle« untersagt. »Nacktheit in jeder Form« und in den Sprechblasen das Fluchen sind na-türlich ebenso verboten. Im Prinzip gleicht der Comics Code dem Hays Code von 1922, hat in der Konsequenz aber deutlich drastischere Auswirkungen. Jedes Heft muss der CMAA vor Veröffentlichung vorgelegt werden und, bleibt es unbeanstan-det, ein aufgedrucktes Siegel tragen. Hefte ohne das ›**Reinheitssiegel**‹ werden vom Handel nicht ausgelegt, in einigen Bundesstaaten steht ihr Verkauf sogar unter Strafe (siehe Kasten).

Comics Code der Comics Magazine Association of America vom Oktober 1954 (Originalwortlaut ohne Präambel)

General Standards Part A

1. Crimes shall never be presented in such a way as to create sympathy for the cri-minal, to promote distrust of the forces of law and justice, or to inspire others with a desire to imitate criminals.

2. No comics shall explicitly present the unique details and methods of a crime.

3. Policemen, judges, government officials, and respected institutions shall never be presented in such a way as to create disrespect for established authority.

4. If crime is depicted it shall be as a sordid and unpleasant activity.

5. Criminals shall not be presented so as to be rendered glamorous or to occupy a position which creates the desire for emulation.

6. In every instance good shall triumph over evil and the criminal punished for his misdeeds.

7. Scenes of excessive violence shall be prohibited. Scenes of brutal torture, exces-sive and unnecessary knife and gun play, physical agony, gory and gruesome crime shall be eliminated.

8. No unique or unusual methods of concealing weapons shall be shown.

9. Instances of law enforcement officers dying as a result of a criminal's activities should be discouraged.

10. The crime of kidnapping shall never be portrayed in any detail, nor shall any profit accrue to the abductor or kidnapper. The criminal or the kidnapper must be punished in every case.

11. The letter of the word »crime« on a comics magazine shall never be appreciably greater than the other words contained in the title. The word »crime« shall never appear alone on a cover.

12. Restraint in the use of the word »crime« in titles or sub-titles shall be exercised.

General Standards Part B

1. No comics magazine shall use the word horror or terror in its title.
2. All scenes of horror, excessive bloodshed, gory or gruesome crimes, depravity, lust, sadism, masochism shall not be permitted.
3. All lurid, unsavory, gruesome illustrations shall be eliminated.
4. Inclusion of stories dealing with evil shall be used or shall be published only where the intent is to illustrate a moral issue and in no case shall evil be presented alluringly nor as to injure the sensibilities of the reader.
5. Scenes dealing with, or instruments associated with walking dead, torture, vampires and vampirism, ghouls, cannibalism and werewolfism are prohibited.

General Standards Part C

All elements or techniques not specifically mentioned herein, but which are contrary to the spirit and intent of the Code, and are considered violations of good taste or decency, shall be prohibited.

Dialogue

1. Profanity, obscenity, smut, vulgarity, or words or symbols which have acquired undesirable meanings are forbidden.
2. Special precautions to avoid references to physical afflictions of deformities shall be taken.
3. Although slang and colloquialisms are acceptable, excessive use should be discouraged and wherever possible good grammar shall be employed.

Religion

1. Ridicule or attack on any religious or racial group is never permissible.

Costume

1. Nudity in any form is prohibited, as is indecent or undue exposure.
2. Suggestive and salacious illustration or suggestive posture is unacceptable.
3. All characters shall be depicted in dress reasonably acceptable to society.
4. Females shall be drawn realistically without exaggeration of any physical qualities.
[...]

Marriage and Sex

1. Divorce shall not be treated humorously nor represented as desirable.
2. Illicit sex relations are neither to be hinted at or portrayed. Violent love scenes as well as sexual abnormalities are unacceptable.
3. Respect for parents, the moral code, and for honorable behavior shall be fostered. A sympathetic understanding of the problems of love is not a license for moral distortion.
4. The treatment of love-romance stories shall emphasize the value of the home and the sanctity of marriage.
5. Passion or romantic interest shall never be treated in such a way as to stimulate the lower and baser emotions.
6. Seduction and rape shall never be shown or suggested.
7. Sex perversion or any inference to same is strictly forbidden.

Die Folgen sind dramatisch. Bei Einführung des Codes erscheinen rund 650 Heft-serien, ein Jahr später ist es nur noch die Hälfte, viele Verlage geben auf. Vom einstigen Heer der Superhelden sind ohnehin nur noch Superman, Superboy, Batman, Wonder Woman, Green Arrow und Plastic Man übrig. Erfolgreich ist das über jeden Verdacht erhabene *Walt Disney's Comics & Stories* mit drei Millionen verkauften Exemplaren pro Ausgabe (und dem Glücksfall, dass mit Carl Barks ein Ausnahme-künstler im Universum der Ducks die Fäden spinnt). Für ältere Leser gedachte Titel hingegen verschwinden völlig und für die nächsten dreißig Jahre bleiben die Inhalte und Themen der *comic books* eingefroren auf Teenager-Niveau. Erst in den 1980er Jahren verliert der Code, bereits leicht gelockert, an Bedeutung, heute spielt er praktisch keine Rolle mehr.

Der Verlag EC, dessen Hefte inzwischen legendär sind und als Klassiker nachge-druckt werden, überlebt einzig dank eines Titels, den er erst im Oktober 1952 lan-ciert hat: *Mad* wird bald zur letzten Bastion der Subversivität inmitten einer ameri-kanischen Norman-Rockwell-Idylle, in der Hotels mit dem Blick von ihrer Dachter-rasse auf die Atompilze über der Wüste Nevadas werben: »There's always something going on in Las Vegas!« Bevor *Mad* zum satirischen Magazin wird, erscheinen die ersten dreiundzwanzig Ausgaben als *comic books*, die frech bekannte Comicfiguren parodieren (berühmt wird in der vierten Ausgabe *Superduperman* von Harvey Kurtz-man und Wallace Wood) und das Medium selbst. Im Oktober 1954 reagiert *Mad* auch auf die Kefauver-Hearings und zeigt auf dem Cover, wie einige monsterhaft dreinblickende Zeichner (einer hat drei Augen) verhaftet werden und ein kleiner Junge konspirativ von einer zwielichtigen Person ein Comic-Heft erwirbt, als han-dele es sich um Kokain. Der Text dazu – »Wir sehen einen Comic-Verleger, dessen Hefte von den Zeitungsständen verbannt wurden, wie er seine Comics heimlich an einer belebten Straßenecke verkauft.« – ist überschrieben mit »Comics Go Under-ground« und klingt aus heutiger Perspektive beinahe prophetisch: Im ›Underground‹ wird der Comic zwölf Jahre später eine wahre Revolution erfahren und sich befreien von allen Zwängen.

Zum Comics Code hinzu kommt auch noch das **Fernsehen**, das die Comics trifft wie das Kino; selbst *Walt Disney's Comics & Stories* verliert durch **Trickfilmserien** wie *Yogi Bär* (1958) oder *Familie Feuerstein* (1960) bis 1961 über zwei Drittel seiner Auflage. Allerdings bahnt sich zur gleichen Zeit auch ein **Comeback der Superhel-den** an. 1956 hat der Verlag DC Comics, dank *Superman* und *Batman* der Marktfüh-rer in Sachen *comic books*, in einem seiner Hefte den flinken Flash wiederbelebt, der sein rotes Trikot fünf Jahre zuvor, als das Interesse an den Muskelprotzen nachließ, an den Nagel hängen musste: Julius Schwartz hat ihm eine neue *origin story* auf den Leib geschrieben, und die Zeichner Carmine Infantino und Joe Kubert stecken ihn in ein aufgefrischtes Kostüm. Die Leser sind begeistert. **Green Lantern**, der ebenfalls 1951 abgedankt hatte, wird 1959 auf ähnliche Weise reaktiviert und emanzipiert sich nach knapp einem Jahr wie zuvor bereits **The Flash** mit einer eigenen Heftreihe. Da-mit hat die Zeit begonnen, die Fans heute das ›**Silver Age**‹ der *comic books* nennen, und zu dessen Höhepunkt eine neue Generation von *superheroes with human touch* wird, die der Verlag Marvel ab 1961 mit den Fantastic Four, Spider-Man, Thor, Hulk, dem Silver Surfer, den X-Men und etlichen mehr ins Rennen schickt und bald darauf DC als Marktführer den Rang abläuft.

Stan Lee, Herausgeber und Co-Autor der Marvel-Serien, verfolgt ein neues Kon-zept, reichert die Raufereien seiner Helden mit Elementen der Soap Opera an und er-zeugt eine unterschwellige Atmosphäre erotischer Unruhe, die sich deutlich von den aseptischen Abenteuern Supermans unterscheidet: Seine Helden sind nicht makellos und immun gegen seelische Pein, sondern werden regelmäßig auch von Eifersucht oder Selbstzweifeln aus der Bahn geworfen. Reed Richards und Sue Storm von den Fantastic Four heiraten 1965 sogar nach langem Liebesgewirr und bekommen drei Jahre später Nachwuchs, während sich Superman noch immer vor der ihn fruchtlos anhimmelnden Lois Lane versteckt. Die Marvel-Hefte erobern auch ein studentisches Publikum und werden zur Pop Art.

Immer wieder renovieren **DC und Marvel**, die den amerikanischen Comicmarkt seitdem dominieren, fortan ihre Superhelden-Universen, passen deren Konzepte der Zeit an, interpretieren *origin storys* neu, rufen Mutanten auf den Plan und schaffen Parallelwelten oder inszenieren spektakuläre Team-ups. Jede nur denkbare Möglichkeit, dem in die Jahre kommenden Superheldengenre neue Facetten abzuringen oder es mit spektakulären Events zu versehen, wird genutzt. Superman tritt 1978 sogar gegen Muhammad Ali an, 1992 haucht er, nur zeitweilig natürlich, sein Leben aus (*The Death of Superman* verkauft sich über fünf Millionen Mal) und vier Jahre später dann heiraten sein Alter Ego Clark Kent und Lois Lane, nachdem er ihr nach über einem halben Jahrhundert der Versteckspiele zuvor seine Doppelexistenz gebeichtet hat. Während das Comic-Heft in den USA aus dem öffentlichen Zeitschriftenhandel heute so gut wie verschwunden ist und nur noch über spezialisierte Comicläden verkauft wird, haben die Superhelden die Leinwände erobert: Waren erste **Verfilmungen** in den 1940er Jahren noch von unfreiwilliger Komik, so kann das Kino heute mittels **3-D-Computergrafik** selbst die phantastischsten Welten ebenso überzeugend inszenieren, wie es vorher nur dem Comic möglich war.

1.6 | *Underground comics* und ihre Folgen in den USA, Europa und Japan (ca. 1968–1980)

Die 1960er sind eine Dekade der Umbrüche und gesellschaftlichen Veränderung, die sich auch im Comic abbilden, am deutlichsten in den 1968 in der kalifornischen Bay Area aufkommenden *underground comics*. Diese nennen sich in Abgrenzung zu *Blondie* oder *Spider-Man* von Beginn an ›**comix**‹ – das ›x‹ steht für ›x-rated‹ (nicht jugendfrei) – und erzählen nicht mit dem Blick auf ein Publikum, sondern **aus der Perspektive des Zeichners**. Damit eröffnet sich völlig neues Terrain. Auch in Europa wandelt sich der Comic, auf ganz andere Weise, doch nicht weniger radikal, und in **Japan** setzt eine Veränderung bereits schon Ende der 1950er Jahre ein, als im Schatten der humorvollen Mangas für Kinder düster-naturalistisch gezeichnete Comics aufkommen, die oft subversiven Charakter haben, urbane gesellschaftliche Zustände abbilden oder im Subtext politische Konflikte verhandeln, wobei die Sympathien politisch links liegen.

Zur Unterscheidung vom Manga nennt **Yoshihiro Tatsumi** die neue Erzählform, die zunächst ein Phänomen der Subkultur bleibt, 1957 ›*gekiga*‹ (dramatisches Bild). »Ich konnte nichts anderes zeichnen als die Zustände um mich herum«, beschreibt Tatsumi dessen Herkunft und Naturell. »Auf diese Weise habe ich nur noch Geschichten über Menschen der sozialen Unterschicht gezeichnet. Ich war von ihnen umgeben und hatte selbst das Gefühl, ein Verlierer zu sein.« Als der *gekiga* mehr und mehr vor allem studentische Leser findet, entstehen heute längst als Klassiker des Genres geltende Serien wie Sampei Shiratos *Ninja Bugeichō* (1959) oder *Kamui Den* (1964). In den 1970ern geht aus dem *gekiga* dann der breit akzeptierte, vor allem

Abb. 6: Robert Crumb, 1972

dramatisch motivierte *seinen manga* für junge Männer hervor und analog dazu für Frauen der *josei manga*.

In den USA findet 1964 der erste Marsch auf Washington gegen den Vietnamkrieg statt, im gleichen Jahr nimmt an der University of California in Berkeley die *Free Speech Movement* ihren Anfang und gleich auf der anderen Seite der Bucht formt sich in San Francisco die Hippiebewegung – *make love, not war*. Aus dem Lebensgefühl dieser Zeit heraus verkauft **Robert Crumb** am 25. Februar 1968 bei einem Straßenfest in Haight-Ashbury aus einem Kinderwagen heraus die erste, im Keller eines Freundes gedruckte und noch am Vormittag eigenhändig zusammengeklammerte Ausgabe von **ZAP Comix**, die neben den Weisheiten seines langbärtigen Alltagsphilosophen Mister Natural auch die Story um den patriotischen Durchschnittsamerikaner Whiteman enthält, hinter dessen adretter Fassade ein, Triebunterdrückung sei Dank, verklemmtes Sexmonster lauert.

So treten die *underground comics* in die Welt, die über Headshops landesweite Verbreitung finden und bald auch in Westeuropa kursieren. Crumbs **Fritz the Cat** kifft zwischen nackten Miezen in der Badewanne, avanciert zur Kultfigur und 1972, in dem **ersten Trickfilm explizit für Erwachsene**, auch zum Kinostar. *Holy shit!* ZAP Comix, mit der »fair warning: For adult intellectuals only!« auf dem Cover der ersten Nummer, wird zum vielleicht bedeutendsten Meilenstein des Comics: Zum ersten Mal in dessen Geschichte ist der Künstler hier allein sich selbst verpflichtet, ohne verlegerische Weisung, ohne Vorgabe, Konventionen oder das Schielen auf den Publikumsgeschmack. Crumbs Geschichten handeln von Sex & Drugs & Rock 'n' Roll, später aber auch von den eigenen Lastern und Psychosen. In etlichen seiner Storys nimmt er selbst den Platz ein, der bislang dem Helden zustand, vertraut sich dem Leser an und tritt mit ihm in den Dialog (Abb. 6)

Das ist ein **radikal neues Verständnis des Comics**, dessen Zeichner bisher allein im Auftrag der Verlage und Syndikate arbeiteten und oft ihrem Publikum nicht einmal bekannt sind: Von Jerry Siegel und Joe Shuster etwa trennte sich DC kurzerhand, nachdem sie 1947 gerichtlich versucht hatten, am Erfolg ihres *Superman*, dessen Rechte sie dem Verlag 1938 naiv für hundertdreißig Dollar überlassen hatten, zu partizipieren. Und als Carl Barks, der bei seinen Verehrern lange nur ›the good artist‹ hieß, weil niemand ihn namentlich kannte, nach beinahe zwanzig Jahren einen ersten Leserbrief erhielt, glaubt er zunächst an den Scherz eines Kollegen.

Rasch entstehen weitere Hefte und Verlage, die sich um Druck und Verbreitung kümmern, der Comic entwickelt sich so frei und ungezwungen wie seit seiner Geburt nicht mehr. **Justin Green** etwa veröffentlicht 1972 mit *Binky Brown Meets the Holy Virgin Mary* die erste rein **autobiografische Comicerzählung**, im gleichen Jahr gründet Trina Robbins **Wimmen's Comix**, das allein Zeichner*innen* vorbehalten ist, und ebenfalls 1972 erscheint in dem Heft *Funny Animals* **Art Spiegelmans** erster Entwurf zu *Maus*. Zwar verebbt das Phänomen der Comix mit dem Rückzug ins Private bereits Mitte der 1970er wieder, aber die kurze Eruption hat die Entwicklung des Comics dauerhaft verändert.

Die Erfahrung, die eigenen Comics selbst produzieren und über das sich verdichtende Netz reiner Comicläden, die jetzt überall entstehen, vertreiben zu können, setzt sich in Genre-Erzählungen wie Jack Katz' *The First Kingdom* (1974) oder *Elfquest* (1978) von Wendy und Richard Pini ebenso fort wie in innovativen Projekten: 1976 beginnt *American Splendor*, ein Heft mit Harvey Pekars harschen autobiografischen Alltagserlebnissen und -befindlichkeiten, die von verschiedenen Zeichnern (u. a. Crumb) inszeniert werden, 1980 folgt Art Spiegelmans alternativ-avantgardistisches Magazin **RAW**. Der Comic greift in alle Richtungen, erfindet sich von Grund auf neu und mit **The Comics Journal** gibt es seit 1977 sogar eine kritisch kommentierende Fachzeitschrift. Auch wenn die Ära der Comix nur kurz währte, so lebt ihr Geist doch beständig weiter: Gilbert Sheltons *Freak Brothers* (1968) bespaßen lässige Gemüter bis heute, und Bill Griffith' Nonsens-Ikone Zippy the Pinhead (1971) schafft 1986 sogar den Sprung in die *comic section* des *San Francisco Chronicle*, wird mittlerweile vom King Features Syndicate vertrieben und läuft landesweit täglich in über hundert Zeitungen.

In **Frankreich**, wo vor allem die wöchentlichen Magazine den Comic-Hunger der Kinder und Jugendlichen stillen, beginnt die Alternation mit einem *Succès de scandale*. 1964, es ist die Zeit der Pop Art und der Nouvelle Vague, veröffentlicht die auf Klassiker des Surrealismus und Literatur zum Film spezialisierte Verlagsbuchhandlung Le Terrain Vague in der Pariser Rue du Cherche-Midi den Comicband **Barbarella** von Jean-Claude Forest, eine erotische Space Opera, die vor allem durch die Affäre der Titelheldin mit dem Roboter Viktor berühmt wird. »Viktor, Ihr habt Stil«, seufzt Barbarella, nur vom Bauchnabel abwärts in ein dünnes Laken gehüllt, nach dem (per Seitenwechsel ausgesparten) Akt. »Oh, Gnädigste ist zu gütig«, stammelt der mit glasigem Blick. »Ich kenne meine Schwächen. Meinen Impulsen haftet immer etwas Mechanisches an.«

Barbarella ist der erste Comic in Europa, der sich explizit **an Erwachsene** richtet, und alarmiert die **Zensurbehörden**. Doch das eiligst verhängte Verbot bewirkt das Gegenteil und macht den Band erst recht populär, schließlich sind zweihunderttausend Exemplare verkauft (Neuausgaben mit leichten Retuschen folgen 1966, gleichzeitig mit einer amerikanischen und einer deutschen Übersetzung, und 1968 zur Verfilmung mit Jane Fonda). Im Konflikt mit der Zensur wird schließlich juristisch klargestellt, dass *Barbarella* für ein älteres Publikum bestimmt ist und es somit gelte, den Comic künftig nicht mehr alleinig als Kinderkram zu betrachten. Das emanzipiert ihn von seinem bisherigen Prädikat »pour la jeunesse«, und in Éric Losfelds kleinem Verlag im Quartier Latin folgen ab 1966 weitere Titel wie *Jodelle* von Guy Peellaert

Abb. 7: Hugo Pratt, *Südseeballade*, 1967

oder Philippe Druillets *Lone Sloane*. Das hat Signalwirkung, ähnliche ›**Comics für Erwachsene**‹ erscheinen nun auch andernorts, in Italien etwa *Valentina* (1965) von Guido Crepax oder *Phoebe Zeit-Geist* (1965) von Michael O'Donoghue und Frank Springer in den USA.

Federico Fellini hat gerne damit kokettiert, als Teenager Szenarios für die Zeitungsserie *Flash Gordon* von Alex Raymond improvisiert zu haben, als in Italien während des Zweiten Weltkrieges die Druckvorlagen aus Amerika ausblieben und Guido Fantoni eilig eine Fortsetzung zeichnen musste; das mag in den erfundenen Teil seiner Biografie gehören, aber auch als Beleg für die Faszination gelten, die der Comic in den 1960er Jahren auf Künstler und Intellektuelle ausübt. Wesentlichen Anteil an diesem Interesse haben auch **Roy Lichtenstein**s Pop-Gemälde trivialer Comic-Szenen. In Paris entsteht 1964 das **Centre d'Études des Littératures d'Expression Graphique** (CELEG), zu dessen Gründungsmitgliedern Alain Resnais und der Literaturkritiker Francis Lacassin gehören (dessen Buch *Pour un 9ᵉ art, la bande dessinée* 1971 großen Einfluss hat). Zwei Jahre später wird die Fachzeitschrift **Phénix** mit dem Untertitel »revue internationale de la bande dessinée« gegründet und von April bis Juni 1967 zeigt der Louvre in einem Flügel die Ausstellung *Bande dessinée et figuration narrative*.

In Italien zählt 1965 Umberto Eco zu den Organisatoren des **ersten europäischen Comic-Salons** in der Rivierastadt Bordighera, vier Jahre zuvor ist mit Carlo della Cortes *I Fumetti* eine Historie der amerikanischen Zeitungsstrips erschienen, die erste Comic-Monografie in Europa. Und im Juli 1967 bringt in Genua der Immobilienmakler Florenzo Ivaldi die erste Ausgabe seiner Zeitschrift **Sgt. Kirk** heraus, die zwar selten mehr als dreitausend Exemplare verkauft, aber Comicgeschichte schreibt. Ivaldi ist ein Verehrer des italienischen Zeichners **Hugo Pratt**, dessen Arbeiten überwiegend verstreut in Argentinien und England erschienen sind. *Sgt. Kirk* soll diese Storys einem italienischen Publikum zugänglich machen und Pratt steuert zudem eine neue Erzählung bei. Es gibt keinerlei verlegerische Vorgabe, er ist völlig frei in der Wahl seines Sujets und der Form, in der er es umsetzt. In der Inselwelt des Pazifiks lässt er vor dem Hintergrund des beginnenden Ersten Weltkriegs die Schicksale verschiedener Figuren sich verheddern, darunter der Seemann **Corto Maltese**, und als *Una ballata del mare salato* (dt. *Südseeballade*) knapp zwei Jahre später endet, ist die Erzählung auf über hundertsechzig Seiten angewachsen – der **erste epische Comicroman** (Abb. 7).

In Frankreich ist die neue Zeit vor allem auch bei *Pilote* zu spüren, dessen Chefredakteur René Goscinny, abgesichert durch den spektakulären Erfolg von *Asterix*, das Magazin für eine unverbrauchte Generation junger Zeichner öffnet. Von der immer wieder mit der Zensur in Konflikt geratenden satirischen Zeitschrift *Hara-Kiri* kommt Jean Cabut alias **Cabu** (den Islamisten 2015 bei einem Blutbad in der Redaktion von *Charlie Hebdo* erschießen) und beginnt 1964 **Le grand Duduche**, eine sich durch ihren flotten Strich im Heft abhebende Serie um einen seinem Zeichner wie aus dem Gesicht geschnittenen Gymnasiasten, der gegen autoritäre Strukturen und kleinbürgerlichen Mief rebelliert. 1965 stößt Fred (d. i. Fred Othon Aristidès) mit der märchenhaft-absurden Serie *Philémon* dazu, die mit Einfällen brilliert wie etwa jener Szene, in der sich Philémon mitten im Meer auf einer A-förmigen Insel wiederfindet – er ist dort angekommen, wo auf dem Globus das Wort ›Atlantik‹ beginnt. Mit **Le petit cirque** gelingt ihm 1973 dann ein poetisches Comic-Kunstwerk, das in lavierten Bildern von den wundersamen Geschehnissen bei einem Wanderzirkus in der französischen Provinz erzählt. Mit seinen überraschenden, frechen, satirischen, subversiven – neuartigen – Storys in Anlehnung an das amerikanische *Mad* unterscheidet sich *Pilote* bald deutlich von seinen belgischen Vorbildern *Spirou* und *Tintin* und wird zur studentischen Pflichtlektüre.

Einen neuen Weg beschreitet **Pierre Christin**, Autor der seit 1967 in *Pilote* erscheinenden, von Jean-Claude Mézières mit zeitgemäß frischem Strich lebendig inszenierten Science-Fiction-Serie *Valerian*. Christin ist zudem Leiter des von ihm begründeten Fachbereichs für Journalismus an der Universität in Bordeaux und hat sich in seiner Doktorarbeit mit der »Literatur der Armen« beschäftigt, als die auch der Comic gilt. 1972 beginnt er, zunächst mit Jacques Tardi und dann mit **Enki Bilal** als Zeichner, eine Reihe phantastischer Politfiktionen, die den aktuellen Zeitgeist spiegeln; in *La ville qui n'existait pas* (dt. *Die Stadt, die es nicht gab*) etwa thematisiert er 1977, inspiriert von dem legendären Streik bei dem Uhrenhersteller Lip in Besançon, die Utopie einer autarken Gesellschaft. Zu einem Meilenstein wird 1981 der Band **Partie de chasse** (dt. *Treibjagd*), in dem Christin und Bilal, noch bevor die Sowjetunion tatsächlich kollabiert, beschreiben, wie die einstigen Träume des Kommunismus an den Machtverkrustungen zerbrochen sind. Eine ähnliche Zusammenarbeit beginnt Christin 1979 mit **Annie Goetzinger**: Er ignoriert das Prinzip der Serie, jede Geschichte, nach dem Vorabdruck in *Pilote* als Album veröffentlicht, ist eine geschlossene und autonome Erzählung, ohne ein Davor oder Danach – Graphic Novels, bevor der Terminus überhaupt die Runde macht.

Zur gleichen Zeit, ebenfalls 1972, beginnt in Japan **Keiji Nakazawa** als Überlebender des Atombombenabwurfs über Hiroshima in *Shōnen Jump*, dem aktuell führenden *mangashi*, auf Anregung seines Redakteurs Tadasu Nagano *Hadashi no Gen* (dt. *Barfuß durch Hiroshima*) und erzählt autobiografisch von den Ereignissen und dem eigenen Erleben des 6. August 1945 und der Tage danach. In seinem Manga nennt sich der damals sechsjährige Nakazawa Gen (Wurzel, Quelle) – auch als eine Art Selbstschutz: Er muss zusehen, wie in den Trümmern seines Zuhauses der jüngere Bruder verbrennt, anschließend irrt er mit seiner Mutter (die 1966 an den Strahlenfolgen stirbt) und der kleinen Schwester auf der Suche nach Essbarem durch eine apokalyptische Welt. Nach eineinhalb Jahren und über tausend Seiten endet die Geschichte schließlich damit, dass die Schwester Tomoko in Gens Armen stirbt; aber auch damit, dass Gen eines Tages sein nachwachsendes Kopfhaar bemerkt – vielleicht ist die Zukunft ja doch nicht ganz verloren. Auf Initiative japanischer Pazifisten erscheint **Barfuß durch Hiroshima** 1982 auch in mehreren Übersetzungen in Eu-

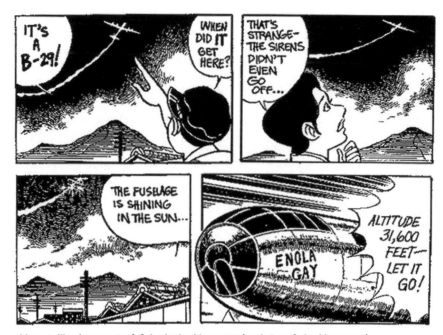

Abb. 8: Keiji Nakazawa, *Barfuß durch Hiroshima*, 1982 (engl. *Gen of Hiroshima*, 1976)

ropa und den USA und wird zum ersten direkten Kontakt der westlichen Welt mit dem Manga (Abb. 8). Dass das, jenseits der eigenen Stilistik, zunächst aber kaum wahrgenommen wird, liegt nicht allein an dem leicht andere Aspekte überlagernden Thema: Gemäß westlicher Gewohnheit sind die Seiten gespiegelt, damit sie mühelos von links nach rechts und von ›vorne‹ nach ›hinten‹ gelesen werden können (was freilich alle Protagonisten zu Linkshändern macht).

Bei *Pilote* ist derweil ein Richtungsstreit ausgebrochen (der sich 1970 auch in dem Band *Streit um Asterix* abbildet): Nach der Erfahrung der Studentenrevolte im Pariser Mai 1968 fordern die neuen Zeichner größere künstlerische Freiheiten, mehr, als sie ihnen Goscinny zugestehen kann. Schließlich steigen die ersten aus und gründen ab 1972 nach dem Vorbild der Underground-Hefte eigene, selbst verlegte Magazine, die zu Laboratorien für einen neuen Comic werden, der kompromisslos erwachsene Leser anspricht. »Jedem Zeichner sein eigenes Magazin«, lautet die Parole. Viele der *revues modernes* verschwinden bald wieder, doch das 1975 gegründete **Métal Hurlant** wird rasch zum tonangebenden Comicmagazin seiner Zeit, wenig später erscheinen auch eine amerikanische, spanische und deutsche (*Schwermetall*) Ausgabe. »Reservé aux adultes« heißt es wie bei den Comix auf dem Cover, die Leserschaft liegt altersmäßig zwischen 18 und 35 Jahren. Der thematische Schwerpunkt – **Science-Fiction und Phantastik** – trifft den Zeitgeist und scheint gleichzeitig Programm: Jenseits aller Konventionen soll hier die Zukunft der *bande dessinée* erfunden werden, es wird das Experiment zelebriert, und *Métal Hurlant* ist mit jeder neuen Ausgabe eine Wundertüte überraschender Seherlebnisse und optischer Spektakel in knalligen Farben.

Einer der Mitbegründer und maßgeblichen Künstler ist Moebius, der unter seinem bürgerlichen Namen Jean Giraud auch den Western *Blueberry* in *Pilote* zeichnet.

Gleich im ersten *Métal Hurlant* ist er mit drei Kurzgeschichten unter seinem Pseudonym vertreten, von denen **Arzach** hervorsticht: Geradezu räumlich wirkend in der Technik der *couleur directe* gestaltet (bei der die Farbe Bestandteil des Originals ist anstatt die Arbeit von Lithografen, die die Konturzeichnungen einfärben; die Farbe avanciert dadurch von der reinen Kolorierung zum künstlerischen Ausdrucksmittel), kreist ein apathisch dreinblickender Krieger auf dem Rücken eines Flugsauriers über einer archaischen Landschaft aus organisch wirkendem Blauviolett, erdigem Rotbraun und giftigem Grün, doch nach der Bedeutung des Bilderrauschs sucht man vergebens. Moebius nennt seine assoziative, einer THC-geschwängerten Traumlogik folgenden Zeichenarbeit ›**dessin automatique**‹.

Arzach zeigt zuvor noch nicht gesehene Bilder, geht ins kollektive Bildgedächtnis einer Generation ein und revolutioniert die Ästhetik des Comics, der nun sein von der Karikatur geborgtes Wesen gegen die Kunst tauscht. Auf deren Terrain hat er sich immer wieder vorgewagt, aber nun wird es ernst. 1971 schon hat Francis Lacassin die *bande dessinée* als ›**neuvième art**‹, als neunte Kunst, in die *Grand encyclopédie alphabéthique Larousse* aufgenommen. Der Comic wird salonfähig. An der eruptiven Veränderung seiner Oberfläche wird zudem sichtbar, wie enorm er während seiner bisherigen Geschichte durch Konventionen der Auftraggeber und die stets drohende Zensur beengt und an der Entfaltung seiner Möglichkeiten konsequent gehindert wurde.

1.7 | Aufkommen und Etablierung der Graphic Novel (ab 1978)

Wie als Gegenbewegung zu seinen ästhetischen Erkundungen entsteht zur gleichen Zeit die antithetisch motivierte Graphic Novel. Der Erste und seinerzeit Einzige, der den Comic schon 1941 als eine Literatur verstand, in ihm ein »**literary potential**« erkannte, war **Will Eisner**. Am Ende enttäuscht, dass niemand seine Vision teilt, hat er sich Anfang der 1950er Jahre vom Comic zurückgezogen und war zu Beginn der 1970er auf die *underground comics* aufmerksam geworden, mit denen eine langhaarige Generation ganz neue Wege beschritt. Sein Interesse erwacht erneut, im Oktober 1978 erscheint sein Buch **A Contract with God** (dt. *Ein Vertrag mit Gott*) mit vier Kurzgeschichten und Eisner nennt es eine ›*graphic novel*‹ – ein Begriff, der unter Comicfans gelegentlich bereits kursierte und der heute durchaus divergent verstanden und diskutiert wird (vgl. Kap. 8).

Eisners Intention ist die Abgrenzung vom Unterhaltungsfastfood der Hefte, in den USA vornehmlich Superhelden. Eine ernsthafte Comic-Erzählung, wie sie ihm vorschwebt, wäre in den Comicläden fehl am Platz und an den *newsstands* ohne Chance. Es bleibt der **Buchhandel**, doch dort sind Comics verpönt, also nennt Eisner sein Buch *graphic novel*). Er nutzt den Begriff somit als Marketinginstrument, doch mit seiner ernsthaften Erzählhaltung und einer sich vom klassischen Comic abhebenden Ästhetik definiert er die Graphic Novel zugleich als grafische Erzählung, die sich mit Innen- statt Außenwelten auseinandersetzt, einen **literarischen Anspruch** erhebt und in ihrer Verbindung von Bild und Text auch nach neuen Wegen sucht, um ihr Thema bestmöglich umzusetzen: »Jede der Geschichten wurde ohne Rücksicht darauf, wie viel Platz sie einnehmen würde, geschrieben, und jede konnte ihre Form aus sich selbst entwickeln, aus dem Ablauf der Erzählung. Die Einzelbilder sind im Gegensatz zur gewohnten Form der Comics nicht mehr aneinandergereiht und ha-

Abb. 9: Will Eisner, *A Contract with God*, 1978

ben die gleiche Größe; sie nehmen sich die Formate, die sie brauchen, und oft füllt ein einzelnes Bild eine ganze Seite.«

Auslöser für seine Titelgeschichte ist der Tod von Eisners sechzehnjähriger Tochter wenige Jahre zuvor. Durch den Schicksalsschlag steht Gott für ihn infrage, und Eisner verarbeitet den inneren Konflikt schließlich in der während der Großen Depression spielenden Geschichte um den gottesfürchtigen russischen Einwanderer Frimme Hersh (Abb. 9). Der sieht nach dem tragischen Tod seiner Adoptivtochter seine Über-einkunft mit dem Allmächtigen gebrochen, für seine Demut durch ein gutes Leben belohnt zu werden, und rächt sich, indem er zum herz- und skrupellosen Ausbeuter der mittellosen jüdischen Immigranten in der New Yorker Bronx wird; ein Umfeld, in dem Eisner selbst aufgewachsen ist und in dem auch die weiteren Geschichten spielen. *Ein Vertrag mit Gott* ist keineswegs eine autobiografische Erzählung, speist sich aber authentisch aus Eisners Erleben und verhandelt eine existenzielle Krise des Autors. Zwar erfährt das Buch einige Übersetzungen, im Gegensatz zu den Farb-explosionen und Bilderspektakeln in *Métal Hurlant*, dessen amerikanische Ausgabe *Heavy Metal* im Jahr zuvor gestartet ist, bleibt es zunächst jedoch weitgehend unbe-merkt und findet Beachtung erst 1985 durch eine Neuauflage.

Auch in seinen in den nächsten Jahren folgenden Graphic Novels widmet sich Eis-ner immer wieder, häufig mit autobiografischem Bezug, der Großstadt als Bühne menschlicher Schicksale. 1985 erscheint *The Dreamer* (dt. *Der Träumer*), der von den Anfängen der Comic-Hefte erzählt, noch bevor Eisner 1936 einen der ersten *comic shops* gründete, und 1991 mit *To the Heart of the Storm* (dt. *Zum Herzen des Sturms*) eine Autobiografie, in der er vor allem auch den Antisemitismus in den USA thema-tisiert. Der Begriff ›graphic novel‹ allerdings wird schnell auf die Produkt- statt auf die

Erzählform bezogen und muss schon bald als **Etikett** für alles herhalten, was durch seinen Umfang oder sein Format eher einem Buch als einem Heft gleicht. Vor allem in den USA gilt Eisners Terminus heute schlicht als Bezeichnung für »book-length comics«, selbst wenn nur gängige Serienhefte nochmals als dickes Paperback nachgedruckt werden.

Mit der Graphic Novel in Eisners literaturbezogenem Sinne erweitert sich das Themenrepertoire des Comics enorm (es gibt sogar Bestseller und Verfilmungen) – er kommt an auf dem literarischen Parkett und in den Feuilletons. Darüber, was eine Graphic Novel ist und ausmacht, differieren die Meinungen allerdings weiterhin. Der britische Zeichner Eddie Campbell (*From Hell*) versteht sie eher als eine nicht konkret zu fassende ›Bewegung‹ denn als spezifische Form und in der Tat ist das entscheidende Kriterium und Wesen der Graphic Novel die Erzählhaltung des Autors/ Zeichners, und nicht ein buchähnlicher Umfang oder das, wie auch bei Laurence Sterne oder Balzac und vielen anderen, das heute zur Weltliteratur zählt, serielle Erscheinen. Zunächst aber bleibt die Graphic Novel als neue Erzählform ohne Nachhall. Das ändert sich erst, als 1986 der erste Band von ***Maus*** erscheint und im gleichen Jahr mit Frank Millers ***The Dark Knight Returns*** und ***Watchmen*** von Alan Moore und Dave Gibbons zudem zwei alleinstehende, hintergründig düstere Abgesänge auf das Superheldengenre herauskommen, erzählt mit dessen Inventar.

Die Anfänge von **Art Spiegelman**s »Geschichte eines Überlebenden« datieren zurück in die Zeit des Underground, als ein erster Anlauf, das Schicksal seines Vaters als Comic zu verarbeiten, in dem Heft *Funny Animals* erscheint, ab 1980 dann erfolgt eine kapitelweise Veröffentlichung in dem zusammen mit seiner Frau Françoise Mouly herausgegebenen »graphix magazine« RAW. Die Öffentlichkeit reagiert skeptisch, teils schockiert, dass ein *Comic*, mit Juden als Mäusen und Nazis als Katzen, den Holocaust zu seinem Thema macht (Abb. 10), doch zeigt sich schnell, dass Spiegelman mit *Maus* ein Jahrhundertwerk gelungen ist, das Primo Levis *Ist das ein Mensch?* etwa oder Imre Kertész' *Roman eines Schicksallosen* in der Intensität der Aufarbeitung und Vermittlung der KZ-Erfahrung nicht nachsteht. 1992, ein Jahr nach dem Erscheinen des abschließenden zweiten Bandes, erhält Spiegelman den Pulitzerpreis. Mit *Maus* hat er, ganz nebenbei, auch den Beweis erbracht, dass sich der Comic eines jeden Themas anzunehmen und es in adäquater Form zu verhandeln vermag.

Gerade die karikaturenhafte Stereotypisierung der frühen Zeitungsstrips, die Spiegelman stilistisch aufgreift, erweist sich als geschicktes künstlerisches Mittel für seine Intention: »Die Mäuse sehen absichtlich alle gleich aus, einige haben zwar Brillen, andere rauchen, aber dennoch gleichen sie sich. Wenn man Fotos aus Konzentrationslagern betrachtet, stellt man fest, dass die Menschen ihre individuellen Charakterzüge verloren haben, sie sehen einer aus wie der andere. Es schien mir eine kraftvolle Aussage, das auf die Mäuse zu übertragen, die sich alle ähneln und erst im Verlauf der Geschichte zu eigenen Persönlichkeiten werden.« Eingebettet ist Spiegelmans Erzählung in eine zweite Handlung, die in der Gegenwart spielt und das Entstehen des Buches selbst zum Thema hat (vgl. Kap. 18), die Auseinandersetzungen mit dem Vater über seine Vergangenheit und dessen Widerstand gegen sein Vorhaben: »Wer will schon hören solche Geschichten?«

Offen oder verschlüsselt **Autobiografisches** wie bei Spiegelman oder Eisner findet sich auffallend oft als Thema von Graphic Novels (vgl. Kap. 15). Denn gerade Zeichnungen sind, weil sie Erzählmomente ›einfrieren‹, wie geschaffen dafür, den Leser auch die Zwischentöne eines Augenblicks spüren zu lassen, eine stille Poesie

Abb. 10: Art Spiegelman,
Maus, 1986

zu erzeugen, und durch die individuelle Gestaltung und den persönlichen Strich kann zwischen Leser und Autor sogar eine gewisse Art der Intimität entstehen: Der Autor zeigt dem Leser seine Welt, lässt ihn hinein. Dabei ergeben sich Themen, die im Comic zuvor undenkbar waren. Howard Cruse etwa schildert in *Stuck Rubber Baby* (1995) vor dem Hintergrund der Rassenkonflikte und der Bürgerrechtsbewegung sein Coming-out in Clayfield, Alabama, und die diffizile Liebe zu einem Schwarzen. In *Blankets* (2003) berichtet Craig Thompson von den Schwierigkeiten als Außenseiter Anfang der 1990er Jahre in der erdrückenden Enge einer Kleinstadt in Wisconsin. Von ihrer Kindheit im ländlichen Pennsylvania erzählt Alison Bechdel in *Fun Home* (2006) und von dem schwierigen Verhältnis zu ihrem Vater, der ein Bestattungsunternehmen führt (der Titel verkürzt ›funeral home‹ ironisch zu ›fun home‹). Oder der Kanadier Chester Brown beichtet in *Paying for It* (2011; dt. *Ich bezahle für Sex*) in fast beklemmender Offenheit sein Leben und seine Konflikte als Freier.

Im gleichen Jahr, in dem in den USA *Ein Vertrag mit Gott* erscheint, startet in Belgien Casterman, der Verlag von *Tim und Struppi*, mit Redaktionssitz in Paris das Monatsmagazin *(À Suivre)*. Die erste Ausgabe erscheint im Februar 1978 und unter-

Abb. 11: Jacques Tardi in *(À Suivre)*, 1978

scheidet sich schon auf den ersten Blick von anderen *revues modernes*; Chefredakteur Jean-Paul Mougin begreift den Comic ebenso wie Eisner als Form der Literatur und verfolgt ein neues Konzept: In den Magazinen ›für Erwachsene‹ werden Comics bisher ebenso in Fortsetzungen abgedruckt und später als Album veröffentlicht, wie es bei den Jugendmagazinen *Spirou* oder *Tintin* üblich ist. Umfassen die Episoden dort in der Regel zwei Seiten in der Woche, sind es bei den monatlichen Magazinen pro Ausgabe rund zehn. Mougin setzt auf längere Fortsetzungen von etwa zwanzig Seiten, die er als Kapitel auffasst. »Wir wollen eine andere Form von Comics bieten, wirkliche **Comicromane**, die in Kapitel unterteilt sind«, proklamiert er in der Debütausgabe von *(À Suivre)*. »Und ich bestehe auf dem Wort ›Kapitel‹, weil wir uns abgrenzen wollen von der alten Struktur der Fortsetzungserzählung. Wo ist die Freiheit des Künstlers, wenn er nach 46 oder 62 Seiten das Wort ›Ende‹ setzen muss, nur damit der Verlag aus seiner ›Geschichte‹ später ein Album machen kann?« Und dann setzt er hinzu: »*(À Suivre)* ist kein weiteres ›Magazin für Erwachsene‹. *(À Suivre)* ist ganz einfach ein **erwachsenes Comic-Magazin**.«

   Man kann das zum Manifest des Comicromans in Europa erklären, zum Aufbruch der Graphic Novel – obwohl das ›erwachsene Comicmagazin‹ ironischerweise gerade jene Zeile zu seinem Titel erklärt, mit der Geschichten gewöhnlich zerstückelt werden: »Fortsetzung folgt«. Aber der Anspruch einer neuen Seriosität wird selbstbewusst schon dadurch signalisiert, dass der überwiegende Teil der Comics schwarzweiß abgedruckt ist. Hier soll es nicht um schöne Zeichnungen gehen und bunte Oberflächen, sondern um die Erzählung, die die Bilder transportieren. Es gibt keinerlei Umfangvorgaben wie sonst aufgrund der Produktform des späteren Albums, sondern die Geschichten enden nach beliebig vielen ›Kapiteln‹ ganz individuell dann, wenn sie erzählt sind. Später erscheinen sie vollständig als Buchausgaben mit bis zu knapp zweihundert Seiten unter dem Label ›*romans (À Suivre)*‹.

So entstehen ›*roman bd*‹ genannte Comicromane wie *Ici Même* (1978; dt. *Hier selbst*, Abb. 11) von Jean-Claude Forest und Jacques Tardi oder *Silence* (1979) von Didier Comès, die heute zu den modernen Klassikern der grafischen Literatur zählen. Während in den USA Eisners Initialfunke als einzelnes Buch 1978 zunächst nichts entflammt, wird *(À Suivre)* als Periodikum anders wahrgenommen: Die Idee vom *roman bd* verbreitet sich in Frankreich und bald auch den Nachbarländern. Dabei entstehen unterschiedliche Konzepte, zunächst innerhalb des gewohnten Albumformats. Die neuen Comicromane haben entweder wie bei Casterman einen flexiblen, teilweise stattlichen Umfang, oder aber Autoren legen Erzählungen auf mehrere Alben mit der üblichen Seitenzahl an (die man, ebenso wie die Fortsetzungen in *(À Suivre)*, ›Kapitel‹ nennen könnte).

Letzteres ist der Fall bei **François Bourgeons *Les Passagers du vent*** (1979; dt. *Reisende im Wind*), einem historischen Abenteuer, das schließlich (nach episodenweisem Vorabdruck bis 1984 in dem Magazin *Circus*) mit dem fünften Album als geschlossene Erzählung beendet ist und so auch von vornherein angelegt war. 1992 erscheint der fast 250-seitige Comicroman (zuerst in Deutschland) auch in einem Band. Während der Comic die Befindlichkeit seiner Helden bisher in der Regel aussparte, erzählt Bourgeon in seiner ebenso dramatischen wie detailgenau inszenierten Geschichte vor dem Hintergrund des ausklingenden 18. Jahrhunderts von der Entwicklung seiner den Ereignissen ausgesetzten Charaktere und ihren inneren Verstrickungen. Es folgen weitere Comicromane nach diesem Prinzip, Coseys zweibändige Erzählung *A la recherche de Peter Pan* (1983; dt. *Auf der Suche nach Peter Pan*) etwa, das vor allem in Frankreich bis heute verbreitet ist.

1990 schließen sich in Paris Jean-Christophe Menu, Lewis Trondheim, David B., Patrice Killoffer und weitere Zeichner zusammen und gründen den Verlag L'Association mit dem Ziel, die eigenen Comics thematisch und vor allem auch in der Form völlig ungebunden entwickeln und veröffentlichen zu können. Mit den neuen Formaten verändert sich auch der stilistische Ausdruck. Zwischen 1996 und 2003 etwa erscheint in sechs Bänden mit unterschiedlichem Umfang und im Buchformat *L'Ascension du Haut-Mal* (dt. *Die heilige Krankheit*) von **David B.**, der in ungewöhnlich intensiven, symbolhaften, linolschnittartigen Schwarz-weiß-Zeichnungen von der Epilepsie seines Bruders erzählt und wie die seine Kindheit überschattet hat – am Schluss eine Graphic Novel von über 350 Seiten. 1999 stößt auch die aus dem Iran geflüchtete **Marjane Satrapi** zu L'Association und beschert dem Verlag mit *Persepolis*, der autobiografischen Schilderung ihrer Kindheit während der Islamischen Revolution, einen sogar internationalen Bestseller. 2007 folgt ihre Geschichte auch als Animationsfilm, der zahlreiche Auszeichnungen erhält und im Jahr darauf für zwei Oscars nominiert wird. Im Iran gilt Satrapi seit dem Erscheinen von *Persepolis* als ›Staatsfeindin‹, erst nach der Oscar-Nominierung wird ihr Film in einer um fast eine halbe Stunde gekürzten Fassung in sieben Vorstellungen mit eng begrenzter Zuschauerzahl auch in Teheran gezeigt.

1.8 | »Fortsetzung folgt«: Comics im Zeichen der Globalisierung im 21. Jahrhundert

Mit Beginn des neuen Jahrhunderts steht der Comic einmal mehr vor der Herausforderung, sich neu erfinden zu müssen. Seine Sternstunde als amerikanische Folklore gehört ebenso zur Vergangenheit wie die als Bildsensation einer noch fernsehlosen

Zeit oder als jugendkulturelles Massenmedium: Seit den 1980er Jahren hat der Comic durch am Rechner generierte *special effects* und **Computeranimation** seinen bisherigen Trumpf, Phantasiewelten inszenieren zu können, wie sie der Film aufgrund technischer oder finanzieller Hürden nicht zu zeigen vermochte, zunehmend eingebüßt. Und wie der **Film**, so bedienen sich auch **Konsolenspiele** der Themen und Sujets des Comics und siedeln dessen Figuren oder deren Nachkommen an in virtuellen Welten, auf die der Spieler Einfluss hat, in denen er sich bewähren kann, während sich die Interaktion beim Comic auf das Umblättern der Seiten beschränkt. Die Helden einer jungen Generation und Ikonen der heutigen Popkultur entstammen längst nicht mehr dem Comic. Dessen große Protagonisten, Superman und Batman, Tim und Struppi, Donald oder die Peanuts, sind inzwischen über sechzig Jahre alt, selbst Asterix, einst Idol einer »Trau keinem über dreißig«-Generation, gehört demnächst dazu. In den USA sind die Comic-Hefte auf dem Rückmarsch, in Europa die Alben, die Magazine ›pour la jeunesse‹ und ›pour adultes‹ sind schon in den 1980ern und 1990ern verschwunden.

Das betrifft nicht den **Manga**, der in Japan in allen sozialen Schichten und Altersgruppen gelesen wird und weiterhin Rekordauflagen in Millionenhöhe feiert. In den 1980er Jahren hat er sich zuerst in Ostasien verbreitet und ist ab 1990 zu einer weltweiten Jugendkultur geworden, die selbst in Ländern wie Frankreich und Belgien mit starker eigener Tradition im Buchhandel mit Marktanteilen von inzwischen über fünfzig (in Deutschland fünfundsechzig) Prozent die europäischen Comics längst überflügelt. Das liegt auch daran, dass durch die Entwicklungen der letzten Jahre in Europa und den USA die ›Kids‹ schlicht vergessen wurden. Viele Zeichner arbeiten lieber, und die Möglichkeiten waren nun gegeben, an Projekten für ihresgleichen anstatt für Pubertierende, die der Manga hingegen mit seinen Themen perfekt bedient. Durch sein **filmisches Erzählen** kommt er zudem modernen, vom Internet geprägten Seh- und Lesegewohnheiten entgegen. Und durch die Übernahme auch der japanischen Leserichtung von ›hinten‹ nach ›vorne‹ und rechts nach links, die Erwachsenen den Zugang zu seinen Welten verstellt, kann der Comic in einer Zeit, in der auch die Eltern *Asterix* oder *Fritz the Cat* lesen, endlich wieder zu einer Jugendkultur werden, bei der es immer um Abgrenzung geht, darum, etwas anders zu machen als die Eltern; und sei es, tradierte Lesegewohnheiten auszuheben.

Neue Möglichkeiten eröffnen sich dem Comic mit dem **Internet** als Verbreitungsmöglichkeit. Im Juni 1995 erscheint mit *Argon Zark!*, den Charley Parker über acht Jahre hinweg regelmäßig zeichnet, der erste **digitale Comic**, inzwischen sind es zigtausende (vgl. Kap. 9). 2005 und 2006 werden erstmals der Eisner und der Harvey Award, die beiden wichtigsten amerikanischen Auszeichnungen, auch in der Kategorie »Bester digitaler Comic« verliehen. Allerdings mangelt es noch an einem problemfreien Bezahlsystem, sodass Webcomics derzeit in der Regel für den Leser kostenlos sind und die Zeichner nicht von ihrer Arbeit leben können. Dennoch gibt es Serien, die, zumindest über einen gewissen Zeitraum, sogar täglich mit einer neuen Folge aufwarten, ganz wie die Zeitungsstrips. Die **Plattform comiXology** mit Firmensitz in New York und inzwischen mehreren Millionen Nutzern bietet seit 2007 die Comics der amerikanischen Verlage Marvel und DC inklusive eines Großteils ihrer Backlist an; mittels Animationstechnik lassen sich die Einzelbilder inzwischen in ihrer Abfolge überblenden oder heranzoomen. 2014 übernimmt Amazon das Unternehmen, das die Comics von mittlerweile achtzig Verlagen und auch vielen unabhängigen Zeichnern aus allen Bereichen anbietet: In den USA werden seit 2011 mehr Comics auf Smartphones oder Tablets gelesen als gedruckte Hefte verkauft.

In der Vergangenheit hat sich der Comic vor allem in den USA, in Westeuropa und in Japan geformt und dort nationale Stilrichtungen, Traditionen, Formate, Eigenarten und eine jeweils spezifische Erzähltechnik und Bildsprache herausgebildet. Mit dem in den 1970er Jahren zunehmenden privaten Reiseverkehr und den in den 1990ern aufkommenden modernen Kommunikationstechnologien hat eine gegenseitige Beeinflussung über alle Grenzen hinweg eingesetzt, und derzeit entsteht eine neue, eine **globale Comic-Kultur** – jedes Werk ist in Stil und Ausdrucksweise individuell, ohne sich einer bestimmten Schule oder Gepflogenheit verpflichten zu müssen. Zeichner sehen sich heute im internationalen Kontext, beziehen Impulse und Anregungen aus allen Richtungen und Ecken der Welt und schaffen daraus etwas Eigenes. In Japan bspw. adaptiert Jirō Taniguchi mit *Aruko Hito* (1992; dt. *Der spazierende Mann*) das Prinzip der Graphic Novel und findet damit in Europa mehr Aufmerksamkeit als in seiner Heimat; in Europa und den USA entstehen Mangas, die teilweise ins Japanische übersetzt werden. Und so tauchen plötzlich überraschend Comics auch in Ländern auf ohne jede eigene Tradition, während der Aufstände gegen Präsident Mubarak bspw. *Metro* von Magdy El-Shafee, die **erste ägyptische Graphic Novel**, in der deutlich auch die aktuelle Nervosität auf den Straßen zu spüren ist. *Metro* wird beschlagnahmt, verboten und El-Shafee verhaftet und wegen »Untergrabung der öffentlichen Moral« verurteilt. Doch dann erscheinen Übersetzungen rund um den Globus.

Auch in **Deutschland** mit nur schmalem Comic-Erbe ist eine junge Generation von Zeichnern wie Ralf König, Isabel Kreitz, Reinhard Kleist oder Ulli Lust, deren Graphic Novels inzwischen überall in Europa, in den USA und manchmal sogar in Japan erscheinen, nicht mehr zu übersehen. Was die Graphic Novel mit ihren Ursprüngen als ›komische Streifen‹ verbindet, ist das Erzählen mit den Mitteln der Karikatur – ironischerweise werden Comicfiguren umso unglaubwürdiger, je ›realistischer‹ sie gezeichnet sind; *Ein Vertrag mit Gott*, *Persepolis* oder *Fun Home* in naturalistischer Optik würden ihre Wirkung schlicht verfehlen. Damit der Comic im Kopf zum Film wird, braucht er die komische Überzeichnung seiner Figuren ebenso notwendig wie, um das Gefühl der Bewegung zu erzeugen, den Leerraum zwischen seinen Bildern.

Ob man die Graphic Novel nun als Marketing-Instrument sehen will, mit dem der Comic Aufmerksamkeit einklagt, die ihm durch die Konkurrenz neuer Medien abhanden gekommen war, oder als ein tatsächlich neues Genre, durch das er nicht allein zum Gegenstand der Kunst-, sondern auch der Literaturwissenschaft wird – unbestreitbar ist, dass die **Idee der Graphic Novel** nicht nur ein neues Publikum interessiert, sondern, frei von allen Beschränkungen und empfänglich für jeden Einfall und jede Form, dem Comic ungeahnte Möglichkeiten eröffnet. Die Graphic Novel als Teil des Literaturbetriebs erfindet sich ständig neu, präsentiert sich mal künstlerisch imposant, mal mit minimalistischem Strich, verbündet sich mit der Fotografie oder nutzt Collage-Techniken, und längst gibt es Comic-Reportagen, -Tagebücher, -Reiseberichte und -Dokumentationen, Biografien, Autobiografien und fiktive Autobiografien, Bekenntnisse, Reflexionen und Coming-outs: Noch nie in seiner Geschichte hat der Comic über eine derartige Freiheit verfügt, zu erzählen.

Literatur

Goulart, Ron: *The Funnies. 100 Years of American Comic Strips*. Holbrook, MA 1995.

Groensteen, Thierry: *La bande dessinnée, son histoire et ses maîtres*. Paris 2009.

Hajdu, David: *The Ten-Cent-Plague. The Great Comic-Book Scare and How It Changed America*. New York 2008.

Harvey, Robert C.: *The Art of the Comic Book. An Aesthetic History*. Jackson 1996.

Heer, Jeet/Worcester, Kent (Hg.): *A Comics Studies Reader*. Jackson 2009.

Knigge, Andreas C.: *Alles über Comics. Eine Entdeckungsreise von den Höhlenbildern bis zum Manga*. Hamburg 2004.

Koyama-Richard, Brigitte: *1000 Jahre Manga. Das Kultmedium und seine Geschichte*. Paris 2008.

Rhoades, Shirrel: *A Complete History of American Comic Books*. New York u. a. 2008.

Schikowski, Klaus: *Der Comic. Geschichte, Stile, Künstler*. Stuttgart 2014.

Andreas C. Knigge

2 Produktion, Distribution und Rezeption von Comics und Graphic Novels

2.1 | Diskurs- und Wertungsfragen

Wo liegen die Besonderheiten der **Comics** hinsichtlich ihrer Produktion, ihrer Distribution und ihrer Rezeption? Was sind die Eigenheiten der grafischen Literatur hinsichtlich ihrer Produktion, Distribution und Rezeption? Zwischen diesen beiden Fragen deutet sich eine historische Entwicklung an, die *grosso modo* in den letzten vierzig Jahren in den USA und Europa stattgefunden hat. Denn zum einen bezog sich vor vierzig Jahren der Begriff *graphic literature* weniger auf Geschichten mit Bildern, sondern wurde meist im Hinblick auf drastische, plastische, eben bildhafte Literatur verwendet (in diesem Sinne noch Kaplan 2001). Und zum anderen verstanden sich Comics 1975 gerade nicht im Sinne eines Phänomens der ›Hochkultur‹ als grafische Literatur, sondern betonten als *comix* oder *commix* ihr **subversives und anarchisches Potenzial** im Unterschied zum etablierten kulturellen Mainstream – wobei das ›x‹ in der abweichenden Schreibweise für ›x-rated‹, also ›nicht jugendfrei‹ stand (vgl. Kap. 1). Für die in den 1950ern aufgewachsenen Zeichner und Autoren waren Comics gerade deshalb attraktiv, weil sie der repressiven Gesellschaft ihrer Jugend und Adoleszenz entkommen wollten (einen Überblick darüber bietet Rosenkranz 2002). Comics brachten etwas Unbewusstes der Gesellschaft auf die banale Oberfläche ihrer Seiten, indem sie das Schematische der Gesellschaft selbst ganz direkt und unverblümt mitteilten (Doetinchem/Hartung 1974). Gerade als Schmuddelliteratur eröffneten sie einen Raum, in dem die Verhältnisse der bürgerlichen Gesellschaft reflektiert und parodiert werden konnten.

Dass in dieser Zeit nicht die Literatur die zentrale Bezugsgröße für Comicproduzenten war, belegt beispielhaft das ab 1981 von Art Spiegelman mit seiner Frau Françoise Mouly selbst verlegte Comicmagazin *RAW*, das sich – im Coffeetable-tauglichen Großformat gedruckt – vor allem an ein an Grafik und Design interessiertes Publikum wandte, bevor der Penguin-Verlag zwischen 1989 und 1991 drei Nummern im Taschenbuchformat vertrieb. Dieser **Formatwechsel** illustriert anschaulich den sich damals abzeichnenden diskursiven Wechsel: Ganz langsam hörten Kunst und *graphic design* auf, als Orientierungsgrößen zu fungieren, stattdessen trat die Literatur als Bezugspunkt zur ›Hochkultur‹ in den Vordergrund.

Die Versuche, den Comic – wie defizitär im Einzelnen auch immer – als Kunst oder **Kunstform** zu begründen (vgl. etwa Groensteen 2000, 39), wurden durch die sich etablierenden Debatten um grafische Literatur überholt, denen sich mit dem Terminus **Graphic Novel** ein griffiger und gut vermarktbarer Begriff bot.

Auch wenn Will Eisners 1978 erschienener Band *A Contract with God*, der im Untertitel die Bezeichnung ›Graphic Novel‹ führte, nicht als erstes Druckerzeugnis dieses ›Label‹ trägt (vgl. hierzu etwa Haas 2012, 47; Blank 2014, 8; zur Begriffsgeschichte Gravett 2005, 8), so hat er doch nachhaltig ein mit dem Terminus verbundenes Konzept geprägt (vgl. Kap. 8). Der Begriff ›Graphic Novel‹ vermochte es, Comics zumindest in den USA und Deutschland eine andere Aufmerksamkeit als zuvor zu verschaffen, was durchaus kritisch diskutiert wird.

Im Fokus der Kritik steht neben der Vernachlässigung der spezifischen, subversiven Qualitäten des Comics zugunsten einer Beschwörung der Tiefgründigkeit, Subtilität und Differenziertheit der gezeichneten Geschichten (Bandel 2007; Bandel 2012) auch der Versuch einer **Legitimierung** der Graphic Novel als grundsätzlich hochwertigem Comic, ohne Qualitätskriterien überhaupt anzugeben (Becker 2012). Vor allem aber wird der **Marketingaspekt** des Begriffs problematisiert (vgl. Gordon 2010, 185 f.). Wenn dementgegen versucht wird, dem Terminus nachträglich einen Sinn jenseits der Vermarktungsdimension zu geben und Comics auf die Romantradition zu verpflichten, um sie unausgesprochen, aber dauerhaft im Kanon bürgerlicher Kultur zu verankern (Blank 2014, 32–37), beweist dies, dass ›Graphic Novel‹ als »Spaltbegriff« betrachtet werden kann, der einen »Rückschritt im kulturellen Bewusstsein« markiere (Hausmanninger 2013, 17 und 29).

Es lässt sich mithin in der Lektüre der Comics als grafischer Literatur und der grafischen Literatur als Comics ein umkämpftes Feld erkennen (Punter 2005, 209), auf dem sehr unterschiedliche Bewertungen, Perspektiven und Analysen aufeinandertreffen, die zugleich auf die Problematik einer (übergreifenden) Analyse der Produktion, Distribution und Rezeption von Comics und Graphic Novels verweisen. Auch die Durchsicht verschiedener Sammelbände der letzten Jahre bestätigt diesen Befund, lassen sich doch kaum analytische Interpretationen der Veränderung der Produktion, Distribution und Rezeption von Comics und Graphic Novels finden, geschweige denn, dass diese in einen kulturtheoretischen Rahmen gestellt würden.

Vor diesem Hintergrund müssen auch die folgenden Ausführungen notwendigerweise vorläufig und holzschnitthaft bleiben, die auf folgende Fragen Antworten vorschlagen: Wie hat sich die Position der Comics innerhalb der kulturellen Produktion und Reproduktion verändert? Welche Verschiebungen hat es in der Produktion, Distribution und Rezeption von Comics gegeben? Wie stellen sich die Instanzen der Produktion, der Distribution und der Rezeption dar? Welche Instanzen sind verschwunden, welche sind hinzugekommen? Dabei ist einschränkend anzumerken, dass sich die verschiedenen Aspekte ›Produktion‹, ›Distribution‹ und ›Rezeption‹ zwar analytisch differenzieren lassen, in der Sache aber wechselseitig beeinflussen, sodass sich vereinzelte Wiederholungen ebenso wenig vermeiden lassen wie Vorgriffe.

2.2 | Produktion

Die Produktion von Comics ist so uneinheitlich wie die Produkte, die unter diesen Begriff fallen. Vereinfachend lassen sich aber doch entsprechend der verschiedenen Erscheinungsweisen von Comics auch die Produktionsweisen unterscheiden: Zeitungsstrips werden grundsätzlich unter anderen Produktionsbedingungen hergestellt als Comic-Hefte (bei denen im Übrigen die Produktion der großen Verlage – in den USA Marvel und DC – sich nicht mit der kleinerer Independent-Verlage deckt), und diese wiederum unter anderen als Graphic Novels und Webcomics, wobei sich im Independent-Bereich viel überschneidet. Darüber hinaus unterscheiden sich die Produktionsbedingungen nicht nur typologisch je nach Format (Publikationsform), sondern sie wandeln sich auch in Laufe der Comicgeschichte, in der unterschiedliche Produktionsformen dominier(t)en.

In der **Ära der frühen Zeitungscomics** (vgl. Kap. 4) wurden die Funnies noch von einzelnen Zeichnern, nicht selten mit der Unterstützung von Assistenten produziert, und zwar häufig in den Redaktionsräumen der Zeitungen selbst, weil die Zeichner von den Zeitungen angestellt waren; ein berühmtes Beispiel ist George Herriman, dem sein Verleger für *Krazy Kat* einen Vertrag auf Lebenszeit gegeben hatte. Das hohe Einkommen und Ansehen von Zeichnern wie Bud Fisher und Rudolph Dirks steht im Kontrast zu ihrer **abhängigen Produktion**, über die noch der weltweit sicher bekannteste Zeichner seiner Zeit, Charles M. Schulz, klagt (Inge 2000). Der tägliche Druck der Veröffentlichung, das Serielle der Zeichnungen, die Verpflichtung auf einen Erfolg bei der Leserschaft durch einen Gag oder einen Spannungsbogen (vorbildlich in der legendären melodramatischen Geschichte *The Saga of Mary Gold* von Sidney Smith in *The Gumps* (1929); vgl. Harvey 1994, 64–67; Gardner 2013) lassen sich als Merkmale einer Produktionsweise erkennen, die man aus dem industriellen Bereich im Hinblick auf die Fertigung standardisierter Massenware unter dem Schlagwort ›**Fordismus**‹ kennt – wozu nicht zuletzt auch die Schematisierung passt, die Comics ästhetisch auszeichnet.

Diese im Ansatz fordistische Produktionsweise wird in der **Ära der Comic-Hefte** weiter entwickelt. Ihre stark arbeitsteilige Fertigung braucht den Vergleich mit der Produktion am Fließband nicht zu scheuen, wenn das Szenario, der Text der Dialoge, die Vorzeichnung, die Tuschzeichnung, die Kolorierung und das Lettering von unterschiedlichen Personen ausgeführt wird (die außerdem häufig gleichzeitig an mehreren Comicgeschichten arbeiten), um die gewünschte Masse an Publikationen an die Kioske zu bringen (zu den juristischen Konsequenzen einer solchen Produktion, bei der die **Comics als ›geistiges Eigentum‹** [*intellectual property*] **der Verlage** gelten und nicht als Kunstwerke, und Szenaristen sowie Zeichner meist anonym arbeiten, vgl. Kap. 13). Entsprechend schlecht ist das Verdienst der vor allem in der Frühzeit des *comic books* meist sehr jungen Zeichner (vgl. Kap. 1); später speisen sich die an der Produktion von Heftcomics Beteiligten nicht selten aus der Fankultur.

Arbeitsteilung bei der Comicproduktion

Viele Comics, besonders Comic-Hefte, wurden und werden arbeitsteilig hergestellt (hierzu und speziell zur Arbeitsweise in den *shops* vgl. Knigge 1996, 108 f.). Ein Heft von *Marvel Two-In-One* aus dem September 1975 weist für die Geschichte *The Thing goes South!* bspw. nicht weniger als sieben involvierte Personen auf der ersten Seite aus:

»Stan Lee presents ... plotted by Roy Thomas, scripted by Bill Mantlo, drawn by Bob Brown, inked by Jack Abel, lettered by Tom Orzechowski, colored by Janice Cohen ... which didn't leave much for Len Wein to do by way of editing«. Dies gibt einen Eindruck von der arbeitsteiligen Produktion der Comics, in der die verschiedenen Schritte der Herstellung voneinander getrennt sind. Der **Chefredakteur** ist für die Linie des Verlags verantwortlich, hat aber auch die Figuren mit kreiert. Der **Redakteur** skizziert die Geschichte, die dann von einem **Autor** umgesetzt und ›ausgeschrieben‹ wird. Die vom **Zeichner** nach diesem Skript angefertigte Bleistiftzeichnung wird vom **Inker** nachgezeichnet, um dann vom **Koloristen** koloriert und vom **Letterer** mit Schrift versehen zu werden. Das **Lektorat** überprüft diesen Prozess und sein Ergebnis. Nicht selten werden diese Positionen in Scherzen vorgestellt. Die meisten fehlen in den Regeln alphabetischer Katalogisierung (RAK), wie sie für bundesdeutsche Bibliotheken aufgestellt sind, wodurch die multiple Autorschaft sich nur schwierig katalogisieren lässt (vgl. Kap. 6).

Im **frankobelgischen Raum** erschienen Comics ab den 1920er Jahren in den Kinder- und Jugendbeilagen der Tageszeitungen. In den 1930er bilden sich Comicmagazine wie das katholische *Coeurs Vaillant* oder *Spirou* aus, für die Zeichner wie Rob-Vel (Robert Velter) oder Fernand Dineur arbeiteten, in denen aber auch Material aus Zeitungen (wie *Tintin*) oder den USA wieder abgedruckt wurde. Mit dem Magazin *Tintin* machte sich Hergé 1946 von der Veröffentlichung in Zeitungen unabhängig und wurde mit seinem **Studio Hergé** zur großen Ausnahmeerscheinung in den 1950er und 1960er Jahren in Europa. In dieser Produktionsstätte übernahmen Angestellte unterschiedliche Aufgaben von der Recherche über das Zeichnen der Hintergründe bis zu Lettering und Kolorierung (Hein 1991).

So arbeitsteilig die Comics hergestellt wurden, die entscheidende Differenz zur industriellen Produktion bleibt, dass sich die verschiedenen so gefertigten Comics nur aus einer bestimmten kulturkritischen Perspektive (wie sie prominent Theodor W. Adorno und Max Horkheimer formuliert haben; Adorno/Horkheimer 1988, 128) genau gleichen – auch im Produktionsprozess lassen sich **markante Differenzen** im Detail erkennen. Es liegt auf der Hand, dass ein *Tintin-* oder *Spiderman*-Heft nicht in dem Sinne dem anderen gleicht wie bspw. ein Ford T dem anderen, so sehr sich Schemata, Bildeinstellungen, Situationen, Dialoge usw. auch wiederholen mögen. Diese Differenz, die sich am Beispiel unterschiedlicher Produzenten zeigen lässt (vgl. Kap. 13), hat in der Geschichte der Comics entsprechend immer wieder zu differenzierten Rezeptionsweisen geführt (wie das Beispiel des unter Disney anonym veröffentlichenden Carl Barks bewiesen hat; vgl. dazu ausführlicher Kap. 1).

Auch darüber hinaus sind Comics in **industrielle Produktionsprozesse** eingepasst; besonders prominente Beispiele dafür sind die zahlreichen neuen in Hollywood produzierten **Kinofilme um Comicfiguren** sowie deren Verwertung in Form von **Merchandisingprodukten**. Mit den Figuren werden T-Shirts, Tassen, Uhren, Plüschtiere, Spielfiguren, aber auch Hörspiele, Zeichentrickfilme, Fernsehserien, Computerspiele, Themenparks, Live-Shows, Musicals, also zahllose weitere kulturindustrielle Produkte gestaltet, die meist ebenso arbeitsteiligen Produktionssituationen ohne starke Autorenposition entspringen wie die Comics selbst (vgl. für die Figur Superman, die nicht nur in dieser Hinsicht ikonisch ist, Grossman 1976; Frahm 2010, 246–266; Meier 2013). Diese Produktionen und damit die Vervielfältigung der Erscheinungen der Comicfiguren lassen sich auch als Phänomen der Medienkonvergenz betrachten (vgl. hierzu Bartosch/Stuhlmann 2013; Kap. 13). Zu den Produktionsbedingungen der Comicfiguren gehört aufgrund ihrer vielfältigen und oft jahrzehntelangen Erscheinungsgeschichte diese selbst. So wesentlich die **typisierte Wiedererkennbarkeit** einer Figur wie Superman ist, so bedeutend sind die Wandlungen der Figur im Laufe der Jahrzehnte, die wiederum seit den 1980er Jahren selbst zum Gegenstand der Narration werden können, um ein Publikum anzusprechen, das eben diese Geschichte sehr genau kennt (Hausmanninger 1989).

Comics sind Teil der Massenkultur, sie wenden sich an ein (national nicht begrenztes) Publikum, das oftmals – wie im Falle der mit dem Zeitungskauf (mit)erworbenen Comicstrips oder der Käufer einer Tasse mit dem Superman-Logo – gar nicht gezielt die Comicrezeption in den Vordergrund rückt, gleichwohl aber mit diesen Figuren lebt und sie als Teil des eigenen Alltags wahrnimmt. Im Falle der **Comic-Hefte**, die anders als die Zeitungsstrips als Produkt gezielt erworben werden müssen, werden spezifische Gruppen als **Zielpublikum** entdeckt, und die Verlage beginnen, für dieses zu produzieren, wie Marvel Anfang der 1960er Jahre *The Hulk* für Collegestudenten. Diese beginnende Ausdifferenzierung lässt sich als frühes Zeichen einer gesellschaftlichen Entwicklung sehen, in der sich zunehmend spezifische Gruppenidentitäten herausbilden – eine Entwicklung, die über mehr als dreißig

Jahre, zwei Generationen und viele Kämpfe später der grafischen Literatur ihren Markt eröffnen wird.

Im Bereich der **Graphic Novel** sind es zumeist einzelne Autor_innen (darunter ungewöhnlich viele Frauen, vgl. Kap. 8), die nicht seriell, sondern an einzelnen Produkten arbeiten, die als Bücher, als ›**Einzelwerke**‹ veröffentlicht werden. Dabei spielt es eine große Rolle, dass die Zeichner_innen nicht bloß – wie im Strip oder Heft – als wiedererkennbare Marke erscheinen (so konnten Fans Carl Barks ›Handschrift‹ in den von ihm entworfenen *Donald Duck*-Geschichten erkennen, auch wenn sie immer anonym erschienen); vielmehr reüssieren sie mit der Idee eines Künstlersubjekts, das sich in seinen Werken ausdrückt. Diese **Autorposition** macht sich auch im Hinblick auf juristische Fragen, hinsichtlich der Urheberrechte an den eigenen Produktionen bemerkbar. Während Siegel und Shuster – um nur das bekannteste Beispiel zu nennen – keine Rechte an ihrer Figur Superman hielten und der Gewinn an ihr also komplett an den Verlag ging (Packard 2010, Gordon 2013; vgl. Kap. 13), behalten die Produzenten von Graphic Novels heute meist die Rechte an ihren Produkten. Während die serielle Produktion immer einem bestimmten Genre (Superhelden, Funnies usw.) verpflichtet scheint, dessen Regeln sie zu bedienen hat, muss im Falle der Graphic Novels das Singuläre der jeweiligen Arbeit selbst herausgestellt werden, das die Aufmerksamkeit der Käufer erheischt.

Diese Produktionsweise lässt sich auch bei den **Webcomics** beobachten, bei denen die Produzenten aber anders als bei der Graphic Novel ihre Produktionsmittel und Vertriebswege (abgesehen von den Serverkapazitäten) weitgehend selbst organisieren und gestalten, sofern sie nicht auf bestehende Plattformen zurückgreifen. Hier wird direkt um Aufmerksamkeit konkurriert, die oft auch durch experimentelle Umgangsweisen mit dem Format der Webseite erheischt werden muss. Zugleich lässt sich eine Wiederkehr des Funnies beobachten, der durch die tägliche Nutzung der Computer hier einen einfachen Vertriebsweg findet, weil der Webcomic sozusagen ›im Medium‹ bleibt. Dabei werden Comics seit der Verbreitung des Computers als Arbeitsmittel inzwischen oft mit Programmen nachbearbeitet (meist von den Zeichnern selbst), wenn sie nicht gleich am Computer entstehen. Ob die Webcomics die in sie gesetzten Hoffnungen im Hinblick auf Originalität etc. erfüllen, bleibt abzuwarten und noch zu diskutieren (vgl. Sabin 2000; McCloud 2001); mit ihnen hat sich auf jeden Fall das Bild des Comicproduzenten als Entrepeneur seiner eigenen Arbeiten durchgesetzt.

Im Gegensatz zur Literatur oder der bildenden Kunst handelt es sich bei Comics und Graphic Novels noch immer um ein Feld, das nicht eigens durch Stipendien oder Programme gefördert oder stimuliert wird, auch wenn die jeweiligen Publikationen nicht selten durch öffentliche Institutionen mitfinanziert werden (Übersetzerfonds usw.). Damit soll nicht gesagt sein, dass Comics nun automatisch als Kunst anzusehen seien: Ähnlich wie im Fall des Begriffs ›Roman‹, der ja keine Wertung, sondern eine Genrebezeichnung darstellt, versammeln sich unter dem Label ›Graphic Novel‹ viele Comics, die gar keinen größeren ästhetischen Anspruch erfüllen wollen und sich schlicht der Unterhaltungsliteratur zurechnen lassen (zur Kritik Becker 2012). Auch spielt eine Rolle, dass Zeichner_innen, die sich durch Graphic Novels einen Namen gemacht haben, nur selten davon ihren Lebensunterhalt finanzieren können – viele sind auf Auftragsarbeiten aus der Werbung angewiesen (ein berühmtes Beispiel ist Art Spiegelman, der lange Zeit für Topps Chewing Gum gezeichnet hat). In Deutschland finanzieren einige bekanntere Comiczeichner_innen ferner ihren Lebensunterhalt durch Professuren. Während es 1995 nur Anke Feuchtenberger war, die eine solche Stelle innehatte, prägen inzwischen einige aus ihrer Generation die Studiengänge für Illustration an den Kunst- und Fachhochschulen, Ute Helmbold (Braunschweig), Martin tom Dieck (Essen) oder ATAK (d. i. Georg Barber – Halle).

Die historische Verbindung zwischen den beiden ausgeführten Produktionsweisen hat der **underground comic** Ende der 1960er Jahre mit den von ihm etablierten Praktiken hergestellt, der unabhängig von den großen Verlagen seine Hefte und Magazine veröffentlicht hat (wie Robert Crumbs *Zap Comix*), andere Distributionswege wählte (*headshops*) und damit ein neues Publikum erreichte (junge Erwachsene, für die diese *comix* ihr Lebensgefühl ausdrückten). Es ist diese Generation von Autoren (darunter Art Spiegelman, Aline Kominsky und Robert Crumb, um nur einige der wichtigsten US-Protagonisten zu nennen, zu denen auch einige Frauen gehörten), die dann im Laufe von über vierzig Jahren die neuen Produktionsbedingungen der Comics als grafischer Literatur etablierte, auch wenn sich manche von diesem Begriff distanzierten oder in ihrer Arbeit nur wenig einem literarischen Konzept verpflichtet sahen. Diese Generation hat die Produktionsbedingungen selbst in den Blick genommen und dabei betont, wie sehr ihre Produktionsweise sich der **Offset-Presse** verdankt, die jenseits traditioneller Strukturen billigen Druck erlaubte und so selbstverlegte Comic-Hefte ermöglichte. Manche von ihnen haben direkt bestimmte diskursive Bedingungen der Produktion angegriffen, wie die Zeichner der *Air Pirate Funnies*, die unter dem Slogan »Die Linie gehört uns!« Comics mit Disney-Figuren zeichneten und es auf einen langwierigen Copyright-Prozess mit dem Konzern ankommen ließen (Hüners 2002; Levin 2003).

2.3 | Distribution

Die Instanzen der Distribution, also der Verbreitung und des Vertriebs von Comics, stellen sich entsprechend der unterschiedlichen Trägermedien – Zeitung, Comic-Heft, Zeitschrift, Magazin, Fanzine, Album, Buch, Web – recht unterschiedlich dar.

Werden die frühen Comiczeichner noch direkt bei den einzelnen **Zeitungen** angestellt (und, wie im prominenten Fall von Richard Outcault, vom Konkurrenzblatt mitunter auch abgeworben; vgl. Blackbeard 1995, 45–54), die ihre Comics und Illustrationen drucken, setzen sich bereits in den 1910er Jahren erste **Syndikate** (siehe Kasten) durch, die Strips in den USA an verschiedene Zeitungen liefern, wodurch sich die an sich schon große Verbreitung der Strips noch einmal vervielfacht. Das United Features Syndicate vermarktete in den 1970er Jahren den Strip *Peanuts* international derart erfolgreich, dass seine zahlreichen Anspielungen auf die amerikanische Kleinstadt zum Allgemeingut wurden.

Syndikate

Syndikate sind Vertriebssysteme von Medieninhalten wie z. B. Editorials, Artikel, Kurzgeschichten, Romanserien ober eben auch Kreuzworträtsel, Sudokus, Cartoons und Comics. Syndikate verkaufen diese Inhalte überregional an lokale Zeitungen. Das erste amerikanische Syndikat, **McLure Newspaper Syndicate**, vertrieb von 1884 an Autoren wie Conan Doyle oder H. G. Wells und nahm später, in den 1910er Jahren, auch Comics u. a. von Percy Crosby und Rube Goldberg unter Vertrag. Für die Comicstrips stellt sich das System in diesem Jahrzehnt um. William Randolph Hearst verkaufte die in seinen Zeitungen veröffentlichen Seiten zwar schon ab 1895 weiter, fasst seinen Vertrieb aber erst 1914 zum **King Features Syndicate** zusammen, das heute als eines der im Comicbereich größten Syndikate weltweit Strips wie *Blondie* vertreibt und Verwendungen lizenziert. Historische Bedeutung erlangte das **Chicago Tribune Syndicate** unter Joseph Medill Petterson durch Strips wie *The Gumps, Dick Tracy* oder *Little Orphan Annie*. Heute gehört das **Creators Syndicate** zu den jüngeren bedeutenden, das u. a. *B. C.* vertreibt. Die Zeichner waren nicht mehr bei den Zeitungen angestellt, sondern arbeiteten direkt für das jeweilige Syndikat, das die Strips und Sonntagsseiten im Paket – längst international – an die Zeitungen liefert und Merchandise-Artikel lizenziert.

Bis heute ist der **Ort der Comicstrips** wochentags bei den Sportergebnissen und den Rätseln (eine Ausnahme bildete bis 2014 die *Frankfurter Allgemeine Zeitung*, die – mit Unterbrechungen – fast 15 Jahren lang jeweils eine Viertelseite im Feuilleton von unterschiedlichen Comiczeichnern gestalten ließ). Sonntagszeitungen in den USA zeichnen sich seit langem dadurch aus, dass sie von farbigen Comic-Supplements ummantelt sind und damit den Sonntag als freien Tag kennzeichnen, an dem die Unterhaltung vor den Nachrichten kommt. In der ersten Hälfte des 20. Jahrhunderts waren Comics unbestreitbar ein bedeutender finanzieller Faktor für die Zeitungen: Comics machten den Kauf der jeweiligen Zeitung attraktiv und etablierten sich als **Markenzeichen** – es heißt, Leser_innen hätten in den 1920ern einfach die »Gump-Zeitung« verlangt (nach dem populären Comic *The Gumps* von Sidney Smith; Harvey 1994, 64). Damit wurde nicht nur die Leserbindung erhöht, sondern auch die Auflage der jeweiligen Zeitung spürbar gesteigert (zur Bedeutung der Einführung von Comics für den damals heiß umkämpften New Yorker Zeitungsmarkt vgl. ausführlicher Kap. 1 und 7). Ihre Bedeutung in dieser Hinsicht verloren die Comics in dem Maße, wie andere bilderzählende Medien im Alltag der Masse dominant wurden.

Interessanterweise ist es genau in dieser Ära, dem Aufkommen des Fernsehens in den 1930er Jahren, in der sich in den USA die *comic books*, d. h. **Comic-Hefte** und Comicmagazine, als Massen- und Jugendkultur an den **Kiosken** etablieren und bestimmte Nischen besetzen (vgl. Kap. 1 und 7). Mit den Superhelden entwickelt sich ein comiceigenes Genre, das sich bis zur Digitalisierung des Filmbildes nicht adäquat auf der Leinwand oder dem Fernsehschirm reproduzieren lässt, sooft (und meist unfreiwillig komisch) es versucht wurde. Für die Etablierung der Comic-Hefte ist die Bindung des vor allem jugendlichen Publikums durch die Bildung von **Fanclubs** und Leserbriefe entscheidend, in denen die Leser_innen sich über die Serie mitteilen und in einer besonderen Kommunikation mit den Herausgebern stehen. Die Verlage kennen dadurch die Leserschaft ihrer Hefte genau und stellen sich auf deren Interessen ein; für die Verlage ist das Wissen über die Rezeption von Comics generell sehr wertvoll. Ist es in den 1940er Jahren eine kaum zu überschauende Zahl an kleinen **Verlagen**, die Hefte produzieren, dominieren nach der Etablierung des **Comics Codes** im Jahr 1954 (Originalwortlaut siehe Kasten in Kap. 1, S. 20 f.) vor allem Marvel und DC (Detective Comics) den US-amerikanischen Markt, auf dem sie aber keineswegs allein sind. Ausgesprochen populäre Phänomene wie *Archie* und natürlich *Walt Disney's Comics and Stories* müssen immer mitgedacht werden, immerhin ist letzteres in den 1950er Jahren das erfolgreichste Heft seiner Zeit, dessen Beliebtheit unter dem 1954 eingeführten Comics Code nicht zu leiden hatte (im Gegensatz zu den Horrorcomics, vgl. Kap. 12). Der Comics Code war eine auf politischen Druck hin etablierte (und bis Anfang der 2000er gültige) **Selbstverpflichtung** der Verlage, keine anstößigen Darstellungen von Sex und Gewalt zu publizieren, was u. a. den Verzicht auf die Darstellung von Vampiren, Ghouls und Werwölfen und Worte wie ›Terror‹ oder ›Horror‹ im Titel der Magazine bedeutete (Nyberg 1998). Comics ohne das Siegel der **Comics Magazine Association of America** waren nun nicht mehr zu vertreiben, woraufhin viele Verlage den Betrieb einstellen mussten. Diese Situation veränderte sich nur fünfzehn Jahre später durch die vielfältigen Underground-Comic-Hefte, die nicht mehr über Kioske, sondern Headshops und **Comicläden** (s. u.) vertrieben wurden. Manche der Verlage, die (wie Marvel oder DC) von der Einführung des Comics Code profitierten, haben sich zu international agierenden Konzernen entwickelt, für die Comics heute nur eines unter anderen Geschäftsfeldern darstellen.

Im **frankobelgischen Raum** wird der Comicbereich nach dem Zweiten Weltkrieg lange Zeit durch **Magazine** wie *Tintin*, *Pilote* und *Spirou* und später (*À Suivre*) dominiert, in denen serielle Formate veröffentlicht und getestet werden, um dann – hier bildet *Tintin* das Modell – als abgeschlossene Geschichte im Format des **Albums** publiziert zu werden, das zugleich mit anderen Alben eine **Serie** bildet. Zwei große Verlage, Casterman und Dargaud, prägen hier das Bild.

In Europa wie in den USA hat sich der Markt seit den 1970er Jahren durch kleinere, **unabhängige Verlage** diversifiziert. Sooft diese von den größeren Verlagen aufgekauft wurden, sooft haben sich neue Initiativen gefunden, nicht selten von den Produzenten selbst ausgehend wie im Fall von L'Association (Balzer 1998) oder RAW, mit denen Produktionen möglich wurden, die in der bis dahin existierenden Verlagslandschaft keinen Ort hatten und die Praxis der größeren Verlage beeinflussen sollten. Im Zusammenhang mit der **Graphic Novel** wird oft darauf hingewiesen, dass die Bezeichnung Verlagen als Marketingbegriff dient, selten wird dagegen betont, dass dieses Format vor allem aber durch Zeichner_innen etabliert wurde, die mit den gängigen Formaten der Veröffentlichung nicht zufrieden waren oder, wie im Fall von Art Spiegelmans *Maus. A Survivor's Tale*, keinen Ort für die Veröffentlichung fanden (die Ablehnungsschreiben, die Spiegelman in *MetaMaus* zugänglich macht, sind in dieser Hinsicht ausgesprochen vielsagend; vgl. Spiegelman 2011, 76–77).

Hier ist letztlich eine Art kulturelle Wechselbeziehung zu beobachten. Denn aus amerikanischer Sicht schien der frankobelgische Markt Anfang der 1980er Jahren mit seinen **Alben**, die durchaus schon lange von **Erwachsenen** auch in der Öffentlichkeit gelesen wurden, geradezu erstaunlich. Mit Alben wie *Ici même* von Jacques Tardi und Jean-Claude Forest oder *Silence* von Didier Comès erschienen Ende der 1970er Jahre auch abgeschlossene Geschichten in Büchern, die heute selbstverständlich als grafische Literatur bezeichnet würden, damals aber keineswegs vorrangig so wahrgenommen wurden, nicht zuletzt weil sie von Comic- und nicht von Buchverlagen veröffentlicht wurden. Aus US-amerikanischer Sicht war die Möglichkeit, außerhalb von Zeitungen und Heften und damit jenseits der damit einhergehenden Zwänge in Albenform für ein erwachsenes Publikum zu publizieren, besonders attraktiv. Die Gründung unabhängiger, kleiner Verlage in den USA, die Zeichnern neue Entfaltungsräume boten, muss vor diesem Hintergrund gesehen werden. Mit *Maus* erschien dann ein Comic in einem Buchverlag, und sein internationaler Erfolg bewies, dass andere Vertriebswege auch ein anderes Publikum aktivieren konnten, was wiederum zeitversetzt in Europa zu nachhaltigen Veränderungen führte. Bedenkt man, dass 1988, nur zwei Jahre nach der Erstveröffentlichung, der Rowohlt Verlag in Deutschland *Maus* vertrieb, und zwar mit erheblichem Erfolg und zahlreichen Besprechungen im Feuilleton, muss man sich allerdings wundern, warum er in den darauf folgenden Jahren keine Nachahmer fand und sich ein entsprechender Markt erst knapp zwanzig Jahre später in Deutschland etablierten konnte.

Zu den Ursachen dafür zählt sicherlich, dass neben den unbestreitbar massenkulturellen Phänomenen, die Comics in alle Bereiche gesellschaftlichen Lebens sickern ließen, sich mit **Comicläden** eine bis heute wirksame Nischenexistenz für Comics aufgetan hatte, die auf eine (anderen populärkulturellen Bereichen durchaus nicht unähnliche) **Fanszene** reagierte, der sie einen Ort gab, an dem sie sich verständigen konnte (Swafford 2012). Seit Anfang der 1970er Jahre haben Comicläden sogenannte *direct sales* mit den Verlagen ausgemacht; vereinbart wurde nicht nur die zeitnahe Zusendung neuen Materials, sondern auch – anders als bei Kiosken und Zeitschriftenhändlern – keine Retournierbarkeit, weshalb die Händler sehr genau die Kaufinteressen ihrer Kunden beobachteten. Aus dem Massenpublikum wurde so ein Publikum von Fans und Connaisseuren. In Deutschland ermöglichten Comicläden zudem, Importe von Comic-Heften zeitnah und ohne großen Umstand zu erwerben und sich mit Fachpersonal auszutauschen. Wurden durch diesen Vertriebsweg einerseits bestimmte Publikationen möglich oder erst zugänglich, nahm andererseits zugleich die Selbstverständlichkeit ab, mit der Comics als Massenerzeugnis auch in Bahnhofskiosken verfügbar waren (Ausnahmen wie *Asterix* einmal ausgenommen). Allerdings hat sich diese Szenerie durch die Etablierung der Mangas als neuer Jugendkultur wieder verändert, die mit ihren Serien massenkulturelle Formate in die Kioske zurückbrachten. Ergänzend kommt hinzu, dass der Vertrieb von Comics im Zuge der Etablierung der Graphic Novel in den letzten zehn Jahren auf **Buchhandlungen** ausgeweitet wurde, Comics ließen sich nun als Teil des Buchmarktes vertreiben, wodurch noch einmal ein anderes Publikum erschlossen wurde, das bis dahin dem Comic eher skeptisch gegenüberstand.

Immer wieder gab es in der bundesdeutschen Comicgeschichte Phasen großer Produktivität, in der manche **Verlage** für einige Jahre mit großer Verve und in hohem Umfang produzierten, kurz darauf aber ganz vom Markt verschwanden. Beispiele aus den 1990er Jahren sind der **Dino-Verlag**, der immerhin die *Simpsons* als Comic-Heft veröffentlichte und inzwischen zu Panini gehört, oder der Verlag **Jochen Enterprises**, bei dem Anke Feuchtenberger ihre ersten Comics als Bücher veröffentlichte, der vom Buchvertrieb aber ignoriert wurde und so 2000 seinen Betrieb einstellte. Konstanten im deutschsprachigen Verlagswesen sind der **Ehapa-Verlag**, der mit *Micky Maus* und den *Asterix*-Heften seine Produkte traditionell stark über den Zeitschriftenhandel vertrieben hat, inzwischen aber auch ein umfangreiches Graphic-Novel-Programm auflegt (das gewöhnlich über den Buchhandel bezogen wird), und der **Carlsen-Verlag**, der Anfang der 1990er Jahre unter dem Lektorat von Andreas C. Knigge noch mit dem Label ›Comic Art‹ versuchte, die seriellen Bilder aufzuwerten, und in den letzten Jahren ebenfalls Graphic Novels als einen – allerdings im Verhältnis zu den Witzebüchern und den Mangas doch kleinen – Bereich etabliert hat. Als dritte Konstante ist der viel kleinere, aber umso konsequenter sein Programm vertretende Züricher Verlag **Edition Moderne** zu nennen, in dem unter anderem die Arbeiten von Jacques Tardi erscheinen und der mit (dem von *RAW* inspirierten) *Strapazin* das für Generationen deutschsprachiger Comiczeichner_innen einflussreichste Magazin herausgibt. Die Edition Moderne arbeitet eng mit dem Berliner Verlag **Reprodukt** zusammen, der neben Publikationen von **L'Association** auch als größter unabhängiger Verlag vielen deutschsprachigen Zeichner_innen eine Plattform bietet und der gemeinsam mit dem Berliner **Avant-Verlag** eben jene Titel zu verantworten hat, die es überhaupt erst erlaubten – nicht zuletzt unterstützt durch eine entsprechende Marketingbroschüre –, von der Graphic Novel als Phänomen zu sprechen. Seither haben viele Buchverlage Comics veröffentlicht, von jüngeren wie Metrolit bis zu traditionelleren wie Knesebeck, DuMont oder Suhrkamp. Nicht vergessen werden sollte aber auch, dass sich Verlage wie Panini, Schwarzer Turm und CrossCult mit Superhelden und Genres wie Fantasy oder Erotic erfolgreich auf dem Markt platziert haben, während Verlage wie Salleck oder Schreiber und Leser bestimmte Nischen füllen, die zuvor von großen Verlagen mit abgedeckt wurden, immerhin aber noch genug Publikum finden, um diese kleineren Verlage profitabel zu halten. Die bloße Tatsache, dass es sie gibt, könnte dafür sprechen, dass gedruckte Comics – Tablets, Lesegeräten und Download-Optionen für Smartphones zum Trotz – eine haptische Qualität aufweisen, die (noch?) einen besonderen Reiz für Leser_innen darstellt.

Einen ganz anderen, durchaus bedeutenden Bereich der Verbreitung von Comics bilden die **Fanzines**, selbstverlegte oder produzierte Magazine in kleinen Auflagen, oft nur durch ein Kopiergerät oder am Drucker vervielfältigt, gelegentlich von den Zeichner_innen selbst vertrieben. Es handelt sich in der Regel um einen ersten, niedrigschwelligen Versuch, an die Öffentlichkeit zu treten, der oft genug dem Vergessen anheimfällt – sofern sich nicht ein Archiv dieser flüchtigen Erzeugnisse annimmt oder ein aufmerksamer Verlag diese Magazine unter seine Fittiche nimmt (wie z. B. Reprodukt das Magazin *Orang*). Bis heute gibt es, einmal abgesehen von Sammler_innen wie Teal Triggs, kaum Institutionen, die sich dieser Druckerzeugnisse annehmen (Sabin/Triggs 2002).

Seit den 1960er Jahren gibt es vereinzelte Versuche, das Erbe der Comics durch **Reprints** wieder zugänglich zu machen. Es handelt sich dabei um eine editorische Arbeit, deren philologische Grundlage keineswegs immer gesichert ist, besonders seit in den 1960er Jahren im Zuge der Speicherung von Zeitungsbeständen auf Mikrofiche die Zeitungsarchive aufgelöst wurden und nicht sicher war, dass die für die Nachwelt damals oft als unwichtig erachteten Seiten mit den Comics auch abfotografiert wurden. Insofern kann es nicht überraschen, dass selbst im Fall eines so kanonischen Zeitungsstrips wie *Krazy Kat* bisher nur die Sonntagsseiten vollständig wieder veröffentlicht wurden, während die Tagesstrips nur vereinzelt zugänglich sind. Auch hier zeigt sich wieder, dass Comicstrips gewöhnlich nicht für die Ewigkeit gemacht werden, sondern für den Tag, an dem sich ihre Veröffentlichung mit einem direkten Profit verbindet. Es ist oftmals nur ausgesprochen emsigen Sammlern und Herausgebern wie Bill Blackbeard und seiner San Francisco Academy of Comic Art zu verdanken, dass bestimmte Comics zugänglich geworden sind (vgl. Frahm/Hein 1991). Und obwohl durch die Digitalisierung ein weitaus größeres Archiv – besonders im Bereich der *comic books* – als je zuvor zugänglich geworden ist, erfasst es immer noch nur einen Bruchteil der veröffentlichten Bildserien.

Dabei spielt eine Rolle, dass die Kulturindustrie um Comics, die aus Rechten an Bildern und Geschichten Profit schlägt, ein besonderes Interesse daran hat, diese Rechte möglichst lange nach der Erstveröffentlichung in Mehrwert zu verwandeln. So versuchte bspw. die Foundation Hergé, das **Ablaufen des Copyrights** an der Figur Tintin 2053 zu verhindern, nicht zuletzt auch um die Verwendungen der Figur weiter kontrollieren zu können (wobei kürzlich gemeldet wurde, dass Hergé 1942 die Rechte an Casterman abgegeben haben soll; vgl. Cascone 2015). Das hat auch Auswirkungen auf die Forschung, für die der **Zugang zu Archiven**, die Verwendung von Abbildungen etc. strengen Regeln unterliegt, was nicht selten zu hagiografischen Darstellungen führt. Dass in Hergés Fall die Arbeiten des zweifellos bedeutendsten europäischen Comicproduzenten noch dreißig Jahre nach seinem Tod nicht historisch-kritisch ediert wurden, belegt einerseits, wie sehr die Distribution der Comics weiterhin vor allem dem verlegerischen Kriterium des ökonomischen Gewinns folgt – denn eine historisch-kritische Edition wäre ein langfristiges, kostspieliges und damit risikoreiches Unterfangen. Dass es im Comicbereich nicht einmal einen Begriff davon gibt, wie eine **historisch-kritische Ausgabe** aussehen könnte, belegt andererseits, dass Comics im bürgerlichen Kanon noch nicht so angekommen sind, dass auch ihre wissenschaftliche Erschließung selbstverständlich gesichert wäre. Selbst bei den Wiederveröffentlichungen der *Peanuts*, der Sonntagsseiten von *Krazy Kat* oder auch von *Dick Tracy* handelt es sich um nicht einmal kommentierte Ausgaben, was weder Herausgebern noch Verlegern anzulasten ist, die selten auf akademische Strukturen zurückgreifen können und oft froh sind, wenn die entsprechenden Projekte überhaupt publiziert werden und sich rechnen. Damit ist aber durchaus die Lesbarkeit gerade derjenigen Strips gefährdet, die ihren Witz, ihre Schärfe und ihre oberflächliche Mehrdeutigkeit gerade aus den tagesaktuellen Bezügen gewonnen haben, die sorgfältiger wissenschaftlicher Untersuchung und Kommentierung bedürften. Jenseits der bekannten Comicstrips gibt es zudem unzählige unbekanntere, von denen manche überhaupt nicht überliefert sind.

Im Kontext der Distribution von Comics müssen auch die **Museen** erwähnt werden, weil sie in der bürgerlichen Gesellschaft die Orte sind, an denen das Gedächtnis und die Überlieferung der Kultur sichergestellt werden (vgl. Kap. 6). In Brüssel wurde auf Initiative von Comiczeichnern 1989 ein Museum eröffnet, das Belgische Comic-Zentrum (Centre belge de la bande dessinée, CBBD), in Frankreich gibt es seit den 1980er Jahren in Angoulême das Centre National de la Bande Dessinée et de l'Image, das seit 2009 auch ein Museum betreibt, in San Francisco existiert seit 1987 das von Comiczeichnern initiierte, durch Unterstützung des Zeichners Charles M. Schulz ermöglichte Cartoon Art Museum, in Ohio findet sich das Bill Ireland Cartoon & Library Museum, das unter anderem die Zeitungs(strip)sammlung von Bill Blackbeard beherbergt, während das Museum of Comics and Cartoon Art in New York nur elf Jahre (2001–2012) Bestand hatte; es wurde ebenfalls von Zeichnern betrieben. Seit 2006 kann man in London The Cartoon Museum besuchen, und in Hannover wurde schon 1937, im wenig comicaffinen Dritten Reich, das Wilhelm Busch – Deutsches Museum für Karikatur und Zeichenkunst gegründet, das zwar immer wieder auch Comicausstellungen beherbergt, dies aber, anders als das Baseler Cartoonmuseum, nicht als seine zentrale Aufgabe begreift.

Es ist sicherlich kein Zufall, dass es oftmals dem Engagement von Zeichner_innen überlassen blieb, ihre eigene Produktion und die Geschichte dieser Produktion, d. h. die Tradition, in der sie sich selbst sehen und die es lange Zeit nicht in den Kanon bürgerlicher Kulturgeschichte geschafft hatte, in Ausstellungsräume zu bringen, die diese sichtbar und erinnerbar machen. Dass diese Entwicklung die letzten dreißig Jahre begleitet, darf als weiteres Zeichen des Versuchs gelesen werden, Comics innerhalb der bürgerlichen Kultur einen Ort zu geben, auch wenn dieser keineswegs schon so institutionalisiert ist, wie dies für die Kunst selbstverständlich gilt (zur Diskussion vgl. Beaty 2012).

Für die gesellschaftliche Anerkennung und kulturelle Aufwertung von Comics ist außerdem nicht unerheblich, dass auch viele andere Museen immer wieder **Ausstellungen** zu Comics durchführen, nicht zuletzt, weil dies ein anderes Publikum anzulocken verspricht. Dabei können solche Ausstellungen programmatischen Charakter gewinnen wie die von dem Zeichner Hendrik Dorgarthen initiierte Schau *Mutanten – die deutschsprachige Comic-Avantgarde der 90er Jahre*, die 1999 im Museum

Kunstpalast in Düsseldorf gezeigt wurde (Gasser 1999), die noch dem Paradigma der Comics als Kunst folgt. Das Musée d'Art et d'Histoire du Juifs in Paris hat bspw. eine von mehreren Museen übernommene Schau zum Comic als Medium jüdischer Erinnerung lanciert (Gross/Riedel 2009; Kampmeyer-Käding/Kugelmann 2010). Und immer wieder gab es in den letzten 15 Jahren Ausstellungen in Museen und vor allem in Kunstvereinen, die das Verhältnis von Comics und Kunst thematisiert haben (Cassel 2004; Nakas 2004; Weiß 2008; Waldvogel 2010; Clauß 2013).

Schließlich sind im Zusammenhang mit der Verbreitung von Comics die verschiedenen **Festivals, Messen und Salons** zu erwähnen (eine Auswahl mit Webadressen findet sich in Kap. 6), die oft mit einem umfangreichen Ausstellungsprogramm, Veranstaltungen mit Comiczeichner_innen und Podiumsdiskussionen einhergehen und z. B. in Angoulême, San Diego, Erlangen oder auch Luzern stattfinden. Nicht selten wurden sie ursprünglich auf private Initiative von Comicinteressierten und -produzent_innen gegründet, um sich besser zu vernetzen, Anlaufstellen zu schaffen und öffentliche Aufmerksamkeit zu generieren.

2.4 | Rezeption

Es ist ein Gemeinplatz der Kulturwissenschaften, dass die Rezeption, also das Lesen, Schauen, Hören und ganz allgemein das Aufnehmen und Verarbeiten von Comics, Büchern, Filmen, Musik etc., keineswegs ein passiver Akt ist, sondern in gewisser Hinsicht selbst eine Weise der Produktion. Und so ließe sich behaupten, dass die Vielzahl der Produktions- und Distributionsformen von Comics sich in der Rezeption weiter vervielfältigt. Selbstverständlich wird ein Comicstrip anders gelesen als ein Comic-Heft, und dessen Rezeption deckt sich kaum mit der einer Graphic Novel oder eines Webcomics auf dem Bildschirm. Dies liegt wesentlich in der **Materialität** der jeweiligen Produkte begründet, denn es ist etwas anderes, in einer Zeitung einen gerade erschienenen Strip zu lesen, oder dessen Reprint in einer Serie von Strips, ein dünnes, auf billigem Papier gedrucktes Heft oder ein gebundenes Buch aus hochwertigem Papier. So aktiv in jedem dieser Fälle die Rezipierenden sein müssen, zwischen Bild und Schrift den Comic zu lesen, sind sie durch die Materialität doch jeweils unterschiedlich adressiert.

Auch wenn soziologische Untersuchungen über die Leserschaft von Comics fehlen (s. u.), lässt sich doch etwas über die verschiedenen **Zielgruppen** der unterschiedlichen Formate sagen. So weiß man etwa, dass es den New Yorker Zeitungsverlegern Pulitzer und Hearst durch die Einführung von Comics gelungen war, die Auflagen ihrer **Zeitungen** deutlich zu erhöhen. Verantwortlich wird dafür gemacht, dass Comicstrips in der Lage waren, eine neue Leserschaft zu erschließen, und zwar insbesondere Einwanderergruppen, für die der Kauf von Zeitungen aufgrund mangelnder Sprachkenntnisse und/oder aufgrund ihres Bildungsstands vorher nicht von Interesse war. Dass es aus Sicht der Verleger tatsächlich um die Erschließung dieser Leserschaft ging, zeigt sich auch daran, dass verschiedene Comics gezielt verschiedene Einwanderergruppen ansprechen sollten, z. B. Dirks' *Katzenjammer Kids* die deutschsprachige Community (vgl. Kap. 7 und 10). Die frühen Comicstrips waren also für Erwachsene gemacht, auch wenn sie, wie einige Rezeptionszeugnisse belegen, mitunter von der ganzen Familie gelesen wurden.

Anders verhält es sich im Bereich der **Comic-Hefte**. Die in den 1950er Jahren in Bezug auf Comic-Hefte geführte Debatte, ob von ihnen eine Gefahr für die Jugend ausgehe, sowie die Einführung des Comics Code durch die US-amerikanischen Verlage (vgl. Kap. 1) machen deutlich, dass ihr Zielpublikum vornehmlich aus jüngeren Lesern bestand. Comic-Hefte dienen im Übrigen nicht nur der Lektüre, sondern werden auch – spätestens seit dem *direct sales market* Anfang der 1970er Jahre – ›mint‹, also unberührt, **gesammelt**, wohl zumeist in der Hoffnung, dass insbesondere erste Auflagen im Preis massiv steigen (so erzielte das Heft Nr. 1 von *Action Comics* von 1938, in dem Superman erstmals auftritt, bei einer Versteigerung im Jahr 2014 einen Verkaufspreis von 3,2 Millionen Dollar). Eine wieder andere Leserschaft adressieren **Graphic Novels**, die u. a. durch ein erfolgreiches Marketing und den Vertrieb durch Buchhandlungen auch solche Leser (und vermehrt nun auch Leserinnen!) gewinnen konnten, denen Comics bis dahin zu ›anspruchslos‹ waren. Auch die **Mangas** haben sich eine eigene Leser_innenschaft erschlossen, die als populäre Subkultur mit Conventions, Amateurzeichner_innen und Verkleidungen ausgesprochen aktive Rezeptionsweisen etabliert hat (Treese 2006).

Gleichwohl halten sich einige Mythen im Hinblick auf die Comicrezeption bis heute, insbesondere dahingehend, dass Comics vorrangig von Kindern gelesen werden (so wird als eines der symbolischen Handicaps von Comics ihre Verbindung zur Kindheit ausgemacht; vgl. Groensteen 2000, 40). Mag das für den französisch- und deutschsprachigen Raum in einer bestimmten historischen Phase zutreffen, so hat spätestens die empirische Studie von Leo Bogart gezeigt, dass diese Annahme für die USA nicht stimmt (Bogart 1964). Sieht man allerdings einmal von Bogarts punktuellem Ergebnis ab, der seinerzeit als Leser von Comics Arbeiter aus New Yorks Upper East (einer damaligen Slumgegend) ausmacht, sind soziologische Untersuchungen oder Reflexionen, mit denen sich – wie eingeschränkt auch immer – valide Aussagen darüber machen ließen, wer wann welche Comics oder grafische Literatur liest oder gelesen hat, ein Forschungsdesiderat.

Auch steht eine **Diskursanalyse** für die letzten hundert Jahre Comicgeschichte noch aus, mit der der jeweilige Rahmen, in dem die Rezeption vonstattengeht, genauer bestimmt werden könnte. Zwar kann dieser Mangel hier nicht kompensiert werden, einige wichtige Stationen und Instanzen sollen jedoch zumindest schlaglichtartig angesprochen werden. Gibt es bis in die 1940er überhaupt keine Monografien über Comics, sind die ersten Veröffentlichungen weniger wissenschaftlicher als anekdotischer Natur (Sheridan 1944, Waugh 1947). Anfang der 1950er dominiert der Psychologe Fredric Wertham mit seinem Buch *Seduction of the Innocent* die Diskussionen um Comics mit der Frage, inwiefern Comics für die jugendlichen Leser eine ernsthafte Gefahr darstellen (Wertham 1954, Beaty 2005). In dieser Zeit begann man auch, die Leserschaft von Comics soziologisch zu untersuchen, bis in den 1960er Jahren erste inhaltliche Analysen von Comics aufkommen, die allerdings ihrem Gegenstand gegenüber durchaus ambivalent blieben (Abel/Manning White 1963). Immerhin markiert die Tatsache, dass nun Monografien über einzelne Serien (wie Asa Arthur Bergers Dissertation *L'il Abner. A Study in American Humor*, 1967) verfasst und veröffentlicht wurden, eine neue Aufmerksamkeit gegenüber dem lange Zeit ignorierten, wenn nicht verschmähten Gegenstand. Allerdings wurden solche Arbeiten häufig noch als Beitrag zur Erforschung der eigenen (amerikanischen) Tradition gerechtfertigt, während bspw. Wolfgang J. Fuchs und Reinhold C. Reitberger in ihrer weithin wahrgenommenen Studie *Comics* (1971) gesellschaftskritische Töne anschlagen. Hier beginnt eine Generation, die mit Comics als Teil einer populären Jugendkultur aufgewachsen war (Wright 2001), ihre eigene Sozialisation zum Gegenstand der Forschung zu machen, Traditionslinien zu verfolgen und – wie im Falle von

Bill Blackbeard – bestimmte Comics überhaupt archivarisch zu retten und wieder-zuveröffentlichen.

Eine nicht unbedeutende Rolle für die Um- und Aufwertung von Comics spielt auch die **Praxis der Comiczeichner_innen** selbst. Art Spiegelman hat in dieser Hinsicht nicht nur durch *Maus*, sondern vor allem durch seine zahlreichen Essays, Analysen und Herausgeberschaften an der Kanonisierung der Comics mitgewirkt und zur Historisierung des Underground beigetragen (Spiegelman 1999, Adelman 1997). Für Deutschland wäre hier an den Zeichner Martin tom Dieck zu denken, der mit der Herausgabe des *Schreibhefts* 1998 gemeinsam mit dem Journalisten und Mitbegründer der Arbeitsstelle für Graphische Literatur (ArGL) Jens Balzer erheblich dazu beigetragen hat, dass Comics zunehmend als grafische Literatur bewertet werden (Balzer/tom Dieck 1998).

Eine weitere vorwissenschaftliche Diskursinstanz stellt das **Fandom** dar, d. h. Comicfans, die sich durch eigene Magazine und **Fanzines** über Comics verständigen. In Magazinen wie *Squa Tront*, das sich ab Ende der 1960er mit den Entertaining Comics der 1950er beschäftigte, ist dies oft mit einer substantiellen Grundlagenarbeit für die Comicgeschichtsschreibung verbunden. Dabei geht es nicht selten – wie bei dem Fanzine *Der Donaldist* – auch um die Parodie wissenschaftlicher Herangehensweisen, wenn z. B. Zeichenstile anonym veröffentlichter Disney-Comics akribisch analysiert und beschrieben werden.

Zwischen der wissenschaftlichen und der nichtwissenschaftlichen Beschäftigung mit einem populärkulturellen Gegenstand wie dem Comic ist allerdings nicht immer klar zu unterscheiden, gerade wenn es um die philologische Sicherung seiner Bestände geht. Die Übergänge können fließend sein. Zeitschriften wie das *Comics Journal* sind gerade retrospektiv für die Beobachtung des amerikanischen Marktes in den 1980er und 1990er Jahren wertvolle Quellen. In der Zeitschrift *Reddition*, die seit 1984 erscheint, unterstützen seit 1990 Mitglieder der Arbeitsstelle für Graphische Literatur der Universität Hamburg (ArGL) die inhaltlichen Analysen, die sich meist mit einem oder zwei Schwerpunkten pro Heft dem Werk eines Zeichners (selten sind es Frauen) widmet. Die Artikel erheben keinen wissenschaftlichen Anspruch, sind aber für viele Themen eine wertvolle, oft sorgfältig recherchierte Quelle. An diesem Magazin lässt sich nochmals der Übergang zur Wahrnehmung von Comics als grafischer Literatur illustrieren: Heißt die Zeitschrift bis zu ihrer 18. Ausgabe *Comic Reddition*, lässt sie den Comic im Titel Anfang der 1990er fallen und wählt den Untertitel *Zeitschrift für Graphische Literatur*.

Ein weiteres Beispiel für die enge **Wechselbeziehung** zwischen wissenschaftlicher und nichtwissenschaftlicher Comicerforschung ist das inzwischen eingestellte *Lexikon der Comics*, eine Loseblattsammlung, die zwischen 1991 und 2011 zuerst von Heiko Langhans, dann von Marcus Czerwionka herausgegeben wurde und dessen Einträge keineswegs nur von Wissenschaftlern geschrieben waren, das aber gerade aufgrund der oft ausgesprochen gründlichen Bibliografien als Standardwerk gilt, wenn auch vornehmlich für den Comic-Heft-Bereich.

Diese verschiedenen Formen der mehr oder weniger wissenschaftlichen Auseinandersetzung mit dem Comic werden hier so ausführlich dargestellt, weil nicht zuletzt sie das Feld bereitet haben, auf dem dann auch das deutschsprachige **Feuilleton** ab Anfang der 2000er Jahre aufsetzen konnte und so weiter zur Etablierung einer anderen Rezeption von Comics, nämlich als grafischer Literatur, beitrug. Stephan Ditschke meint hier für das Jahr 2003 eine diskursive Verschiebung feststellen zu können, durch die Comics »in mehrfacher Weise an den Diskurs über Literatur angeschlossen« wurden (Ditschke 2009, 267). Seitdem sind Rezensionen von Comics auf den Literaturseiten selbstverständlich. Darauf folgten in den letzten Jahren Ausgaben von **literaturwissenschaftlichen Zeitschriften** bzw. Literaturmagazinen wie *Text + Kritik* (Arnold/Knigge 2009) oder die *Neue Rundschau* (Steinaecker 2012) mit Comicschwerpunkten, die weitere literarisch interessierte Leser in die grafische Literatur einführten. Aber auch die wissenschaftliche Literatur hat stetig zugenommen. War noch 1995 das Feld der Publikationen völlig überschaubar und waren **Dissertationen** zum Thema eine Seltenheit, vergeht nun kaum ein Jahr, in dem nicht gleich mehrere veröffentlicht werden. War die Tagung der Arbeitsstelle für Graphische Literatur 1994 die einzige deutschsprachige zum Comic in diesem Jahrzehnt (Hein/Hüners/Michaelsen 2002), würden die Tagungen eines Jahres inzwischen schon eine lange Liste ergeben. Mit der Gründung der Gesellschaft für Comicforschung etablierte sich 2005 mit ihren regelmäßigen, meist veröffentlichten Jahrestagungen (Grünewald 2010, 2013, Brunken/Giesa 2013, Packard 2014) ein Forum zum Austausch über den Stand der **wissenschaftlichen Erforschung** der Comics, in dem allerdings die verschiedenen wissenschaftlichen Disziplinen eher unverbindlich nebeneinander existieren. Das entspricht in gewisser Hinsicht der jährlich tagenden Popular Culture Association in den USA, deren *Journal of Popular Culture* seit den 1960er Jahren maßgeblich zur Reflexion und Geschichtsschreibung der Comics beigetragen und dabei weniger mit dem Literatur- als mit dem offeneren Kulturbegriff gearbeitet hat (Berger 1971, Inge 1990). Inzwischen widmen sich mehrere internationale wissenschaftliche Zeitschriften vorrangig Comics: John Lents *International Journal of Comic Art*, das seit 1999 erscheint, das *Journal of Graphic Novels and Comics* oder die *Studies in Comics* (beide seit 2010), ebenfalls ein Zeichen dafür, dass das Sporadische, was der wissenschaftlichen Durchdringung des Gegenstands sowohl 1975 als auch noch 1995 eignete, einer gewissen Verstetigung und Diskursivierung gewichen ist (vgl. Kap. 5) und methodisch von der Blickbewegungsmessung (Döll 2015) über die psychologisch inspirierte Untersuchung der Hypnose im Comic (Kossak 1999) bis zu kulturwissenschaftlichen Untersuchungen des Blicks (Briel 2010) sehr verschiedene Gegenstände ins Auge fassen kann.

Mit dem Hamburger Roland Faelske-Preis für Comic und Animationsfilm werden seit 2010 alle zwei Jahre wissenschaftliche Arbeiten aus dem deutschsprachigen Raum prämiert. Auch die **Auszeichnungen** für Comiczeichner sind überschaubar, meist sind sie mit den Festivals verbunden: In verschiedenen Kategorien werden in Angoulême und San Diego jährlich Zeichner und Arbeiten ausgezeichnet und in Erlangen wird alle zwei Jahre der Max und Moritz-Preis vergeben – Auszeichnungen, von denen sich der Eindruck gewinnen lässt, dass sie in den letzten Jahren aufmerksamer wahrgenommen wurden.

2.5 | Ausblick

Fragen nach den Besonderheiten von Produktion, Distribution und Rezeption werden in der gegenwärtigen Comicforschung kaum gestellt. So liegen nur wenige verlässliche Zahlen über Gehälter, Verträge und Anstellungsverhältnisse vor, und noch weniger Untersuchungen, die diese zu ihrem Ausgangspunkt nehmen, um die Produktionsbedingungen zu erfassen. Die verschiedenen Wirkungen der unterschiedlichen Vertriebswege sind zwar durchaus immer wieder in den Blick genommen worden, aber es darf als bezeichnend gelten, dass bspw. die bisherige Geschichtsschreibung der Syndikate nicht von analytischen Zugriffen geprägt wird, sondern von Autobiografien der Beteiligten. Die Rezeptionsforschung widmet sich eher interpretierenden Studien als der Untersuchung der Rezeptionssituationen, wenn sie sich nicht auf die Erfassung der Blickbewegungen beim Lesen der Comicseiten konzentriert und den politischen, sozialen und gesellschaftlichen Kontext der Rezeption ganz außer Acht lässt. Dies ist nicht zuletzt ein Ergebnis der hier skizzierten Entwicklung der Produktion, Distribution und Rezeption von Comics in Richtung der grafischen Literatur selbst. Während aber die Literaturwissenschaft längst ihre Sozialgeschichte geschrieben hat, steht dies für Comics noch aus.

Grundlegende Literatur

Beaty, Bart: *Comics Versus Art*. Toronto/Buffalo/London 2012. [grundlegender Beitrag zu Fragen der Wertung und Kanonisierung von Comics]

Becker, Thomas: »Wer hat Angst vor der Neunten Kunst? Kurze Archäologie eines Legitimierungsdiskurses«. In *Triëdere. Zeitschrift für Theorie und Kunst* 1 (2012), H. 6, 5–13. [Verfolgt die historische Entwicklung des Legitimierungsdiskurses.]

Ditschke, Stephan: »Comics als Literatur. Zur Etablierung des Comics im deutschsprachigen Feuilleton«. In: Stephan Ditschke/Katerina Kroucheva/Daniel Stein (Hg.): *Comics. Zur Geschichte und Theorie eines populärkulturellen Mediums*. Bielefeld 2009, 265–208. [zur Rolle des Feuilletons im Diskurs über Comics]

Frahm, Ole/Hein, Michael: »Bill Blackbeard und ›Krazy Kat‹ oder: Die Wiederentdeckung des klassischen Zeitungsstrips«. In *Reddition* (1991), Nr. 18, 22–28. [exemplarischer Beitrag zu Problemen der Archivierung und Edition von Comicstrips]

Harvey, Richard C: *The Art of the Funnies. An Aesthetic History*. Jackson 1994. [Harvey widmet sich auch der Produktion, Distribution und Rezeption von Funnies.]

Nyberg, Amy Kiste: *Seal of the Approval. The History of Comics Code*. Jackson MS 1998. [Monografie, die sich der Geschichte der Zensur von Comic-Heften durch den Comics Code widmet]

Sabin, Roger/Triggs, Teal (Hg.): *Below Critical Radar: Fanzines and Alternative Comics From 1976 to Now*. London 2002. [grundlegender Beitrag zu Fanzines]

Smith, Matthew J./Duncan, Randy (Hg.): *Critical Approaches to Comics. Theories and Methods*. New York/London 2012. [einführende Sammlung mit Artikeln zu Produktion und Rezeption]

Treese, Lea: *Go East! Zum Boom japanischer Mangas und Animes in Deutschland. Eine Diskursanalyse*. Berlin 2006. [grundlegender Beitrag zur Subkultur rund um Mangas und ihre Rezeption]

Wright, Bradford W.: *Comic book Nation. The Transformation of Youth Culture in America*. Baltimore 2001. [Monographie zur Entwicklung der Comics als Jugendkultur]

Sekundärliteratur

Abel, Robert H./Manning White, David (Hg.): *The Funnies. An American Idiom*. New York 1963.

Adelman, Bob (Hg.): *Tijuana Bibles. Art and Wit in Americas forbidden Funnies 1930s-1950s*. Vorwort von Art Spiegelman. New York 1997.

Adorno, Theodor W./Horkheimer, Max: *Dialektik der Aufklärung*. Frankfurt a. M. 1988.

Arnold, Heinz Ludwig/Knigge, Andreas C. (Hg.): *Comics, Mangas, Graphic Novels*. Göttingen 2009 (*Text + Kritik* Sonderband).

Ayaka, Carolene/Hague, Ian (Hg.): *Representing Multiculturalism in Comics and Graphic Novels*. London/New York 2014.

Balzer, Jens/tom Dieck, Martin (Hg.): *Sprechende Bilder. Blickstörung. Vom Eigensinn der Comics. Schreibheft. Zeitschrift für Literatur* 51 (1998).

Balzer, Jens: »Materialität und Geometrie. Comics von ›Frigo‹, ›Amok‹ und ›L'Association‹«. In: *Schreibheft* 51 (1998), 137–138.

Bandel, Jan-Frederik/Hommer, Sascha: »Geteilte Beute. Comics und Literatur«. In: *Schreibheft* 68 (2007), 18–20.

Bandel, Jan: »Heftiger Zug nach unten«. In: *Neue Rundschau* 123 (2012), H. 3, 30–41.

Bartosch, Sebastian/Stuhlmann, Andreas: »Reconsidering adaptation as translation. The comic in between«. In *Studies in Comics* 4.1 (2013), 59–74.

Baskind, Samantha/Omer-Sherman, Ranen (Hg.): *The Jewish Graphic Novel. Critical Approaches*. New Brunswick 2008.

Beaty, Bart: *Fredric Wertham and the Critique of Mass Culture*. Jackson 2005.

Berger, Arthur Asa: *Li'l Abner. A Study in American Satire*. Jackson 1994 (1969)

Berger, Arthur: »Comics and Culture«. In: *Journal of Popular Culture* 5 (1971), H. 1, 164–172.

Beronä, David A.: *Wordless Books. The orginal Graphic Novels*. New York 2008.

Blackbeard, Bill: »The Yellow Kid, the Yellow Decade«. In: R.F.Outtcault: *The Yellow Kid. A Centinnial Celebration of the Kid Who Started the Comics*. Northampton 1995, 17–138.

Blank, Juliane: *Vom Sinn und Unsinn des Begriffs Graphic Novel*. Berlin 2014.

Bogart, Leo: »Comic Strips and Their Adult Readers«. In: Bernard Rosenberg/David Manning White (Hg.): *Mass Culture. The Popular Arts in America*. London 1964, 189–198.

Briel, Holger: »The Roving Eye Meets Travelling Pictures. The Field of Vision and the Global Rise of Adult Manga«. In: Mark Berninger/Jochen Ecke/Gideon Haberkorn (Hg.): *Comics as a Nexus of Cultures. Essays on the Interplay of Media, Disciplines and International Perspectives*. Jefferson/London 2010, 187–210.

Brunken, Otto/Giesa, Felix (Hg.): *Erzählen im Comic. Beiträge zur Comic-Forschung*. Essen 2013.

Cascone, Sarah: »Publisher Strips Hergé's Heirs of Millions of Dollars in Rights to Tintin Drawings« (2015). https://news.artnet.com/art-world/tintin-rights-court-ruling-306273 (27.7.2015).

Cassel, Valerie: *Splat, Boom, Pow! The Influence of Comics in Contemporary Art*. Katalog. Houston 2003.

Chaney, Michael A. (Hg.): *Graphic Subjects. Critical Essays on Autobiography and Graphic Novels*. Madison 2011.

Clauß, Ingo (Hg.): *Kaboom! Comic in der Kunst. Comics in Art*. Heidelberg 2013.

Czerwionka, Marcus (Hg.): *Lexikon der Comics*. Loseblattsammlung. 76 Lieferungen. Wimmelsbach 1991–2011.

Daniels, Les: *Superman, The complete History*. San Francisco 1998.

Döll, Frauke: »Comics für Erwachsene: BMBF fördert Forschungsprojekt zu ›Graphic Novels‹« (2015), http://www.innovations-report.de/html/berichte/foerderungen-preise/comics-fuer-erwach-sene-bmbf-foerdert-forschungsprojekt-zu-graphic-novels.html (27.7.2015)

Dœtinchem, Dagmar von/Hartung, Klaus: *Zum Thema Gewalt in Superhelden-Comics*. Berlin 1974.

Eder, Barbara/Klar, Elisabeth/Reichert, Ramón (Hg.): *Theorien des Comics. Ein Reader*. Bielefeld 2011.

Frahm, Ole: *Die Sprache des Comics*. Hamburg 2010.

Frahm, Ole: »Die Fiktion des Graphischen Romans«. In: Susanne Hochreiter/Ursula Klingenböck (Hg.): *Bild ist Text ist Bild. Narration und Ästhetik in der Graphic Novel*. Bielefeld 2014, 53–77.

Fuchs, Wolfgang J./Reitberger, Reinhold C.: *Comics. Anatomie eines Massenmediums*. München 1971.

Gardner, Jared (Hg.): *The Gumps by Sidney Smith*. The Library of American Comics Essentials. San Diego 2013.

Gasser, Christian (Hg.): *Mutanten. Die deutschsprachige Comic-Avantgarde der 90er Jahre*. Katalog. Ostfildern-Ruit 1999.

Goggin, Joyce/Hassler-Forest, Dan (Hg.): *The Rise and Reason of Comics and Graphic Literature. Critical Essays on the Form*. Jefferson NC 2010.

Gordon, Ian: »Let Us Not Call Them Graphic Novels. Comic Books as Biography and History«. In: *Radical History Review* 106 (2010), 185–192.

Gordon, Ian: »Comics, Creators, and Copyright. On the Ownership of Serial Narratives by Multiple Authors«. In: *A Companion to Media Authorship*. Hg. v. Jonathan Gray/Derek Johnson. Chichester 2013, 221–236.

Gravett, Paul: *Graphic Novels. Everything you need to know*. New York 2005.

Groensteen, Thierry: »Why are Comics still in Search of Cultural Legitimization«. In Anne Magnussen/Hans-Christian Christiansen (Hg.): *Comics Culture. Analytical and Theoretical Approaches to Comics*. Kopenhagen 2000, 29–41.

Gross, Milt: *He Done Her Wrong*. New York 1930.

Gross, Rafael/Riedel, Erik (Hg.): *Superman und Golem. Der Comic als Medium jüdischer Erinnerung*. Katalog. Frankfurt a. M. 2009.

Grossman, Gary H.: *Superman. Serial to Cereal*. New York 1976.

Grünewald, Dietrich (Hg.): *Struktur und Geschichte der Comics*. Essen 2010.

Grünewald, Dietrich (Hg.): *Der dokumentarische Comic. Reportage und Biographie*. Essen 2013.

Haas, Christoph: »Graphische Romane«. In *Neue Rundschau* 123 (2012), H. 2, 47–63.

Hague, Ian (Hg.): *Comics and the Senses. A multisensory Approach to Comics and Graphic Novels*. New York 2014.

Hausmanninger, Thomas: *Superman. Eine Serie und ihr Ethos*. Frankfurt a. M. 1989.

Hausmanninger, Thomas: »Die Hochkultur-Spaltung. ›Graphic Novels‹ aus sozial- und kulturwissenschaftlicher Perspektive«. In: Dietrich Grünewald (Hg.): *Der dokumentarische Comic. Reportage und Biographie*. Essen 2013, 17–29.

Hein, Michael: »Die Studios Hergé«. In Marcus Czerwionka (Hg.): *Lexikon der Comics*. 2. Erg.-Lfg. Dezember 1991.

Hein, Michael/Hüners, Michael/Michaelsen, Torsten (Hg.): *Ästhetik des Comic*. Berlin 2002.

Hochreiter, Susanne/Klingenböck, Ursula (Hg.): *Bild ist Text ist Bild. Narration und Ästhetik in der Graphic Novel*. Bielefeld 2014.

Hüners, Michael: »Air Pirates Funnies«. In Marcus Czerwionka (Hg.): *Lexikon der Comics*. 42. Erg.-Lfg. Juni 2002.

Hünig, Wolfgang K. *Strukturen des Comic Strip. Ansätze zu einer textlinguistisch-semiotischen Analyse narrativer Comics*. Hildesheim/New York 1974.

Iadonisi, Richard (Hg.): *Graphic History. Essays on Graphic Novels and/as History*. Newcastle upon Tyne 2012.

Inge, Thomas: *Comics as Culture*. Jackson 1990.

Inge, Thomas (Hg.): *Charles M. Schulz: Conversations*. Jackson 2000.

Jacob, Günther: »Kunst, die siegen hilft!« In *17°C. Zeitschrift für den Rest*. Nr. 10 (1995), 75–77.

Kampmeyer-Käding, Margret/Kugelmann, Cilly (Hg.): *Helden, Freaks und Superrabbis. Die jüdische Farbe des Comics*. Katalog. Berlin 2010.

Kaplan, Laurie: »Over the Top in the Aftermath of The Great War. Two Novels, Too Graphic«. In: Jan Baetens (Hg): *Graphic Novel*. Leuven 2001, 13–22.

Knigge, Andreas C.: *Comics. Vom Massenblatt ins multimediale Abenteuer*. Reinbek bei Hamburg 1996.

Kossak, Hans-Christian: *Hypnose und die Kunst des Comics oder wie man grüne Kreise in die Augen bekommen kann*. Heidelberg 1999.

Krafft, Ulrich: *Comics lesen. Untersuchungen zur Textualität von Comics*. Stuttgart 1978.

Levin, Bob: *The Pirates and the Mouse. Disney's War against the Counterculture*. Seattle 2003.

McCloud, Scott: *Comics neu erfinden. Wie Vorstellungskraft und Technologie eine Kunstform revolutionieren*. Hamburg 2001 (engl. *Reinventing Comics*, 2000).

Meier, Stephan: *Superman transmedial. Eine Pop-Ikone im Spannungsfeld von Medienwandel und Serialität*. Bielefeld 2015.

Nakas, Kassandra: *Funny Cuts. Cartoons und Comics in der zeitgenössischen Kunst*. Katalog. Bielefeld 2004.

Packard, Stephan: »Copyright und Superhelden. Über die Prägung populärer Mythologie durch textuelle Kontrolle«. In Claude D. Conter (Hg.): *Justitiabilität und Rechtmäßigkeit. Verrechtlichungsprozesse von Literatur und Film in der Moderne*. Amsterdam 2010, 109–126.

Packard, Stephan (Hg.): *Comics und Politik*. Essen 2014.

Punter, David: *The Influence of Post-Modernism on Contemporary Writing*. New York 2005.

Pustz, Matthew (Hg.): *Comic Books and American Cultural History*. New York 2012.

Rosenkranz, Paul: *Rebel Visions. The underground comix revolution, 1963–1975*. Seattle 2002.

Sabin, Roger: »The Crisis in Modern American and British Comics, and the Possibilities of the Internet as a Solution«. In Anne Magnussen/Hans-Christian Christiansen (Hg.): *Comics Culture. Analytical and Theoretical Approaches to Comics*. Kopenhagen 2000, 43–57.

Sheridan, Martin: *Comics and their Creators. Life and Stories of American Cartoonists*. Boston 1944.

Spiegelman, Art: *Comix, Essays, Graphics & Scraps. From Maus to Now to MAUS to Now*. New York 1999.

Spiegelman, Art: *MetaMaus*. New York 2011.

Stein, Daniel/Thon, Jan-Noel (Hg.): *From Comic-Strips to Graphic Novels. Contributions to the Theory and History of Graphic Narrative*. Berlin 2013.

Steinaecker, Thomas von (Hg.): *Comic. Neue Rundschau* 123 (2012), H. 3.

Swafford, Brian: Critical Ethnography: The Comics Shop as Cultural Clubhouse. In: Smith, Matthew J./ Duncan, Randy (Hg.): *Critical Approaches to Comics. Theories and Methods*. New York/London 2012, 291–302.

Waldvogel, Florian: *Wo ist der Wind, wenn er nicht weht? Politische Bildergeschichten von Albrecht Dürer bis Art Spiegelman*. Katalog. Hamburg 2009.

Ward, Lynd: *Six Novels in Woodcuts*. Library of America. New York 2010.

Waugh, Coulton: *The Comics* [1947]. New York 1974.

Weiß, Susanne (Hg.): *Kopfkino. Comics im Kunsthaus Dresden*. Katalog. Berlin 2008.

Wertham, Fredric: *The Seduction of the Innocent*. New York 1974.

Ole Frahm

3 Medium, Form, Erzählung? Zur problematischen Frage: »Was ist ein Comic?«

»Der Comic ist ein Erzählmedium wie jedes andere auch«, wird der Comicredakteur Filip Kolek anlässlich des Gratis-Comic-Tages 2012 bei *n.tv* zitiert (Lippold 2012). Der Satz betont einerseits die Unauffälligkeit einer Kunstform, die nicht anders sei als andere; in dem Umstand, *dass* er geäußert wird, kommt andererseits eine besondere Aufmerksamkeit für deren Position im Kunst- und Mediensystem zum Ausdruck. Zugleich behauptet er, Comics ließen sich als Medium und als Erzählung bestimmen. Diese und ähnliche Beschreibungen findet man im Feuilleton in den letzten Jahren häufig. Sie verbinden in charakteristischer Weise den Versuch, den Comic zu definieren, mit der Offenheit eines Feldes, in dem der Platz des Comics erst gesucht wird.

Für die wissenschaftliche Untersuchung von Comics bietet sich damit ein doppelter Anschlusspunkt: Einerseits lässt sich kategorial und womöglich essentialistisch erörtern, was Comics tatsächlich seien. Andererseits gilt es, den Befund ernst zu nehmen, dass die Suche nach der Begriffsbestimmung zu den Praktiken im Umgang mit Comics gehört. Das ist nicht bei jeder Kunstform selbstverständlich. Dieses **doppelte Erkenntnisversprechen** solcher Fragen an Comics legt bereits nahe, dass die Begriffsbestimmung den Ort der Frage nach dem Begriff reflektieren muss.

Dieser Ort muss indes nicht in einer ständigen Apologie oder Legitimitätssuche liegen. Der früher gerne wiederholte Gemeinplatz, Comics seien in der Forschung bislang kaum berücksichtigt worden, kann heute definitiv als überholt gelten. Einige Konventionen jener Zeit haben überlebt: So wird noch immer in Arbeiten zu Comics oft zunächst einmal die sehr grundsätzliche Frage gestellt, was denn überhaupt ein Comic sei oder inwiefern er sich *als* ein Medium, *als* literarische Form oder *als* Erzählung beschreiben lasse. Da ›Comic‹ jedoch ein kulturell vielfach verschieden verwendeter Begriff ist und kein Fachterminus, können die Antworten darauf nur hochspezifisch nach Kultur, Zeitpunkt und Zusammenhang ausfallen oder unbefriedigend bleiben. So lässt sich etwa *historiografisch* festhalten, dass ›Comic‹ in einem bestimmten Kontext als Bezeichnung für alle Text-Bild-Kombinationen mit Sprechblasen verwendet wurde, und es lässt sich andererseits *konzeptuell* überlegen, inwiefern Comics Medien, (Kunst)formen, Erzählungen oder anderes sind. Entscheiden aber lassen sich die letzteren Fragen nicht, sondern nur heuristisch verwenden. Zur Heuristik ebenso wie zur historischen Einordnung des Comics gehört auch die Feststellung: Dafür, *dass* die falsche terminologische Frage dennoch immer wieder gestellt wird, gibt es indes Gründe, die selbst über den Comic Aufschluss geben und Ausgangspunkte für seine Analyse anbieten. Sie liegen wohl insbesondere in der Zwischen- bzw. Randstellung, die die Kunstform Comic im Hinblick auf die dominante Massenmedialität und den gesellschaftlichen Mainstream einnimmt; und die Frage nach seinem Wesen enger mit der Kunstform verbinden, als das in anderen Gattungen der Fall ist. Konkret betrifft dies:

- ihre Auswahl widerständiger oder subversiver **Themen**;
- ihren Anschluss an die zeitgenössische Bilderflut mit deutlich **anderen Bildgebungsverfahren**, als sie jene bestimmen;
- ihre **Exzentrik zwischen Massenmedien** bei untypisch geringen Rezipientenzahlen und untypisch geringen Produktionskosten;

- die mit ihr verbundene **formale Desorientierung**, die in vielen Fällen die Lektüre eines avancierten Comics immer wieder mit der Frage beginnen lässt, wie diese Lektüre denn vonstattengehen solle.
- Ihnen allen steht andererseits ein nicht abgeschlossener **Normalisierungsprozess** gegenüber, in dessen Zuge sich Leseroutinen und konventionelle Inhalte in Comics etablieren.

Vor diesem Hintergrund erscheint die wiederholte Frage danach, was ein Comic denn sei, eben nicht als Hinweis auf ungelöste Probleme einer noch unreifen Forschung, sondern als treffender Ausdruck der **Ambivalenzen** und Unsicherheiten, die den Gegenstand selbst charakterisieren und die ihrerseits in den Verfahren der Comic-Kunst regelmäßig eingesetzt und ausgenutzt werden. Doch auch wenn oder gerade weil die Frage, was denn als Comic zu gelten habe, nur historisch und kontextabhängig (und daher nicht abschließend, in Form einer abstrakten Definition) beantwortet werden kann, lenkt sie die Aufmerksamkeit auf entscheidende Dimensionen der Beschreibung und Analyse von Comics. Im Folgenden sollen daher nicht nur einige Antworten, sondern die Forschungsverfahren besprochen werden, auf die eine bestimmte Auswahl aus diesen Fragen führt.

Damit ist zugleich auf den interdisziplinären Charakter der Comicforschung und auf den Status ihres Gegenstands als **Intermedium** verwiesen. Eine zeitweilige Dominanz der Literaturwissenschaft in der Comicforschung hat in älteren Antworten Spuren hinterlassen, die es zu verstehen gilt. Man kann und sollte Comics sehr wohl in Medienwissenschaft und Kunstgeschichte, Kunstpädagogik, Soziologie, Geschichte, Linguistik und Publizistik untersuchen. Die Grundsatzfrage nach dem Comic könnte für uns also auch lauten: Was haben Comics mit Literatur zu tun? Differenziert ist mindestens zu fragen:

- Welche **medialen Eigenschaften** sind bei der Comicanalyse zu berücksichtigen?
- Inwiefern ist die **Form des Comics** überhaupt oder in spezifischer Weise literarisch, ästhetisch oder poetisch?
- Welchen Begriffen der **Narratologie** öffnen sich Comics, wenn sie doch offenbar wenigstens oft erzählen?

Die folgenden Ausführungen werden eine Antwort vorschlagen, die den **Formbegriff** für den Comic ins Zentrum rückt, wonach der Comic durch unterschiedliche mediale Abhängigkeiten eine Kunstform ist, die häufig, aber nicht immer erzählt. Weil der letzte Aspekt oft am meisten überrascht, wird er am ausführlichsten behandelt – er führt auf die Unsicherheit der Bestimmung von Comics zurück und hinterfragt die Funktion einer solchen. Von heuristischem Wert ist sie allemal; wenn man die Fragen nach Medium, Form und narrativer Gestalt nämlich als Untersuchungsverfahren im Hinblick auf die offene formale und gesellschaftliche Bestimmung des Comics behandelt: indem nach ihrem Anlass und danach gefragt wird, was welcher Antwortversuch auf die Frage nach der Bestimmung von Comics an diesen sichtbar macht.

3

Medium, Form, Erzählung? Zur problematischen Frage: »Was ist ein Comic?«

3.1 | Medialität

Jeder Comic liegt als Medium irgendeiner Art vor: z. B. gedruckt als Comic-Heft oder digital als Webcomic. Die **medialen Spezifika** seiner jeweiligen Erscheinung sind daher zu beschreiben (1.1). Darüber hinaus zeichnet sich der Comic im Sinne eines älteren Medienbegriffs durch eine Adressierung an mehrere Sinne oder Sinnstiftungsverfahren aus, die sich in der jüngeren Forschung als **Multimodalität** – nicht nur von Bild und Schrift – fassen lässt (1.2). Da diese und weitere Charakteristika immer wieder zitiert wurden, um dem Comic eine Sonderrolle zuzuweisen, kann über die formal intramediale Kombination mehrerer Sinneswahrnehmungen und Codes hinaus die historische Entwicklung des Comics als **Intermedium** gezeigt werden (1.3).

3.1.1 | Mediendimensionen

Die Beschreibung von Comics als Medien setzt zunächst Aufmerksamkeit für ihre kommunikativen Funktionen voraus. Comics übermitteln Inhalte und werden dazu gespeichert und verbreitet: So entnehmen Leserinnen und Leser einem vorliegenden Comic-Heft einen Inhalt oder Sinn (z. B. eine Geschichte samt Figuren, eine erzählte Welt, aber auch eine Aussage über die reale Welt, ein Appell, oder ein künstlerischer Ausdruck). Das Heft ist zugleich ein Gegenstand aus Papier, der den Comic in der Zeit erhält und der archiviert werden kann; aber auch ein beweglicher Gegenstand, durch dessen Vertrieb der Comic verbreitet wird. Comic-Hefte sind demnach in der Regel **Speicher- und Übertragungsmedien zugleich**. Tageszeitungen, in denen Comicstrips erscheinen, können zwar ebenfalls beide Funktionen erfüllen; als Archive werden sie jedoch seltener genutzt. Eher werden Strips nochmals anderswo gespeichert (bspw. in Sammelbänden, wie ursprünglich als Zeitungsstrips erschienene *Peanuts*), wenn sie die Zeit überhaupt überdauern.

Nach Friedrich Kittler (1993, 8) ist neben der *Übertragung* und der *Speicherung* auch das **Verarbeiten** eine mögliche Funktion von Medien. Comics sind für gewöhnlich keine Einrichtungen, die in mechanischer oder elektronischer Weise einen Input prozessieren; sie können aber als Ergebnis einer Bearbeitung ihrer Inhalte betrachtet werden, die im Comic in der Bildersequenz formatiert werden. Die Rücksicht auf die Darstellbarkeit eines vorausgegangenen Inhalts oder Konstruierbarkeit eines zu stiftenden Sinns mit den formalen Möglichkeiten des Comics ist oft lohnend. Alle diese Antworten sind auf (wenn auch oft sehr zahlreiche) Einzelfälle bezogen: Wie zwischen Heft und Zeitungsstrip kann die mediale Bestimmung eines Comics erst recht nach Trade Paperback, Einzelpublikation, Webcomic und einmaliger Skizze drastisch differieren. Diese Fragen eignen sich daher nicht dafür, Comics im Allgemeinen zu definieren, wohl aber hervorragend, um je ein einzelnes Comicphänomen zu untersuchen.

Eine empirische soziologische Dimension geht jedoch weiter. Nach S. J. Schmidt (2004) beinhaltet der ›**Kompaktbegriff Medium**‹ neben dem einzelnen konkreten Medienangebot auch die technisch-medialen Dispositive, die den Umgang mit den benötigten Techniken formatieren: Comics müssen gezeichnet, oft getuscht, koloriert werden (von wem, wo hat er es gelernt, welches Werkzeug benutzt er?); sie werden z. B. für den Druck aufbereitet und vervielfältigt; und nicht zuletzt mit mehr oder weniger Routine gelesen. Damit ist eine sozialsystemische Institutionalisierung verbunden, die Verlagshäuser, Händler, Werbemaßnahmen, Feuilleton und Fanseiten umfasst. Und schließlich bedarf es ›zur Semiose fähiger medialer Gegebenheiten‹, also etwa der Möglichkeit, Bilder auf Papier zu entwerfen, festzuhalten, vom Papier zu rezipieren, aber auch der Codes und Konventionen, durch die sie verstanden werden.

Soziologische Zugriffe auf den Comic als Medium

Die Betrachtung des Comics als Medium aus kultursoziologischer Sicht fragt nach den **Institutionen,** die zur Produktion und Verbreitung von Comics notwendig sind; nach den **Diskursen,** in denen Begriffe geformt werden, die ihre Verbreitung und Rezeption steuern; und allgemeiner nach den **materiellen und gesellschaftlichen Bedingungen,** die Comics in der Form, in der wir sie jeweils finden, ermöglichen. Schmidts vierteiliger ›Kompaktbegriff Medium‹ fasst diese Aspekte mit technischen und semiotischen zusammen.

Die Frage nach der **Massenmedialität** von Comics betrifft alle diese Dimensionen zugleich. Ist eine nicht vervielfältigte Handzeichnung, die ansonsten in jeder formalen Hinsicht einem Comic ähnelt, womöglich kein Comic, weil sie nicht massenhaft vervielfältigt wurde? Eine solche Anwendung der heuristischen Frage, wann etwas ein Comic sei, weist auf die Grenzen hin, die zwischen den vier Komponenten eines soziologisch reflektierten Blicks auf Comics verlaufen können. Dass die technischen Voraussetzungen mit den sozialen verschränkt sind, wird dann etwa deutlich, wenn Comics erst in dem Moment als gültig empfunden werden, wenn sie gedruckt werden – und die Drucktechnologie aber nur unter der Voraussetzung von Kapital und Organisation zu nutzen ist und daher nicht jeder Privatperson zur Verfügung steht.

Gröbere Differenzen zwischen verschiedenen Medialitäten von Comics werden erkennbar mithilfe der in der Medienwissenschaft etablierten Unterscheidung von Medien in **Primärmedien,** die keiner technischen Hilfsmittel bedürfen (z. B. das direkte Gespräch); **Sekundärmedien,** deren Produktion Technik einsetzt, während die Rezeption allein das Produkt voraussetzt (z. B. Druckerzeugnisse wie Zeitungsstrips, Comic-Hefte oder Graphic Novels im Sinne von Comicbuchpublikationen); und **Tertiärmedien** (z. B. Webcomics), bei denen sowohl Produktion wie auch Rezeption technischer Hilfsmittel bedürfen (zu dieser Unterscheidung vgl. Faulstich 2000, 21). Dass Comic-Hefte ohne, Webcomics nur mit Empfangs- und Wiedergabegerät gelesen werden können, gehört hierher.

Impliziert die Asymmetrie des Sekundär- und Tertiärmediums häufig eine Bindung von Comics an Massenmedialität, bei der wenige Sender sehr viele Empfänger bedienen und der Entwurf eines Mediums von seiner verbreiteten vielfachen Kopie oft präzise unterschieden werden kann, könnten in digitaler Vernetzung Produktion und Verbreitung, aber auch Produzenten- und Rezipientenrollen in neuen Konstellationen erscheinen oder verschwinden: Man kann dann von **Quartärmedien** reden (vgl. Faßler 2003).

Aber auch schon zuvor ist die **Massenmedialität** von Comics von besonderem Interesse. Während für die typischen gedruckten Produktionen die definierende Asymmetrie grundsätzlich sicher gegeben ist, fällt der Aufwand der Produktion vergleichsweise geringer, oft auch das Publikum vergleichsweise kleiner aus als bei den prototypischen Massenmedien Kino, Radio, Fernsehen und mit Einschränkungen auch bei Tageszeitungen und Magazinen. Die Schwelle zur Produktion ist daher ungewöhn-

3

Medium, Form, Erzählung? Zur problematischen Frage: »Was ist ein Comic?«

lich niedrig; Investitionskosten sind hinreichend gering, um in der Geschichte des Comics immer wieder kleine, randständige Produktionen zu ermöglichen; und die Orientierung an vergleichsweise kleineren Rezipientenkreisen führt auch bei den großen Verlagen zu einer relativ großen Bereitschaft zum Experiment. Alle diese Aspekte tragen zu einer **produktiven Marginalität** und Alternativität vieler Comicproduktionen bei.

Medienwechsel verändern zugleich die Materialität des Mediums; besonders drastisch wird dies am Beispiel des Webcomics deutlich. Ian Hague (2014) hat auf die Wahrnehmung von Comics nicht nur als visuelle Präsentationen, sondern als fassbare Gegenstände hingewiesen, z. B. auf das hörbare Umblättern und den Geruch von Druckerzeugnissen; und Scott McCloud stellte bereits 2000 die innovativen medialen und formalen Möglichkeiten der Digitalisierung heraus, die für den Comic noch kaum ausgeschöpft sind (Wilde 2014; vgl. auch Kap. 9).

Insofern die veränderten medialen Dispositive dabei neue formale Möglichkeiten eröffnen, rückt die spezifische Medialität eines Comics noch einmal unter dem bislang unerwähnten Gesichtspunkt der Möglichkeitsbedingung der Formatierung von Kommunikation und Zeichenverarbeitung in den Blick. Dieser Aspekt ist im Mediengebrauch notorisch schwierig zu beobachten, da die Beobachtung selbst ihr Gegenstand werden muss (vgl. Baecker 2008, 131). In McLuhans berühmter Formulierung »The medium is the message« (1964) macht gerade diese Konkurrenz als abwechselnde Blindheit für vermittelten Inhalt (*content*) und vermittelndes Medium (*message*) Medialität schlechthin aus. **Medienanalysen** eines Comicangebots sollten nach der je spezifischen Inszenierung dieser Rivalität fragen: Wann meinen wir, ›einfach Bilder‹ vor uns zu haben, wann gar ›einfach Donald zu sehen‹, und wann sind wir uns dagegen des Papiers, des Hefts, der Seite oder des Bildschirms bewusst?

3.1.2 | Modalitäten

Die **Materialität eines Mediums** ist Voraussetzung für die Eintragung, Speicherung und Wiedererkennung von Spuren, die in bestimmten semiotischen Programmen verstanden werden können. Die Modi umfassen die ikonische Abbildung von Gegenständen und Körpern im Unterschied zur Schrift, die wiederum Sprache notieren kann (vgl. Kress/Leeuwen 2001). Beide, Bild und Schrift, bedürfen der zweidimensionalen, zeichentragenden Oberfläche, die etwa Papier oder Bildschirm bieten. Damit ist eine zweite Stufe medialer Typologisierungen und Differenzierungen von Comics angesprochen, bei der ein »Interesse [….] für Oberflächenphänomene« in den Vordergrund tritt (Steinseifer 2011, 166).

Multimodalitätsforschung ist ein vergleichsweise junger Ansatz, dessen Möglichkeiten aktuell in der Comicforschung erprobt werden (vgl. Bateman/Wildfeuer 2014). Der Vorteil der Unterscheidung von Träger und Oberfläche liegt in der präziseren Behandlung von Mediendispositiven (s. 3.1.1) im Unterschied zu modalen Realisierungen (s. 3.1.2) andererseits. Damit ist keine Unabhängigkeit gemeint: Verschiedene Materialitäten bieten unterschiedliche Optionen für semiotische Spuren an: So wird der gedruckte Comic keine bewegten Zeichen enthalten, der Webcomic kann dagegen bewegte Bilder ebenso aufnehmen wie einen Soundtrack. Aber in allen diesen Fällen kann Bewegung und Ton ausgedrückt werden: Die Qualitäten des bezeichneten Inhalts sind so noch einmal von der Spur zu trennen. Es ist die Modalität, die in ein enges Verhältnis zur Beschreibung des Comics als Form (s. 3.2) rückt und ihre Abhängigkeiten und Möglichkeiten im Zusammenhang der jeweiligen medialen Kommunikation klärt.

So lässt sich etwa die Multimedialität von Computern, die Bilder und Ton reproduzieren, von der tendenziell monomedialen Druckseite unterscheiden, auf der mit Comics ein multimodales Medienangebot erscheint: Nicht nur die Kombination aus Text und Bild, sondern vor allem das Nach- und Nebeneinander der Bilder ist Grundlage für eine oft dialogische Diskursivität, bei der die Sinnerzeugung in Comics differenziert beschrieben werden kann (Bateman/Wildfeuer 2014).

3.1.3 | Intermedialität und Intermedium

Etablierte Comicdefinitionen

Etablierte Comicdefinitionen konzentrieren sich vor allem auf **drei Aspekte**: Die Nähe zur **Komik** in Inhalt und Zeichenstil, das **Neben- und Nacheinander der Bilder**, oder die **Kombination von Schrift und Bild**.
Die Nähe zur Komik wird in der aus dem Amerikanischen übernommenen Bezeichnung ›Comic‹ ebenso ausgedrückt wie das Interesse an der Sequenz im französischen ›*bandes dessinées*‹, den ›gezeichneten Bändern‹ oder ›Abfolgen‹, und das an der Sprechblase im italienischen ›*fumetti*‹, das die ganze Kunstform nach den Sprechblasen oder ›Rauchwölkchen‹ benennt. Das macht die kulturelle und historische Spezifik dieser Bestimmungen deutlich.
Viel zitierte Heuristiken und Definitionsversuche in der Comicforschung füllen diese Vorstellungen mit präziseren Erläuterungen. So ist die Kombination von Bild und Text (zusammenfassend noch einmal Harvey 1994) immer wieder mit der subversiven Relativierung der Erklärungs- und Bestimmungsmacht der Sprache verbunden worden. Dass Comics nicht komisch sein müssen, wird immer wieder betont; dass sie aber in einem tieferen Sinne dem Lachen und seiner subversiven Kraft verbunden bleiben, hat Frahm (2010) jüngst neu entwickelt. Sicher am bekanntesten sind die beiden Definitionen von Eisner ([6]1996) und seinem Schüler McCloud (1993), die Comics als ›sequenzielle Kunst‹ verstehen.

Mithilfe der oben eingeführten Differenzierung kann die in der älteren Forschung häufig diskutierte Frage nach einer Medienvielfalt von Comics genauer fokussiert werden. Sie wurde aus anderer Perspektive auch im Zuge der Intermedialitätsforschung gestellt. So kann sowohl das Miteinander von Bildern als auch von Bild und Schrift als Medienkombination beschrieben werden. Ein Verhältnis zwischen mehreren Medien wäre dann insofern gegeben, als eine »Kombination mindestens zweier, konventionell als distinkt wahrgenommener Medien« vorliegt, »die sämtlich im entstehenden Produkt materiell präsent sind« (Rajewsky 2002, 19).

Dann wären Comics als Kombinationen von Bild und Text zu definieren. Diese für die kulturelle Wahrnehmung von Comics lange Zeit zentrale Ansicht (vgl. z. B. Harvey 1994) ist jedoch auf die Differenz zwischen gesellschaftlichem Dispositiv (vgl. 3.1.1) und semiotischen Modi (vgl. 3.1.2) zu hinterfragen. Damit ergibt sich ein scharfer Blick auf eine zeitliche Dimension, in der Comics zunächst konventionelle Grenzen überschreiten, dann aber zunehmend eine eigene Konvention begründen. Dass mehrere Bilder nebeneinander und bisweilen im Verein mit Schrift rezipiert

3

Medium, Form, Erzählung? Zur problematischen Frage: »Was ist ein Comic?«

werden, wird dann kaum mehr als Kombination mehrerer etablierter Formen, sondern selbst als eine gewohnte Form rezipiert. Während die Multimodalität des Angebots dabei nicht verschwindet, ist die routinierte Zuordnung der Kombinationen ihrer Modi zu der kulturellen Konzeption verschiedener Medien einem Wandel unterworfen.

Verdeutlichen lässt sich dies, wenn diese vor allem strukturalistisch begründete Intermedialitätsforschung, die sich für Bezüge zwischen mehreren Medien interessiert, um den konkurrierenden Singularbegriff des ›**Intermediums**‹ nach Dick Higgins erweitert wird (1965). Er beschreibt die Zwischenstellung einzelner Medienangebote, die angesichts der konventionellen Grenzziehungen zwischen Medien zu mehreren oder keinen von ihnen zu gehören scheinen. Higgins rückt visuelle Erzählungen zunächst in eine Reihe mit Duchamps signiertem Urinal, konkreter Poesie, postdramatischer Performance und der Betrachtung eines Paars gewöhnlicher Schuhe als Skulptur. Zu ihrer Sonderstellung gehört bei Rücksicht auf die historische Entwicklung jedoch auch ein komplementärer Normalisierungsprozess: »there is a tendency for intermedia to become media with familiarity. The visual novel is a pretty much recognizable form to us now. We have had many of them in the last 20 years. It is harping on an irrelevance to point to its older intermedial status between visual art and text; we want to know what this or that visual novel is about and how it works, and the intermediality is no longer needed to see these things« (ebd., 53). Im Sinne von McLuhans Unterscheidung zwischen dem Medium als *message* und seinem *content* ist die mediale Botschaft gegenüber ihrem vermittelten Inhalt transparent geworden. Ob die formale Multimodalität von Comics aus Text und Bild als Medienkombination erscheint, hängt also vom (gerade gültigen, dem historischen Wandel unterworfenen) kulturellen Medienkonzept ab; dasselbe gilt für die Frage, ob Comics als Intermedien erscheinen.

3.2 | Formen

Weil Comics auf keine einzelnen medialen Bestimmungen festgelegt sind, weil sie nicht in ihre verschiedenen Modalitäten zerfallen und weil ihre Geschichte im veränderlichen Mediensystem nicht stehen bleibt, ist ihre mediale Beschreibung gegenüber einer formalen Beschreibung abzuwägen (3.2.1). Letztere ist Ausgangspunkt umfangreicher Comictheorien, dient aber in diesem Zusammenhang insbesondere zur Abgrenzung formaler gegen mediale Voraussetzungen einerseits und gegen narrative Lesarten andererseits. Es kann also nach dem formalen Zusammenhang der Comicpanels jenseits ihrer vielfältigen Medialität und diesseits ihrer möglichen Zusammenfassung als Erzählung gefragt werden (3.2.2).

3.2.1 | Comicmedium und Comicform

Wenn hier für eine Bestimmung des Comics als Form und nicht als Medium plädiert wird, so geschieht das nicht mit der Absicht, einen terminologischen Streit fortzuführen oder zu entscheiden. Es geht vielmehr um den Vorschlag, den heuristischen Wert gerade dieser Differenz für die Analyse von Phänomenen in Comics fruchtbar zu machen. Damit ist zunächst, wie bereits beschrieben, die klare Trennung zwischen **Modalität und Medialität**, zwischen multimedialen Trägern und multimodalen Zeichenangeboten gemeint. Sie ist zugleich Voraussetzung für die historische Situierung einzelner Comics und ihrer Lektüren in der Spannung zwischen dem **grenz-überschreitenden Intermedium** und einer **normalisierenden Konventionalisierung**: Letzteres setzt ein, sobald man zu wissen meint, wie man eben Comics liest.

Zugleich aber erlaubt die Beschreibung von Comics als Form weitere historische und systematische Überlegungen, die sie etwa auf ihre Bezüge als Kunstform auf andere Kunstformen in einem System von Gattungen prüfen. Die Selbstdarstellung von Comics als *neuvième art*, als neunte in verschiedenen Zählungen von klassischen und modernen Künsten, zitiert diese Vorstellung. Eine Ausweitung der Form des Comics auf vormoderne Traditionen, die etwa den Teppich von Bayeux, die Trajanssäule, ägyptische Grabmurale und griechische Vasenbildfolgen vereinnahmt, kann dagegen präzise auf ihren Umgang mit dem Formbegriff fixiert werden: Wer diese Produktionen Comics nennt, abstrahiert eine reine Form aus ihren historischen Bezügen und vor allem von dem neuzeitlichen Kunstbegriff, der einen kontemporären Literaturbegriff mit einschließt. Dass dies oft gerade im Zuge von Bemühungen um eine Legitimierung des Comics durch den Nimbus des größeren Alters geschieht, ist allerdings widersprüchlich, weil jede Legitimation aus einem modernen Kunstverständnis damit entfallen müsste. Die Marginalität des Comics und seine im besten Sinne zweifelhafte Rolle gehören vielmehr gerade zu seiner Identität (vgl. Becker 2010).

Einen innovativen Neuansatz zur Bestimmung von Medium und Form bei Comics hat kürzlich Lukas Wilde (2014) im Rückgriff auf Luhmann vorgeschlagen. Essentialistische Bestimmungen sind dann ausgeschlossen – man kann kein Phänomen seiner Substanz nach auf Medium oder Form festlegen. Das gilt es in Erinnerung zu behalten, wenn in der Forschung verschiedene formale Bestimmungen des Comics gegeneinander ausgespielt werden.

3.2.2 | Formen des Comics: Cartoon, Sequenz und Anatomie

Die Kunstform Comic ist Gegenstand vielfacher Definitionsversuche geworden. Hier soll nur an einigen Beispielen die **Operationalisierbarkeit** der Definitionen überprüft und damit ihre Fähigkeit gezeigt werden, statt als stillstellende Antworten als analysetreibende und -fokussierende Fragen zu wirken.

Im Vordergrund vieler formaler Bestimmungsversuche von Comics steht die Besonderheit ihrer Bilder. Als moderne Kunstform sind Comics Teil der oft beschworenen Bilderflut und des sogenannten *iconic turn* (vgl. Mitchell 2014). Aber während weite Teile der Bildmedien, die unsere Kultur zunehmend bestimmen, fotografisch aussehen, werden Comicbilder in aller Regel gezeichnet. Die Freiheiten, die das Zeichnen bietet, und die Tradition der Karikatur erzwingen in jeder Zeichnung Entscheidungen: Weil Comicbilder Körper und Gegenstände fast beliebig verformen können, ist die Form, die sie ihnen geben, von erheblicher Bedeutung. Scott McCloud hat in diesem Sinne die Rolle des **Cartoons** als typisches Comiczeichen hervorgehoben (1993, Kap. 2; vgl. hierzu auch den Kasten »Cartoon als Stilbezeichnung« in Kap. 4 in diesem Band). Zwar sind Cartoons auch in Einzelbildern und Animationsfilmen sowie Computerspielen zu finden; und nicht alle Comics verwenden auffällige Cartoons. Dennoch sind Cartoons und Comics so häufig aufeinander bezogen, dass die Ästhetik des verformten, reduzierten und übertriebenen Körpers, aber auch die Freiheit zu mehrfachen Vorbildern wie bei den anthropomorphen Tiermenschen

3

Medium, Form, Erzählung? Zur problematischen Frage: »Was ist ein Comic?«

von Donald bis Artie unverbrüchlich zu der Kunstform gehört. Ebenso gehört zu ihr damit der Bezug auf die Tradition der Karikatur, nicht nur mit ihren politischen, widerständigen und witzigen, sondern auch mit ihren physiognomisch stereotypen und rassistischen Momenten (vgl. dazu u. a. Frahm 2006). Bei der Analyse eines Comics lohnt sich die Frage nach Grad und Art der Cartoonisierung, nach Unterschieden in der Cartoonisierung im Laufe des Comics, und nach der Bildung von Cartoongruppen, die Körper einiger Protagonisten in gleicher, andere in anderer Weise verformen (vgl. Packard 2009).

Die andere offensichtliche Besonderheit des Bildes im Comic ist seine Pluralität auf einer zweidimensionalen Fläche. Die berühmten Explikationen der Kunstform als einer Variante der »sequential art«, die »a train of images deployed in sequence« präsentiere, wie Eisner sagt (1996, 6), oder als »juxtaposed pictorial and other images in sequence«, wie McCloud ihn präzisiert (1993, 9), scheint zunächst inhaltlich von seiner Bestimmung nach dem »Prinzip Bildgeschichte« Dietrich Grünewalds weit entfernt, die (im Begriff ›Geschichte‹) bereits in die Forderung nach narrativen Strukturen mündet. Dennoch führt letztere nicht weniger als die ersten beiden in eine differenzierte Analyse der Varianten, wie die Bilder auf der Seite aufeinander bezogen werden und über die ikonische Isolierung hinaus größere Einheiten ergeben – Groensteen (1999) spricht hier von ›ikonischen Solidaritäten‹. Er fasst in dieser allgemeinen Formel den **ästhetischen Zusammenhalt der Bilder** auf der Seite als gegenseitige Überbestimmung zusammen. Gleichzeitig klärt er damit die Frage nach der Sprachähnlichkeit des Comics: Anders als in Sprache, so argumentiert er, liegt im Comic nicht bereits eine grammatische Form vor, die nun durch zusätzliche Bezüge zwischen den Zeichen – wie etwa in der Lyrik durch Reime, Parallelismen, Metren usf. – noch verstärkt würde. Vielmehr entsteht die Vergleichbarkeit und damit auch die Syntax der Bilder auf der Comicseite erst durch deren ästhetische Beziehung aufeinander. Erst wenn eine Farb-, Gestalt- oder inhaltliche Konfiguration wiederholt wird, ergibt sich eine allgemeinere Struktur, in der Elemente wie Wörter in aufeinanderfolgenden Sätzen isoliert werden können: Das kontinuierliche ikonische Bild zerfällt erst so in diskontinuierliche Zeichen.

Dass das Nebeneinander der Bilder nicht nur als Verbindung einzelner Einheiten zu einer Sequenz, sondern ebenso als Zerteilung einer größeren grafischen Gestaltung in kleinere Teile verstanden werden kann, komplementiert die Definition der sequenziellen Kunst durch einen Begriff der **Anatomie** (vgl. Ault 2000, Packard 2006). Deren Ästhetik greift an der Pluralisierung einer zweidimensionalen Fläche in etliche Bilder ebenso an wie an der Zerteilung, Durchtrennung und Wiederholung der dargestellten Körper.

Dieser Perspektive stehen komplementär differenzierende Begriffe zur Beschreibung der Sequenz gegenüber. Ulrich Krafft (1978) hat in einer **Engführung von Panelsequenzen mit der Struktur von sprachlichen Texten** die Aufmerksamkeit auf die Markierung von Sequenzanfängen durch Neusetzung wiederholter und zentraler Handlungsträger, und im Gegensatz dazu auf den flexiblen Umgang mit Raumzeichen gelenkt. Während erstere in vielen Comics durch ihre Wiederholung die Kohäsion und Kohärenz der Sequenz garantieren, können die dargestellten Räume von Panel zu Panel reduziert, erweitert oder auch ganz durch blanke Folien ersetzt werden. Dietrich Grünewalds (2008) ›**Prinzip Bildgeschichte**‹ verweist unter anderem auf die weite und enge Bildfolge: Diese Differenz fokussiert die Autonomie nebeneinandergestellter, grafisch eher unabhängiger Einzelbilder und als ihren Gegensatz die phasenhafte Abfolge von Abbildungen dicht aufeinanderfolgender Augenblicke.

Es ist der gemeinsame Bezug auf die erzählende Funktion, die demnach das Nebeneinander beider Formen, aber auch das Verständnis der dargestellten Situationen erlaubt, die dann vom Rezipienten in einer Geschichte rekonstruiert werden. Eckart Sackmanns (2006) **Dreiteilung in kontinuierendes, integrierendes und separierendes Prinzip** beschreibt dagegen das Verhältnis der Bilder zueinander genauer: Kontinuierend setzt eine Raumdarstellung das Geschehen durch mehrere Ereignisse nebeneinander im selben dargestellten Raum fort, sodass etwa Angriff und Angreifender neben dem Angegriffenen und dessen Reaktion sowohl in der Darstellung als auch im gezeigten Raum stehen. Das integrierende Prinzip präsentiert ebenso einen kontinuierlichen Darstellungs- und dargestellten Raum, folgt dabei aber nicht der eindeutigen Richtung eines fortgesetzten Bilderstreifens, sondern verteilt verschiedene Momente und Teilszenen in einem gleichzeitig präsentierten, oft multiperspektivischen Bild. Das aus modernen Comics vor allem bekannte separierende Prinzip trennt Einzelbilder mit Panellinien oder Zwischenräumen voneinander.

3.3 | Erzählungen

Einige der besprochenen Bestimmungen des Comics als Form rücken das Erzählen in den Mittelpunkt. Andere Beschreibungsversuche des Comics erwähnen Erzählen wie selbstverständlich nebenbei; wieder andere definieren eine Sequenz oder Anatomie von Bildern, deren Rezeption als Erzählung nur eine von vielen Möglichkeiten darstelle. Die hier vorgelegte Schilderung produktiver Fragerichtungen kann zwar keine intensive einzelne Lektüre und narratologische Analyse bieten (vgl. dazu Packard 2013a, 2013b). Anhand von Narrativität lässt sich die mediale und formale Unbestimmtheit des Intermediums Comic jedoch anschaulich in den Unsicherheiten des Mediensystems verorten (3.3.1). Auf dieser Basis sind die Konstruktionen narrativer Strukturen angesichts des ambigen Medienangebots ebenso wie ihre Widerstände in den Blick zu nehmen (3.3.2); kurze Beispiele können dabei immerhin die wechselseitige Offenheit von Gattung und konkretem Comic greifbar machen.

3.3.1 | Transmediale Erzählbegriffe

Ist Erzählen transmedial? Zu fragen ist für alle Comics und noch einmal für jeden einzelnen zu untersuchenden Comic, ob man Erzählen selbst als transmediales Verfahren fassen will, das medienübergreifend realisiert wird, und den Comic als eine durch bestimmte mediale Eigenschaften abgrenzbare Form, in der diese Realisierung eben stattfindet – ebenso wie in Romanen und Filmen, in Computerspielen und Theaterstücken. In ihnen allen würde demnach erzählt, wenn auch mit verschiedenen Mitteln (so etwa Mahne 2007, Kap. 6).

Der Zweifel daran, ob Comics eine Erzählform sind, ist also Kehrseite eines Zweifels an der Transmedialität von Erzählen überhaupt. Die doppelte begriffliche Offenheit berührt die Bestimmung von Comics als Form, insofern eine zusätzliche Differenzierung zwischen Gattungs- und Kunstformen betroffen ist. Wenn die klassische Gattungstrias als Begriff des Erzählens die Epik – neben Lyrik und Drama – der modernen Medienlandschaft der Form des Comics anbietet, bedarf es eines vermittelnden Schemas. Dafür bieten sich in der **transmedialen Narratologie** mindestens **vier Optionen**, die von einer engen begrifflichen Bestimmung mit ebenso engem Gegen-

3

Medium, Form, Erzählung? Zur problematischen Frage: »Was ist ein Comic?«

standsbereich zu einer weitgehenden begrifflichen Offenheit mit immenser Extension reichen:

1. Im engsten Sinne können wir für Erzählungen integrierte Vermittlungsinstanzen eigener Art verlangen, also **Erzählerinstanzen**. Ein solcher Erzähler wäre von dem historischen Autor unterscheidbar; ebenso von einem idealen oder impliziten Urheber des Medienangebots. Seine Rede tritt zwischen das Erzählte, in dem Figuren als Protagonisten auftreten und miteinander kommunizieren, und die Kommunikation der Autoren mit dem Leser (vgl. Pfister 1986, 18 ff.).

2. Eine etwas weitere Bestimmung von Narrativität stellt die Unterscheidung zwischen *discours* **und** *histoire* in den Mittelpunkt, d. h. die doppelte lineare Ordnung von Ereignissen des Erzählens und solchen des Erzählten. Sie wird vor allem von der strukturalistischen Narratologie betont (vgl. Genette 1972) und ist in der vorigen Generation für die Ausweitung der Narratologie auf den Film besonders bemüht worden (Chatman 1990).

3. Eine noch offenere Definition des Erzählens richtet sich weder auf Vermittlung noch auf Zeichenstruktur, sondern fordert allein, dass der Inhalt der Darstellung **narrativ verstanden** werde. Das kann bloß die Wiedergabe einer Serie von Ereignissen meinen oder komplexere Anforderungen an Elemente (›Narreme‹) und Konstellationen (›narrative Schemata‹), deren Zusammenfassung sich für eine Interpretation als Narration eignet, und deren Präsentation diese daher provoziert (vgl. Wolf 2002, Rath 2010). Dazu gehören neben Ereignissen etwa Charaktere; Introspektionen und wiedergegebene Erfahrungen; Chronologien; sinnvoll geordnete erzählte Welten oder *storyworlds* mit ihren Gesetzmäßigkeiten, die von unseren abweichen können; aber auch Ähnlichkeitsstrukturen, Relevanzmarkierungen und Evaluationen im Zuge der Erzählung.

4. Kaum mehr eingrenzende Kraft hat schließlich die Bestimmung von Erzählung als **sinnstiftende Struktur** schlechthin. Dieser Standpunkt wird in psychologischen, soziologischen, aber auch philosophischen Theorien vertreten, in denen die Fähigkeit, Material in die Form einer Erzählung zu bringen, oder aber die Eignung des Materials, sich narrativ ordnen zu lassen, als Grundlage von Sinn und Orientierung überhaupt gilt. So seien Erlebnisse verstanden, wenn sie erzählt worden seien; Identitäten seien begriffen, wenn sie in Biografien verwandelt würden. Sogar physikalische Modelle gelten dann als Welterzählungen.

Für die Konstruktion eines transmedialen Konzepts der Narration stehen damit vier verschiedene Prämissen zur Verfügung. Neben der Abstraktion von bekannten Erzählformen lässt sich unter diesen Aspekten nun die Annäherung von Comics an die jeweils geforderten Bedingungen untersuchen.

3.3.2 | Konstruktionen und Widerstände

Liegt nicht auf der Hand, dass Comics erzählen? Die weit überwiegende Mehrheit der fiktionalen Comics tut dies gewiss. Aber auch faktuale Comics wie McClouds bekannte Abhandlung über Comics in Comicform scheinen Erzählen kaum vermeiden zu können: Sein *Understanding Comics* (1993) präsentiert eine Figur, die gleichsam als McClouds Avatar die abstrakten Thesen über Comics vermittelt. Obwohl dieser Comic kein Buch ist, in dem eine Geschichte erzählt werden soll, bietet er einen Protagonisten, der in einer Abfolge von Szenen handelt (Abb. 12); die zudem in einer

Abb. 12: Scott McCloud, *Understanding Comics*, ²1994, 29

zweiten Abfolge von Darstellungen vermittelt werden; und der Protagonist fungiert darüber hinaus als autodiegetischer Erzähler seiner eigenen Handlungen und Absichten.

Dem stehen weitaus seltenere, aber kategorial umso spannendere Beispiele gegenüber, die Widerstand gegen diese Konstruktion von Narrativität leisten. Andrei Molotiu hat viele von ihnen in einer aufsehenerregenden Sammlung zusammengebracht (2009). Diese **abstrakten Comics** (z. B. von Mike Getsiv, Abb. 13) vermeiden mit Gegenständlichkeit nicht nur die Etablierung von Narremen, die nach einer narrativen Ordnung verlangen. Obwohl sie eine klare Nebeneinanderstellung geometrischer Diagramme und eine Anatomie der Seite in verschieden farbige Flächen zeigen, lässt sich nicht zwischen einer Abfolge von Dargestelltem und einer anderen Abfolge von Darstellendem unterscheiden. Von einer isolierbaren Erzählerfigur kann ohnehin keine Rede sein. Ja, hier wird vielleicht sogar einmal der weiteste Begriff vom Erzählen als Sinnstiftung überhaupt fraglich: Die Seite gefällt, aber sie sagt nichts intersubjektiv Fixierbares aus.

Zwischen diesen Extremen bewegt sich die größte Zahl an Comics. Von ihnen stehen sicher viele jenem Pol nahe, an dem erzählt wird. Dennoch stellen selbst sie mit der brüchigen Stellung der Erzählerinstanz ihre eigene Gattungszugehörigkeit und die transmediale Erklärung des Erzählbegriffs zugleich in Frage (vgl. hierzu den Kasten »Erzählinstanz im Comic« in Kap. 4). Comics erweisen sich damit in der Frage, ob sie erzählen, noch einmal als **Intermedium** (s. 3.1.3), das zwischen den denkbaren Gattungen steht, indem es sich auf mehrere und auf keines eindeutig bezieht.

So kann man gegen die weiteste Definition des Erzählens sicher bereits generell einwenden, dass das so begriffene Konzept unrettbar unscharf bleibt. Zudem ist die normative These, wonach Erzählen Sinnstiftung überhaupt und daher stets wünschenswert sei, logisch so problematisch wie ethisch (vgl. Strawson 2004). Für die Untersuchung von Comics lässt sich die Fragerichtung jedoch umkehren. Setzt man voraus, dass eine belegte Lesart eines Comics ihn narrativ verstehe, sofern er überhaupt sinnvolle Lektüre erlaube: In welche historisch spezifischen Diskurse, in den Deutungshorizont welcher Welterklärungen schreibt man sie damit ein? Und wenn ein mögliches Scheitern dieser Lesart zum Interpretationshorizont gehört, sind die

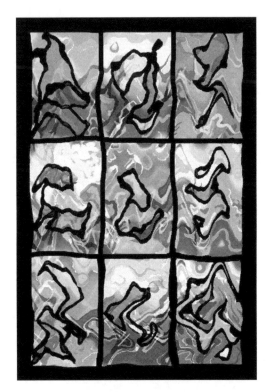

Abb. 13: Mike Getsiv, Abstrakter Comic von der Website des Autors (www. getsivizion.com/galleries/purple/htm)

resultierenden Zweifel an einem kohärenten Sinn und einer nachvollziehbaren subjektiven Identität dann nicht ausdrücklich auf die sinngebenden Projekte der Moderne und ihre Zweifel bezogen – was diese Comics ihrer Epoche zuwiese (vgl. Butler 2005)?

Ebenso wie die Verpflichtung gegenüber kontemporären Modellen von Sinnhaftigkeit überhaupt können Comics durch ihre vermeintliche Narrativität in Frage stellen, welche sinnhaften Ordnungen wir als Handlungen von Protagonisten und als kausal schlüssige Sequenz in der Zeit verstehen. Ist eine kubistische Aufteilung eines Raums in dreimal zwei Panels narrativ? Oder brauchen wir nicht neben narrativen auch andere Schemata des Verstehens, deren wir uns an Comics angesichts dieser Unsicherheit bewusst werden können? Die Frage wird noch subtiler, wo narrative Sinnstiftung näher liegt, aber dennoch unterlaufen wird. Auf einer Seite aus Chris Wares *Jimmy Corrigan* etwa schreit alles danach, das Gesehene in einem erzählten Ereignis zusammenzufassen: Dann wäre es eine sich kausal nachvollziehbar entwickelnde Begegnung zwischen Vater und Sohn. Aber nicht nur die beiden scheitern als Protagonisten, indem sie diesen Zusammenhang zu konstruieren außer Stande bleiben. Das unvermittelte Nebeneinander ihrer Ansichten und der weiteren ikonischen Motive auf derselben Seite entzieht sich auch sonst jeder einfachen Zuordnung zu Geschehen, Handlung und regulär verstandener Welt (Abb. 14).

Das gilt umso mehr für die doppelte Abfolge von Erzählung und Erzähltem. In den beiden letzten Beispielen bleibt zugleich mit allen anderen Elementen fraglich, ob überhaupt eine bestimmte, gar chronologische, Reihenfolge der dargestellten

Abb. 14: Chris Ware, *Jimmy Corrigan, or, The Smartest Kid on Earth*, 2009, o. S.

Aspekte gemeint sei; ja im abstrakten Comic sogar, ob die präsentierten Bilder eine lineare Sequenz ergeben. Martin Schüwer (2008, 23) hat die Übertragung dieses Kriteriums auf Comics sehr einleuchtend kritisiert, da die strukturalistische Trennung zwischen Signifikant und Signifikat, also zwischen der Zeichenfolge, *durch die* erzählt wird, und dem vorgestellten Geschehen, *von dem* erzählt wird, durch ästhetische Verfahren vor allem in avancierten Comics oft unterlaufen werde: Immer dann, wenn die Zeichenstruktur selbst diegetischer Inhalt wird und Figuren ihre Umgebung neu zeichnen, einander in die Denkblasen blicken, in den *gutter* greifen, usw. So zutreffend diese Beobachtung ist, so richtig ist auch, dass diese Verfahren die Existenz einer Struktur, die unterlaufen wird, voraussetzen – anders wäre der Übergriff auch gar nicht als besonderes Verfahren markiert.

Mit der Erzählerinstanz ist schließlich eine engste und vielleicht fruchtbarste Perspektive gefunden. Denn wie schon für die Übertragung sprachlicher Erzählformen auf den Film gilt, dass die Erzählerinstanz fakultativ bleibt (vgl. Kuhn 2013, Kap. 3). Ist für Comics zwar einerseits unklar, wo eine solche Instanz verbindlich gefunden werden könnte, so ist andererseits ebenso deutlich, dass sie regelmäßig im Zuge der Lektüre gesucht wird (vgl. Thon 2013). Klar wird dies, wenn die Bereitschaft zur Suche mit unsicherem Ausgang selbst in einem poetischen Verfahren eingesetzt wird, um Leserinnen und Leser eines Comics produktiv zu täuschen. Ein etwas ausführlicheres Beispiel soll dies demonstrieren.

Amazing Spider-Man 698 (2012) ist ein **Paradefall unzuverlässigen Erzählens**. Vor dem Beginn des erzählten Tages ist es dem Superschurken Doctor Octopus ge-

3

Medium, Form, Erzählung? Zur problematischen Frage: »Was ist ein Comic?«

Abb. 15: Dan Slott et al., *Amazing Spider-Man 698*, 2012, 7

lungen, die Kontrolle über Spider-Mans Körper zu übernehmen. Das Bewusstsein des Helden ist in dem sterbenden, inhaftierten Körper des Antagonisten gefangen. Leserinnen und Leser aber erfahren dies erst gegen Ende des Hefts. Zuvor werden sie getäuscht; sie glauben, das Handeln des echten Spider-Mans vor sich zu haben und seinen Dialog in Sprechblasen zu lesen. Für die Täuschung ist entscheidend, dass sie außerdem Spider-Man als autodiegetischen Erzähler akzeptieren, dessen Erzählerrede in Blocktexten ins Bild integriert wird.

So beginnt die Erzählung nach einem kurzen Vorspiel mit den Sätzen: »My name ist Peter Parker. I'm the amazing Spider-Man. And today? I can just tell… today is going to be the best day ever!« (Slott 2012, 7; Abb. 15). In der ersten Lektüre glauben wir daran, dass uns hier erzählt wird: Dann sollten wir diesem Satz vertrauen können. Tatsächlich aber werden wir getäuscht. Das Geschick einer unzuverlässigen Erzählung besteht eben darin, dass uns bei nochmaliger Lektüre die Täuschung als fair erscheint. Wir sind nicht unmittelbar belogen worden. Das wäre auch nicht befriedigend. Tatsächlich sind die Sätze nicht einmal gelogen: Als Gedankenbericht des triumphierenden Doctor Octopus, der sich in seinem neuen Leben einrichtet, sind sie ohne weiteres plausibel. Die Irreführung gelingt, weil wir die Erzählerstimme ebenso gern akzeptieren, wie wir gleichzeitig wissen, dass es sie im Comic nicht geben muss. Die einleitenden Sätze mögen erzählen; sie mögen aber auch schlicht präsentiert worden sein wie das seitenfüllende Bild des Superheldenkörpers daneben.

Wie wir in der körperbezogenen Kunstform dem Bild von Spider-Mans Äußerem zu vertrauen geneigt sind, so leicht glauben wir auch, dass er uns ein Erlebnis als

Erzähler vermittelt. So wenig wir aber daran zweifeln, so selbstverständlich aktivieren wir, wenn wir die Wahrheit erst wissen, ein anderes, konkurrierendes Modell vom Comic: dass nämlich die Erzählerinstanz nicht besetzen muss. Das Spiel mit unzuverlässigem Erzählen und unzuverlässigem Erzähler in *Amazing Spider-Man 698* wäre unmöglich, wenn es nicht präzise Erzählweisen aus schriftsprachlicher Gewohnheit übernähme; und es würde ebenso wenig gelingen, wenn diese Übernahme glatt vor sich ginge und die Adaption nicht besondere Spuren hinterließe, die sich in speziellen ästhetischen Möglichkeiten im Comic niederschlagen. Denn gerade für die aus schriftsprachlichen Erzählungen gewohnten personalisierten Erzählerstimmen ist es typisch, dass sie ihren Gedankeninhalt in ausformulierten Sätzen präsentieren, die zudem das Erzählte referenzieren, kommentieren und in Überleitungen verbinden: Die Form dieses Gedankenberichts wird wohl kaum als realistisches Abbild mentaler Vorgänge, sondern viel eher als Konvention von Erzählerinstanzen akzeptiert.

Es wird also in *Amazing Spider-Man 698* erzählt, und es gibt eine Instanz, die dem traditionellen schriftsprachlichen Erzähler gleich positioniert und gestaltet ist. Die Wirkung der inszenierten Unzuverlässigkeit ist zudem mit diesen narrativen Strukturen unlösbar verbunden. Das gilt umso mehr, als die anderen Bedingungen des Erzählens erfüllt werden, und dies weit über die vage Bestimmung einer allgemeinen Sinnstiftung hinaus. Die vorgestellten Elemente fügen sich mit konkurrierenden Charakteren, bemerkenswerten Ereignissen, Absichten, Erfahrungen und Einschätzungen vorzüglich in einen Plot. Ganz sicher liegt zudem eine doppelte Abfolge vor: Dass wir die Wahrheit über Spider-Man zu spät erfahren, meint gerade, dass sie zu Beginn des Heftes einerseits in der erzählten Welt bereits geschehen ist, andererseits in der Darstellung erst noch folgt. *Discours* und *histoire* lassen sich scharf unterscheiden.

Dieses Beispiel demonstriert, dass die Frage, ob die Kunstform der Comics medial auf das Erzählen festgelegt sei, weder eine irrelevante Sophisterei noch ein klar zu lösendes Problem der Forschung ist. Vielmehr handelt es sich bei der Frage selbst um eine akkurate Darstellung einer **Ambivalenz der Interpretation**, die aus einer **Vagheit der angespielten medialen Konventionen** herrührt. Auch in dieser Hinsicht mag das Intermedium Comic in Zukunft einer Normalisierungstendenz erliegen. Noch aber ist dies nicht geschehen, und die Ambivalenz seiner Kommunikation betrifft keineswegs nur avancierte Ausnahmen, sondern so populäre und zugängliche Formen wie *Amazing Spider-Man*. Ob Comics erzählen, wissen sie selbst nicht abschließend zu sagen, und gerade mit dieser Offenheit können sie im Einzelfall effektiv arbeiten. Die jeweilige und oft fragliche Bestimmung nach medialen Dimensionen und narrativen Ordnungen kann die Kunstform daher über die formalistische Beschreibung von Sequenz und Anatomie hinaus der Analyse öffnen.

3

Medium, Form, Erzählung? Zur problematischen Frage: »Was ist ein Comic?«

Primärliteratur

Lippold, Markus: »Superhelden sind umsonst« (11.5.2012), http://www.n-tv.de/leute/buecher/Superhelden-sind-umsonst-article6150131.html (29.6.2015).

McCloud, Scott: *Understanding Comics.* New York 1993.

Molotiu, Andrei (Hg.): *Abstract Comics.* Seattle 2009.

Slott, Dan et al.: *Amazing Spider-Man* 698. New York 2012.

Ware, Chris: *Jimmy Corrigan, or, The Smartest Kid on Earth.* New York 2009.

Grundlegende Literatur

Frahm, Ole: *Die Sprache des Comics.* Hamburg 2010. [Tiefe, oft kulturkritische Lektüren vielfältiger Comics werden zu einer Kritik jener formalistischen Ansätze zusammengestellt, die den Comic allzu eng an sprachliche Medien rücken oder allgemeiner auf Bestimmungen des Comics vertrauen, die seine Unruhe stillstellen wollen.]

Groensteen, Thierry: *Système de la bande dessinée.* Paris 1999. [Wohl das meistzitierte Werk der französischen Comicforschung: Eine vor allem semiologische Betrachtung, die viele nützliche Analysebegriffe bereitstellt. Groensteen zentriert die Bestimmung des Comics auf das Prinzip der »ikonischen Solidarität«, mit der Bilder im Comic einander überdeterminieren.]

Krafft, Ulrich: *Comics lesen. Untersuchungen zur Textualität von Comics.* Stuttgart 1978. [Der Geheimtipp deutschsprachiger Comicforschung. Ein frühes Standardwerk, dessen formal genaue und kenntnisreiche Herangehensweise noch heute spannende Ansätze bietet, auch wenn die Engführung mit Sprache und die Konzentration auf ein fast rein frankobelgisches Corpus die Reichweite einiger Ergebnisse einschränkt. Krafft beantwortet die Frage, was ein Comic sei, mit einer Form von Sprache.]

McCloud, Scott: *Understanding Comics. The Invisible Art.* New York 1993. [McClouds Definitionen und Konzepte sind Ausgangspunkt unzähliger zustimmender oder kritischer Anschlüsse aus allen Bereichen der Comicforschung. Neben der allgemeinen Definition von Comics sind seine Ausführungen zu Cartoon, Panelübergängen, Darstellung von Zeit und Verwendung von Farbe weiterhin zentral. McCloud definiert Comics in einer viel zitierten Formulierung als »juxtaposed pictorial and other images in sequence«, präsentiert aber auch den inzwischen üblichen Cartoonbegriff.]

Schüwer, Martin: *Wie Comics erzählen. Grundriss einer intermedialen Erzähltheorie der grafischen Literatur.* Trier 2008. [Wohl das beste, fast sicher das umfassendste Werk zur Narratologie von Comics. Ob Comics überhaupt Erzählungen sind, wird in den einleitenden Abschnitten mit brillanter Präzision diskutiert.]

Sekundärliteratur

Ault, Donald: »›Cutting Up‹ Again Part II: Lacan On Barks On Lacan«. In: Anne Magnussen/Hans-Christian Christiansen (Hg.): *Comics & Culture. Analytical and Theoretical Approaches to Comics.* Kopenhagen 2000, 125–140.

Baecker, Dirk: »Medienforschung«. In: Alexander Rösler/Stefan Münker (Hg.): *Was ist ein Medium?* Frankfurt a. M. 2008, 131–143.

Bateman, John A./Wildfeuer, Janina: »A multimodal discourse theory of visual narrative«. In: *Journal of Pragmatics* 74 (2014), 180–208.

Becker, Thomas: »Comics – eine illegitime Kunst?« In: Dietrich Grünewald (Hg.): *Struktur und Geschichte der Comics.* Bochum/Essen 2010, 309–326.

Butler, Judith: *Giving an Account of Oneself. A Critique of Ethical Violence.* New York 2005.

Chatman, Seymour: *Coming to Terms. Narrative Structure in Fiction and Film.* Ithaca 1990.

Eisner, Will: *Graphic Storytelling & Visual Narrative.* Tamarac [6]1996.

Faßler, Manfred: *Was ist Kommunikation?* Stuttgart [2]2003.

Faulstich, Werner: *Grundwissen Medien.* München [4]2000.

Frahm, Ole: *Genealogie des Holocaust. Art Spiegelmans »MAUS – A Survivor's Tale«.* München 2006.

Genette, Gerard: »Discours du récit.« In: *Figures* III. Paris Seuil 1972, 65–267.

Grünewald, Dietrich: »Das Prinzip Bildgeschichte. Konstitutiva und Variablen einer Kunstform«. In: Ders. (Hg.): *Struktur und Geschichte der Comics.* Bochum/Essen 2010, 11–31.

Hague, Ian: *A Multisensory Approach to Comics and Graphic Novels.* New York 2014.

Harvey, R. C.: *The art of the funnies: An aesthetic history.* Jackson 1994.

Higgins, Dick und Hannah: »Intermedia« (1965 und 1981). In: *Leonardo* 34.1 (2001), 49–54.

Kittler, Friedrich: »Vorwort«. In: Kittler (Hg.): *Draculas Vermächtnis. Technische Schriften.* Leipzig 1993, 8–11.

Kress, Gunter/van Leeuwen, Theo: *Multimodal Discourse.* Oxford 2001.

Kuhn, Markus: *Filmnarratologie.* Berlin 2013.

Mahne, Nicole: *Transmediale Erzähltheorie.* Göttingen 2007.

McCloud, Scott: *Reinventing Comics.* New York 2000.

McLuhan, Marshall: *Understanding Media: The Extensions of Man.* New York 1964.

Mitchell, W. J. T.: »Comics as Media: Afterword«. In: *Critical Inquiry* 40.3 (2014), 255–265.

Packard, Stephan: » ›Yes. I'm Peter Parker.‹ Überlegungen zur historischen Transmedialität von unzuverlässigem Erzählen und unzuverlässigem Erzählen in ›Amazing Spider-Man‹ 698« (2013). In: Felix Giesa (Hg.): *Roundtable zum unzuverlässigen Erzählen im Comic,* www.comicgesellschaft.de/?p= 3905 (29.6.2015). [2013a]

Packard, Stephan: »Erzählen Comics?« In: Otto Brunken/Felix Giesa (Hg.): *Erzählen im Comic.* Bielefeld 2013, 17–31. [2013b]

Packard, Stephan: »Was ist ein Cartoon? Psychosemiotische Überlegungen im Anschluß an Scott McCloud«. In: Stephan Ditschke/Katerina Kroucheva/Daniel Stein (Hg.): *Comics. Zur Geschichte und Theorie eines populärkulturellen Mediums.* Bielefeld 2009, 29–51.

Packard, Stephan: *Anatomie des Comics. Psychosemiotische Medienanalyse.* Göttingen 2006.

Palandt, Ralf: »Comics – Geschichte, Struktur, Interpretation«. In: Marc Hieronimus (Hg.): *Visuelle Medien im DaF-Unterricht.* Göttingen 2014, 77–118.

Pfister, Manfred: *Das Drama.* München [6]1986.

Rajewsky, Irina: *Intermedialität.* Tübingen/Basel 2002.

Rath, Brigitte: *Narratives Verstehen. Entwurf eines narrativen Schemas.* Weilerswist 2010.

Sackmann, Eckart: »Comic. Kommentierte Definition«. In: *Deutsche Comicforschung* 2010, 6–9.

Sackmann, Eckart: »Comics im Mittelalter« (2006). In: *Patrimonium Deutsche Comicforschung,* http://www.comicforschung.de/tagungen/06nov/sackmann/06nov_sackmann1.html (29.6.2015).

Schmidt, S. J.: *Zwiespältige Begierden. Aspekte der Medienkultur.* Freiburg 2004.

Schmitz-Emans, Monika (Hg.): *Literatur-Comics: Adaptionen und Transformationen der Weltliteratur.* Berlin 2012.

Steinseifer, Martin: »Die Typologisierung medialer Kommunikationsangebote. Das Beispiel der visuellen Aspekte seitenbasierter Dokumente«. In: Stephan Habscheid (Hg.): *Textsorten, Handlungsmuster, Oberflächen.* Berlin/New York 2011, 164–189.

Strawson, Galen: »A Fallacy of Our Age: Not Every Life is a Narrative«. In: *Times Literary Supplement* (2004), o. S.

Thon, Jan-Noël: »Who's telling the Tale? Authors and Narrators in Graphic Narrative«. In: Jan-Noël Thon/Daniel Stein (Hg.): *From Comic Strips to Graphic Novels: Contributions to the Theory and History of Graphic Narrative.* Berlin 2013, 67–101.

Wilde, Lukas: »Was unterscheiden Comic-›Medien‹?« In: *Closure* 1 (2014), 25–50, http://www.closure.uni-kiel.de/data/closure1/closure1_wilde.pdf (29.6.2015).

Wilde, Lukas: »Gibt es eine Ästhetik des Webcomic?« In: Lukas Wilde (Hg.): *Webcomic im Fokus.* http://www.sparrowbridge.com/Studio_Buddelfisch/cs/?p= 111 (29.6.2015).

Wolf, Werner: »Das Problem der Narrativität in Literatur, bildender Kunst und Musik: ein Beitrag zu einer intermedialen Erzähltheorie«. In: Ansgar Nünning/Vera Nünning (Hg.): *Erzähltheorie transgenerisch, intermedial, interdisziplinär.* Trier 2002, 23–104.

Stephan Packard

II. Analyse und Forschung

4 Leitfaden zur Comicanalyse

4.1 | Zur Formensprache des Comics

Ganz gleich, ob man nun ›anspruchsvolle‹ Graphic Novels bevorzugt, ›profane‹ Comic-Hefte oder kurze Zeitungsstrips: Wer Comics lesen und verstehen will, muss die Formensprache des Comics beherrschen. Der bekannte Comictheoretiker und -zeichner Scott McCloud spricht in diesem Zusammenhang von ›Grammatik‹ und ›Vokabular‹ des Comics (2001, 75), die bzw. das sich die meisten von uns im Laufe ihrer Kindheit und Jugend angeeignet haben, ohne es bewusst zu planen oder auch nur zu merken. Weil wir unser Wissen im Hinblick auf die Lektüre und das Verständnis von Comics im Regelfall ohne theoretische Flankierung erwerben und ganz intuitiv benutzen, wissen wir zwar häufig, was eine konkrete Linie, was ein bestimmtes bildliches oder sprachliches Zeichen bedeuten, wir wissen aber normalerweise nicht, wie man sie genau benennt oder aus welchem Arsenal möglicher alternativer Zeichen gerade dieses konkrete ausgewählt wurde. Häufig fehlen uns also die analytischen Kategorien, um bestimmte Phänomene und Aspekte des Comics in den Blick zu bekommen, ganz zu schweigen von den Fachbezeichnungen dafür.

Erforschung der Formensprache des Comics

Während sich in der Literatur- und auch der Filmwissenschaft forschungsgeschichtlich schon früh Ansätze zur Entwicklung eines Beschreibungsinstrumentariums finden, das im Laufe der Zeit weiter verfeinert und ausdifferenziert wurde, hat die Entwicklung eines solchen Instrumentariums in der **Comicforschung** vergleichsweise spät eingesetzt (zu ersten dezidiert formanalytischen Forschungsansätzen vgl. die Überblicksdarstellungen bei Hein u. a. 2002, 10–12; Schüwer 2008, 12–17 und, für die jüngere Zeit, Kukkonen 2013, 124–131; einen genuin erzähltheoretischen Forschungsüberblick bieten Stein/Thon 2013, 1–8). Das könnte nicht nur daran liegen, dass die Comicforschung insgesamt eher jung ist, sondern dass bei einem lange Zeit als trivial abgestempelten Gegenstand wie dem Comic solche Formbeschreibungen als überflüssig angesehen wurden und gleichzeitig mit seinem steigenden Ansehen auch Widerstände gegen die Entwicklung systematischer Beschreibungskategorien aufkamen (kritisch dazu etwa Frahm 2010). Eine besonders einflussreiche Pionierarbeit ist **McClouds Metacomic *Understanding Comics*** (1993), der seinerseits bei **Eisner** (1985) anschließt (zu diesen zwei Metacomics vgl. ausführlicher Kap. 18). Wichtige wissenschaftliche Beiträge zur Formanalyse stammen u. a. von Groensteen 2007 (frz. 1999); Packard 2006; Schüwer 2008; Dittmar 2008; Stein/Thon 2013.

Grundvoraussetzung für die Sachanalyse, die jeder angemessenen Interpretation vorauszugehen hat (zum viel diskutierten Verhältnis von Beschreibung und Interpretation vgl. z.B. Kindt/Müller 2003), ist zunächst die Kenntnis der einschlägigen **Terminologie** (vgl. hierzu insbesondere auch das Glossar im Anhang dieses Bandes), um eine intersubjektive Verständigung über spezifische Befunde überhaupt erst zu ermöglichen. Daneben gilt es, **zentrale Kategorien** der Comicanalyse kennenzulernen, um ein breites Set an wichtigen Merkmalen und Bauformen des Comics erfassen zu können. Zwar lassen sich diesen keine eindeutigen Funktionen oder Wirkungen zuordnen, aber die analytische Identifikation und präzise Beschreibung ist Voraussetzung dafür, erkennen zu können, was einen ganz konkreten Comic auszeichnet und wie bestimmte Effekte im Einzelnen zustande kommen.

Auch wenn die Präsentation eines solchen Beschreibungsinstrumentariums bzw. einer solchen Systematik von Kategorien nicht ohne bestimmte theoretische Vorannahmen auskommt, so soll in den folgenden Ausführungen doch ein Set von Merkmalen und Beobachtungsaspekten präsentiert werden, das letztlich unabhängig von der möglichen anschließenden Einpassung der einzelnen Analysebefunde in spezifische Theoriekontexte anwendbar ist. Grundsätzlich lassen sich im Hinblick auf den Bau von Comics zwei theoretische Ansätze ausmachen, die ein ausdifferenziertes Begriffs- und Beschreibungsinventar entwickelt haben, das für die Analyse besonders fruchtbar zu machen ist. So werden mithilfe von (a) **semiotischen Ansätzen** der Einsatz und die Funktion von bildlichen und sprachlichen Zeichen im Comic untersucht (etwa Groensteen 1999; McCloud 2001; Packard 2006), während (b) **narratologische Beiträge** (etwa Schüwer 2008 oder die Beiträge in Stein/Thon 2013) den Comic als Erzählung in den Blick nehmen und etwa nach der Gestaltung von zeitlichen Abläufen fragen. Klar sein sollte daher, dass die folgenden Ausführungen das Ergebnis der Auswertung vorgängiger Forschungsliteratur zum Thema sind und nicht etwa einen originär neuen Zugriff einführen wollen. Ihr Ziel ist die Präsentation eines gleichermaßen handhabbaren wie grundlegenden Instrumentariums zur Comicanalyse, das wesentliche Aspekte abzudecken strebt, aber keinen Anspruch auf Vollständigkeit erhebt. Am Ende jedes Abschnitts werden im Folgenden die wichtigsten Aspekte der jeweils behandelten Themen im Hinblick auf die Analysepraxis in **Leitfragen** zusammengefasst.

Grundsätzlich ist darauf hinzuweisen, dass sich die im Folgenden präsentierten Analyseaspekte und -kategorien auf die Art und Weise der Darstellung im Comic konzentrieren. Comics sind Text-Bild-Konstruktionen, die ihren Sinn erst im Zusammenspiel verschiedener Dimensionen entfalten. So sind im Hinblick auf die Analyse von Comics grundsätzlich (1) die **Ebene des Dargestellten** und (2) die **Ebene der Darstellung** zu unterscheiden (kritisch hierzu Schüwer 2008; vgl. auch Kap. 3.3 in diesem Band). Comics erzählen in der Regel Geschichten, in denen Figuren in einer dargestellten Welt handeln (Ebene des ›Was‹ des Comics), und diese Geschichten werden in spezifischer Weise erzählt (Ebene des ›Wie‹ des Comics). Mithin liegt jedem Comic die *Selektion* unterschiedlichster Elemente und deren *Organisation* oder *Komposition* zugrunde. So werden etwa Kriminalcomics auf Handlungsebene durch Verbrechen und deren Aufklärung geprägt – ganz unabhängig davon, auf welche Art und Weise diese Handlungselemente präsentiert werden.

Panel, Sequenz, Seite

Zu den grundlegenden Strukturelementen des Comics zählen das Panel (also das Einzelbild im Comic), die Sequenz (also eine Folge von mehreren Panels) und die Seite. Zunächst besteht jeder Comic aus **einzelnen Bildern (Panels)**, auch wenn ein Einzelbild gängigen Bestimmungen zufolge nach noch keinen Comic ausmacht. So definiert Will Eisner den Comic als »sequenzielle Kunst« (Eisner 1985) und legt damit den Hauptakzent auf die Bilderfolge (vgl. Kap. 3).

Diese **Bilderfolgen (Sequenzen)** laufen im Fall von gedruckten Comics nicht einfach linear fort, sondern sind auf einer Seite angeordnet (häufig sind sie dabei auch an formatspezifische Vorgaben gebunden), weshalb man im Hinblick auf den Aufbau der einzelnen Seiten auch von ›**Seitenarchitektur**‹ spricht (s. 4.6.1). Auch wenn bei der Analyse daher zwischen Panel, Sequenz und Seite zu unterscheiden ist, können verschiedene Analysekategorien auf alle drei Bestandteile angewendet werden: So lässt sich etwa die Frage nach dem Zeichenstil (s. 4.3.2) sowohl auf ein einzelnes Panel als auch auf eine Sequenz, eine Seite oder den Comic insgesamt beziehen.

4.2 | Format- und Genrespezifika

Comics werden in bestimmten Formaten veröffentlicht: als Zeitungsstrip oder Comic-Heft etwa, als Graphic Novel oder Webcomic. Mit den verschiedenen Formaten sind verschiedene Vorgaben und Konventionen verknüpft, die in unterschiedlicher Weise verbindlich sind. So ist der Zeitungsstrip in den Werktagsausgaben als Streifen von wenigen Panels auf die Breite einer Seite begrenzt, während die Sonntagsstrips den Raum einer kompletten Zeitungsseite nutzen können. Auch die Comic-Hefte sind auf einen genau bestimmten Seitenumfang festgelegt und orientieren sich im Seitenaufbau zumeist an spezifischen Panelanordnungen (*grids*, s. 4.6.2), während Graphic Novels relativ frei im Hinblick auf Seitenumfang und -aufbau gestaltet sein können und für Webcomics diese Aspekte ohnehin nur eine untergeordnete Rolle spielen. Deutlich wird damit, dass die verschiedenen Formate bestimmte **Darstellungs- und Erzählkonventionen** mit sich bringen, die den einzelnen Comic prägen: So steht einem *Tarzan*-Strip aus den 1930er Jahren auf einer Sonntagsseite nur eine überschaubare Zahl an Panels zur Verfügung, in denen entsprechend viel Handlung unterzubringen ist, bevor er mit einem Cliffhanger (also einem Spannungsmoment, der erst in der nächsten Folge aufgelöst wird) im letzten Panel enden muss, während die ohne Seitenvorgaben entstandenen Bände zum *Corto Maltese* (vgl. Kap. 11) es erlauben, auch viele Panels mit eher atmosphärischen Darstellungen unterzubringen. Darüber hinaus sind in den einzelnen Comicgenres bestimmte Erzählkonventionen wirksam, die sich zum Teil aus den jeweiligen Formaten ableiten: So sind Funnies häufig den Formatvorgaben der Zeitungsstrips verpflichtet, während die Spezifika der Superheldencomics zum Teil auf Konventionen der Comic-Hefte zurückzuführen sind. Eine besondere Herausforderung stellt dabei ihre **Serialität** dar, die an die Analyse spezifische Anforderungen stellt (vgl. Kap. 13).

Leitfragen

1. Für welches Format wurde der Comic ursprünglich konzipiert und welche Vorgaben sind damit verbunden, was bedeutet das also für seine erzählerischen bzw. darstellerischen Möglichkeiten?

2. Lässt sich der Comic einem bestimmten Genre zuordnen und wie verhält er sich zu dessen spezifischen Konventionen? Werden sie erfüllt oder gebrochen?

4.3 | Zeichen, Zeichenstil und Farbgebung

4.3.1 | Verwendete Zeichen

Legt man eine Bestimmung von Comics als sequenzieller Kunst zugrunde und betrachtet nicht etwa die Kombination aus Bild und Text als konstitutiv für Comics, dann gibt es auch Comics ohne sprachliche Zeichen (Platthaus spricht hier von »**Stummcomics**«, 2008, 33). Bilder werden in Comics allerdings häufig durch Schrift ergänzt und werden darüber hinaus durch ein sich erweiterndes Repertoire von grafischen Elementen, das genre- oder auch künstlerspezifisch sein kann, flankiert. So kann eine Spirale über dem Kopf einer Figur etwa deren getrübtes Bewusstsein anzeigen (*Tintin*) und die im Panel untergebrachte Satzzeichenfolge ›?!?‹ Erstaunen und Verwunderung anzeigen. Andere Zeichenvarianten finden nur in bestimmten Kulturen Verwendung (vgl. z.B. McCloud 2001, 139, der Beispiele für mangatypische Symbole zeigt). Daher ist es wichtig, zunächst zu bestimmen, welche Arten von Zeichen in einem konkreten Comic verwendet werden (eine anschauliche Übersicht von in Comics verwendeten Zeichentypen bietet McCloud 2001, 32–67; zu theoretischen Aspekten vgl. Dittmar 2011, 139–150 und insbesondere die zeichentheoretischen Ausführungen in Packard 2006, 17–66).

Leitfragen

---

1. Welche Arten von Zeichen werden in welchem Umfang verwendet (z.B. nur Bilder und bildliche Symbole oder auch Buchstaben, Satzzeichen, Zahlen; ausgiebiger Gebrauch von Speedlines, s. 4.5, o. ä.)? Welche Effekte sind damit verbunden (z.B. Dynamik/Statik etc.)?

---

2. Werden akustische oder andere nicht sichtbare Phänomene sichtbar gemacht? In welcher Form geschieht dies (z.B. mithilfe von Soundwords, s. 4.9.3, oder Symbolen wie ›Geruchslinien‹, ›Kopfschmerzblitzen‹ etc.; vgl. erweiternd McCloud 2001, 135–141)?

---

3. Handelt es sich um konventionalisierte (kultur- oder genrespezifische) Zeichen bzw. werden sie im Comic selbst (durch häufigen Einsatz in spezifischen Situationen o. ä.) erst etabliert?

4.3.2 | Zeichenstil

Comiczeichner bedienen sich ganz unterschiedlicher Zeichenstile (vgl. ausführlicher McCloud 2001, 126–134; Dittmar 2011, 155–167). Dominieren in der Frühzeit des Comics (insbesondere in den Funnies) vor allem cartoonhafte (siehe Kasten) **Zeichenstile**, die noch von der Karikatur beeinflusst sind, so setzen sich mit dem Aufkommen der Abenteuer- und Kriminalcomics zunehmend naturalistische Stile durch, die bald zu typischen Merkmalen dieser Genres zählen (zum Abstraktionsgrad der Zeichnungen vgl. McCloud 2001, 36 f., zum genretypischen Zeichenstil für Funnies und Abenteuercomics vgl. Kap. 10 und 11). Heute wird in Comics die ganz Bandbreite bis hin zu fotonaturalistischen Stilen und dem Abdruck von Fotos genutzt (Ausführungen zum Effekt der Kombination von Zeichnungen und Fotos bieten Kap. 8, 15 und 17).

Cartoon als Stilbezeichnung

Als Cartoon werden ›Einbildgeschichten‹ bezeichnet, die in der Regel in Zeitungen abgedruckt und häufig komisch sind (vgl. den Kasten »Cartoon (Format)« in Kap. 7, S. 144). Diese Einzelbilder werden Eisners Bestimmung folgend, die Sequenzialität als entscheidendes Kriterium für Comics in den Mittelpunkt rückt, nicht zu den Comics gezählt (vgl. Platthaus 2008, 114 f.). Daher spielt im Hinblick auf die Comicanalyse jene **andere Bedeutung des Begriffs ›Cartoon‹** eine viel größere Rolle, die Scott McCloud besonders populär gemacht hat: Cartoons sind demnach **Zeichen**, die zwar eine Ähnlichkeitsbeziehung zum Dargestellten aufweisen, aber besonders stark stilisiert sind. So ist etwa ein Smiley ein Cartoon, der für ein lächelndes Gesicht steht. Nach McCloud fordert diese stark vereinfachende Darstellung von Figuren den Leser in besonderer Weise zur Identifikation mit ihnen auf (McCloud 2001, 44 ff.; vgl. ferner Packard 2009).

Darüber hinaus finden sich jeweils individuelle Besonderheiten, die die ›Handschrift‹ eines einzelnen Zeichners ausmachen und zu einer Art Markenzeichen werden können (vgl. Dittmar 2011, 166). Je nach Genre und Format ist der Spielraum der Zeichner allerdings unterschiedlich groß; insbesondere bei stark arbeitsteiligen Produktionen kann die Freiheit eines Zeichners durch **Verlagsstile** (z.B. *Marvel style*, *DC style*) stark eingeschränkt sein. So gibt etwa der *Marvel style* spezifische Abfolgen von Bildausschnitten (s. 4.8.2) vor, was dem Leser eine klare Orientierung ermöglichen soll (vgl. Dittmar 2011, 165 f.). Selbst hier ist jedoch mitunter die ›**Handschrift**‹ einzelner Zeichner (und sogar Szenaristen, wie das Beispiel Carl Barks deutlich macht, vgl. Kap. 1) zu erkennen, was die Verlage auch gezielt zur Leserbindung einsetzen (zu Auteurismus und Creator-owned-Comics vgl. Kap. 13). Schließlich gibt es regelrechte ›**Schulen**‹ (vgl. Dittmar 2011, 158, 163 f.), die bestimmte Stile pflegen, etwa im Fall der *ligne claire*, die der Zeichner Hergé zunächst als individuellen Stil entwickelt hatte, die dann aber zum Stil seines Studios wurde und darüber hinaus weitere Künstler stark beeinflusst hat (zu den stilistischen Merkmalen der *ligne claire* vgl. Kap. 11). Schließlich stehen Zeichner auch in bestimmten **kulturell geprägten Traditionen**. So unterscheiden sich europäische und amerikanische Comics stilistisch und diese wiederum von japanischen Manga, die ihrerseits in Stil und Erzählweise den amerikanischen und europäischen Comic in den letzten Jahren stark beeinflusst haben (vgl. Dittmar 2011, 163–65). Ist der Stil eines Comics also geprägt von Traditionen, Genres und Verlagsstilen einerseits (ebd., 162), so haben auch die verwendeten **Zeichengeräte** sowie die technischen **Vervielfältigungsmöglichkeiten** Einfluss auf den gewählten Zeichenstil (vgl. ebd. 158 f.): Die Reproduktionstechnik der Zeitungen um 1900 ist dafür ein Beispiel. Unabhängig von der Frage der verwendeten Zeichengeräte ist schließlich der **Duktus** des Strichs zu beschreiben, mit dessen Expressivität sich McCloud befasst (2001, 126–134) und der in knappen Charakteristiken vorführt, wie sich die Analyse des

Zeichenduktus beschreiben (Abb. 16) und für die Interpretation fruchtbar machen
lässt (Abb. 17):

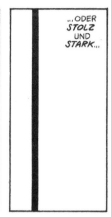

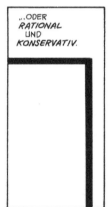

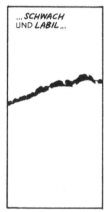

Abb. 16: Scott McCloud, *Comics richtig lesen*, 2001, 133

Abb. 17: Scott McCloud, *Comics richtig lesen*, 2001, 134

Leitfragen

1. In welchem Abstraktionsgrad wird das Dargestellte präsentiert (z.B. fotografisch, realistisch, cartoonhaft, abstrakt)?

2. Entspricht der Stil des Comics den Genrekonventionen (z.B. cartoonhafte Darstellung im Funny, naturalistischere Stile im Abenteuercomic) oder weicht er von ihnen ab?

3. Werden bestimmte Aspekte der dargestellten Welt in unterschiedlichen Stilen präsentiert (z.B. Hergés naturalistischere Hintergrunddarstellungen bei gleichzeitig cartoonhafter Figurendarstellung)? Gibt es gegebenenfalls sogar Besonderheiten im Hinblick auf einzelne Figuren, Orte, Gegenstände?

4. Finden sich einzelne Panels oder Sequenzen, bei denen die Darstellung stilistisch abweicht (z.B. ein einzelnes einmontiertes Foto in einem ansonsten cartoonhaften Comic)? Welche Funktion hat das?

5. Wie lässt sich der Duktus der Linienführung allgemein beschreiben (z.B. expressiver, klarer, weicher Strich)? Finden sich Abweichungen?

4.3.3 | Farbgebung

Ob Comics schwarz-weiß, in Graustufen oder (auch) farbig gestaltet sind, hängt in der Regel von verschiedenen Kontextbedingungen ab (vgl. zur Farbgebung auch Dittmar 2011, 167–170; McCloud 2001, 193–200). Hier spielen zunächst **Technik- und Kostenfragen** eine entscheidende Rolle, denn Farbdrucke waren und sind aufwändig und teuer. So war in der Frühphase der Comics die Einführung des Vierfarbdrucks eine wichtige technische Voraussetzung für die farbigen Strips auf den Sonntagsseiten der Zeitungen (vgl. Kap. 1 und 7), was allerdings mit einem hohen Kostenaufwand verbunden war und daher für die *daily strips* in den Werktagsausgaben der Zeitungen ausschied. Häufig wurde (und wird) die farbige Ausgestaltung der Zeichnung im arbeitsteiligen Entstehungsprozess der Strip- und Comic-Heft-Produktionen (vgl. Kap. 2) den Koloristen überlassen, die bestimmte Flächen nach spezifischen Vorgaben kolorieren. Heute kann neben der technischen und finanziellen Dimension die Entscheidung für Schwarz-Weiß auch künstlerisch begründet sein oder auch als **Distinktionsmerkmal** fungieren, um den Kunstaspekt einer Graphic Novel (im Gegensatz zu den häufig als primitiv abgestempelten bunten Comic-Heften) herauszustellen. Andererseits hat ein Künstler wie Moebius (vgl. Kap. 12) mit der *couleur directe* eine Variante der Farbgebung aus Zeichnerhand etabliert, die neue künstlerische Möglichkeiten eröffnet. Grundsätzlich gilt: »Zur Schaffung von Atmosphäre und zur Vermittlung von Inhalten ist Farbe wesentlich: Sie kann formalistisch und thematisch, aber auch naturalistisch eingesetzt werden. […] Die Farbwahl und die Farbintensität sind gesteuerte Ausdrucksmittel und als solche zu interpretieren« (Dittmar 2011, 169).

Leitfragen

1. Wird Farbe eingesetzt? Falls ja: Wird der Farbeinsatz auf bestimmte Bestandteile der dargestellten Welt (etwa Figuren, Gegenstände, Hintergrundaspekte) beschränkt?

2. Welche Funktion hat der Farbeinsatz bzw. der Verzicht auf Farbe (z.B. Markierung verschiedener Zeitebenen: etwa farbige Gegenwart vs. schwarz-weiß-graue Vergangenheit; Wiedererkennbarkeit von Figuren, Hervorhebung bestimmter Aspekte)?

3. Wird die Farbgebung expressiv eingesetzt, um Empfindungen auszudrücken oder eine bestimmte Atmosphäre zu schaffen (z.B. sind die Bilder in Noir-Comics häufig dunkel gehalten und evozieren so eine düstere, bedrückende Stimmung)?

4.4 | Sequenz

Als Erzählung ist der Comic geprägt von Selektion, kann er doch nur einen kleinen Teil der Informationen, die für das Verständnis der Geschichte notwendig sind, durch (bildliche oder sprachliche) Zeichen repräsentieren – den Rest ergänzt der Leser im Rahmen der Lektüre. Leerstellen zählen aber auch ganz konkret zu den konstitutiven Merkmalen von Comics, denn bekanntermaßen finden sich auf den Seiten des Comics nicht nur die einzelnen Panels, sondern zwischen ihnen auch immer Zwischenräume, meist schmale weiße Streifen, die McCloud mit dem Begriff ›**gutter**‹ bezeichnet (im Deutschen als ›Rinnstein‹ oder ›Zwischenraum‹ übersetzt): Für McCloud ist der **Rinnstein** eines der wichtigsten Elemente des Comics, denn hier kombiniere der Leser zwei Einzelbilder »zu einem einzigen Gedanken« (McCloud 2001, 74). Diese Leistung des Lesers, die aus den Einzelbildern des Comics als sequenzieller Kunst eine zusammenhängende Geschichte macht, bezeichnet McCloud im amerikanischen Original als »**closure**« (McCloud [2]1994, 63), also ›**Schließung**‹ (der Begriff ›Induktion‹, der in der deutschen Übersetzung benutzt wird, ist weniger eingängig). Der Rinnstein und die von ihm provozierte Rezeptionsleistung sind für McCloud originäre Bestandteile des Comics (McCloud 2001, 100). McCloud macht sechs verschiedene Arten der Verknüpfung einzelner Panels aus, diese nennt er im Amerikanischen (auch hier legen wir die Begriffe aus dem Original zugrunde, weil die Bezeichnungen in der deutschen Übersetzung teilweise etwas unklar sind; McCloud [2]1994, 70–74) wie folgt (Abb. 18):

1. **moment-to-moment** (von
   Augenblick zu Augenblick,
   sehr kleinschrittige Darstellung),

2. **action-to-action** (von Aktion
   zu Aktion, im Zentrum steht
   ein und dieselbe Figur, die bei
   verschiedenen Handlungs-
   schritten gezeigt wird),

3. **subject-to-subject** (von Motiv
   zu Motiv, beide Motive bleiben thematisch aber innerhalb
   eines szenischen bzw. ge-
   danklichen Zusammenhangs),

4. **scene-to-scene** (von Szene zu
   Szene, erhebliche Raum- und
   Zeitdifferenzen werden über-
   brückt),

5. **aspect-to-aspect** (von Gesichtspunkt zu Gesichtspunkt,
   unterschiedliche Ansichten/
   Aspekte *eines* Ortes, *einer*
   Stimmung etc. werden gezeigt)

6. **non-sequitur** (Non-sequitur,
   lat. ›es folgt nicht‹, keinerlei
   logische Verbindung).

Abb. 18: Scott McCloud,
***Understanding Comics,* ²1994**

Wenn gesagt wurde, dass all diese Übergänge dazu führen, dass einzelne Bilder zu einer Geschichte verbunden werden, ist auch klar, dass vor allem auf der Ebene der Sequenz das Erzählen im Comic stattfindet. Dabei funktionieren die einzelnen Übergänge allerdings mal mehr und mal weniger stark narrativ: Während (1) eine sehr kleinschrittige (und damit ›langsame‹) Erzählung indiziert, die dem Leser wenig Closure-Leistung abverlangt, sind die Übergänge (2) bis (4) die ›klassischen‹ Übergänge in ›westlichen‹ Comics, in denen häufig der Fortgang der Handlung eine besondere Rolle spielt – wobei das Erzähltempo im Fall des Übergangs (4) besonders hoch ist. Demgegenüber finden sich nach McCloud im Manga besonders oft Moment-to-Moment-Übergänge (5), die weniger die Handlung vorantreiben, sondern verschiedene Perspektiven auf dieselbe Situation präsentieren. Der Non-sequitur-Übergang (6) unterminiert letztlich das Prinzip der *closure* und damit die Versuche des Lesers, eine Verbindung zwischen den Panels herzustellen, da hier keinerlei logische Beziehung zwischen den Panels besteht. McCloud führt die Fruchtbarkeit der Ausdifferenzierung dieser Panelübergänge am Beispiel einer empirischen Auswertung vor und zeigt, dass die Dominanz bestimmter Panelübergänge nicht nur Hinweise auf kultur-, sondern auch auf genrespezifische Konventionen liefern kann (2001, 83–91). So seien die stark an Erzählnormen gebundenen amerikanischen Mainstreamcomics vor allem geprägt durch die Übergänge (2) sowie teilweise (3) und (4), nutzen aber in den Fällen der von ihm analysierten Beispiele nie Übergänge der Varianten (1), (5) und (6). Demgegenüber zeichneten sich die experimentellen Comics in der Untersuchung dadurch aus, dass sie Übergänge aller Varianten aufwiesen.

Über die Beschreibung der Übergänge zwischen den einzelnen Panels hinaus lassen sich auch bestimmte Muster der Sequenzorganisation erkennen, die sich mithilfe eines **filmwissenschaftlichen Vokabulars** erfassen lassen. Hier ist zum einen die **Schuss-Gegenschuss**-Montage zu nennen, bei der zwei einander gegenüberstehende Figuren (häufig in Dialogszenen) abwechselnd im Bild gezeigt werden (Abb. 40), wobei der Blick in der Regel über die Schulter desjenigen geführt wird, der gerade nicht fokussiert ist. In einem anderen, vom Film übernommenen, standardisierten Montagemuster spielt der ***Establishing Shot***, eine Art Eröffnungsbild zu Beginn einer Sequenz, das (meist als *Totale*, s. 4.8.2) eine erste Orientierung vermitteln soll, eine besondere Rolle: »Ein solcher typischer Aufbau beginnt mit einem Überblick (*Establishing Shot*), nähert sich an die Charaktere in halbnahen und nahen Ansichten an, um deren Verhältnis zueinander darzustellen, und zeigt dann Details und Beteiligte auch in Nahansicht, etwa um Emotionen zu verdeutlichen.« (Dittmar 2011, 121)

Leitfragen

1. Welche Ausschnitte werden in den Panels konkret gezeigt, was wird dagegen ausgelassen und dem Closure-Prozess überlassen?

2. Welche Arten von Panelübergängen liegen vor? Gibt es dominierende Übergangsformen (die womöglich genrespezifisch sind), und gibt es signifikante Abweichungen davon?

3. Lassen sich den dominanten Panelübergängen und den signifikanten Abweichungen bestimmte Funktionen zuweisen (z.B. Handlung vorantreiben, Atmosphäre evozieren, Beschleunigung/Verlangsamung des Erzählrhythmus)?

4. Lassen sich spezifische (evtl. etablierte) Montagemuster erkennen?

4.5 | Bewegung

Ungeachtet der Tatsache, dass die gedruckten Panels eigentlich unbewegt sind, nehmen wir im Comic Bewegung wahr. Diese Bewegung wird vor allem mittels Closure-
Leistung auf der Ebene der **Sequenz** evoziert, denn im Rahmen dieses Kombinati-
onsprozesses ›macht‹ der Leser aus zwei (starren) Bildern eine Geschehens- und Be-
wegungsabfolge. Besonders intensiv ist die Bewegung naheliegenderweise im Falle
des **Action-to-Action-Übergangs** (s. 4.4). Eine besondere Variante der sequenzbe-
zogenen Bewegungsevokation funktioniert über die Darstellung eines (weitgehend)
gleichbleibenden Hintergrunds in verschiedenen Panels, wenn eine Figur/ein Gegenstand in den einzelnen Panels in unterschiedlichen Positionen vor diesem Hintergrund dargestellt wird und also bei der Lektüre der Eindruck entsteht, sie ›bewege‹
sich vor diesem Hintergrund – McCloud nennt diese Variante in Anlehnung an die
Gestaltung eines Flügelaltars »**Polyptychon**« (Abb. 19).

Abb 19: Scott McCloud, *Comics richtig lesen*, 2001, 123

Aber auch das einzelne Panel, das als starres Bild streng genommen keine Bewegung
zeigen kann, ist für die Darstellung von Bewegung zentral, weil der Leser bestimmte
Zeichen, die Bewegung anzeigen, richtig versteht und deutet (zur Bewegungsdar-
stellung vgl. detailliert Schüwer 2008, 41–82). Welche Zeichen sind das? Zu den
etablierten zählen (McCloud 2001, 117–122; Schüwer 2002, 189–192) (Abb. 20–23):

Abb. 20–23: Scott McCloud, *Comics richtig lesen*, 2001, 69, 119–121

Speedlines (auch *action lines*): Bewegungslinien, die die Bewegung eines Gegenstandes oder einer Figur andeuten oder nachzeichnen (typisch für amerikanische Comics, sparsamer dagegen in europäischen Comics eingesetzt) (Abb. 20: 119).

Fotografische Schlieren (›Verwacklungseffekt‹ der an der Fotografie orientiert ist): Während der Hintergrund fixiert und klar dargestellt ist, bewegt sich eine Person/ein Gegenstand davor und wird ›unscharf‹ dargestellt – gewissermaßen Außenblick auf den bewegten Gegenstand (Abb. 21: 121).

Fließlinien (entgegengesetztes Prinzip zu den fotografischen Schlieren): Verwischte Darstellung des Hintergrunds, der sich bewegende Gegenstand dagegen wird klar dargestellt – gewissermaßen Blick aus der Bewegung, daher auch ›subjektive Bewegung‹ genannt (vor allem im Manga etabliert, dann auch in den ›westlichen‹ Comic übernommen) (Abb. 22: 121).

Dynamische Figurenpositionen: Besonders häufig wird Bewegung im Einzelpanel derart markiert, dass Figuren in spezifischen Posen gezeigt werden, die einen besonderen Bewegungsmoment darstellen (auch unmittelbar *vor* einem Bewegungswechsel, also beim Ausholen zum Schlag und nicht, wenn die Faust ihr Ziel bereits getroffen hat) (Abb. 23: 69).

Leitfragen

1. Wirken die Bewegungen im Comic besonders dynamisch oder eher reduziert?

2. Welche Zeichen zur Bewegungsmarkierung kommen zum Einsatz (z.B. Speed-lines, Fließlinien, fotografische Schlieren, dynamische Figurenpositionen)?

3. Lassen sich Korrelationen zwischen den Eindrücken zur Dynamik/Statik des Comics und den Ergebnissen der Analysen zu den Panelübergängen (s. 4.4) herstellen?

4.6 | Seite

4.6.1 | Seitenlayout

Jede Comicseite wird vom Leser auf den ersten Blick als Ganzheit wahrgenommen. Das Gesamtlayout der Comicseite wird auch als ›**Tableau**‹ (Peeters 1991) bezeichnet. Die Organisation der Seite und die Anordnung der Panels auf der Seite tragen wesentlich zum spezifischen Erzählrhythmus bei (Barbieri 2002), der einen bestimmten Comic ausmacht. Vor dem Hintergrund der Bedeutung des Seitenaufbaus, seiner Planung und Gestaltung, hat sich der Begriff ›**Seitenarchitektur**‹ etabliert. Die Seitenarchitektur steht im Dienst der Erzählung, sie spielt für die Dramaturgie der Geschichte eine besondere Rolle und unterstützt deren Stimmung oder Verlauf (vgl. Platthaus 2008, 24 ff.). So konzipiert der Zeichner in der Regel seine Geschichte auch immer im Hinblick auf den (ggf. formatspezifischen, s. 4.6.2) Seitenaufbau und bedenkt etwa, dass das eröffnende erste Bild links oben auf einer (Doppel-)Seite eine andere Funktion hat (z.B. den Erzählfaden der vorangehenden Seite aufzugreifen oder einen Szenenwechsel zu markieren) als das letzte Bild rechts unten (das den Leser bspw. zum Umblättern verleiten soll). Die Seitenarchitektur lenkt also die Aufmerksamkeit des Lesers und ist ein wesentliches Element der künstlerischen Gestaltung (Eisner 2005, 65; Groensteen 2007, 91–102; Dittmar 2011, 122 ff.; zur Komposition der Doppelseite vgl. detailliert mit Beispielen Groensteen 2007, 35–39).

Vor diesem Hintergrund wird das **Verhältnis von Seitenarchitektur und Erzählung** mithilfe der vier folgenden Begriffe beschrieben (Peeters 1991; Schüwer 2008, 203–206):
1. konventionell,
2. dekorativ,
3. rhetorisch,
4. produktiv.

Während sich die (1) **konventionelle Seite** neutral gegenüber der Erzählung verhält und in der Regel nach einem einheitlichen Raster (siehe 4.6.2) gestaltet wird, ist das (2) **dekorative Layout** deutlich Gegenstand künstlerischer Gestaltung, wobei diese Gestaltung vor allem ästhetischen Prinzipien verpflichtet ist und nicht der Handlung. Im Fall der (3) **rhetorischen Gestaltung** wird dagegen das Seitenlayout nach den Erfordernissen der Geschichte funktionalisiert und eingerichtet. Umgekehrt verhält es sich beim (4) **produktiven Seitenlayout**: Hier scheint sich die Geschichte dem Layout unterzuordnen, etwa weil es nach geometrischen Gesichtspunkten gestaltet ist; das Layout wird sozusagen zum handlungsbestimmenden Element (vgl. auch Groensteen 2007, 93 ff.).

Groensteen weist darauf hin, dass auch die Seite in der Regel einen Rahmen hat – er nennt den **Seitenrahmen** im Anschluss an Peeters ›*hypercadre*‹. Dieser kann deutlich als Rahmen gekennzeichnet sein, häufiger wird er aber durch die zum Seitenrand hin gerichteten Panelrahmen markiert (Groensteen 2007, 30 f.). Der Seitenrahmen kann ausgestaltet sein (z.B. durch Ornamente), bleibt aber häufig (bis ggf. auf Seitenzahlen o. ä.) leer. Der Seitenrahmen kann durchbrochen werden, sodass sich einzelne Panels bis zum Seitenrand erstrecken können, was im Hinblick auf die Zeitwahrnehmung des Lesers einen besonderen Effekt zeitigen kann (McCloud 2001, 111). Das vereinzelte Durchbrechen oder Fehlen eines Seitenrahmens kann ebenso bedeutungstragend sein wie der komplette Verzicht eines Zeichners auf dieses Gestaltungselement.

4.6.2 | *Grid*

Wie oben bereits erwähnt, hat die Frage, für welches **Format** ein Comic ursprünglich konzipiert wurde, Auswirkungen auf den Aufbau der einzelnen Seiten, da die unterschiedlichen Formate hinsichtlich des Seitenaufbaus bestimmte Voraussetzungen mit sich bringen und unterschiedliche Konventionen etabliert haben. Grundsätzlich ist im Hinblick auf den Seitenaufbau festzuhalten, dass die Anordnung der Panels auf den einzelnen Seiten im Regelfall in ›westlichen‹ Comics der Leserichtung von links oben nach rechts unten folgt, während sie im Manga von rechts oben nach links unten angeordnet werden.

Vor diesem Hintergrund haben sich bestimmte Raster etabliert, die den Aufbau der Comicseiten in verschiedenen Formaten in der Regel prägen. Solche Raster werden im Englischen als ›*panel grid*‹ (oder nur ›*grid*‹) bezeichnet, ein einheitliches Raster nennt man ›*uniform grid*‹ (verbreitet ist z.B. ein Raster von drei Zeilen à drei Panels pro Seite). Häufig bleiben auch einzelne Variationen und Abweichungen den prinzipiellen Vorgaben eines *uniform grid* verpflichtet, wenn sich etwa in einer Zeile ein Panel über genau den Raum erstreckt, der ansonsten für zwei Panels vorgesehen ist. Der Gestaltungsspielraum der Comiczeichner bewegt sich im Hinblick auf die Seitengestaltung (je nach Produktions- und Publikationskontext) prinzipiell zwischen den Polen des strengen *uniform grid* einerseits und der freien Gestaltung jeder einzelnen Seite andererseits (Letzteres führt etwa Will Eisner in *A Contract with God* vor). So können Panels bspw. nicht nur neben- und übereinander positioniert, sondern auch ineinander gesetzt werden, wobei ein größeres ›Hintergrundpanel‹ etwa eine orientierende, kontextualisierende oder dekorative Funktion haben kann, während ein kleineres eingesetztes Panel z.B. Details hervorhebt (vgl. weiterführend Groensteen 2007, 85 ff.).

4.6.3 | Panelrahmen

Wesentliches Element zur Abgrenzung der einzelnen Panels und damit zur Gestaltung der Seite, die (möglicherweise) einem bestimmten Raster folgt, ist der **Panelrahmen** (vgl. Eisner 2005, 38–99; Dittmar 2011, 57–66; Groensteen 2007, 39–57). Der Panelrahmen hat damit ganz prinzipiell die Funktion, die Seite zu strukturieren und jenen Raum zu markieren, in dem Gegenstände und Handlungen eines einzelnen Panels positioniert werden können (s. 4.8.1). Er öffnet damit zumeist gleichzeitig jenen Zwischenraum, der die Panels trennt (den ›Rinnstein‹) und zur *closure* auffordert. In der Regel ist der Rahmen eines Panels durch gerade Einzelstriche einer bestimmten Stärke in einer bestimmten geometrischen Anordnung (Rechteck, Quadrat) dargestellt. Erst vor dem Hintergrund von etablierten prototypischen Seiten- und Rahmengestaltungen werden Varianten und Abweichungen als bedeutungstragend erkennbar. Ein Rahmen kann bspw. folgendermaßen variiert werden (Beispiele bei Dittmar 2011, 57–66):

- der Rahmenstrich ist dicker oder dünner,
- die Rahmenlinie ist unterbrochen (der Rahmen erscheint als ›zerbrochen‹),
- die Rahmenlinie ist verwackelt oder löst sich auf,
- die Rahmenfarbe weicht vom ›Standardrahmen‹ ab,
- der Rahmen wird durch eine Doppellinie, Wellenlinie oder gezackte Linie markiert,
- der Rahmen fehlt teilweise oder ganz.

Verschiedene Varianten wurden im Laufe der Zeit konventionalisiert und können folgende Bedeutung haben:

- Ein gewellter Rahmen kann den Panelinhalt als Traum oder Erinnerung ausweisen.
- Ein gezackter Rahmen kann auf einen emotionalen Panelinhalt hinweisen.
- Ein rahmenloses Panel kann ›Zeitlosigkeit‹ evozieren (McCloud 2001, 110 f.).

4.6.4 | Panelgröße und -form

Groensteen (2007, 28 f.) nennt drei Parameter, die das Panel ganz unabhängig von Inhalt oder Rahmung bestimmen: Neben dem (1) **Ort des Panels**, der diesem im Kontext der (a) Seitenarchitektur sowie des (b) Gesamtcomics zugewiesen wird und der dessen Position im Lektüreprozess bestimmt, sollte insbesondere (2) der **Größe des Panels** und (3) der **Form des Panels** Aufmerksamkeit bei der Comicanalyse zukommen.

Setzt man voraus, dass sich in bestimmten Formaten typische Raster (*grids*) etabliert haben, bedeutet das gleichzeitig, dass in diesen Fällen durch die von vornherein festgelegte Anzahl der Zeilen und der Panels pro Zeile eine Art Standardgröße für die einzelnen Panels vorgegeben ist, da die *uniform grids* den Seitenraum meist in gleich große Einheiten für die einzelnen Panels unterteilen. Da der Spielraum für die Zeichner selbst im Rahmen von eigentlich strengen *uniform grids* grundsätzlich gegeben ist (s. 4.6.2), weisen Variationen der Standardpanels normalerweise auf besonders bedeutsame Handlungs- oder Stimmungselemente hin und verändern den Erzählrhythmus des Comics (z.B. durch ein sogenanntes ›*landscape panel*‹, ein Panel, das eine ganze Zeile eines *grids* einnimmt; vgl. Groensteen 2011, 45).

Eine besonders auffällige Form der Variation der Panelgröße ist das ***splash panel*** (auch ›splash page‹ oder ›splash‹ genannt). Das *splash panel* (Platthaus 2008, 23 f.; Eisner 2005, 62) ist besonders groß und nimmt in der Regel eine ganze Seite oder zumindest den Großteil einer Seite für sich ein (ein Panel, das sich über mehr als eine Seite – normalerweise dann eine komplette Doppelseite – erstreckt, wird auch ›**spread**‹ genannt). Je nachdem, ob das *splash panel* am Anfang eines Comics steht oder im weiteren Verlauf der Geschichte platziert wird, unterscheidet man zwischen **opening splash** (vgl. als Beispiel die Eröffnungsseite einer *The Spirit*-Geschichte in Kap. 11, Abb. 42; zur speziellen Funktion von *opening splashs* im Superheldencomic vgl. Kap. 13) und **interior splash**. Aufgrund ihrer Größe erzielen *splash panels* eine besondere Wirkung beim Leser. Während zu Beginn eines Comics das *splash panel* meist die Aufmerksamkeit und Neugier des Lesers wecken oder, dem *Establishing Shot* im Film vergleichbar, eine erste Orientierung liefern will, können *splash panels* im weiteren Erzählverlauf auf besonders relevante Handlungssituationen (im Superheldencomic häufig Entscheidungssituationen) hinweisen oder eindrücklich atmosphärische Stimmungen transportieren. *Splash panels* werden also dazu genutzt, um grafische Akzente zu setzen. Im Rahmen der Seitenarchitektur haben *splash panels* häufig die Funktion, die Lektüre zu lenken, weil sie den Blick auf sich ziehen und dadurch die vorangehenden Bilder auf derselben oder benachbarten Seite unwillkürlich oberflächlicher rezipiert werden. Das eröffnet dem Zeichner u. a. die Möglichkeit, in den Panels vor dem s*plash panel* Details zu ›verstecken‹, die dem Leser noch verborgen bleiben sollen (Platthaus 2008, S. 25 f.). Die Panelgröße kann also in gewisser Hinsicht in ein Spannungsverhältnis zum Ort des Panels treten, weil sie die Positionierung des Panels im Lektüreprozess, die ihm aufgrund des Ortes eigentlich zugewiesen wird, möglicherweise in Frage stellt.

Eine weitere Variation ist das **split panel**. Hier wird das Panelraster eingehalten und ein Bild über mehrere benachbarte Panels ›verteilt‹, die ihrerseits aber klar als einzelne Panels erkennbar bleiben. Die Darstellungen in den einzelnen Panels schließen folglich so aneinander an, dass sie ein übergreifendes Gesamtbild ergeben (s. Abb. 24).

Abb. 24: Alison Bechdel, *Wer ist hier die Mutter?*, 2014, 155

Darüber hinaus können auch die Panelform und die Panelausrichtung im *grid* variieren: So können etwa runde oder dreieckige Panels an die Stelle von rechteckigen treten, oder ein rechteckiges Panel kann ›gekippt‹ werden und damit aus dem Raster der anderen Panels ›ausbrechen‹. Die Analysebefunde zur Form des einzelnen Panels können in Beziehung gesetzt werden zur Form des Seitenrahmens (*hypercadre*). So kann die Form eines Panels mit der des Seitenrahmens übereinstimmen oder grundsätzlich davon abweichen (weil das Panel z.B. rund ist). Das Panel kann allerdings auch die Form des Seitenrahmens grundsätzlich aufgreifen, aber variieren, weil es bspw. breiter als hoch ist. Die Abweichungen und Variationen haben unterschiedliche Effekte beim Leser (vgl. mit Beispielen hierzu Groensteen 2007, 34 f.).

Schließlich können sowohl die Breite der Panels als auch die Abstände zwischen den Panels variiert werden, was im Hinblick auf die Zeitgestaltung funktionalisiert werden kann (McCloud 2001, 109 f.). So kann ein längeres Panel den Eindruck vermitteln, dass der darin dargestellte Sachverhalt einen längeren Zeitraum in Anspruch nimmt als eine Handlung in einem kürzeren Panel. Entsprechend haben **Panelgröße und -anzahl** Auswirkungen auf die Zeitwahrnehmung des Lesers: Eine größere Zahl kurzer Panels kann den Eindruck eines schnelleren Zeitverlaufs und damit eines höheren Erzähltempos suggerieren (s. 4.7).

Leitfragen

1. Lässt sich ein bestimmtes Verhältnis von Seitenlayout und Erzählung (konventionell, dekorativ, rhetorisch, produktiv) erkennen?

2. Ist ein *uniform grid* erkennbar und lassen sich ggf. signifikante Abweichungen davon finden? Welche Funktionen haben diese Abweichungen?

3. Lassen sich Besonderheiten im Hinblick auf die Gestaltung der Seiten- und Panelrahmen erkennen? Welche Effekte haben sie?

4. In welcher Beziehung steht die Gestaltung des Panelrahmens zum Panelinhalt?

5. Lassen sich Besonderheiten im Hinblick auf Panelgröße und/oder -form erkennen (z.B. *splash* oder *split panel*) und welche Funktion haben sie?

4.7 | Zeit

Wie im Hinblick auf die Darstellung von Bewegungen ist im Comic auch die Frage nach der Zeit geprägt von einer letztlich paradoxen Ausgangssituation, denn ungeachtet der Tatsache, dass die einzelnen Panels statische Bilder sind, vergeht im Comic Zeit. Auch wenn die einzelnen Sequenzen im Comic normalerweise nacheinander rezipiert werden, wird die Seite, wie erwähnt, auf den ersten Blick als Gesamtheit wahrgenommen. Damit ist die Comiclektüre immer geprägt durch eine **doppelte Zeitwahrnehmung**: Gleichzeitigkeit und Sukzession. Gemäß der im ›Westen‹ typischen Leserichtung von links oben nach rechts unten (vgl. 4.6.1 und 4.6.2) werden die Panels in ein spezifisches Zeitverhältnis zueinander gebracht: Das jeweils aktuell gelesene Panel markiert die Gegenwart, das Panel links davon die Vergangenheit, das Panel rechts vom aktuellen die Zukunft (beim Manga verhält es sich genau umgekehrt; McCloud 2001, 112 f.). Deutlich wird hier die enge Verzahnung von räumlicher Präsentation und Zeitwahrnehmung im Comic. Aber auch wenn die Sequenzen im Comic in der Regel nacheinander gelesen werden, bedeutet das nicht, dass Comics immer chronologisch erzählen. So finden sich in Comics immer wieder auch Rückblenden oder Vorausdeutungen, die allerdings meist auf spezifische Weise als Brüche in der chronologischen Handlungsfolge markiert werden (z.B. Schwarz-Weiß und Sepia statt kräftiger Farben bei Rückblenden, gewellte Rahmen als Signale für Erinnerungen oder Vorausdeutungen).

4.7.1 | Zeit und Sequenz

Der Ort im Comic, an dem die Zeit vor allem voranschreitet, ist der Zwischenraum zwischen den Panels (*gutter*, s. 4.4). Das Vergehen der Zeit im ›Rinnstein‹ erkennt der Leser im Rahmen des ›closure‹-Prozesses anhand bestimmter Parameter, denn er kann (1) im Abgleich mit seinem **Alltagswissen** in der Regel richtig einschätzen, wie die Zeitspanne zwischen zwei Panels zu bemessen ist, weil er aus Erfahrung weiß, wie lange es dauert, bis eine bestimmte Handlung (initiiert im einen Panel) abgeschlossen ist (dargestellt im nachfolgenden Panel) (McCloud 2001, 108 f.). Ferner können (2) **Texthinweise** dem Leser Anhaltspunkte dafür liefern, dass Zeit vergangen ist, weil Zeitsprünge sprachlich markiert werden (»eine Stunde später«), und so verbale Brücken zwischen den Panels schlagen. Schließlich können (3) **grafische Indizien** den Leser darauf hinweisen, dass Zeit vergangen ist, indem z.B. die Schatten in einem Panel länger sind als in einem vorangegangenen – was der Leser wiederum vor dem Hintergrund spezifischen Wissens (hier nämlich um den Zusammenhang von Schattenlänge und Sonnenstand) als Indikator für vergangene Zeit erkennen kann.

Legt man McClouds Differenzierung der Panelübergänge zugrunde (s. 4.4), vergeht abhängig von der Ereignisdichte im jeweiligen Zwischenraum unterschiedlich viel Zeit: Während im Falle des Moment-to-Moment-Übergangs nur ein kurzer Moment vergeht, können im Falle des Scene-to-Scene-Übergangs von zwischen den Panels im Extremfall Jahrzehnte liegen (vgl. Abb. 18). So können zwei aufeinanderfolgende Panels etwa eine fliegende Pistolenkugel und deren Einschlag zeigen (dann würde zeitdehnend erzählt) oder sie zeigen, zeitraffend, im einen Panel ein junges Mädchen, das im zweiten Panel bereits zur Greisin gealtert ist (zur Bestimmung des Erzähltempos vgl. ausführlich Dammann 2002; Dittmar 2011, 171–174). Mithilfe grafischer und textueller Techniken lässt sich folglich das Tempo verändern, was gezielt für die Dramaturgie des Comics eingesetzt werden kann (Barbieri 2002); man bezeichnet die **Rhythmisierung des Erzähltempos** auch als ›*pacing*‹.

Eine Möglichkeit, die Zeit kurzfristig ›anzuhalten‹ oder zu verlangsamen, besteht – wie schon im Hinblick auf die Funktion des Panelrahmens und die Panelform ausgeführt – darin, den Panelrahmen wegzulassen oder das Panel zu verlängern. Eine besondere Spielart davon ist, einen Text zwischen zwei Panels im ›Rinnstein‹ zu platzieren, wodurch der Eindruck entsteht, dass während der Lektüre dieses Zwischentextes die Handlung des Comics stillsteht.

Eine andere Möglichkeit zur panelübergreifenden Zeitgestaltung stellt die Einsetzung eines oder mehrerer Panels in ein größeres Panel dar (vgl. 4.6.2), da auf diese Weise der Eindruck entstehen kann, dass gleichzeitig stattfindende Handlungselemente gezeigt werden (Groensteen 2007, 89).

4.7.2 | Zeit und Einzelpanel

Zeit ›vergeht‹ aber nicht nur zwischen den Panels, sondern auch im Einzelpanel. Auch die Rezeption des Einzelpanels erfolgt von links nach rechts und dabei schreitet die Zeit im Rahmen der Lektüre voran (vgl. die Analyse eines anschaulichen Beispiels bei McCloud 2001, 102–105). So können etwa Figuren, die im rechten Teil eines Panels stehen, auf (z.B. sprachliche) Aktionen reagieren, die in der linken Hälfte des gleichen Panels stattfinden. Besonders deutlich wird das Vergehen von Zeit, wenn wir Sprache oder Geräusche in Panels repräsentiert finden, denn die Schallübertragung benötigt einen spezifischen Zeitraum. Doch selbst in ›stummen‹ Panels, also Panels ohne Sprache oder Geräusche, verstreicht eine bestimmte Zeitspanne, die der Leser aus seinem Alltagswissen dem Geschehen zuschreibt (›stumme‹ Panels ohne Hinweise auf die Dauer der dargestellten Szene können demgegenüber den Anschein von Zeitlosigkeit erwecken; vgl. McCloud 2001, 110). Neben dem Schall weisen auch Bewegungen (markiert durch Speedlines etc., s. 4.5) auf das Vergehen von Zeit hin, da diese bestimmte Zeiträume zur Ausführung in Anspruch nehmen.

Leitfragen

1. Unterstützt das Seitenlayout die ›gewohnte‹ Leserichtung, oder wird eine sukzessive Rezeption grundsätzlich erschwert und damit auch eine Lektüre des Nacheinanders?

2. Wird ausschließlich chronologisch erzählt oder finden sich Rückblenden bzw. Vorausdeutungen? Wie werden diese gegebenenfalls markiert?

3. Wie ist das Erzähltempo gestaltet? Welche Mittel tragen dazu bei?

4. Gibt es Tempowechsel, und welche Funktion haben sie gegebenenfalls im Hinblick auf die Dramaturgie des Comics und das *pacing*?

4.8 | Raum

4.8.1 | ›Gezeigter‹ und ›nichtgezeigter‹ Raum

Der Raum besitzt eine ganz grundsätzliche Relevanz als konstitutives Element für den Comic als Bildmedium, zumal die Panels räumlich angeordnet sind und einer bestimmten Seitenarchitektur folgen (s. 4.6.1). Raumfragen sind daher im Hinblick auf die Analyse der dargestellten Welt (›Diegese‹) von großer Bedeutung. Der **diege-**

tische Raum (also der Raum der dargestellten Welt, in dem die Figuren agieren) wird vom Leser als Kombination aus ›**gezeigten**‹ und ›**nichtgezeigten**‹ Raumbestandteilen gestiftet. Die Dimension des ›nichtgezeigten‹ Raums kann dabei einerseits den Raum jenseits der konkreten Panelrahmen meinen: So können etwa bestimmte Elemente in einem Panel auf den Raum jenseits seines Rahmens verweisen, der vom Leser ergänzt wird (ein Schatten deutet z.B. auf ein herannahendes Flugobjekt hin, das außerhalb des Panelrahmens situiert ist). Andererseits kann in einem Panel selbst auch ›nichtgezeigter‹ Raum präsent sein, weil z.B. eine Figur Raumbestandteile des Panels mit ihrem Körper verdeckt und damit bspw. den Blick auf eine bestimmte Aktion, einen später noch wichtigen Gegenstand verstellt (Lefèvre 2009, 157 f.). Gerade das Zusammenspiel von ›gezeigtem‹ und ›nichtgezeigtem‹ Raum wird im Comic in handlungslogischer Weise funktionalisiert und kann etwa als Mittel genutzt werden, um Verblüffung oder Spannung zu erzeugen.

4.8.2 | Perspektive

Im Hinblick auf die Darstellung der Räume im Einzelpanel lässt sich zwischen perspektivischen und nichtperspektivischen Repräsentationen unterscheiden. Je nach Genre kann die Dominanz einer bestimmten Darstellungsweise zu den spezifischen Erzählkonventionen zählen (wie die perspektivische Darstellung mit drei Fluchtpunkten im Superheldencomic).

Um den Eindruck eines dreidimensionalen Raumes auf dem Papier zu evozieren, hat sich die **Zentralperspektive** durchgesetzt. Je nachdem, ob die Räume mit einem, zwei oder drei Fluchtpunkten gestaltet werden, lassen sich unterschiedliche Effekte erzielen: So erweckt die Zentralperspektive mit einem Fluchtpunkt schnell den Eindruck einer eher starren und festgefügten Raumkonstellation, während eine Darstellung mit zwei Fluchtpunkten größere Offenheit suggeriert, dem Betrachter aber gleichzeitig auch einen eher distanzierten Standpunkt zuweist, weil er vom Bildraum deutlicher ausgeschlossen ist, während eine Perspektive mit drei Fluchtpunkten eine Darstellung von extremer Tiefe ermöglicht und die Position des Subjekts damit ins Wanken bringen kann (ausführlich dazu Schüwer 2002, 193–197; Schüwer 2008, 87–140).

Daneben finden sich Formen der Raumdarstellung, die nicht zentralperspektivisch organisiert sind. Bei der **Parallelperspektive** etwa wird die implizierte Betrachterposition ausgeschaltet, weil es keine Fluchtpunkte und damit auch kein perspektivisches Zentrum gibt. Der Raum erscheint so eher ›objektiviert‹ und lässt den Betrachter eine distanzierte Position einnehmen (vgl. Schüwer 2008, 124–126). Chris Wares *Jimmy Corrigan* wäre hier als Beispiel zu nennen (vgl. Abb. 14). Ferner lassen sich Räume – wie etwa in *Little Nemo* – ohne Perspektivierung, also betont ›flach‹, darstellen, sodass die Figuren und Hintergründe wie voreinander geschobene Schichten wirken.

Unabhängig von der Frage, ob eine räumliche Darstellung zentralperspektivisch organisiert ist oder nicht, existieren eine Reihe von Darstellungsmöglichkeiten, um den **Eindruck von räumlicher Tiefe** zu evozieren. Schüwer (2002, 197) nennt hier als wichtigste Mittel:
1. relative Größe im Blickfeld (Elemente im Vordergrund sind groß, im Hintergrund klein dargestellt),

2. atmosphärische Perspektive (was weiter weg ist, erscheint weniger scharf bzw. ist dünner umrandet),
3. Farbperspektive (je weiter entfernt die Elemente sind, desto blasser/bläulicher sind sie gestaltet),
4. Texturgradient (bestimmte Elemente der dargestellten Welt – etwa Bestandteile einer Bodenstruktur, z.B. Kiesel – erscheinen mit größerem Abstand dichter ›gepackt‹).

Bedenkt man, dass sowohl Film als auch Comic mit Bildern erzählen und sich zudem immer wieder gegenseitig beeinflusst haben (vgl. Kap. 1, 10 und 13), kann es nicht verwundern, dass der Comic im Hinblick auf die Raumdarstellung verschiedene **Gemeinsamkeiten mit dem Film** aufweist. Hier spielen insbesondere (a) der Standort des Betrachters (der ›Kamera‹) in Relation zum Dargestellten und (b) die Wahl des Bildausschnitts (im Hinblick auf eine Kamera würde man von der ›Einstellungsgröße‹ sprechen) eine Rolle.

Ausgehend vom **Betrachterstandpunkt** und seiner Relation zum Dargestellten lassen sich ganz allgemein folgende drei Möglichkeiten unterscheiden (Dittmar 2011, 84–86; Beicken 2004, 38 f.):

1. **Obersicht** (Extremfall: Vogelperspektive): Betrachterstandpunkt oberhalb des Dargestellten, erlaubt Überblick, Figuren und Objekte wirken kleiner;
2. **Normalsicht** (Augenhöhe): Betrachterstandpunkt auf Höhe des Dargestellten, ermöglicht ›Blickkontakt‹, bietet ›gewohnten‹ Zugang zum Geschehen;
3. **Untersicht** (Extremfall: Froschperspektive): Betrachterstandpunkt unterhalb des Dargestellten, lässt Dinge und Figuren größer wirken, kann auf deren Bedeutung im Erzählgefüge verweisen).

Fragen diese drei Varianten nach der Relation von Betrachter und Objekt in der Vertikalen, so kann man in der Horizontalen davon ausgehend unterscheiden, ob Dinge und Figuren von (a) (schräg) vorn, (b) von der Seite oder (c) von (schräg) hinten gezeigt werden.

Im Hinblick auf die Kategorisierung von **Bildausschnitten** lässt sich im Anschluss an die filmwissenschaftliche Terminologie unterscheiden zwischen (u. a.) *weit* (Panorama-Überblick über weite Landschaft, Skyline o. ä.), *Totale* (Überblick über relevanten Handlungsraum, der zur Orientierung dient), *Halbtotale* (Person/Gruppe in ihrem Umfeld, eher auf Handlung als auf Raum konzentriert), *halbnah* (eine Person in voller Größe), *amerikanisch* (Kopf bis Knie, abgeleitet aus dem Western, wo der Revolver zu sehen sein musste), *Großaufnahme* (z.B. Kopf, erlaubt Betonung von Mimik etc.) oder *Detail* (Ausschnitt eines Gegenstands oder einer Person, Detail gewinnt an Bedeutung, kann ›Nähe‹ zur Figur suggerieren) (Beicken 2004, 35 f.; Dittmar 2011, 81–83).

Mitunter lässt sich aus der Wahl des Betrachterstandpunkts und der gewählten Bildausschnitte eine **Mitsicht** mit einer bestimmten Figur ableiten (aber auch andere Mittel können dazu beitragen): So sehen wir etwa einem Westernhelden im Duell schräg von hinten über die Schulter dem Feind ins Gesicht oder schauen mit den Augen eines Wanderers von unten auf den bedrohlich sich vor ihm auftürmenden Berg. In der Erzähltheorie werden solche Aspekte von Subjektivität unter dem Begriff **Fokalisierung** diskutiert, der allerdings nicht ohne Weiteres auf den Comic übertragbar ist (vgl. auch Mikkonen 2013, der im Hinblick auf den Comic eine Unterscheidung von Fokalisierung und Okularisation vorschlägt, und Groensteen, der den Fall der Nullfokalisierung im Comic für unmöglich hält, 2011, 83). Zu den gebräuchlichsten

Techniken, um den Eindruck eines subjektiven Wahrnehmungsfokus zu vermitteln, zählt im Comic (wie im Film) die **Point-of-View-Darstellung** (auch ›subjektive Kamera‹): Der Leser/Betrachter gewinnt den Eindruck, er teile das Sichtfeld mit einer Figur (Abb. 25).

Abb. 25: Alison Bechdel, *Wer ist hier die Mutter?*, 2014, 260

Die Point-of-View-Darstellung wird häufig kontextualisiert, damit der Betrachter sie richtig ein- und zuordnen kann: So kann etwa ein Panel vorgeschaltet sein, das (dann oft in Großaufnahme) die Figur zeigt, deren Blickfeld das folgende Panel präsentiert, oder das Gesehene wird im Blocktext (s. 4.9.2) kommentiert (Beicken 2004, 196; Mikkonen 2013, 102 ff.).

Diese Fragen zur Perspektive sind deshalb wichtig, weil die Wahl der Perspektive die Wahrnehmung des Raumes beeinflusst und damit dem Geschehen immer auch eine bestimmte Deutung unterlegt. Um diese erkennen und damit auch für die Interpretation fruchtbar machen zu können, muss die Perspektivierung im Rahmen der Analyse zunächst rekonstruiert werden.

4.8.3 | Zur Funktion der Raumdarstellung

Neben der Perspektive, aus der ein bestimmter Raum dargestellt ist, lässt sich auch nach der Funktion der Räume fragen. Der Raum dient ganz grundsätzlich dazu, (1) die Handlung zu situieren, (2) eine Stimmung zu transportieren (eine Figur, Szene oder Geschichte als Ganzes betreffend), kann aber (3) gleichzeitig auch konkrete Informationen bezogen auf die Handlung oder einzelne Figuren liefern, weil z.B. bestimmte Raumelemente eine Aktionsfolge bestimmen (der Abgrund deutet das Ende einer Verfolgungsjagd an) oder eine Figur bspw. ein Zimmer auf bestimmte Art und Weise dekoriert hat (vgl. Lefèvre 2009, 157).

Schüwer (2008, 198 ff.) schlägt ferner im Anschluss an Panofsky eine Unterscheidung vor, die es erlaubt, zwei spezifische Raumkonzeptionen zu differenzieren. So unterscheidet er zwischen (1) einem Raum, der eine Art **Überblicks- und Orientierungsfunktion** für den Leser übernimmt (vgl. Abb. 32, letztes Panel), sowie (2) einem Raum, der sich erst über die Einzelkörper und ihre Positionen im Raum konstituiert. Der Leser muss sich im zweiten Fall letztlich (in der Regel über mehrere Panels hinweg) den Raum mosaikartig zusammensetzen, weil er in jedem Panel nur einzelne (handlungsfunktionale) Ausschnitte des Raumes gezeigt bekommt – wie bei Schuss-Gegenschuss-Panelfolgen, bei denen erst die eine, dann die andere Seite eines Zimmers im Hintergrund der Dialogpartner gezeigt wird (vgl. Abb. 40). Hier hat der Raum die Funktion, einen **Handlungs- und Aktionskontext** für die Figuren zur Verfügung zu stellen. Typischerweise finden in Comics Wechsel zwischen diesen verschiedenen konzeptionellen Räumen statt: Während häufig zu Beginn im Rahmen eines *Establishing Shots* (s. 4.4.) eine orientierende Raumdarstellung gezeigt wird, kommt im Verlauf der Sequenzen dann häufig eine flexible und aktionsabhängige Raumdarstellung zum Einsatz.

Leitfragen

1. Ist der Raum perspektivisch oder nichtperspektivisch dargestellt und welche Funktion/welcher Effekt ist damit verbunden?

2. Wie ist der Betrachter (vertikal und horizontal) zum Dargestellten positioniert und welche Wirkung hat das?

3. Lassen sich Muster in der Wahl und der Kombination der Bildausschnitte erkennen? Wie werden diese dramaturgisch eingesetzt?

4. Lassen Betrachterstandpunkt und Bildausschnitte darauf schließen, dass das Geschehen aus (subjektiver) Sicht einer beteiligten Figur wahrgenommen wird?

5. Welche konkrete Funktion kommt den Raumdarstellungen in den einzelnen Panels zu?

4.9 | Text-Bild-Beziehungen

Auch wenn es nicht zwingend der Fall sein muss, dass ein Comic Bild und Text verbindet, so ist die Kombination von Bild und Text doch die Regel (vgl. auch Dittmar 2011, 97–116). McCloud (2001, 160 ff.) beschreibt das Verhältnis von Text und Bild und benennt einige Möglichkeiten ihrer Bezugnahme:

1. **textlastig** (den Bildern kommt letztlich nur eine illustrierende Funktion zu),
2. **bildlastig** (der Text hat eher untermalende Funktion, die Hauptinformation wird in den Bildern geliefert),
3. **zweisprachig** (Text und Bild transportieren dieselbe Botschaft),
4. **additiv** (der Text verstärkt die Aussage des Bildes oder umgekehrt),
5. **parallel** (Text und Bild weisen keine Überschneidungen auf),
6. **Montage** (die Wörter sind ins Bild als Bestandteile integriert),
7. **korrelativ** (Bild und Text gehen sich gegenseitig zur Hand, weder Text noch Bild könnten allein ausdrücken, was sie in der Kombination kommunizieren; hier kommen die Möglichkeiten des Comics besonders gut zur Wirkung; gebräuchlichste Form der Verbindung).

Unberücksichtigt bleibt in McClouds Beschreibungsversuch der Umstand, dass Bild und Text einander auch widersprechen können. So kann die Bilderzählung das Geschehen etwa aus Sicht einer bestimmten Figur zeigen, während der Blocktext (s. 4.9.2) aus der Übersicht die Ereignisse ironisch kommentiert. Besonders produktiv ist diese Möglichkeit zur gegenläufigen Tendenz in autobiografischen Comics (siehe Kasten; vgl. auch Kap. 15). Ein anderes Beispiel für einen Widerspruch zwischen Bild und Text – allerdings in zeitlicher Hinsicht – wäre etwa die unterschiedliche Dauer eines überraschenden Faustschlags und der Rede, mit der der Schlagende ihn kommentiert (»Das wollte ich schon seit Ewigkeiten tun«).

Erzählinstanz im Comic

Comics präsentieren in der Regel Geschichten. Nur zum Teil werden diese Geschichten (wenn überhaupt) allerdings sprachlich erzählt, im Wesentlichen erzählen Comics grafisch. **Groensteen** spricht in diesem Zusammenhang von der **polysemiotischen Struktur** des Comics (Groensteen 2011, 82). Während wir im Hinblick auf sprachliche Erzählungen davon ausgehen, dass diese immer von einer spezifischen Instanz, einem ›Erzähler‹, vermittelt werden, wird die Frage nach der **Erzählinstanz im Hinblick auf die Text-Bild-Kombinationen des Comics** – wie auch im Hinblick auf den Film (vgl. Scheffel 2009; Kuhn 2011) – intensiv diskutiert (vgl. Schüwer 2008, 382–405). Groensteen weist darauf hin, dass die Bilder im Comic stets spezifische Indizes enthalten, die auf eine Wahrnehmungsinstanz verweisen (Groensteen 2011, 83 f.). Er unterscheidet zwischen dem **_monstrator_**, der bildlich zeigt, und dem **_reciter_**, der als Instanz ggf. präsenter sprachlicher Voice-over-Kommentare zu verstehen sei (Groensteen 2011, 86–90). Unabhängig davon betrachtet er die Fälle, in denen ein Erzähler selbst als Figur im Comic auftritt – ein Fall, der in der Frühzeit der Comics eine Ausnahme war, aber in Hinblick auf die wachsende Zahl autobiografischer Comics zunehmend präsent ist (Groensteen 2011, 97 ff.; vgl. Kap. 15). Auch Thon plädiert dafür, den Begriff ›Erzähler‹ nur in solchen Fällen für Comics in Anschlag zu bringen, in denen diese in »figuraler Gestalt organisiert« seien, wobei diese Gestalt nur in geringem Maße ausgearbeitet sein müsse – als Grundbedingung betrachtet er die Präsenz sprachlicher Erzählung, die sich einem ›Sprecher‹ zuordnen lässt (vgl. Thon 2013).

Während McCloud unter ›Text‹ jede Repräsentation eines akustischen Phänomens durch Buchstaben versteht, lassen sich die so zusammengefassten Aspekte auch noch weiter ausdifferenzieren. So kann man unterscheiden zwischen der Repräsentation von Sprache einerseits sowie der Repräsentation von Geräuschen und weiteren Lauten andererseits.

4.9.1 | Sprech- und Denkblasen

Die Wiedergabe der Rede oder der Gedanken von Figuren findet häufig in Gestalt von **Sprech- oder Denkblasen** statt (vgl. Clausberg 2002; Dittmar 2011, 110–113). Diese Form der Präsentation von Figurenrede war nicht von Anfang dominant (und auch nach ihrer Etablierung verzichten Künstler wie Will Eisner bewusst auf ihren Einsatz und nutzen andere Möglichkeiten der Präsentation von Figurenrede), vielmehr fand man die Texte in der Frühphase der Comics häufig direkt in die Zeichnungen geschrieben (diese Textelemente nennt man ›*inserts*‹, vgl. Schüwer 2002, 209) oder als Block unter die Bilder gesetzt (s. 4.9.2). Sprech- und Denkblasen werden in der Regel im Panel selbst platziert, können aber bspw. auch den Raum zwischen zwei Bildern überbrücken und damit als panelübergreifendes Element gestaltet sein (vgl. detailliert Groensteen 2007, 67–85). Die Position der Sprech- oder Denkblasen im Panel legt normalerweise die Reihenfolge ihrer Lektüre fest: So werden in der Regel links stehende vor rechts stehenden und oben stehende vor unten stehenden gelesen. Die Anordnung der Sprechblasen im Panel kann ferner den Bildinhalt unterstützen, wenn sie etwa in Form eines ›U‹ gruppiert sind und damit eine dargestellte Schaukelbewegung der Figur unterstreichen (Schüwer 2002, 210 f.). Die Form der Sprech- oder Denkblasen ist bedeutungstragend. So kann eine gezackte Sprechblase auf Wut oder Zorn des Sprechers hinweisen und eine gestrichelte Linie auf leises Sprechen oder Flüstern (vgl. mit weiteren Beispielen McCloud 2001, 142). Denkblasen werden häufig durch Wolkenform markiert, das grafische Element, das die Sprech-/Denkblase einer Figur zuordnet, wird auch ›**Dorn**‹ genannt (Platthaus 2008, 26 f.).

4.9.2 | Blocktext

Eine weitere Möglichkeit, Rede im Comic zu präsentieren, ist der Blocktext (auch Blockkommentar), ein Textkasten, der in der Regel ohne grafischen Verweis auf eine einzelne Figur an das Panel ober- oder unterhalb angrenzt (Dittmar 2011, 109 f.). Der hier präsentierte Text wird gewöhnlich dazu genutzt, um **explizite Erzähleräußerungen** unterzubringen (vgl. Abb. 25; zur grundsätzlichen Frage nach der Erzählinstanz im Comic s. auch Kasten S. 100), kann aber auch für Figurenrede genutzt werden (ausführlicher hierzu Schüwer 2008, 332 f.).

4.9.3 | Soundwords

Schrift wird in Comics nicht nur zur Wiedergabe von Sprache eingesetzt, sondern auch dazu genutzt, um Geräusche lautmalend nachzuahmen – man spricht hier von **Soundwords**, die im Unterschied zu Sprech- und Denkblasen oder Blocktexten gewöhnlich ohne abgrenzende Rahmen o. ä. unmittelbar ins Bild montiert sind (vgl. Dittmar 2011, 113–116). Dabei ist die **grafische Gestaltung** ebenso wichtig wie die Laute selbst es sind: So kann etwa ein Soundword, das das Geräusch einer Explosion markiert (»krawumm«), besonders groß und mit auseinanderfliegenden Buchstaben gezeichnet werden. Die Bedeutung von Soundwords für Comics wird allerdings bisweilen überschätzt (vgl. Schüwer 2002, 210).

4.9.4 | Lettering

Der Comic als Bild-Text-Hybrid nutzt häufig die grafische Dimension der Schrift – sowohl im Fall der Darstellung von Sprache als auch der Repräsentation von Geräuschen – dazu, um quasi unter der Hand bestimmte Botschaften zu kommunizieren (Eisner 2005, 10 ff.). So wird das **Schriftbild** typischerweise dafür eingesetzt, »Aspekte der Sprache wie Intonation, Lautstärke und emotionale Färbung zu vermitteln« (Schüwer 2002, 208). In Sprechblasen etwa können fett und/oder groß gebrachte Buchstaben auf Betonung oder hohe Lautstärke hinweisen, während etwa eine rote Färbung der Buchstaben Ärger oder Zorn andeuten kann. Die **Art und Weise der Gestaltung des Schriftbildes** nennt man ›Lettering‹ (vgl. hierzu auch Schüwer 2008, 340–343). Je nach Produktions- und Publikationszusammenhang werden die Buchstaben vom Zeichner oder eigens dafür zuständigen ›Letterer‹ (vgl. Kap. 2) per Hand in die Zeichnungen eingefügt, man findet aber auch den Einsatz von standardisierten Drucktypen. Neben der Form der Sprechblasen und dem Lettering können ferner teils innovative, teils konventionelle Gestaltungselemente die Rede/Gedanken einer Figur flankieren und unterstreichen – so können Eiszapfen eine gefühlskalte Ansprache begleiten oder Blitze eine Zornesrede.

Leitfragen

---

1. Lässt sich eine über weite Strecken des Comics dominante Art der Beziehung von Bild und Text erkennen und beschreiben? Lassen sich gegebenenfalls signifikante Abweichungen von diesem Muster finden? Inwieweit sind sie dramaturgisch bedeutsam?

---

2. Ist eine deutliche markierte Erzählinstanz erkennbar (angezeigt etwa durch Voice-over-Kommentare im Blocktext)? Lässt sich diese mit einer im Comic agierenden Figur identifizieren?

---

3. Wie verhält sich die ›zeigende‹ zur ›erzählenden‹ Instanz (vgl. Kasten S. 100)?

---

4. Welche spezifischen Möglichkeiten der Wiedergabe von Figuren-/Gedankenrede und von Geräuschen werden genutzt und welchen Einfluss hat dies auf die Erzählung?

---

5. Welche Eigenheiten sind hinsichtlich des Letterings zu erkennen? Inwiefern unterscheidet sich das Lettering in Bezug auf Sprech-/Denkblasen, Blocktexte, Soundwords?

4.10 | Figuren

Neben dem Raum zählen die Figuren zu den Grundkomponenten der erzählten Welt im Comic (vgl. Dittmar 2011, 150–154; Frahm 2010). Die Relevanz der Figuren lässt sich u. a. daran ablesen, dass viele Comics ihren **Titel** vom Namen ihrer Protagonisten ableiten. Darüber hinaus haben sich zahlreiche Figuren als **Marke** etabliert und ein Eigenleben jenseits der Comics entwickelt, sodass etwa im Falle von Micky Maus, Asterix oder einzelner Superhelden ein ganzer Kosmos an anderen Medienerzeugnissen und Konsumprodukten zu diesen Figuren entstanden ist (vgl. Kap. 2).

Figuren können grundsätzlich auf verschiedene Arten angelegt sein. Sie können einerseits **mehr oder weniger komplex** und andererseits **dynamisch oder statisch** entworfen sein (vgl. Pfister 2000, 241–250). Im Zuge der historischen Entwicklung des Comics kann man beobachten, dass sich die Figurenkonzeptionen ausdifferen-

zieren und neben statischen Figuren im Laufe der Zeit immer öfter auch solche präsentiert werden, die sich verändern und entwickeln (wie der Protagonist in *Terry and
the Pirates*, der nicht nur optisch vom Kind zum Mann reift; vgl. Abb. 39 u. 40) oder
gebrochen sind. Eine ambivalente Figur wie Batman wirkt vermutlich auch deshalb
auf viele Leser so attraktiv, weil sie gerade vor dem Hintergrund der ansonsten eher
typisierten Superhelden schillert.

Mimik und Körpersprache der Figuren sind Elemente der Informationsvermitt-
lung im Comic, denn sie drücken in der Regel bestimmte Emotionen und Zustände
aus, die für die Stimmung des Comics oder den Handlungsverlauf relevant sind (vgl.
hierzu mit Beispielen Dittmar 2011, 90–95; Eisner 2005, 100–121). Die Physiognomie
der Figuren, die Körperproportionen und ihre Bekleidung sind im Hinblick auf die
Deutung des Comics ebenso von zentraler Bedeutung wie die ganz grundsätzliche
Frage, ob die Figuren in menschlicher oder Tiergestalt gehalten sind.

Eine ganze Reihe von Möglichkeiten der Figurendarstellung wurde im Verlauf der
bisherigen Ausführungen bereits erwähnt. Hierzu zählen etwa: die **Größe** der Figuren in Beziehung zum Raum, der **Zeichenstil**, der von naturalistisch bis cartoonhaft
reichen kann, der **Zeichenduktus**, in dem die Figuren gestaltet sind, die **Perspektive**, aus der die Figuren präsentiert werden, und der Bildausschnitt, der sie zeigt.
Ein bestimmter Stil oder Duktus kann dabei einzelnen Figuren vorbehalten bleiben
oder aber Anwendung auf alle Figuren finden. Ebenso kann der Einsatz von **Farbe** in
Bezug auf die Figurendarstellung in einem Comic insgesamt oder bezogen auf einzelne Figuren bedeutungstragend sein, weil etwa eine Farbe für eine bestimmte Figur
›reserviert‹ ist oder eine Figur (oder ein Teil von ihr) in einer bestimmten Situation in
spezifischer Farbgebung präsentiert wird (z.B. mit einem roten Kopf).

Auch die **Form der Panels** und ihre Anordnung im *grid* sowie die Gestaltung der
Panelrahmen können Informationen über eine Figur vermitteln: So verweist in
Maus etwa ein einzelnes gekipptes und dicker umrahmtes Panel auf die depressive
Stimmung der Figur hin (vgl. Abb. 26) und an anderer Stelle ein Split-Panel, das den
Vater über mehrere Panels verteilt darstellt, auf dessen fragmentierte Identität.

Abb. 26: Art Spiegelman,
Die vollständige Maus, 2008, 31

Darüber hinaus können Seiten- oder **Panelhintergründe** figurenbezogene Informationen vermitteln: So ist etwa zu Beginn von Alison Bechdels »Comic-Drama« *Wer ist hier die Mutter?* der Seitenrahmen und der Raum zwischen den Panels in schwarz (statt sonst in weiß) gehalten und weist darauf hin, dass hier ein Traum dargestellt wird (was damit auch ein Beispiel für die mögliche handlungs-logische Funktionalisierung der Gestaltung des Seitenrahmens ist, s. 4.6.1). Zum anderen können Panelhintergründe in Art von ›Seelenlandschaften‹ gehalten sein und räumliche Entsprechungen zu seelischen Zuständen liefern, weil sie Korrespondenzen auf inhaltlicher oder formaler Ebene aufweisen: Ein dunkler Hintergrund oder eine zerklüftete Landschaften im Hintergrund können auf die melancholische Stimmung einer Figur oder eine verzerrte Perspektiven auf deren Wahnsinn verweisen (anschauliche Beispiele liefert McCloud 2001, 140 f.).

Auch die Fragen, ob die Figuren sprechen bzw. denken und wie diese Rede bzw. Gedanken repräsentiert sind (ob in **Blocktexten oder Sprechblasen**, die mitunter ja sehr expressiv gestaltet sein können, vgl. McCloud 2001, 142), ist ein Aspekt der Figurengestaltung, ebenso wie das spezielle **Lettering** der Figurenrede (Beispiele für expressives Lettering ebd. u. in Eisner 2005, 10–12). Daneben können bestimmte Buchstaben-/Satzzeichenfolgen oder Symbole Zustände oder Emotionen ausdrücken: (›zzzzz‹ kann Schlaf anzeigen – im Manga weist demgegenüber eine Blase, die aus der Nase einer Figur kommt, darauf hin, dass die Figur schläft – die Zeichenfolge ›?!?‹ kann auf Erstaunen hinweisen, ›Schweißperlen‹, die von der Stirn spritzen, können auf Angst deuten, Kreuze in den Augen auf Bewusstlosigkeit etc., vgl. McCloud 2001, 137–139, 142).

Leitfragen

1. Wie ist die Figur konzipiert – statisch oder dynamisch, komplex oder weniger komplex (stereotyp)?

2. Inwiefern ist die spezifische äußerliche Darstellung der Figuren bedeutsam (Physiognomie, Kleidung etc.)?

3. Lassen sich Besonderheiten im Einsatz von Mimik und Körpersprache beobachten (z.B. durch Masken verborgene Mimik vs. expressive Körpersprache in manchen Superheldencomics)?

4. Wie konventionell ist die Darstellung der Figuren und ihrer Emotionen bezogen auf das Genre und die kulturelle Tradition?

5. In welchem Ausmaß werden nonverbale Zeichen eingesetzt, um Emotionen auszudrücken (Expressivität des Comics)?

Grundlegende Literatur

Dittmar, Jakob F.: *Comic-Analyse* [2008]. Konstanz ²2011. [aspektreiche Monografie zum Thema Comicanalyse, die sich zur Vertiefung eignet]
Groensteen, Thierry: *The System of Comics.* Jackson 2007 (frz. *Système de la bande dessinée,* 1999).
   [ein Standardwerk zur Formanalyse in französischer Sprache, das seit 2007 auch auf Englisch vor-
   liegt]
McCloud, Scott: *Comics richtig lesen. Die unsichtbare Kunst* [1994]. Hamburg ⁵2001 (amerik. *Understanding Comics,* 1993, ²1994). [empfehlenswerte Einführung in das Thema ›Comicanalyse‹, die
   als Metacomic aus der Feder eines Comiczeichners auch viele anschauliche Beispiele liefert]
Packard, Stephan: *Anatomie des Comics. Psychosemiotische Medienanalyse.* Göttingen 2006. [Packard
   entwickelt in dieser Monografie ein psychosemiotisches Rezeptions- und Analysemodell für Comics, das insbesondere für Fortgeschrittene von Interesse ist.]
Schüwer, Martin: »Erzählen in Comics. Bausteine einer plurimedialen Erzähltheorie«. In: Ansgar u.
   Vera Nünning (Hg.): *Erzähltheorie transgenerisch, intermedial, interdisziplinär.* Trier 2002, 185–
   216. [Der Aufsatz gibt als einer der frühesten in deutscher Sprache eine erste Orientierung über
   das Thema ›Formanalyse von Comics‹ und eignet sich für einen ersten Einstieg in das Thema aus
   narratologischer Sicht.]
Stein, Daniel/Thon, Jan-Noël (Hg.): *From Comic Strips to Graphic Novels. Contributions to the Theory
   and History of Graphic Narrative.* Berlin/Boston 2013. [Der Sammelband vereint Beiträge mit er-
   zähltheoretischem Ansatz, im ersten Teil sind genuin theoretische Beiträge zur Narratologie des
   Comics zu finden.]

Sekundärliteratur

Barbieri, Daniele: »Zeit und Rhythmus in der Bilderzählung«. In: Michael Hein/Michael Hüners/Tors-
   ten Michaelsen (Hg.): *Ästhetik des Comic.* Berlin 2002, 125–142.
Beicken, Peter: *Wie interpretiert man einen Film?* Stuttgart 2004.
Clausberg, Klaus: »Metamorphosen am laufenden Band. Ein kurzgefasster Problemumriß der
   Sprechblase«. In: Michael Hein/Michael Hüners/Torsten Michaelsen (Hg.): *Ästhetik des Comic.*
   Berlin 2002, 17–36.
Dammann, Günter: »Temporale Strukturen des Erzählens im Comic«. In: Michael Hein/Michael Hü-
   ners/Torsten Michaelsen (Hg.): *Ästhetik des Comic.* Berlin 2002, 91–102.
Eisner, Will: *Grafisches Erzählen. Graphic Storytelling.* Wimmelbach 1998 (amerik. *Graphic Storytel-
   ling,* 1996).
Eisner, Will: *Mit Bildern erzählen. Comics & Sequential Art.* Wimmelbach 1995 (amerik. *Comics & Se-
   quential Art,* 1985, ²⁷2005 [erw. Ausgabe v. 1990]).
Frahm, Ole: *Die Sprache des Comics.* Hamburg 2010.
Groensteen, Thierry: *Comics and Narration.* Jackson 2013 (frz. *Bande dessinée et narration,* 2011). (*The
   System of Comics* bzw. *Système de la bande dessinée,* Bd. 2)
Kindt, Tom/Müller, H.-H.: »Wieviel Interpretation enthalten Beschreibungen? Überlegungen zu einer
   umstrittenen Unterscheidung am Beispiel der Narratologie«. In: Fotis Jannidis/Gerhard Lauer/
   Matías Martínez/Simone Winko (Hg.): *Regeln der Bedeutung. Zur Theorie der Bedeutung literari-
   scher Texte.* Berlin/New York 2003, 286–304.
Kuhn, Markus: *Film-Narratologie. Ein erzähltheoretisches Analysemodell.* Berlin/New York 2011.
Kukkonen, Karin: *Studying Comics and Graphic Novels.* Malden, MA 2013.
Lefèvre, Pascal: »The Construction of Space in Comics«. In: Jeet Heer/Kent Worcester (Hg.): *A Comics
   Studies Reader.* Jackson 2009, 157–162.
Mikkonen, Kai: »Subjectivity and Style in Graphic Narratives«. In: Stein/Thon 2013, 101–124.
Packard, Stephan: »Was ist ein Cartoon? Psychosemiotische Überlegungen im Anschluss an Scott
   McCloud«. In: Stephan Ditschke/Katerina Kroucheva/Daniel Stein (Hg.): *Comics. Zur Geschichte
   und Theorie eines populärkulturellen Mediums.* Bielefeld 2009, 29–51.
Peeters, Benoît: *Case, Planche, Récit. Comment lire une bande dessinée.* Tournai 1991.
Pfister, Manfred: *Das Drama. Theorie und Analyse.* München ¹⁰2000.
Platthaus, Andreas: *Die 101 wichtigsten Fragen: Comics und Manga.* München 2008.
Scheffel, Michael: »Was heißt (Film-)Erzählen? Exemplarische Überlegungen mit einem Blick auf
   Schnitzlers ›Traumnovelle‹ und Stanley Kubricks ›Eyes wide shut‹«. In: Susanne Kaul/Jean Pierre
   Palmier/Timo Skrandies (Hg.): *Erzählen im Film. Unzuverlässigkeit – Audiovisualität – Musik.* Biele-
   feld 2009, 15–31.

Schüwer, Martin: *Wie Comics erzählen. Grundriss einer intermedialen Erzähltheorie der grafischen Literatur*. Trier 2008.

Thon, Jan-Noël: »Who's Telling the Tale? Authors and Narrators in Graphic Narrative«. In: Stein/Thon 2013, 67–100.

Julia Abel/Christian Klein

5 Comictheorie(n) und Forschungspositionen

5.1 | Abgrenzungen und Terminologisches

Will man sich einen Überblick über die Geschichte und aktuellen Entwicklungen der Comictheorie sowie über wirkmächtige Forschungspositionen innerhalb dieses Feldes der Wissensproduktion verschaffen, dann kommt man nicht umhin, eine **Meta-Perspektive** (Ecke 2011) einzunehmen, die sich keiner spezifischen Forschungstradition verschreibt und zumindest prinzipiell alle Zugriffe auf den Comic berücksichtigt. Daher kann es im Folgenden auch nicht darum gehen, *die* Comictheorie vorzustellen oder einzelne Forschungspositionen gegenüber anderen zu privilegieren. Ziel wird vielmehr sein, den Bereich der Comicforschung in seiner historischen Tiefe, diskursiven Komplexität und methodologischen Vielfalt möglichst differenziert darzustellen. Es geht also um eine vorläufige Bestandsaufnahme, deren Blick nicht – oder zumindest nicht entscheidend – durch die eigene(n) Forschungsposition(en) geprägt ist.

Doch das ist leichter gesagt als getan, denn zum einen hat die internationale Comicforschung inzwischen ein Ausmaß erreicht, das eine umfassende und alle wichtigen Publikationen berücksichtigende Darstellung letztlich unmöglich macht. Zum anderen bleibt eine Metaperspektive natürlich immer eine Perspektive: ein bestimmter Blickwinkel, von dem aus man auf ein Phänomen schaut und aus dem manches eher zentral und anderes eher marginal erscheint. Zudem hat es lange gedauert, bis sich die gesellschaftliche und vielfach populistisch gefärbte Diskussion über Comics zu einem Forschungsfeld entwickelt hat, das sich – nunmehr seit Jahrzehnten und seit einigen Jahren deutlich verstärkt – auch als ein **eigenes Forschungsfeld** *begreift* (Groensteen 2000). Das Feld firmiert im angloamerikanischen Raum unter dem Label **Comics Studies** und in Deutschland unter dem Banner der **Comicforschung** (Grünewald 2010, 2013; Brunken/Giesa 2013; Packard 2014; zur Übersicht siehe auch Trinkwitz 2011; Stein 2012) und hat innerhalb dieser (und anderer) Forschungstraditionen eigene wissenschaftliche Diskurse, Theorien und Methoden hervorgebracht. Diese Diskurse, Theorien und Methoden liefern die Basis für den hier in Anschlag gebrachten metaperspektivischen Ansatz.

Zunächst sei festgestellt: Ole Frahms sicherlich korrekte Aussage über den Stand der akademischen Auseinandersetzung mit dem Comic aus dem Jahr 2002, dass »[e]ine Comicwissenschaft [nicht] existier[e]« (201), lässt sich heute, mehr als zehn Jahre später, nicht mehr ohne Weiteres halten. Auch Martin Schüwers Verweis auf eine Comicwissenschaft »in Keimform« und auf »Inseln der Aktivität [...] am Rande der verschiedenen wissenschaftlichen Disziplinen« (13) aus dem Jahr 2008 scheint heute nicht mehr ganz aktuell. Es mag stattdessen angebracht sein, von der Existenz einer immens produktiven **Comicforschung** zu sprechen, die sich immer wieder neu zwischen den Polen einer sehr heterogenen Forschungsvielfalt und den Ansprüchen einer stärker konsolidierten, institutionalisierten und interdisziplinär aufgestellten **Comicwissenschaft** verortet, die sich in Analogie zur Filmwissenschaft im zukünftigen Fächerkanon etablieren könnte (zur Institutionalisierung der Comicforschung vgl. Kap. 6). Darüber hinaus lässt sich eine zunehmende Abwendung von nationalphilologischen Ansätzen hin zu einer international und bisweilen transnational (oder global) orientierten Auseinandersetzung mit grafischen Erzählformen (engl. *graphic narratives*) erkennen, die durch die Vernetzungs- und Austauschmöglichkeiten sowie die vielfältigen Archivfunktionen des Internets noch gefördert wird (Sabin 2000).

Mit diesen grundlegenden Beobachtungen verbinden sich allerdings bereits konzeptionelle Setzungen, die nicht unreflektiert bleiben dürfen und deren kritische Beleuchtung uns helfen kann, den Blick auf die soeben skizzierten Entwicklungen zu schärfen. Da wären zunächst die **Begrifflichkeiten**, mit denen wir in unserem Überblick notgedrungen operieren müssen, hinter denen sich jedoch spezifische Annahmen über den Untersuchungsgegenstand verbergen: Wer von ›*graphic narratives*‹ spricht, konzentriert sich zumindest begrifflich auf das Erzählerische des Comicmediums und betont dabei die Bedeutung grafischer Gestaltungsmittel (Chute 2008, 2012; Gardner/Herman 2011; Stein/Thon 2013; zur Gegenposition, d. h. der Annahme, dass Comics nicht notgedrungen erzählen müssen, vgl. Meskin 2007). Der im Deutschen geläufige Begriff der **grafischen Literatur** verdichtet die visuellen erzählerischen Elemente des Comics sogar auf eine noch enger gefasste und oft eher diffus verstandene Qualität des Literarischen (z.B. in Anlehnung an den Roman) (Ditschke 2009).

Und weiter: Wer von **Comics** spricht, hat oft den modernen Comic angelsächsischer Provenienz (oder Varianten davon) im Kopf; Bezeichnungen wie ›*bande dessinée*‹ evozieren sowohl eine dezidiert französischsprachige Auseinandersetzung mit zumeist frankobelgischen **Bildgeschichten** (Letzteres eine weitere Bezeichnung im Begriffssammelsurium rund um das grafische Erzählen; vgl. Grünewald 2010) als auch einen aus dieser Auseinandersetzung entwickelten allgemeinen Erklärungsanspruch, der über Landes- und Sprachgrenzen hinausgeht. Es macht also einen Unterschied, ob wir von Comics oder von grafischer Literatur sprechen, denn diese Begriffe rufen bestimmte Forschungskontexte ebenso wie konkrete kulturhistorische (und teilweise noch andauernde) Debatten auf. Forschung über Comics konzentriert sich somit eher auf populärkulturelle Artefakte mit dezidiertem Unterhaltungs- und kommerziellem Verkaufsauftrag (Stein/Ditschke/Kroucheva 2009), wogegen Untersuchungen zur grafischen Literatur sich eher im Bereich literaturwissenschaftlicher Analyse ansiedeln (Hatfield 2005; Versaci 2007; Lanzendörfer/Köhler 2011).

Mit diesen Begrifflichkeiten gehen darüber hinaus auch vielfach **zeitliche Eingrenzungen** bzw. Entgrenzungen einher, die wiederum häufig formalästhetisch begründet sind. Bildgeschichten kann man relativ problemlos bis in die Höhlenmalerei der Steinzeit (McCloud 1993), bis zu den Artefakten der Maya (Nielsen/Wichmann 2000) oder zumindest bis ins 15. Jahrhundert (Kunzle 1973) zurückverfolgen, wenn man sie ganz generell als in Bildern erzählte Geschichten und nicht als Comics im modernen Sinn – d. h. als massenhaft kulturindustriell hergestellte kommerzielle Artefakte bzw. als populärkulturelles Medium – versteht und ihre materielle Beschaffenheit nicht an eine spezielle Produktionstechnik, z.B. den maschinellen Farbdruck, oder an konkrete Erzähl- und Darstellungsformen bindet, z.B. die Existenz von gerahmten Bildsequenzen, den Gebrauch von Sprechblasen oder das Auftreten serieller Figuren und Handlungsentwicklungen (Kelleter/Stein 2009).

Zu guter Letzt sei noch darauf hingewiesen, dass wir mit dem Verständnis vom **Comic als Medium** ebenfalls eine konzeptionelle Entscheidung treffen, die inzwischen (u. a. im Zuge von Scott McClouds einflussreichem *Understanding Comics* aus dem Jahr 1993) zwar weit verbreitet, aber dennoch nicht ganz unumstritten ist (vgl.

zur Debatte Kap. 3). Es finden sich immer wieder Forschungsansätze, die den **Comic als Gattung** oder Genre begreifen und/oder darunter unterschiedliche Produktionsformate wie den Zeitungsstrip, das Comic-Heft oder die sogenannte Graphic Novel einordnen (Baetens 2001; Frey/Baetens 2014). Häufig sind solche konzeptionellen und für die jeweilige (implizite oder explizite) Comictheorie folgenreichen Vorüberlegungen Ausdruck bestimmter Fächertraditionen, die für die Comicforschung mal mehr und mal weniger zielführend adaptiert werden. Diese Traditionen und ihre Adaptionen rücken für uns ebenfalls als Untersuchungsgegenstand in den Blick der hier vorgestellten Metaperspektive.

Bei all diesen Überlegungen handelt es sich demnach keineswegs nur um akademische Begriffsklauberei, genauso wenig wie es sich bei der bereits seit vielen Jahrzehnten andauernden Diskussion über die Definition von Comics und verwandten grafischen Erzählformen um rein scholastische und damit theoretisch wenig aufschlussreiche Unterfangen handelt (auch wenn diesen Diskussionen durchaus etwas Scholastisches anhaften kann). Denn ohne die **kritische Reflexion von Begriffen**, ohne kontroverse Definitionsversuche und ohne den Streit zwischen divergenten Forschungsansätzen kann eine Comictheorie, die ihren Namen verdient, nicht auskommen. Das bedeutet aber auch: Ohne eine Metaperspektive zu entwickeln, aus der heraus die Geschichte dieser Reflexionen, Diskussionen und Kontroversen ohne Parteinahme für eine bestimmte Forschungsposition beschreibbar wird, ist eine anspruchsvolle Comicforschung ebenfalls kaum denkbar. In diesem Zusammenhang mag dann auch die Publikation diverser Reader in den letzten Jahren (siehe Kasten) nicht mehr überraschen.

Von der Comicforschung zur Comicwissenschaft: Überblicksdarstellungen

Reader
- Jeet Heer/Kent Worcester (Hg.): *Comics Studies Reader* (2009)
- Ben Schwartz (Hg.): *The Best American Comics Criticism* (2010)
- Barbara Eder/Elisabeth Klar/Ramón Reichert (Hg.): *Theorien des Comics. Ein Reader* (2011)
- Charles Hatfield/Jeet Heer/Kent Worcester (Hg.): *The Superhero Reader* (2013)
- Ann Miller/Bart Beaty (Hg.): *French Comics Theory Reader* (2014)

Einführungen
- Randy Duncan/Matthew J. Smith: *The Power of Comics. History, Form and Culture* (2009)
- Thierry Smolderen: *Naissances de la Bande Dessinée. De William Hogarth à Winsor McCay* (2009)
- Matthew J. Smith/Randy Duncan: *Critical Approaches to Comics. Theories and Methods* (2012)
- Karin Kukkonen: *Studying Comics and Graphic Novels* (2013)
- Hugo Frey/Jan Baetens: *The Graphic Novel. An Introduction* (2014)

Man kann diese Reader als Bündelung heterogener Forschungspositionen unter einem thematischen oder disziplinären Dach und damit als einen weiteren Schritt hin zu einem Metabewusstsein der Comicforschung auf dem Weg zu einer Comicwissenschaft lesen. Matthew J. Smith und Randy Duncans Aufsatzsammlung *Critical Approaches to Comics. Theories and Methods* (2012) geht sogar noch weiter, denn hier wird nicht nur bereits publizierte Forschung gebündelt, sondern versucht, ein comicwissenschaftliches Forschungsspektrum (gegliedert nach Sektionen: Plot, Inhalt, Produktion, Kontext, Rezeption) und das damit einhergehende Methodenpanorama abzubilden. Ähnliches versuchen *textbooks*, die als Einführungs- und Überblickslektüre für angehende Comicforscher_innen konzipiert sind und damit auch der Tatsache Rechnung tragen, dass Comics zumindest im angloamerikanischen Raum inzwischen auf breiter Ebene unterrichtet werden (sowohl in weiterführenden Schulen als auch in Colleges und Universitäten; aber auch in Deutschland finden Comics vermehrt den Weg in die Schulen und die universitäre Lehre). Duncan und Smiths *The Power of Comics. History, Form and Culture* (2009) und Karin Kukkonens *Studying Comics and Graphic Novels* (2013a) schließen insofern eine Lücke der Comicforschung, als sie versuchen, diese Forschung und ihren Gegenstand didaktisch aufzubereiten und damit für neue Zielgruppen zugänglich zu machen (das Gleiche gilt übrigens für den Einführungsband, in dem dieser Beitrag erscheint, sowie für Petersen 2011 und Booker 2014; frühere Überblicksdarstellungen sind Sabin 1993, 1996).

Womit wir beim letzten Punkt dieser Einleitung angekommen wären: Aufgrund der **Heterogenität der Ansätze und Methoden** sowie der daraus resultierenden Theorienvielfalt halten wir es für angebracht, mit Barbara Eder, Elisabeth Klar und Ramón Reichert von *Theorien des Comics* (2011) – d. h. von Comictheorien im Plural – zu sprechen und die Diversität der Comicforschung trotz ihrer potenziellen Entwicklung hin zu einem sich selbst reflektierenden, international vernetzten Forschungsfeld mit (inter-)disziplinärem Anspruch als *Comicwissenschaft* hochzuhalten (Smith/Duncan 2012). Charles Hatfields Charakterisierung der Comics Studies als *Interdisziplin* (Hatfield 2010) ist ein Versuch, diese Spannung begrifflich zu fassen.

5.2 | Gliederung nach Sprachregionen

Ein Kapitel zur Comictheorie und zu ihren wichtigsten Forschungspositionen kann grundsätzlich nach mindestens zwei Arten gegliedert werden. Eine Möglichkeit wäre, einen diskursgeschichtlichen und theorieorientierten Blick auf die Auseinandersetzung mit Comics in verschiedenen **Sprachregionen** zu werfen. Denn das, was wir heute als Comicforschung bezeichnen, hat viele Ursprünge, und diese Ursprünge liegen in einem durchaus nationalphilologisch geprägten Verständnis kultureller Produktion. Die Debatten über den ›ersten‹ Comic und damit auch das potenzielle Ursprungsland dieses Mediums sind dabei nur ein Indikator dieser Sichtweise (Blackbeard 1995; Sabin 2003; Kunzle 2007; Smolderen 2009; siehe Kasten). Der **Suche nach den Ursprüngen** des Comics und damit auch nach seiner Abgrenzung gegenüber möglichen Vorläufern und verwandten Kunst- und Kulturformen kommt dabei eine konstituierende Funktion innerhalb der frühen (und teilweise auch der späteren) Comicforschung zu, denn sie produziert historisches Wissen über die Geschichte grafischer Erzählformen ebenso wie Definitionen, Klassifizierungen, Genealogien und, damit einhergehend, Kanones einschlägiger Werke und Autor_innen oder Zeichner_innen.

Vor- und Frühgeschichte der Comics

- William Hogarth (div. Bildergeschichten, 18. Jahrhundert)
- Rodolphe Töpffer (*histoires en estampes* u. a., 1830er und 1840er Jahre)
- Wilhelm Busch (div. Bilderpossen, 1850er Jahre)
- Charles Ross/Marie Duval (Serienfigur *Ally Sloper*, ab Mitte der 1860er Jahre)
- Richard Felton Outcault/George B. Luks (*Yellow Kid*, ab Mitte der 1890er Jahre)

Diese nach geografischen und zeitlichen Entwicklungsmustern operierende Vorgehensweise könnte in einem ersten Unterkapitel die frankophone von anderssprachiger (etwa deutschsprachiger, japanischer oder anglophoner) Auseinandersetzung mit Comics unterscheiden. Im **französischsprachigen Kontext** müssten nicht nur die heute besonders einflussreichen Studien, etwa die beiden Bände von Thierry Groensteens *Système de la bande dessinée* (1999, 2011), genannt werden, sondern auch ältere Texte, wie sie etwa der *French Comics Theory Reader* (Miller/Beaty 2014) in englischer Übersetzung ausschnittweise versammelt. Während diese im Rahmen der englisch- und deutschsprachigen Auseinandersetzung mit Comics in den frühen Jahren kaum rezipiert wurden, gibt es seit den 1990er Jahren zunehmend Comicwissenschaftler_innen, die explizit oder implizit Brücken schlagen, etwa zwischen der englischsprachigen und der französischsprachigen Forschung, so z.B. Jan Baetens, Jean-Paul Gabilliet, Laurence Grove, Pascal Lefèvre, Mark McKinney und Ann Miller. Die sich in den Arbeiten dieser Forscher_innen manifestierende **Internationalisierung** der Comicforschung lässt sich darüber hinaus auch an der wachsenden Zahl an Übersetzungen französischsprachiger Forschungsliteratur ins Englische und in andere Sprachen ablesen.

Thierry Groensteens *Système de la bande dessinée* (1999; zweiter Band mit verstärkt internationaler thematischer Ausrichtung 2011) versteht sich als **neo-semiotischer Ansatz** und Kontrast von historischen, soziologischen oder ökonomischen Herangehensweisen. Groensteen konzipiert **Comics als Medium** und produktiven Bedeutungsmechanismus und entwickelt seine Theorie in doppelter Abgrenzung von etablierten semiotischen Theorien. Zum einen lehnt er den semiotischen Fokus auf die kleinste Bedeutungseinheit (*signifying unit*) eines Textes als nicht zielführend für die Analyse von Comics ab. Zum anderen liest er Comics nicht als hybrides, intermediales Zusammenspiel von Text und Bild, sondern als visuell dominierten Gesamtcode. Er entwickelt die Vorstellung einer ikonischen Solidarität zwischen verschiedenen Werken als Grundlage für eine neue Definition des Comics als eigenständiges Medium. **Ikonische Solidarität** ist vorhanden, wenn sich Bilder innerhalb einer Sequenz oder Serie zueinander verhalten und gegenseitig bedingen, dabei voneinander getrennt aber dennoch in Kopräsenz auftreten. Zwei weitere theoretische und terminologische Neuerungen, die Groensteen vorschlägt, sind *arthrologie*, d.h. die Gesamtheit aller möglichen solidarischen Beziehungen zwischen Comicbildern, und *spatio-topie*, d.h. die besondere Signifikanz räumlicher und topologischer Beziehungen zwischen Bildern, z.B. zwischen

Panels und Einzelseiten. Eine weitere Variante der semiotischen Analyse, die über etablierte Ansätze hinausgeht, hat der deutsche Comicwissenschaftler **Stephan Packard** in seiner Monografie *Anatomie des Comics* (2006) entwickelt. Im Zentrum seiner vor allem auf den Theorien von Charles S. Pierce und Jacques Lacan basierenden Untersuchung steht die Frage nach dem Umgang des menschlichen Bewusstseins mit den im Comic angelegten Zeichenprozessen.

Im **deutschen Sprachraum** ist eine intensivierte Comicforschung seit ungefähr dem Jahr 2000 auszumachen, obwohl erste Bestrebungen, vor allem soziologischer, strukturalistischer und didaktischer, aber auch inhaltsanalytischer und historischer Natur (vgl. Riha 1970; Fuchs/Reitberger 1971; Hünig 1974; Drechsel/Funhoff/Hartmann 1975; Wermke 1973; Krafft 1978; Grünewald 1982, 2000; Dolle-Weinkauff 1990; Platthaus 2000), bereits auf die 1970er, 1980er und 1990er Jahre datiert werden können. Ähnlich sieht es anderswo in Europa aus, etwa in Italien, Spanien, den Niederlanden und Skandinavien, wo sich die Comicforschung seit den späten 1990er Jahren im Aufschwung befindet. Quantitativ momentan sicher am produktivsten – u. a. durch die immer noch erhebliche Strahlkraft US-amerikanischer Populärkultur, aber auch durch die Arbeit renommierter wissenschaftlicher Verlage wie der University Press of Mississippi – ist die Comicforschung in englischer Sprache, die wir weiter unten noch genauer behandeln werden.

Die **Mangaforschung**, auf die wir hier nur in Ansätzen eingehen können, bildet einen Sonderfall (vgl. Kap. 14). Denn hier stoßen wir zum einen auf eine theoretisch avancierte japanische Forschung, die aufgrund fehlender Übersetzungen und nur vereinzelter Publikationen auf Englisch international kaum rezipiert wird (Ähnliches gilt für Manhwa und Manhua, d. h. für Comics aus Korea und China und deren Erforschung). Zum anderen treffen wir auf Mangaforschung aus nicht-asiatischen Ländern, die allerdings häufig aufgrund von Sprachproblemen mit Übersetzungen und Adaptionen von Primärtexten arbeitet und dabei nicht immer gegen orientalistische und essentialistische Betrachtungsweisen, geschweige denn gegen kulturelle und sprachliche Missverständnisse, gefeit ist. Dennoch sind in den letzten Jahren einige wichtige englischsprachige Monografien und Essaysammlungen erschienen, die den Brückenschlag zwischen japanischer Mangaforschung und europäischen bzw. nordamerikanischen Forschungsansätzen wagen. Man denke hier z.B. an Publikationen von Jaqueline Berndt (2010, 2011, 2012; Berndt/Richter 2006; Berndt/Kümmerling-Meibauer 2013), Casey Brienza (2015, 2016), Toni Johnson-Woods (2009), John A. Lent (1999, 2001, 2015), Frederick L. Schodt (1983, 2007), Wendy Wong (2002), aber auch an die deutschsprachigen Arbeiten von Bernd Dolle-Weinkauff (2010) und Jens Nielsen (2009). Aufgrund der globalen Popularität von Manga hat sich darüber hinaus in den letzten Jahren ein Untergebiet der Mangaforschung herausgebildet, das sich mit nicht-japanischen Werken und Serien beschäftigt, z.B. mit Manga aus Deutschland bzw. Europa (Malone 2010) oder Kanada (Berninger 2013) sowie mit US-amerikanischen (und vermehrt global operierenden) Otaku-Fankulturen (Jenkins 2006).

In Sachen Institutionalisierung der Comicforschung (vgl. Kap. 6) sind zwar regionale Unterschiede auszumachen, die aber kaum bzw. nur bedingt mit Sprachgrenzen korrelieren. Insgesamt lässt sich festhalten, dass sich **das wachsende Interesse an inter- und transnationaler Forschung** in vielerlei Kontexten manifestiert, z.B. in Zeitschriften wie dem seit 1999 erscheinenden *International Journal of Comic Art*

amazon.de

Lieferschein für
Ihre Bestellung vom 15. April 2019
Bestellnr. 028-3449658-3022719

Menge	Artikel
1	Comics und Graphic Novels: Eine Einführung. Taschenbuch. Abel, Julia. 3476025535: 3476025535: 9783476025531

Fach

Diese Sendung enthält nicht alle Teile Ihrer Bestellung, weitere Artikel erhalten Sie in einer separaten Sendung. Es werden keine gesonderten Versandkosten dafür berechnet.

Wenn Sie mehr zu Ihrer Bestellung wissen möchten oder Sie Änderungen an Ihrem Amazon.de-Kunden-Konto vornehmen möchten, gehen Sie bitte auf "Mein Konto" (http://www.amazon.de/mein-konto). Den Link finden Sie rechts oben auf unserer Website. Unter "Mein Konto" können Sie Ihre E-Mail-Adresse oder Ihre Zahlungseinstellungen ändern, Überträge auch möglich, sich für Amazon.de-Nachrichten anzumelden oder diese abzubestellen, und vieles mehr rund um den Ort.

Rückgabe leicht gemacht.

Unser Rückensendezentrum (www.amazon.de/rucksendezentrum) stellt Ihnen ein personalisiertes Rücksendeetikett zum Ausdrucken bereit, wenn Sie Ware (unterschiedlich Geschenke) zurückgeben möchten. Bitte beachten Sie, dass wir einige bestimmte oder verpackte Datenträger wie CDs, Audiokassetten, VHS-Videos, DVDs, PC- und Videospiele, Software nur dann zurücknehmen, wenn die Originalverpackung noch versiegelt ist. Die Rücksendefrist beträgt 30 Tage. Die genauen Bestimmungen Einschränkungen können Sie unter www.amazon.de/ruecknahmegarantie (www.amazon.de/ruecknahmegarantie) oder in der Versandbestätigung die Ihnen zugegangen ist für die Online-Rückgabe benötigen Sie die Bestellnummer, die Sie oben auf diesem Lieferschein finden.

0/DGQfsNKzv/-1 of 1/-/LCYB/std-de-us/0/0416-13:00/0416-09:05 Pack Type A2

(IJOCA) und Sammelbänden mit dezidiert internationaler (Berninger/Ecke/Haber-korn 2010), transnationaler (Denson/Meyer/Stein 2013) sowie multikultureller (Aldama 2010; Ayaka/Hague 2014) Ausrichtung.

> Seit einigen Jahren interessiert sich die Comicforschung verstärkt für die **Theoretisierung und Erforschung von Comics** über Ländergrenzen und Nationalphilologien hinaus. Während das *International Journal of Comic Art* Forschung über Comics aus allen Ländern und Regionen der Welt versammelt, werfen Sammelbände wie *Comics as a Nexus of Cultures* (Berninger/Ecke/Haberkorn 2010), *Multicultural Comics* (Aldama 2010), *Transnational Perspectives of Graphic Narratives* (Denson/Meyer/Stein 2013) und *Representing Multiculturalism in Comics and Graphic Novels* (Ayaka/Hague 2014) den Blick auf Prozesse der Übersetzung, Transformation, Adaption und Zirkulation sowie auf die **multikulturelle Pluralität von Comicstilen**, Inhalten, Publikationsformen in Geschichte und Gegenwart des Comics. Ziele dieser Forschung sind u. a. die Erweiterung des Comic-Kanons sowie das Aufzeigen teils konkurrierender und sich gegenseitig befruchtender, teils unabhängig voneinander verlaufender **Traditionslinien**, die die Vorstellung *einer* Comicgeschichte komplizieren und die ästhetische, stilistische und inhaltliche Vielfalt des Mediums erfassen.

5.3 | Gliederung nach Themen und Methoden

Die Gliederungsart nach geografischen Zusammenhängen und Sprachregionen ist natürlich nicht die einzig mögliche. Diskurse über Comics gestalten sich zunehmend global und multilingual – Groensteens Nutzung auch von anglophonem und japanischem Material im zweiten Band seines *Système de la bande dessinée* illustriert das ebenso wie die Tatsache, dass die Wissenschaftssprache Englisch sich längst nicht mehr auf Publikationen aus englischsprachigen Ländern beschränkt. Aus diesen Gründen ist eine strikte Gliederung nach Sprachregionen nur bedingt sinnvoll. Im Folgenden nehmen wir daher eine **Unterteilung nach thematischen und methodologischen Kriterien** vor, bei der wir uns bereits existierende Klassifizierungs- und Kategorisierungsversuche zunutze machen. Eine dritte, hier allerdings nicht weiter verfolgte Möglichkeit der Segmentierung der Comicforschung wäre eine **Unterteilung nach Publikationsformen**, z. B. nach Zeitungscomics, Comic-Heften, Graphic Novels oder Comic-Alben und Webcomics (vgl. Lefèvre 2000).

An methodisch, disziplinär und thematisch aufgeteilten Überblicksdarstellungen mangelt es nicht mehr. Neil Cohn unterscheidet z. B. zwischen Studien, die sich dafür interessieren, wie Comics auf struktureller Ebene funktionieren bzw. wie sie kognitiv rezipiert werden, und Studien, deren Fokus auf ästhetische Komponenten gerichtet ist (Cohn 2012, 2013). Cohn selbst verfolgt einen strukturell-kognitiv geprägten Ansatz, der Erzähl- und Wirkungsweisen von Comics als eine visuelle Sprache konzipiert, deren Muster und Schemata der Betrachter im Leseakt dekodieren muss, um den Sinn des visuell Erzählten zu verstehen. Das Interesse an einer **kognitiv ausgerichteten Comictheorie** findet sich auch in den Arbeiten von Karin Kukkonen und Ian Hague wieder, allerdings mit etwas anders gelagerten Prämissen und Erkenntnisinteressen (Kukkonen 2013b; Hague 2014). Es bleibt abzuwarten, ob sich dieser Forschungszweig langfristig etablieren wird; zumindest wird er bereits jetzt durch die im Zuge des sogenannten *cognitive turn* in den Geisteswissenschaften entstandenen Arbeiten gestützt, deren methodologische Ansätze von abstrakt-theoretisch bis statistisch-empirisch reichen.

Themen der Comicforschung

- Klassisch-semiotische und theoretisch-strukturalistische Studien
- Kulturwissenschaftlich und sozialgeschichtlich ausgerichtete Studien
- Studien zu formell zusammengehörenden Werkgruppen und Strömungen
- Medienspezifische Comic-Narratologie bzw. inter- und transmediale Studien
- Studien zur neuen kognitiven (Rezeptions-)Forschung

Gehören kognitive Theorien zu den jüngsten Forschungspositionen im Feld der Comicforschung, skizzieren Jeet Heer und Kent Worcester vier bereits seit längerem etablierte **Interessensgebiete**: Sie betreffen

1. die Funktionsweisen von Comics,
2. ihre Geschichte,
3. die Frage nach ihren soziokulturellen Konnotationen und Kontexten,
4. die vornehmlich nach ästhetischen Kriterien vorgenommene »close scrutiny and evaluation of comics« (Heer/Worcester 2009, xv).

Neben dieser Vierteilung existieren andere Versuche, das Forschungsfeld zu strukturieren, darunter Matteo Stefanellis Dreiteilung nach einer kommunikationsbezogenen, einer strukturellen und einer kulturellen Perspektive (vgl. Miller/Beaty 2014).

Matthew Lombard, John Lent, Linda Greenwood und Asli Tunç unterscheiden mindestens **sieben fachliche Perspektiven** auf Comics, die sie in der ersten Ausgabe des *International Journal of Comic Art* (IJOCA) 1999 vorstellen:

1. die soziologische,
2. die psychologische,
3. die ästhetische und kunsttheoretische,
4. die ökonomische,
5. die historische,
6. die philosophische,
7. die medizinische Perspektive.

Diese Perspektiven, so die Autor_innen, könnten mit mindestens zehn verschiedenen Methoden kombiniert werden: mit semiotischen, historischen, literaturtheoretischen, rhetorischen, inhaltsbezogenen und diskursanalytischen Methoden sowie mit Fallstudien, Umfragen, Interviews und Experimenten (vgl. dazu Hague 2014, 9).

Wie die Länge dieser Auflistungen zeigt, sind solche Modelle immer nur heuristisch zu verstehen; sie können nie das ganze Spektrum an Forschungspositionen erfassen, denn dazu sind deren Ansätze viel zu divergent und divers, was Lombard und seine Mitautor_innen auch einräumen. Demgegenüber schlägt Kai **Mikkonen** vor, grob **drei Stoßrichtungen der Comicforschung** jenseits disziplinärer Grenzen zu differenzieren (Mikkonen 2012, 532). Mikkonen macht **(1)** eine Form der Comictheorie aus, die ihren Fokus auf die **Rezeption** legt, nämlich auf alle Arten der kognitiven Verarbeitung von Comics (die bereits erwähnte Studie von Cohn 2013 ist hierfür ein gutes Beispiel). **(2)** Eine zweite Gruppe von Forschungsansätzen interessiert sich ihm zufolge für **ästhetische Fragen**, während sich **(3)** die dritte Gruppe mit den **sozialen, politischen und kulturellen Umständen der Comicproduktion und -re-**

zeption beschäftigt (diese Kategorien sind natürlich nicht exklusiv; Mischformen sind möglich). Da uns Mikkonens Einteilung plausibel erscheint, soll sie im Folgenden näher beleuchtet werden.

(1) Rezeption: Mikkonens erste Kategorie mag relativ eng gefasst scheinen, sie ist in der zeitgenössischen Theoriebildung jedoch zunehmend produktiv. Für die Frage nach dem Zusammenspiel von Zeichen und nach den durch sie ausgelösten kognitiven Prozessen interessieren sich allerdings schon seit Jahren klassisch-semiotische (Fresnault-Deruelle/Samson 2007) ebenso wie strukturalistische und ›neo-semiotische‹ Studien (Groensteen 1999). Forschungsansätze, die den Comic als Form der Bild*sprache* begreifen (Varnum/Gibbons 2001; Saraceni 2003; Versaci 2007; Frahm 2010; eine Diskursanalyse des Sprechens über Comics liefert Miodrag 2013), werden zunehmend von einer medienspezifischen Comicnarratologie abgelöst, die inter- und transmediale Ansätze mit Ansätzen aus der postklassischen Narratologie verknüpft (Chute/DeKoven 2006; Schüwer 2008; Gardner/Herman 2011; Brunken/Giesa 2013; Stein/Thon 2013, siehe Kasten). Zeitgenössische Entwicklungen im Bereich der Erzählforschung werden dabei häufig mit anderen theoretischen Zugriffen auf den Comic kombiniert, nicht zuletzt mit den bereits erwähnten *cognitive poetics* (Groensteen 2011). Stephan Packards »psychosemiotische Medienanalyse« (2006) nimmt hier eine Scharnierfunktion zwischen Semiotik und den *cognitive poetics* ein.

Narratologische Ansätze der Comicforschung

Zur postklassischen Narratologie zählen narratologische Theorien und Modelle seit den 1990er Jahren, die über die textzentrierte und strukturalistisch ausgerichtete klassische Narratologie früherer Jahrzehnte hinausgehen und sowohl medienübergreifende bzw. inter- und transmediale Ansätze als auch kulturelle und historische Kontexte und kognitive Rezeptionsprozesse miteinbeziehen. Dieses Ziel verfolgte etwa Martin **Schüwer** in *Wie Comics erzählen* (2008). Dieser fast 600-seitige *Grundriss einer intermedialen Erzähltheorie der grafischen Literatur* stellt grundlegende Überlegungen zu den Themen Bewegung, Raum, Zeit und Sprache/Bild/Schrift an.

In ihrem Themenheft *Graphic Narratives and Storytelling* für die Zeitschrift *Sub-Stance* (2011) identifizieren Jared **Gardner** und David **Herman** die *graphic narrative theory* als einen der wichtigsten Forschungszweige zukünftiger interdisziplinärer Narratologie. Sie gehen von der **Medienspezifik des Comics** aus: Comics werden nicht als Untergattungen der Literatur oder der visuellen Künste verstanden, sondern als ein Medium mit ganz spezifischen erzählerischen Instrumenten. Der Sammelband *From Comic Strips to Graphic Novels* von Daniel **Stein** und Jan-Noël **Thon** erweitert die Untersuchungen in Gardner/Herman durch weitere **comicspezifisch-narratologische Analysen** u. a. von den narrativen Bausteinen grafischer Erzählformen, der historischen Entwicklung von Genres und Publikationsformen sowie von unterschiedlichen kulturellen Spielarten.

---

(2) Ästhetische Fragen: Zur zweiten von Mikkonens drei Kategorien zählen insbesondere Einzelstudien und intertextuelle bzw. interpiktoriale Lektüren, die besonders im angelsächsischen Raum seit Joseph Witeks *Comic Books as History* (1990) einen Boom erlebt haben, letztlich aber in Fandiskursen auch in den Jahrzehnten zuvor oftmals bereits von großer Komplexität waren – und in ihrer Gänze oft riesige Materialsammlungen umspannen. Insofern sich die Studien aus Mikkonens zweiter Kategorie an den in den Comics dargestellten und verhandelten Themen orientieren, ist die Grenze zur dritten Kategorie naturgemäß fließend. (Zu weiteren philosophisch-ästhetischen Perspektiven vgl. Carrier 2001; Hein/Hüners/Michaelsen 2002; McLaughlin 2005; Meskin/Cook 2012.)

(3) Kulturwissenschaftlich und sozialgeschichtlich ausgerichtete Studien: Hierzu gehören Untersuchungen zur Genese und Evolution von Comics als populärkulturel-ler Erzählform (Dolle-Weinkauff 1990; Wright 2001; Kelleter/Stein 2009; Stein/Ditschke/Kroucheva 2009; Gardner 2012; Stein 2013); zu Kanonisierungs- und Distinktionsprozessen (Hatfield 2005; Kelleter/Stein 2012; Dony/Habrand/Meesters 2014); zu Produktions- und Rezeptionsmärkten (Pustz 1999; Gabilliet 2010; Lopes 2009); zu einzelnen Genres wie dem autobiografischen Comic (Chute 2010; Chaney 2011; El Refaie 2012) oder Superheldencomics (Pearson/Uricchio 1990; Fingeroth 2004, 2007; Coogan 2006; Brooker 2001, 2012; Ndalianis 2010; Wandtke 2007, 2012; Alaniz 2010; Peaslee/Weiner 2012); zur Comic-Autorschaft (Stein 2009, 2013; Williams/Lyons 2010; Etter 2014) oder zu einzelnen Comicschaffenden (Soper 2008, 2012; Ball/Kuhlman 2010; Hatfield 2012; Kirtley 2012; Green 2013); zu inter- und transmedialen Ausprägungen (Gordon/Jancovich/McAllister 2007; Wandtke 2007; Hoppeler/Etter/Rippl 2009; Becker 2011; Bachmann/Sina/Barnhold 2012; Rippl/Etter 2013; Meier 2015); zur Verhandlung von Geschichte (Witek 1990; Geis 2003; Frahm 2005; Pustz 2012) und Politik (Costello 2009; Ahrens/Meteling 2010; DiPaolo 2011; Packard 2014); zur Darstellung von *race* und *ethnicity* (Brown 2000; Weinstein 2006; Royal 2007; Horton 2007; Feierstein 2007; Baskind/Omer-Sherman 2008; Aldama 2009, 2010; L'Hoeste/Poblete 2009; Howard/Jackson 2013); sowie zu Themen aus den Gender und Queer Studies (Robbins 1993, 1996; de Jesús 2004; Robinson 2004; Linck 2004; Welker 2006; Goldstein 2008; Watson 2008; Chute 2010; Lepore 2014; Brown/Loucks 2014). Auf viele weitere Forschungsansätze können wir hier aus Platzgründen nicht näher eingehen.

Seine Dreiteilung hat Mikkonen in Hinblick auf die aktuelle Comicforschung entwickelt, aber sie lässt sich auch für frühere Texte in Anschlag bringen. Zwar mögen diese Arbeiten methodologisch und v. a. stilistisch anders geartet sein, nämlich tendenziell essayistisch-journalistischer (vgl. dazu auch die Texte in Heer/Worcester 2004); ihrem Gegenstand nach, den sie zu modellieren und erklären suchen, ließen sie sich aber durchaus auch nach diesen Kategorien ordnen. Den Versuch einer schlaglichtartigen Gesamtschau, die gleichermaßen ältere wie zeitgenössische Comictheorien berücksichtigt, nehmen wir im folgenden Abschnitt vor.

5.4 | Comictheorie und -forschung vom 19. bis ins 21. Jahrhundert

Ann Miller und Bart Beaty zufolge legte im 19. Jahrhundert Rodolphe Töpffer den Grundstein dafür, dass im französischsprachigen Diskurs Theorie und Praxis – von Comicproduktion einerseits und kritischer Reflexion über das Medium andererseits – enggeführt wurden (Miller/Beaty 2014, 9). Diese Tendenz verstärkte sich insbesondere in den Jahren nach dem Zweiten Weltkrieg, als sich in Frankreich und Belgien – nicht zuletzt als Reaktion auf die vermeintliche ›Coca-Colonization‹ durch die nordamerikanische Populärkultur – eine Szene von thematisch und stilistisch breit aufgestellten Bande-dessinée-Autor_innen und -Zeicher_innen zu etablieren begann (ebd.). Zwar entwickelte sich später vieles im frankophonen Kontext ähnlich wie im nordamerikanischen Kontext – etwa die markante Zunahme von organisierten Fan-Aktivitäten ab den 1960er Jahren (Pustz 1999; Gabilliet 2010, Kap. 13; Duncan/ Smith 2009, Kap. 8; Stein 2013) –, aber in der Frage der Verknüpfung von Theorie und Praxis verliefen die Entwicklungen vorerst unterschiedlich. Während sich in den USA die Institutionalisierung der Comicforschung nur langsam anbahnte, öffneten sich in Europa Institutionen – etwa Kunsthochschulen – zunehmend für die praktische wie auch theoretische Auseinandersetzung mit Comics (Miller/Beaty 2014); die Arbeiten etwa Jean-Christophe Menus (2011) und Benoît Peeters' (1998) sind hierfür exemplarisch.

Allerdings gab es spätestens seit den 1920er Jahren auch in den USA immer wieder wichtige Diskussionsanstöße, die eigentlich – so das Gedankenexperiment von Henry Jenkins (2012, 1–4) – das Potenzial gehabt hätten, schon damals in einer Art Comics Studies zu münden. So hat etwa Gilbert **Seldes** in wohlwollenden Stellungnahmen zu Comics die Verbindung mit anderen »lively arts« (Seldes 1924) – dem Jazz, Broadwaytheater oder zeitgenössischer Malerei u. a. – hervorgehoben. Demgegenüber hat hingegen Fredric **Wertham** auf *comic books* und ihr – in seinen Augen – großes Verführungspotenzial für die Jugend aufmerksam gemacht (Wertham 1954). Erst in den 1980er und 1990er Jahren, teilweise dank Will **Eisner**s *Comics and Sequential Art* (1985), besonders aber durch Scott **McCloud**s *Understanding Comics* (1993), geriet in den USA die Möglichkeit einer Engführung von Praxis und Theorie erstmals ins Blickfeld einer breiteren Öffentlichkeit: In beiden Büchern (die man auch als Metacomics bezeichnen kann; vgl. Kap. 18) wird aus der Ich-Perspektive eines praktizierenden Comicautors über Wesen und Funktionsweise des Mediums nachgedacht. Ebenfalls eine Verbindung von Praxis und Reflexion bot später Art **Spiegelman**, der in Werken wie *In the Shadow of No Towers* (2004) weniger die Gesamtheit der medialen Besonderheiten von Comics als vielmehr konkrete, aus seiner Sicht kanonisierungswürdige alte und neue Werke in den Blick nimmt und sich mit *MetaMaus* (2011) einmal mehr selbst in das Zentrum des modernen Comic-Kanons gestellt hat (Jenkins 2012, 4).

US-amerikanische Debatten über Jugendgefährdung: Wenngleich es im US-amerikanischen Kontext also bereits vor den 1990er Jahren auch positive Stellungnahmen im Hinblick auf Comics gab (Jenkins 2012 nennt des Weiteren etwa Josette Frank und Lauretta Bender als Comicbefürworterinnen, aber auch schon William Moulton Marstons Ideen aus den 1940er Jahren könnten angeführt werden), hatte doch Wertham letztlich die größte Diskursgewalt. Die Debatten um das angeblich gefährliche Potenzial von Comics, nicht jugendfreie, gewaltverherrlichende und auch politisch subversive oder ›unamerikanische‹ (und aus ebendieser Perspektive als solche schädliche) Inhalte zu verbreiten, fanden einen vorläufigen Höhepunkt im Erfolg von Werthams *Seduction of the Innocent* (1954). Diese Debatte und ihre konkreten politischen Folgen, nämlich die faktische Selbstzensur der US-amerikanischen Verlage, sind gut untersucht: Werthams ›Ideologiekritik‹ wurde in den letzten zwei Jahrzehnten ihrerseits einer ausführlichen Ideologiekritik unterzogen (Nyberg 1998; Beaty 2005; Hajdu 2008; eine theoriegeleitete Diskussion findet sich in Gardner 2012, Kap. 3). Etwas weniger ausgeprägt kamen die Phänomene der Einschränkung und der juristischen wie faktischen Zensur aber auch auf den europäischen Comicmärkten vor – etwa in der sogenannten französischen *Loi de 1949* (Groensteen/Crépin 1999; Grove 2010).

Ideologie- und Kulturkritik: Verfasser_innen von ideologie- und kulturkritischen Studien agierten seit den 1960er Jahren zweifelsfrei subtiler als Wertham und Co.:

Sie suchten Machtkonstellationen und moralische Dilemmata aufzuzeigen, ohne gleich als Verfasser_innen von Pamphleten gegen die Form aufzutreten. Umberto **Ecos Essay »Der Mythos von Superman«** beschritt 1964 erstmals diesen Weg, indem er einen Zusammenhang zwischen dem Identifikationsangebot in besagten Comics und der Zementierung eines politischen Status Quo postulierte. Weitere ideologiekritische Arbeiten folgten, etwa von Oswald Wiener (1970), Ariel Dorfman und Armand Mattelart (1972), Dagmar von Doetinchem und Klaus Hartung (1974) und Martin Barker (1989). In einer ähnlichen Tradition, die im weitesten Sinne als kulturkritisch zu bezeichnen und u. a. im Kontext der Theorien der britisch geprägten Cultural Studies anzusiedeln ist, stehen die systematischen Auseinandersetzungen mit den Themen *race, class und gender,* wie sie eher spät einsetzten, seit etwa dem Jahr 2000 aber intensiviert stattfinden. Dazu gehören etwa Studien, die sich mit kolonialgeschichtlichen und rassistischen Stereotypen früher europäischer wie nordamerikanischer Comics (einschließlich politischer Cartoons) auseinandersetzen, sowie Studien, die Comics aus der Perspektive von Gender Studies und/oder Queer Studies analysieren (wobei die in 5.3 genannte Literatur als Einstieg dienen mag).

Transkulturell – transmedial: Insbesondere ist in jüngster Zeit der Comic als Ort der Grenzüberschreitung im transnationalen und transkulturellen Sinn in das Blickfeld der Comicforschung geraten. Forschungen zu diesem Gebiet schließen an weit ältere Diskussionen an, die seit Jahren oder gar Jahrzehnten etwa auf internationalen Comicfestivals, auf Conventions und in Comicläden stattfinden, und welche durch breit angelegte Übersichtspublikationen (vgl. Gravett 2011) oftmals ein größeres Publikum erreichen. Dabei tritt aber auch zutage, wie wenig bisher bestimmte Comic-Kulturen etwa aus lateinamerikanischen, afrikanischen oder zentralasiatischen Ländern international wahrgenommen wurden und werden. Die aktuelle Comicforschung verortet sich allerdings nicht nur zunehmend in einem transnationalen, sondern auch in einem transmedialen Umfeld. Denn Ästhetik, Formen und Inhalte von Comics springen beinahe seit ihren Anfängen immer wieder in andere Medien (Film, Radio, Fernsehen, Videospiele) über und lassen sich gleichzeitig von diesen Medien inspirieren. Die Analyse der transmedialen Prozesse, denen diese Medienwechsel unterliegen, hat sich zu einem dynamischen Forschungsgebiet entwickelt (Ciment 1990; Gordon/Jancovich/McAllister 2007; Jenkins/Ford 2009; Gil González 2012; Bachmann/Sina/Banhold 2012; Gardner 2012; Thon 2013; Rippl/Etter 2013; Lorenz 2015; Meier 2015).

Diverse Themen: Immer wieder entwickeln bestimmte, in Comics behandelte Themengebiete oder formal zusammengehörende Werkgruppen zu Nischenphänomenen oder auch regelrechten Strömungen, was die Forschung mit der obligaten zeitlichen Verzögerung in der Regel wahrnimmt und reflektiert. Die US-amerikanischen Superheldencomics sind hierfür sicherlich das prominenteste Beispiel, sodass die Herausgeber des *Superhero Reader* (2013) gar von »**superhero studies**« sprechen (Hatfield/Heer/Worcester 2013b). Das anhaltende Interesse an **frühen Zeitungscomics**, die bereits ab den 1940er immer wieder im Zentrum akademischer und semi-akademischer Studien standen (Waugh 1947; Becker 1959; Harvey 1979, 1994), wäre ein weiteres Beispiel (Gordon 1998; Gambone 2009; Gardner 2012; Meyer 2012). Seit den 1990er Jahren gehören **autobiografische Comics** zum vielleicht bestuntersuchten Bereich der sogenannten Graphic Novel (vgl. Kap. 8 und 15). Teilweise Überschneidungen finden sich zum Diskurs über die ›*graphic medicine*‹, d. h. Comics über Krankheitserfahrungen – ein Diskurs, um welchen sich jährliche Konferenzen (seit 2010), Buchreihen (Penn State University Press) und weitere Forschungsaktivitäten formieren (Engelmann 2010; Böger 2011; Squier/Marks 2014; Foss/Gray/Whalen 2016). Diverse Formen der **experimentellen Comics** – etwa performative, digital-interaktive, multimediale und abstrakte Comics – stehen im Zentrum anderer, teilweise noch kleiner, aber zunehmend international vernetzter Forschergemeinden (Hahn/Schuck/Lanagan 2006; Molotiu 2009; Goodbrey 2013; Tabulo 2014; Hammel 2014).

Anthologien und Reader spielen bei der Aufarbeitung der Comicgeschichte und der Geschichte ihrer Erforschung ebenfalls eine wichtige Rolle, weil sie ältere Texte verfügbar machen und neue Forschung bündeln, wobei sie zugleich aber auch stets eine mehr oder weniger explizite Kanonisierungsfunktion erfüllen. Die in 5.1 genannten Beispiele zeigen, dass die gewählten Ansätze ziemlich verschieden sein können. Während etwa Heer/Worcester (2004, 2009) und Schwartz (2010) neben Einzelstudien auch z.B. Interviews und journalistische Texte bieten, konzentrieren sich andere Reader eher auf Forschungsbeiträge im engeren Sinn, sind dafür aber etwa sprachlich und/oder thematisch breiter aufgestellt (vgl. Eder/Klar/Reichert 2011; Miller/Beaty 2014).

Zeitschriften: Zum Schluss sollte die Vielzahl an Zeitschriften erwähnt werden, weil sie Foren für die Entwicklung von Comictheorien und die Vorstellung unterschiedlicher Forschungspositionen und historisch gesehen ein besonders vitaler Ort der Produktion von Wissen über Comics sind. Das hat vor allem mit der historischen Bedeutung von Fankulturen und den von dort ausgehenden Diskursen über Comics zu tun, die besonders intensiv in mehr oder weniger eigenständig produzierten Fan-Periodika (*Fanzines*) entwickelt wurden (Stein 2013). Aus diesen Fanzines entstanden in den 1970er und 1980er Jahren Zeitschriften, die eine Schnittstelle zwischen Fan-Diskursen, journalistischen Beiträgen und akademischer Forschung einnahmen und damit zu den Wegbereitern der aktuellen Comicforschung zählen. Ein gutes Beispiel ist *The Comics Journal*, welches seit 1977 von Comics-Aficionados produziert wird und nach wie vor eine der wichtigsten Quellen für die Erforschung vor allem nordamerikanischer Comics ist. Unter der wachsenden Zahl an Publikationsorganen finden sich sowohl Titel mit klar theoretischer als auch solche mit eher journalistischer Ausrichtung (siehe Kasten; vgl. hierzu und insbes. auch zu deutschsprachigen Zeitschriften Kap. 6).

Spektrum der Comicforschung in semi-akademischen und akademischen Zeitschriften

- *Inks* (1994–1997)
- *International Journal of Comic Art* (seit 1999)
- *Image [&] Narrative* (online, seit 2000)
- *ImageText: Interdisciplinary Comics Studies* (online, seit 2004)
- *SIGNS: Studies in Graphic Narratives* (seit 2007)
- *European Comic Art* (seit 2008)
- *Journal of Graphic Novels and Comics* (seit 2010)
- *Studies in Comics* (seit 2010)
- *Scandinavian Journal of Comic Art* (seit 2012)

Comicforschung online:
- Neuvième Art 2.0 (seit 2006)
- Comicalités (seit 2010)
- The Hooded Utilitarian (seit 2011)
- The Comics Grid
- closure (online, seit 2014)
  (weitere Titel führen auf Stein/Meyer/Edlich 2011; Frey/Baetens 2014)

5.5 | Fazit

Nicht nur die Comicgeschichte, sondern auch die Comicforschung sieht sich mit Be-
dürfnissen nach Übertragbarkeit, Übersetzbarkeit und Kategorisierbarkeit innerhalb
wie außerhalb akademischer Institutionen konfrontiert (Starre 2013). Das hat nicht
zuletzt damit zu tun, dass Comics zunehmend auch Unterrichtsstoff an Schulen und
Universitäten sind – und dass die Comicforschung zu diesem Zweck eine wachsende
Zahl an didaktischen Publikationen bereitstellt (Cary 2004; Frey/Fisher 2008; Tabachnick 2009; Dong 2012; Jacobs 2013). Ähnlich wie der Comic sich ständig verändert, unterliegt auch die global bzw. multidisziplinär vernetzte Comicforschung
ständigem Wandel. Trotz einer zunehmenden Institutionalisierung bzw. Professio-
nalisierung der Comicforschung deutet doch die Fülle von Metakommentaren stets
auch darauf hin, wie groß die Menge von Materialien und Themen ist, die noch einer
kritischen Auseinandersetzung harren. Es ergibt sich das scheinbare Paradox, dass
mit der wachsenden Zahl an Studien auch die benannten Forschungslücken zahlreicher werden. Dass dies nicht nur durch das explizite Benennen der Desiderate geschieht, sondern auch implizit vonstatten geht, illustriert die Einleitung der 2014 erschienenen Sonderausgabe von *Critical Inquiry* zum Thema »Comics & Media«
(Chute/Jagoda 2014): Das Herausgeberpaar weist auf die Wichtigkeit von Verbindungen hin – Verbindungen zwischen Reflexionen zur medialen Beschaffenheit und
kulturellen/sozialen Faktoren etwa, aber auch zwischen akademisch-theoretischen
Diskurspositionen einerseits und Auskünften von Comicschaffenden andererseits.
Während die Beiträge dieser Sonderausgabe solche Verbindungen tatsächlich in großer Breite schaffen, wird jedoch kaum reflektiert, dass die versammelten Vertreter
der Kategorie »Comicautoren« ausschließlich aus den USA stammen. Das spricht
nicht gegen die Validität der dort vorgebrachten Argumente, erinnert aber daran,
dass sich eine zukünftige Comicforschung nicht nur mit inhaltlichen und methodischen Desideraten, sondern auch zunehmend mit der Notwendigkeit von multilin-
gualem und transnationalem Diskursaustausch konfrontiert sehen wird.

Grundlegende Literatur

Berndt, Jaqueline/Kümmerling-Meibauer, Bettina (Hg.): *Manga's Cultural Crossroads*. New York 2013.
  [innovativer Sammelband, der inter- und transkulturelle Perspektiven auf Manga, Anime und Videospiele vorstellte]
Chute, Hillary: *Graphic Women. Life Narrative and Contemporary Comics*. New York 2010. [Untersu-
  chung zu fünf zeitgenössischen Comic-Künstlerinnen (Kominsky-Crumb, Gloeckner, Barry, Bechdel, Satrapi) und autobiografischen sowie feministischen Aspekten ihrer Œuvres]

El Refaie, Elisabeth: *Autobiographical Comics. Life Writing in Pictures.* Jackson 2012. [eine der ersten ausführlichen englischsprachigen interdisziplinären Buchpublikationen zum Phänomen der autobiografischen Comics (u.a. Ansätze wie „embodied selves" und „performing authenticity")]

Gardner, Jared: *Projections. Comics and the History of Twenty-First-Century Storytelling.* Stanford 2012. [ausführliche Studie zur Theorie und Geschichte des nordamerikanischen Comics (Zeitungsstrips, Superheldencomics, *underground comics*, *alternative comics*) und seiner Abgrenzung von verwandten visuellen Medien wie dem Kinofilm, die vor allem die interaktiven Potenziale des Comicmediums herausstellt]

Groensteen, Thierry: *Bande dessinée et narration. Système de la bande dessinée II.* Paris 2011 (engl. Übersetzung: *Comics and Narration*, Jackson 2013). [Weiterführung des Klassikers *Système de la bande dessinée* mit neuen Beispielen und erweitertem Themenfokus]

Groensteen, Thierry: *Système de la bande dessinée.* Paris 1999 (engl. Übersetzung: *The System of Comics*, Jackson 2009). [Entwicklung einer Theorie des Systems von Panels, Textteilen, Albumseiten und weiteren visuell, materiell, und thematisch verknüpften Elementen]

Hague, Ian: *Comics and the Senses. A Multisensory Approach to Comics and Graphic Novels.* London 2014. [Theorie einer multisensorischen Rezeptionsästhetik von Comics, die Sehen, Hören, Fühlen, Riechen und Schmecken als elementare Bestandteile der Leserstimulation durch die medienspezifischen Erzählweisen des Comics begreift]

Kukkonen, Karin: *Contemporary Comics Storytelling.* Lincoln 2013 [2013b]. [die erste Monografie zur Verbindung von Comics und zeitgenössischen Theorien der kognitiven Erzählforschung mit Fokus auf der comicspezifischen Ausdifferenzierung postmoderner Erzähltechniken]

Lent, John A.: *Asian Comics.* Jackson 2015. [Studie zu den reichhaltigen, jedoch im Westen kaum wahrgenommenen Comictraditionen in asiatischen Ländern außerhalb Japans von einem der Pioniere der Comicforschung]

Smith, Matthew J./Duncan, Randy (Hg.): *Critical Approaches to Comics. Theories and Methods.* New York 2012. [sich an Studierende und angehende Forschende richtende Einführungslektüre zur zeitgenössischen Comicforschung englischer Sprache, die unterschiedliche theoretische Ansätze und Methoden anhand beispielhafter Analysen vorstellt]

Stein, Daniel/Thon, Jan-Noël (Hg.): *From Comic Strips to Graphic Novels. Contributions to the Theory and History of Graphic Narrative.* Berlin/Boston 2013. [erzähltheoretischer Sammelband, der einen Überblick über Comictraditionen und -entwicklungen aus verschiedenen geografischen und historischen Kontexten sowie zu diskursbestimmenden theoretischen Zugängen zu Comics liefert]

Für Einsteiger außerdem besonders empfehlenswert

Ditschke, Stephan/Kroucheva, Katerina/Stein, Daniel (Hg.): *Comics. Zur Geschichte und Theorie eines populärkulturellen Mediums.* Bielefeld 2009.

Duncan, Randy/Smith, Matthew J.: *The Power of Comics. History, Form and Culture.* London 2009.

Eder, Barbara/Klar, Elisabeth/Reichert, Ramón (Hg.): *Theorien des Comics. Ein Reader.* Bielefeld 2011.

Frey, Hugo/Baetens, Jan: *The Graphic Novel. An Introduction.* Cambridge 2014.

Grünewald, Dietrich (Hg.): *Struktur und Geschichte der Comics: Beiträge zur Comicforschung.* Bochum 2010.

Kukkonen, Karin: *Studying Comics and Graphic Novels.* Malden 2013 [2013a].

Petersen, Robert S.: *Comics, Manga, and Graphic Novels. A History of Graphic Narratives.* Oxford 2011.

Saraceni, Mario: *The Language of Comics.* London 2003.

Smolderen, Thierry: *Naissances de la Bande Dessinée. De William Hogarth à Winsor McCay.* Brüssel 2009.

Weiterführende und zitierte Literatur

Alaniz, José: *Komiks. Comic Art in Russia.* Jackson 2010.

Aldama, Frederick Luis (Hg.): *Multicultural Comics. From Zap to Blue Beetle.* Austin 2010.

Aldama, Frederick Luis (Hg.): *Your Brain on Latino Comics. From Gus Arriola to Los Bros Hernandez.* Austin 2009.

Ahrens, Jörn/Meteling, Arno (Hg.): *Comics and the City. Urban Space in Print, Picture and Sequence.* London 2010.

Ayaka, Carolene/Hague, Ian (Hg.): *Representing Multiculturalism in Comics and Graphic Novels.* London/New York 2014.

Bachmann, Christian A./Sina, Véronique/Banhold, Lars (Hg.): *Comics intermedial.* Essen 2012.

Baetens, Jan (Hg.): *The Graphic Novel*. Leuven 2001.

Ball, David M./Kuhlman, Martha B. (Hg.): *The Comics of Chris Ware. Drawing Is a Way of Thinking*. Jackson 2010.

Barbieri, Daniele: *Los lenguajes del cómic*. Barcelona 1993.

Barker, Martin: *Comics. Ideology, Power and the Critics*. Manchester 1989.

Baskind, Samantha/Omer-Sherman, Ranen (Hg.): *The Jewish Graphic Novel. Critical Approaches*. Piscataway 2008.

Beaty, Bart: *Comics Versus Art*. Toronto 2012.

Beaty, Bart: *Fredric Wertham and the Critique of Mass Culture*. Jackson 2005.

Becker, Stephen: *Comic Art in America*. New York 1959.

Becker, Thomas (Hg.): *Comic. Legitimität und Intermedialität eines populärkulturellen Mediums*. Essen 2011.

Berndt, Jaqueline (Hg.): *Manhwa, Manga, Manhua. East Asian Comics Studies*. Leipzig 2012.

Berndt, Jaqueline (Hg): *Intercultural Crossovers, Transcultural Flows. Manga/Comics*. Kyoto 2011.

Berndt, Jaqueline (Hg.): *Comics Worlds and the World of Comics. Towards Scholarship on a Global Scale*. Kyoto 2010.

Berndt, Jaqueline/Richter, Steffi (Hg.): *Reading Manga. Local and Global Perceptions of Japanese Comics*. Leipzig 2006.

Berninger, Mark: »›Scott Pilgrim Gets It Together‹. The Cultural Crossovers of Bryan Lee O'Malley«. In: Denson/Meyer/Stein 2013, 243–255.

Berninger, Mark/Ecke, Jochen/Haberkorn, Gideon (Hg.): *Comics as a Nexus of Cultures. Essays on the Interplay of Media, Disciplines and International Perspectives*. Jefferson 2010.

Blackbeard, Bill: *The Yellow Kid. A Centennial Celebration of the Kid Who Started the Comics*. Northampton 1995.

Böger, Astrid: »Conquering Silence. David Small's ›Stiches‹ and the Art of Getting Better«. In: Daniel Stein/Christina Meyer/Micha Edlich (Hg.): *American Comic Books and Graphic Novels*. Sonderheft *Amerikastudien/American Studies* 56/4 (2011), 603–616.

Booker, Keith M. (Hg.): *Comics through Time. A History of Icons, Idols, and Ideas*. Bd. 1. Santa Barbara 2014.

Brienza, Casey: *Manga in America. Transnational Book Publishing and the Domestication of Japanese Comics*. London 2016.

Brienza, Casey (Hg.): *Global Manga. »Japanese« Comics without Japan?* Farnham 2015.

Brooker, Will: *Hunting the Dark Knight. Twenty-First Century Batman*. London 2012.

Brooker, Will: *Batman Unmasked: Analysing a Cultural Icon*. London 2001.

Brown, Jeffrey A.: *Black Superheroes, Milestone Comics, and Their Fans*. Jackson 2000.

Brown, Jeffrey A./Loucks, Melissa: *A Comic of Her Own: Women Writing, Reading and Embodying through Comics*. Sonderheft *ImageTexT* 7/4 (2014), o. S.

Brunken, Otto/Giesa, Felix (Hg.): *Erzählen im Comic. Beiträge zur Comicforschung*. Essen 2013.

Carrier, David: *The Aesthetics of Comics*. University Park 2001.

Cary, Stephen: *Going Graphic. Comics at Work in the Multilingual Classroom*. Portsmouth 2004.

Chaney, Michael A. (Hg.): *Graphic Subjects. Critical Essays on Autobiography and Graphic Novels*. Madison 2011.

Chute, Hillary: »Graphic Narrative«. In: Jay Bray/Alison Gibbons/Brian McHale (Hg.): *Routledge Companion to Experimental Literature*. London 2012, 407–419.

Chute, Hillary: »Comics as Literature? Reading Graphic Narrative.« In: *PMLA* 123/2 (2008), 452–465.

Chute, Hillary/DeKoven, Marianne (Hg.): *Graphic Narrative*. Sonderheft *Modern Fiction Studies* 52/4 (2006).

Chute, Hillary/Jagoda, Patrick (Hg.): »Introduction«. In: *Comics & Media*. Sonderheft *Critical Inquiry* 40/3 (2014), 1–10.

Ciment, Gilles (Hg.): *Cinéma et bande dessinée*. Condé-sur-Noireau 1990.

Cohn, Neil: »Review. Comics and Language by Hannah Miodrag« (2012), www.thevisuallinguist.com (17.01.2015).

Cohn, Neil: *The Visual Language of Comics. Introduction to the Structure and Cognition of Sequential Images*. New York 2013.

Coogan, Peter: *Superhero. The Secret Origin of Genre*. Austin 2006.

Costello, Matthew J. *Secret Identity Crisis. Comic Books and the Unmasking of Cold War America*. New York 2009.

Daniels, Les: *Comix. A History of Comic Books in America*. New York ²1988.

De Jesús, Melinda: »Liminality and Mestiza Consciousness in Lynda Barry's ›One Hundred Demons‹«. In: *MELUS* 29/1 (2004), 219–252.

Denson, Shane/Meyer, Christina/Stein, Daniel (Hg.): *Transnational Perspectives on Graphic Narratives. Comics at the Crossroads*. London 2013.

DiPaolo, Marc: *War, Politics and Superheroes. Ethics and Propaganda in Comics and Film*. Jefferson 2011.

Ditschke, Stephan: »Comics als Literatur. Zur Etablierung des Comics im deutschsprachigen Feuilleton seit 2003«. In: Ditschke/Kroucheva/Stein 2009, 265–280.

Doetinchem, Dagmar von/Hartung, Klaus: *Zum Thema Gewalt in Superhelden-Comics*. Berlin 1974.

Dolle-Weinkauff, Bernd: »Comics und kulturelle Globalisierung. Manga als transkulturelles Phänomen und die Legende vom ›östlichen Erzählen in Bildern‹«. In: Dietrich Grünewald (Hg.): *Struktur und Geschichte der Comics. Beiträge zur Comicforschung*. Bochum 2010, 85–97.

Dolle-Weinkauff, Bernd: *Comics. Geschichte einer populären Literaturform in Deutschland seit 1945*. Weinheim 1990.

Dong, Lan (Hg.): *Teaching Comics. Essays on Theory, Strategy and Practice*. Jefferson 2012.

Dony, Christophe/Habrand, Tanguy/Meesters, Gert (Hg.): *La bande dessinée en dissidence/Comics in Dissent*. Liège 2014.

Dorfman, Ariel/Mattelart, Armand: *Walt Disneys ›Dritte Welt‹. Massenkommunikation und Kolonialismus bei Micky Maus und Donald Duck* [1972]. Berlin 1977.

Drechsel, Ulrike/Funhoff, Jörg/Hoffmann, Michael: *Massenzeichenware. Die gesellschaftliche und ideologische Funktion der Comics*. Frankfurt a. M. 1975.

Ecke, Jochen: »Comics Studies' Identity Crisis. A Meta-Critical Survey«. In: Lanzendörfer/Köhler 2011, 71–84.

Eco, Umberto: »Der Mythos von Superman« [1964]. In: Umberto Eco: *Apokalyptiker und Integrierte: Zur kritischen Kritik der Massenkultur*. Hg. und übers. v. Max Looser. Frankfurt a. M. 1984, 187–222.

Eisner, Will: *Comics and Sequential Art*. New York 1985.

Engelmann, Jonas: »›Picture This‹. Disease and Autobiographic Narration in the Graphic Novels of David B and Julie Doucet«. In: Berninger/Ecke/Haberkorn 2010, 45–59.

Etter, Lukas: *Auteurgraphy. Distinctiveness of Styles in Alternative Graphic Narratives*. Diss. Universität Bern 2014.

Feierstein, Ricardo: »Estereotipos y racimso en la historieta argentina«. In: Frank Leinen/Guido Rings (Hg.): *Bilderwelten – Textwelten – Comicwelten. Romanistische Begegnungen mit der Neunten Kunst*. München 2007, 163–186.

Fingeroth, Danny: *Disguised as Clark Kent. Jews, Comics, and the Creation of the Superhero*. London 2007.

Fingeroth, Danny: *Superman on the Couch. What Superheroes Really Tell Us about Ourselves and Our Society*. London 2004.

Foss, Chris/Gray, Jonathan/Whalen, Zack (Hg.): *Feats of Clay. Disability and Graphic Narrative*. New York 2016 (in Vorbereitung).

Frahm, Ole: *Die Sprache des Comics*. Hamburg 2010.

Frahm, Ole. *Genealogie des Holocaust. Art Spiegelmans ›MAUS – A Survivor's Tale‹*. Paderborn 2005.

Frahm, Ole: »Weird Signs. Zur parodistischen Ästhetik der Comics«. In: Hein/Hüners/Michaelsen 2002, 201–216.

Fresnault-Deruelle, Pierre/Samson, Jacques (Hg.): *Poétiques de la bande dessinée*. Paris 2007.

Frey, Nancy/Fisher, Douglas (Hg.): *Teaching Visual Literacy Using Comic Books, Graphic Novels, Anime, Cartoons, and More to Develop Comprehension and Thinking Skills*. Thousand Oaks 2008.

Fuchs, Wolfgang J./Reitberger, Reinhold C.: *Comics. Anatomie eines Massenmediums*. München 1971.

Gabilliet, Jean-Paul: *Of Comics and Men. A Cultural History of American Comic Books* [2005]. Übers. Bart Beaty/Nick Nguyen. Jackson 2010.

Gambone, Robert L.: *Life on the Press. The Popular Art and Illustrations of George Benjamin Luks*. Jackson 2009.

Gardner, Jared/Herman, David (Hg.): *Graphic Narratives and Narrative Theory*. Sonderheft *SubStance* 40/1 (2011).

Geis, Deborah R. (Hg.): *Considering Maus. Approaches to Art Spiegelman's »Survivor's Tale« of the Holocaust*. Tuscaloosa 2003.

Gil González, Antonio J.: *+ Narrativa(s). Intermediaciones novela, cine, cómic y videojuego en el ámbito hispánico*. Salamanca 2012.

Glaude, Benoît: ›*Aire Libre‹ – Art Libre? Étude de la Narration dans le champ de la bande dessinée franco-belge contemporaine*. Louvain-la-neuve 2011.

Goldstein, Nancy: *Jackie Ormes. The First African American Woman Cartoonist*. Ann Arbor 2008.

Goodbrey, Daniel: »From Comic to Hypercomic«. In: Jonathan Evans/Thomas Giddens (Hg.): *Cultural Excavation and Formal Expression in the Graphic Novel*. Oxford 2013, 291–302.

Gordon, Ian: *Comics Strips and Consumer Culture, 1890–1945*. Washington D. C. 1998.
Gordon, Ian/Jancovich, Mark/McAllister, Matthew P. (Hg.): *Film and Comic Books*. Jackson 2007.
Gravett, Paul: *1001 Comics You Must Read Before You Die*. London 2011.
Green, Matthew J. A. (Hg.): *Alan Moore and the Gothic Tradition*. Manchester 2013.
Groensteen, Thierry: »Why Are Comics Still in Search of Legitimization?« In: Anne Magnussen/Hans-Christian Christiansen (Hg): *Comics & Culture. Analytical and Theoretical Approaches to Comics*. Kopenhagen 2000, 29–41.
Groensteen, Thierry/Crépin, Thierry (Hg.): ›*On tue à chaque page!*‹ *La loi de juillet 1949 sur les publications destinées à la jeunesse*. Paris/Angoulême 1999.
Grove, Laurence: *Comics in French. The Bande Dessinée in Context*. New York 2010.
Grünewald, Dietrich (Hg.): *Der dokumentarische Comic. Reportage und Biografie*. Essen 2013.
Grünewald, Dietrich: *Comics*. Tübingen, 2000.
Grünewald, Dietrich: *Comics. Kitsch oder Kunst? Die Bildgeschichte in Analyse und Unterricht. Ein Handbuch zur Comicdidaktik*. Weinheim 1982.
Hahn, Annegret/Schuck, Berit/Lanagan, Pat (Hg.): *Comic Meets Theatre*. Berlin 2006.
Hajdu, David: *The Ten-Cent Plague. The Great Comic-Book Scare and How It Changed America*. New York 2008.
Hammel, Björn: *Webcomics. Einführung und Typologie*. Berlin 2014.
Hatfield, Charles: *Hand of Fire. The Comics Art of Jack Kirby*. Jackson 2012.
Hatfield, Charles: »Indiscipline, or, The Condition of Comics Studies«. In: *Transatlantica* 1 (2010).
Hatfield, Charles: *Alternative Comics. An Emerging Literature*. Jackson 2005.
Hatfield, Charles/Heer, Jeet/Worcester, Kent (Hg.): *The Superhero Reader*. Jackson 2013 [2013a].
Hatfield, Charles/Heer, Jeet/Worcester, Kent: »Introduction«. In: Hatfield/Heer/Worcester 2013, xi–xxii [2013b].
Harvey, Robert C.: »The Aesthetics of the Comic Strip«. In: *Journal of Popular Culture* 12/4 (1979), 640–652.
Harvey, Robert C.: *The Art of the Funnies. An Aesthetic History*. Jackson 1994.
Heer, Jeet/Worcester, Kent (Hg.): *Comics Studies Reader*. Jackson 2009.
Heer, Jeet/Worcester, Kent (Hg.): *Arguing Comics. Literary Masters on a Popular Medium*. Jackson 2004.
Hein, Michael/Hüners, Michael/Michaelsen, Torsten (Hg.): *Ästhetik des Comic*. Berlin 2002.
Hoppeler, Stephanie/Etter, Lukas/Rippl, Gabriele. »Intermedialität in Comics. Neil Gaimans ›The Sandman‹«. In: Ditschke/Kroucheva/Stein 2009, 53–79.
Horton, Ian: »Colonialist Stereotypes in Innovative European Comic Books«. In: Frank Leinen/Guido Rings (Hg.): *Bilderwelten – Textwelten – Comicwelten. Romanistische Begegnungen mit der Neunten Kunst*. München 2007, 125–141.
Howard, Sheena C./Jackson II, Ronald L. (Hg.): *Black Comics. Politics of Race and Representation*. London 2013.
Hünig, Wolfgang K.: *Strukturen des Comic Strip. Ansätze einer textlinguistisch-semiotischen Analyse narrativer Comics*. Hildesheim 1974.
Jacobs, Dale: *Graphic Encounters. Comics and the Sponsorship of Multimodal Literacy*. London 2013.
Jenkins, Henry: »Should We Discipline the Reading of Comics?« In: Matthew J. Smith/Randy Duncan (Hg.): *Critical Approaches to Comics*. London 2012, 1–14.
Jenkins, Henry: *Fans, Bloggers, and Gamers. Exploring Participatory Culture*. New York 2006.
Jenkins, Henry/Ford, Sam: »Managing Multiplicity in Superhero Comics«. In: Pat Harrigan/Noah Wardrip-Fruin (Hg.): *ThirdPerson: Authoring and Exploring Vast Narratives*. Cambridge 2009, 303–311.
Johnson-Woods, Toni (Hg.): *Manga. An Anthology of Global and Cultural Perspectives*. London 2009.
Kelleter, Frank/Stein, Daniel: »›Great, Mad, New‹: Populärkultur, serielle Ästhetik und der frühe amerikanische Zeitungscomic.« In: Ditschke/Kroucheva/Stein 2009, 81–117.
Kelleter, Frank/Stein, Daniel: »Autorisierungspraktiken seriellen Erzählens: Zur Gattungsentwicklung von Superheldencomics.« In: Frank Kelleter (Hg.): *Populäre Serialität: Narration–Evolution–Distinktion. Zum seriellen Erzählen seit dem 19. Jahrhundert*. Bielefeld 2012, 259–290.
Kirtley, Susan E.: *Lynda Barry. Girlhood through the Looking Glass*. Jackson 2012.
Krafft, Ulrich: *Comics lesen. Untersuchungen zur Textualität von Comics*. Stuttgart 1978.
Kunzle, David. *Father of the Comic Strip. Rodolphe Töpffer*. Jackson 2007.
Kunzle, David. *History of the Comic Strip. Vol. 1: The Early Comic Strip*. Berkeley 1973.
Lanzendörfer, Tim/Köhler, Matthias (Hg.): *Beyond Moore, Miller, Maus. Literary Approaches to Contemporary Comics*. Sonderheft *Zeitschrift für Anglistik und Amerikanistik* 59/1 (2011).
Lefèvre, Pascal: »The Importance of Being Published: A Comparative Study of Comics Formats«. In: Anne Magnussen/Hans-Christian Christiansen (Hg.): *Comics & Culture. Analytical and Theoretical Approaches to Comics*. Kopenhagen 2000, 91–105.

Lent, John A. (Hg.): *Illustrating Asia. Comics, Humor Magazines, and Picture Books*. Honolulu 2001.

Lent, John A. (Hg.): *Themes and Issues in Asian Cartooning. Cute, Cheap, Mad, and Sexy*. Bowling Green 1999.

Lepore, Jill: *The Secret History of Wonder Woman*. New York 2014.

L'Hoeste, Héctor D. Fernández/Poblete, Juan (Hg.): *Redrawing the Nation. National Identity in Latin/o American Comics*. New York 2009.

Linck, Dirck: »Batman und Robin. Das ›dynamic duo‹ und sein Weg in die deutschsprachige Popliteratur der 60er Jahre«. In: *FORUM Homosexualität und Literatur* 45 (2004), 5–72.

Lopes, Paul: *Demanding Respect. The Evolution of the American Comic Book*. Philadelphia 2009.

Lombard, Matthew/Lent, John A./Greenwood, Linda/Tunç, Asli: »A Framework for Studying Comic Art«. In: *International Journal of Comic Art* 1/1 (1999), 17–32.

Lorenz, Désirée: »Généalogie d'une poétique hypermédiale à l'ère des industries culturelles. Le cas de la transmédiation du récit des origines de Spider-Man«. In: *Recherches Sémiotiques* (2015), in Vorbereitung.

Malone, Paul M.: »Mangascape Germany. Comics as Intercultural Neutral Ground«. In: Berninger/Ecke/Haberkorn 2010, 223–234.

Martin, Jean-Philippe: »La théorie du 0 %. Petite étude critique de la critique en bande dessinée«. In: *Comicalités* (Feb. 2012), o. S.

McCloud, Scott: *Understanding Comics. The Invisible Art*. New York 1993.

McLaughlin, Jeff (Hg.): *Comics as Philosophy*. Jackson 2005.

Meier, Stefan: *Superman Transmedial. Eine Pop-Ikone im Spannungsfeld von Medienwandel und Serialität*. Bielefeld 2015.

Menu, Jean-Christophe: *La bande dessinée et son double. Langage et marges de la bande dessinée – perspectives pratiques, théoriques et éditoriales*. Paris 2011.

Meskin, Aaron: »Defining Comics?« In: *Journal of Aesthetics and Art Criticism* 65/4 (2007), 369–379.

Meskin, Aaron/Cook, Roy T. (Hg): *The Art of Comics. A Philosophical Approach*. Malden 2012.

Meyer, Christina: »Urban America in the Newspaper Comic Strips of the Nineteenth Century. Introducing the Yellow Kid«. In: *ImageTexT* 6/2 (2012), o. S.

Mikkonen, Kai: »Focalisation in Comics. From the Specificities of the Medium to Conceptual Reformulation«. In: *Scandinavian Journal of Comic Art* 1/1 (2012), o. S.

Miller, Ann/Beaty, Bart (Hg.): *French Comics Theory Reader*. Leuven 2014.

Miodrag, Hannah: *Comics and Language. Reimagining Critical Discourse on the Form*. Jackson 2013.

Molotiu, Andrei: *Abstract Comics. The Anthology (1967–2009)*. Seattle 2009.

Ndalianis, Angela (Hg.): *The Contemporary Comic Book Superhero*. New York 2010.

Nielsen, Jens R.: »Manga. Comics aus einer anderen Welt?«. In: Ditschke/Kroucheva/Stein 2009, 335–357.

Nielsen, Jesper/Wichmann, Søren: »America's First Comics? Techniques, Contents, and Functions of Sequential Text Image Pairing in the Classic Maya Period«. In: Anne Magnussen/Hans-Christian Christiansen (Hg.): *Comics & Culture: Analytical and Theoretical Approaches to Comics*. Kopenhagen 2000, 59–77.

Nyberg, Amy Kiste: *Seal of Approval. The History of Comics Code*. Jackson 1998.

Packard, Stephan: *Anatomie des Comics. Psychosemiotische Medienanalyse*. Göttingen 2006.

Packard, Stephan (Hg.): *Comics & Politik/Comics and Politics*. Berlin 2014.

Pearson, Roberta F./Uricchio, William (Hg.): *The Many Lives of Batman. Critical Approaches to a Superhero and His Media*. New York 1990.

Peaslee, Robert Moses/Weiner, Robert G.: *Web-Spinning Heroics. Critical Essays in the History and Meaning of Spider-Man*. Jefferson 2012.

Peeters, Benoît: *Case, Planche, Récit. Lire la Bande Dessinée*. Tournai ²1998.

Platthaus, Andreas: *Im Comic vereint. Eine Geschichte der Bildgeschichte*. Frankfurt a. M. 2000.

Pustz, Matthew (Hg.): *Comic Books and American Cultural History. An Anthology*. London 2012.

Pustz, Matthew J.: *Comic Book Culture. Fanboys and True Believers*. Jackson 1999.

Riha, Karl: *zok roar wumm. Geschichte der Comics-Literatur*. Steinbach 1970.

Rippl, Gabriele/Etter, Lukas: »Intermediality, Transmediality, and Graphic Narrative«. In: Stein/Thon 2013, 191–217.

Robbins, Trina: *The Great Super-Heroines*. New York 1996.

Robbins, Trina: *A Century of Women Cartoonists*. Northampton 1993.

Robinson, Lillian S.: *Wonder Women. Feminisms and Superheroes*. London/New York 2004.

Royal, Derek Parker (Hg.): *Coloring America. Multi-Ethnic Engagements with Graphic Narrative*. Sonderheft *MELUS* 32/3 (2007).

Sabin, Roger: »Ally Sloper: The First Comics Superstar?« In: *Image [&] Narrative* 7 (2003), o. S.

Sabin, Roger: »The Crisis in Modern American and British Comics, and the Possibilities of the Internet as a Solution«. In: Anne Magnussen/Hans-Christian Christiansen (Hg.): *Comics & Culture. Analytical and Theoretical Approaches to Comics*. Kopenhagen 2000, 43–57.

Sabin, Roger: *Comics, Comix & Graphic Novels. A History of Comic Art*. London 1996.

Sabin, Roger: *Adult Comics. An Introduction* [1993]. London 2002.

Schüwer, Martin: *Wie Comics erzählen. Grundriss einer intermedialen Erzähltheorie der grafischen Literatur*. Trier 2008.

Schwartz, Ben (Hg.): *The Best American Comics Criticism*. Seattle 2010.

Seldes, Gilbert: *The Seven Lively Arts. The Classic Appraisal of the Popular Arts* [1924]. New York 2001.

Schodt, Frederik L.: *Dreamland Japan: Writings on Modern Manga*. Berkeley 2007.

Schodt, Frederik L.: *Manga! Manga! The World of Japanese Comics*. New York 1983.

Sheena C. Howard/Jackson, Ronald L. II: *Black Comics. Politics of Race and Representation*. London 2013.

Soper, Kerry D.: *We Go Pogo. Walt Kelly, Politics, and American Satire*. Jackson 2012.

Soper, Kerry D.: *Gary Trudeau. Doonesbury and the Aesthetics of Satire*. Jackson 2008.

Spiegelman, Art: *MetaMaus. A Look Inside a Modern Classic*. New York 2011.

Spiegelman, Art: *In the Shadow of No Towers*. New York 2004.

Squier, Susan M./Marks, Ryan (Hg.): *Graphic Medicine*. Sonderheft *Configurations* 22/2 (2014).

Starre, Alexander: »Das Beispiel Comics«. In: Gabriele Rippl/Simone Winko (Hg.): *Handbuch Kanon und Wertung. Theorien, Instanzen, Geschichte*. Stuttgart 2013.

Stein, Daniel: »Superhero Comics and the Authorizing Functions of the Comic Book Paratext«. In: Stein/Thon 2013, 155–189.

Stein, Daniel: »Comicwissenschaft in Deutschland: Ein Einschätzungsversuch« (2. Jan. 2012). www.comicgesellschaft.de (15.01.2015).

Stein, Daniel/Ditschke, Stephan/Kroucheva, Katerina: »*Birth of a Notion*. Comics als populärkulturelles Medium«. In: Ditschke/Kroucheva/Stein 2009, 7–27.

Stein, Daniel/Meyer, Christina/Edlich, Micha: »Introduction«. In: *American Comic Books and Graphic Novels*. Sonderheft *Amerikastudien/American Studies* 56/4 (2011), 501–530.

Tabachnick, Stephen E. (Hg.): *Teaching the Graphic Novel*. New York 2009.

Tabulo, Kym: »Abstract Sequential Art«. In: *Journal of Graphic Novel and Comics* 5/1 (2015), 29–41.

Thon, Jan-Noël: »Who's Telling the Tale? Authors and Narrators in Graphic Narrative«. In: Stein/Thon 2013, 67–100.

Trinkwitz, Joachim: »Zwischen Fantum und Forschung. Comics an der Universität«. In: Mathis Bicker/Ute Friederich/Joachim Trinkwitz (Hg.): *Prinzip Synthese. Der Comic*. Bonn 2011.

Varnum, Robin/Gibbons, Christina T. (Hg.): *The Language of Comics. Word and Image*. Jackson 2001.

Versaci, Rocco: *This Book Contains Graphic Language. Comics as Literature*. New York 2007.

Wandtke, Terrence R.: *The Meaning of Superhero Comic Books*. Jefferson 2012.

Wandtke, Terrence R. (Hg.): *The Amazing Transforming Superhero! Essays on the Revision of Characters in Comic Books, Film and Television*. Jefferson 2007.

Watson, Julia: »Autographic Disclosures and Genealogies of Desire in Alison Bechdel's ›Fun Home‹.« In: *Biography* 31/1 (2008), 27–58.

Waugh, Coulton: *The Comics* [1947]. Jackson 1990.

Weinstein, Simcha: *Up, up, and oy vey! How Jewish History, Culture, and Values Shaped the Comic Book Superhero*. Baltimore 2006.

Welker, James: »Beautiful, Borrowed, and Bent. ›Boys' Love‹ as Girls' Love in Shôjo Manga«. In: *Signs. Journal of Women in Culture and Society* 31 (2006), 841–870.

Wermke, Jutta: *Wozu Comics gut sind. Unterschiedliche Meinungen zur Beurteilung des Mediums und seiner Verwendung im Deutschunterricht*. Kronberg/Taunus 1973.

Wertham, Fredric. *Seduction of the Innocent*. New York 1954.

Wiener, Oswald: »der geist der superhelden«. In: Hans Dieter Zimmermann (Hg.): *Comic Strips. Vom Geist der Superhelden*. Berlin 1970, 93–101.

Williams, Paul/Lyons, James (Hg.): *The Rise of the American Comics Artist*. Jackson 2010.

Witek, Joseph: *Comic Books as History. The Narrative Art of Jack Jackson, Art Spiegelman, and Harvey Pekar*. Jackson 1990.

Wong, Wendy: *Hong Kong Comics. A History of Manhua*. New York 2002.

Wright, Bradford W.: *Comic Book Nation. The Transformation of Youth Culture in America*. Baltimore 2001.

Lukas Etter/Daniel Stein

6 Institutionen und Ressourcen der Comicforschung – ein Wegweiser

6.1 | Einleitung

Für diejenigen, die in Deutschland nach Institutionen suchen, an denen sie Comicforschung betreiben können – sei es im Rahmen von Studiengängen, sei es durch die Bereitstellung von Ressourcen – gibt es eine schlechte und eine gute Nachricht. Die schlechte Nachricht lautet: Die vielzitierte und -diskutierte provokative Aussage des Comicforschers Ole Frahm von 2000/2002, eine deutsche Comicwissenschaft existiere nicht (engl. Frahm 2000, 177; in leichter Abwandlung auf Deutsch: Frahm 2002, 201), gilt in Teilen immer noch, gerade auch im Vergleich zur benachbarten Filmwissenschaft (Trinkwitz 2011, 67) und den viel jüngeren Feldern der Populärkulturforschung ›Computerspiele‹ und ›Popmusik‹ (Harbeck 2014, 92 f.).

Es gibt in Deutschland keine Professur für Comicwissenschaft oder Comics Studies. Es gibt keinen BA- oder MA-Studiengang Comicwissenschaft oder Comics Studies. Im Gegenteil: Ansätze der Tübinger Pädagogik, Comics als Bestandteil eines Pflichtmoduls ›Kinder- und Jugendliteratur‹ zu etablieren, wurden mit der Abschaffung dieses Moduls im Rahmen der BA/MA-Einführung weitestgehend eliminiert. Auch gibt es bis heute in Deutschland keine zentrale wissenschaftliche Einrichtung, die sich schwerpunktmäßig der Erforschung, dem Sammeln und der Präsentation von Comics widmet. Nicht einmal ein dem Comic – oder auch nur dem deutschen Comic – in seiner ganzen Breite gewidmetes Museum gibt es. Bis vor kurzem gab es im deutschsprachigen Raum auch keine wissenschaftliche Zeitschrift, die sich umfassend, die nationale wie die internationale Produktion und Forschung berücksichtigend, mit dem Thema auseinandersetzte.

Diese letzte Einschränkung »bis vor kurzem« deutet aber bereits an – und das ist die gute Nachricht –, dass sich seit Frahms Aussage sehr viel für eine zunehmende Institutionalisierung der Comicforschung in Deutschland getan hat. Das hängt insbesondere mit sich ändernden Legitimitätsdiskursen und gesellschaftlicher Akzeptanz zusammen, Themen, auf die hier nicht näher eingegangen werden kann, die man aber bei Thomas Becker und anderen nachlesen kann (vgl. Becker 2011; Ditschke 2011; Groensteen 2009). Studierende wie Forschende profitieren von diesen Entwicklungen, die im Folgenden mit ihren praktischen Konsequenzen für die Felder Studium, Bibliotheken und Museen, Fachorgane, Netzwerke, Informationsquellen, Konferenzen vorgestellt werden sollen. Zugrunde liegen dabei fünf Fragen:

1. Wo kann ich eine wie auch immer geartete Comicwissenschaft studieren?
2. Wo finde ich Ressourcen für meine Forschung/mein Studium?
3. Wie finde ich diese Ressourcen?
4. Wie ist die Comicforschung in Deutschland organisiert?
5. Wo und wie kann ich in Austausch mit der deutschsprachigen Comicforschung treten?

Hierbei liegt der Fokus auf der Situation in Deutschland, aber dort, wo es sinnvoll ist, werden auch die Gegebenheiten in anderen Ländern dargestellt.

6.2 | Studienmöglichkeiten

6.2.1 | Studienmöglichkeiten im deutschsprachigen Raum

Da es in Deutschland keinen Studiengang »Comicwissenschaft« gibt, ist es nicht ganz einfach, zu den Studienmöglichkeiten eine befriedigende und längerfristig gültige Antwort zu geben. An fast allen Universitäten bieten vor allem Lehrbeauftragte von Zeit zu Zeit Seminare im einen oder anderen Fach zu Comics an, meistens in den verschiedenen Sprach- und Literaturwissenschaften (insbesondere der Komparatistik), oft aber auch in den Medien- und Kulturwissenschaften, der Kunstgeschichte oder den Erziehungswissenschaften. Seltener kommt es auch zu Seminarangeboten in der Geschichte oder Theologie. Viele dieser Dozent_innen betreuen in ihren Fächern entsprechend auch Abschlussarbeiten zum Thema Comic. Da die Mehrheit dieser Wissenschaftler_innen aber keine Dauerstellen innehat, in den Modul- und Studiengangsbeschreibungen das Thema Comic/Manga meist nicht aufgeführt wird und es eben (noch) keinen entsprechend institutionalisierten Studiengang gibt, lässt sich immer nur eine Momentaufnahme machen, die schon mit dem nächsten Stellenwechsel nicht mehr zutreffen kann. Initiativen wie die ursprünglich studentisch-autonom organisierte, inzwischen aber in den normalen Universitätsbetrieb halbwegs integrierte **Arbeitsstelle für Graphische Literatur (ArGL)** in Hamburg oder das aus einem Forschungsprojekt hervorgegangene **Comic-Archiv am Institut für Jugendbuchforschung** an der Goethe-Universität in Frankfurt am Main sind mit Schwankungen seit über zwei Jahrzehnten Anlaufpunkte für die Comicforschung (siehe auch 6.3.1 und den Kasten »Bibliotheken, Museen und Sammlungen«). In Hamburg angegliedert ist zudem der Roland-Faelske-Preis für Abschlussarbeiten aus dem Bereich der Comic- und Animationsfilmforschung.

In jüngerer Zeit gibt es durch DFG-geförderte Forschungsprojekte und Neuberufungen einige Impulse zur Institutionalisierung in der **Amerikanistik**: Ein neues Zentrum der amerikanistischen Comicforschung bildet sich derzeit im Rahmen der von Göttingen nach Berlin gewanderten DFG-**Forschergruppe ›Ästhetik und Praxis populärer Serialität‹** (www.popularseriality.de) am John-F.-Kennedy-Institut der Freien Universität Berlin heraus. Durch die Ansiedelung dieses Projekts, das auch Teilprojekte zur Comicforschung einschließt, und eine damit zusammenhängende Neuberufung wurde der Anstoß für den Aufbau einer Comicsammlung gegeben (auf die in 6.3.1 noch eingegangen wird).

Auch das Bundesministerium für Bildung und Forschung erkennt Ansätze der Comicforschung mittlerweile als unterstützenswert an. Die interinstitutionelle **Nachwuchsforschergruppe ›Hybride Narrativität: Digitale und Kognitive Methoden zur Erforschung Graphischer Literatur‹**, die an den Universitäten Paderborn und Potsdam im Kontext der Digital Humanities angesiedelt ist, wird vom BMBF mit 1,9 Millionen Euro gefördert. Auch wenn der kognitionspsychologische Ansatz des Projekts von Teilen der quellenorientierten Comicforschung kritisch gesehen wird, dokumentieren solche großen Drittmittelprojekte doch die Etablierung eines Forschungsfeldes in der Wissenschaftslandschaft.

Grundsätzlich gilt: Dort, wo sich mehrere Comicforschende an einer Institution sammeln, entstehen auch mehr Initiativen für Workshops, Vorlesungsreihen, Tagungen und interdisziplinäre Lehrveranstaltungen. So z.B. in **Köln**, wo Germanist_innen, Japanolog_innen, Historiker_innen und Kunsthistoriker_innen im Austausch zum Thema Comic stehen und gemeinsame Veranstaltungen planen, oder in **Gie-**

ßen, wo Theologen und Kultursoziologen kooperieren. Auch in **Tübingen**, wo sich bei den Medienwissenschaften mehrere comicaffine Akteure finden, oder in **Bremen**, wo im Bereich Linguistik verschiedene Wissenschaftler_innen den Comic erforschen, passiert in der Regel mehr als dort, wo reine Einzelkämpfer_innen agieren oder die Forscher_innen nicht vernetzt sind. Als weitere Grundregel kann gelten, dass dort, wo comicforschende Wissenschaftler_innen feste Dauerstellen besetzen (so etwa durch eine amerikanistische Neuberufung in Siegen), die Comicforschung langfristiger verankert ist. Allgemein gilt aber, dass derzeit noch viel vom Einzelengagement abhängig ist und selten auf universitäre Strukturen zurückgegriffen werden kann. Der Vollständigkeit halber sei hier noch kurz auf den künstlerischen Bereich hingewiesen: Es gibt in Deutschland einige Fach- und Kunsthochschulen, in deren **Studiengängen für Illustration oder Visuelle Kommunikation** renommierte Comic-Künstler_innen wie Anke Feuchtenberger (Hochschule für Angewandte Wissenschaften Hamburg) oder Ulli Lust (Hochschule Hannover) als Professor_innen unterrichten.

6.2.2 | Internationale Studienmöglichkeiten

Anders stellt sich die Situation im Ausland dar. Die **University of Florida** wirbt mit einem Studienschwerpunkt ›Comics Studies‹ in ihren MA- und PhD-Programmen des English Department (www.english.ufl.edu/programs/grad/ma_phd_tracks/comics.html). Im Kontext des dort angesiedelten und institutionalisierten Arbeitsschwerpunkts Comics Studies werden auch regelmäßige Lehrveranstaltungen für Undergraduates und Graduates angeboten. Die **University of Oregon** bewirbt den national ersten Studiengang zur Comicforschung (http://comics.uoregon.edu/) und an der **Portland State University** läuft gerade ein Akkreditierungsverfahren für ein postgraduales Zertifikat in ›Comics Studies‹, dessen Ausgang noch offen ist. Die **Universität von Dundee** in Großbritannien rühmt sich, den einzigen britischen MLitt-Studiengang zu Comics Studies und einen der wenigen postgradualen (MA-)Studiengänge in der Welt anzubieten (http://www.dundee.ac.uk/study/pg/comicsstudies/). An der **Kyoto Seika University** in Japan ist es möglich, über eine Bewerbung bei der Graduate School of Manga den PhD in Manga/Comics Studies zu machen, entweder nach dreijährigem Doktorkurs oder auch als externes Mitglied (d. h. durch Einreichen der Dissertation sowie Verteidigung vor Ort). Hier handelt es sich um ein Doktorandenprogramm, das sowohl die kreative als auch die theoretische Auseinandersetzung mit Mangas/Comics vorantreibt und wahrscheinlich eine der besten – und in Deutschland (noch) nicht vorhandenen – Möglichkeiten einer vertiefenden Auseinandersetzung mit dem Manga und anderen Comicformen bietet. Sprachvoraussetzung ist hierfür – trotz der Beteiligung der deutschen Manga-Expertin Jaqueline Berndt – Japanisch oder Englisch. Ein Minimum an Japanisch wird immer verlangt, da einige Kollegiat_innen (insbesondere die Zeichner_innen) des Englischen nicht mächtig sind. Allerdings fallen für das Programm nicht unbeträchtliche Studiengebühren an, sodass ein Stipendium (z.B. des japanischen Bildungsministeriums – MEXT) notwendig wäre. Generell finden sich an Universitäten mit großen Sammlungen meist auch die entsprechenden Studienschwerpunkte und damit dann auch Wissenschaftler_innen, die sie nutzen und dazu auch mehr oder weniger regelmäßig Kurse anbieten und Tagungen organisieren; so zumindest an der **Michigan State**, **Ohio State** und **Duke University**.

Auch im Ausland gibt es natürlich **Kunsthochschulen**, die Comiczeichnen auf dem Lehrprogramm stehen haben. Renommiert ist die belgische Kunsthochschule L'École supérieure des Arts Saint-Luc in Brüssel (www.stluc-bruxelles-esa.be/). In Frankreich wären die Kunsthochschulen in Angoulême und Poitiers zu nennen und in den USA zumindest die Kubert School (www.kubertschool.edu/) in Dover, New Jersey, das Center for Cartoon Studies (CCS) in White River Junction, Vermont, (www.cartoonstudies.org/index.php/programs/) und das Comic-Programm des California College of the Arts in San Francisco (www.cca.edu/academics/graduate/comics).

6.2.3 | Projekttutorien und Kolloquien

Ein anderer Weg, sich mit Comics akademisch zu beschäftigen, auch wenn von den Instituten und Dozent_innen nicht unbedingt immer entsprechende Angebote gemacht werden, sind studentisch organisierte Projekttutorien, wie sie bspw. an der Humboldt-Universität zu Berlin sowohl in der Germanistik als auch in der Europäischen Ethnologie inzwischen wiederholt durchgeführt wurden.

Nicht immer rein studentisch organisiert, aber zumindest stark vom Nachwuchs getragen, sind die an mehreren Orten entstandenen Comic-Kolloquien. Z.B. in Berlin und Hamburg bieten sie interdisziplinäre Möglichkeiten, über anstehende Comicforschungsprojekte und -abschlussarbeiten zu diskutieren, wenn einem entsprechende Austauschmöglichkeiten im eigenen Fach fehlen. Allerdings fallen sie meist aus dem System von Credit Points und Modulauflagen heraus – d. h. sie stellen eine zusätzliche zeitliche Belastung im Studium dar. Sie verschaffen Nachwuchsforscher_innen aber oftmals die Möglichkeit, sich weiter zu vernetzen, gegebenenfalls Kontakte zu beteiligten Dozent_innen zu knüpfen oder an Projekten wie z.B. der Fachzeitschrift *Closure* (Kiel) mitzuwirken.

6.3 | Bibliotheken, Museen, Festivals

6.3.1 | Bibliotheken in Deutschland

Es existieren in Deutschland derzeit drei größere, öffentlich zugängliche Comicsammlungen, die alle drei aus älteren Projekten, die noch im 20. Jahrhundert begonnen wurden, entstanden sind:
1. die von Studierenden in den 1990er Jahren aufgebaute Arbeitsstelle für Graphische Literatur (ArGL) in Hamburg;
2. die privat ins Leben gerufene Comicbibliothek Renate in Berlin;
3. das Comic-Archiv des Instituts für Jugendbuchforschung der Universität Frankfurt am Main.

Damit stehen der Forschung im akademischen Bereich drei größere Sammlungen mit je 20.000 bis 50.000 Medieneinheiten zur Verfügung. Diese Institutionen sind aber im Bereich der Primärliteratur nur bedingt international orientiert, denn die ArGL und das Comic-Archiv sammeln vor allem deutschsprachige Comics (einschließlich Übersetzungen). Die Renate bemüht sich dagegen, zusätzlich auch international zu sammeln und legt hierbei ihren Schwerpunkt auf Französisch und

Englisch. Eine vierte, bereits erwähnte größere Sammlung entsteht derzeit am **JFK-Institut der FU Berlin**. Mit Berufungsmitteln und in Kooperation mit der Comic Art Collection der Michigan State University sowie der Comicbibliothek Renate wird hier eine Forschungsbibliothek zum nordamerikanischen (originalsprachlichen) Comic aufgebaut, die auch Heftreihen katalogisiert. Doch auch an anderen Institutionen finden sich erwähnenswerte Sammlungen: Die **Staatsbibliothek Berlin** verfügt über eine umfangreiche Kollektion von DDR-Comics und überlegt derzeit, ihr Sammelprofil für Comics auszuweiten; verschiedene asienwissenschaftliche Institute und Bibliotheken haben originalsprachliche Manga angeschafft (u. a. auch die Ostasien-Abteilung der Staatsbibliothek Berlin) und auch die ULB **Bonn** ist diesbezüglich recht gut aufgestellt. Weitere Anlaufstellen für deutschsprachige Comics sind natürlich die jeweiligen Pflichtexemplarsbibliotheken – also **Landes- und Nationalbibliotheken**, an welche die entsprechenden Comicverlage ihre Produktion abliefern müssen (in jedem Fall also die Deutsche Nationalbibliothek mit ihren Standorten in Frankfurt und Leipzig, aber auch die Landesbibliotheken wichtiger Verlagsstandorte, wie z.B. die Zentral- und Landesbibliothek Berlin für die Produktion des Verlags Reprodukt oder die Staats- und Universitätsbibliothek Hamburg für die Publikationen des Carlsen Verlags). Große internationale Sammlungen – vor allem auch in vergleichender Perspektive – mit umfassendem Comic-Heft- und -albenbestand wird man aber an deutschen Universitäten und Staatsbibliotheken weitgehend vermissen.

Im Hinblick auf die **Sekundärliteratur** hat sich die Situation allerdings seit den 1970er Jahren merklich verbessert. Zu finden ist sie über Bibliothekskataloge und Spezialdatenbanken wie der seit 2007 vom Institut für Germanistik der Universität Bonn gepflegten **Bonner Online-Bibliographie zur Comicforschung** sowie über ihr US-amerikanisches Pendant, die **comics research bibliography** (Webadressen im Kasten »Informationsressourcen«). Für eine breit gefächerte Comicforschung reichen die Primärliteraturbestände dieser genannten Bibliotheken und Einrichtungen aber nicht aus, da sie nicht groß genug, nicht weit genug gefasst und nicht gut genug erschlossen sind. Zudem sind ihre Bestände nur bedingt online recherchierbar (vgl. auch die Ergebnisse bei Harbeck 2008; Lang 2013). Forscher finden also die Sekundärliteratur über Comics, nicht jedoch die Primärliteratur selbst. Zwar bemüht sich die Bibliothek des JFK-Instituts, Heftreihen in der Zeitschriftendatenbank zu katalogisieren, aber das ist ein mühseliges Unterfangen, das nur schleppend voranschreitet, da die übliche Fremddatenübernahme hier mangels existierender Sammlungen nicht möglich ist. Besser sieht es bei den sogenannten **Graphic Novels** – also buchähnlichen, mehr oder weniger abgeschlossenen Geschichten in Comicform – aus. Sie haben ihren Weg vermehrt in Bibliotheken gefunden und sind als einzelne Titelaufnahmen – häufig sogar nach dem Inhalt verschlagwortet – in den Katalogen zu finden. Dies liegt zum einen an ihrer andersartigen Rezeption, zum anderen aber schlichtweg an der einfacheren Einarbeitung und Handhabung von Seiten der Infrastruktureinrichtungen.

Die Verantwortlichen der genannten Sammlungen sind sich des Mankos bewusst und haben entsprechende Verbesserungen ins Auge gefasst – eine Umsetzung erfordert aber hohe personelle Kapazitäten und lässt daher bislang auf sich warten bzw. verläuft langsam.

6.3.2 | Museen, Festivals und Ausstellungen in Deutschland

Bei den deutschen Museen ist die Lage nicht wesentlich anders: Das **Wilhelm Busch – Deutsches Museum für Karikatur und Zeichenkunst** in Hannover sieht zwar Comics als Teilbestand der Bildgeschichten an, widmet ihnen aber nur unregelmäßig, wenngleich fast jährlich Ausstellungen. Zwar ist der Katalog der Kurator_innenbibliothek nicht online zugänglich, die Sammlung kann jedoch nach Absprache auch von externen Interessierten vor Ort genutzt werden. Hier finden sich auch Originalzeichnungen aus dem 19. und frühen 20. Jahrhundert. Anlässlich von thematisch passenden Ausstellungen geht das Museum Kooperationen mit anderen Museen, Universitäten und Comicschaffenden ein.

Das erste deutsche dezidiert dem Comic gewidmete Museum, das **Erika-Fuchs-Haus – Museum für Comic und Sprachkunst**, wird seinen Schwerpunkt auf die Disney-Comics und ihre Übersetzungen legen. Ob es sich auch übergreifend zum Comic positionieren wird, bleibt abzuwarten, für den Herbst 2015 geplante Ausstellungen deuten aber darauf hin; eröffnet wurde es jüngst, im August 2015, in Schwarzenbach an der Saale.

Natürlich finden auch in anderen Museen hin und wieder Ausstellungen zum Comic statt, einige Ausstellungen wandern sogar durch die Republik und werden nicht nur in Museen der Öffentlichkeit präsentiert, sondern auch extra für **Festivals** wie den alle zwei Jahre stattfindenden Erlanger Comic-Salon oder das Comicfestival München konzipiert. Und auch mancher Comicladen hat Ausstellungsflächen, die rege genutzt werden. Solche Ausstellungen werden meist auf den einschlägigen Webseiten (s. u.) angekündigt. Viele Ausstellungen in Museen, auf Festivals oder Messen haben ein (zum Teil wissenschaftliches) Begleitprogramm, das sich für Comicforschende lohnt. Ein weiterer Ort regelmäßiger Ausstellungen, der zu guter Letzt zu erwähnen wäre, ist das **Cöln Comic Haus** in Köln als Veranstaltungs- und Ausstellungsort in privater Hand.

Festivals und Salons national und international

- Internationaler Comic-Salon Erlangen – alle 2 Jahre (www.comic-salon.de/)
- Comicfestival München – alle 2 Jahre (www.comicfestival-muenchen.de)
- ComicInvasionBerlin (www.comicinvasionberlin.de/)
- Comicfestival Hamburg (http://cargocollective.com/comicfestivalhamburg)
- Comic Con Germany, Stuttgart – erstmalig angekündigt für 2016 (www.comiccon.de/)
- Festival International de la Bande Dessinée, Angoulême, Frankreich – jährlich im Januar/Februar (www.bdangoulemepro.com/)
- Fête de la BD – Brüssel, Belgien (visitbrussels.be/bitc/BE_fr/fete-de-la-bd.do)
- Fumetto – Internationales Comix-Festival Luzern, Schweiz (www.fumetto.ch/de/)
- Thought Bubble – Leeds Comic Art Festival, Großbritannien (http://thought-bubblefestival.com/)
- Fantasy Basel, Schweiz (www.fantasybasel.ch/)
- Comic Con International: San Diego, USA (www.comic-con.org/)

6.3.3 | Einrichtungen im Ausland

Wer eine international ausgerichtete oder vergleichende Comicforschung ernsthaft betreiben will, kommt kaum an zentralen Einrichtungen der Comicforschung im Ausland vorbei. Dort konnten sich schon museale Sammlungen – oft mit gut ausgestatteter Bibliothek – als Standorte für die Comicwissenschaft etablieren (siehe Kasten). Herausragende Beispiele hierfür sind das Comic-Zentrum in Brüssel sowie die Comicmuseen in Angoulême, das Billy Ireland Cartoon Museum & Library in Columbus, Ohio und das Kyoto International Manga Museum in Japan. Hinzu kommen wirklich große Bibliothekssammlungen mit 50.000 bis 250.000 Medieneinheiten vor allem in den USA an der Michigan State University mit ihrer Comic Art Collection, der Bowling Green State University oder der Library of Congress (als Pflichtexemplarsammelstelle der US-Publikationen), aber auch in Japan an der Yonezawa Yoshihiro Memorial Library in Tokyo (zur Meiji University gehörig). Die anders geartete Bestandsaufbaupolitik auf der einen Seite (nationale Comic-Pflichtexemplare gehen in Frankreich direkt nach Angoulême, US-amerikanische Sammler spenden viel häufiger große Sammlungen an Universitäten) und ein anderer gesellschaftlicher Stellenwert des Comics/Manga auf der anderen Seite haben an dieser deutlich verschiedenen Situation Anteil.

Bibliotheken, Museen und Sammlungen im Ausland

- Cartoonmuseum Basel (www.cartoonmuseum.ch/)
- Belgisches Comic-Zentrum, Brüssel (www.cbbd.be/de/home)
- Musée de la Bande Dessinée, Angoulême (www.citebd.org)
- Billy Ireland Cartoon Museum and Library, Columbus (cartoons.osu.edu)
- Comic Art Collection der Michigan State University, Lansing (comics.lib.msu.edu)
- Bowling Green State University Comics Collection (libguides.bgsu.edu/comics)
- Kyoto International Manga Museum (www.kyotomm.jp/english/)

6.4 | Ressourcen für die Forschung: Fachzeitschriften und Datenbanken

6.4.1 | Zeitschriften

Wissenschaft spiegelt sich nicht zuletzt in ihren akademischen Periodika, also den Fachzeitschriften wider. Hier sieht das Feld der Comicwissenschaft in Deutschland noch recht bescheiden aus, entwickelt sich aber aktuell positiv. Seit 2005 gibt es mit der Zeitschrift *Deutsche Comicforschung* eine auf den deutschsprachigen Comic und den Comic in Deutschland fokussierte Plattform für die Forschung. Einer international ausgerichteten Comicforschung in Deutschland steht ihr Herausgeber zwar sehr kritisch gegenüber (vgl. Sackmann 2014); mit seiner jährlich erscheinenden Zeitschrift bietet er aber seit nunmehr zehn Jahren einen unerlässlichen Fundus zum deutschen Comic, der sich gegebenenfalls noch durch einzelne Beiträge aus deutschsprachigen Zines wie *Comixene* oder dem vom ICOM-Verband herausgegebenen *COMIC!-Jahrbuch* ergänzen ließe. Seit Ende 2014 ist eine weitere deutschsprachige Publikation hinzugekommen, die von Kieler Nachwuchswissenschaftler_innen ins Leben gerufene wissenschaftliche Onlinezeitschrift *Closure*. Eine dritte deutschsprachige Fachzeitschrift soll in mittelfristiger Zukunft durch die Gesellschaft für Comicforschung herausgegeben werden.

International ist das Feld schon ganz gut bestellt, wenngleich auch hier erst in den 2000ern ein kleiner Boom einsetzte: Zeitschriften wie das seit 1967 erscheinende *Journal of Popular Culture* haben immer wieder Artikel aus und zu der Comicforschung publiziert und mit *The Comics Journal* existiert schon länger ein halbwissenschaftliches Organ, das durch seine Rezensionen und Interviews mit Comicschaffenden eine wichtige Quelle für die Forschung darstellt. Pionier war dann aber das seit 1999 von John A. Lent herausgegebene *International Journal of Comic Art* (IJOCA). Seitdem sind eine ganze Reihe Zeitschriften zum Forschungsgebiet entstanden, oftmals online frei zugänglich und oft mit *peer reviewing* (eine Auswahl findet sich im Kasten »Zeitschriften«; weitere werden hier aufgeführt: www.comicsresearch.org/academic.html#journals). Festzuhalten bleibt, dass international gesehen seit 1999 eine zunehmende Institutionalisierung der Forschung durch Fachorgane eingesetzt hat und sich die deutsche Entwicklung in diesen Trend einfügt.

Zeitschriften (Auswahl)

- *9e Art: Les Cahiers du Musée de la bande dessinée* (nur Print, seit 1996)
- *International Journal of Comic Art* (nur Print, seit 1999)
- *Studies in Comics* (lizenzpflichtig, erscheint seit 2010 – peer reviewed)
- *European Comic Art* (lizenzpflichtig, erscheint seit 2008 – peer reviewed)
- *Journal of Graphic Novels and Comics* (lizenzpflichtig, erscheint seit 2010 – peer reviewed)
- *Journal of Popular Culture* (lizenzpflichtig, erscheint seit 1967 – peer reviewed)
- *The Comics Grid: Journal of Comics Scholarship* (frei online, seit 2011): http://www.comicsgrid.com/
- *Comicalités. Études de culture graphique* (frei online, seit 2013 – peer reviewed): http://comicalites.revues.org/

- *ImageText: interdisciplinary comics studies* (frei online, seit 2004 – peer reviewed): www.english.ufl.edu/imagetext/
- *Image & Narrative* (frei online, seit 2000 – peer reviewed): www.imageand-narrative.be/
- *Closure. Kieler e-Journal für Comicforschung* (frei online, seit 2014): www.closure.uni-kiel.de/
- *Deutsche Comicforschung* (überwiegend Print, seit 2005): www.comicfor-schung.de/

6.4.2 | Datenbanken

Auch im Bereich der webbasierten Datenbanken gibt es einige deutsche Angebote, die hilfreich für die Comicforschung sind, zuvorderst die schon erwähnte wichtige Bonner Online-Bibliographie für die Recherche nach Sekundärliteratur. Durch die Katalogisierung der JFK-Bibliothek finden sich vermehrt Besitznachweise in der Zeitschriftendatenbank (http://dispatch.opac.d-nb.de/), und im Katalog der Renate kann man auch bereits online nach Primär- und Sekundärliteratur recherchieren. Darüberhinaus fehlt es dann aber an akademischen Angeboten und man muss bereits auf Händler- und Fandatenbanken zurückgreifen: Der deutsche Comic Guide (von Fans und Händlern erstellt und dementsprechend auch gleich mit dem Comic-Marktplatz verwoben, einer Online-Bezugsquelle für Comics) bietet für viele der aufgenommenen Comics formale und inhaltliche Angaben, Angaben zu den beteiligten Herstellern, Coverabbildungen, Storytitel sowie insgesamt eine Fülle von bibliografischen Daten.

Im Ausland findet sich eine hohe Anzahl von Datenbanken, oft von Fans erstellt und gepflegt (zur Rolle von Fans in der Comicforschung vgl. Brown 1997; Harbeck 2014), welche die Kataloge der großen Comicbibliotheken und Museen ergänzen.

Informationsressourcen der Comicforschung

- Bonner Online-Bibliographie zur Comicforschung (www.comicforschung. uni-bonn.de/)
- comics research bibliography (http://homepages.rpi.edu/~bulloj/comxbib. html)
- Digital Comic Museum (digitalcomicmuseum.com) – frei online, Volltextdatenbank
- Underground and Independent Comics, Comix, and Graphic Novels – lizenz-pflichtige Volltextdatenbank in mehreren Paketen (http://alexanderstreet. com/products/underground-and-independent-comics-comix-and-graphic-novels-series)
- Deutscher Comic Guide (www.comicguide.de) – deutschsprachige Daten-bank in Verknüpfung mit dem Comic-Marktplatz
- Michigan State Reading Room Index (http://comics.lib.msu.edu/rri/) – inhaltliche Indexierung von tausenden Comics, Comicstrips und Journal-artikeln

- Comicsresearch.org – Bibliografie zu unterschiedlichen Aspekten der Comicforschung
- Comicbookdb.com – Comicdatenbank
- Grand Comics Database (www.comics.org) – wahrscheinlich umfangreichste Comicdatenbank
- bedetheque.com – Datenbank zum frankophonen Comic
- comicvine.com – Portal, Comicdatenbank
- comicsforum.org – Blog/Forum mit teilweise akademischen Inhalten zu Comics
- comicbookplus.com – Portal mit urheberrechtsfreien Comics, Foren, Datenbank
- comicbookreligion.com – Datenbank, die Comiccharaktere einzelnen ›Religionen‹ zuordnet
- Lambiek.net – Händlerwebseite mit *Comiclopedia – Illustrated Artist Compendium*
- Anime and Manga Studies – Blog über akademische Literatur zum Thema samt Bibliografie (https://animemangastudies.wordpress.com/)
- Graphic-novel.info – Blog über neue Graphic Novels, Veranstaltungen, Reportagen
- Dreimalalles.info – Blog über alles, was mit Comics zu tun hat

In diesen Webangeboten werden zum Teil alle am Schaffensprozess eines Comics Beteiligten aufgeführt, vielfach auch Heft-Cover, Erscheinungsdaten, Verlagsinformationen, Einzelgeschichtentitel, Zusammenfassungen, Beschreibungen beteiligter Charaktere und der Handlungsschauplätze, wie auch Hintergrundinformationen zu Charakteren und Schaffenden zur Verfügung gestellt werden. In der Fandatenbank Comicbookreligion werden Comiccharaktere sogar einzelnen Religionen und Ideologien (z.B. Kommunismus oder Nationalsozialismus) zugeordnet.

Über eine kombinierte Suche in den verschiedenen Datenbanken kann man mit etwas Kreativität bei den Suchstrategien auch für Spezialthemen Comicquellen finden. Durch die Vielfalt an Datenbanken kann der Forschende seine Suchergebnisse somit nicht nur erweitern, sondern auch überprüfen. Hier wird die Bedeutung des Fanwissens, das sich in diesen Datenbanken niederschlägt, deutlich. Der Germanist Joachim Trinkwitz hält die Expertenkultur der Comicfans – bei aller Kritik – sogar für eine notwendige Voraussetzung für die akademische Comicforschung (Trinkwitz 2011, 66). Bei allem Potenzial, das dem Fanwissen in Form von Datenbanken innewohnt, muss man sich natürlich bewusst sein, dass dieses Fanwissen selektiv bzw. unterschiedlich proportional verteilt ist: Für die westliche Welt lässt sich festhalten, dass es sehr große Datenmengen zu US-amerikanischen Mainstreamcomics und wesentlich geringere Mengen zu anderen Bereichen des Comics gibt. Dies muss nicht unbedingt Rückschlüsse auf Marktanteile oder Ähnliches erlauben. Für Asien lassen sich hier wegen Sprachbarrieren keine entsprechenden Aussagen treffen.

Leider fehlen diesen Datenbanken moderne Serviceangebote, wie sie in vielen kommerziellen und bibliothekarischen Ressourcen für den Wissenschaftsbetrieb gang und gäbe sind: Verknüpfungen zum Volltext – also zum Comic – wird man (nicht zuletzt wegen mangelnder Lizenzen) genauso vergeblich suchen wie Exportfunktionen von Zitationsangaben. Nach der Recherche von Quellenmaterial, das man gerne sichten würde, entsteht also das Problem des Zugangs zu dem Material. Zumindest die genannten Bibliotheken in den USA, Japan, Frankreich und Belgien stellen reichhaltiges Material zur Verfügung und erschließen dieses sogar in frei zugänglichen Katalogen und Indices. Erste kommerzielle und Open-Access-Datenbanken, die Comics als ›Volltext‹ anbieten, sind in den letzten Jahren online gegangen. Im akademischen Bereich hat Alexander Street Press eine lizenzpflichtige Online-Sammlung vorwiegend US-amerikanischer aber auch europäischer *underground comics* (sowie Ausgaben von *The Comics Journal*) seit den späten 1950er Jahren erstellt, die allerdings nur in wenigen (derzeit sechs) Bibliotheken zugänglich ist. Zudem gibt es mit dem Digital Museum eine frei zugängliche Datenbank mit Material aus dem sogenannten ›Golden Age‹ der Comics in den späten 1930er und 1940er Jahren (siehe Kasten »Informationsressourcen«).

6.5 | Fachgesellschaften und Netzwerke

Wer keinen Zugriff auf eine entsprechende Sammlung hat, Orientierung im Forschungsgebiet sucht oder nach Spezialwissen fahndet, das keine Datenbank bereitzuhalten scheint, der sollte sich an die wissenschaftliche Community wenden. Denn interessanterweise gibt es zwar kein Institut für Comicforschung, aber eine rege Comicforscher_innen-Community, die mit der internationalen Internetliste Comixscholars und dem virtuellen ›Institute for Comics Studies‹ Comicforschenden (und -schaffenden) neben den zahlreichen Fan-Foren Austauschplattformen und Anlaufstationen für Fragen bietet. In Deutschland übernimmt diese Aufgabe u. a. seit 2005 die Gesellschaft für Comicforschung (ComFor), die auch jährlich eine Tagung veranstaltet und sich bemüht, einen Überblick über die akademischen Aktivitäten im In- und Ausland zu bieten. Ähnliche Fachgesellschaften gibt es in Skandinavien (NNCORE), England und den USA.

Auch in den Einzelfächern mit genügend aktiver Comicforschung entwickeln sich eigene Arbeitsgruppen zum Thema, so 2012 die AG Comicforschung der Gesellschaft für Medienwissenschaft, die auch regelmäßig Konferenzen organisiert. Die meisten dieser Gruppen sind in den Social-Media-Netzwerken vertreten und lassen sich darüber kontaktieren. Es ist allerdings ein Unterschied, ob man nur mit einer Frage oder einem Ansinnen an die Fachgesellschaft herantritt, oder ob man Mitglied werden will. Zumindest bei der ComFor muss man seine Aktivitäten in dem Feld durch Publikationen, Lehre und Vorträge nachweisen.

Gesellschaften, Kolloquien und Netzwerke

- Gesellschaft für Comicforschung – ComFor (www.comicgesellschaft.de/)
- Deutscher Comicverein (www.deutscher-comicverein.de)
- AG Comicforschung der Gesellschaft für Medienwissenschaft (https://agcomic.wordpress.com/)
- Berliner Kolloquium zur Comicforschung (www.comic-kolloquium.de)
- Comic Kolloquium Hamburg (https://comickolloquium.wordpress.com/)
- Nachwuchsnetzwerk iSBiT (interdisziplinäres Symposium Bild und Text – Kontakt über Dr. Markus Engelns)

- Facebook-Gruppe »Comicforschung« (www.facebook.com/groups/comic-forschung/)
- Comicforum (www.comicforum.de/) – populär orientiertes, deutschsprachiges Austauschforum
- Nordic Network for Comics Research (www.nncore.com/) – Comicforschungsverbund in Skandinavien
- Comics Studies Society (www.comicssociety.org/) – Comicforschungsverbund in den USA
- Comixscholars (http://lists.ufl.edu/cgi-bin/wa?SUBED1=COMIXSCHOLARS-L&A=1) – internationale Mailliste zur Comicforschung

Neben diesen und den weiter oben genannten lokalen Netzwerken in Form von Kolloquien existieren auch andere überregionale Netzwerke in der Community, zu denen man am ehesten auf den größeren Tagungen und Symposien Zugang findet. So organisiert das vom Essener Literaturdidaktiker Markus Engelns ins Leben gerufene Nachwuchsnetzwerk iSBiT (interdisziplinäres Symposium Bild und Text) jährlich ein Symposium zum Gedankenaustausch unter jungen Comicforscher_innen.

Solche Fachgesellschaften und Internetexpert_innenlisten sind hervorragende Anlaufstellen für den fachlichen Austausch und bieten darüber hinaus Orientierung und Spezialwissen. Verpönt sind hingegen meist allzu durchschaubare Versuche, sich die Mühen eigener Recherchen für seine wissenschaftliche Arbeit zu erleichtern. Hiermit kann man sich seine zukünftige wissenschaftliche Reputation leichtsinnig verscherzen.

Zu guter Letzt ist mit dem Deutschen Comic-Verein e. V. (in Gründung), der für das vieldiskutierte »Comic-Manifest« von 2013 (www.literaturfestival.com/profil/comic/manifest) verantwortlich zeichnet, ein weiterer Akteur ins Spiel gekommen, der sich für eine zunehmende Institutionalisierung der Comicwissenschaft einsetzt, indem er ein staatlich gefördertes Comic-Institut fordert, das als Begegnungs-, Forschungs- und Produktionsstätte für Comicschaffende, Comicforschende und Comicinteressierte dienen soll.

6.6 | Fazit

Wer in Deutschland Comicforschung betreiben will, ist immer noch auf ein gutes Maß an Eigeninitiative und gegebenenfalls auf den Aufbau einer eigenen Comicsammlung angewiesen. Viele Comicforschende sind selbst mehr oder weniger große Fans des Mediums oder eines darin verhandelten speziellen Themenbereichs. Immer noch bietet die akademische Welt eine kaum ausreichende, institutionalisierte Infrastruktur, d. h. Lehrstühle, Studiengänge, Sammlungen und die dazugehörigen Findmittel, um umfassende Comicforschung zu ermöglichen. Aber die Comicforschung hat sich organisiert und treibt seit einigen Jahren eine Institutionalisierung des Fachs mit viel Elan voran. Fachzeitschriften sind entstanden oder sind im Entstehen begriffen. Eine lebhafte und funktionierende Fachgesellschaft sowie Arbeitsgruppen in anderen Fachgesellschaften haben sich gebildet. Wissenschaftliche Arbeitskreise, Kolloquien und Netzwerke bieten an vielen Universitäten mehr oder weniger regelmäßigen und halbwegs institutionalisierten Austausch an, genauso wie regelmäßige Symposien und Konferenzen seit längerem stattfinden. Erste größere drittmittelgeförderte

Forschungsprojekte wurden bewilligt, bei Lehrstuhlneubesetzungen wird der Aufbau eines Comicschwerpunkts mittlerweile mit verhandelt.

Eine wachsende Nachfrage nach Austausch, Kursen, Tagungen, Publikationsmöglichkeiten lässt sich allerorten beobachten, genauso wie ein gestiegenes Selbstbewusstsein von Forschenden, die sich mit ihren Themen in diesem Bereich in der akademischen Landschaft positionieren. Es ist zwar noch nicht unmittelbar absehbar, dass feste Strukturen samt universitärer oder öffentlicher Finanzierung entstehen werden, aber die aufgezeigten Entwicklungen berechtigen zu einem gewissen Optimismus.

Sekundärliteratur

Becker, Thomas: »Einführung. Legitimität des Comics zwischen interkulturellen und intermedialen Transfers«. In: Ders. (Hg.): *Comic. Intermedialität und Legitimität eines popkulturellen Mediums.* Essen 2011, 7–20.

Brown, Jeffrey A.: »Comic Book Fandom and Cultural Capital«. In: *The Journal of Popular Culture* 30 (1997) 4, 13–31.

Ditschke, Stephan: »›Die Stunde der Anerkennung des Comics‹? Zur Legitimierung des Comics im deutschsprachigen Feuilleton«. In: Thomas Becker (Hg.): *Comic. Intermedialität und Legitimität eines popkulturellen Mediums.* Essen 2011, 21–44.

Frahm, Ole: »Weird Signs. Comics as Means of Parody«. In: Anne Magnussen/Hans-Christian Christiansen (Hg.): *Comics and Culture: Analytical and Theoretical Approaches to Comics.* Kopenhagen 2000, 177–92.

Frahm, Ole: »Weird Signs. Zur parodistischen Ästhetik der Comics«. In: Michael Hein u. a. (Hg.): *Ästhetik des Comic.* Berlin 2002, 201–216.

Groensteen, Thierry: »Why are Comics still in Search of Cultural Legitimization?« In: Jeet Heer/Kent Worcester (Hg.): *A Comics Studies Reader.* Jackson 2009, 3–11.

Harbeck, Matthias: *Das Massenmedium Comic als Marginalbestand im deutschen Bibliothekssystem? Analyse der Sammlungsstrategien und -absprachen in wissenschaftlichen und öffentlichen Bibliotheken.* Berlin 2008. http://edoc.hu-berlin.de/series/berliner-handreichungen/2009–253/PDF/253.pdf

Harbeck, Matthias: »Wissenstransfer aus dem Fantum in die Comicforschung.« In: Susanne Binas-Preisendörfer u. a. (Hg.): *Pop/Wissen/Transfers. Zur Kommunikation und Explikation populärkulturellen Wissens.* Berlin 2014, 91–111.

Lang, Beate: *Comics und die Bibliothek – zum Beginn einer späten Freundschaft? Das Comic als Forschungsgegenstand und seine Stellung innerhalb des wissenschaftlichen Bibliotheksbetriebes.* Wien 2013.

Sackmann, Eckart: »2005 bis 2014 – zehn Jahre ›Deutsche Comicforschung‹«. In: *Deutsche Comicforschung* 10 (2014), 7–17.

Stein, Daniel/Ditschke, Stephan/Kroucheva, Katerina: »Birth of a Notion. Comics als populärkulturelles Medium«. In: Dies. (Hg.): *Comics. Zur Geschichte und Theorie eines populärkulturellen Mediums.* Bielefeld 2009, 7–27.

Stein, Daniel: »Comicwissenschaft in Deutschland: Ein Einschätzungsversuch von Daniel Stein«, http://www.comicgesellschaft.de/?p= 2450 (27.05.2013)

Trinkwitz, Joachim: »Zwischen Fantum und Forschung: Comics an der Universität. Ein Erfahrungsbericht aus vier Jahren akademischer Lehre zum Thema«. In: Mathis Bicker u. a. (Hg.): *Prinzip Synthese: Der Comic.* Bonn 2011, 65–71.

Matthias Harbeck

III. Formate und Genres

7 Vom Comicstrip zum *comic book*

7.1 | Terminologisches

Als Comicstrip bezeichnet man kurze, bis Ende der 1920er Jahre meist humoristische Comicerzählungen, die in Zeitungen – zunächst eine ganze Seite einnehmend, später als einzelne horizontale Streifen (daher der Name ›strips‹) – gedruckt wurden. Die Ausprägung der inhaltlichen und formalen Merkmale des Comicstrips und seine Entwicklung sind ganz grundlegend an die Bedingungen des Mediums Zeitung gebunden, wie sie sich in den 1890er und 1900er in den USA herausgebildet haben (vgl. 7.2.1).

Der Terminus ›Comicstrip‹ wurde bis in die 1970er Jahre auch als Oberbegriff für alle Comicgenres, d. h. als Synonym für ›Comic‹ überhaupt verwendet (Grünewald 2010, 11). Heute wird er allerdings vor allem genutzt, um die oben bestimmte Untergruppe von Comics zu bezeichnen, die ihrerseits v. a. in *Sunday strips* und *daily strips* (s. u.) unterteilt werden kann (vgl. Knigge 1995, 21; Grünewald 2000, 4 u. 15; Braun 2008, 33; eine Mediengeschichte der Formate bietet Gardner 2013).

7.2 | Comicstrip als Format

7.2.1 | Historische Entwicklung

Der Comicstrip ist ganz wesentlich von den spezifischen Publikations- und Distributionsbedingungen in den USA der 1890er und 1900er geprägt. Es ist der hart umkämpfte, in dieser Zeit insbesondere von den beiden Kontrahenten William Randolph Hearst und Joseph Pulitzer dominierte **Zeitungsmarkt**, dem der Comicstrip sein Dasein verdankt und der für seine massenhafte Verbreitung sorgt, wobei die Strips aufgrund der enormen Popularität ihrerseits den Zeitungsmarkt veränderten (s. u.). Die **layoutbedingten Anforderungen** sowie die **drucktechnischen Möglichkeiten** hatten großen Einfluss auf die Formensprache des Comicstrips. So machte erst der Mehrfarbdruck aufwendige und auffällige Kolorierungen möglich, denen das anfangs schwarz-weiß gedruckte *Yellow Kid* (s. u.) sogar seinen Namen verdankt. Die Zeitungsseite bzw. -breite wiederum legte Länge und Format der neuen Kunstform fest.

Manche Comic-Historiker sehen in Jimmy Swinnertons *The Little Bears*, der 1882 in Hearsts *San Francisco Examiner* debütierte, den ersten Comicstrip überhaupt (Stein/Thon 2013, 5). Andere wiederum nennen in diesem Kontext Charles W. Saalburgs Strip *Ting-Ling Kids*, der erstmals 1893 in der Chicagoer *Inter-Ocean* erschien (Marschall 1997, 24). Doch die eigentliche Geschichte des Comicstrips beginnt am 5. Mai 1895 mit Richard Felton Outcaults *Hogan's Alley* (später in *Yellow Kid* umbenannt; einen sehr guten Überblick über die Geschichte dieses Comicstrips bietet Knigge 1995).

Streng genommen war *Yellow Kid* allerdings gar kein Comicstrip, sondern ein **Cartoon** (siehe Kasten). Damit man von einem Comicstrip sprechen kann, muss hingegen, so eine übliche Definition, eine Sequenz von Bildern vorliegen (Eisner 1995), wobei die Panels in der Regel streifenförmig in einer Reihe nebeneinander angeordnet sind; daher eben der Name ›*strip*‹ im Englischen bzw. ›*bande dessinée*‹ im Französischen (Braun 2008, 39). Nach Jared Gardner liegt der Grund für die Weiterentwicklung des Single-Panel-Cartoons zum Multi-Panel-Comicstrip in dem Bedürfnis bzw. dem Wunsch, nicht nur ein statisches Bild zu zeigen, sondern eine richtige Geschichte zu erzählen (Gardner 2013, 241).

Cartoon (Format)

Ein **Cartoon** ist eine humoristisch-satirische Darstellung in einem Einzelbild (vgl. auch den Kasten »Cartoon als Stilbezeichnung« in Kap. 4). Vom Comicstrip unterscheidet sich der Cartoon durch die Anzahl der Bilder: Der Cartoon ist ein **Single-Panel-Bild**, der Comicstrip besteht aus mehreren Panels, die in Streifenform (›*strips*‹) nebeneinander und meist auch in mehreren Streifen übereinander angeordnet werden. Der Cartoon zeigt folglich eher einen statischen Zustand, während der Comicstrip eine Geschichte erzählen kann. Der Cartoon ist eine Art **Karikatur**, wobei die klassische Karikatur meist einen politischen Inhalt hat, der Cartoon hingegen unpolitische Alltagssituationen auf humorvolle Weise zeigt (›karikiert‹). Die Übergänge zwischen Cartoon und Karikatur sowie zwischen Cartoon und Comicstrip sind fließend (siehe etwa auch die Bezeichnung ›*cartoon strip*‹ als Synonym zu Comicstrip; für die Unterscheidung von Cartoon und Comicstrip siehe Marschall 1997, 9–12; Knigge 1995, 9; Gardner 2013, 241–242 sowie die Definitionen bei Horn 1976, 730 und 736). *Yellow Kid*, *A Piker Clerk* und *Mutt and Jeff* sind also Cartoons, die wiederum die Entstehung der Comicstrips überhaupt erst ermöglicht haben: Nur durch den Erfolg dieser Cartoons waren die Zeitungsmacher bereit, den Zeichnern so viel Platz in den Zeitungen einzuräumen, dass Bilder in Panelstreifen angeordnet werden konnten.

Die Geschichte des Comicstrips beginnt also paradoxerweise mit einem Cartoon, weil es Outcaults schneller und unerwarteter Erfolg mit *Yellow Kid* war, der zur Folge hatte, dass alle großen Sonntagszeitungen eine farbig gedruckte Comicbeilage einführten (Marschall 1997, 24; vgl. auch Knigge 1996, 19). Mit *Yellow Kid* entstand eine neue **Zeitungsrubrik**, die den Zeitungsmarkt nachhaltig veränderte – Comics ließen die Zeitungsauflagen in die Höhe schnellen (vgl. z. B. Eckhorst 2012, 20–33). Weil diese neue Rubrik aber nun auch regelmäßig gefüllt werden musste, stieg die Nachfrage nach immer neuen Comicstrips stetig.

Aufgrund des großen Erfolges werden ab 1908 die Strips dann nicht mehr nur in den Sonntagsbeilagen, sondern auch in den Tageszeitungen selbst gedruckt: den **Sunday strips** folgen die **daily strips**. Je nach Publikationsformat steht dem einzelnen Strip unterschiedlich viel Platz zur Verfügung, was sich wesentlich auf die Art der Gag- oder Storykonstruktion auswirkt und Form und Ästhetik entsprechend beeinflusst. Während die *Sunday strips*, die in den Beilagen der Sonntagszeitungen erscheinen, meist farbig gedruckt sind und eine ganze Zeitungsseite einnehmen, erscheinen die *daily strips* (oder kurz: ›*dailys*‹) in den Werktagsausgaben der Tageszeitungen, werden oft schwarz-weiß gedruckt und sind meist nur einen Panelstreifen lang. Die Vorstellung, dass ein Comicstrip eine in einem Streifen angeordnete Folge von Bildern ist, die eine Geschichte erzählt, hängt also ganz wesentlich mit den *daily* *strips* zusammen, deren Entwicklung wiederum nicht ohne die Sonntagszeitungen zu erklären ist. In den 1930er Jahren erscheinen schließlich auch eigenständige Comicpublikationen in Heftform, die ›*comic books*‹, in denen allerdings zunächst nur bereits in Zeitungen veröffentlichte Strips gesammelt und abgedruckt werden (vgl. Grünewald 2000, 4 u. 15; Braun 2008, 33).

7.2.2 | Inhaltliche und formale Merkmale

Der Comic, als dessen Wegbereiter der Comicstrip zu verstehen ist, konnte wohl auch deshalb eines der bedeutendsten Phänomene der Popkultur werden, »weil jeder ihn lesen und verstehen kann« und er insofern »die demokratischste aller Kunstformen« ist (Platthaus 2000, 11; vgl. dazu auch Braun 2008, 4). Die schematisierte Darstellung und die Kürze der Comicstrips führen dazu, dass er sich schnell, einfach und »mit weniger Konzentration« (Platthaus 2000, 14) lesen lässt. Doch die Popularität der frühen Comicstrips liegt darüber hinaus sicherlich auch an seinen Inhalten und seinem Witz: Die frühen Comicstrips waren fast immer auch **Funnies** (vgl. Kap. 10; allerdings gab es auch abenteuerliche und phantastische Comicstrips, vgl. Kap. 11 und 12). Im Amerika der Einwanderer waren z. B. Sprachspiele und die **Parodie** auf die unzureichenden Sprachkenntnisse der Neuankömmlinge etwas, worin sich jeder wiederkennen und worüber jeder zugleich auch lachen konnte. Für die schnelle Popularität des Comics war dies ein ganz entscheidendes Kriterium: Er konnte auch von Einwanderern, die nicht gut lesen und/oder nur schlecht Englisch konnten, verstanden werden (vgl. zur Einwandererthematik v. a. Braun 2008, 3–5 sowie Marschall 1997, 13, 21, 27 u. 42 f.). Comicstrips pflegten einen inkludierenden Spott, der die parodierten Neuamerikaner in den Witz (und die Gemeinschaft) integrierte – auch in dieser Hinsicht war dies die demokratischste Kunstform.

Die parodierten Figuren in den Comicstrips waren in der Regel keine Gewinnertypen, sondern eher **Außenseiterfiguren**, die mit den Unwägbarkeiten des amerikanisch-kapitalistischen Alltags zu kämpfen hatten (Frahm 2012, 15). In den Comic-Klassikern ist zudem eine sich relativ schnell etablierende Konzentration auf Figurenpaare zu erkennen, die im Zentrum der Handlung stehen, was sich in vielen Titeln niederschlägt, die aus zwei Namen bestehen: *Mutt and Jeff*, *Hans and Fritz* oder *Barney Google and Snuffy Smith* (vgl. Frahm 2012, 12–14). Diese Zweierkonstellation ist meist eine unhierarchische, d. h. die Spannung entsteht dadurch, dass der Leser nie vorab weiß, wer über wen die Oberhand gewinnt (vgl. Frahm 2012, 15). Oft bilden die zwei Charaktere auch eine Art gedoppelte Figur: Sie wirken weniger wie zwei getrennte Individuen, sondern eher wie zwei sich ergänzende Prinzipien ein und desselben Charakters. Diese **Doppelung der Figuren** ist darüber hinaus nicht selten eine zwischen Mensch (oft einem Kind) und Tier (*Calvin und Hobbes*), wie überhaupt Tiere gleichberechtigt im Comicstrip auftreten (*Garfield*, *Peanuts*) oder, wie im *funny animal strip* (*Krazy Kat*), sämtliche Figuren darstellen können (vgl. Frahm 2012, 14–16).

Viele Comicstrips verfügen aufgrund der Kürze des Formats über einen Folgenübergreifenden Kernplot, der den Lesern schnell bekannt ist. Da also nicht ständig ganz neue Geschichten erzählt werden, herrscht anstatt inhaltlicher Innovation im Comicstrip das Prinzip der **variierenden Wiederholung** vor. Man könnte hier auch von einer **Schematisierung des Inhalts** sprechen. Der eigentliche Gag des Strips steckt dann oftmals gerade in der variierenden Wiederholung des bereits Bekannten. Mit der Zeit emanzipiert sich der Comicstrip von dieser Grundstruktur und fängt an, fortlaufende Geschichten zu erzählen, sodass die einzelnen Strips immer mit einem offenen Schluss (einem ›Cliffhanger‹) enden. Gardner macht diesen Strukturwechsel an Winsor McCays *Little Nemo in Slumberland* (1904–1915) fest, der als erster Strip eine serielle Erzählstruktur mit offenem Ende (»open-ended serial narrative«) etablierte (Gardner 2013, 244).

Des Weiteren kann als Merkmal eine mehr oder weniger stark ausgeprägte **formale Schematisierung** angeführt werden. Dies kann einerseits so weit gehen, dass die Figuren fast wie Strichmännchen aussehen (wie z. B. in den ersten Strips von *Krazy Kat*). Andererseits kann dies aber auch zu einem besonders »expressiven Schwarzweißstil« (Knigge 1995, 27) führen, der wirkungsvoll Dramatik und Bedrohung darstellen kann (z. B. Chester Goulds *Dick Tracy*).

Schließlich betrifft ein weiteres Merkmal von Comicstrips die für Comics allgemein so wichtige **Kombination aus Bild und Text**: Im Idealfall ergänzen und kommentieren sich Bild und Text des Comicstrips derart gegenseitig, dass der zentrale Gag des Strips erst im Zusammenspiel von Bild und Text zustande kommt (Harvey 1996, 4; 2009, 29): Zur Form des Strips gehört deshalb auch, dass die erzählerischen Informationen von Panel zu Panel so ›getimed‹ werden, dass die für den Gag wichtige »punch line information« (Harvey 1996, 6) bis zum letzten Panel aufgehoben wird (zur Ästhetik des Comicstrips siehe Harvey 1996, v. a. 3–15 u. Harvey 2009).

7.3 | Klassiker der *Sunday strips*

7.3.1 | *Yellow Kid*

Richard Felton Outcaults *Yellow Kid* ist eine der einflussreichsten Comic-Kinderfiguren der Welt. Die Reihe wurde zunächst, in Anspielung auf ein Broadway Musical, unter dem Titel *Hogan's Alley* veröffentlicht. Die ersten Bilder zeigen eine mit vielen verschiedenen Figuren (Kinder, Hunde, Ziegen) sowie diversen Fahrzeugen völlig überladene Straßenszene aus einem **Einwandererviertel** (zu *Yellow Kid* vgl. Knigge 1996, 16–22; Marschall 1997, 19–40; Braun 2008, 6–9). *Hogan's Alley* und später *Yellow Kid* bestand aus einem **einzigen Bild-Frame**, in dem sich verschiedene kleine Szenen und zahlreiche Textfelder fanden. Das war ein »bis dahin nie gesehene[r] Umgang mit Schrift, die sich ›wie Heuschrecken‹ über alle Bildgegenstände verteilt« (Frahm 2012, 11). Das gelbe Kind, es war irischer Abstammung und hieß Mickey Dugan, war zu Beginn nur eine Figur unter vielen, und doch stach es von Anfang an hervor (vgl. Marschall 1997, 22). Denn es hatte riesige, abstehende Segelohren, eine etwas überdimensionierte Glatze und lief, im Gegensatz zu allen anderen Kindern der Straße, immer im Nachthemd herum. Nach und nach entwickelte sich dieses besondere Kind zur Hauptfigur und sein Nachthemd bekam, nachdem mehrere Farben durchprobiert worden waren, das namensgebende, leuchtende und die Aufmerksamkeit der Leser auf sich ziehende Gelb (vgl. Platthaus 2000, 70 f.). Zudem ließ sich die Fläche des etwas zu großen Nachthemds nutzen, um Mickeys Texte und Kommentare darauf abzudrucken (erst später wurde der Text in Sprechblasen untergebracht). Mit der Fokussierung auf das Kind entwickelte Outcault allmählich einen eigenen Stil. Während die Straßenszenen der *Hogan's Alley* noch in realistischem Stil gehalten waren, begann sich das gelbe Kind auch deshalb zunehmend von diesem

Abb. 27: Richard F. Out-
cault: *Yellow Kid, New York
Journal*, 27. März 1898

Hintergrund abzuheben, weil Outcault es deutlich schematischer darstellte. Später
sah es den Leser sogar direkt an und kommentierte die Straßenszene aus einer gewissen Distanz, weshalb Richard Marschall das *Yellow Kid* auch ein »update« des
Chors der griechischen Tragödie nennt (Marschall 1997, 28).

Mit **Hinterhausszenen des Immigrantenmilieus** setzte Outcault ferner thematisch einen Standard für viele Comicstrips der ersten Jahrzehnte. In den ersten Folgen von *Yellow Kid* werden die Schattenseiten dieses Milieus (z. B. eine Zwangsräu-
mung) noch offen gezeigt, in Stoffwahl und Darstellung lassen sich daher Parallelen
zur naturalistischen Literatur dieser Zeit erkennen (vgl. Marschall 1997, 21, der *Yellow Kid* mit den Werken von Stephen Crane und William Dean Howells vergleicht).
Zunehmend treten jedoch **Humor und Slapstick-Einlagen** in den Vordergrund des
Comics, und zu einer besonderen Spezialität Outcaults entwickelt sich die wortspie-
lerische Parodie verschiedener Einwanderersoziolekte (Abb. 27).

Outcaults Zeichnungen, die zuerst in Pulitzers *New York World* erschienen, waren
beim Publikum so beliebt, dass Hearst Outcault für sein Konkurrenzblatt *New York
Journal* abwarb. Da jedoch auch Pulitzer nicht einfach auf das *Yellow Kid* verzichten
wollte, kam es zum Gerichtsverfahren, das damit endete, dass Outcault weiterhin
ein gelbes Kind zeichnen konnte, Pulitzer allein aber den Namen *Yellow Kid* verwenden durfte. So gab es 1896 zwei Kinder in gelben Nachthemden in New Yorks

Sonntagszeitungen: Pulitzer ließ das *Yellow Kid* fortan von George B. Luks zeichnen und Outcault zeichnete seine Version u. a. unter dem Titel *McFadden's Row of Flats*. Trotz des großen Erfolgs – es wurden sogar Merchandisingprodukte wie *Yellow-Kid*-Kekse oder -Salben verkauft – endete die Geschichte der beiden gelben Kinder schon 1898 (Marschall 1997, 24 u. 28).

Outcault wird oft als Erfinder des Comics bezeichnet, dabei ist *Yellow Kid* wie erwähnt gar kein Comicstrip im strengen Sinne, sondern ein »single image genre cartoon« (Marschall 1997, 19). Auch experimentiert Outcault zwar vereinzelt schon mit Speedlines, Panelgliederungen (allerdings noch ohne Rahmen) oder Sprechblasen, doch als zentrale Elemente werden diese später typischen Bestandteile des Comics jeweils von anderen etabliert. Zum vielleicht einflussreichsten Wegbereiter des Comicstrips wird *Yellow Kid* aus einem anderen Grund: Innerhalb kürzester Zeit wird das gelbe Kind zum Stadtgespräch in New York und führt dazu, dass die Verkaufszahlen von Pulitzers *Sunday World* erheblich ansteigen. In der zweiten Hälfte des Jahres 1895 wurde dem *Yellow Kid* zunehmend mehr Raum in der Sonntagausgabe eingeräumt und Pulitzer begann sogar, in Anzeigen extra dafür zu werben. Es war der Erfolg von *Yellow Kid*, der die Comicbeilage zu einem wirtschaftlich unerlässlichen Bestandteil der Sonntagszeitungen werden ließ. Outcaults Vermächtnis ist es daher nicht, Erfinder des Comicstrips zu sein, sondern die ***comic section*** in den Sonntagszeitungen etabliert zu haben (Marschall 1997, 38).

7.3.2 | *Katzenjammer Kids*

Der erste Comic, der durchgehend sequenziell angeordnete und durch Rahmen voneinander abgegrenzte Panels benutzte (und nicht nur vereinzelt damit experimentierte), **Sprechblasen** als zentralen Bestandteil etablierte sowie kleine Geschichten und nicht nur Witze erzählte, war Rudolph Dirks *Katzenjammer Kids* (Knigge 1996, 22; Marschall schreibt die Etablierung der Sprechblasen allerdings Frederick Opper, dem Schöpfer von *Happy Hooligan*, zu, vgl. Marschall 1997, 41). Dirks, dessen Geschichten eine **ganze Zeitungsseite** einnahmen, hatte ein sehr gutes Gespür für das neue Format: Seine schematisierten Zeichnungen sind perfekt an die Bildgröße angepasst, und er nutzt die Verteilung der Sprechblasen dazu, die Rezipienten visuell durch die Panels zu führen (Marschall 1997, 45). Auch eine ganze Reihe weiterer ***visual shorthand symbols***, die heute zum selbstverständlichen Repertoire von Comicstrips gehören, wie Bewegungslinien, Sterne für Schmerzdarstellungen, Fußabdrücke für Positionswechsel oder Schweißperlen, sind Erfindungen von Dirks (Marschall 1997, 45 f.; Knigge 1995, 21).

Und doch waren die *Katzenjammer Kids*, trotz aller Innovationen von Dirks und seiner kreativen Leistung, nicht ganz frei erfunden – Frahm nennt sie sogar »ein glattes Plagiat« (Frahm 2012, 12). Dirks, der als Siebenjähriger mit seinen Eltern aus Deutschland in die USA auswanderte, lehnte seine Bildergeschichten nämlich stark an Wilhelm Buschs **Max und Moritz** (1865) an (vgl. Abb. 28 und 29). Angeblich hatte Dirks von Hearsts Humorredakteur Rudolph Block, der Buschs Buch in einer amerikanischen Übersetzung kannte, sogar ganz explizit den Auftrag bekommen, »something like *Max und Moritz*« zu zeichnen (so Knigge 1995, 21 u. 1996, 22). Wie der Titel bereits andeutet, spielen die *Katzenjammer Kids* im **deutschen Einwanderermilieu**, was in den Strips am Soziolekt der Figuren, der Kleidung und der Wohnungseinrichtung erkennbar wird (Marschall 1997, 42). Dirks etablierte mit den bei-

Abb. 28/29: Unschwer ist die Abhängigkeit von Dirks' *Katzenjammer Kids* von Buschs *Max und Moritz* zu erkennen.

den Kindern, die anderen Streiche spielen und am Ende immer dafür bestraft werden, zudem die beiden bedeutenden Comicstripmerkmale der **Figurendoppelung** und der **variierenden Wiederholung** eines Kernplots.

Auch die *Katzenjammer Kids* waren nach ihrem Debüt am 12. Dezember 1897 in Hearsts *New York Journal* innerhalb kurzer Zeit sehr erfolgreich; und die Geschichte um Abwerbung und gerichtliche Auseinandersetzung von *Yellow Kid* sollte sich nun unter umgekehrten Vorzeichen wiederholen. Denn Dirks wurde dieses Mal von Pulitzer abgeworben und das Gericht entschied in bewährter Manier: Dirks durfte die Kinder zwar weiter zeichnen, aber nicht mehr unter dem Titel *Katzenjammer Kids*. Der Titel verblieb bei Hearst, der die Kinder von Harold H. Knerr weiter zeichnen ließ. Dirks setzte seine Serie als *Hans and Fritz* und später als *The Captain and the Kids* fort. Der *Captain*-Comic wurde noch bis zu seinem Tod 1968 von Dirks signiert und danach von seinem Sohn John Dirks bis 1979 weiterproduziert. *Katzenjammer Kids* wiederum ist einer der am längsten laufenden Strips überhaupt, er wird immer noch vom King Features Syndikat produziert und derzeit an ca. 50 Zeitungen vertrieben (zur Vertiefung vgl. Knigge 1996, 22–24; Marschall 1997, 41–58; Eckhorst 2012).

7.4 | Klassiker der *daily strips*

7.4.1 | *Mutt and Jeff*

Als wichtiger Vorläufer der ab Ende 1907 erscheinenden *daily strips* gilt Clare A. Briggs' ***A. Piker Clerk*** (1903), weil es der erste täglich erscheinende Cartoon war. Er wurde immer neben den Ankündigungen und Berichten über Pferderennen gedruckt: Die gleichnamige Hauptfigur gab an einem Tag eine Wette auf eines der angekündigten Pferderennen ab, und am nächsten Tag konnte man an der Reaktion von Clerk sehen, ob er gewonnen hatte oder nicht (vgl. Knigge 1995, 22; Knigge 1996, 35; Gardner 2013, 244). *A. Piker Clerk* war allerdings noch ein Einzelbild-Cartoon, der mit anderen Bildern und Beiträgen relativ willkürlich nach den täglich wechselnden Layoutanforderungen auf die Zeitungsseiten verteilt wurde. Deshalb wird zumeist Harry Conway (»Bud«) Fishers ***Mutt and Jeff*** (1907–1982), der am 15. November 1907 (damals noch unter dem Titel *Mr. A. Mutt*) erstmals im *San Francisco Chronicle* erschien, als erster *daily comicstrip* im engeren Sinne betrachtet (Fuchs/Reitberger 1983, 53; Harvey 2009, 39; Harvey 1994). Denn Fisher reihte die Panels seines Comics erstmals streng als jeweils einzelnen Streifen über die gesamte Breite einer Zeitungsseite – der eigentliche ›strip‹ im Wortsinne war geboren. Da der Tagesstrip deutlich **weniger Platz** zur Verfügung hat als die bis dahin übliche ganze Seite einer Sonntagsbeilage (und zwar eben nur den einen Streifen), ist der *daily* ein »formstrenges«, dadurch aber auch »neue Möglichkeiten des Erzählens eröffnendes Format« (Frahm 2012, 14).

Mutt and Jeff führen die Reihe der ungleichen Figurenpaare ebenso fort wie die Konstellation aus *A. Piker Clerk*, auf Pferderennen, die auf derselben Seite angekündigt werden, zu wetten (Knigge nennt *Mutt and Jeff* daher »ein direktes Plagiat« von *A. Piker Clerk*, Knigge 1995, 22 u. 1996, 35). Beide *dailys* stellten somit einen spielerischen und tagesaktuellen Bezug zur neben den Strips thematisierten Realität her. *Mutt and Jeff* wurde durch die Vermarktung eines großen Syndikats ein bedeutender und landesweiter Erfolg und machte Fisher zum ersten Großverdiener der Comicbranche (Harvey 2009, 41). Ab 1918 kam ein *Sunday strip* hinzu, ab 1939 eine eigene, ihnen gewidmete Comic-Heft-Reihe (die allerdings nur Nachdrucke aus den Zeitungen enthielt) sowie als Spin-off ab 1933 *Cicero's Cat* (Cicero hieß Mutts Sohn). Der Erfolg von *Mutt and Jeff* führte dazu, dass immer mehr Zeitungen nicht nur *daily strips* veröffentlichten, sondern ab 1912 sogar ganze Zeitungsseiten mit mehreren, übereinander gedruckten Strips gefüllt wurden (Gardner 2013, 245).

7.4.2 | *Krazy Kat*

Anders als die bisher behandelten Comicstripklassiker war George Herrimans *Krazy Kat* kein besonders großer publizistischer Erfolg. Der Strip erschien in vergleichsweise wenigen Zeitungen – ein wichtiger Erfolgsmaßstab für Comicstrips. Während etwa der seit 1973 produzierte Strip *Hägar der Schreckliche* heute in 1900 Zeitungen in 56 Ländern erscheint (laut Angaben auf der Syndikatshomepage kingfeatures. com) zirkulierte *Krazy Kat* selbst in Hochphasen nur in ca. 50 Zeitungen. Herrimans Strip war allerdings bei seinem Auftraggeber, dem Zeitungsverleger Hearst, so beliebt, dass er seinem Zeichner eine Lebenszeitstelle gab. Und auch wenn der breite Erfolg zunächst ausblieb, wuchs mit der Zeit seine Beliebtheit bei zeitgenössischen

Abb. 30: George Herrimans *Krazy Kat*

Intellektuellen (vgl. Marschall 1997, 14 und 97). Heute ist *Krazy Kat* sogar der bekannteste und der in der Forschung am meisten beachtete Strip aus der Gründungszeit des Comics, wie eine Vielzahl von Studien beweist (s. u.). Der große Nachruhm liegt, wie Andrea Kaufmann argumentiert, u. a. an der »exorbitant stilistischen Einfachheit« und dem »banalen und doch skurrilen Humor« (Kaufmann 2008, 33). Herrimans Humor bestand darin, Sprachwendungen wörtlich zu nehmen und dadurch spielerisch sehr grundsätzliche philosophische Fragen aufzuwerfen. Andere Strips waren »comedy«, *Krazy Kat* war »**nonsense**« (Marschall 1997, 109). Hinzu kam eine ausgeprägte **Selbstreflexivität** und Metafiktionalität, sowohl in Bezug auf den Inhalt wie auch in Bezug auf die Form. Da der Kernplot feststand und variierend wiederholt wurde, konnte mit der Form gespielt werden. Beispielsweise hat Herriman mit der Durchbrechung der vierten Wand experimentiert und so schon früh die Gemachtheit und Medialität der neuen Erzählform thematisiert (vgl. Abb. 30; vgl. dazu auch Gardner 2013, 247 und Bahners 2010). Diese Selbstreflexivität ist ein wichtiger Grund für den Nachruhm und die große Beliebtheit von *Krazy Kat* in der heutigen Forschung (vgl. McDonnell u. a. 1986; Platthaus 2000, 21–44; Braun 2008, 105–131; Kaufmann 2008; Bahners 2010).

Am Anfang war *Krazy Kat* allerdings nichts weiter als ein Nebenprodukt. Herriman zeichnete schon seit 1901 für Pulitzers Zeitungen wechselnde Comicstrips (u. a. *Professor Otto and his Auto*). 1902 wechselte er zu Hearst und entwickelte für ihn 1910 den *daily strip The Dingbat Family* (zeitweise auch *The Family Upstairs* genannt), der vom Ärger einer Familie mit ihren Untermietern erzählt. Zunächst nur klein und in der Ecke einzelner Bildframes, später als unter diesem Hauptcomic angeordneter *bottom strip*, führte Herriman ab Juli 1910 zwei kleine *sidekicks* ein, eine Maus und eine Katze; anfangs eigentlich nur, »to fill up the waste space«, wie Herriman erläuterte (zit. n. McDonnell u. a. 1986, 52). Der Plot dieser *bottom strips* war immer gleich: Die Maus Ignatz findet einen Stein und wirft ihn der Katze Krazy an den Kopf.

Als eigenständiger *daily strip* erschien *Krazy Kat* erstmals am 28. Oktober 1913. Zu Beginn waren die beiden Hauptfiguren, die bald um einen Polizisten, den Hund Offissa Bull Pupp, ergänzt wurden, sehr reduktionistisch gemalt. Mit der Zeit gewannen zwar die Figuren an Plastizität, aber *Krazy Kat* blieb immer ein schematisierter Comic mit spärlichem Setting (vgl. Marschall 1997, 103). Im eigenständigen *daily strip* erweiterte sich zudem der Kernplot: Krazy ist verliebt in Ignatz; eine Liebe, die nicht erwidert wird, es sei denn, bei dem Ziegelsteinwurf an Krazys Kopf handelte es sich tatsächlich um eine versteckte Liebeserklärung, wie Krazy meint. Der Strip endet in der Regel damit, dass Offissa Pupp den Ziegelwurf beobachtet und Ignatz ins Gefängnis steckt (in Abb. 30 wird selbstreflexiv ironisch damit gespielt, dass auch den drei Figuren selbst dieser Kernplot bekannt ist). 1916 entschloss sich Hearst, der Serie auch in den Sonntagszeitungen eine Seite zu widmen und sie zudem farbig zu drucken. Streng genommen war *Krazy Kat* damit kein Strip mehr, sondern eine kleine Comicerzählung, wobei Herriman den größeren Platz für besonders kreative, immer neue Anordnungen der Panels und Strips zu nutzen wusste. *Krazy Kat* hatte sich also auch zu einem *Sunday strip* entwickelt und wurde bis zum Ende seines Erscheinens 1944 in beiden Formaten parallel publiziert.

7.5 | Vom Zeitungscomic zum Comic-Heft

Das Format der Comic-Hefte (engl. ›*comic books*‹) wurde ursprünglich eingeführt, um bereits in Zeitungen veröffentlichte Strips noch einmal in gesammelter Form zu publizieren; es handelte sich letztlich also eigentlich um Anthologien. Die ersten periodisch erscheinenden Comic-Hefte, die zunächst nur *dailys* und *Sunday strips* nachdruckten, waren 1922 *Comic Monthly* und ab 1934 *Famous Funnies*.

Entstehung des *comic book*

Die Popularität der Zeitungsstrips brachte 1933 die Druckerei Eastern Color Printing, in der Comicbeilagen für Sonntagszeitungen gedruckt wurden, auf die Idee, Industrieunternehmen Comic-Hefte mit **Nachdrucken der farbigen Sonntagsseiten** zu Werbezwecken anzubieten (vgl. hierzu und zum Folgenden Knigge 1996, 110 f. und Kap. 1 in diesem Band). Für die Herstellung der Hefte nutzten sie dasselbe Papier wie für die Zeitungen, verkleinerten aber die *sunday pages* so, dass auf Vorder- und Rückseite eines Bogens insgesamt **16 Seiten** passten: »So erhielten sie ein handliches Comic-Book, dessen Format sich bis heute nur geringfügig verändert hat« (Knigge 1996, 111). Die 10.000 Exemplare von *Funnies on Parade*, dem ersten, 1933 von ihnen produzierten Heft, waren ausschließlich gegen Einsendung von Coupons beim Seifenhersteller Procter and Gamble zu beziehen und trotzdem rasch vergriffen. Als nächstes Give-away folgte das Heft *Famous Funnies*, das bereits in einer Auflage von 100.000 Exemplaren gedruckt wurde, von denen einige probehalber dann auch an Zeitungsständen zum Preis von 10 Cent (der dann lange Zeit für Comic-Hefte üblich blieb) angeboten wurden: Damit war das **erste Comic-Heft** im eigentlichen Sinne geboren, denn ab Mai 1934 brachte Eastern Color *Famous Funnies* monatlich in einer Auflage von 35.000 Exemplaren heraus (mit ›stolzen‹ **64 Seiten** Schikowski zufolge auch der Grund dafür, dass sich der Begriff ›comic books‹ einbürgerte, vgl. Schikowski 2014, 59), die regulär über **Zeitungskioske** vertrieben wurden. Damit stand dem Comic ein ganz neues Trägermedium neben der Zeitung zur Verfügung, das sich, anders als diese, ausschließlich dem Comic widmete und aufgrund seines kleineren und zugleich umfangreicheren Formats sowie seiner speziellen Produktions- und Vertriebsweise (vgl. Kap. 2) neue Erzählformen hervorbrachte. Denn ab 1935 erschienen die ersten Comic-Hefte, die nicht mehr bloß Nachdrucke brachten, sondern **exklusives Originalmaterial**, das sich den Erfordernissen und Möglichkeiten des neuen Formats anpasste (vgl. Kap. 13).

Ab 1935 entstanden mit *New Fun* und 1938 mit *Action Comics* dann erstmals Hefte, die eigene und extra für das Heft-Format produzierte Comics veröffentlichten (Knigge 1995, 20; vgl. auch Fuchs/Reitberger 1983, 54; Knigge 1996, 108–111). Die meist wöchentlich oder monatlich erscheinenden Hefte konnten sich schnell als ein eigenständiges Publikationsformat mit darauf spezialisierten Verlagen durchsetzen. Die Heftstruktur ermöglichte zudem neue Kompositionsarten hinsichtlich Inhalt, Dynamik und Panelfolgen sowie neue Erzählformen mit entweder längeren abgeschlossen oder in Fortsetzung publizierten Geschichten (vgl. Grünewald 2000, 4; Harvey 1996, 24). Das erste Heft von **Action Comics** vom 18. April 1938 (auf dem Cover als Juni-Heft ausgezeichnet), das u. a. den ersten Auftritt von Jerry Siegels und Joe Shusters *Superman* enthielt, löste nicht weniger als eine kleine Medienrevolution aus (vgl. Gardner 2013, 249). Denn der **Erfolg von Superman** machte aus den periodisch erscheinenden Comic-Heften eine eigenständige, von der klassischen Publikationsplattform Zeitung gänzlich unabhängige Publikationsform, aus der sich letztlich sogar eine eigene Medienbranche entwickelte (für eine ausführlichere Darstellung der frühen Comic-Heft-Geschichte vgl. Harvey 1996, 16–49; Gardner 2013, 249–252). *Harvey Kurtzman's Jungle Book* (1959) gilt als erster Comic, der in Buchlänge eine vorher noch nicht in Zeitungen oder Heften publizierte und in sich abgeschlossene Geschichte erzählt. Die Weiterentwicklung des Comicstrips zum Comic-Heft beförderte mit der Möglichkeit, Geschichten über mehrere Hefte sich entwickeln zu lassen, zugleich weitere Genre-Entwicklungen wie den Superheldencomic oder den Kriminalcomic.

Auf eine weitere Besonderheit, die mit der Entstehung des Formats der Comic-Hefte zusammenhängt, weist Knigge hin: Die Tageszeitungen zahlten den Comiczeichnern fast von Beginn an sehr gute Honorare, sodass sich das Comiczeichnen schnell zum Traumberuf unter den jugendlichen Lesern entwickelte. Die älteren Zeichner waren indes größtenteils bereits vertraglich an die Tagesstrips und Sonntagszeitungen gebunden. Das führte dazu, dass das neue Format der Comic-Hefte vor allem von der nachrückenden Zeichnergeneration ›bespielt‹ wurde. Für Knigge sind daher die Comic-Hefte nicht nur die »erste eigenständige Jugendkultur«, sondern auch die erste Kunstform, die »*von* Heranwachsenden *für* Heranwachsende gezeichnet wurde« (Knigge 1995, 20, Hervorhebung im Original; zu den speziellen Produktionsbedingungen von Comic-Heften, u. a. in den sogenannten ›shops‹, vgl. Knigge 1996, 108 f.).

Primärliteratur

Blackbeard, Bill (Hg.): *100 Jahre Comic-Strips*. 2 Bde. Unter Mitarbeit von Dale Crain/Andreas C. Knigge/James Vance. Hamburg 1995.

DeBeck, Billy/Lasswell, Fred: *Barney Google and Snuffy Smith: 75 Years of an American Legend*. Hg. v. Brian Walker. Wilton 1994.

Dirks, Rudolph/Knerr, Harold H.: *Die Katzenjammer Kids*. Darmstadt 1972.

Dirks, Rudolph: *The Katzenjammer Kids: early strips in full color* [1908]. New York 1974.

Fisher, Bud: *The early years of Mutt & Jeff*. Hg. v. Jeffrey Lindenblatt. New York 2007.

Gould, Chester: *Complete Chester Gould's Dick Tracy*. 19 Bde. San Diego 2006–2015.

Herriman, George: *Krazy Kat. Bd. 1. 1935–1936*. Hg. u. m. e. Nachwort versehen von Richard Marschall. Hamburg 1991.

Herriman, George: *George Herriman's Krazy Kat*. Mit e. Einführung v. E. E. Cummings u. e. Vorwort v. Cuno Affolter/Urs Hangartner. Übers. v. Carl Weissner. Zürich 1988.

Kurtzman, Harvey: *Harvey Kurtzman's Jungle Book*. Mit. e. Einführung v. Gilbert Shelton u. e. Nachwort v. R. Crumb. Milwaukie 2014.

McCay, Winsor: *The Complete Little Nemo*. Hg. v. Alexander Braun. Köln 2014.

Opper, Frederick Burr: *Happy Hooligan. A Complete Compilation, 1904–1905*. Westport 1977.

Siegel, Jerry/Shuster, Joe: *Superman Masterpiece Edition [Reprint of the very first Superman Comic Book]*. Hg. v. Les Daniels. San Francisco 1999.

Siegel, Jerry/Shuster, Joe: *Superman. The Golden Age*. Hg. v. Les Daniels/Chip Kidd. San Francisco 1999.

Schulz, Charles M: *Peanuts Werkausgabe*. 20 Bde. Hamburg 2006–2016.

Watterson, Bill: *Calvin & Hobbes – Von Monstern, Mädchen und besten Freunden*. Hamburg 2009 (engl. *The Essential Calvin And Hobbes*, 1988).

Watterson, Bill: *Die Calvin & Hobbes Sonntagsseiten*. Hamburg 2011 (engl. *The Calvin And Hobbes Lazy Sunday Book*, 1989).

Watterson Bill: *Die Calvin und Hobbes Gesamtausgabe*. Hamburg 2013 (engl. *The Complete Calvin and Hobbes*, 2005).

Grundlegende Literatur

Blackbeard, Bill (Hg.): *100 Jahre Comic-Strips*. 2 Bde. Unter Mitarbeit von Dale Crain/Andreas C. Knigge/James Vance. Hamburg 1995. [umfangreiche Anthologie mit Beispielen aller wichtigen frühen Comicstrips sowie einer Einleitung von Knigge, die einen sehr guten Überblick über die Geschichte des Comicstrips liefert]

Braun, Alexander: *Jahrhundert der Comics. Die Zeitungs-Strip-Jahre*. Bielefeld/Dortmund/Remscheid 2008. [Ausstellungsband zur gleichnamigen Ausstellung, die 2008/2009 in Museen in Bielefeld, Dortmund und Remscheid gezeigt wurde. Kunsthistoriker und Kurator Alexander Braun konnte für die Ausstellung viele seltene und z. T. verschollen geglaubte Zeitungsseiten der ersten Comic-strip-Jahre wiederentdecken und in der Ausstellung sowie in diesem Band erstmals zeigen.]

Frahm, Ole: »Die Zeichen sind aus den Fugen. Kleine Geschichte des Comics«. In: *Neue Rundschau* 123.3 (2012), 8–26. [informative, kurze und sehr gut lesbare ›kleine Geschichte‹ des Comics, die einen guten Überblick über die Jahre bis zur Entstehung der Graphic Novel liefert]

Gardner, Jared: »A History of the Narrative Comic Strip«. In: Daniel Stein/Jan-Noël Thon (Hg.): *From Comic Strips to Graphic Novels*. Berlin/Boston 2013, 241–253. [Erläuterung der Entwicklung der einzelnen Comicformate insbesondere unter mediengeschichtlichen Gesichtspunkten mit einer guten Erklärung des Zusammenhangs zwischen Veränderungen des Zeitungsmarktes, neuen Drucktechniken und der Entwicklung des Comics]

Knigge, Andreas C.: *Comics. Vom Massenblatt ins multimediale Abenteuer*. Reinbek bei Hamburg 1996. [Präsentiert einen Überblick über 100 Jahre Comicgeschichte in internationaler und multimedialer Perspektive. Zwei umfangreiche Kapitel skizzieren zum einen die Comic-Kultur in zahlreichen Ländern, die in der sonst auf US-amerikanische Comics konzentrierten Forschung oft vernachlässigt werden, und zum anderen diverse Medienformate jenseits von Zeitungsstrips und *comic books* wie digitale bzw. Webcomics, Zeichentrick und Comic-Verfilmungen.]

Marschall, Richard: *America's Great Comic-Strip Artists. From the Yellow Kid to Peanuts* [1989]. New York 1997. [Umfangreiches englischsprachiges Kompendium mit einer detailreichen und gut strukturierten Einleitung, die die Entstehungsgeschichte des Comicstrips nachzeichnet. In den einzelnen Kapiteln werden die Biografien von 16 Comiczeichnern von der Gründungsphase bis zu den 1950er Jahren dargestellt.]

Sekundärliteratur

Bahners, Patrick: »›Danke für die Extratinte!‹ Bild und Erzählung, Weißraum und Schwarzflächen bei ›Krazy Kat‹«. In: Alexander Honold/Ralf Simon (Hg.): *Das erzählende und das erzählte Bild*. München 2010, 87–126.

Balzer, Jens/Wiesing, Lambert: *Outcault. Die Erfindung des Comic*. Bochum 2010.

Eckhorst, Tim: *Rudolph Dirks. Katzenjammer, Kids & Kauderwelsch*. Wewelsfleth 2012.

Eisner, Will: *Mit Bildern erzählen. Comics & Sequential Art*. Wimmelbach 1995 (engl. *Comics & Sequential Art*, 1985).

Fuchs, Wolfgang J./Reitberger, Reinhold: *Comics-Handbuch* [1978]. Reinbek bei Hamburg 1983.

Grünewald, Dietrich: *Comics*. Tübingen 2000.

Grünewald, Dietrich: »Das Prinzip Bildgeschichte«. In: Ders. (Hg.): *Struktur und Geschichte der Comics. Beiträge zur Comicforschung*. Essen 2010, 11–31.

Harvey, Robert C.: *The Art of the Comic Book. An Aesthetic History*. Jackson 1996.

Harvey, Robert C.: »Bud Fisher and the Daily Comic Strip.« In: *Inks* 1.1 (1994), 14–25.

Harvey, Robert C.: *Children of the Yellow Kid. The Evolution of the American Comic Strip*. Seattle 1999.

Harvey, Robert C.: »How Comics Came to Be: Through the Juncture of Word and Image from Magazine Gag Cartoons to Newspaper Strips, Tools for Critical Appreciation plus Rare Seldom Witnessed Historical Facts«. In: Jeet Heer/Kent Worcester (Hg.): *A Comics Studies Reader*. Worcester 2009, 25–45.

Horn, Maurice (Hg.): *The World Encyclopedia of Comics*. New York 1976.

Kaufmann, Daniela: *Der intellektuelle Witz im Comic. George Herrimans ›Krazy Kat‹*. Graz 2008.

Kelleter, Frank/Stein, Daniel: »›Great, Mad, New‹. Populärkultur, serielle Ästhetik und der frühe amerikanische Zeitungscomic.« In: *Comics. Zur Theorie und Geschichte eines populärkulturellen Mediums*. Hg. v. Stephan Ditschke, Katerina Kroucheva und Daniel Stein. Bielefeld 2009, 81–117.

Knigge, Andreas C.: »100 Jahre Comic-Strips. 33 Fußnoten von Andreas C. Knigge «. In: Bill Blackbeard (Hg.): *100 Jahre Comic-Strips*. 2 Bde. Unter Mitarbeit von Dale Crain/Andreas C. Knigge/James Vance. Hamburg 1995, 9–32.

McDonnell, Patrick/O'Connell, Karen/De Havenon, Georgia R: *Krazy Kat. The Comic Art of George Herriman*. New York 1986.

Platthaus, Andreas: *Im Comic vereint – Eine Geschichte der Bildgeschichte* [1998]. Frankfurt a. M. 2000.

Schikowski, Klaus: *Der Comic. Geschichte, Stile, Künstler*. Stuttgart 2014.

Stein, Daniel/Thon, Jan-Noël: »Introduction: From Comic Strips to Graphic Novels«. In: Dies. (Hg.): *From Comic Strips to Graphic Novels*. Berlin/Boston 2013, 1–23.

Antonius Weixler

8 Graphic Novels

8.1 | Zum Begriff und seiner Geschichte

Der Begriff ›Graphic Novel‹ – im Deutschen ›Comicroman‹, ›Grafischer Roman‹ oder auch ›illustrierter Roman‹ – hat eine doppelte Bedeutung. Zum einen wird der Terminus als Genrebezeichnung benutzt: Als ›Graphic Novel‹ wird eine Untergruppe von Comics bezeichnet, die anhand inhaltlicher, ästhetischer oder qualitativer Merkmale als grafische Literatur typisiert werden kann. Zum anderen wird ›Graphic Novel‹ als Bezeichnung für ein Publikations- bzw. Medienformat gebraucht, das sich in den 1980er Jahren auf dem US-amerikanischen Comicmarkt etabliert hat. Demzufolge wären es vor allem spezifische Produktionszusammenhänge, Vermarktungsstrategien und Distributionswege, die eine Graphic Novel kennzeichnen und sie von ›klassischen‹ Comicstrips, -Heften und -Reihen unterscheiden. Ob es sich bei der Graphic Novel lediglich um eine **Marketingstrategie**, ein **Comicformat** oder sogar ein eigenständiges **Genre** handelt, ist in der Forschung ebenso wie unter Comic-Künstler_innen umstritten; fest steht jedenfalls, dass diese Aspekte eng miteinander verwoben und nicht immer klar voneinander zu trennen sind, wie sich schon bei der Einführung des Begriffs zeigt.

Die Bezeichnung ›Graphic Novel‹ taucht erstmals auf dem Cover von **Will Eisner**s *A Contract with God and Other Tenement Stories* auf, einem Comicband, der 1978 im New Yorker Verlag Baronet Books erschien. Eisner, der bis dahin Skripts für unterschiedliche Comicserien verfasste und 1940 im Auftrag des Verlags Quality Comics die Comicbeilage *The Spirit* kreierte (vgl. Andelman 2005, 50–73), begann früh mit den Mitteln des Mediums Comic zu experimentieren und setzte den gängigen Superheldentopoi seiner Zeit oftmals sozialrealistische Szenarien entgegen (zu *The Spirit* ausführlicher Kap. 11). In *A Contract with God* greift Eisner erstmals autobiografische Themen auf. In vier Geschichten erzählt er abseits der Konventionen gängiger Comicgenres und ihrer Seitenvorgaben vom Leben jüdischer Familien aus der Arbeiterklasse während der Zeit der Großen Depression (vgl. hierzu und zum Folgenden Knigge 1988, Vos 2010). In der titelgebenden Story »A Contract with God« verarbeitet er über den Umweg der Geschichte des Chassiden Frimme Hersh, der ein Mädchen adoptiert und angesichts seines Todes mit Gott zu hadern beginnt, den Tod der eigenen Tochter. Dieses Erlebnis war für Eisner ausschlaggebend, um sich mit seinen Erinnerungen an das Aufwachsen in einem Mietshaus in der New Yorker Bronx – dem *Tenement* – zeichnerisch auseinanderzusetzen. Die letzte Erzählung seines Bandes mit dem Titel »Cookalein« hat er als »combination of invention and recall« (Schumacher 2010, 200) bezeichnet.

Mit *A Contract with God* wollte Eisner zusätzlich zu seiner angestammten Leserschaft ein **Belletristikpublikum** für sich gewinnen und wandte sich aus diesem Grund an den Literaturverlag Bantam Books. Um sein Vorhaben zu bewerkstelligen, bezeichnete Eisner sein Projekt dem Verleger Oscar Dystel gegenüber als ›Graphic Novel‹. Als dieser feststellte, dass es sich bei der von Eisner vorgelegten Geschichtensammlung nicht um belletristische, sondern um grafische Literatur handelte, wurde eine Veröffentlichung mit der Begründung abgelehnt, dass Bantam Books keine Comics verlege. Unter finanzieller Beteiligung Eisners wurde *A Contract with God* wenig später im Kleinverlag Baronet Books publiziert (vgl. Schumacher 2010, 207 f.).

David A. Beronä (2008) weist indes darauf hin, dass die Geschichte der Graphic Novel weitaus früher beginnt, als die Einführung des Begriffs durch Eisner vermuten lässt (vgl. auch Kap. 2). So zeigt er, dass literarisch ambitionierte Comicromane – etwa Lynd Wards wortlose Woodcut Novel *God's Man* (1929), *Mein Stundenbuch* (1919) des flämischen Grafikers Frans Masereel und die stark durch den Stummfilm beeinflussten Bildromane der 1930er Jahre von Milt Gross – als Graphic Novels *avant la lettre* gelten können.

8.2 | Merkmale

Mit *A Contract with God* hat Eisner einem Genre den Weg bereitet, das er in *Graphic Storytelling* theoretisch zu bestimmen versucht und dort als »**a form of comic book**« (Eisner 2006, 141) bezeichnet. Provokativ entwendet Eisner den für ›profane‹ Comic-Hefte reservierten Begriff (für deren Leserschaft der ›Zehnjährige aus Iowa‹ steht, wie es bei Eisner heißt, ebd.) und macht damit deutlich, dass es sich aus seiner Sicht bei Graphic Novels um die ›wahren‹ Comicbücher handelt, die sich als ›ernsthafte Literatur‹ an ein gehobenes, i. d. R. erwachsenes Publikum wenden, das komplexere, subtilere Erzählungen von größerer Tiefe erwartet, als Comics sie bisher geboten haben. Eisner zufolge hängt die Zukunft der Graphic Novel von ihrer darstellerischen (formalen) Innovation und der Wahl ernsthafter (›würdiger‹) Sujets ab (vgl. ebd.). Damit bestimmt Eisner zugleich zwei wesentliche Merkmale der Graphic Novel, die auch Forscher_innen, die die Graphic Novel als ein eigenständiges Genre betrachten, in den Mittelpunkt rücken (vgl. z. B. Kap. 1).

Merkmale der Graphic Novel

- Comics in Buchformat
- Grafische Literatur, die ein erwachsenes Publikum adressiert
- Literarischer Anspruch sowie selbstreflexiv-autofiktionale Erzählhaltung
- Nichtserialisierte, fiktionale oder nichtfiktionale Erzählung(en)
- Experimenteller Einsatz von Schrift-Bild-Verknüpfungen
- Aufbrechen der für den Heftcomic typischen Seitengestaltung und Panelanordnung
- Distribution über Buchhandel

Die Bezeichnung ›Graphic Novel‹ hebt also keineswegs darauf ab, dass ›Comicromane‹ fiktional wären (solche gibt es zwar auch, viele Graphic Novels sind aber zumindest autobiografisch gefärbt und oft auch einfach nichtfiktional), sondern betont, dass es sich um (thematisch wie darstellerisch) anspruchsvolle Erzählungen handelt, die sich (wiederum thematisch wie darstellerisch) von den engen Vorgaben der etablierten Comicgenres befreien. Tatsächlich ist die Themenvielfalt unter Graphic Novels heute nahezu unbegrenzt (s. 8.5). **Ästhetisch innovativ** sind diese insofern, als sie sich von den Erzählmustern und formalen Vorgaben der Strips, Hefte und Alben (wie z. B. hinsichtlich der Länge und des Seitenformats) lösen und oftmals nicht mehr in konventionellen Bildfolgen erzählen. Starre Muster der Seitengestaltung weichen Repräsentationsformen, die dem zu vermittelnden Inhalt mög-lichst adäquat sein sollen. So gibt es in *A Contract with God* anstelle von Bildrastern großformatige, nahezu wortlose Einzelbilder, die das Geschehen aus ungewöhnli-chen Perspektiven zeigen. Der Blick auf die enge Welt eines Mietshauses ist durch Türstöcke und Fenster gerahmt, Regen, der sich über die Panels erstreckt, wird zum Pendant der Tränen Frimme Hershs. Indem Eisner weitgehend auf Sprechblasen ver-zichtet und stattdessen Typografie und Größe der sprachlichen Bestandteile variiert, akzentuiert er z. B. die ikonische Dimension der Schrift.

Eine klar ausgearbeitete und trennscharfe Typologie der Graphic Novel existiert nicht, Ansätze zu ihrer formalen Klassifikation sind indes bei Groensteen (2007) und Baetens/Frey (2015, 103–187) zu finden. Neben ernsthaften, häufig auto-/biografi-schen Themen und der ästhetischen Innovationskraft vieler Graphic Novels hat sich ein **emphatischer Begriff von Autorschaft** als Konstituente des Genres erwiesen (vgl. Kap. 2). Das Autorkonzept, das Graphic Novels zugrunde liegt, ähnelt jenem, das im Bereich des Autorenkinos der ausgehenden 1960er Jahre gebräuchlich war: Graphic Novels entstehen oftmals im Bewusstsein, dass es ein politisches Interesse an der Vermittlung der eigenen Subjektivität gibt und dass Identität in diesem Zu-sammenhang von grundlegender Bedeutung ist. Deshalb werden sie im deutschspra-chigen Raum auch unter dem Schlagwort ›**Autorencomic**‹ geführt.

Dass in und mithilfe von Graphic Novels häufig Räume der Erinnerung neu ver-messen werden, bedingt die Überschneidung mit dem Genre der **Graphic Memoirs** (vgl. Kap. 15). Die Anspielungen auf populäre Sujets aus der Comicgeschichte und auf die frühe Warenwelt – etwa in Art Spiegelmans *Breakdowns* (1980) und Chris Wares *Jimmy Corrigan – der klügste Junge der Welt* (2013; *Jimmy Corrigan: The Smartest Kid on Earth*, 2000) – sind jedoch nicht zwangsläufig nostalgisch (vgl. da-gegen Baetens/Frey 2015, 217–245). Infolge der in Graphic Novels oftmals vorhande-nen, **selbstreflexiv-autofiktionalen Erzählhaltung** der Autor_innen sowie der zitat-haften Bezugnahme auf andere Medien (z. B. auf die Fotografie in Art Spiegelmans *Maus*, s. u.) entsteht eine Distanz zu Erlebtem oder Erinnertem. In *Jimmy Corrigan* führt etwa die Dauerpräsenz der an Markensujets angelehnten Werbegrafiken, wel-che als zeitliche Indizes der Kindheit des Protagonisten fungieren, zu einer starken Ironisierung von Akten des Erinnerns und wirft die Frage nach dem ›authentischen‹ Gehalt derselben auf (vgl. Hatfield 2005, 108–127).

Insofern Graphic Novels, wie schon die Bezeichnung selbst deutlich macht, als grafische Literatur verstanden werden, könnte eine Klärung ihres Verhältnisses zu Literatur, die ohne visuelle Gestaltungsmittel auskommt, dazu beitragen, dass der Terminus weiter an Kontur gewinnt. Solche Versuche wurden unternommen (vgl. Royal 2011), wie auch umgekehrt darauf hingewiesen wurde, dass die Graphic Novel zu einem veränderten Verständnis von nichtgrafischer Literatur führen könne (vgl. Hatfield 2005, 152). Allerdings weist Ditschke (2009) für den deutschsprachi-gen Raum auch nach, dass im Zusammenhang mit Graphic Novels immer dann auf etablierte Literaturbegriffe rekurriert wurde, wenn das Feuilleton seine verhältnis-mäßig neue Entdeckung als ›kulturell hochstehend‹ legitimieren wollte (zur kultu-rellen Aufwertungs- und Legitimationsfunktion des Begriffs ›grafische Literatur‹ vgl. Kap. 2).

8.3 | Graphic Novels als Publikationsformat und Marketingstrategie

Mit der Etablierung der Graphic Novel als Publikationsform in Buchformat geht eine Veränderung in der Distributionsstruktur von Comics einher (vgl. Kap. 2), denn Graphic Novels können auch im **Buchhandel** erworben werden. Diese Comicbücher können sowohl mehrere, nichtserialisierte Geschichten *mit* (so etwa Will Eisners *A Contract with God*) oder *ohne* thematischen Fokus (z. B. Joe Saccos *Notes from a Defeatist*) umfassen als auch eine einzige Erzählung von epischer Breite (z. B. Leela Cormans *Unterzakhn*).

Obwohl es sich bei Graphic Novels um Comics handelt, werden sie als Publikationen lanciert, die mehr sind als ›nur‹ Comics: Das dahinter stehende **Marketingkonzept** – die Orientierung an der kulturell hochstehenden ›Ware Buch‹ – zielt insbesondere auf Belletristikleser_innen, die mit dem seit den 1950er Jahren auch in der BRD öffentlich bekämpften ›Schmutz- und Schundmedium‹ Comic oft nur wenig verbindet. Das Konzept ›Graphic Novel‹ hat sich in den 1980er Jahren zu einem Zeitpunkt durchgesetzt, als die Comicindustrie – auch infolge der zunehmenden Medienkonkurrenz durch Film und Fernsehen – in die Krise geraten war. Mithilfe von Graphic Novels sollte ein neues Leser_innensegment erschlossen und eine **soziale Distinktion** markiert werden: Graphic Novel-Konsument_innen kaufen Comics mit literarischem Anspruch. Verbunden damit ist eine latente Abwertung anderer Comicgenres ebenso wie eine Verschiebung in den Bereichen von Vertrieb und Vermarktung: Comics, die sich ›Graphic Novels‹ nennen, verbleiben nicht länger innerhalb der Strukturen einer Subkultur, sondern werden von großen Buchverlagen vertrieben. Roger Sabin zufolge wird damit eine Politik der Enteignung zugunsten der ökonomischen Interessen des Mainstreams vorangetrieben (vgl. Sabin 1996, 165).

Als die Kulturindustrie erst einmal entdeckt hatte, dass sich mit der Bezeichnung ›Graphic Novel‹ Umsatz machen ließ, wurden auch solche Produkte mit dem Label versehen, bei denen es sich nicht um Graphic Novels handelte. Nach dem großen Erfolg von Alan Moores und Dave Gibbons Heftserie *Watchmen* wurden jeweils zwei der bei DC erschienenen Hefte zwischen Buchdeckel gepresst und 1987 als ›Graphic Novels‹ auf den Markt gebracht. Dieser heutzutage gängigen Praxis steht Alan Moore skeptisch gegenüber, weshalb er den Begriff ›Graphic Novel‹ für seine Werke strikt ablehnt und sie weiterhin als Comics bezeichnet (vgl. Kavanagh 2000). Auch Art Spiegelman, der als Mitbegründer der Graphic Novel an ihrer Eigenständigkeit als Genre festhält (vgl. Spiegelman in Witek 2007, 289), teilt die Kritik an dieser Praxis (vgl. Spiegelman 1998, 81).

Infolge des oftmals zu Marketingzwecken gebrauchten, stark ausgeweiteten Einsatzes der Bezeichnung ›Graphic Novel‹ haben auch Comicforscher_innen **Kritik** an der Verwendung des Begriffs geäußert. So meint etwa Knigge, dass man letztlich *alle* »in Form von Paperbacks oder Alben erscheinende[n] Comics« (Knigge 1996, 330) unter diesem Terminus subsumieren könne – so auch die Reihe *Tintin* (dt. *Tim und Struppi*) des frankobelgischen Zeichners Hergé, die in Europa bereits Mitte der 1970er Jahre in Alben- und damit gewissermaßen in Buchform verkauft worden war (vgl. Kap. 11). Trotz Knigges berechtigter Kritik an der inflationären Begriffsverwendung bleibt zu fragen, inwieweit er damit nicht das Kind mit dem Bade ausschüttet und dem Terminus zusätzlich an Trennschärfe nimmt.

8.4 | Spiegelmans *Maus* und die Etablierung der Graphic Novel

Die 1992 mit dem Pulitzer-Preis ausgezeichnete, zweibändige Graphic Novel *Maus* des 1948 in Stockholm geborenen Zeichners Art Spiegelman zählt heute zu den unter zahlreichen Aspekten erforschten Klassikern des Genres (z. B. Geis 2003; Chute 2006; einen Überblick bietet Fingeroth 2008, 137 f.). In *Maus* erzählt Spiegelman die Geschichte seines Vaters Wladek Spiegelman und seiner Mutter Anja Zylberberg, die das Warschauer Ghetto sowie das Konzentrationslager Auschwitz überlebt haben. *Maus* ist jedoch auch die Geschichte eines Holocaust-Nachgeborenen der ersten Generation – dem Comic-Alter Ego des Autors –, der unter den autoritären und bevormundenden Verhaltensweisen seines Vaters leidet, dessen Erinnerungen die des Sohnes postmemorial überlagern (zum Aspekt der *postmemory* in *Maus* exemplarisch Hirsch 2012). Spiegelman hat den **Produktionsprozess** seines Comics darin selbst zum Thema gemacht und die Reflexion darüber unter Einbeziehung anderer Medien 2011 mit *MetaMaus* fortgesetzt. Die von ihm in *Maus* verwendeten Tiermasken – Jüdinnen und Juden werden als Mäuse, Nazis als Katzen, Amerikaner_innen als Hunde, Pol_innen als Schweine, Französ_innen als Frösche etc. dargestellt – setzte er mit der Absicht ein, Distanz zum Dargestellten zu erzeugen; zugleich rekurriert er damit auf die Funny-Animal-Tradition im Comic (vgl. Kap. 10) sowie die im NS-Jargon gängige Gleichsetzung von Jüdinnen und Juden mit schädlichem Getier (vgl. Spiegelman 2009, 162).

Wichtige Graphic Novel-Autor_innen des angloamerikanischen Raumes

Charles **Burns**, Howard **Cruse**, Alison **Bechdel**, Kyle **Baker**, Daniel **Clowes**, Robert **Crumb**, Will **Eisner**, Art **Spiegelman**, Kim **Deitch**, Neil **Gaiman**, Julie **Doucet**, Jason **Lutes**, Rutu **Modan**, Frank **Miller**, Grant **Morrison**, David **Mazzucchelli**, **Seth**, Harvey **Pekar**, Trina **Robbins**, Andrzej **Klimowski**, Gilbert **Hernandez**, Craig **Thompson** und Chris **Ware** (vgl. Wolks 2007; Fingeroth 2008)

Einzelne Episoden aus *Maus* – darunter auch die sich durch einen Stilbruch und das Zitat einer Fotografie von dem Rest des Buches abhebende Geschichte vom Selbstmord der Mutter (vgl. Spiegelman 2009, 100–103) – wurden vor der Graphic Novel-Veröffentlichung in den Comicanthologien *Funny Animals* (1972), *Short-Order Comix* (1973) und im Album *Breakdowns* (1980) publiziert. Ohne diese Mitte der 1970er Jahre als Gegenprogramm zur »disziplinierende[n] Herrschaftsstruktur legitimer Ästhetik« (Becker 2009, 245) gegründeten U-Comicmagazine (zum *underground comic* vgl. Kap. 1) wäre eine Weiterentwicklung des zu Beginn im Stil noch naturalistisch angelegten Comics *Maus* undenkbar gewesen. Baetens und Frey gehen sogar so weit zu behaupten, dass der sich durch den sarkastischen Zugriff auf gesellschaftliche Themen, sexuelle Tabulosigkeit und Ironie auszeichnende »appropriation style« (Baetens/Frey 2015, 53) der U-Comix-Zeichner Robert Crumb, Gilbert Shelton, Richard Corben und Bill Griffith nebst der in den 1970er Jahren einsetzenden gesellschaftlichen Nobilitierung der Pop Art die ideengeschichtliche Grundlage für die spätere Graphic Novel darstelle.

Mit dem **Alternativcomicmagazin** *RAW*, das Spiegelman gemeinsam mit seiner Frau Françoise Mouly 1980 gründete, entstand eine weitere Plattform für Avantgarde-Comic-Künstler_innen, die sich nicht von der Industrie vereinnahmen lassen wollten und stattdessen eigene Topoi und Stile entwickelten. Mit dem zeitgleich von Robert Crumb gegründeten Magazin **Weirdo**, das vielen, später auch im Umfeld der **Wimmen's Comix** tätigen Zeichnerinnen wie Phoebe Gloeckner, Julie Doucet, Dori Seda und Aline Kominsky-Crumb Möglichkeiten zu ersten Veröffentlichungen bot, etablierte sich in den USA eine weitere Comicanthologie, die als Relaisstation für die Entwicklung Grafischer Romane fungierte (zur Geschichte der Graphic Novel vgl. Baetens/Frey 2015, 27–100, speziell zu ihren Anfängen Hatfield 2005, 3–30).

Wichtige Graphic Novel-Autor_innen des französischsprachigen Raumes

David B. (David Beauchard), **Baru** (Hervé Baruela), Enki **Bilal**, Chloé **Cruchaudet**, Julie **Doucet**, Emmanuel **Guibert**, **Killoffer**, Li **Kunwu**, Mattt **Konture**, Julie **Maroh**, **Mokeït** (Frédéric Van Linden), Jean-Christophe **Menu**, **Moebius** (Jean Henri Gaston Giraud), Arthur **Qwak**, **Stanislas** (Stanislas Barthélémy), Béatrice **Tillier** und Lewis **Trondheim**

In Frankreich gründeten David B., Lewis Trondheim, Jean-Christophe Menu, Mattt Konture, Stanislas und Mokeït 1990 den **Verlag L'Association**, der eine Plattform für avantgardistische Comic-Künstler_innen wurde, die bald schon »den gesamten Diskurs der Bande Dessinée« (Schikowski 2014, 205) prägten. In Deutschland rief die 1963 in Ost-Berlin geborene Anke Feuchtenberger kurz nach der Wende gemeinsam mit Henning Wagenbreth, Holger Fickelscherer und Detlef Beck die Künstlergruppe »PGH Glühende Zukunft« ins Leben. Unter Rückgriff auf die Ästhetik des Expressionismus wurden hier an die Einzelbild-Ästhetik von Plakatkunst und Illustration angelehnte, avantgardistische Comicformate entwickelt, die Affinitäten zu Graphic Novels aufweisen (vgl. Laser/Groenewald 2014). Die aktuellsten Entwicklungen der Graphic Novel im deutschen und europäischen Sprachraum reflektiert Schikowski 2014.

Wichtige Graphic Novel-Autor_innen des deutschsprachigen Raumes

Arne **Bellstorf**, Nadia **Budde**, Tim **Dinter**, **Flix** (Felix Görmann), Aisha **Franz**, Jens **Harder**, Line **Hoven**, Sascha **Hommer**, Ralf **König**, Richard **Kleist**, Isabel **Kreitz**, Ulli **Lust**, **Mawil** (Markus Witzel), Martin tom **Dieck**, Uli **Oesterle**, Kai **Pfeiffer**, Volker **Reiche**, Kati **Rickenbach**, Elke **Steiner**, Simon **Schwartz** und Barbara **Yelin**

8.5 | Aktuelle Themen der Graphic Novel

Zu den Errungenschaften der Graphic Novel gehört die **Befreiung des Erzählens** im Comic von inhaltlichen Festlegungen samt der damit verbundenen Öffnung für ernsthafte Themen. Dank dieser Offenheit ist die Bandbreite der in Graphic Novels verhandelten Themen enorm – sie reicht von Literaturadaptionen und frei erfundenen Geschichten über Comicreportagen, Sachcomics und Biografien bis hin zu autobiografischen Versuchen, das Verhältnis von Individuum und Gesellschaft im Zusammenhang mit Phänomenen wie Migration und Flucht, sozialen Problemen, Krankheit, Geschlecht, rassistischer Diskriminierung und revolutionären Umbrüchen zu denken.

Signifikant hoch ist zudem der **Anteil von Frauen** auf Produzent_innenseite. Zurückzuführen ist dies vermutlich nicht nur auf die spezifischen Produktionsbedingungen von Graphic Novels (vgl. Kap. 2), sondern auch auf die Möglichkeiten, die ein in Abkehr vom männlich konnotierten Superheldencomic an Kontur gewinnendes Medium bietet, das offen für Sprechpositionen und Artikulationsformen abseits des Genre-Erzählens ist. Im Folgenden werden einige Themen angeführt, die aufgrund ihrer Virulenz Anlass zur Bildung neuer Subgenres im Graphic Novel-Segment geben könnten.

8.5.1 | Graphic Novels mit historisch-politischen Inhalten

Auffallend oft wenden Graphic Novels sich historischen Stoffen zu, für deren Vermittlung sie sich als besonders geeignet erwiesen haben, wie Spiegelmans *Maus* und andere, den Holocaust und seine Folgen thematisierende Graphic Novels – etwa Joe Kuberts *Yossel – 19. April 1943. Eine Geschichte über den Warschauer Aufstand* (2005; *Yossel: April 19, 1943: A Story of the Warsaw Ghetto Uprising*, 2003) – zeigen. Speziell das Genre der Reportagecomics hat sich als beliebtes Transportmittel für politische Inhalte erwiesen (vgl. Kap. 17). Der maltesisch-amerikanische Zeichner **Joe Sacco** gilt als Begründer dieses Genres und hat unter anderem mit *Palästina* (2001; *Palestine*, 2000), *Bosnien* (2010, *Safe Area Goražde: The War in Eastern Bosnia 1992–1995*, 2001) und *Gaza* (2011; *Footnotes in Gaza*, 2009) Comicreportagen in Buchformat über Kriegsgebiete in Nahost und Ex-Jugoslawien vorgelegt. Joe Kubert berichtet in *Fax from Sarajevo* (1996) von der Belagerung Sarajevos durch serbische Truppen während des Krieges in Bosnien und Herzegowina, und auch Nina Bunjevacs wendet sich in *Vaterland* (2015; *Fatherland*, 2014) dem ›Krisenherd‹ Ex-Jugoslawien zu. Obgleich der Schauplatz derselbe ist, stellen die Autor_innen das dortige Geschehen mit unterschiedlichen narrativen und gestalterischen Mitteln dar. Bunjevac etwa nähert sich dem Herkunftsland ihres Vaters über den Umweg einer transnationalen Familiengeschichte zwischen Kanada und Kroatien.

Geschichtsdarstellungen sind quer durch alle Comicgenres zu finden und bereits in den Anfängen des Mediums – insbesondere im Fall des der Karikatur nahe stehenden frühen Zeitungscomics – zahlreich; Repräsentationen von Geschichte in Graphic Novels unterscheiden sich von früheren Darstellungen jedoch dadurch, dass Gewesenes nicht einfach nur parodiert wird; die Informationsvergabe erfolgt über eine/n Erzähler_in, Eindrücke werden **bewusst als subjektiv markiert,** Sach- und Hintergrundinformationen oftmals dazu genutzt, um das auf Bildebene Dargestellte für die Leser_innen nachvollziehbarer zu machen (vgl. Munier 2000; einen Überblick über Geschichtscomics in Deutschland bieten Kesper-Biermann/Severin-Barboutie 2014).

Zu einem bedeutenden Geschichtscomic avancierte unter anderem die Graphic Novel *Still I Rise: A Graphic History of African Americans* (2009), in der Roland Owen Laird und Elihu Bey die Geschichte der Afroamerikaner_innen seit 1619 als Emanzipationsgeschichte darstellen und ihren Widerstand gegen Rassismus und Sklaverei hervorheben. Der **Beitrag von jüdischen Künstler_innen zur Comicgeschichte** ist historisch gut erforscht (vgl. exemplarisch Tabachnick 2014; Baskind/Omer-Sherman 2008; Buhle 2008; Weinstein 2006); mit Elke Steiners *Die anderen Mendelssohns* (2004) und Sarah Gliddens *How to Understand Israel in 60 Days or Less* (2011) wird jene von Eisners *A Contract with God* ausgehende jüdische Kulturgeschichte im Comic in die Gegenwart überführt (vgl. Robbins 2010). Im Zentrum eines weiteren Klassikers des historisch-politischen Comics steht die Darstellung des anderen großen Zivilisationsbruchs nach dem Holocaust: In Keiji Nakazawas Manga *Barfuß durch Hiroshima* (1982; *Hadashi no Gen*, 1973) erzählt der sechsjährige Gen Nakaoka vom Weiterleben nach dem Atombombenabwurf auf Hiroshima.

8.5.2 | Thema Migration

In vielen Graphic Novels der vergangenen zehn Jahre treten (post-)koloniale Held_ innen mit Migrationserfahrungen verstärkt als Akteur_innen hervor. Als Initialzündung für diese Entwicklung gilt das Werk der 1969 im Iran geborenen Graphic Novel-Autorin **Marjane Satrapi**, die im ersten Teil ihrer zweibändigen Coming-of-Age-Story mit dem Titel *Persepolis* ihre Kindheit und Jugend im Teheran der ausgehenden 1970er Jahre thematisiert (2000; dt. *Eine Kindheit im Iran*, 2004). Der zweite Band mit dem Titel *Jugendjahre* (dt. 2004; frz. *Persepolis*, 2000–2003) beginnt in Wien und endet nach der Remigration der Heldin mit der Ausreise aus dem nach dem Zweiten Golfkrieg zerstört vorgefundenen Herkunftsland.

Die biografische Autofiktion Marjane Satrapis zeichnet sich weniger durch narrative Kohärenz denn durch episodisches Erzählen und die Fokussierung auf lose, aus dem Erinnerungsstrom hervorgehobene, holzschnittartige Panels aus. Die oftmals unvorhersehbare Verkehrung der Schwarz-Weiß-Kontraste sorgt ebenfalls für Irritationsmomente. Obwohl die klassische Aufteilung einer Seite in Panels beibehalten wird, fallen einzelne Bilder aufgrund ihrer Gestaltung aus dem Rahmen. Dies korrespondiert mit der Wahrnehmung traumatisierender Erlebnisse durch die Heldin: So tritt etwa im ersten Teil von *Persepolis* ein schwarzes Quadrat an die Stelle dessen, was eigentlich zu sehen sein sollte (Abb. 31).

Zentral ist das Thema Migration auch in den Grafischen Romanen der aus dem Iran in die Schweiz emigrierten Zeichnerin Parsua Bashi mit dem Titel *Nylon Road* (2006), der im Polen der politischen Umbruchzeit geborenen und von Sylvain Savoia und Marzena Sowa erschaffenen Comicfigur namens *Marzi* (2012), der aus dem Libanon stammenden und heute in Frankreich lebenden Zeichnerin Zeina Abirached, die mit *Catharsis* (2006), *Das Spiel der Schwalben* (2013; *Mourir, partir, revenir – Le Jeu des hirondelles*, 2007) und *Ich erinnere mich* (2014; *Je me souviens*, 2009) die Geschichte des Aufwachsens in Beirut während des libanesischen Bürgerkriegs zur Darstellung bringt, sowie in der Grafischen Erzählung *Meine Mutter war eine schöne Frau* (2006) der weißen, südafrikanisch-französischen Autorin Karlien de Villiers. Thematisch relevant sind des Weiteren das *New Yorker Tagebuch* (2004; *My New York Diary*, 1999) der in Québec geborenen Julie Doucet, in dem die Erzählerin von ihrer Auswanderung nach New York berichtet. Der aus einem algerisch-französischen Arbeitermilieu stammende Zeichner Hervé Baruela, der unter dem Künstlernamen Baru in *Der Champion* (1991; *Le chemin de l'Amérique*, 1990) und dem zweibändigen Werk *Wut im Bauch* (2006; *L'Enragé*, 2005) Geschichten von Boxern mit Migrationserfahrung erzählt, verbindet Themen wie jene des antikolonial motivierten Widerstands von in Frankreich lebenden Algerier_innen mit Rassismuskritik und der Selbstermächtigung durch sportliche Leistungen.

Die in Amerika lebende Comiczeichnerin Lynda Barry erzählt in *One Hundred Demons* (2002) ihre ›autobiofictionalography‹ (Tensuan 2006, 947), die stark von Topoi der philippinischen Mythologie beeinflusst ist, während der im australischen Perth geborene Shaun Tan in *Ein neues Land* (2008; *The Arrival*, 2006) die zeitlos gewor-

Abb. 31: »Nichts zu sehen« – Grenzen des Darstellbaren in Marjane Satrapis *Persepolis*

denen Wanderbewegungen eines ›ewigen Fremden‹ ohne Rekurs auf Sprache in surrealen, großformatigen Einzelbildern zeigt. Die Perspektive der deutschen Mehrheitsgesellschaft auf Emigrant_innen bricht hingegen die in Deutschland geborene Zeichnerin Paula Bulling in *Im Land der Frühaufsteher* (2012): In sieben Kapiteln erzählt sie aus dem Leben von Asylwerber_innen in Halle, Halberstadt und Möhlau, wobei sie die ethnografische Perspektive hinter sich lässt und im Zuge von Recherchen vor Ort in die Haut der ›Anderen‹ zu schlüpfen versucht.

8.5.3 | Gender/Queer-Thematik

Im Vorwort ihres Buches *Graphic Women: Life Narrative and Contemporary Comics* setzt Hillary Chute den Aspekt der Hybridität der Graphic Novel in Beziehung zu ihren Darstellungsmöglichkeiten und stellt fest, dass dieses Format sich nicht nur besonders gut dazu eignet, (Frauen-)Biografien in ihrer Fragmentiertheit darzustellen, sondern auch die Chance bietet, die Kategorie Geschlecht abseits des Mann-Frau-Dualismus neu zu verhandeln (vgl. Chute 2010, 10).

Wenngleich mit Trina Robbins’ *From Girls to Grrrlz: A History of Women’s Comics from Teens to Zines* (1999) eine gut dokumentierte Geschichte der amerikanischen

Comiczeichnerinnen-Szene vorliegt, mangelt es trotz der Vielzahl an Graphic Novels mit queeren Inhalten an einer umfassenden Darstellung für den Bereich der LGBTIQ-Comics (die Abkürzung steht für ›Lesbian‹, ›Gay‹, ›Bisexual‹, ›Transgender/Transse-xual‹, ›Intersexed‹ und ›Questioning‹). Zwar liegt mit *Dyke Strippers: Lesbian Cartoo-nists A to Z* (vgl. Warren 1995) ein Lexikon lesbischer Zeichner_innen vor; Aufsätze zu speziellen Aspekten nichtheteronormativer Repräsentationen in Graphic Novels finden sich zumeist jedoch nur in thematisch nicht einschlägigen Sammelbänden (vgl. Scalettar 2000; Queen 1997), wobei der Reader *Theorien des Comics* (Eder/Klar/Reichert 2011) eine Ausnahme darstellt.

Im US-amerikanischen Independent-Comicverlag Slave Labor Graphics veröffent-lichte Ariel Schrag bereits gegen Ende der 1990er Jahre die Coming-of-Age-Graphic-Novels *Definition* (1997) und *Potential* (2000), die von ihrem Coming-out während der Highschoolzeit handeln. Mit Diane DiMassas *Complete Hothead Paisan: Homici-dal Lesbian Terrorist* (1999) liegt die erste Anthologie der italoamerikanischen Queer-Aktivist_in Hothead Paisan vor, die seit 1991 in Heftform erscheint (vgl. Martindale 1997), Michelle Tea und Laurenn McCubbin beschreiben in *Rent Girl* (2005) das All-tagsleben einer queeren Sexarbeiterin in San Francisco und Jon Macy legt mit *Fearful Hunter* (2014) seine erste Graphic Novel vor, die von einem monogamen Paar han-delt, das in Reaktion auf das heterosexuelle Heiratsprivileg eigene Vorstellungen von der Ehe entwickelt. Im deutschsprachigen Raum stechen vor allem die Arbeiten von Ralf König hervor, der mit *Super Paradise* (2013) einen Grafischen Roman über den Aids-Tod eines Freundes gezeichnet hat.

Howard Cruse und Alison Bechdel zählen zu den wenigen queeren Zeichner_in-nen aus dem Zine- und Independent-Bereich, die auch mit Graphic Novels reüssie-ren. Mit *Stuck Rubber Baby* (1995; dt. *Am Rande des Himmels*, 1996) zeichnet Cruise die homosexuelle Emanzipationsgeschichte seines Protagonisten nach, der zeit-gleich zum Verfechter der Ziele der afroamerikanischen Bürgerrechtsbewegung wird. Die Karriere der queeren Comiczeichnerin Alison Bechdel begann 1983 mit wöchent-lichen Veröffentlichungen von Comicstrips (*Dykes To Watch Out For*) in der *New York Times*, die bereits in mehr als vierzig schwul-lesbischen Zeitschriften publiziert wur-den und seit 1986 auch in Buchform erscheinen. Die mit der Serie *Dykes To Watch Out For* bekannt gewordene Zeichnerin hat 2006 mit *Fun Home* (dt. 2008), einer epi-sodischen Erzählung über ihre Familie (Abb. 32), ihre erste Graphic Novel veröffent-licht, der 6 Jahre später *Are you my mother?* (2012; dt. *Wer ist hier die Mutter?*, 2014) gefolgt ist.

Abb. 32: Comic-Coming-out in Alison Bechdels *Fun Home*

Primärliteratur

Bechdel, Alison: *Fun Home. Eine Familie von Gezeichneten.* Köln 2008 (engl. *Fun Home. A Family Tra-giccomic*, 2006).

Bechdel, Alison: *Dykes to Watch Out For. Selections.* Boston 2008.

Corman, Leela: *Unterzakhn.* New York 2012.

Eisner, Will: *Graphic Storytelling.* Tamarac, Fla. 1996.

Eisner, Will: *Comics & Sequential Art* [1985]. Tamarac, Fla. 2006.

Eisner, Will: *Der Spirit.* Stuttgart 1981 (engl. *The Spirit*, 1940–1952).

Eisner, Will: *A Contract with God and Other Tenement Stories.* New York 1978 (dt. *Ein Vertrag mit Gott und andere Mietshausgeschichten*, 1980).

Miller, Frank: *Batman: The Dark Knight Returns* (dt. *Batman – Die Rückkehr des Dunklen Ritters*, 1989).

Sacco, Joe: *Notes from a Defeatist.* Seattle 2003.

Spiegelman, Art: *Die vollständige Maus. Die Geschichte eines Überlebenden.* Frankfurt a. M. [3]2009 (engl. *The Complete Maus. A Survivor's Tale*, 1994).

Spiegelman, Art: *Breakdowns. Gesammelte Comic Strips.* Frankfurt a. M. 1980 (engl. *Breakdowns*, 1977).

Satrapi, Marjane: *Persepolis. Eine Kindheit im Iran.* Zürich [2]2004 (dt. 2004, frz. *Persepolis*, tome 1–4, 2000–2003).

Satrapi, Marjane: *Persepolis. Jugendjahre.* Wien 2005 (dt. 2004, frz. *Persepolis*, tome 1–4, 2000–2003).

Ware, Chris: *Jimmy Corrigan – der klügste Junge der Welt.* Berlin 2013 (engl. *Jimmy Corrigan: The Smartest Kid on Earth*, 2000).

Grundlegende Literatur

Baetens, Jan/Frey, Hugo: *The Graphic Novel: An Introduction*. Cambridge 2015 [ebook]. [kritisch-historische Einführung zur Graphic Novel im angloamerikanischen Raum, die sich mit narrativen, gestalterischen, genretheoretischen und kulturwissenschaftlichen Aspekten des Mediums beschäftigt]

Beronä, David A.: *Wordless Books. The Original Graphic Novels*. New York 2008. [Monografie zur Geschichte und Ästhetik der vornehmlich an die Medien Lithografie und Zeitung gebundenen stummen Graphic Novel für den Zeitraum 1918–1951]

Chute, Hillary L.: *Graphic Women: Life Narrative and Contemporary Comics*. New York 2010. [Studie über Lebenserzählungen von Frauen im Graphic-Novel-Format mit starker Berücksichtigung der Kategorien Geschlecht, Sexualität, Selbstrepräsentation und Trauma; dabei handelt es sich der Autorin zufolge um semifiktionale Formen der Selbstinterpretation, die auch als »Graphic Narratives« bezeichnet werden.]

Fingeroth, Danny: *The Rough Guide to Graphic Novels*. London/New York 2008. [lexikalisch angelegtes Manual mit je ein- bis zweiseitigen Besprechungen von 60 kanonisierten, internationalen Graphic Novels.]

Gravett, Paul: *Graphic Novels. Stories To Change Your Life*. London 2005. [populärwissenschaftlicher Überblick zu ausgewählten Graphic Novels des 20. und 21. Jahrhunderts.]

Schikowski, Klaus: *Der Comic. Geschichte, Stile, Künstler*. Stuttgart 2014, 171–195; 240–265. [überblicksartig angelegte Comic-Historie, die die aktuellsten Entwicklungen der Graphic Novel im deutschen und europäischen Sprachraum abseits von disziplinären Fixierungen und terminologischen Engpässen reflektiert]

Wolk, Douglas: *Reading Comics: How Graphic Novels Work and What They Mean*. New York 2007. [beispielgebend für eine im deutschsprachigen Raum kaum existente, feuilletonistische Comic-Kritik auf hohem Niveau; in 23 Kapiteln werden zentrale Werke der anglo-amerikanischen Graphic Novel besprochen]

Sekundärliteratur

Andelman, Bob: *Will Eisner: A Spirited Life*. Milwaukie 2005.

Baskind, Samantha/Omer-Sherman, Ranen: *The Jewish Graphic Novel: Critical Approaches*. New Brunswick 2008.

Becker, Thomas: »Genealogie der autobiografischen ›Graphic Novel‹. Zur feldsoziologischen Analyse intermedialer Strategien gegen ästhetische Normalisierungen«. In: Stephan Ditschke/Katerina Kroucheva/Daniel Stein (Hg._innen): *Comics. Zur Geschichte und Theorie eine populärkulturellen Mediums*. Bielefeld 2009, 239–264.

Buhle, Paul (Hg.): *Jews and American Comics. An Illustrated History of an American Art Form*. New York/London 2008.

Chute, Hillary L.: »›The Shadow of a Past Time‹: History and Graphic Representation in ›Maus‹.« In: *Twentieth Century Literature* 52/2 (2006), 199–230.

Ditschke, Stephan: »Comics als Literatur. Zur Etablierung des Comics im deutschsprachigen Feuilleton seit 2003«. In: Stephan Ditschke/Katerina Kroucheva/Daniel Stein (Hg._innen): *Comics. Zur Geschichte eines populärkulturellen Mediums*. Bielefeld 2009, 265–80.

Eder, Barbara/Klar, Elisabeth/Reichert, Ramón (Hg._innen): *Theorien des Comics. Ein Reader*. Bielefeld 2011.

Geis, Deborah R. (Hg.in): *Considering Maus: Approaches to Art Spiegelman's »Survival Tale« of the Holocaust*. Alabama 2003.

Groensteen, Thierry: *The System of Comics*. Jackson 2007 (frz. *Système de la bande dessinée*, 1999).

Hatfield, Charles: *Alternative Comics: An emerging Literature*. Jackson 2005.

Hirsch, Marianne: »Mourning and Postmemory«. In: Dies.: *Family Frames. Photography, Narrative and Postmemory*. Cambridge, Mass./London 2012, 17–40.

Kavanagh, Barry: »The Alan Moore Interview: Northampton/Graphic Novel« (2000), http://www.blather.net/articles/amoore/northampton.html (15.4.2015).

Kesper-Biermann, Sylvia/Severin-Barboutie, Bettina (Hg._innen): »Verflochtene Vergangenheit. Geschichtscomics in Deutschland seit den 1950er Jahren«. In: *COMPARATIV – Zeitschrift für Globalgeschichte und vergleichende Gesellschaftsforschung* 24/3 (2014), 7–28.

Knigge, Andreas C.: *Alles über Comics. Eine Entdeckungsreise von den Höhlenbildern bis zum Manga*. Hamburg 2004.

Knigge, Andreas C.: *Comic Lexikon*. Frankfurt a. M. 1988.

Knigge, Andreas C.: *Comics. Vom Massenblatt ins multimediale Abenteuer*. Reinbek bei Hamburg 1996.

Laser, Björn/Groenewald, Michael: »Leichtmetall und Glühende Zukunft. Comics aus der DDR«. In: *Reddition* 60 (2014), 33–35.

Martindale, Kathleen: »Back to the Future with ›Dykes to Watch Out For‹ and ›Hothead Paisan‹«. In: Dies.: *Un/popular Culture: Lesbian Writing After the Sex Wars*, New York 1997, 55–76.

Munier, Gerald: *Geschichte im Comic – Aufklärung durch Fiktion? Über Möglichkeiten und Grenzen des historisierenden Autorencomic der Gegenwart*. Hannover 2000.

Queen, Robin M.: »I Don't Speak Spritch‹: Locating Lesbian Language«. In: Anna Livia/Kira Hall (Hg._innen): *Queerly Phrased: Language, Gender and Sexuality*. Oxford 1997, 233–256.

Robbins, Trina: »Comix von jüdischen Frauen – Das Wimmen's Comix Collective«. In: Kampmeyer-Käding, Margret/Kugelmann, Cilly (Hg._innen): *Helden, Freaks und Superrabbis. Die jüdische Farbe des Comics*. Berlin 2010, 80–87.

Robbins, Trina: *From Girls to Grrrlz: A History of Women's Comics from Teens to Zines*. San Francisco 1999.

Royal, Derek Parker: »Sequential Sketches of Ethnic Identity. Will Eisner's ›A Contract with God‹ as Graphic Cycle.« In: *College Literature* 38.3 (2011), 150–167.

Sabin, Roger: *Comics, Comix & Graphic Novels*. London/New York 1996.

Scalettar, Liana: »Resistance, Representation and the Subject of Violence: Reading ›Hothead Paisan‹«. In: Joseph A. Boone u. a. (Hg._innen): *Queer Frontiers: Millennial Geographies, Genders, and Generations*. Madison 2000, 261–277.

Schumacher, Michael: *Will Eisner: A Dreamer's Life in Comics*. New York 2010.

Spiegelman, Art: *Comix, Essays, Graphics and Scraps*. Palermo 1998.

Tabachnick, Stephen E.: *The Quest for Jewish Belief and Identity in the Graphic Novel*. Tuscaloosa 2014 [ebook].

Tensuan, Theresa M.: »Comic Visions and Revisions in The Work of Lynda Barry and Marjane Satrapi«. In: *Modern Fiction Studies* 52/4 (2006), 947–967.

Vos, Gail de: »A Contract with God«. In: Keith Booker (Hg.): *Encyclopedia of Comic Books and Graphic Novels*. Santa Barbara 2010, 116–118.

Warren, Roz: *Dyke Strippers: Lesbian Cartoonists A to Z*. Pittsburgh 1995.

Weinstein, Simcha: *Up, up, and oy vey! How Jewish History, Culture, and Values Shaped the Comic Book Superhero*. Baltimore 2006.

Witek, Joseph (Hg.): *Art Spiegelman: Conversations*. Jackson 2007.

Barbara Eder

9 Webcomics

9.1 | Einführung

Webcomics erfreuen sich in den letzten Jahren immer größerer Aufmerksamkeit. Neben regelmäßig verliehenen **Auszeichnungen** wie dem Peng!-Preis in der Kategorie »Bester Online-Comic« oder dem Lebensfenster-Preis für grafisches Blogen des Kurt-Schalker-Komitees finden sich zunehmend Preisträger aus dem Bereich der Webcomics auch bei anderen Comicpreisen. 2014 erhielt Marvin Clifford den Publikumspreis des Max-und-Moritz-Preises für seinen Webcomic *Schisslaweng*. Ein Jahr später wurde die **Comic Solidarity**, eine Projektgemeinschaft von Comic-Künstlern, für ihr Engagement in der deutschen Webcomicszene mit dem ICOM-Independent-Comic-Preis in der Kategorie »Sonderpreis der Jury für eine besondere Leistung oder Publikation« belohnt. Auch das Feuilleton nimmt Webcomics inzwischen wahr. Über Kate Beatons *Hark! A Vagrant* (dt. *Obacht, Lumpenpack!* 2015) wurde 2015 im Rahmen der Veröffentlichung der gedruckten deutschen Fassung u. a. in der *Süddeutschen Zeitung*, der *tageszeitung* und der *Frankfurter Allgemeinen Zeitung* berichtet.

Auch die **wissenschaftliche Aufmerksamkeit** für das Thema wächst: Beinahe die Hälfte aller Veröffentlichungen zu digitalen Comics stammt aus den letzten vier Jahren (vgl. *Bibliographie – Digitaler Comic* in Wilde 2015a, 51 ff.). Am Beginn einer wissenschaftlichen Auseinandersetzung mit Webcomics stehen allerdings zwei kaum überwindbare **Hindernisse**, die mit den Eigenheiten des Internets und des Trägermediums Computer zusammenhängen:

(1) Eine Geschichtsschreibung gestaltet sich äußerst schwierig, weil die Inhalte des Internets flüchtig sind und zudem Computerhard- und -software sehr kurze Lebenszyklen aufweisen. In Ermangelung vollständiger Internetarchive können Erscheinungsdaten und manchmal sogar die Existenz eines bestimmten Webcomics nicht immer verifiziert werden. Frühe digitale Comics, deren Rezeption von einer zwischenzeitlich veralteten Hard- und Softwarekonfiguration abhängig ist, lassen sich zudem nur mit erheblichem Aufwand rekonstruieren, wie Darren Wershler feststellt (vgl. Hammel 2014b, 9).

(2) Quantifizierungen jedweder Art sind wenigstens problematisch. Wie viele Webcomics gibt es überhaupt? Welche Verbreitung hat ein bestimmter Webcomic? Das sind zwei Beispiele für Fragen, die sich nicht sicher beantworten lassen oder bei denen man auf nicht überprüfbare Selbstauskünfte angewiesen ist. Die Unabhängigkeit vieler Vertriebsformen im Internet führt dazu, dass weder vollständige noch verlässliche Verzeichnisse vorhanden sind. Zahlen zur Verbreitung, wie sie im Bereich gedruckter Comics mit Auflagenzahlen zur Verfügung stehen, existieren gar nicht. Dass die Anzahl der Webcomics groß ist, steht dennoch fest. Das englischsprachige Verzeichnis »The Webcomic List« verzeichnet im Juli 2015 annähernd 24.000 Comics, die im Internet veröffentlicht wurden (Young 2001). Hinzu kommt eine große Anzahl in den letzten Jahren veröffentlichter E-Comics (also Comics im E-Book-Format), die in den klassischen Webcomicverzeichnissen meist gar nicht aufgeführt werden (s. 9.2).

Neben der großen Aufmerksamkeit, die Webcomics zuteilwird, und ihrer weiten

Verbreitung dürften die vielseitigen Fragestellungen, die mit der Digitalisierung von Comics einhergehen, ein weiterer Grund für das steigende wissenschaftliche Interesse sein (s. 9.5). Thematisch lassen sich dabei **drei Hauptgebiete des Interesses** eingrenzen, die Scott McCloud bereits 2000 in *Reinventing Comics* (dt. *Comics neu erfinden*, 2001) skizziert hat:

1. Produktion und Vertrieb von Webcomics: Aus der Perspektive der Praxis setzt man sich mit technischen Fragen der Produktion und Veröffentlichung von Webcomics auseinander (vgl. Guigar u. a. 2011) und versucht die Ertragsmöglichkeiten für Künstler unter den Bedingungen des Vertriebs im Internet zu erkunden (vgl. Allen 2014). Der noch ungelösten Frage nach den Einkommensmöglichkeiten werden in der Regel die Vorteile eines von Verlagen unabhängigen Vertriebs gegenübergestellt (Guigar u. a. 2011, 11).
2. Aspekte der Demokratisierung und Partizipation, u. a. als Folge wechselseitiger Kommunikationsformen im Web 2.0 (vgl. Fenty u. a. 2004; Hicks 2009; Wilde 2015a, 4).
3. Erweiterung der künstlerischen Ausdrucksformen im Comic: Der von McCloud erwarteten neuen »Kunstform jenseits unserer Vorstellungskraft« (McCloud 2001, 241) steht Brad Guigars nüchterne Feststellung gegenüber: »Webcomics are not different from other forms of comics« (Guigar u. a. 2011, 13).

9.2 | Definition

Aus informationstechnologischer Sicht handelt es sich bei Webcomics um reine Information, die in Form von Daten übertragen wird (Kukkonen 2014, 521). Eine erste medienwissenschaftliche Abgrenzung zu Comics in gedruckter Form kann über die Einordnung der Webcomics in die Klasse der **Tertiärmedien** erfolgen (vgl. Kap. 3). Während die über Primärmedien vermittelte Kommunikation nur gelingt, wenn beide Kommunikationsteilnehmer zur gleichen Zeit am selben Ort sind, zählen gedruckte Comics zu den Sekundärmedien, die zeit- und ortsunabhängig ohne technische Hilfsmittel rezipiert werden können; im Unterschied dazu setzen Tertiärmedien auch bei der Rezeption ein technisches Hilfsmittel voraus (vgl. Schirra 2014). Das ist im Falle digitalisierter Information in aller Regel der Computer als Trägermedium. Dessen herausragende Eigenschaft ist die permanente technologische Weiterentwicklung, während die technologischen Eigenschaften des Trägermediums Buch seit hunderten von Jahren im Wesentlichen unverändert geblieben sind. Schon dieser Vergleich begründet Webcomics als eigenständigen Untersuchungsgegenstand.

Natürlich ist die Rede von ›Webcomics‹ nur sinnvoll, wenn sie als **Teilmenge von Comics** überhaupt verstanden werden. Das bedeutet, dass grundlegende Fragen und Probleme, die im Zusammenhang mit Comicdefinitionen auftreten und diskutiert werden, auch für Webcomics gelten. Ob ein Comic aufgrund bestimmter Eigenschaften oder in Abgrenzung zu anderen medialen Formen als Comic identifiziert wird (vgl. Wilde 2015b), lässt sich für Webcomics ebenso leidenschaftlich diskutieren wie für gedruckte Comics. Daher können Webcomics unabhängig davon, welche Comicdefinition zugrunde gelegt wird, wie folgt definiert werden: **Webcomics** sind Comics, die online publiziert werden und zu deren Rezeption ein Endgerät mit Internetzugang benötigt wird (Hammel 2014a, 23).

Ob sich Webcomics besonderer technischer Möglichkeiten digitaler Formate bedienen oder nicht, ist dabei nicht entscheidend, da bereits die Digitalisierung zu sehr wesentlichen, neuen Eigenschaften führt (s. 9.4.1). Diese Definition schließt die sogenannten **E-Comics** mit ein, da auch diese ohne ein Endgerät mit Internetzugang nicht rezipiert werden können. Ob der Zugriff über das mobile Internet oder das World Wide Web erfolgt, ist für die Benennung unterschiedlicher Typen von Webcomics und für ihre Abgrenzung zu Printcomics nur von geringer Bedeutung. Die technologischen Eigenschaften, die einen eigenständigen Begriff von Webcomics rechtfertigen und einer Typologie verschiedener Webcomicarten zugrunde liegen, lassen sich weitgehend auf das Trägermedium Computer zurückführen und sind somit sogar auf die geringe Anzahl **digitaler Comics** anwendbar, die ohne Internetzugang auskommen. Ein frühes Beispiel eines solchen Comics ist Art Spiegelmans CD-ROM *The Complete Maus: A Survivor's Tale Voyager*.

Hybridisierung: In ihren Randbereichen verliert allerdings jede Definition an Schärfe, und das gilt auch für den Webcomic. Zwar kann er von Zeichentrickfilm und Computerspiel in der Regel eindeutig abgegrenzt werden, Hybridisierung ist im digitalen Kontext jedoch immer häufiger anzutreffen. Die Comicforschung wird daher in zunehmendem Maße mit Untersuchungsobjekten konfrontiert, die sich einer eindeutigen Zuordnung entziehen. Zwei Beispiele für **Hybride** sind der *Watchmen Motion Comic*, der die Grenze zum Trickfilm deutlich überschreitet, und die von ihrem Autor Daniel Merlin Goodbrey als **Hypercomic** bezeichnete Comic-Spiel-Mischform *The Empty Kingdom*. Die Bedeutung einer eindeutigen Zuordnung sollte allerdings nicht überbewertet werden. Für die ludologische Untersuchung eines Spiels z.B. dürfte sich die Frage »Game oder Webcomic?« vermutlich gar nicht stellen.

Insgesamt sind die Erscheinungsformen von Print- und Webcomics häufig eng miteinander verzahnt. Als Folge unterschiedlicher Vertriebsstrategien liegen zunehmend mehr Comics in einer gedruckten Fassung und als Webcomic vor. Das **Überschreiten der Mediengrenzen** erfolgt in beide Richtungen. Einerseits werden erfolgreiche Webcomics von Verlagen entdeckt und verlegt, wie z.B. Daniel Lieskes *Wormworld Saga* oder Sara Burrinis *Das Leben ist kein Ponyhof*, und andererseits nutzen Verlage und Zeichner gedruckter Comics das Internet als zusätzlichen Vertriebsweg oder Werbekanal. So bringt z.B. der amerikanische Verlag DC sämtliche Titel am selben Tag in einer Print- und einer Onlineversion heraus (Pannor 2011, 132).

> **Webcomics** sind Comics, die online publiziert werden und zu deren Rezeption ein Endgerät mit Internetzugang benötigt wird (Hammel 2014a, 23). Diese Definition schließt die sogenannten **E-Comics** mit ein, da auch diese ohne ein Endgerät mit Internetzugang nicht rezipiert werden können.

9.3 | Geschichte

Anfänge: Ein Browser, der keine Grafiken darstellen kann, ist zur Veröffentlichung von Comics denkbar ungeeignet. Diese einfache aber grundlegende Tatsache veranschaulicht deutlich, dass sich eine Geschichtsschreibung des Webcomics an den technologischen Entwicklungen des Internets orientieren muss, sofern sie mehr als eine bloße Chronologie der Ereignisse liefern möchte.

Schon vor der Veröffentlichung des ersten grafikfähigen Browsers Mosaic im Jahre 1993 wurden vereinzelt Comics über Onlinedienste wie CompuServe oder Q-Link zur Verfügung gestellt. Diese Comics mussten auf den eigenen Rechner heruntergeladen und mit einem Bildbetrachtungsprogramm geöffnet werden. Das früheste bekannte Beispiel dieser Art ist die Wizard-of-Oz-Parodie *Witches in Stitches* von Eric Millikin von 1985 (vgl. Garrity 2011).

Am 21. April 1993 veröffentlicht David Farley mit seinem Cartoon *Doctor Fun* den ersten Webcomic, der eingebunden in ein HTML-Dokument dargestellt wird (vgl. Campbell 2006, 28). Die Anzahl der veröffentlichten Webcomics bleibt bis zur Einführung des 56k-Modems überschaubar, da die Übertragung von Bilddateien sehr viel Zeit benötigt.

Das erste Comicportal: Zwischen 1996 und 2000, dem Jahr, in dem die sogenannte Dotcom-Blase platzt, vollzieht das World Wide Web eine beispiellose Expansion. 1998 besitzen geschätzte 147 Millionen Menschen Zugang zum Internet (vgl. Bonset 2011). In diesem Zeitraum erleben auch Webcomics eine stärkere Verbreitung. Auf dem amerikanischen Comicportal Big Panda, dem ersten seiner Art, versammeln sich immerhin bis zu 770 Künstler, die dort ihre Webcomics veröffentlichen. Preload-Funktionen für Grafiken und die unter Zeichnern und Fotografen beliebte Funktion »Save for Web« aus dem Bildbearbeitungsprogramm Photoshop, die es ermöglicht, Bilder in einer optimierten Web-Version zu speichern (Guidebook 2005), fördern die Verbreitung des Bilds im World Wide Web maßgeblich.

Experimente und Vermarktung: Die ersten Jahre nach dem Erscheinen von *Reinventing Comics* (McCloud 2000) sind von den veränderten Bedingungen des Vertriebs und dem Innovationspotenzial der Digitalisierung geprägt. Neben Experimenten mit hypertextuellen Webcomics (s. 9.4.3) und neuen Technologien wie Macromedia Flash oder JavaScript erscheinen die ersten Webcomics, die mit McClouds Konzept des ›Infinite Canvas‹ arbeiten (s. 9.4.2), das den Bildschirm als ein Fenster versteht, das den Blick auf eine dahinter liegende unendliche Leinwand erlaubt. Prominente Beispiele sind McClouds eigener Webcomic *I can't stop thinking*, eine Onlinefortsetzung von *Reinventing Comics*, sowie *When I am King* von Demian5, der für seine humorvolle Geschichte um einen liebestollen ägyptischen König neben dem Infinite Canvas auch zahlreiche Animationen einsetzt. Verschiedene Webportale dieser Zeit versuchen Vermarktungs- und Einnahmemöglichkeiten im World Wide Web zu erschließen. Darunter befinden sich Portale wie Keenspot und The Duck Comics, die bis heute existieren, oder Modern Tales von Joey Manley, das seinen Betrieb 2012, nach zehnjährigem Versuch, ein Abonnementmodell zu etablieren, wieder eingestellt hat (vgl. Campbell 2006, 63 ff.).

Partizipation der Leser: Am 30. September 2005 liefert Tim O'Reilly mit seinem Artikel »What is Web 2.0?« das Stichwort für eine bis heute dauernde Entwicklung im World Wide Web (vgl. O'Reilly 2005). Teilhabe und Mitgestaltung werden zu den wichtigsten Grundsätzen der Kommunikation im Internet. Eine der nachhaltigsten Neuerungen stellen die Blogs dar, die sich auch als Publikationsform für regelmäßig erscheinende Webcomics durchsetzen konnten. Der aus Schulbuchnotizen hervorgegangene Webcomic *xkcd* des ehemaligen NASA-Mitarbeiters Randall Munroe und *A. D. New Orleans after the deluge* von Josh Neufeld, der seine Erlebnisse nach dem Hurrikan Katrina zu einem Comic verarbeitet, verwenden beide Blogtechnologien. Beide nutzen zudem weitere technologische Möglichkeiten, die an eine Veröffentlichung im Web gebunden sind. Insbesondere Neufeld stellt seinen Webcomic über die Verlinkung zu Originalzitaten und Videoaufnahmen der Protagonisten in einen komplexen intertextuellen Zusammenhang (vgl. Jacobs 2014). Das Prinzip »Trusting users as co-developers« (O'Reilly 2005, 5) verändert das Verhältnis von Autor und

Leser nachhaltig. Tarol Hunt, Zeichner des Webcomics *Goblins*, erfährt das eindrück-lich am eigenen Leib. Der andauernde und regelmäßige Austausch mit seinen Le-sern, die ihm unmittelbares Feedback zu seinen Fortsetzungen geben oder auch kon-krete Wünsche äußern, setzt ihm so stark zu, dass er einen Nervenzusammenbruch erleidet und seine Arbeit zeitweise ganz einstellen muss (Romaguera 2015, 9).

Mobile Endgeräte: Die Einführung des iPads 2010 kann als wichtige Wegmarke hinsichtlich einer wachsenden Kommerzialisierung der Webcomics gelten. Mobile Endgeräte treiben als Trägermedium vor allem die Verbreitung der E-Comics voran, die häufig an proprietäre Reader-Software gebunden sind. ComiXology, der größte Anbieter auf diesem Markt, wird im April 2014 von Amazon.com aufgekauft: ein deutliches Indiz für die wirtschaftliche Attraktivität, die Webcomics in Form der E-Comics gewonnen haben. Die notwendige Anpassung der Seitengestaltung an den Panel-für-Panel-Lesemodus, den comiXology für kleinformatige Endgeräte bereit-stellt, dokumentiert, wie Technologie und Ökonomie das Format von Comics unmit-telbar beeinflussen können. Das ruft Erinnerungen an Formatbeschränkungen wach, wie sie Comics schon in ihren Anfangszeiten als Zeitungsstrips erfahren haben (vgl. Kap. 7).

9.4 | Typologie

Das Potenzial der Webcomics zur Ausbildung neuer narrativer Formen oder auch ei-ner medienspezifischen Ästhetik (vgl. Wilde 2015a; Banhold/Freis 2012) beruht in erster Linie auf den technologischen Möglichkeiten des Trägermediums Computer (vgl. auch McCloud 2001, 212 ff.). Daher lassen sich die Ausprägungen verschiede-ner Typen von Webcomics in der Regel unmittelbar darauf zurückführen, wie diese technologischen Möglichkeiten zum Einsatz kommen. Insgesamt lassen sich sechs im Folgenden beschriebene Kategorien benennen, die sich gegenseitig nicht immer ausschließen und in verschiedenen Kombinationen auftreten können.

9.4.1 | Konventionelle Webcomics

Als konventionell werden Webcomics definiert, die sich nur durch die Digitalisie-rung von gedruckten Comics unterscheiden. Dabei kann es sich sowohl um einge-scannte oder abfotografierte Druckvorlagen handeln, wie z.B. bei *Ahoi Polloi*, als auch um digital produzierte Comics, die ohne eine Anpassung an Bildschirmformate und ohne webspezifische Technologien auskommen. Zu dieser Kategorie gehören vermutlich mit Abstand die meisten Webcomics. Allerdings wird nicht immer die Notwendigkeit gesehen, hier eine Abgrenzung zu Printcomics vorzunehmen (vgl. Banhold/Freis 2012, 159). Dabei liegt schon in der medienspezifischen ›Materialität‹, die bei Webcomics als **Immaterialität oder Virtualität** begriffen werden kann, ein wesentlicher Unterschied zu gedruckten Comics. Des Weiteren erfolgt die Darstel-lung nur noch auf einer einzigen Seite, nämlich dem Bildschirm, was Auswirkungen auf die Konstruktion von Geschichten haben kann. **Zoomfunktionen** ermöglichen in den meisten Fällen die stufenlose Vergrößerung und Verkleinerung der Ansicht. End-geräte beeinflussen die Darstellung, und für die Rezeption ein- und desselben Co-mics kann das Endgerät gewechselt werden. Schließlich gehören Webcomics einer anderen Medienklasse als gedruckte Comics an, nämlich den Tertiärmedien (s. 9.2).

Zu den konventionellen Webcomics zählen vor allem Cartoons, klassische Strips und längere Comics, die auf dem Bildschirm wie ihre gedruckten Vorbilder Seite für Seite rezipiert werden, wie es bei vielen E-Comics auf der Plattform mycomics.de der Fall ist.

Abb. 33: An die Stelle des Seitenwechsels treten bei Verwendung des Infinite Canvas fließende Übergänge zwischen erzählerischen Einheiten, die einen eigenen Erzählrhythmus ermöglichen. Abgebildet ist hier der Übergang zwischen dem Intro und dem ersten Kapitel der *Wormworld Saga* von Daniel Lieske. Quelle: Lieske, Daniel: »Wormworld Saga« (2010), http://www.wormworldsaga.com (4.8.2015).

9.4.2 | Adaptive Webcomics

Anders als die konventionellen Webcomics passen sich Webcomics dieser Kategorie auf unterschiedliche Art und Weise den veränderten Möglichkeiten oder Anforderungen einer Darstellung auf dem Bildschirm an. Beim hauseigenen E-Comic-Reader der Firma comiXology erfolgt die Anpassung an kleinformatige Endgeräte z.B. über eine Panel-für-Panel-Navigation. Dafür muss ein Comic zunächst in seine einzelnen Panels ›zerschnitten‹ werden, wodurch im Druck verwendete Gestaltungselemente für eine Seite vollständig entfallen. Andere Darstellungsformen passen sich dem Querformat des Computerbildschirms an, auch wenn das Querformat im Zeitalter des Tablets nicht mehr der unangefochtene Standard bei den digitalen Trägermedien ist. Als Anpassungsleistung an den Bildschirm kann auch der **Infinite Canvas** dieser Kategorie zugewiesen werden. Der Bildschirm als Fenster mit Blick auf die ›unendliche Leinwand‹ erhöht nicht nur den Lesekomfort, sondern ermöglicht zugleich neue ästhetische Momente und einen veränderten Erzählrhythmus, wie die *Wormworld Saga* virtuos vorführt (Abb. 33).

Erste Versuche einer Bildschirmanpassung mit Hilfe des Responsive Webdesigns hat Safari-Produktdesigner Pablo Defendini unternommen, auch wenn die flexible Anpassung an beliebige Bildschirmformate, die das Responsive Webdesign ermöglicht, noch eine ganze Reihe erzählerischer Herausforderungen birgt (vgl. Hammel 2014b, 13).

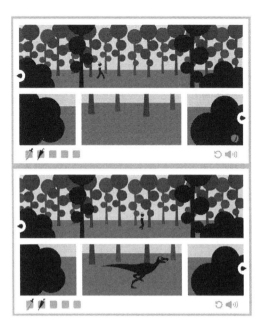

Abb. 34: Für *The Empty Kingdom* verwendet Daniel Merlin Goodbrey klassische Elemente der Comicseitengestaltung wie fest platzierte Panels oder das *pacing*. Gar nicht klassisch ist allerdings, dass der Rezipient den Protagonisten von Panel zu Panel steuert, wobei sich auch der Inhalt anderer Panels verändern kann. Das Aufsammeln von Gegenständen zur Lösung einer Aufgabe verleiht dem Hypercomic zudem spielerischen Charakter. Quelle: Goodbrey, Daniel Merlin: »The Empty Kingdom« (2014), http://www.kongregate.com/games/Stillmerlin/theemptykingdom (4.8.2015).

9.4.3 | Hypertextuelle Webcomics

Das World Wide Web basiert grundlegend auf dem Prinzip des Hypertexts, also der Verknüpfung von Dokumenten untereinander mit Hilfe sogenannter **Hyperlinks**. Die Hyperfiktion als Textgattung, die »nicht linear sondern vernetzt organisiert [ist]« (Mahne 2007, 112), findet hier ideale technologische Voraussetzungen. Bei hypertextuellen Webcomics müssen Leser an sogenannten Knoten eine Entscheidung darüber fällen, welcher Erzählstrang einer vorgegebenen Anzahl von Erzählsträngen weiterverfolgt werden soll. Im Unterschied zu den ersten beiden Kategorien (9.4.1 und 9.4.2) sind Anzahl und Reihenfolge der angezeigten Panels also nicht von vornherein festgelegt. Dadurch brechen hypertextuelle Webcomics mit vertrauten Lesekonventionen (Ryan 2004, 330) und riskieren eine Unterbrechung des Rezeptionsflusses. Das trägt vermutlich dazu bei, dass sie in der erzählenden Webcomicliteratur selten anzutreffen sind. Besonders vielseitig hat Goodbrey die Möglichkeiten des hypertextuellen Comics erprobt. In seinem 2013 erschienenen Aufsatz »From Comic to Hypercomic« (Goodbrey 2013a) beschreibt er die besonderen Herausforderungen des hypertextuellen Erzählens und führt aus, warum Hypercomics die Tendenz haben, sich in Richtung Spiel zu hybridisieren.

9.4.4 | Interaktive Webcomics

Sowohl in der medienwissenschaftlichen als auch in der informatischen Literatur findet der Begriff ›**Interaktivität**‹ eine uneinheitliche und häufig unspezifische Verwendung (vgl. Hammel 2014a, 58 ff.). Für die Kategorie der interaktiven Webcomics wird Interaktivität in Abgrenzung zu Steuerungsfunktionen definiert, die in ihrem

Ablauf vorherbestimmte Ereignisfolgen auslösen, wie z.B. das Anklicken eines Buttons, um das nächste Panel eines Webcomics aufzurufen. Im Gegensatz dazu greifen interaktive Handlungen eines Rezipienten aktiv in den Handlungsablauf einer narrativen Struktur ein. Um das zu ermöglichen, erhält der Rezipient Zugriff auf einen **Algorithmus**, der ihm eine nicht vorhersagbare Fortführung der erzählten Handlung ermöglicht. Das entspricht bspw. der Spielsituation in einem **avatarbasierten Computerspiel** oder der Nutzung einer interaktiven Straßenkarte (vgl. Schirra 2014). Ein Beispiel aus der Welt der Webcomics findet sich in *Brandon Generator* von Edgar Wright und Tommy Lee Edwards. Zu einem bestimmten Zeitpunkt der Erzählung wird der Leser aufgefordert, »mystery prose« zu schreiben, die Protagonist Brandon eines Morgens auf seinem Laptop vorfindet. Die selbst verfassten Texte werden also zu einem Bestandteil der Erzählung. Hannes Niepold und Hans Wastlhuber stellen dem ›Leser‹ in *The Church of Cointel* sogar einen Algorithmus zur Bilderzeugung zur Verfügung. Neue Panels werden durch die Rezipienten platziert, und der Inhalt kann mit dem Mauszeiger selbst gezeichnet werden. Im Falle interaktiver Webcomics fällt die Erzeugung der Narration also mit der Rezeption zusammen. Stärker noch als hypertextuelle Webcomics tendieren interaktive Webcomics dazu, die Grenze zum Computerspiel zu überschreiten.

9.4.5 | Multimediale Webcomics

Grob ausdifferenziert, stehen der digitalen Informationsübertragung die Medientypen Text, Grafik, Bewegtbild und Ton zur Verfügung (Müller 2004, 557). Da Comics die Zeichensysteme Schriftsprache und Bild zu einem neuen Zeichensystem verbinden, sind sie nicht nur multimodal, sondern im Grunde genommen schon multimedial angelegt (vgl. Kap. 3). Von multimedialen Webcomics zu reden, ist daher nur sinnvoll, wenn **Ton und/oder Bewegtbild** als Gestaltungselemente hinzukommen. Während die Einbindung von Ton den Charakter des Comics als narrativer Bildfolge meist nicht verändert, kann Animation einen Comic schnell in einen Trickfilm transformieren, wie weiter oben schon am Beispiel des Motioncomics *Watchmen* festgestellt wurde. Als konzeptuelle Einheit betrachtet und partiell eingesetzt können animierte Elemente aber auch als Weiterentwicklung im Print vorhandener Merkmale interpretiert werden, z.B. in Form animierter GIF-Grafiken, die ein einzelnes Bildelement in Bewegung wiedergeben (vgl. Goodbrey 2013b).

Ein frühes Beispiel für einen multimedialen Webcomic ist Charley Parkers *Argon Zark!* von 1995, in den Parker viele kleinere Animationen eingebaut hat. Unterlegt mit einem eigenen, 40-minütigen Soundtrack gehört auch der dystopische Webcomic *TearTalesTrust* aus dem Jahre 2001 in diese Kategorie (Scheuermann 2002).

9.4.6 | Experimentelle Webcomics

Der Computer als Trägermedium verändert und erweitert seine technologischen Möglichkeiten kontinuierlich. Insofern scheint es sinnvoll, eine Entwicklungskategorie bereitzustellen: Webcomics, die damit experimentieren, **neue Technologien** für die Erweiterung ihrer erzählerischen Möglichkeiten zu nutzen, können als experimentelle Webcomics zusammengefasst werden, bis sich Entwicklungen so verfestigen, dass es sich lohnt, eine neue Kategorie zu bilden.

Abb. 35: In *Expanding the Comic Canvas: GPS Comics* von Ozge Samanci unternimmt der Rezipient einen navigierten Spaziergang durch die reale Welt. Aufgrund individueller Entscheidungen werden an bestimmten Orten Comicpanels ausgewählt, die am Ende zu einem einseitigen Comic zusammengesetzt werden. Quelle: Samanci, Ozge: »GPS Comics« (2012), http://gpscomics.com/ (6.8.2015).

Der aufwändig gestaltete Webcomic *Hobo Lobo of Hamelin* von Stevan Živadinović, der mithilfe übereinander gelegter Ebenen Räumlichkeit simuliert (Živadinović 2011), findet hier ebenso einen Platz wie die Website *Thrillbent* des Amerikaners Mark Waid. Auf *Thrillbent* testen verschiedene Künstler u. a. die erzählerischen und dramaturgischen Möglichkeiten des »One-Page-Effects« (Hammel 2014a, 67). Diese ergeben sich aus der Tatsache, dass die Betrachtung eines Comics auf dem Bildschirm immer nur auf einer einzigen Seite stattfindet: dem Bildschirm. Ebenfalls experimentelle Anteile enthalten der multimediale Webcomic *Brandon Generator*, der umfangreich die Möglichkeiten von HTML5 auslotet, sowie das digitale Comicexperiment *Expanding the Comic Canvas: GPS Comics* von Ozge Samanci und Anuj Tewari, das einen GPS-basierten Spaziergang mit der interaktiven Erzeugung eines digitalen Comics verbindet (vgl. Samanci 2011; vgl. Abb. 35).

9.5 | Forschungslage

Die Beschäftigung mit den Folgen und Möglichkeiten der Digitalisierung von Comics ist ein sehr junger Zweig der selber noch jungen Comicforschung. Mit *Reinventing Comics* hat Scott McCloud 2000 einen Anfang gemacht, der wesentliche Fragestellungen bereits pointiert formuliert. In den folgenden zehn Jahren erschien nur eine Handvoll weiterer Artikel und mit *History of Webcomics* von T Campbell (2006) nur eine einzige Monografie. Etwas seit 2010 scheint das Interesse am Thema dauerhaft erwacht zu sein, auch wenn erst eine weitere Monografie hinzugekommen ist: *Webcomics. Einführung und Typologie*, 2014 erschienen, stellt den ersten Versuch dar, einen umfassenden Überblick über das Phänomen Webcomics (Definition, Geschichte und Typologie) zu liefern (Hammel 2014a). 2015 veröffentlichte die britische Gesellschaft für Medien, Kommunikation und Kulturwissenschaften MeCCSA das Schwerpunktheft *Digital Comics* ihres Journals *Networking Knowledge*.

Ein Blick in die *Bibliographie Digitaler Comic*, die Lukas R. A. Wilde für den Reader *Webcomics im Fokus I. Internationaler Comic-Salon Erlangen 2014* zusammengestellt hat (Wilde 2015a, 51–59), veranschaulicht sehr gut, welche Schwerpunkte in der Webcomicforschung aktuell gesetzt werden. Für die **Geschichtsschreibung** hat T Campbell wertvolle Grundlagenarbeit geleistet (Campbell 2006). Hammel führt die historische Darstellung fort und stellt medien- und technologiegeschichtliche Zusammenhänge her (Hammel 2014a, 27–47). Den umfassendsten Überblick über die **Ökonomie** der Webcomics liefert Todd W. Allen in *Economics of Digital Comics* (Allen 2014), einer vollständig überarbeiteten Neuausgabe von *The Economics of Web Comics* (Allen [2]2007).

Die Frage nach einer spezifischen **Ästhetik und experimentellen Formen** wird seit *Reinventing Comics* (McCloud 2000) immer wieder gestellt. Einen vertiefenden Einblick aus medienwissenschaftlicher Perspektive liefert Wilde in *Distinguishing Mediality* (Wilde 2015b), während sich Hammel erstmals an den technologischen Bedingungen des Internets für die Ausbildung neuer Formen orientiert (Hammel 2014a). Die vergleichende Gegenüberstellung von **Materialität** gedruckter und **Virtualität** digitaler Comics ist ebenfalls ein wiederkehrendes Thema. Grundlegend und ausführlich analysiert Ian Hague die Bedeutung der Materialität in *Comics and the Senses: A Multisensory Approach to Comics and Graphic Novel* (Hague 2014).

Auf welche Art und Weise **E-Comics** oder nicht genehmigte digitale Scans als eine besondere Form der E-Comics die Form der Comics beeinflussen und verändern können, untersuchen u. a. Darren Wershler und Jeffrey S. J. Kirchoff (vgl. Wershler 2011; Wershler u. a. 2014; Kirchoff 2013).

Schließlich stellen »die wandelnden kommunikativen und sozialen Funktionen des Comics« (Wilde 2015a) ein ergiebiges Untersuchungsgebiet dar. Webcomics wird in der Literatur wiederholt das Vermögen zur Entfaltung **partizipativer und demokratisierender Tendenzen** mit Hilfe vernetzter Kommunikationsformen zugesprochen (vgl. Fenty u. a. 2004 und Hicks 2009). In diesem Bereich beobachtete Entwicklungen stellen aber zumeist kein spezifisches Webcomicphänomen dar, sondern lassen sich allgemeiner unter Begriffen wie ›Web 2.0‹ und ›Social Media‹ zusammenfassen. Neben Interaktivität, die zu einer Auflösung der klassischen Rollenverteilung zwischen Autor und Leser führen kann, wird vor allem der vielseitig verknüpfte Informationsraum des World Wide Web als Ursache für neue Möglichkeiten der Teilhabe angeführt. Dieses System der »interlinked information« entschlüsselt Dale Jacobs plausibel anhand der Beispiele *xkcd* und *A. D. New Orleans After the Deluge* (vgl. Jacobs 2014).

Primärliteratur

»Ahoi Polloi« (2006), http://ahoipolloi.blogger.de/ (5.8.2015).
Beaton, Kate: »Hark! A Vagrant« (2006), http://www.harkavagrant.com (4.8.2015).
Burrini, Sarah: »Das Leben ist kein Ponyhof« (2006), http://sarahburrini.com/wordpress (4.8.2015).
Clifford, Marvin: »Schisslaweng« (2012), http://www.schisslaweng.net/ (4.8.2015).
Demian5: »When I am king« (2000), http://www.demian5.com/king/wiak.htm (4.8.2015).
Farley, David: »Doctor Fun« (1993), http://www.ibiblio.org/Dave/archive.html (4.8.2015)
Goodbrey, Daniel Merlin: »The Empty Kingdom« (2014), http://www.kongregate.com/games/Still-merlin/the-empty-kingdom (4.8.2015).

Hammel, Björn/Hoffmann, Michael/Lieske, Harald/Rumbke, Leif: »TearTalesTrust« (2001), http://teartalestrust.de/ (4.8.2015).

Hunt, Tarol: »Goblins« (2005), http://www.goblinscomic.org/ (4.8.2015).

Lieske, Daniel: »Wormworld Saga« (2010), http://www.wormworldsaga.com (4.8.2015).

McCloud, Scott: »I can't stop thinking« (2001), http://www.scottmccloud.com/1-webcomics/icst (4.8.2015).

Millikin, Eric: »Witches in Stitches« (1985), offline.

Moore, Alan/Gibbons, Dave: »Watchmen Motion Comic – Chapter 1« (2008), http://www.youtube.com/watch?v=mLdqKlj3-A0 (4.8.2015).

Munroe, Randall: »XKCD« (2005), http://xkcd.com (4.8.2015).

Neufeld, Josh: »A. D. New Orleans After the Deluge« (2007), http://smithmag.net/afterthedeluge (4.8.2015).

Niepold, Hannes/Wastlhuber, Hans: »The Church of Cointel« (2001), http://www.cointel.de/ascii/ (4.8.2015).

Parker, Charley: »Argon Zark« (1995), http://www.zark.com/ (4.8.2015).

Spiegelman, Art: *The Complete Maus: A Survivor's Tale Voyager.* (CD-ROM). New York 1994.

Waid, Mark: »Thrillbent« (2012), http://thrillbent.com/ (5.8.2015).

Wright, Edgar/Edwards,Tommy Lee: »The Random Adventures of Brandon Generator« (2012), http://www.brandongenerator.com/ (4.8.2015).

Živadinović, Stevan: »Hobo Lobo of Hamelin« (2011), http://hobolobo.net/ (5.8.2015).

Grundlegende Literatur

Allen, Todd W.: *Economics of Digital Comics.* San Francisco 2014. [umfassende Darstellung der wirtschaftlichen Bedingungen des digitalen Comicvertriebs]

Campbell, T: *The History of Webcomics.* San Antonio 2006. [Die erste Geschichte der Webcomics; ihr Fokus liegt auf den USA; auch wenn sie 2006 endet, enthält sie sehr profundes Wissen.]

Goodbrey, Daniel Merlin/Nichols, Jayms (Hg.): *Digital Comics. A Special-Themed Issue of Networking Knowledge: Journal of the MeCCSA Postgraduate Network* 8/4 (2015), http://ojs.meccsa.org.uk/index.php/netknow/article/view/386 (4.8.2015). [Die in der Zeitschrift versammelten Artikel verschaffen einen aktuellen und guten Eindruck von der Vielfalt der Perspektiven, unter denen digitale Comics untersucht werden können.]

Hammel, Björn: *Webcomics. Einführung und Typologie.* Berlin 2014. [2014a] [Die bislang einzige Monografie, die sich umfassend dem Thema Webcomics widmet.]

McCloud, Scott: *Comics neu erfinden.* Hamburg 2001 (engl. *Reinventing Comics*, 2000). [McCloud hat sich als Erster Gedanken über die Folgen der Digitalisierung für die Comicproduktion gemacht und benennt in diesem Buch mit feinem Gespür zentrale Themen, die in Bezug auf Webcomics bis heute diskutiert werden.]

Wilde, Lukas R. A. (Hg.): *Webcomics im Fokus I. Internationaler Comic-Salon Erlangen 2014. Dokumentation der Veranstaltung.* Frankfurt a. M. 2015. [2015a] [Neben einem guten Überblick über das Thema Webcomics aus medientheoretischer Sicht enthält der Reader eine sehr empfehlenswerte Bibliografie vom Herausgeber]

Sekundärliteratur

Allen, Todd W.: *Economics of Webomics.* San Francisco ²2007.

Banhold, Lars/Freis, David: »Von postmodernen Katzen, abwesenden Katzen und Dinosaurier reitenden Banditen: Medienästhetik, Distribution und medialer Kontext von Webcomics«. In: Christian A. Bachmann/Véronique Sina/Lars Banhold (Hg.): *Comics Intermedial.* Essen 2012, 159–177.

Bonset, Sébastien: »Geschichte der Webstandards« (2011), http://t3n.de/news/geschichte-webstandards-infografik-345705/web-standards-direction2b/ (4.8.2015).

Fenty, Sean/Houp, Trena/Taylor, Laurie: »Webcomics: The Influence and Continuation of the Comix Revolution«. In: *ImageTexT: Interdisciplinary Comics Studies* 1 (2004), Nr. 2, http://www.english.ufl.edu/imagetext/archives/v1_2/group/ (4.8.2015).

Garrity, Shaenon: »The History of Webcomics«. In: *The Comics Journal* (2011), http://www.tcj.com/the-history-of-webcomics/ (4.8.2015).

Goodbrey, Daniel Merlin: »From Comic to Hypercomic«. In: Jonathan C. Evans/Thomas Giddens (Hg.): *Cultural Excavation and Formal Expression in the Graphic Novel.* Oxford 2013, 291–301. [2013a]

Goodbrey, Daniel Merlin: »Digital Comics – New Tools and Tropes«. In: *Studies in Comics* 4.1 (2013), 185–198. [2013b]

Guidebook: »Adobe Photoshop 5.5« (2005), http://www.guidebookgallery.org/apps/photoshop/550 (4.8.2015).

Guigar, Brad/Kelllett, Dave/Kurtz, Scott/Straub, Kris: *How To Make Webcomics*. Berkeley ³2011.

Hague, Ian: *Comics and the Senses. A Multisensory Approach to Comics and Graphic Novels*. London 2014.

Hammel, Björn: »Was haben elf telepathische Elefanten mit Startrek zu tun – Inside Webcomics«. In: Burkhard Ihme (Hg.): *COMIC! Jahrbuch 2015*. Stuttgart 2014, 8–22. [2014b]

Hicks, Marianne: »›Teh futar‹. The power of the webcomic and the potential of Web 2. 0.«. In: Richard Scully/Marian Quartly (Hg.): *Drawing the Line. Using Cartoons as Historical Evidence*. Clayton 2009, 11.1–11.20.

Jacobs, Dale: »Webcomics, Multimodality, and Information Literacy«. In: *ImageTexT: Interdisciplinary Comics Studies* 7 (2014) Nr. 3, http://english.ufl.edu/imagetext/archives/v7_3/jacobs (4.8.2015).

Kirchoff, Jeffrey S. J.: »It's Just Not the Same as Print (and It Shouldn't Be): Rethinking the Possibilities of Digital Comics«. In: *Technoculture: An Online Journal of Technology in Society* 3 (2013), http://tcjournal.org/drupal/vol3/kirchoff (4.8.2015).

Kukkonen, Karin: »Web Comics«. In: Marie-Laure Ryan/Benjamin Robertson (Hg.): *Johns Hopkins Guide to Digital Media*. Baltimore 2014, 521–524.

Mahne, Nicole: *Transmediale Erzähltheorie. Eine Einführung*. Göttingen 2007.

Müller, Heinz: »Multimedia«. In: Uwe Schneider/Dieter Werner (Hg.): *Taschenbuch der Informatik*. Leipzig 2004.

O'Reilly, Tim: »What Is Web 2. 0. Design Patterns and Business Models for the Next Generation of Software« (2005), http://oreilly.com/web2/archive/what-is-web-20.html (4.8.2015).

Pannor, Stefan: »Der US-Comicmarkt«. In: Burkhard Ihme (Hg.): *COMIC! Jahrbuch 2012*. Stuttgart 2011, 128–141.

Romaguera, Gabriel E.: »Waiting for the Next Part: How the Temporal Dimensions of Digital Serialisation Have Changed Author-Reader Dynamics«. In: Daniel Merlin Goodbrey/Jayms Nichols (Hg.): *Digital Comics. A Special-Themed Issue of Networking Knowledge: Journal of the MeCCSA Postgraduate Network* 8/4 (2015), http://ojs.meccsa.org.uk/index.php/netknow/article/view/388 (4.8.2015).

Ryan, Marie-Laure: »Digital Media«. In: Marie-Laure Ryan (Hg.): *Narrative across media: the languages of storytelling*. Lincoln 2004, 329–336.

Samanci, Ozge: »From Site-specific Comics to Location-based Comics: Ordinary Things, Planting Comics, and GPS Comics«. In: *The Journal of the International Digital Media and Arts Association* 8.2 (2011), 25–36, http://idmaa.org/wp-content/uploads/2013/03/Vol-8-No-2–2011.pdf (4.8.2015).

Scheuermann, Christoph: »Nix für die Badewanne«. In: *die tageszeitung* (28.3.2002).

Schirra, Jörg R. J.: »Typologien der Medien«. In: *Glossar der Bildphilosophie* (2014), http://www.gib.uni-tuebingen.de/netzwerk/glossar/index.php?title=Typologien_der_Medien (4.8.2015).

Wershler, Darren: »Digital Comics, Circulation, and the Importance of Being Eric Sluis«. In: *Cinema Journal* 50.3 (2011), 127–134.

Wershler, Darren/Siervo, Kalervo/Tien, Shannon: »A Network Archaeology of Unauthorized Comic Book Scans«. In: *Amodern 2: Network Archaeology* (2014), http://amodern.net/article/a-network-archaeology-of-unauthorized-comic-book-scans (4.8.2015).

Wilde, Lukas R. A.: »Distinguishing Mediality: The Problem of Identifying Forms and Features of Digital Comics«. In: Daniel Merlin Goodbrey/Jayms Nichols (Hg.): *Digital Comics. A Special-Themed Issue of Networking Knowledge: Journal of the MeCCSA Postgraduate Network* 8.4 (2015), http://ojs.meccsa.org.uk/index.php/netknow/article/view/386 (4.8.2015). [2015b]

Young, Ash: »The Webcomic List« (2001), http://www.thewebcomiclist.com/ (4.8.2015).

Živadinović, Stevan: »Building a parallax scrolling storytelling framework« (2011), http://www.creativebloq.com/javascript/building-parallax-scrolling-storytelling-framework-8112838 (4.8.2015).

Björn Hammel

10 Funnies

10.1 | Zur Entstehung des Begriffs

Im Frühjahr 1944 zeichnete Carl Barks für die Nummer 45 der monatlich erscheinenden amerikanischen Heftserie *Walt Disney's Comics & Stories* eine Geschichte mit Donald Duck. Darin unterhält der Entenhausener Bürger einen Bootsverleih und konkurriert dabei mit seinen drei Neffen Tick, Trick und Track um Kundschaft. Als J. P. Diamondtubs, der stadtbekannte Millionär, zu einem Angelausflug aufbrechen will und dafür das Ruderboot der Neffen wählt, macht Duck ihnen den Fahrgast mit einer Reihe von schmutzigen Tricks wieder abspenstig, und als Diamondtubs schließlich in sein Motorboot übergewechselt ist, verabschiedet der triumphierende Onkel die betrogene Verwandtschaft mit einem höhnischen Gruß: »Ta ta, boys! I'll see you in the funny papers!«

Es handelt sich dabei um einen in den Comics generell eher seltenen, bei Barks sogar extrem raren Ausbruch aus der kongruenten Welt eines Erzählkosmos. Die Leseillusion wird zerstört, um dadurch just das zu schaffen, wovon Donald Duck spricht: »**a funny paper**«, ein lustiges Blatt. Noch in der Mitte des 20. Jahrhunderts, also fünf Jahrzehnte nach der Etablierung des Comics als autonomer Form, hatte sich dieser Begriff gehalten, der dem des ›Comics‹ vorangegangen und lange synonym gebraucht wurde – auch in Deutschland gab es bereits seit 1888 eine Satirezeitschrift namens *Lustige Blätter*, die ausschließlich Bildergeschichten enthielt. Dabei handelte es sich allerdings meist nicht um Bildsequenzen, sondern um Cartoons, also Einzelillustrationen (vgl. Kasten S. 144). Als dann amerikanische Zeitungen in New York in den 1890er Jahren damit begannen, für ihre Sonntagsausgaben farbige Supplemente mit mehreren Bildergeschichten, die ganz überwiegend sequenziell erzählten, zu drucken, war dabei ebenfalls zunächst nicht von Comics die Rede, sondern in Abgrenzung vom meist ernsthaften Inhalt des restlichen Blatts vom ›**funny paper**‹. Konsequent wählte der *New York Herald*, eines der frühesten Foren für Comics, den Titel *Funny Side* für seine Beilage, und als 1934 das erste regelmäßig erscheinende Comic-Heft an die amerikanischen Kioske kam, hieß es **Famous Funnies**, weil es Nachdrucke von Bildergeschichten aus Tageszeitungen enthielt, die auf das kleinere Format ummontiert worden waren.

Dass sich die heute übliche Bezeichnung ›**Comics**‹ trotzdem durchsetzte, verdankte sich allein deren längerer Traditionslinie in der Pressegeschichte: Schon 1796 war in London ein Witzblatt mit Zeichnungen erschienen, das den Namen **The Comick Magazine** trug und zum Vorbild für zahlreiche ähnliche englische Publikationen des 19. Jahrhunderts wurde, die die Begriffe ›comick‹ oder ›comic‹ im Titel trugen, wobei das erste Zeitungssupplement mit Bildergeschichten in Großbritannien bereits 1874 erschien und ausgerechnet *Funny Folks* hieß. Doch das hielt nicht lange, die Beilage wurde in *The Comic Companion to the Newspaper* umbenannt. Die Schlacht um die Gattungsbezeichnung für gezeichnete humoristische Bildergeschichten in den Zeitungen war also in England bereits entschieden worden, und als sie in Amerika noch einmal aufgenommen wurde, war der Ausgang dadurch vorherbestimmt (Gifford 1984, 8).

Doch es blieb die Genrebezeichnung ›Funnies‹, die sich unmittelbar aus dem ehemaligen Gattungsbegriff herleitet. Sie benennt bis heute **humoristische Comics**, und anfangs waren das die einzigen, die es überhaupt gab, denn anders als humoristisch schien eine Erzählform ja gar nicht vorstellbar, die schon in ihrem Namen darauf verwies, dass es darin komisch zugehen würde. Erstaunlicherweise gelang jedoch die Emanzipation des Begriffs ›Comics‹ vom Komischen, als sich in den 1920er Jahren gezeichnete Abenteuerserien in den Zeitungen durchzusetzen begannen, die auf Spannung statt auf Witz setzten, aber immer noch Comics genannt wurden. Zur Unterteilung bezeichnete man die verbliebenen humoristischen Serien fortan konsequent als ›Funnies‹, und diesem Genre gehörte auch die anfangs erwähnte Geschichte von Carl Barks an. Ein intelligenter Entenhausener wie Donald Duck wusste eben, wovon er sprach, wenn er seinen Neffen ironisch ein Wiedersehen in den »funny papers« in Aussicht stellte.

Kurzdefinition Funnies

Funnies sind eine Untergruppe der Comics. Ihr Kennzeichen ist eine **humoristische Handlung** und eine **cartooneske Figurendarstellung** (vgl. hierzu den Kasten »Cartoon als Stilbezeichnung« in Kap. 4) – also kein realistischer Zeichenstil. Am Ende des 19. und zu Beginn des 20. Jahrhunderts wurden die Begriffe ›Comic‹ und ›Funny‹ in Amerika noch synonym gebraucht. Nachdem sich in den 1920er Jahren ›Comic‹ als Bezeichnung durchgesetzt hatte, wurde ›Funny‹ in **Abgrenzung zum** sich damals neu entwickelten **Abenteuergenre** gebraucht – ungefähr in dem Sinne, wie sich im Theater Komödie und Drama unterscheiden. Allerdings blieb für die Funnies die Ästhetik der frühen Comics konstitutiv.

Solche selbstreferenziellen Anspielungen (vgl. Kap. 18) sind bei Barks, der in 25 Jahren ein Gesamtwerk von rund 6500 Comicseiten mit Duck-Geschichten schuf, wie gesagt äußerst selten; er bemühte sich nicht nur um einen geschlossenen Erzählkosmos, der eine Entenhausener Welt aus eigenem Recht bot, sondern entwickelte die zuvor ausschließlich humoristisch eingesetzten Disney-Figuren zu komplexen Charakteren, die fortan auch für dramatische Erzählungen taugten. 1944 aber stand Barks noch am Anfang seiner Karriere als Comicautor. Zwei Jahre zuvor war sein Debüt erschienen, und als regelmäßiger freier Zulieferer für *Walt Disney's Comics & Stories* arbeitete er gerade einmal seit Anfang 1943. Bis dahin war er jahrelang im Story Department des Disney-Animationsstudios beschäftigt gewesen, wo das selbstreferenzielle Spiel mit der eigenen Form fest etabliert war (Platthaus 2001, 219): Im Trickfilm wurde gern thematisiert, dass man sich im Trickfilm befand – Figuren verließen scheinbar die Leinwand, verlangsamten die Laufgeschwindigkeit der Projektion oder ließen den Film gar rückwärts laufen, um komische Effekte zu erzielen. Und die in Amerika genau gleichzeitig entstandene Erzählform des Comics stand der Animation nicht nach. Gerade seine Pioniere nutzten das humoristische Potenzial, das im augenzwinkernden Verweis auf die Bedingungen ihres Schaffens steckte.

10.2 | Die Pioniere

10.2.1 | Bildgeschichten für Immigranten: *Hogan's Alley*

Das berühmteste Beispiel dafür bietet bereits jene Serie, die als erster Comic im modernen Sinne gilt: *Hogan's Alley* von **Richard Felton Outcault**, natürlich ein Funny, dessen erste noch schwarzweiße Folgen 1894 in einer amerikanischen Satirezeitschrift namens *Truth* erschienen waren. Die Tageszeitung *New York World* übernahm einige dieser Episoden, ehe sie Outcault engagierte und im Jahr danach seine Serie auf Farbe und eine ganze Seite umstellte, worauf *Hogan's Alley* seinen Siegeszug in der Gunst des Massenpublikums antrat (Platthaus 2008, 19 ff.). Die neue Form der Comicbeilagen richtete sich vor allem an die zahlreichen **europäischen Einwanderer**, die in New York ankamen und meist auch erst einmal dort blieben, um sich eine amerikanische Existenz aufzubauen. Der weitaus größte Teil von ihnen war mit der englischen Sprache nicht vertraut, und die Comics zogen aus diesem Handicap doppelten Gewinn: Als **Bildergeschichten** waren sie auch für des Englischen weniger Kundige leicht zu verstehen, womit ein Kaufanreiz für die ganze Zeitung geschaffen wurde, und das in New York verbreitete Kauderwelsch aus den unterschiedlichsten Sprachen bot einen grandiosen Ausgangspunkt für witzige Dialoge. Die frühen Comicfiguren, vor allem diejenigen Outcaults, nutzten das weidlich, und so entwickelte die neue Erzählform einen **subversiven Humor**, weil sie nicht nur die sprachungewandten Einwanderer für sich gewann, sondern auch ein gebildeteres Publikum, das sich just über die in den Comics dokumentierten Sprachungewandheiten amüsierte. Die Funnies waren anfangs lustig, weil sie den Löwenanteil ihrer Leser lächerlich machten.

Das nahm ihnen aber niemand übel, weil sich gerade die frühen Comics an Erwachsene richteten und satirischen Anspruch hatten. In *Hogan's Alley* wird die Kulisse des titelgebenden Hinterhofs eines New Yorker Mietshausviertels zum Schauplatz eines **sozialen Panoptikums**, das die Vertreter der unterschiedlichen Rassen und Nationen aufeinandertreffen lässt – wie es täglich in New York geschah. Outcault sah sich selbst viel mehr in der **Tradition der Karikatur** denn als Vertreter einer neuen Gattung, und so wählte er für seine Serie zunächst auch die Form von Einzelzeichnungen, die sich allerdings durch ihr ganzseitiges Format zu regelrechten Wimmelbildern auswuchsen, auf die man lange schauen und in denen man vor allem lange lesen konnte, weil über die gesamte Fläche Texte verteilt waren: in Sprechblasen und Aufschriften, aber auch auf Schildern, die den Figuren umgehängt waren, um individuelle Äußerungen zu signalisieren. Outcault hatte sich noch nicht für eine einheitlich gestaltete Textebene entschieden; auch darin folgte er älteren Traditionen.

Die bizarrste Konsequenz dieser Dialogführung in *Hogan's Alley* war zugleich die konsequenteste. Anfang Januar 1896 profitierte Outcaults Comic von einer technischen Innovation, einem neuen Druckprozess, der es gestattete, endlich auch die Farbe Gelb in hoher Qualität zu reproduzieren. Prompt wurde eine wiederkehrende Figur der Serie neu eingekleidet: Ein kahlköpfiger Junge in langem Nachthemd, der von Beginn an in *Hogan's Alley* aufgetreten war, bekam nun ein leuchtend gelbes Gewand. Alsbald nannte man ihn deshalb »**Yellow Kid**«, und diesen Namen bekam auch die Serie, als Outcault kurz danach die Zeitung wechselte. Vor allem aber nutzte er das gelbe Hemd als Textfläche: Was der Junge sagte, schrieb Outcault direkt auf dessen auffällige Bekleidung (Abb. 36). Das hatte mit Realismus nichts mehr zu tun, aber es war eine brillante Idee, auf die noch kein anderer Zeichner gekommen war.

Abb. 36: Richard Felton
Outcault, *Yellow Kid*: »SAY!
I could jist die waltzin wit
Liz« – *The Amateur Dime
Museum in Hogan's Alley*,
in: *New York World*,
4. Oktober 1896

Und da Yellow Kid der Frechdachs der Serie war, gab es an dieser markantesten Stelle des Comics auch am meisten zu lachen. Erst dadurch wurde Outcaults Serie vor allem als Funny wahrgenommen.

10.2.2 | Die *Katzenjammer Kids* und andere Comics mit Kindern

Die Konkurrenten der Frühzeit waren weniger innovativ. Sie orientierten sich vor allem an einer der international erfolgreichsten Bildergeschichten aus der Vorzeit des Comics: Wilhelm Buschs **Max und Moritz**. Die 1898 von dem deutschen Einwanderer **Rudolf Dirks** begonnene Serie *Katzenjammer Kids* war grafisch ein glattes Plagiat, allerdings reimte er nicht, sondern ließ seine dreisten Kinderhelden Hans und Fritz ihre englischen Texte ebenso mit starkem deutschen Akzent radebrechen wie ihren Erziehungsberechtigten, Captain Katzenjammer. Mit diesem Comic und ähnlichen Lausbuben- oder auch Musterknabengeschichten wie Outcaults zweiter Erfolgsserie *Buster Brown* oder Lyonel Feiningers *Kin-der Kids* etablierte sich das Funny-Prinzip in den ersten Jahren des 20. Jahrhunderts als populärstes Genre (Braun 2008, 21 ff.). Die Begeisterung der Leser war so groß, dass bald tägliche Episoden der beliebtesten Serien in den Zeitungen abgedruckt wurden. Weil man ihnen jedoch nicht so viel Platz zugestand wie in den Sonntagsbeilagen, sie vielmehr auf jeweils einen Streifen pro Folge beschränkte, um mehrere Serien auf einer Seite unterzubringen, nannte man diese neue Publikationsweise ›comic strip‹ (vgl. Kap. 7). Frederick Burr Opper ergänzte dann für seine 1904 gestartete Comicserie *And Her*

Name Was Maud die so beliebten Kinderfiguren um ein eigenwillig agierendes Tier, das Maultier Maud. Damit legte er den Grundstein für eine Untergattung, die man bald als ›*funny animal strip*‹ bezeichnete.

10.2.3 | Bildwitz und Funny-Animal-Strip: *Little Nemo* und *Krazy Kat*

An diese Vorbilder knüpften auch jene Serien an, die den Comic der jungen Jahre erwachsen werden ließen: *Little Nemo in Slumberland* und *Krazy Kat*. **Winsor McCay** begann 1905 seinen mit langen Unterbrechungen bis 1926 fortgeführten Comic über die Träume des kleinen Jungen Nemo, der sich in jeder Episode auf dem Schlussbild wieder in seinem Bett findet, zuvor jedoch die aberwitzigsten Erlebnisse hat. Der ehemalige Reklamezeichner McCay nutzte seine ganze Phantasie für **Seitenarchitekturen**, die einen nie zuvor gekannten grafischen Reichtum boten (vgl. Braun 2012). Zudem war er der Erste, der sich von dem bisherigen Verständnis der Funnies löste und Abenteuerelemente in seine Serie einbrachte, die trotz des jeweils abrupten Endes nicht mehr länger als eine Abfolge voneinander unabhängiger Episoden konzipiert war, sondern als eine große fortgesetzte Erzählung, in der der Humor nur noch eine Nebenrolle spielte. Dennoch war er weiterhin unentbehrlich, nur verlagerte er sich **vom Wort- zum Bildwitz**; McCay war komisch durch seine unerschöpflichen Einfälle betreffs Figuren und Dekors. In *Little Nemo* kann man sich nie auf seine Wahrnehmung verlassen, weil die Bilder durch Verschiebung der Proportionen oder der Perspektive plötzlich ganz andere Bedeutungen gewinnen können (vgl. Abb. 43). Lustig wird McCays Comic durch die Lust an der Überraschung, etwa wenn sich ein Dekor plötzlich als nicht maßstabsgerecht erweist oder sich die Protagonisten durch eine kippende oder gar Kopf stehende Welt bewegen müssen (Braun 2008, 84).

Auf dieses Prinzip der mit den Mitteln der Form spielenden Überraschung setzt auch **George Herriman**, der von 1913 bis zu seinem Tod 1944 ununterbrochen seine Serie *Krazy Kat* zeichnete, deren zentrales Motiv aber auf eine Konstellation zurückging, die sich Herriman schon 1910 ausgedacht hatte: die unerwiderte Liebe einer Katze zu einer Maus. Hier gab es weder Lausebengel noch Musterknaben, überhaupt keine Menschen mehr, auch nicht jene zwiespältigen Lebenskünstler, die Bud Fisher von 1907 an mit seinem Strip **Mutt and Jeff** populär gemacht hatte (ein Funny mit ausschließlich erwachsenen Protagonisten, der seinen Humor als Gesellschaftssatire entfaltete). Herriman hat grafisch viel von Fisher übernommen, aber *Krazy Kat* bot als erster Comic all das, was Funny Animal Strips im heutigen Verständnis ausmacht: humoristische Handlung, **sprechende Tiere** und menschenähnliches Verhalten animalischer Protagonisten (Platthaus, 1998, 21 ff.).

Zugleich aber bot Herriman noch viel mehr, nämlich eine **skurrile Phantasie**, die Dada und Surrealismus vorwegnahm, weil Herriman seine Serie von Beginn an in eine fiktive Welt verlegte, in der sich die Umgebung von Bild zu Bild wandelte, in der ein Idiom gesprochen wird, das sich aus unterschiedlichsten Sprachen zusammensetzt, und in der die Leser ständig daran erinnert werden, dass sie es mit einem Kunstprodukt zu tun haben. Denn Herriman ließ seine Figuren mit den Randlinien der Bilder interagieren, zeichnete einzelne Sonntagsseiten schräg, um die Katze Krazy und die Maus Ignatz steile Abhänge herabjagen zu können, und ließ den später eingeführten dritten Protagonisten, Offissa Pupp, einen Polizisten in Hundegestalt, mit Tusche die Gefängniszellen zeichnen, in denen er Ignatz einzusperren versuchte.

Abb. 37: George Herriman,
Krazy Kat

Das ist ein Humor, der gleichzeitig in den amerikanischen Zeichentrickfilmen kulti-
viert wurde, und es ist kein Zufall, dass *Krazy Kat* einer der ersten Comics war, die
zur Grundlage für **animierte Kurzfilme** wurden. Dort entwickelte sich das Prinzip
der *funny animals* zum sicheren Erfolgsrezept, denn neben *Krazy Kat* wurde in den
1920er Jahren die eigens für das Kino entwickelte Figur **Felix the Cat** zum ersten ani-
mierten Superstar. Er fand zahllose Nachahmer und schließlich in Walt Disneys Micky Maus seinen noch berühmteren Nachfolger. Von der Leinwand wanderten nun
die **Disneyfiguren** in die Comics: die Maus, dann Donald Duck, Goofy, Pluto, die
drei kleinen Schweinchen und zahllose weitere, die sämtlich das Funny-Animal-
Genre stärkten, ja, es von den 1940er und 1950er Jahren an weltweit zum Inbegriff
des klassischen Comics machten, weil diese amerikanischen Serien zum Exports-
schlager wurden, während die gleichzeitig entwickelten Superhelden, die sich bewusst nicht mehr als Funnies verstanden, zunächst nur in ihrer amerikanischen Heimat Furore machten (vgl. Kap. 13).

10.3

Ernst vs. Humor: die Entwicklung der 1930er Jahre

Parallele und interaktive Entwicklung von Zeichentrickfilm und Comic

Zuerst inspirierten die Comics den Zeichentrickfilm, als Winsor McCay, Pionier
auf beiden Feldern, 1911 für seinen ersten Trickfilm eine Nebenfigur aus seiner
schon seit 1905 laufenden Erfolgsserie *Little Nemo in Slumberland* als Protagonisten benutzte. Später entstand eine eigene *Little Nemo*-Animationsserie, und auch
Krazy Kat wurde als Comic auf die Leinwand überführt. In den 1920er Jahren, mit
wachsender Popularität des Kinos und innovativen Erzählexperimenten in den
Trickfilmen, verkehrte sich das Verhältnis: Aus beliebten Animationsreihen wie
Felix oder *Mickey Mouse* wurden Comics, und gerade die bekanntesten Disney-
Figuren – neben Mickey noch Donald Duck, Goofy und Pluto – erlebten alle in den
1930er Jahren ihr Debüt jeweils im Kino, ehe sie zu Comicstars wurden. Das galt
auch für Betty Boop oder die Warner-Brothers-Figuren wie Porky Pig, Bugs Bunny
oder Duffy Duck. Allerdings wurden wiederum in den 1930er Jahren populäre
Comicfiguren wie Popeye oder Superman auch neu vom Film adaptiert. Mit dem
Siegeszug des Fernsehens in den 1950er Jahren wurden animierte Figuren wie die
Flintstones auch als Comics zweitverwertet, und umgekehrt wurden beliebte
Comicserien wie *Peanuts* Vorlagen für Fernsehtrickfilmproduktionen. In Europa
wurden zunächst allein *Asterix* und *Tim und Struppi* animiert. Später kamen
Lucky Luke und vor allem die *Schlümpfe* dazu, wobei Letztere ihre größten Erfolge
als Trickfilmserie aber in den Vereinigten Staaten feierten.

10.3 | Ernst vs. Humor: die Entwicklung der 1930er Jahre

Die durch Superman und ähnliche Helden seit 1938 vollzogene **Abkehr vom Funny-
Prinzip** war aus der düsteren Zeitstimmung der 1930er Jahre mit Wirtschaftskrise
und Triumphen der totalitären Systeme nur verständlich: Grässliche Zeiten brauchten Heroen, keine Witzfiguren. Die Vorlage für die Superhelden, die ihre Kämpfe gegen Superschurken nicht mehr in Zeitungen, sondern in den noch durch Funny-
Nachdrucke begründeten Comic-Heften austrugen, fand sich aber dennoch in den
Comicstrips, namentlich in dem maskierten Rächer der 1936 erstmals erschienen Serie *The Phantom*, die Lee Falk zeichnete. Falk hatte zwei Jahre zuvor schon mit *Man-
drake the Magician* einen realistisch gestalteten Strip entwickelt, der nichts mehr mit
der gängigen Funny-Ästhetik gemein hatte. Es war die **Hochzeit des Abenteuer-Zei-
tungscomics**, die 1929 eingesetzt hatte, als im Januar sowohl der Science-Fiction-
Comic *Buck Rogers* als auch der Abenteuer-Strip *Tarzan* debütierten, während gleichzeitig in Europa Hergé zum ersten Mal *Tim und Struppi* publizierte, für den er sich
wiederum noch ganz am Funny-Stil orientierte und so eine in Amerika damals im
Abschwung befindliche Erzählweise zur Grundlage der europäischen Comictradition machte (Platthaus 1998, 155 ff.). Hergé hatte vor allem *Bringing Up Father* ko-
piert, eine seit 1913 von George McManus gezeichnete Serie, die dem Thema Familie
eine Blüte in den Funnies bescherte, wie es zuvor nur Winsor McCay gelungen war,
dessen *Little Nemo* dutzendweise Comicstrips mit Traumhandlungen angeregt hatte
(Braun 2012, 328 ff.). Die bekanntesten **Familien-Serien** wurden Cliff Sterretts *Polly
and Her Pals* und Frank Kings *Gasoline Alley*, wobei Letzterer als einer der ersten
Strips die auf tägliche Gags abzielende Funny-Erzählweise zugunsten einer kontinuierlich fortgesetzten Geschichte aufgab: Am 14. Februar 1921 ließ King einen seiner

Protagonisten, den Junggesellen Walt Wallet, ein ausgesetztes Kleinkind auf der Schwelle finden. Er adoptierte den Jungen, dessen Aufwachsen fortan von dem Comic begleitet wurde – in Echtzeit. Jede neue Folge von *Gasoline Alley* hatte als Handlungszeitpunkt exakt den Tag, an dem sie in der Zeitung abgedruckt wurde. Sehr rasch löste sich King fast zur Gänze von humoristischen Inhalten und erzählte stattdessen eine mehr oder minder dramatische **Alltagsgeschichte** um die Adoleszenz des Jungen, der auf den Namen Skeezix getauft wurde und das getreue Abbild von Kings eigenem Sohn war.

Dieselbe **autobiografische Komponente** findet sich im berühmtesten deutschen Funny, der von 1934 bis 1936 in der *Berliner Illustrirten* erschienenen Serie **Vater und Sohn** von Erich Ohser alias e. o. plauen, der sich selbst und sein einziges Kind als Vorbilder für die Figuren nahm. Doch in diesen wöchentlichen Episoden stand weiterhin der Humor im Mittelpunkt; der Übergang zum realistischen Abenteuer-Strip, den *Gasoline Alley* erzählerisch wie grafisch einleitete, blieb in Europa noch lange aus. Wenn es spannend wurde wie in *Tim und Struppi*, *Les aventures de Jojo* oder *Spirou*, also den großen belgischen Klassikern der Zwischenkriegszeit, dann blieb doch zumindest die Ästhetik die von Funnies, und durch lustige Sidekicks wie Struppi oder das Eichhörnchen Pips in *Spirou* knüpfte man auch noch gern an die amerikanische Funny-Animal-Tradition an.

10.4 | Der Disney-Touch

Mit dem Zweiten Weltkrieg erreichten die durch und durch ernsten Superhelden ihren ersten Höhepunkt, obwohl es auch vereinzelte Vertreter dieses Genres gab, die Funny-Elemente aufwiesen, vor allem **Captain Marvel**, die Antwort des Konkurrenzunternehmens Fawcett Comics auf *Superman*, mit dem der DC Verlag reich geworden war. In einem Plagiatsprozess unterlag Fawcett, dabei war Captain Marvel gerade durch seine humoristische Note viel weiter vom bierernsten Superman entfernt als alle weiteren Superhelden der 1940er Jahre, deren Zahl alsbald Legion war.

Dennoch blieb das Funny-Geschäft weiterhin attraktiv, auch in den Comic-Heften. Keine Geringere als die Schriftstellerin Patricia Highsmith arbeitete von 1942 bis 1949 als Szenaristin von Comics, und neben Abenteuergeschichten schrieb sie auch Vorlagen für Funny-Animal-Publikationen. Allerdings wurde dieses Feld bald derart von Disney dominiert, dass in Amerika kaum noch andere Serien reüssierten. Mit Verkaufszahlen von mehr als einer Million stellte **Walt Disney's Comics & Stories** damals die Superheldenhefte in den Schatten, die es in der Euphorie der Nachkriegszeit schwer hatten, weil sie nun in ihrem Ernst und Pathos antiquiert wirkten. Bis zur Renaissance des Genres durch die Marvel-Innovationen der 1960er Jahre durchlebten sie fünfzehn erfolglose Jahre. Auch in Deutschland scheiterte damals der Versuch, *Superman* als Heftserie zu etablieren, während die 1951 erstmals publizierte **Micky Maus** eine Sensation wurde, die schon 1957 wöchentlich erschien und damit viermal so häufig wie das amerikanische Original *Walt Disney's Comics & Stories*. Für die anderen westeuropäischen Staaten galt das Gleiche; überall wurde der amerikanische Erfolg der Disney-Funnies noch von den übersetzten Ausgaben übertroffen. Sie wurden zum Inbegriff dessen, was Comics überhaupt sein könnten, und auch wenn der deutsche Comicverleger Rolf Kauka in den 1950er Jahren seine Heftserien *Till Eulenspiegel* und vor allem **Fix und Foxi** mit sprechenden Tieren gegen die Disney-Konkurrenz setzte, imitierte er deren Erzählschemata derart dreist, dass man keinesfalls von einer eigenständigen deutschen Funny-Entwicklung sprechen kann. Im französischen und flämischen Sprachraum war das durch die ungebrochene Kontinuität des von Hergé begründeten **Abenteuer-Funnies** anders. Auf *Tim und Struppi* (im Original *Tintin*) folgten weitere international erfolgreiche Serien wie *Spirou* (vor allem von André Franquin geprägt), Peyos *Schlümpfe* und vor allem *Asterix* von René Goscinny und Albert Uderzo, der mit mehr als 300 Millionen weltweiter Gesamtauflage zum meistverkauften Comic überhaupt werden sollte, wobei deutlich mehr als die Hälfte davon im französischen und deutschen Sprachraum abgesetzt wurde (vgl. Groensteen 2000).

> **Funnies: die wichtigsten Varianten**
>
> Die gängigste Form der Funnies ist, bedingt durch den weltweiten Erfolg der Disney-Comics, das **Erzählen mit Tierfiguren**. Es gibt aber genauso **Funnies nur mit Menschen** (die frühesten Beispiele, aber später auch Serien wie *Bringing Up Father*, *Polly and Her Pals* oder *Gasoline Alley*) oder mit **gemischtem Ensemble** wie *Peanuts* oder *Calvin und Hobbes*. In Europa sind Tierfunnies nach Disney-Vorbild selten; die große Ausnahme in Frankreich ist der Zeichner Macherot mit seinen Serien *Chlorophyles* und *Sibylline*. In *Tim und Struppi* und *Spirou* wurden den menschlichen Helden jeweils intelligent agierende Tiere zur Seite gestellt (Struppi, Pips, das Marsupilami), mit denen sie sich aber nicht verständigen konnten. In jüngster Zeit hat der Zeichner Lewis Trondheim die Disney-Tradition der sprechenden Tiere sowohl für seine autobiografischen Comics als auch für Serien wie *Donjon* oder *Herr Hases haarsträubende Abenteuer* wiederbelebt.

10.5 | Das geteilte Publikum

Die neue Publikationsform des Comic-Heftes hatte 1938 in Amerika nicht nur das Superheldengenre ins Leben gerufen, sondern sollte die ganze Wahrnehmung von Comics verändern (vgl. Carlin u. a. 2005). Hatten die Zeitungen für ihre Comicstrips ein vorrangig erwachsenes Publikum im Auge, galten die am Kiosk für anfangs zehn Cent erhältlichen Hefte als Kinderkram. Tatsächlich bestand die hauptsächliche Innovation jedoch nicht in Aspekten wie Vertrieb und Format, sondern in einer inhaltlichen Neuausrichtung: Die Superheldenserien richteten sich dezidiert an männliche Jugendliche; kaum ein Verleger glaubte daran, dass jemand jenseits der Pubertät diese Geschichten lesen würde. Da damit ein ganz neuer Markt erschlossen wurde, war das Geschäft höchst einträglich, aber die **Rezeption des Superheldengenres** durch erwachsene Leser war verheerend. Im und nach dem Zweiten Weltkrieg bildete sich in den Vereinigten Staaten eine geschlossene Front aus Pädagogen- und Elternverbänden, die Anfang der 1950er Jahre eine breit angelegte Kampagne gegen das Lesen von Comic-Heften führte, worauf es jene berüchtigten Senatsanhörungen des Jahres 1954 gab, in denen vor allem die mittlerweile blühenden Genres der **Horror- und Krimicomics** als abschreckende Beispiele für eine Verrohung der ganzen Gattung dienten. Die amerikanischen Comicverlage beschlossen daraufhin eine strenge Selbstzensur (zum amerikanischen Comics Code s. Kap. 1, S. 20). Es war bezeichnend, dass Disney sich dieser Selbstverpflichtung zum Verzicht auf drastische Gewalt- und Sexualdarstellungen gar nicht erst anschloss, denn seine Serien stellten das Gegenmodell zum inkriminierten Verfall der Sitten dar und waren deshalb auch unbehelligt geblieben – und mit ihnen das ganze Funny-Genre. In den 1950er Jahren erlebte es am Kiosk einen Aufschwung, und mit realistischer gezeichneten Serien wie etwa der Collegeschüler-Serie *Archie* kamen sogar Hefte für ältere Jugendliche heraus. Dass jedoch gerade die **Funny-Animal-Serien** besonders geeignet für die frisch erschlossene Kundschaft der jüngeren Leser (vor allem in den Augen von deren Eltern) waren, hatte sich schon daran gezeigt, dass der Marktführer Disney im Laufe der 1940er Jahre immer mehr Originalmaterial für die Hefte zeichnen ließ, während man zuvor meist bereits in den Zeitungen publizierte Comicstrips nachgedruckt hatte. So kam zum Beispiel Carl Barks überhaupt erst ins Comicgeschäft, während seine Versuche, mit realistischen Figuren eine eigene Strip-Serie zu etablieren, erfolglos blieben.

Doch nicht jedem Funny-Zeichner fiel solch ein Verzicht auf die eigenen Vorstellungen leicht. Barks' ehemaliger Disney-Kollege Walt Kelly hatte seit 1941 die Figuren seiner späteren Serie *Pogo* für den Heftemarkt entwickelt und es auch mit einer eigenständigen Reihe versucht, doch seine in anspruchsvollster Tradition (Kelly wollte die Lücke schließen, die *Krazy Kat* hinterlassen hatte) stehende satirische Funny-Animal-Gesellschaft stieß beim kindlichen Publikum auf Unverständnis. Erst als *Pogo* als Strip in Zeitungen abgedruckt wurde, entwickelte sich daraus jener berühmte Kosmos, der ein Vierteljahrhundert lang getreulich die Sonderlichkeiten, Wandlungen und Exzesse der amerikanischen Gesellschaft spiegelte.

10.6 | Die größten Funny-Erfolge

10.6.1 | *Peanuts*

Der alten Opulenz des amerikanischen Comicstrips hatte die Rohstoffbewirtschaftung im Zweiten Weltkrieg allerdings ein Ende gesetzt. Nicht nur war das Format der Zeitungen verkleinert worden, es gab darin auch weniger Seiten für die Comicstrips, sodass auch die erfolgreichen Serien immer kleiner publiziert wurden. Das verminderte zugleich die Möglichkeiten ihrer Autoren, detailreich zu erzählen und zu zeichnen. Umso legendärer wurden die Klassiker, und auch die Comic-Historiografie begnügt sich bei den Zeitungs-Funnies der Nachkriegszeit im Regelfall mit Verweisen auf den Niedergang des ganzen Genres. Dabei sollten die beiden erfolgreichsten Comicstrips überhaupt erst noch kommen, und beide sind Funnies: *Peanuts* von **Charles M. Schulz** (1950 bis 2000) und *Calvin und Hobbes* von Bill Watterson (1985 bis 1995). Ihre Popularität übertraf alle früheren Zeitungsserien, obwohl sie jeweils auf das uralte Prinzip von lustigen Comics mit Kindern setzten, doch wie und wann sie es taten, war entscheidend (vgl. Phelbs 2001). Schulz traf mit seinem Strip, in dem mit wenigen Ausnahmen der Frühzeit nie Erwachsene als Figuren auftreten, zunächst einmal ästhetisch das Zeitgefühl, denn er reduzierte seinen Stil so sehr, dass die kleinen Druckformate den Zeichnungen nichts anhaben konnten; zugleich nahm er damit eine Mode auf, die im amerikanischen **Zeichentrickfilm** durch das junge **Studio** UPA eingeführt worden war und das Kinopublikum begeistert hatte. Dieser simplifizierte Schwung ohne aufwendige Hintergründe wirkte sachlich-modern. *Peanuts* war jedoch auch inhaltlich genau am Puls der Zeit, denn mit dem **Antihelden Charlie Brown** und dessen bürgerlicher Vorstadtwelt setzte sich Schulz von den nach der heroischen Kriegszeit als überholt angesehenen Superhelden ebenso ab wie von der Flut an Abenteuer-Strips, die seit den 1930er Jahren die Comicseiten der

Zeitungen überschwemmt hatte. Jetzt gab es nach harten Zeiten endlich wieder etwas zu lachen.

Und so reüssierte der Funny gerade nach 1945 in jenem Medium, das für die Entwicklung der Comics immer weniger wichtig zu werden schien. Nicht nur, dass dort die alten Disney-Serien fortgeführt wurden und dabei der früher als große Abenteuergeschichten konzipierte Micky-Maus-Strip zur unverbundenen Gag-Reihe nach dem Vorbild der Donald-Duck-Reihe umgemodelt wurde – mit dem Siegeszug von *Peanuts* etablierten sich auch Funny-Strips mit menschlichen Akteuren wieder neu und verdrängten die Funny-Animal-Serien immer mehr, auch die von Disney. *Beetle Baily*, *Hi and Lois*, *The Wizard of Id*, *B. C.* oder *Hagar the Horrible* waren im Schatten der *Peanuts* riesige Erfolge, die jahrzehntelang anhielten und bisweilen sogar den Tod ihrer Autoren überdauerten, indem sie in neue Hände gelegt wurden. Das hatte Schulz für die *Peanuts* ausgeschlossen; sie starben 2000 mit ihm, allerdings nur insofern, als dass es keine neuen Zeitungsstrips mehr gab. Comic-Hefte mit neuen Geschichten um die vertrauten Figuren sind mittlerweile erschienen, und unverändert drucken Hunderte von Zeitungen in der ganzen Welt alte Folgen aus der fünfzigjährigen Laufzeit immer wieder nach.

Die wichtigsten Funnies in Amerika und Europa

Amerika
- Hogan's Alley
- Katzenjammer Kids
- Krazy Kat
- Timble Theatre (Popeye)
- Donald Duck
- Peanuts
- Calvin und Hobbes
- Bone

Europa
- Spirou
- Lucky Luke
- Asterix
- Gaston
- Schlümpfe
- Donjon

10.6.2 | *Calvin und Hobbes*

Genauso verhält es sich mit *Calvin und Hobbes* (vgl. Watterson 2014). Hier hatte **Bill Watterson** seinem Strip nach zehn Jahren aus eigenem Entschluss ein Ende gesetzt, doch das Publikum wollte nicht auf den kleinen Lausebengel Calvin und dessen Stofftiger Hobbes, der für den Jungen ein lebender Spielkamerad ist, verzichten. Dadurch gewinnt auch diese Serie immer neue Generationen von Lesern für sich, zumal auch die Buchnachdrucke permanent verfügbar sind und Auflagenhöhen erreichten, die man für dieses Segment sonst nicht kannte. Ein Grund dafür liegt sicherlich darin, dass *Calvin und Hobbes* in seiner erzählerischen Sorgfalt und vor allem der **opulenten Seitenarchitektur** der Sonntagsfolgen noch einmal die ganz große Zeit des Comicstrips heraufbeschwor.

Vor allem aber gelang Watterson der Geniestreich, in seinem Comic **menschliche und tierische Figuren** zu verbinden. Das hatte Jim Davis zwar mit *Garfield* bereits 1978 und Charles M. Schulz durch seinen in *Peanuts* von einer Neben- zur Hauptfigur gewordenen Snoopy sogar noch früher vorgemacht, doch wie im Falle des Beagles bei Schulz blieben auch in Davis' Strips um den faulen Kater die Sphären von Humanem und Animalischem insofern getrennt, als Garfield und Snoopy zwar in Sprechblasen denken, aber nicht sprechen. Der Humor entsteht aus den Missverständnissen der Menschen und den Erkenntnissen des Tiers.

Für *Calvin und Hobbes* entwickelte Watterson dagegen die Idee, Hobbes in jenen Momenten als sprechenden (und lebendig gezeichneten) Tiger auftreten zu lassen, in denen er mit Calvin allein ist. Tritt eine weitere Figur aus dem äußerst schmal gehaltenen Personal des Strips auf, verwandelt sich der Tiger wieder in ein stummes, unbewegliches Stofftier. Dadurch wird sowohl die kindliche Phantasie zum Gegenstand des Strips (was seit *Little Nemo* und dessen Plagiatoren nicht mehr als tragendes Element vorgekommen war), als auch ein Dialog in Gang gesetzt, der die wechselseitigen Miss- und Einverständnisse auch für die Figuren selbst erkennbar macht, sodass sie weitaus reflektierter erscheinen. Hobbes ist mit Sicherheit das intelligenteste *funny animal* und Calvin der intelligenteste Sechsjährige der Comicgeschichte. Beide tragen ihre Philosophennamen zu Recht.

10.7 | Die Gegenwart

Zwanzig Jahre nach dem Ende von *Calvin und Hobbes* und fünfzehn nach dem der *Peanuts* findet man heute kaum noch andere Genres im Zeitungsstrip als Funnies. Es fehlt jedoch an ungewöhnlichen neuen Ideen, mittlerweile erschöpft sich der Humor meist in bloßen Kalamitäten des Familien- oder öffentlichen Lebens. Die Ausnahmen sind alle schon älteren Datums. Mit **Doonesbury** hat der kanadische Zeichner Garry Trudeau in den 1970er Jahren einen dezidiert politischen Strip geschaffen, der sich bis heute großer Beliebtheit erfreut und sich ästhetisch auf die Funny-Tradition beruft, obwohl er, wie früher *Pogo*, höchste satirische Ansprüche an sein Publikum stellt. Diverse Zeitungen druckten ihn deshalb nicht auf ihren Comicseiten, sondern im politischen Teil ab, wo man sonst eher Karikaturen erwarten würde. **Mutts** von Patrick McDonnell trat dagegen 1994 an, um das aufzunehmen, was Bill Watterson in *Calvin und Hobbes* begonnen hatte: die Wiederbelebung der klassischen Comicstrip-Ästhetik der Funnies. Anfangs wirkte das in der Ähnlichkeit bemüht, doch McDonnell schwamm sich nach dem Ende des Vorbilds frei. Seine Geschichten um eine kleine Katze und einen Welpen waren aber inhaltlich nicht lustig genug, um sich am Massenmarkt zu etablieren. Obwohl die Serie jetzt mehr als zwanzig Jahre lang erscheint, ist sie ein Insider-Phänomen geblieben. Schönheit kann fehlenden Humor in den Funnies nicht kompensieren.

Eine ganz unerwartete Erweiterung des Genres gelang jedoch in den 1990er Jahren noch einmal an einer Stelle, die für die Funnies längst als No-go-area galt. Der amerikanische Comic-Hefte-Markt hatte sich nahezu ausschließlich auf Superheldenserien beschränkt, als 1991 eine neue Heftserie namens **Bone** herauskam. Ihr Autor **Jeff Smith** verlegte sie selbst, doch schnell wurde diese Fantasy-Serie im Funny-Stil, die von Tolkien wie Barks gleichermaßen inspiriert war, zu einem überwältigenden Erfolg. 2003 erfüllte Smith sich einen Kindheitstraum und zeichnete eine Superheldengeschichte, aber auch für diese wählte er seine geradezu archetypische Funny-Ästhetik. **Shazam!** belebte Captain Marvel neu, jenen schon früher eher humoristischen Vertreter des heroischen Genres: Smith schuf als Hauptfigur einen kleinen Jungen, der sich durch die Nennung des magischen Wortes »Shazam« in den muskulösen Captain verwandeln konnte.

Damit nahm er die Funny-Tradition träumender Kinder als Protagonisten ebenso

auf wie die superheldentypische Geheimidentität. Diese Versöhnung der beiden großen amerikanischen Comicgenres ist bislang ein Einzelfall geblieben, doch er zeigt
die bis heute verführerische Kraft der Funnies. Es mag nicht zum Mythos taugen,
Vergnügen zu bereiten, aber es ist ganz sicher eine weiterhin zukunftsträchtige Erzählweise.

Primärliteratur

Barks, Carl: *Donald*. (Klassiker der Comic-Literatur, Bd. 5.) Frankfurt a. M. 2005.
Blackbeard, Bill (Hg.): *100 Jahre Comic-Strips*. 2 Bde. Unter Mitarbeit von Dale Crain/Andreas C.
    Knigge/James Vance. Hamburg 1995.
Dirks, Rudolph/Knerr, Harold H.: *Die Katzenjammer Kids*. Darmstadt 1972.
Dirks, Rudolph: *The Katzenjammer Kids: early strips in full color* [1908]. New York 1974.
E. C. Segar's Popeye. Seattle/Washington 2006–2011.
Franquin, André: *Gaston*. (Klassiker der Comic-Literatur, Bd. 18.) Frankfurt a. M. 2005.
Herriman, George: *Krazy Kat. Bd. 1. 1935–1936*. Hg. u. m. e. Nachwort versehen von Richard Mar-
    schall. Hamburg 1991.
Herriman, George: *George Herriman's Krazy Kat*. Mit e. Einführung v. E. E. Cummings u. e. Vorwort
    v. Cuno Affolter/Urs Hangartner. Übers. v. Carl Weissner. Zürich 1988.
McCay, Winsor: *The Complete Little Nemo*. Hg. v. Alexander Braun. Köln 2014.
Morris: *Lucky Luke*. (Klassiker der Comic-Literatur, Bd. 20.) Frankfurt a. M. 2006.
Peyo: *Schlümpfe*. (Klassiker der Comic-Literatur, Bd. 14.) Frankfurt a. M. 2005.
Schulz, Charles M: *Peanuts Werkausgabe*. 20 Bd. Hamburg 2006–2016.
Watterson, Bill: *Calvin & Hobbes – Von Monstern, Mädchen und besten Freunden*. Hamburg 2009
    (engl.: *The Essential Calvin And Hobbes*. Kansas City 1988).
Watterson, Bill: *Die Calvin & Hobbes Sonntagsseiten*. Hamburg 2011 (engl.: *The Calvin And Hobbes
    Lazy Sunday Book*. Kansas City 1989).
Watterson, Bill: *Die Calvin und Hobbes Gesamtausgabe*. Hamburg 2013 (engl. *The Complete Calvin
    and Hobbes*. Kansas City 2005).

Sekundärliteratur

Braun, Alexander: *Jahrhundert der Comics. Die Zeitungs-Strip-Jahre*. Bielefeld/Dortmund/Remscheid
    2008.
Braun, Alexander: *Winsor McCay 1869–1934*. Bonn 2012.
Carlin, John/Karasik, Paul/Walker, Brian: *Masters of American Comics*. New Haven/London 2005.
Gifford, Denis: *The International Book of Comics*. London 1984.
Gravett, Paul/Dunning, John Harris: *Comics Unmasked. Art and Anarchy in the UK*. London 2014.
Groensteen, Thierry: *Asterix, Barbarella & Co. Meisterwerke aus dem Comic-Museum Angoulême*.
    Paris 2000.
Harvey, Robert C.: *The Art of the Funnies. An Aesthetic History*. Jackson, MS 1994.
Phelbs, Donald: *Reading the Funnies. Essays on Comic Strips*. Seattle 2001.
Platthaus, Andreas: *Die 101 wichtigsten Fragen – Comics und Manga*. München 2008.
Platthaus, Andreas: *Im Comic vereint. Eine Geschichte der Bildgeschichte*. Berlin 1998.
Platthaus, Andreas: *Von Mann und Maus. Die Welt des Walt Disney*. Berlin 2001.
Watterson, Bill: *Exploring Calvin and Hobbes. An Exhibition Catalogue*. Kansas City 2014.

Andreas Platthaus

11 Abenteuer- und Kriminalcomics

11.1 | Bestimmungen und Kontexte

11.1.1 | Ein- und Abgrenzungen

In der Forschung werden zuweilen zwei Haupttypen von Comics unterschieden: Funnies einerseits und Abenteuercomics andererseits (vgl. z.B. Dolle-Weinkauff 1990, 328). Im Unterschied zu den humorvollen **Funnies** zählen **Abenteuercomics** (*adventure comics*) zu den auf Spannung setzenden Comicgenres. In besonderer Weise steht Spannung im Zentrum der **Kriminalcomics** (*crime comics*), weswegen es sinnvoll ist, sie hier gemeinsam mit den Abenteuercomics vorzustellen. Während Funnies meist betont karikaturistisch angelegt sind, zeichnen sich Abenteuercomics auf der darstellerischen Ebene durch die Dominanz eher naturalistischer Stile aus (vgl. ebd., 325), was gleichermaßen für Kriminalcomics gilt. Wo im Abenteuercomic in der Regel »ein *Held* oder eine Gruppe von Protagonisten in gefahrvolle Ereignisse verwickelt wird [...] und sich bewährt« (ebd.), stehen im (häufig düsteren) Kriminal-comic Verbrechen und ihre Aufklärung im Vordergrund (vgl. Creekmur 2010).

Es liegt auf der Hand, dass ein derartiger Versuch der Genre-Bestimmung(en), der von letztlich sehr allgemeinen **rezeptionsbezogenen, darstellerischen bzw. inhalt-lichen Aspekten** ausgeht, in gewisser Hinsicht quer liegen muss zu solchen Genre-Definitionen, die spezifische Merkmale der erzählten Welt in den Vordergrund stellen. Die Abgrenzung der Genres Abenteuer- und Kriminalcomic ist daher auch nicht ganz trennscharf zu ziehen. So lassen sich viele Comics, die man zunächst aufgrund der Story mit ihren typischen Merkmalen im Hinblick auf Plot und Protagonisten (s. 11.2.1 und 11.3.1) als Abenteuer- und Kriminalcomic bestimmen würde, ausgehend von **Merkmalen der erzählten Welt** auch anderen Genres zuordnen. Denn Abenteuer- und Kriminalgeschichten können bspw. in einer märchenhaft-magischen Fantasy-Welt oder in utopisch-zukünftigen Weltraumszenarien angesiedelt sein. Je nachdem, welche Merkmale den Comic dominieren bzw. welche man im Hinblick auf die Genre-Zuordnung in den Vordergrund stellt, lassen sich Gruppen von Abenteuer- und Kriminalcomics dann auch als Fantasy- oder Science-Fiction-Comics be-stimmen. So finden sich etwa Science-Fiction-Kriminalcomics wie Alan Moores Serie *Top 10* (1999–2001) sowie Fantasy- und Science-Fiction-Abenteuercomics – wie z.B. *Conan the Barbarian* (1970–1993; Hammontree 2010b) oder *Flash Gordon* (1934–2003) –, die zwar unzweifelhaft Kriminal- bzw. Abenteuermerkmale aufweisen, je-doch meist den Comicgenres Fantasy bzw. Science Fiction zugeordnet werden.

11.1.2 | Gattungsprägende Muster: Abenteuerromane, Kriminalgeschichten und *pulp magazines*

Fragt man nach der Herausbildung der genrespezifischen Merkmale von Abenteuer- und Kriminalcomics, so kommt man an bestimmten literarischen Werken, die im Hinblick auf die Etablierung von spezifischen Erzählmustern, Figurentypen etc. prägend waren, nicht vorbei. So fallen strukturell und motivisch große Gemeinsamkeiten mit literarischen ›Klassikern‹ auf, von denen einige bis heute die Grundlage für die meisten Abenteuer- und Kriminalcomics bilden. Auf dem Feld der Abenteuercomics wären als prägende literarische Werke u. a. zu nennen: *Die Schatzinsel* von Robert Louis Stevenson, *Der letzte Mohikaner* von James Fenimore Cooper, *Robinson Crusoe* von Daniel Defoe, *Wolfsblut* von Jack London, *Ivanhoe* von Sir Walter Scott, *Die drei Musketiere* von Alexandre Dumas, *Tarzan* von Edgar Rice Burroughs und ein Großteil des Schaffens von Karl May. Zu den wegweisenden Werken im Genre ›Krimi‹, zu deren wesentlichen Leistungen nicht zuletzt die Etablierung von stilprägenden Figuren zählt, gehören die Geschichten von Edgar Allan Poe um Auguste Dupin, jene um den ikonischen Meisterdetektiv Sherlock Holmes aus der Feder von Sir Arthur Conan Doyle, die Krimis von Edgar Wallace oder die Ermittler Hercule Poirot und Miss Marple von Agatha Christie.

Als 1941 in den USA die Reihe *Classic Comics* (später *Classics Illustrated*) ins Leben gerufen wird und diverse literarische Klassiker in Comicform adaptiert werden (vgl. Kap. 16), finden sich unter den Titeln entsprechend viele Comicadaptionen ›klassischer‹ Abenteuer- und Kriminalromane (*Moby Dick, Die Schatzinsel, Robinson Crusoe, Sherlock Holmes* etc.).

Eine wichtige Rolle bei der Herausbildung und Etablierung von Abenteuer- und Kriminalcomics spielten ferner die US-amerikanischen *pulp magazines* und (als Untergruppe) die *true crime magazines* (siehe Kasten).

Pulp magazines und true crime magazines

Die Hefte der *pulp magazines* und *true crime magazines* waren seit dem Ende des 19. Jahrhunderts eine Antwort auf die große **Nachfrage der breiten Masse** nach literarischer Unterhaltung, die mit der wachsenden Alphabetisierung und der Verbreitung von Druckerzeugnissen stark zugenommen hatte. Während sich die Pulp-Magazine **literarisch-fiktionalen Geschichten** widmeten, wurden in den *true crime magazines* überwiegend **reale Kriminalfälle** thematisiert und adaptiert. Billig produziert (vom stark holzhaltigen Papier leitet sich der Begriff ›***pulp***‹ ab) und günstig zu haben, waren Pulp-Magazine insbesondere von den 1930er bis in die 1950er Jahre ein zentraler Bestandteil des literarischen Lebens in den USA. Als erstes Pulp-Magazin gilt die ab 1896 unter dem Titel ***Argosy*** erfolgreiche US-Zeitschrift (vgl. Robinson/Davidson 1998, 18 ff.), die zwar schon seit 1882 unter dem Titel *Golden Argosy* erschienen war, aber erst in dem Moment richtig durchstartete, als der Preis durch die Verwendung des billigen Papiers massiv gesenkt werden konnte und fortan ausschließlich fiktionale Texte (u. a. von Tarzan-Erfinder Edgar Rice Burroughs) veröffentlicht wurden (Schneirov 1994, 117–120). Als erstes *true crime magazine* gilt das ab 1924 (bis 1995) erschienene Heft ***True Detective Mysteries*** (ab 1941 *True Detective*), für das so namhafte Autoren wie Dashiell Hammett schrieben (Murley 2008, 12 ff.).

Durch die zahlreichen thematisch sortierten Magazine, die Millionenauflagen erzielten (Murley 2008, 13), wurden nicht nur alle Subgenres und Heldentypen geprägt, die ab den 1930er Jahren in den US-Comic-Heften in Erscheinung treten sollten, sondern letztlich auch die **Lesegewohnheiten** der ersten jungen Generation designierter Comicleser. Denn in den Pulp-Magazinen und den *true crime magazines* waren neben kurzen, in einer Ausgabe abgeschlossenen Geschichten auch längere Erzählungen die Regel, die in serieller Form oft über mehrere Ausgaben hinweg liefen und wiederkehrende Protagonisten ins Zentrum stellten.

11.2 | Abenteuercomics

11.2.1 | Merkmale

Im Mittelpunkt der Handlung von Abenteuercomics steht die **Bewährung des Helden** in einer risikoreichen Unternehmung oder gefahrvollen Situation, die einen außeralltäglichen Charakter hat. Das abenteuerliche Erlebnis führt den/die Helden häufig in die Fremde und entsprechend oft kommt dem **Element der Reise** eine wichtige Bedeutung zu. Auf die ›Anreise‹ folgen dann die Erlebnisse in der unvertrauten, meist auf die eine oder andere Weise exotischen Umgebung, in der zahlreiche Gefahren lauern. Allerdings kann der abenteuerliche Charakter der Handlung auch dadurch zustande kommen, dass die Geschichte in einer Welt spielt, die lediglich in der Wahrnehmung des Lesers, nicht aber für die Protagonisten, exotisch und abenteuerlich ist. Insgesamt gilt, dass die »Zivilisationswelt« im Abenteuercomic »in einem doppelten Sinne ›am Rande‹« steht: »im übertragenen Sinne, denn ihre Bedeutung ist gering, und im wörtlichen Sinne, da Städte, Straßen, Eisenbahnen […] usf. nur als schmaler Saum von Urwald, Prärie und Meer erscheinen« (Baumgärtner 1970, 21). Ausgangspunkt des Abenteuers ist oft die Bedrohung bzw. **Störung einer als positiv konnotierten Ordnung**, entsprechend besteht das Ziel der Handlung im Schutz bzw. in der **Wiederherstellung dieser Ordnung** (vgl. Baumgärtner 1970, 48). Dieser Grundkonflikt wirkt auf die Figurenkonstellationen zurück, denn dem/den Helden steht in der Regel mindestens ein Widersacher gegenüber. Nicht selten spielt bei der Konfliktlösung die listige Überlegenheit des/der Helden und/oder Gewalt eine Rolle, wobei der Einsatz von Gewalt kaum als problematisch gesehen wird (Baumgärtner 1970, 40).

Auf der Darstellungsebene sind Abenteuercomics in der Regel durch einen **realistischen Stil** geprägt, der allerdings weniger in einem mimetischen Sinn zu verstehen ist, sondern »**Chiffrencharakter**« hat (Baumgärtner 1970, 25). Spezifische (Teil-) Räume fungieren dabei als Topoi, denen eine weitgehend feststehende Bedeutung zukommt: Die Höhle signalisiert Geborgenheit, das Felsengebirge Gefahr etc. (ebd.). Insgesamt lässt sich oft eine »Vermischung aller geografischen und historischen Räume« als Grundmerkmal der Abenteuercomics feststellen (Baumgärtner 1970, 29). Im Rekurs auf dominierende Aspekte des Settings der erzählten Welt lassen sich auch einzelne Subgenres bestimmen, bspw. Dschungel- und Western-Abenteuercomics (vgl. Robbins 2010; Zan 2010).

Neben der thematischen Grundanlage und den besonderen Raumkonzeptionen sind es **prototypische Figurencharakterisierungen und -konstellationen**, die zu den prägenden Merkmalen von Abenteuercomics zählen. Der Held, zumeist mit zahlreichen, stereotyp maskulinen Attributen äußerer (›männliche‹ Gesichtszüge, Muskelkraft etc.) und/oder innerer Art (Mut, Tatendrang etc.) ausgestattet, kämpft für das Gute oder wenigstens gegen das Böse (Baumgärtner 1970, 40). Die Ziele, die die Widersacher verfolgen, sind durchaus divers (wobei Macht bzw. Reichtum die Hauptziele darstellen), und entsprechend finden sich unter den Gegenspieler-Figuren ganz unterschiedliche Typen – vom verrückten Wissenschaftler über den größenwahnsinnigen Herrscher bis zum einfachen Ganoven (Baumgärtner 1970, 48 ff.).

Legt man die bisher vorgenommene Bestimmung des Abenteuercomics zugrunde, dann bilden **Superheldencomics** in gewisser Hinsicht eine Art Untergruppe, die man ausgehend von spezifischen Merkmalen (übernatürliche Kräfte, Maskierung etc.) näher eingrenzen kann. Aufgrund der großen Präsenz von Superheldencomics hat es sich allerdings durchgesetzt, sie als eigenständiges Genre zu betrachten (vgl. Kap. 13). Auf die enge Verbindung zwischen Abenteuer- und Superheldencomics verweist die Tatsache, dass einige der berühmtesten Superhelden ihren ersten Auftritt in der Heftreihe *Adventure Comics* hatten (Hammontree 2010a).

11.2.2 | Anfänge und Klassiker des Abenteuercomics

Anfänge

Der erste Comic, der neben anderem auch »Exkursionen ins weite Feld der Abenteuer bot«, war der Strip *Wash Tubbs* von Roy Crane, der ab 1924 publiziert wurde (Fuchs/Reitberger 1970, 61). Als erster Strip, »der von Beginn an versuchte, eine naturalistisch gezeichnete Abenteuerhandlung zu erzählen«, gilt der von Hal Forrest gezeichnete und mit Texten von Glenn Chaffin Mitte 1928 erstmals (und bis 1942) erschienene Strip *Tailspin Tommy* (Knigge 1996, 64), in dessen Zentrum der jugendliche, draufgängerische Pilot Tommy Tompkins steht und der sich zeichnerisch an Pulp-Illustrationen orientiert. Es dürfte kein Zufall sein, dass sich das Genre Abenteuercomic Ende der 1920er Jahre vor dem Hintergrund der Weltwirtschaftskrise etablierte und neben den lustigen Funnies eine exotische (aber eben meist durchaus realistische) Welt entwarf, in die man sich im Rahmen der Lektüre spannender Geschichten flüchten konnte (Knigge 1996, 64; Schikowski 2014, 51; Metken 1970, 44).

Hal Foster: *Tarzan* und *Prinz Eisenherz*

Der Kanadier Hal (eigtl. Harold) Foster gilt als einer der Hauptvertreter des klassischen nordamerikanischen Abenteuercomicstrips (vgl. Platthaus 2000, 68). Sein erster Beitrag zum Abenteuercomic war ein Strip nach den Geschichten über den Dschungelhelden Tarzan, den der Schriftsteller Edgar Rice Burroughs erstmals 1912 im *All-Story Magazine* hatte auftreten lassen. Anfang 1929 brachte Foster seinen *Tarzan*-Comic raus, der als *daily strip* in mehr als einem Dutzend nordamerikanischer Zeitungen erschien. Hier werden in einem gleichbleibenden Muster von fünf Panels ausführliche Textpassagen (teils wörtlich aus den Romanen entnommen) unter die schwarzweißen Bilder gedruckt. Foster selbst war von dieser Arbeit nicht angetan und stieg nach 60 Folgen wieder aus. Erfolgreich wurde die Reihe erst, als man sie im März 1931 in einen ganzseitigen farbigen *Sunday strip* umwandelte, den Foster (nachdem Rex Manson das erste halbe Jahr bestritten hatte) im selben Jahr wieder übernimmt (Coletta 2010a, 627; zur Publikationsgeschichte und den Verantwortlichkeiten im Einzelnen vgl. Fuchs/Reitberger 1970, 61 f.). Angesichts einer zunehmend reglementierten technisierten Gesellschaft stellten die Abenteuer des »›edlen Wilden‹ Rousseauscher Prägung« wohl eine ideale Kompensationsmöglichkeit dar (Fuchs/ Reitberger 1970, 62).

Als eigenwillig gilt Fosters Verzicht auf Sprechblasen (er setzte die Texte stattdessen meist unter die Bilder), wodurch er Raum für die genaue Gestaltung der Hintergründe gewann. Da er sich stilistisch an klassischen US-amerikanischen Illustratoren orientierte, machen seine Zeichnungen einen etwas statischen Eindruck, was durch die ›Auslagerung‹ der Texte noch verstärkt wurde (Knigge 1996, 66). Ungeachtet der Tatsache, dass Foster die Möglichkeiten, die sich im Comic nicht zuletzt aus der Verbindung von Text und Bild boten, kaum nutzte, machten seine detailverliebten Zeichnungen bald Furore, insbesondere aufgrund der deutlichen filmischen Einflüsse, zu denen – neben der Gestaltung des Protagonisten selbst, der an den ersten

Abb. 38: Hal Foster, *Tarzan*, 1935

Leinwand-Tarzan Elmo Lincoln erinnert (Fuchs/Reitberger 1970, 62) – u. a. folgende Aspekte zählen: »in eine Handlungsfolge einmontierte Großaufnahmen, Auf- und Untersicht, Gegenschuß, Mobilität des Gesichtspunktes« (Metken 1970, 45 f.).

1937 verlässt Foster den Strip, der, verantwortet von Zeichnern wie Burne Hogarth oder Russ Manning, bis 1972 und in den 1980ern erneut für einige Jahre regelmäßig erscheint und im Laufe der Zeit durch eine eigene Heftreihe ergänzt wird (Fuchs/Reitberger 1970, 63 ff.; Coletta 2010a, 627; Deluchey 2011, 66–79). *Tarzan* gilt als Vorbild zahlreicher nachfolgender Dschungelcomics, unter denen die von Alex Raymond (s. u.) begründete Reihe *Jungle Jim* (1934–1954) sowie *Sheena* (ab 1937) von Will Eisner (s. u.) und Jerry Iger zu den erfolgreichsten zählen (Fuchs/Reitberger 1970, 66 ff.). Es bildete sich ein eigenes Subgenre der *jungle comics* mit spezifischen Heftreihen heraus (vgl. Robbins 2010).

Foster gab seine Arbeit an *Tarzan* im Jahr 1937 deshalb auf, weil er seinen ersten selbstgeschaffenen Strip lancieren wollte: **Prince Valiant** (dt. *Prinz Eisenherz*), der fortan jeden Sonntag in Farbe fortgesetzt wurde (Fuchs/Reitberger 1970, 77 f.). Auch die von Foster geschriebenen und bebilderten Abenteuer des Prinzen von Thule stellten den Text für gewöhnlich unter die Panels. Thematisch ging Foster mit seinem Helden neue Wege, denn Ritter spielten bis dahin im Comic praktisch keine Rolle (Knigge 1996, 78). Die Episoden um Prinz Eisenherz, die sich am Mythos der Artus-Sage orientieren, entwerfen ein Legenden-Mittelalter, das sich durchaus historisch einkleidet: Foster recherchierte die Details akribisch, vereinte aber Elemente aus verschiedenen Jahrhunderten zu einem pompösen Gesamtbild, das der strahlenden, romantisierten Vorstellung des Rittertums und der Zeit von König Artus gerecht werden sollte; letztlich schuf er eine »Phantasieepoche« im realistischen Zeichenstil (Knigge 1996, 81). Bis heute werden die Abenteuer von *Prinz Eisenherz*, die Foster bis 1971 allein weiterführte, von anderen Autoren und Zeichnern fortgesetzt. Foster selbst konzipierte bis 1980 die Story und überwachte die Ausführung (Knigge 1987).

Hergés *Tim und Struppi*

Die Abenteuer von Tim und Struppi, die der belgische Comic-Künstler Hergé (eigtl. Georges Remi) 1929 geschaffen hat, zählen neben denen von *Asterix und Obelix* zum auch unter Bildungsbürgern schon früh anerkannten Comic-Allgemeingut. Ursprünglich in der belgischen Zeitungsbeilage *Le petit Vingtième*, der wöchentlichen Jugendbeilage der konservativ-katholischen Zeitung *Le Vingtième Siècle*, zwischen Januar 1929 und Mai 1930 veröffentlicht, erschienen sie schon 1930 gesammelt in einem Album unter dem Titel *Les aventures de Tintin, reporter du »Petit Vingtième« au pays des Soviets*. Die Abenteuer des Reporters Tim (im Orig.: Tintin), die ihn, seinen treuen Hund Struppi (im Orig.: Milou) und seine verschrobenen Mitstreiter um den ganzen Globus führen, spiegeln zumindest in den ersten Alben das teils problematische politische und soziale Gedankengut ihrer Zeit wider (z.B. Kolonialismus) – später ist die Serie von humanistischen Idealen und von der Neugierde auf kulturelle und ethnische Vielfalt geprägt (zu inhaltlichen Aspekten vgl. Seeßlen 1994).

> ### Ligne claire
>
> Hergé etablierte die *ligne claire*, also die ›klare Linie‹, die in Frankreich und Belgien Maßstäbe setzte und bald als Kennzeichen des frankobelgischen Comics an sich galt: klar konturierte und vereinfachte Figuren vor akribisch gestalteten Hintergründen, wobei eine flächig einfarbige Farbgebung vorherrscht und auf Schatten etc. meist verzichtet wird (Platthaus 2008, 71 f.). »Jede Linie muss eine Funktion im Gesamtgefüge aus Design und Erzählung haben« (Schikowski 2014, 109). Der Umstand, dass hier eher cartoonhafte Figuren vor einem eher realistischen Hintergrund agieren, bildet die Voraussetzung für »ein konstantes Gleichgewicht zwischen Abenteuer und Komik« (Groensteen 2000, 56): Spannende Elemente lassen sich auf diese Weise ebenso glaubwürdig umsetzen wie Slapstick-Einlagen. Die ›klare Linie‹ betrifft allerdings nicht nur die Ebene der Darstellung, sondern auch die Einstellung der Figuren zu ihrer Welt: »Tintin sieht seine Welt als eine vollkommene, reine und manchmal beinahe abstrakte Ordnung [...]. Sie mag nicht vollständig aufgeklärt sein, diese Welt, doch sie ist geklärt. Es gibt keinen Raum für Zweideutigkeiten [...]« (Seeßlen 2011, 153).

Hingewiesen sei in diesem Kontext auf die unterschiedliche Rolle der US-amerikanischen und der europäischen (Abenteuer-)Comics, denn »während [...] die amerikanischen Comics Lebensformen wiedergaben, sollten die europäischen Comics Ideale vermitteln« (Seeßlen 1994, 100). Angesichts der Tatsache, dass Tintins Abenteuer zu Beginn in der Jugendbeilage einer konservativ-katholischen Zeitung in Belgien erschienen (Schikowski 2015, 107), versteht es sich von selbst, dass sie moralisch einwandfrei zu sein hatten. – Schon früh nach der Erstpublikation in einer Zeitungsbeilage erschienen Tintins Abenteuer als großformatige Alben, womit sich eine bestimmte Veröffentlichungsweise mit u. a. vorgegebener Seitenzahl (meist 48 bis 62) herausbildete, die gleichzeitig erzählerische Merkmale festlegte (Schikowski 2014, 106). Hergés Figurenkonzeption (ernsthafter Held und Gegenspieler, komische Nebenfiguren) und die Kombination von spannenden Abenteuerepisoden mit humoristischen Elementen der Funnies setzte sich als Kennzeichen der frankobelgischen Bandes-dessinées-Tradition durch (Schikowski 2014, 107 f.).

Abb. 39: Milton Caniff, *Terry and the Pirates*, 1934 – Terry als Kind

Terry and the Pirates und *Corto Maltese*

Milton Caniff zählt neben Hal Foster und Alex Raymond (s. u.) zu den großen, einflussreichen Zeichnern des Abenteuercomicstrips. Sein berühmtestes Werk ist der *daily strip* **Terry and the Pirates**, dessen Titelheld ab 1934 mit seinen Freunden eine Vielzahl von Abenteuern im fernen Osten bestehen muss (Abb. 39). Caniff webte die fernöstlichen Konflikte vor und im Zweiten Weltkrieg in seine Storys ein und ließ auch sonst die politischen Zeitumstände nicht außen vor – so kämpft Terry schon 1937 auf Seiten der Chinesen gegen die japanischen Aggressoren und tritt 1943 in die Air Force ein (Fuchs/Reitberger 1970, 88; Knigge 1995, 29). Als bedeutende Neuerung gilt die differenzierte Charakterentwicklung, die Caniff seine Figuren – die sich im Laufe der Zeit auch optisch veränderten –, durchmachen ließ, was zu komplexen Beziehungsgeflechten innerhalb des Comics führte (Knigge 1996, 76 f.). Gleichzeitig entwickelte Caniff auch seinen Zeichenstil weiter (Abb. 40): Er setzte statt Schraffuren und Rastern zunehmend Schatten und Flächen ein und arbeitete mit filmischen Mitteln wie Perspektivwechseln und Schnitten (Knigge 1996, 78).

Diese Kombination aus anspruchsvoller Handlung und avanciertem Stil »machen *Terry and the Pirates* zum ersten ernsthaften Abenteuer-Comic« (ebd.). Caniff selbst verantwortete die Serie, die bis 1973 in zahlreichen US-amerikanischen Tageszeitungen erschien, allerdings nur bis 1946. Wie wichtig der Strip für andere Comic-Schaffende war, zeigt der Umstand, dass es Caniff war, der 1946 den erstmals vergebenen ›National Cartoonists Society Award‹ zugesprochen bekam.

Inhaltlich und stilistisch inspiriert von Caniffs Seefahrercomic war die berühmteste Schöpfung des italienischen Künstlers **Hugo Pratt**: die Figur des fiktiven Kapitäns **Corto Maltese** (Knigge 1996, 227). Mit seinen ab 1967 erscheinenden Comicromanen (die zunächst in einzelnen Folgen in der italienischen Comiczeitschrift *Sgt. Kirk* erschienen) setzte Pratt Maßstäbe für den europäischen Comic (vgl. hierzu und zum Folgenden: Horn 1976, 180; Schikowski 2014, 184 f.). Die Handlung spielt um 1910, der freiheitsliebende Seemann ohne Schiff ist ein echter Individualist, ein untypischer, aufgeklärter Held, in dessen Fahrwasser der Leser die ganze Welt bereist. Seine Abenteuer, in denen er stets Rebellen und Unterdrückte unterstützt, führen ihn

Abb. 40: Milton Caniff, *Terry and the Pirates*, 1946 – Terry als erwachsener Mann im letzten von Caniff gezeichneten *Sunday strip*

von Südamerika über Europa, wo er im Ersten Weltkrieg kämpft, bis nach Nordamerika. Hierbei existieren realistische Erlebnisse und surreale Traumabenteuer innerhalb der Serie Seite an Seite. Häufig trifft Corto auch auf reale historische Gestalten, die sich hinter Pseudonymen verbergen (vgl. Grünewald 1988).

Pratt, der maßgeblich von der klassischen Abenteuerliteratur geprägt worden war, ist einer der ersten Vertreter eines modernen ›**literarischen Comics**‹, da er, wie ein Romanautor, seinen gezeichneten Geschichten so viel Platz einräumte, wie sie eben brauchten, um erzählt zu werden. Er zeigte damit, dass Comicgeschichten auch ohne beschränkten Seitenumfang funktionierten und spannend sein konnten: »Pratt arbeitete *nolens volens* an einer Neudefinition dessen, was man unter Abenteuercomic verstand« (Platthaus 2005). Ferner betrat er mit seinem Zeichenstil Neuland, »[d]enn dadurch, dass Pratt die Zeichnungen vollständig in den Dienst seiner Erzählung stellte und bisweilen nur mit **sparsamster Tuschetechnik** flüchtig andeutete, fand er eine eigene expressionistische Form, die wie geschaffen schien für grafisches Erzählen« (Schikowski 2014, 185). In diesem Sinne stellen die Geschichten um Corto **frühe Beispiele der Graphic Novel** in ihrer französischen Variante des *roman graphique* dar (vgl. Kap. 8).

Westerncomics

Auch wenn vereinzelt bereits zuvor Westernhelden in Comicstrips erschienen waren, so beginnt sich das Subgenre der Western-Abenteuercomics doch erst ab Ende der 1920er – u. a. mit Harry O'Neills Zeitungsstrip ***Young Buffalo Bill*** (später *Buckaroo Bill* und schließlich *Broncho Bill*), der ab 1928 erschien – zu etablieren, um in den 1940er und 1950er Jahren seinen Höhepunkt zu erreichen (Zan 2010, 690; zum Folgenden insgesamt Horn 1977). Die US-amerikanische Leserschaft schien nach dem Zweiten Weltkrieg verstärkt an einer Selbstvergewisserung in Auseinandersetzung mit der eigenen Mythologie interessiert, was im Zuge von Geschichten rund um den Cowboy, »die letzte romantische Gestalt auf dem Boden Amerikas« (Fuchs/ Reitberger 1970, 95), besonders gut möglich schien. Die zeitgenössische Popularität der Western-Radioserien und -Filme tat ein Übriges.

Der Westerncomic ist insbesondere durch **drei zentrale Elemente** geprägt:

1. das geografische Setting (der Westen der USA nebst einiger geografischer Erweiterungen),
2. das historische Setting (die zweite Hälfte des 19. Jahrhunderts) und
3. die Charaktere, die zu dieser Zeit in diesen Räumen lebten (Zan 2010, 685 f.).

Daneben kommt (wie im Abenteuercomic üblich) **Gewalt** eine konstitutive Funktion als Problemlösungsmittel zu. Der Konflikt zwischen ›Gut‹ und ›Böse‹ findet seinen Höhepunkt im **Showdown**, wenn sich am Schluss der jeweiligen Handlung Held und Widersacher unmittelbar miteinander konfrontiert sehen. Grundlegend lassen sich fünf typische Western-Helden unterscheiden, wobei neben dem Indianer, dem Gesetzeshüter und dem Ex-Militär vor allem der Cowboy und der Outlaw bzw. der einsame Reiter für den Western-Comic von besonderer Bedeutung sind (Zan 2010, 286 ff.).

Der **Cowboy** ist als Verkörperung eines Ideals angelegt, das um Ehre und das Gesetz des Stärkeren kreist. Er ist moralisch rein, ihn umgibt die Aura von Kraft und Virilität (Fuchs/Reitberger 1970, 95), wobei sein Auftritt abgerundet wird durch ein Pferd, das die Werte von Kameradschaft und Loyalität veranschaulicht (Zan 2010, 687). Exemplarisch hierfür steht die Figur des 1933 von Fred Harman ins Leben gerufenen *Bronc Peeler*, der ab 1934 im *Sunday strip* auftritt und ab 1938 dann unter dem Namen **Red Ryder** verbreitet wurde. Als Variante der Cowboy-Imago müssen die zahlreichen ›Kid‹-Figuren gesehen werden, die als jugendliche Cowboys ein junges Publikum ansprechen sollten. Besondere Popularität erlangte der ab 1948 erscheinende **Kid Colt**, der als am längsten laufender Cowboy-Comic gilt (erschienen bis 1979; ebd.). Einer der wichtigsten Vertreter des ›einsamen Reiters‹ ist der **Lone Ranger**, der 1938, nach jahrelangem Erfolg im Rundfunk, erst im Comicstrip (der in Hunderten Zeitungen erschien) und dann in Comic-Heften Verbreitung fand (Fuchs/Reitberger 1970, 95). Das besondere Markenzeichen des Lone Rangers, der bei seinen Abenteuern begleitet wird von seinem indianischen Freund und Lebensretter Tonto, ist eine schmale Maske über den Augen, die Einflüsse durch Zorro-Geschichten erkennen lässt. Dieser Comic gilt als der repräsentativste der Western-Abenteuercomics (Zan 2010, 688). Eine Parodie auf die Figur des ›einsamen Reiters‹ ist die seit 1946 erschienene Reihe *Lucky Luke* des belgischen Zeichners Morris (eigtl. Maurice de Bevere), die besonderen Erfolg erlangte, als von 1955 bis 1977 René Goscinny die Texte beisteuerte.

Asterix

1959 hatten Asterix und Obelix ihren ersten Auftritt in dem französischen Jugendmagazin **Pilote**, für dessen Start die zwei Gallier vom Zeichner Albert Uderzo und Texter René Goscinny eigens geschaffen wurden, ihres Zeichens Art Director und Chefredakteur der Zeitschrift (vgl. Stoll 1974; Knigge 1996, 202 ff.; Gundermann 2009). Die Geschichten wurden hier zunächst in Fortsetzungen von ein bis zwei Seiten veröffentlicht. Schon zwei Jahre später waren die Abenteuer der beiden Gallier und ihrer Dorfgemeinschaft im Widerstand gegen die Besatzung der Römer so beliebt, dass die Geschichten in Alben zusammengefasst wurden (*Asterix der Gallier*, 1961). Der Erfolg war auch Ergebnis einer **gelungenen Marketingstrategie**. Als *Pilote* an Absatz verlor, stellten die Macher auf Albenverkauf um. In den 1970er Jahren war die Erstauflage allein in Frankreich etwa eine Million Exemplare (Gundermann 2009, 118 f.). Den frühen Alben merkt man die ursprüngliche Form der Publikation in Fortsetzungen insofern an, als sie alle zwei Seiten eine aufregende Situation präsentieren, die ursprünglich das Ende der jeweiligen Episode markierte und, quasi als Cliffhanger, die Spannung der Leser auf die Fortsetzung steigern sollte. Die Alben etablierten sich schnell als akzeptable Lektüre auch unter jenen, die Comics gemeinhin als minderwertig abtaten, und erschlossen »ein breites **intellektuelles Publikum**« (Knigge 1996, 203), wozu sicher neben der Einbettung der fiktiven Geschehnisse in historische Begebenheiten und Kontexte, die teils genau recherchiert waren, auch die (selbst-)ironische Einbeziehung kultureller Stereotype beigetragen hat. Daneben dürften die zahlreichen Spielereien mit Sprache – wozu nicht zuletzt der Einsatz lateinischer Zitate oder die Namen der Figuren zählen – und die Anspielungen auf Werke der bildenden Kunst und der Literatur sowie auf historische und zeitgenössische Personen der Reihe Pluspunkte unter Bildungsbürgern eingebracht haben. Als besonderes Erfolgsprinzip der Reihe wird die regelmäßige **Wiederholung bestimmter Handlungselemente** (Eröffnungssequenz, häufig eine Abenteuerfahrt, Abschlussbankett) und eines »statischen Minimalnarrativs (Klein gegen Groß)« gesehen (Gundermann 2009, 107). Auch zeichnerisch verstanden es die Macher, verschiedene Stilrichtungen zu verbinden und auf diese Weise eine sehr große Leserschaft zu erreichen: So wurden Aspekte der *ligne claire* übernommen, »diese jedoch in der Figurenentwicklung mit Disney-Einflüssen geschickt ergänzt und damit erfolgreiche Comictraditionen gewinnbringend kombiniert« (Gundermann 2009, 117 f.). Nach Goscinnys Tod 1977 zeichnete und textete Uderzo ab Bd. 25 die Alben allein, die seit 2013 (Bd. 35) von Jean-Yves Ferri (Text) und Didier Conrad (Zeichnungen) verantwortet werden.

11.3 | Kriminalcomics

11.3.1 | Merkmale

Die Perspektive auf die Handlung im Kriminalcomic, die bekanntlich durch die Verübung bzw. Aufklärung eines Verbrechens bestimmt ist, kann unterschiedlich sein: Wahlweise stehen die **Täter im Vordergrund**, wobei dann die Planung und Durchführung der Tat den Plot bestimmen – so etwa in der von 1942 bis 1955 erschienenen, erfolgreichen Comicreihe *Crime Does Not Pay*, die »True Crime Cases« versprach (Weinzierl 2010, 126) –, oder es wird die **Verhinderung oder Aufklärung einer Straftat** ins Zentrum gerückt. Je nachdem werden also unterschiedliche Figuren(gruppen) besonders akzentuiert: (Berufs-)Kriminelle einerseits oder Polizisten und vor allem Privatdetektive andererseits. Allerdings zählen auch ›Amateur-Ermittler‹ und Verbrecher aus ›Not oder Leidenschaft‹ zum Standardensemble der Kriminalcomics. Insgesamt ist die Welt der Kriminalcomics gekennzeichnet durch hohe Anschlussfähigkeit an die Lebenswirklichkeit der Leser, besonders geprägt durch menschliche Unzulänglichkeiten. Bei der Ausübung und Aufklärung der Verbrechen kommt rationalen Erklärungsmustern eine große Bedeutung zu. Die Handlungsräume stellen sich meist als an der Realität orientierte Stereotype dar, die häufig Parallelen zu filmischen Raumentwürfen aufweisen (Creekmur 2010, 120). Der **urbane Raum**, der den Hintergrund für die Handlung der allermeisten Kriminalcomics darstellt, steht dabei stellvertretend für das Chaos der modernen Welt, in der der Mensch permanenten Reizen und Bedrohungen ausgesetzt ist. Während in Abenteuercomics häufig quasi-paradiesische, (mehr oder weniger) naturbelassene und deshalb ›gesunde‹ Gegenwelten inszeniert werden, ist die Welt der Kriminalcomics meist dominiert durch individuelle und gesellschaftliche Schlechtigkeit.

Im Gegensatz zur Mehrzahl der Abenteuercomics werden im Kriminalcomic nur selten Protagonisten profiliert, die moralisch vorbildhaft sind, sondern häufig gesellschaftliche Außenseiter präsentiert, die fragwürdigen Normen folgen, ihren Lastern frönen und eine **pessimistische Weltsicht** verbreiten.

Film noir und die Ästhetik des Kriminalcomics

Im Austausch mit den Entwicklungen auf dem Gebiet des Films der 1940er und 1950er Jahre bildete sich eine spezifisch ›düstere‹ Ästhetik heraus, die in die Kinogeschichte als charakteristisch für den *film noir* eingegangen ist. Insbesondere der vom expressionistischen Stummfilm inspirierte Einsatz von scharfen Hell-Dunkel-Kontrasten und Schatten, extremen Unter- oder Aufsichten, verzerrten Perspektiven etc. prägte die visuelle Darstellung (Spicer 2002, 45–83). Die filmische Inszenierung und Anmutung eines Kriminalcomics wurde in diesem Sinne zumeist als positives Merkmal dieser Gattung verstanden.

11.3.2 | Anfänge und Klassiker des Kriminalcomics

Anfänge

Die Anfänge des Kriminalcomics finden sich in Zeitungsstrips aus den frühen 1930er Jahren, die paradigmatische Figuren wie Dick Tracy (s. u.) etablieren (zur Geschichte des Genres vgl. Benton 1993). Als erste Heftreihe, in der Kriminalgeschichten in Comicform erschienen, gelten die **Detective Picture Stories** aus dem Jahr 1936, auf die bald die sehr erfolgreiche Reihe **Detective Comics** folgte, die 1937 erstmals erschien und ab 2011 dann mit neubegonnener Zählung fortgeführt wurde (Coletta 2010b; Schikowski 2014, 84). Beide Reihen waren – wie der Kriminalcomic insgesamt – stark beeinflusst von der erzählerischen Hardboiled-Tradition der Kriminalromane (siehe Kasten) und führten eine Vielzahl von harten Ermittlern ein, die meist nachts in einem finsteren Großstadtsetting skrupellose Gangster jagten und dabei ihrer eigenen, nicht immer ganz gesetzeskonformen Vorstellung von Gerechtigkeit folgten (vgl. hierzu und zum Folgenden Spicer 2010, 52 f.). Neben den Kriminalromanen gelten eine ab der zweiten Hälfte der 1930er Jahre sehr erfolgreiche MGM-Kurzfilmserie und die ab 1935 laufende Hörspielserie *Gang Busters* als Inspirationsquellen für den Kriminalcomic – später kamen Einflüsse aus Hollywood-Filmen wie *Dillinger* (1945) oder *The Killers* (1946) hinzu (Knigge 1996, 136).

Muster: Hardboiled Detective

Der ab Ende der 1920er Jahre in der Literatur auftauchende ›hartgesottene‹ Ermittler zählt heute zu den Archetypen der anglo-amerikanischen Kriminalliteratur. Der ›abgebrühte‹ Detektiv oder Polizist tritt betont männlich auf, ist mit allen Wassern gewaschen und scheut nicht vor Aktionen zurück, die jenseits der Legalität liegen, denn er ist nur seinen eigenen moralischen Gesetzen verpflichtet. Die Gesellschaft, in der er agiert, hat ihm alle Illusionen genommen, ist sie doch geprägt von Brutalität und Korruption, weshalb ihm sein hartes Vorgehen gerechtfertigt

---

erscheint. Die bedrohliche Anonymität der Stadt, die meist den Handlungsraum der Hardboiled-Geschichten markiert, ermöglicht ein Spiel mit Identitäten und Personengeflechten. Im Vordergrund steht dann meist die Herausforderung, in der unübersichtlichen Großstadt relevante Personen, Gegenstände, Plätze ausfindig zu machen und zueinander in Beziehung zu setzen. Die Ermittlungsarbeit ist geprägt durch wechselnde Schauplätze, hohes Tempo und Dynamik. Die Rohheit und mangelnde Empathie der Protagonisten sowie die ausgestellte Unmenschlichkeit des Stadtlebens werden als Mittel der Gesellschaftskritik erkennbar.

Dick Tracy, Rip Kirby und *Batman*

Zu den klassischen Figuren der Kriminalcomics, die die Wahrnehmung des Genres bis heute prägen, zählt Dick Tracy. 1931 begann Chester Gould mit seinem Zeitungscomic **Dick Tracy**, der zunächst als *Sunday strip*, kurz darauf als *daily strip* erschien und als erster realistischer Polizeicomic gilt (Horn 1976, 207). Die Figur kombiniert moderne Versatzstücke mit literaturgeschichtlichen Anleihen: So ist Tracy im zeittypischen Hardboiled-Stil mit Trenchcoat und Hut gekleidet (Abb. 17, S. 82), löst seine Fälle häufig unter Einsatz von Schusswaffen und diversen futuristischen Gadgets (wie einem Videofunkgerät am Handgelenk, technischen Flugapparaten etc.). Gleichzeitig verweisen Tracys Aussehen, das Vertrauen auf seinen Verstand sowie der Einsatz forensischer Methoden auf das Vorbild Sherlock Holmes (Knigge 1996, 70). Gould brachte einen »besonderen, grimmigen Realismus« (Schikowski 2014, 52) in die Comics und »entwickelte schnell eine expressive Schwarzweißtechnik, die seine relativ einfachen, fast karikaturhaft gezeichneten Szenen zu einer bedrohlichen Darstellung des Asphaltdschungels werden ließen« (Knigge 1996, 70). Nicht zuletzt der Zeichenstil bringt viel Tempo und Dynamik in Geschichten.

Aufgrund der präsentierten Gewalttätigkeit und der Darstellung von Grausamkeiten wird dem Comic eine große Bedeutung in der amerikanischen Comicgeschichte insgesamt zugeschrieben, weil er zahlreiche Tabus gebrochen habe (Fuchs/Reitberger 1970, 84). Sowohl die Düsterheit des Stils als auch die Dichtigkeit der Handlung haben sich als wegweisend erwiesen und Spuren in den verschiedenen spannungsorientierten Comicgenres insgesamt hinterlassen (Horn 1976, 207). Bereits 1933 erschienen unabhängig vom Strip (den Gould 1977 abgab und der bis heute fortgesetzt wird) eigene Comicausgaben und ab 1939 bekam Dick Tracy eine eigene Reihe (Knigge 1988, 235).

Alex Raymond, der Schöpfer des Science-Fiction-Heroen *Flash Gordon*, zählt zu den wichtigsten Exponenten des US-Zeitungsstrips. 1934 kreierte er den Strip *Geheimagent X9*, für dessen erste vier Episoden der Stammvater der Hardboiled-Kriminalromane, Dashiell Hammett, den Text beisteuerte. Da der Strip allerdings nicht sonderlich erfolgreich war, stieg Raymond 1935 schon wieder aus (Horn 1976, 605). Ganz im Gegensatz dazu entwickelte sich der 1946 von Raymond kreierte *daily strip* **Rip Kirby**, der erste Comic mit einem Privatdetektiv (Knigge 1996, 75), zu einem echten Hit, für den Raymond dann sogar seine Mitwirkung an *Flash Gordon* aufgab (Fuchs/Reitberger 1970, 87). Im Zentrum steht der aus dem Zweiten Weltkrieg zurückgekehrte Privatdetektiv Kirby. Als anspruchsvollerer Gegenentwurf zum Hardboiled-Detektiv der Pulp-Magazine entworfen, hat Kirby neben äußeren Attributen wie Pfeife und Brille eine feste Freundin und liebt moderne klassische Musik, Schach und (anstatt des für Hardboiled-Detektive typischen Whiskys) guten Brandy (Horn

Abb. 41: Alex Raymond, *Rip Kirby*, 1946

1976, 583) (Abb. 41). Die Figur des Butlers Desmond, der als geläuterter Gauner ab und an bei der Lösung eines Falls behilflich sein kann, erinnert an Sherlock Holmes' Gehilfen Dr. Watson. Neu war, dass in diesen Comics nicht – wie etwa bei *Dick Tracy* – die ›Action‹ im Vordergrund stand, sondern insgesamt eine eher ruhige Stimmung vorherrscht und sich die Zeichnungen auf die Darstellung einer spezifischen Atmosphäre konzentrierten (Knigge 1996, 75). Raymond zeichnete den Strip bis zu seinem frühen Tod 1956, woraufhin andere Künstler *Rip Kirby* bis 1999 fortsetzten.

Auch wenn **Batman** neben Superman gemeinhin als erfolgreichster Superheld gilt, besitzt er doch eigentlich keine einzige Superkraft. Überhaupt ist die Mythologie des Dunklen Ritters dem Krimisujet wesentlich näher: Einige Jahre nach dem gewaltsamen Tod seiner Eltern bereist Bruce Wayne die ganze Welt, um sich bei allen möglichen Meistern jene physischen und mentalen Fähigkeiten anzutrainieren, die ihm in seinem obsessiven Kreuzzug gegen das Verbrechen nützlich sein können. Sein Motiv ist also Rache – und um diese zu verwirklichen, entwickelt er seine zahlreichen technischen Hilfsmittel. Auch ansonsten wird Batman von seinen Schöpfern, dem Zeichner Bob Kane und dem Texter Bill Finger, in vielerlei Hinsicht als Gegenentwurf zum moralisch integren Superhelden entworfen. Film-Noir- und Pulp-Einflüsse sind hier sehr viel stärker als Science-Fiction-Traditionen, die bei anderen Superhelden-Kreationen im Vordergrund stehen (Ayres 2010, 50), worauf auch der ursprüngliche Titel des Comics mit einem distanzschaffenden bestimmten Artikel »The Bat-Man« (Knigge 1996, 118) verweist. Inspiriert ist Batman durch Gothic Novels (der Name des Schauplatzes spielt darauf an: Gotham City) und Filme wie *Zorro* (1921), *Dracula* (1931) sowie vor allem *Bat Whispers* (1931) (Ayres 2010, 50; Coletta 2010b, 150).

Auf die Nähe zum Krimigenre deutet auch die Tatsache hin, dass der ›Mitternachtsdetektiv‹ seinen ersten Auftritt 1939 in der 27. Ausgabe von *Detective Comics* hatte, die bis zu diesem Zeitpunkt ein Tummelplatz für Ermittler aller Art war, sich dann aber zunehmend zu einem ›Bat-Kosmos‹ entwickelte, in dem die wichtigsten Nebenfiguren und Gegenspieler ihre ersten Auftritte hatten: Robin, Batmans junger Gehilfe (in Ausgabe 38), oder die Bösewichte Clayface (in Ausgabe 40), Penguin (in Ausgabe 58), Two Face (Ausgabe 66) und The Riddler (Ausgabe 140) (Coletta 2010b, 150). Schon 1940 kam neben den einzelnen Geschichten in der Reihe ein erstes eigenes *Batman*-Heft heraus, das fortan vierteljährlich erschien (Ayres 2010, 50).

Abb. 42: Will Eisner,
The Spirit, 1947

Will Eisners *The Spirit*

Will Eisner gilt als einer der Pioniere des US-amerikanischen Comics. In späteren Jahren zählt er zu den Begründern der Graphic Novel. Doch schon lange zuvor brachte er viele Ideen und Innovationen in den Comic ein, denn bereits 1940 startete Eisner als Autor und Zeichner seine 16-seitige Zeitschrift *The Spirit*, die als wöchentliche Comicbeilage in verschiedenen Zeitungen (und zusätzlich von 1941 bis 1944 auch als *daily strip*) erschien und neben den Geschichten um den Titelhelden noch andere Comics Eisners brachte. Eisner selbst verantwortete die Serie, die bald als Beilage in zwanzig Zeitungen und mit einer Auflage von fünf Millionen herauskam, bis zu deren Einstellung 1952 (Horn 1976, 631; Knigge 1996, 128).

Mit dem Protagonisten *The Spirit* schuf Eisner einen besonderen Helden, der zwar Bestandteile des seinerzeit enorm populären Superheldengenres und der Pulp-Traditionen aufwies, aber auf ein ›erwachsenercs‹ **Publikum** zielte (Knigge 1996, 129). So stattete er seinen Protagonisten im Straßenanzug zwar mit einer schmalen Maske aus, doch sind die Comics bevölkert von tragischen Figuren, deren Leben aus den Fugen geraten scheint – der Titelheld ist dabei »oft nur Beobachter oder Katalysator der Ereignisse« (ebd.). Ausgangspunkt der Handlung ist der Scheintod des Polizisten Denny Colt (ausgelöst durch eine rätselhafte Flüssigkeit), der nach seiner Beerdigung und unentdeckten ›Wiederauferstehung‹ unerkannt gegen Verbrecher aller Art ins Feld zieht. Eisners Storys weisen reichlich Noir-Stimmung und Hardboiled-Anleihen auf, wobei sein Protagonist durchaus Humor und Ironie besitzt. Ergänzend kommt ein ungewöhnlich ausgeprägter **moralischer und sozialer Subtext** hinzu, weshalb die *Spirit*-Geschichten – nicht untypisch für den amerikanischen Krimi im Allgemeinen – **urbane Momentaufnahmen ihrer Zeit** sind (Knigge 1988, 175). Insbesondere in den nach Eisners Militärzeit ab 1946 entstandenen Folgen spielte er mit narrativen und darstellerischen Möglichkeiten, wodurch er den ästhetischen Horizont von Comics insgesamt erweitert hat (Couch 2010, 592). Er experimentierte etwa mit Licht und Schatten, Dynamik und Perspektiven (so wählt er etwa ungewöhnliche Einstellungen, z.B. durch Jalousien hindurch oder aus Briefkastenschlitzen). Ein charakteristisches Erkennungsmerkmal von Eisners *The Spirit* ist die *splash page*, die jede Folge eröffnete und auf der der Titel-Schriftzug häufig kreativ in die dargestellte Welt integriert wird (Knigge 1996, 129). (Im Auftaktbild zu der *Spirit*-Folge *A River of Crime* ist der Schriftzug etwa in Form von Papierfetzen in der Gosse in der Straßenmitte eingearbeitet, Abb. 42).

Ein deutscher Kriminalcomic der 1950er: *Nick Knatterton*

Typisch für die Entwicklung des Comics in Deutschland nach dem Zweiten Weltkrieg ist der Umstand, dass der wohl berühmteste deutsche Comicdetektiv auf den Seiten einer Illustrierten ermittelte, waren es doch diese Zeitschriften, die in den 1950er Jahren dem Comic »Entwicklungsraum« boten (Knigge 1996, 219). Zwischen 1950 und 1959 erschienen in der Zeitschrift *Quick* in wöchentlichen Fortsetzungen die Abenteuer von Nick Knatterton, geschrieben und gezeichnet von Manfred Schmidt (vgl. Sackmann 1998). Der Pfeife rauchende Ermittler ist als absurde Variante von Sherlock Holmes angelegt und erreichte überraschende Popularität (Schikowski 2014, 135). Der Zeichenstil Schmidts ist eher einfach und gestaltet weder detaillierte Hintergründe, noch setzt er verschiedene Perspektiven ein (vgl. Koberne/Otto 1979, 19 f.). Stattdessen nutzt Schmidt als Besonderheit *inserts*, erläuternde Text- oder Bildkästen, die in oder neben einzelne Panels gesetzt werden, um Handlungsverläufe zu erläutern, handlungsrelevante (teils groteske) technische Tricks schematisch darzustellen, den Querschnitt einer geschlossenen Kiste zu zeigen etc. Häufig wurden die *inserts* auch dazu genutzt, einzelne Figuren-, Panel- oder Handlungsdetails ironisch zu kommentieren. Zahlreiche Wortspiele und kritische Andeutungen auf zeitgenössische politische und soziale Entwicklungen in Deutschland, die teilweise als deutliche Kritik an der CDU-Regierung Adenauers erkennbar sind (Koberne/Otto 1979, 30 f.), dürften eines der Erfolgsrezepte des Comics gewesen sein, der auf diese Weise auf zwei Ebenen rezipierbar ist: Die leicht nachvollziehbare, spannende Handlung ließ sich umstandslos auch von Kindern verstehen, während die Anspielungen und Kommentare einen komischen Grundtenor in den Comic bringen und ihn als Kritik und Parodie erkennbar werden lassen – auch auf das Medium Comic (Koberne/Otto 1979, 48).

Frank Millers *Sin City* und Alan Moores *From Hell*

Als der junge **Frank Miller** in den 1970er Jahren nach New York kam, wollte er unbedingt Kriminalcomics machen. Dieser Wunsch blieb ihm zunächst verwehrt und er landete 1979 bei der Marvel-Serie *Daredevil*, die er ab 1981 auch schrieb und dann entsprechend seiner persönlichen Vorliebe für Krimis ausrichtete. 1986 sorgte er mit der vierteiligen *Batman*-Miniserie *The Dark Knight Returns* für Furore, weil sie die dunklen Seiten des Superhelden wieder verstärkt ins Bild setzte. Nachhaltigen Einfluss auf das Genre der Kriminalcomics nahm Miller dann mit seiner ersten kompletten eigenständigen (*creator-owned*) Arbeit, der Serie *Sin City*, die ab 1991 herauskam (Round 2010a, 418).

Die stark von der Hardboiled-Tradition beeinflussten Geschichten aus **Sin City**, die bis 2000 erschienen, werden gleichermaßen als Neubelebung von und Hommage an die »classic noir crime comics« gesehen (Platz Cortsen 2010, 583; vgl. Pizzino 2008): Story und Zeichnungen sind von einer kompromisslosen Härte geprägt, die an Erzähltraditionen aus der Zeit vor dem Comics Code 1954 (vgl. Kap. 1 und 2) anknüpft. Die Folgen der ersten von insgesamt 13 Erzähleinheiten waren 1991 und 1992 als Fortsetzungsepisoden erschienen, bevor sie als Sammlung herauskamen (Platz Cortsen 2010, 580). Bemerkenswert ist, dass es keinen einzelnen Protagonisten gibt, sondern eine Reihe von wiederkehrenden Figuren. Die einzelnen Erzählstränge, die miteinander verwoben sind, folgen jeweils einer Figur. Die Handlung ist sehr komplex, was sich u. a. daran abzeichnet, dass der erste Band eigentlich das Ende erzählt. Die einzelnen Teile der »Stadt der Sünde« (eigentlich Basin City) bilden die Rahmenstruktur für die Episoden (Platz Cortsen 2010, 580). Miller legt besonderen Wert auf Licht und Schatten, ›überbelichtet‹ Gesichter oder lässt Verstecktes im Dunkeln. *Sin City* wurde ein großer Erfolg und hat zahlreiche Preise gewonnen (Dolle-Weinkauff 1998).

Zu den jüngeren ›Klassikern‹ des Kriminalcomics zählt zweifellos auch **From Hell** von Autor **Alan Moore** und Zeichner Eddie Campbell (vgl. Round 2013). Die Episoden wurden zunächst zwischen 1989 und 1996 in serialisierter Form publiziert, ehe sie 1999 gesammelt erschienen und sich zum Graphic-Novel-Bestseller und -Dauerbrenner entwickelten. Der viele hundert Seiten umfassende Schwarzweiß-Comic, 2001 mit Johnny Depp in der Hauptrolle und eher loser Verbindung zum opulenten Original verfilmt, ist ein (vielfach preisgekrönter) epischer Kriminalcomic, der ausführlich über den berüchtigten Serienmörder Jack the Ripper meditiert und dabei ein detailliertes Bild des viktorianischen London entwirft (Germanà 2013). Moore, für umfangreiche Recherche (die in einem Anhang nachgewiesen wird) und Werke voller Anspielungen bekannt, widmet sich ausführlich den Legenden und Verschwörungstheorien, in denen etwa den Freimaurern und dem britischen Königshaus eine besondere Rolle zukommt. Die Geschichte entwickelt sich dabei immer mehr zu einer Parabel, in der es am Ende weniger darum geht, den tatsächlichen Mörder ausfindig zu machen, als vielmehr die Obsession auszustellen und zu hinterfragen, mit der die Geschichten um Jack the Ripper rezipiert werden. Gleichzeitig verstand Moore die Morde Jack the Rippers in gewissem Sinne als apokalyptische Konsequenz des viktorianischen Zeitalters, in denen vieles vom Grauen des 20. Jahrhunderts vorweggenommen wurde (Round 2010b, 231; Round 2013).

Primärliteratur

Complete Chester Gould's Dick Tracy Vol. 1–18. San Diego 2006–2015 (wird fortgesetzt).

Eisner, Will: *Der Spirit.* Stuttgart 1981 (engl. *The Spirit*, 1940–1952).

Finger, Bill/Kane, Bob: *Batman.* Archiv-Edition Bd. 1. Stuttgart 1999.

Foster, Hal: *Prinz Eisenherz.* Gesamtausgabe in 18 Bden. Bonn 2006–2012 (engl. *Prince Valiant*, 1937–1971).

Foster, Hal u. a.: *Tarzan Sonntagsseiten.* Bd. 1–4. Bonn 2012–2014 (engl. *Tarzan*, 1931–1937). [Der erste Band bringt auch die selten nachgedruckten ersten 60 Folgen des *daily strips* aus Fosters Feder.]

Goscinny, René/Uderzo, Albert: *Asterix der Gallier.* Berlin 1968 (frz.: *Astérix le Gaulois*, 1959).

Hergé: *Tim im Land der Sowjets*, 1981 (frz. *Les aventures de Tintin, reporter du »Petit Vingtième« au pays des Soviets*, 1929–1930).

Miller, Frank: *Sin City* 1–7. Ludwigsburg 2005/2006 (engl. *Sin City*, 1991–2000).

Mullaney, Dean (Hg.): *Alex Raymond's Rip Kirby. The First Modern Detective Complete Comic Strips*. Vol. 1–4. San Diego 2009–2011.

Moore, Allan/Campbell, Eddie: *From Hell – Ein Melodrama in sechzehn Teilen*. Gesamtausgabe. Bad Tölz 2002 (engl. *From Hell*, 1989–1996).

Pratt, Hugo: *Corto Maltese. Die Südseeballade*. Frankfurt a. M. 2005 (ital. *Una Ballata del mare salato*, 1967–1969).

Schmidt, Manfred: *Nick Knatterton: Alle aufregenden Abenteuer des berühmten Meisterdetektivs*. Oldenburg 2007.

Grundlegende Literatur

Baumgärtner, Alfred Clemens: »Die Welt der Abenteuercomics«. In: ders.: *Die Welt der Comics*. Bochum 1970, 21–90. [Obwohl Baumgärnters Ausführungen zeittypisch ideologiekritisch sind und den Comic als »primitive Literaturform« fokussieren, präsentiert er doch eine ganze Reihe von gültigen Beobachtungen zu Anlage und Struktur von Abenteuercomics.]

Benton, Mike: *The Illustrated History of Crime Comics*. Dallas 1993. [Bietet einen guten Einstieg in den Variantenreichtum des Kriminalcomics mit zahlreichen Abbildungen.]

Booker, M. Keith (Hg.): Encyclopedia of Comic Books and Graphic Novels, Vol. 1: A–L und Vol. 2: M–Z. Santa Barbara, Calif. u. a. 2010. [Bietet eine Vielzahl von Einzeleinträgen zu Genres, Autoren, Figuren und Themen des Abenteuer- und Kriminalcomics, teils mit Hinweisen auf weiterführende Literatur.]

Horn, Maurice: *Comics of the American West*. New York 1977. [Standardwerk zum Westerncomic]

Sekundärliteratur

Ayres, Jackson: »Batman«. In: M. Keith Booker (Hg.): *Encyclopedia of Comic Books and Graphic Novels*. Vol. 1: A-L. Santa Barbara, Calif. u. a. 2010, 50–53.

Coletta, Charles: »Detective Comics«. In: M. Keith Booker (Hg.): *Encyclopedia of Comic Books and Graphic Novels*, Vol. 1: A-L. Santa Barbara, Calif. u. a. 2010, 150 f. [2010b]

Coletta, Charles: »Tarzan«. In: M. Keith Booker (Hg.): *Encyclopedia of Comic Books and Graphic Novels*. Vol. 2: M-Z. Santa Barbara, Calif. u. a. 2010, 625–628. [2010a]

Couch, Christopher: »The Spirit«. In: M. Keith Booker (Hg.): *Encyclopedia of Comic Books and Graphic Novels*, Vol. 2: M-Z. Santa Barbara, Calif. u. a. 2010, 591–593.

Creekmur, Corey K.: »Crime Comics«. In: M. Keith Booker (Hg.): *Encyclopedia of Comic Books and Graphic Novels*. Vol. 1: A-L. Santa Barbara, Calif. u. a. 2010, 119–125.

Deluchey, Guy: *Ich, Tarzan. Wie er wurde, was er ist*. München 2011.

Dolle-Weinkauff, Bernd: *Comics. Geschichte einer populären Literaturform in Deutschland seit 1945*. Weinheim/Basel 1990.

Dolle-Weinkauff, Bernd: »Crime Fiction im Comic der 90er Jahre. Frank Millers *Sin City*«. In: Dieter Petzold/Eberhard Späth (Hg.): *Unterhaltungsliteratur der achtziger und neunziger Jahre*. Erlangen 1998, 103–118.

Fuchs, Wolfgang J./Reitberger, Reinhold C.: *Comics. Anatomie eines Massenmediums*. München 1970.

Germanà, Monica: »Madness and the City. The collapse of reason and sanity in Alan Moore's *From Hell*«. In: Matthew J. A. Green (Hg.): *Alan Moore and the Gothic Tradition*. Manchester u. a. 2013, 140–158.

Groensteen, Thierry: *Asterix, Barbarella & Co. Geschichte des Comics im französischen Sprachraum*. Hildesheim 2000 (frz. *Astérix, Barbarella & Cie. Trésors du musée de la bandes dessinées*, 2000).

Grünewald, Dietrich: »Corto Maltese – Märchen vom Abenteuer. Eine Hommage an Hugo Pratt.« In: *Comic Jahrbuch* (1988), 62–87.

Gundermann, Christine: »50 Jahre Widerstand: Das Phänomen Asterix«. In: *Zeithistorische Forschungen/Studies in Contemporary History*, Online-Ausgabe, 6 (2009), H. 1, URL: http://www.zeithistorische-forschungen.de/1–2009/id=4506 (12.07.2015).

Hammontree, D. H.: »Adventure Comics«. In: M. Keith Booker (Hg.): *Encyclopedia of Comic Books and Graphic Novels*. Vol. 1: A-L. Santa Barbara, Calif. u. a. 2010, 11 f. [2010a]

Hammontree, D. H.: »Conan the Barbarian«. In: M. Keith Booker (Hg.): *Encyclopedia of Comic Books and Graphic Novels*. Vol. 1: A-L. Santa Barbara, Calif. u. a. 2010, 113 f. [2010b]

Horn, Maurice (Hg.): *The World Encyclopedia of Comics*. New York 1976 (darin: ders.: »Corto Maltese«, S. 180; »Dick Tracy«, S. 206 f.; »Prince Vaillant, S. 565«; »Rip Kirby «, S. 583 f.; »Secret Agent X-9«, S. 605; »The Spirit«, S. 631 f.).

Knigge, Andreas C.: »Prinz Eisenherz – Ein Klassiker wird 50«. In: *Comic Jahrbuch* (1987), 109–118.

Knigge, Andreas C.: *Comic Lexikon*. Frankfurt a. M. 1988.

Knigge, Andreas C.: »100 Jahre Comic-Strips. 33 Fußnoten«. In: *100 Jahre Comic-Strips*. Zusammengestellt von Bill Blackbeard. Bd. 1. Hamburg 1995, 9–32.

Knigge, Andreas C.: *Comics*. Reinbek 1996.

Koberne, Axel/Otto, Ulrich: »*Nick Knatterton*. Ein bundesdeutscher Comicstrip der 50er Jahre«. In: *Germanistische Mitteilungen* 10 (1979), 15–51.

Metken, Günter: *Comics*. Frankfurt a. M. 1970.

Murley, Jean: *The rise of true crime. 20th century murder and American popular culture*. Westport, Conn. 2008.

Pizzino, Christopher: »Art That Goes BOOM. Genre and Aesthetics in Frank Miller's *Sin City*«. In: *English Language Notes* 46.2 (2008), 115–128.

Platthaus, Andreas: *Im Comic vereint. Eine Geschichte der Bildgeschichte* [1998]. Frankfurt a. M./Leipzig 2000.

Platthaus, Andreas: »Gebrauchsanleitung für den Corto-Kosmos«. In: *Frankfurter Allgemeine Zeitung* vom 12.11.2005 (Nr. 264), 36.

Platthaus, Andreas: *Die 101 wichtigsten Fragen. Comics und Manga*. München 2008.

Platz Cortsen, Rikke: »Sin City«. In: M. Keith Booker (Hg.): *Encyclopedia of Comic Books and Graphic Novels*. Vol. 2: M-Z. Santa Barbara, Calif. u. a. 2010, 580–583.

Robbins, Trina: »Jungle Comics«. In: M. Keith Booker (Hg.): *Encyclopedia of Comic Books and Graphic Novels*. Vol. 1: A-L. Santa Barbara, Calif. u. a. 2010, 328–334.

Robinson, Frank M./Davidson, Lawrence: *Pulp Culture. The Art of Fiction Magazines*. Portland, Or. 1998.

Round, Julia: »Frank Miller«. In: M. Keith Booker (Hg.): *Encyclopedia of Comic Books and Graphic Novels*. Vol. 2: M-Z. Santa Barbara, Calif. u. a. 2010, 418 f. [2010a]

Round, Julia: »From Hell«. In: M. Keith Booker (Hg.): *Encyclopedia of Comic Books and Graphic Novels*. Vol. 1: A-L. Santa Barbara, Calif. u. a. 2010, 229–232. [2010b]

Round, Julia: »From Hell«. In: Randy Duncan/Matthew J. Smith (Hg.): *Icons of the American Comic Book. From Captain America to Wonder Woman*. Santa Barbara 2013, 287–294.

Sackmann, Eckart: »*Kombiniere ...*«. Manfred Schmidt – ein Humorist mit Hintergedanken. Hamburg 1998.

Schikowski, Klaus: *Der Comic. Geschichte, Stile, Künstler*. Stuttgart 2014.

Schneirov, Matthew: *The dream of a new social order. Popular magazines in America 1893–1914*. New York 1994.

Seeßlen, Georg: »Klare Linien, dunkle Träume. Politik und Zeitgeschichte in den franko-belgischen Comics«. In: Thomas Hausmanninger und H. Jürgen Kagelmann (Hg.): *Comics zwischen Zeitgeschehen und Politik*. München/Wien 1994, 100–115.

Seeßlen, Georg: *Tintin, und wie er die Welt sah. Fast alles über Tim, Struppi, Mühlenhof & den Rest des Universums*. Berlin 2011

Spicer, Andrew: *Film Noir*. Harlow u. a. 2002.

Spicer, Andrew: *Historical Dictionary of Film Noir*. Lanham, MD. u. a. 2010.

Stoll, André: *Asterix das Trivialepos Frankreichs. Die Bild- und Sprachartistik eines Bestseller-Comics*. Köln 1974.

Weinzierl, John F.: »Crime Does Not Pay«. In: M. Keith Booker (Hg.): *Encyclopedia of Comic Books and Graphic Novels*. Vol. 1: A-L. Santa Barbara, Calif. u. a. 2010, 125–127.

Zan, Martha: »Westerns (Comics)«. In: M. Keith Booker (Hg.): *Encyclopedia of Comic Books and Graphic Novels*. Vol. 2: M-Z. Santa Barbara, Calif. u. a. 2010, 685–692.

Christian Klein/Christian Endres

12 Phantastische Comics – Science-Fiction, Fantasy, Horror

12.1 | Definitionen

›Phantastik‹ fungiert im Weiteren als Überbegriff, der all jene Comicgenres umfassen soll, die in der einen oder anderen Weise durch phantastische Elemente bestimmt werden – also durch jene Aspekte oder Bestandteile der erzählten Welt, die gemäß einem aktuell herrschenden Verständnis von Wirklichkeit nicht real sind. Phantastische Comics präsentieren demzufolge fiktive Welten, die »von der normierten Wirklichkeitsvorstellung« abweichen (Antonsen 2007b, 581), und stellen so dem »allgemeinen, als normal und empirisch überprüfbar anerkannten Weltbild ein anderes« gegenüber (Gfrereis 1999, 151). Dominant sind die klassischen phantastischen Genres Science-Fiction, Fantasy und Horror; besprochen werden hier aber auch phantastische Erzählungen im engeren Sinne (vgl. Todorov 2013) sowie Comics mit surrealen oder absurden Elementen.

Science-Fiction: Science-Fiction-Geschichten lassen den Leser in eine nahe oder ferne Zukunft schauen, oft führen sie auch in entlegene Gegenden des Kosmos, die von fiktiven Zivilisationen bewohnt werden. Zu ihren Spezifika gehört, dass sie dies zwar auf spekulative Weise tun, dabei aber darum bemüht sind, »das (zukünftige) Neue als wissenschaftlich, logisch und rational begründet erscheinen« (Innerhofer 2007, 698) zu lassen, indem sie (natur-) wissenschaftliche bzw. technische Entwicklungen voraussetzen, die in der gegenwärtigen Welt der Leser (noch) nicht möglich sind. Übernatürliche Phänomene wie z. B. Wunder oder Magie sind für sie dagegen untypisch.

Fantasy: Das Fantasy-Genre wirft in der Regel einen Blick zurück in eine fiktive (irdische) Vergangenheit – entweder in eine archaisch-prähistorische Welt, die durch eine urwüchsige Natur geprägt ist, oder in eine mit märchenhaft-mittelalterlichem Dekor. Das Wunderbare ist ein natürlicher Bestandteil dieser erzählten Welt, übernatürliche oder magische Phänomene spielen eine wesentliche Rolle. Menschen können wie selbstverständlich von Fabelwesen umgeben sein und müssen sich als Krieger oder Ritter in Kämpfen mit vormodernen Waffen gegen ihre Feinde behaupten (vgl. Antonsen 2007a).

Horror: Horrorcomics sind zumeist in einer realistischen, dem Leser vertrauten Welt angesiedelt, in die unvermittelt das Phantastische in Form einer »entsetzlichen Erscheinung« (Brittnacher 2007, 327) hereinbricht, die der Protagonist bzw. Erzähler, ob sie nun übernatürlichen Ursprungs ist oder nicht, als reale Bedrohung erlebt (vgl. ebd.). Zentrales Gattungsmerkmal ist die Wirkungsabsicht, beim Leser Angst, Schrecken oder Grauen auszulösen (vgl. ebd.).

Phantastische Literatur: In den der phantastischen Literatur im engeren Sinne (vgl. Todorov 2013) nahestehenden Comics wird, wie im Horrorcomic, die Harmonie einer realistisch gezeichneten Welt durch ein phantastisches Phänomen gestört. Der Leser (und mit ihm oft auch der Protagonist) wird nun bis zum Ende der Geschichte in einem Zustand der Unschlüssigkeit gehalten, ob es sich tatsächlich um Vorgänge handelt, die übernatürlichen Ursprungs sind, oder ob es für sie nicht doch eine rationale Erklärung gibt. Wirkungsabsicht ist hier weniger die Ängstigung, als vielmehr eine nachhaltige Verunsicherung des Lesers (vgl. auch Antonsen 2007b).

Es liegt auf der Hand, dass sich diese verschiedenen Bestimmungsansätze nicht gegenseitig ausschließen und die Trennlinie zwischen den Genres durchlässig ist. So lässt sich ein einzelnes Werk durchaus mehreren dieser Subgenres der Phantastik gleichermaßen berechtigt zuordnen – oder es passt in kein Schema und erfindet gewissermaßen sein eigenes Genre.

12.2 | Historische Anfänge

12.2.1 | Phantastische Elemente in frühen US-Comicstrips

Zur Entstehungszeit des Comicstrips in den USA um 1900 waren phantastische Elemente noch eher rar, die Ideen der Comiczeichner beruhten in der Regel auf alltäglichen Situationen, die Stoff für Komik bieten sollten. Ab September 1904 kreierte **Winsor McCay** in seinem (mit ›Silas‹ signierten) Comicstrip *Dream of the Rarebit Fiend* (dt. *Die seltsamen Träume eines Feinschmeckers, der immer nur Käsetoast aß*, 1975) als erster Zeichner konsequent phantastische Situationen (vgl. Canemaker 2005, 79–92; Schröder 1982a, 49–52). Eine wechselnde Hauptfigur wird – als Folge des Verzehrs von Käsetoast am Abend – nachts von Albträumen geplagt, in denen sich ihr Alltag in eine Horrorsituation verwandelt. So muss etwa ein Mann aus der Perspektive eines in einem offenen Grab liegenden Toten seiner eigenen Beerdigung zusehen. Diese schwarzweißen, abgründigen Comic-Kurzgeschichten für erwachsene Zeitungsleser boten als Serie einen Reichtum an haarsträubenden Situationen, die das Phantastische in den schnöden Alltag des Durchschnittsamerikaners einbrechen ließen. Obwohl die Träumer im letzten Panel jedes Strips aufwachen, hinterlassen die Albträume beim Protagonisten wie beim Leser ein Gefühl der Beunruhigung. Winsor McCay entwickelte hier ein Narrationsschema, das im Kontext von Sigmund Freuds im November 1899 erschienenen *Traumdeutung* gesehen werden kann und den Surrealismus der 1920er Jahre vorwegnimmt (vgl. Knigge 2004, 26 ff.).

Mit der ab 1905 erschienenen farbigen Sonntagsseite *Little Nemo in Slumberland* (dt. 2014) variierte McCay diese Erzählstruktur, gestaltete die Traumwelt aber kindlicher, märchenhafter und schuf damit einen Klassiker des Genres (vgl. Canemaker 2005, 97 ff.; Schröder 1982a, 53 ff.). Little Nemo ist ein Junge aus bürgerlichem Hause, der in Fortsetzung von ›Schlummerland‹ träumt und auf der Suche nach der Tochter des Königs Morpheus durch dessen buntes Reich irrt. Jede Folge endet mit dem Aufwachen Little Nemos bzw. seinem Sturz aus dem Bett (Abb. 43).

Winsor McCay nahm den an Kunstmärchen und Kinderbücher wie Lewis Carrolls *Alice in Wonderland* (1865) erinnernden Plot vor allem zum Anlass, um auf grafisch immer wieder neuartige Weise **phantastische Ideen** zu realisieren, in extrem detailfreudigen, dem Jugendstil verhafteten Zeichnungen und bis dato einzigartig differenzierter Farbgebung. Dabei reist Little Nemo wiederholt ins Weltall, so etwa am 20. März 1910 im Zeppelin zum Mond und zwei Wochen später zum Mars. McCays verblüffende Bildideen übertrafen weit alles bisher Dagewesene, er schuf Sequenzen, die die Möglichkeiten des Comics neu ausloteten – so etwa als Little Nemos Bett anfängt, sich zu bewegen, stelzenlange Gummibeine bekommt, mitsamt Nemo das Haus verlässt und über Hochhäuser stolziert. McCay passte das **Seitenlayout**, die Anordnung und Größe der einzelnen Panels stets so an, wie es seine Idee erforderte.

Abb. 43: Winsor McCay, *Little Nemo in Slumberland*, 26. Juli 1908 im *New York Herald*

In diesem Fall zeichnete er hohe, vertikale Panels, um die langen Beine zur Geltung kommen zu lassen. Charaktere und Tiere konnten bei ihm ihre Form verändern, Häuser oder Gegenstände konnten lebendig werden und in Bewegung geraten.

Dream of the Rarebit Fiend und *Little Nemo* blieben lange Zeit als phantastische Meisterwerke singulär im Bereich der Zeitungsstrips, die weiterhin vor allem komisch sein sollten, jedoch gab es immer wieder Künstler, die durch surreale Übertreibungen phantastische Akzente innerhalb der komischen Geschichten setzten; so etwa **Cliff Sterrett** in einem 1926 veröffentlichten Strip seiner Gesellschaftssatire *Polly and Her Pals*, in dem er die vertraute Umgebung des Wohnhauses verzerrt zeichnet und damit die Hauptfigur Paw in Panik versetzt – bis sich herausstellt, dass Paw bloß seine Brille mit derjenigen seiner Frau verwechselt hatte und ihm dadurch alles ins Unheimliche verwandelt erschien (vgl. Schröder 1982a, 91 ff.).

Eine eigene narrative Qualität bekommen die phantastischen Elemente in dem beliebten Funny-Strip *Popeye* von **Elzie Crisler Segar** (ab 1929; vgl. Phelps 2007; Schröder 1975; Knigge 2004, 46–49). Obwohl sich die Fortsetzungsserie gerade durch ihre realitätsnahe Darstellung eines kleinbürgerlichen Milieus auszeichnet, wird sie oft zur Abenteuerserie, bei der immer wieder phantastische Vorkommnisse und vor allem Charaktere eine wesentliche Rolle spielen. Neben der schwarze Magie beherrschenden Sea Hag sind es vor allem originelle Fabelwesen wie das haarige weibliche Ungeheuer Alice the Goon oder Eugene the Jeep, ein hundeähnliches Wesen aus der vierten Dimension, das über besondere Kräfte verfügt. Durch solche Einfälle verleiht E. C. Segar der Serie eine zusätzliche – mal unheimliche, mal grotesk-komische – Dimension, die sie von den üblichen Slapstick-Strips abhebt. – In Segars Nebenserie *Sappo* (Phelps 2007) taucht 1932 der exzentrische Erfinder Prof. O. G. Wotasnozzle auf, der fortan den Strip durch seine wissenschaftlichen Experimente (Schrumpfpillen etc.) bestimmt. 1933 unternimmt er mit Sappo sogar eine Reise zum Mars, wobei Segar mit den damals gängigen Klischees von Weltraumreisen und Aliens spielt.

V. T. Hamlins Urzeit-Strip *Alley Oop* (vgl. Fuchs/Reitberger 1984, 68) wiederum handelt vom Alltag eines Steinzeitmenschen, bis dieser in einer Folge von 1940 auf eine Zeitmaschine stößt und im 20. Jahrhundert landet. Fortan wird Alley Oop an der Seite des Erfinders Dr. Elbert Wonmug zum Zeitreisenden durch die Jahrhunderte. Dieses Motiv der Zeitreise war ein vor allem durch H. G. Wells Roman *The Time Machine* (1895) eingeführtes Thema im Bereich der literarischen Science-Fiction.

Leseempfehlungen zu Kap. 12.2

Winsor McCay: *Die sonderbaren Träume des Feinschmeckers, der immer nur Käsetoast aß.* Darmstadt 1975.
Winsor McCay: *Little Nemo. Gesamtausgabe.* Hg. v. Alexander Braun. Köln 2014.
E. C. Segar: *Ich, Popeye.* Hg. v. Horst Schröder. Gütersloh 1975.
E. C. Segar's *Popeye.* Seattle/Washington 2006–2011 [US-Gesamtausgabe; enthält *Sappo*].
The Complete Color Polly and her Pals Series 1. Hg. v. Rick Marschall. Abington, PA 1990.
Alex Raymond: *Flash Gordon* 1–6. Hamburg 1995.
Joe Orlando/Al Feldstein: *Judgment Day and other Stories (The EC Comics Library).* Seattle/Washington 2014.
Harvey Kurtzman u. a.: *The EC Comics Slipcase Vol. 1.* Seattle/Washington 2014.
Frank Hampson: *Dan Dare-Raumschiffpilot.* Wattenheim 1998/2010.
Edgar Pierre Jacobs: *Blake und Mortimer, Der Kampf um die Welt.* Hamburg 1986.
Edgar Pierre Jacobs: *SOS Meteore.* Hamburg 1979.
Hergé: *Reiseziel Mond/Schritte auf dem Mond.* Hamburg 1997.

12.2.2 | Die frühen Klassiker des Science-Fiction-Comics: *Buck Rogers* und *Flash Gordon*

1926 gründete Hugo Gernsback die Zeitschrift *Amazing Stories*, in der triviale phantastische Erzählungen veröffentlicht wurden; sie trug maßgeblich zur Entwicklung eines neuen Genres bei, das sich schnell großer Beliebtheit erfreute und für das Gernsback 1929 den Begriff ›Science-Fiction‹ prägte. Noch in demselben Jahr wurde mit dem Strip **Buck Rogers in the 25th Century** erstmals ein Science-Fiction-Comic in US-Zeitungsstrips eingeführt, dessen realistischer Zeichenstil die Ästhetik von **Pulp-Magazine-Illustrationen** aufgriff (vgl. Schröder 1982b, 21–26; vgl. Kap. 11). Realistisch-naturalistische Zeichnungen setzten sich in der Folge für die Umsetzung von Abenteuer-, Science-Fiction- oder Fantasy-Comics durch, sie erschienen für ›ernste‹ Stoffe geeigneter als der bislang vorherrschende karikierende Stil. Es war also paradoxerweise eine **naturalistischere Ästhetik** (die Realitätsnähe suggeriert und somit die Glaubwürdigkeit einer Geschichte erhöht), mit deren Hilfe sich nun auch phantastische Stoffe im Comic durchsetzen konnten, darunter auch die Superheldengeschichten.

Buck Rogers basierte auf Fortsetzungsromanen des Autors Philip Nowlan, die zuerst in *Amazing Stories* erschienen waren und die er selbst für das Medium Comic adaptierte. Die Rahmenhandlung: Nach seinem Erwachen aus fünfhundertjährigem Tiefschlaf kämpft Buck Rogers zunächst gegen asiatische Hunnen (im Original: ›Hans‹), die Amerika bedrohen. An seine Seite gesellt sich Wilma, die bald seine Verlobte wird, sein Erzrivale wird Killer Kane. Es handelte sich um recht naive Abenteuer, die jedoch einen Zeitnerv trafen, weil sie die Menschen in der Zeit der wirtschaftlichen Depression auf eskapistische Weise unterhielten. Die Zeichnungen von Dick Calkins boten den Lesern eine Menge an Attraktionen, indem sie erstmals typische visuelle Science-Fiction-Elemente wie Planeten, futuristische Städte, bunte Raumanzüge, Marsmenschen, Roboter und Strahlenpistolen in den Comic einführten.

Weniger an der Ausgestaltung einer technisierten Zukunft interessiert war der Zeichner **Alex Raymond**, mit dessen Science-Fiction-Helden *Flash Gordon* das Genre 1934 grafisch-visuell einen qualitativen Sprung machte (vgl. Schröder 1982b, 27–30; Knigge 2004, 64–67). Die Ausgangsidee entstammte ebenfalls einem Trivialroman, *When Worlds Collide* (1932/33; dt. *Wenn Welten zusammenstoßen*, 1959) von Philip Wylie und Edwin Bulmer: Ein aus der Bahn geratener Planet rast auf die Erde zu und droht sie zu zerstören. Der Sportler Flash Gordon steigt daraufhin mit seiner Freundin Dale Arden und dem Wissenschaftler Dr. Zarkov in ein Raumschiff, um den Planeten zu rammen und vom Kurs abzubringen. Auf Mongo treffen sie auf eine urtümliche Welt mit zahlreichen unterschiedlichen Menschenrassen und Monstern. Diese archaische Science-Fiction-Welt ist weniger futuristisch gestaltet als eher aus verschiedenen Fantasy-Versatzstücken zusammengesetzt: Die Bewohner scheinen aus antiken und mittelalterlichen Gesellschaften zu stammen oder ähneln Sagengestalten, die Ungeheuer erinnern an Saurier und die Vegetation ist meist urwüchsig, die Figuren bewegen sich etwa durch Dschungel, Sümpfe, Sand- und Eiswüsten. Flash Gordon selbst ist ein idealisierter Held (Typ ›Siegfried‹), der gegen den bösen Imperator Ming ankämpfen muss. Vor allem Raymonds elegant-illustrativer, sich durch feine Schraffuren auszeichnender Stil verstand es, die Leser zu verzaubern, seine Raumschiffe waren dynamisch konstruiert und aus effektvollen Perspektiven gezeichnet, die Städte von gleißender Pracht, und die Kolorierung hob die Plastizität der Zeichnungen hervor (Abb. 44).

Science-Fiction-Comic-Hefte

Neben den vielen *comic books* mit Superheldengeschichten, einer speziellen Variante des Science-Fiction-Comics, die sich ab 1938 herausbildete und den Heftmarkt bald dominierte, gab es auch einige auf Science-Fiction spezialisierte **Hefte**. So tummelten sich etwa in *Planet Comics* (Schröder 1982b, 42; Fuchs/Reitberger 1984, 71), einem Magazin, das von 1940 bis 1954 erschien, futuristische Helden wie Futura, Red Comet, Mysta of the Moon oder Star Pirate. Einige später namhafte Zeichner wie Graham Ingels oder John Cullen Murphy debütierten hier. *Planet Comics* machte vor allem durch die ungewöhnlich starken Heldinnen auf sich aufmerksam, die auf fast jeder Seite in knapper Bekleidung und attraktiven Posen dem Magazin einen erotischen Touch verliehen.

Abb. 44: Alex Raymond,
Flash Gordon, 1942
(*Sunday strip*)

12.2.3 | Erste europäische Science-Fiction-Comics ab den 1930er Jahren

Auf dem europäischen Festland entwickelte sich, nachdem zunächst vor allem US-Importe veröffentlicht worden waren, nur zögerlich eine eigene Comic-Kultur. **Alain Saint-Ogan** war ein Pionier der 1920er Jahre, der in seiner Serie *Zig et Puce* (ab 1925 in *Le petit illustré* veröffentlicht) zwei jugendliche Lümmel zu Weltreisenden machte, die vom Pinguin Alfred begleitet wurden. 1935 waren sie die ersten europäischen Comic-Helden, die – in der Geschichte ***Zig et Puce au XXIe siècle*** – in die Zukunft reisten, und zwar per Heißluftballon zunächst ins Paris des Jahres 2000 (das mit zwei Eiffeltürmen und Düsengleitern als Transportmittel aufwartete) und anschließend sogar zur Venus. Die für ein kindliches Publikum konzipierte Serie war eine wichtige Wegmarke für die frankobelgische Comictradition: Saint-Ogan etablierte bereits vor Hergé einen klaren, die *outlines* betonenden Zeichenstil und benutzte – nach dem Vorbild der US-Strips – als Erster in Europa konsequent Sprechblasen anstelle von den bislang üblichen Bilduntertexten. Inhaltlich bot die Serie eine kindlich-verspielte Welt, die manche Berührungspunkte mit *Little Nemo* (s. o.) aufweist.

Eine realistisch gezeichnete Zukunftsvision (noch ohne Sprechblasen) erschuf in Frankreich zuerst René Pellos 1937 für die Zeitschrift *Junior. Futuropolis* handelt von einer unterirdischen Zivilisation, die von ihrer Herrscherin Maja mittels Technik unterdrückt wird – die Inspiration durch Fritz Langs Film *Metropolis* (Deutschland 1927) ist nicht zu übersehen (vgl. Schröder 1982, 95; Gravett/Knigge 2012, 104). Ab 1945 wurde die Serie ***Les pionniers de l'Espérance*** (dt. *Die Pioniere der Hoffnung*) von **Roger Lécureux** und **Raymond Poivet** in der Comiczeitung *Vaillant* veröffentlicht, eine erste französische *space opera* mit einem internationalen Team. Poivets Zeichnungen orientierten sich an *Flash Gordon*, konnten aber auch durch ihren eigenständigen, dynamischen Strich überzeugen (vgl. Gravett/Knigge 2012, 128).

Von Alex Raymonds Serie ebenfalls sichtlich inspiriert war der Belgier **Edgar Pierre Jacobs**, sein Science-Fiction-Comic ***Le rayon U*** (*Die U-Strahlen*, 1943/44) übernahm sogar die Figurenkonstellation von *Flash Gordon* (vgl. Hamann 2009; Knigge 2004, 67 u. 120–22). Stilistisch war Jacobs jedoch weniger pathetisch als Raymond, konzentrierte sich aufs Wesentliche und perfektionierte fortan die ***ligne claire*** seines zweiten Vorbilds Hergé. In der ersten umfangreichen Geschichte seiner bekanntesten Serie *Blake et Mortimer*, *Le secret de l'Espadon* (1946; dt. *Die Abenteuer von Blake und Mortimer – Der Kampf um die Welt*, 1986), entwirft Jacobs eine vom Zweiten Weltkrieg geprägte apokalyptische Zukunftsvision, in der die Gefahr (vgl. *Buck Rogers* und *Flash Gordon*) aus dem Fernen Osten kommt. Die Serie um zwei britische Freunde, den M. I. 5-Offizier Blake und den Atomphysiker Professor Mortimer, lebt von der Detailfülle der Zeichnungen und spannend konstruierten Plots, die zwischen Abenteuer-, Kriminalgeschichte und Science-Fiction changieren.

12.3 | Hochphase der Phantastik in den USA und Europa

12.3.1 | Die 1950er und 1960er: die Blütezeit des Genres in den USA

In den USA wurden in der Goldenen Zeit der **EC-Comics** im Verlag Entertaining Comics zwischen 1950 und 1955 eine Reihe von Magazinen herausgegeben, die sich auf das **Horrorgenre** (*Tales from the Crypt*, *The Vault of Horror*, *The Haunt of Fear*) und Science-Fiction (*Weird Science*, *Weird Fantasy*) spezialisierten (vgl. Knigge 2004, 138–143; Schröder 1982b, 48–53; Benton 1991; Courth: EC-Comics). Die Geschichten, für die zumeist Verleger Bill Gaines und Redakteur Al Feldstein verantwortlich zeichneten, sollten intelligente Unterhaltung für ein erwachsenes Publikum bieten und spiegelten auf **kritische Weise** die amerikanische Gesellschaft wider. So entlarvten sie etwa subtil deren paranoide Angst vor kommunistischer Unterwanderung und ihren Fremdenhass, indem sie diese Themen in ein Horror- oder Science-Fiction-Gewand packten. Anstelle eines wiederkehrenden Helden führten morbide Erzähler wie Crypt-Keeper oder Old Witch durch das jeweilige Heft (Abb. 45). Die meist realistisch-expressiv bis grotesk gezeichneten Horrorgeschichten führten die **Tradition der Gothic Novel** fort, manche variierten z. B. Erzählungen von Edgar Allan Poe oder Mary Shelley. Im Science-Fiction-Genre wurden gelegentlich auch Storys namhafter zeitgenössischer Autoren wie etwa von Ray Bradbury adaptiert (zu Literaturadaptionen vgl. Kap. 16). Die Comics enthielten bewusst hohe Textanteile und endeten stets mit einer unerwarteten Wendung oder Pointe. So entstanden viele herausragende Comic-Shortstorys, einige davon **Meisterwerke der phantastischen Erzählung**, von heute legendären Zeichnern – darunter Reed Crandall (Schwerpunkt: Horror), Jack Davis (groteske Comics im Cartoon-Stil), Al Williamson und Wallace Wood (Science-Fiction) – die bewusst nicht die den Markt dominierenden Superhel-

Abb. 45: Skandalumwittertes Heftcover (Mai 1954) aus dem Verlagshaus EC (Entertaining Comics)

den zeichnen wollten. Diese Entwicklung wurde 1954 durch die Zensur des Comics Code harsch unterbrochen (vgl. Kap. 1 und 2).

Von den 1960er Jahren bis 1983 wurden im Warren Verlag neue **Horrormagazine** wie *Creepy* (ab 1964), *Eerie* (1965) und *Vampirella* (1969) verlegt, die als Erwachsenenmagazine galten und somit nicht dem Comics Code unterlagen. Einige der früheren EC-Künstler konnten für den Warren Verlag arbeiten und wieder phantastische Comics zeichnen. Und es gab junge Künstler, die mit den EC-Comics aufgewachsen waren und nun diese Tradition fortführten, dabei aber ihre eigenen, höchst individuellen Stile entwickelten. **Richard Corbens** Edgar Allan Poe-Adaptionen aus den 1970er Jahren etwa (*The Raven*, *Shadow*, *The Oval Portrait*, dt. 2014) geben die Atmosphäre ihrer Vorlagen eindrücklich und mit formalem Einfallsreichtum wieder. Seine plastischen, oft fotorealistischen Fantasy- und Science-Fiction-Storys gehören neben **Bernie Wrightsons** an klassische Buchillustrationen erinnernden Gothic Horror Tales zu den besten des Warren Verlags. Nicht zuletzt wurden in den Underground-Fanzines Mitte und Ende der 1960er Jahre zahlreiche Horror-, Science-Fiction- und Fantasy-Comics (u. a. von Richard Corben) veröffentlicht, die durch freizügige Sex- und Gewaltdarstellungen Tabus brachen.

12.3.2 | Der Boom der phantastischen Comics in Frankreich ab 1960

In Europa traf der Franzose **Jean-Claude Forest** 1962 mit dem Science-Fiction-Comic *Barbarella* (dt. 1966) einen Zeitnerv. Die attraktive (und emanzipierte!) Blondine irrte zwar eher ziellos durch den Weltraum, die Mischung aus bunter Science-Fiction und ironisch-lasziver Erotik verzauberte jedoch eine ganze Generation von Lesern (Schröder 1982b, 95–99; Knigge 2004, 164–167). Barbarellas Schäferstündchen mit einem Roboter wurde gar zu einer der meistzitierten Szenen der Comicgeschichte. Fortan kamen erotische Comics für Erwachsene europaweit in Mode. Auch das Genre **Science-Fiction** bekam einen Schub. Die 1964 und 1967 gestarteten Serien *Les naufragés du temps* (dt. *Die Schiffbrüchigen der Zeit*, 2015) von Jean-Claude Forest und Paul Gillon sowie *Luc Orient* von Greg und Eddy Paape (dt. 2011) boten zum Teil bildgewaltige, insgesamt solide, aber etwas altbackene Science-Fiction mit schematisch angelegten Charakteren.

1967 erschien im Comicmagazin *Pilote* das erste Abenteuer von **Valérian, agent spatio-temporel** (bzw. *Valérian et Laureline;* dt. *Valerian und Veronique*, 1978), einer Serie, die das Genre um viele anspruchsvolle wie unterhaltsame Geschichten bereichern sollte (Anton 1988, 143–154; Schröder 1982 b, 110–115; Knigge 2004, 186–191). Szenarist **Pierre Christin** erwies sich als intelligenter Geschichtenerzähler, der politische Strömungen seiner Zeit aufgriff (etwa die Bürgerrechtsbewegung in den USA, die Studentenrevolte oder die Emanzipation), in verfremdeter Form auf fiktive Planeten verpflanzte und in aufregende Abenteuer zu verwandeln verstand. In der Serie sind die beiden Helden Agenten des Raum-Zeit-Services, der sein Zentrum auf der Erde in Galaxity im 28. Jahrhundert hat. Christin schuf damit auch die erste Serie, die das Thema Zeitreisen wirklich ernst nahm. Diese führen das Paar in ferne, exotische Galaxien und andere Zeitalter, wobei Veronique von Anfang an eine intelligente, moderne Frau verkörpert, die nicht – wie bisher in Serien üblich – nur als hübsche Begleiterin des Helden fungiert, sondern ihrem Partner Valerian gleichberechtigt, ja oft überlegen ist. **Jean-Claude Mézières** ließ in seinen Zeichnungen die üblichen Klischees links liegen und erschuf phantasievolle, vor Details überbordende Planetenwelten mit skurrilen außerirdischen Lebewesen, die wie echte Charaktere behandelt und, wie die beiden Helden selbst, mit augenzwinkerndem Humor porträtiert wurden. Auch das Seitenlayout behandelte Mézières deutlich freier als die meisten französischen Comics, die noch starr in gleich große Streifen aufgeteilt waren. Ein Einfluss von Mézières Zeichenkunst auf Figuren- und Filmdesign der *Star Wars*-Saga (USA ab 1977) ist nachgewiesen (vgl. Barrets 2011, 5–13). 2010 erschien ein die Geschichte abschließender letzter Band.

12.3.3 | Die 1970er: Moderne Klassiker des Genres von Moebius und Bilal

Philippe Druillet veröffentlichte erstmals 1966 seine Serie um den Weltraumabenteurer **Lone Sloane** und schuf in mehreren inhaltlich komplex angelegten Abenteuern wie *Le mystère des abîmes* (1966) und *Delirius* (1972; dt. 2015) einen geradezu psychedelisch anmutenden Bilderrausch. Die oft ganze Seiten beanspruchenden Tableaus drohten das Seitenlayout zu sprengen, dem Leser bot sich eine vollkommen neue Art von **Horror-Science-Fiction** in vor bizarren Details wuchernden Bildern, die die ornamentale Ästhetik des Jugendstils aufgriffen (Schröder 1982b, 105–109; Seeßlen 1993, 30).

Damit legte Druillet den Grundstein für eine **avantgardistische Entwicklung** in Frankreich, welche die Inhalte und vor allem die Ästhetik des europäischen Comics revolutionieren sollte. Druillet gründete 1975 zusammen mit Jean Giraud, der bereits durch die populäre Westernserie *Blueberry* (1963; dt. *Leutnant Blueberry* 1989) ein

Abb. 46: Moebius, *Arzach*

bekannter Zeichner war (vgl. Knigge 2004, 174–179; Platthaus 2003; Zack Dossier 1 2003) und nun unter dem Pseudonym **Moebius** veröffentlichte, das Magazin *Métal Hurlant*, das vor allem phantastische Geschichten enthielt und an der Spitze einer neuen, boomenden Comicmagazin-Kultur für Erwachsene in Frankreich und Belgien stand. Vor allem Moebius' Geschichten erregten Aufsehen. Die absurden Abenteuer um den auf einer Art Flugsaurier reisenden *Arzach* (1975; dt. 2008, Abb. 46) über atemberaubende Wüsten- und Felslandschaften – die Westernlandschaften von *Blueberry* schienen in Planetenlandschaften verwandelt worden zu sein –, und seine Begegnungen mit außerirdischen Wesen begeisterten durch ihre originelle Verbindung von Science-Fiction mit absurdem Humor (Schröder 1982b, 100–104). Insbesondere waren es Moebius' **grafische Innovationen** wie die aufregend neuartige Komposition seiner Seiten, ungewöhnliche Panelformen, überraschende Perspektiven und die leuchtenden Farben, die insgesamt zum Eindruck einer visuellen Überwältigung beitrugen und eine ganz neue Form des Phantastischen kreierten. Dieser Mut zum spielerischen formalen Experiment ließ Moebius zum ›Guru‹ der neuen Zeichnergeneration werden; nicht zuletzt begeisterten seine durch direkte Farbgebung (*couleur directe*) erzielten malerischen Effekte auch andere Künstler und setzten sich durch.

Vorläufer der *couleur directe*

Der Engländer **Frank Hampson** erzählte in *Dan Dare* (ab 1950, dt. *Dan Dare, Raumschiffpilot*, 1998/2010; vgl. Schröder 1982b, 32 f.) nicht nur glaubwürdige Science-Fiction-Storys, sondern faszinierte vor allem durch seine vollkommen **neuartige Farbgebung**: Im Gegensatz zur üblichen flächigen Kolorierung malte Hampson direkt auf die Originalzeichnungen, was die hyperrealistisch gestalteten Figuren fast dreidimensional erscheinen ließ – Jahrzehnte bevor die französische Avantgarde diese Methode für sich neu erfand.

Moebius unterwanderte mit fast jedem neuen Werk konsequent die Genrekonventionen, am extremsten mit der schwarzweißen Fortsetzungsgeschichte *Le garage hermétique* (1976, dt. *Die hermetische Garage*, 2008), in der er – anstelle einer nachvollziehbaren, spannenden Science-Fiction-Handlung – einen sich heillos verzettelnden Plot um den wie ein Relikt aus Kolonialzeiten wirkenden Major Grubert und seinen Kontrahenten Jerry Cornelius konstruierte und so bewusst Verwirrung stiftete. Zusammen mit dem Szenaristen und Filmemacher Alejandro Jodorowsky schuf Moebius 1980–88 mit *L'incal* (dt. *Der Inkal*, 2011) einen bis heute einflussreichen, sechsbändigen **Science-Fiction-Zyklus** um den Privatdetektiv John Difool, der zusammen mit seinem Betonpapagei Dipo in der Stadt Terra 21 wohnt. Als Difool der Incal-Kristall in die Hände fällt, bekommt der bislang unbedeutende ›Loser‹ plötzlich die Gelegenheit, das Universum zu retten. Mit ihrem Mix aus Elementen der Detektivgeschichte, des Schelmenromans und von Science Fiction mit satirischen, gesellschaftskritischen und esoterischen Zutaten haben Jodorowsky und Moebius neue Maßstäbe für das phantastische Erzählen gesetzt. Moebius' Science-Fiction-Stadt etwa hatte Vorbildcharakter für Film-Designs wie *Blade Runner* von Ridley Scott (USA 1982; vgl.Knigge 2004, 226–231).

Neben Moebius entwickelte sich der aus Belgrad stammende, in Paris aufgewachsene **Enki Bilal** zum prägenden Science-Fiction-Zeichner für erwachsene Leser. In den 1970ern begann seine lang andauernde, fruchtbare Zusammenarbeit mit dem *Valérian*-Szenaristen Pierre Christin, der sich, neben Jodorowsky, zum wichtigsten Erzähler von Science-Fiction-Comics in Europa entwickelte. Mit Bilal schuf er von 1975 bis 1981 einen Zyklus von fünf Comic-Alben, die ***Légendes d'aujourd'hui*** (dt. *Legenden der Gegenwart*, 2008), in dem er zeithistorische Themen, linke Utopien und Kapitalismuskritik aufgriff und mit phantastischen Elementen verwob (Schröder 1982b, 116–121). Bilal erkannte in der ***couleur directe*** (vgl. Groensteen 1993) die Möglichkeit, **plastisch-sinnliche Bilder** zu schaffen, und perfektionierte seinen Stil in der *Alexander-Nikopol*-Trilogie (1980–1992; dt. 1993), einer düster-satirisch angelegten Dystopie, in deren erstem Band *La foire aux immortels* (dt. *Die Geschäfte der Unsterblichen*) ein von einer faschistischen Aristokratie beherrschtes Paris als Moloch der nahen Zukunft gezeigt wird, das von altägyptischen Göttern in einem pyramidenförmigen Raumschiff besucht wird. Bilal gelingt in dichten, betongrauen Bildern der Entwurf einer glaubwürdigen urbanen Dystopie, der visuell Maßstäbe setzte und sich als wegweisend für Generationen von Comiczeichnern und Filmdesignern erwies (Knigge 2004, 220–25; Ueckmann 2005).

Leseempfehlungen zu Kap. 12.3 (Auswahl deutscher Ausgaben)

Richard Corben: *Creepy-Gesamtausgabe.* Bielefeld 2014.
Bernie Wrightson: *Creepy-Gesamtausgabe.* Bielefeld 2014.
Jean-Claude Forest/Paul Gillon: *Die Schiffbrüchigen der Zeit.* Bielefeld 2015.
Pierre Christin/Jean-Claude Mézières: *Valerian und Veronique – Gesamtausgabe Bd. 1.* Hamburg 2011.
Jacques Lob/Philip Druillet: *Lone Sloane-Delirius. Die sechs Reisen des Lone Sloane.* Berlin 2015.
Moebius: *Arzach.* Ludwigsburg 2008.
Moebius: *Die hermetische Garage.* Ludwigsburg 2008.
Alejandro Jodorowsky/Moebius: *Der Incal.* Bielefeld 2011.
Pierre Christin/Enki Bilal: *Legenden der Gegenwart.* Köln 2008.
Pierre Christin/Enki Bilal: *Fin de Siècle.* Köln 2008.
Enki Bilal: *Alexander-Nikopol-Trilogie.* Stuttgart 1993.

12.4 | Fantasy: ein Genre setzt sich durch

USA: In den USA spielte das Genre Fantasy (vgl. de la Ree 1978) lange Zeit kaum eine Rolle, obwohl es sich durch die Hintertür in Dschungelabenteuer wie *Tarzan* (ab 1929; dt. 2012) einschlich, etwa 1949 in einer von Burne Hogarth gezeichneten Episode, in der Tarzan gegen Wesen kämpfen muss, die nur aus großen Köpfen mit Armen bestehen. Auch Hal Fosters Mittelalter-Epos *Prince Valiant* (ab 1937, dt. *Prinz Eisenherz*, 2006) weist neben Einflüssen der Artus-Sage Elemente aus nordischen Sagen und Märchen auf, es tauchen Fantasy-Geschöpfe wie Einhörner und Riesen auf oder Fantasy-Motive wie magische Schwerter. Erst 1970 setzte sich mit *Conan the Barbarian* (nach den Pulp-Romanen von Robert E. Howard) ein typischer Vertreter der **Low Fantasy** in den *comic books* durch.

Definition: High Fantasy/Low Fantasy

Man unterscheidet zwischen High Fantasy einerseits und Low Fantasy (auch als Heroic Fantasy bzw. Sword and Sorcery bekannt) andererseits: In der **High Fantasy**, dem heute wohl wichtigsten Fantasy-Subgenre, das J. R. R. Tolkien mit seiner *The Lord of the Rings*-Trilogie (1954/55; dt. *Der Herr der Ringe*, 1969/70) maßgeblich geprägt hat, spielt Magie eine wesentliche Rolle, im Zentrum der episch angelegten Handlung steht meist die abenteuerliche Suche einer kleinen Gruppe von Helden nach einem magischen Gegenstand, während die beschriebene Phantasiewelt mittelalterliche Züge trägt. Dagegen handelt es sich bei **Low Fantasy** in der Regel um dramaturgisch simpel gestrickte, in einer archaischen Welt (einer fiktiven Urzeit oder einer Phantasiewelt) spielende Geschichten um einen muskulösen Helden, der zahlreiche Zweikämpfe bestehen muss.

Richard Corben (vgl. Schröder 1982b, 69–72; Eisner/Corben 1982) variierte das für Low Fantasy typische Erzählmuster in seinen episch angelegten Abenteuern um

Abb. 47: Richard Corben: *Den* – Cover
einer deutschen Buchausgabe, 1982

Bloodstar (1976, dt. 1981) nach Robert E. Howard sowie in *NeverWhere* (1977, dt.
Den, 1991), einer Geschichte um einen Durchschnittsamerikaner, der in einer parallelen Phantasiewelt strandet und dort als Held Den weiterexistiert. Corbens immen-
sem Einfallsreichtum in der Erschaffung phantastischer Welten und Kreaturen sowie
seiner aufwendigen **Airbrush-Maltechnik** ist es zu verdanken, dass seine Werke
sich deutlich vom Mainstream abhoben (Abb. 47)

Im Vergleich zu Europa (s. u.) entwickelten sich in den USA seit den 1980ern vergleichsweise wenige Fantasy-Qualitätsserien, da in den *comic books* meist eine an
den Superheldenserien orientierte Ästhetik vorherrschte, die für individuelle
Zeichenstile kaum Raum bot. Eine Ausnahme von der Regel bildet **Neil Gaimans**
Sandman-Reihe (1989, dt. 2007), in der wechselnde Zeichner die Gelegenheit
bekamen, sich am Horror-Fantasy-Zyklus um den »Herrn der Träume« zu beteiligen,
der zahlreiche Übernahmen von Motiven aus Literatur, Mythologie und Historie aufweist. Auch **Mike Mignolas** dynamisch-expressiv gezeichneter *Hellboy* (1994, dt.
2002) konnte sich als eine eigenwillige, düstere Gegenwelt zum Superheldenuniver-
sum etablieren.

Europa: In Europa konnte sich das Fantasy-Genre ab Mitte der 1970er Jahre im Comic etablieren. *Thorgal*, 1977 erdacht von dem Belgier **Jean Van Hamme** und gezeichnet von dem Polen **Grzegorz Rosiński** (dt. 2011), ist ein mittlerweile 34 Alben
(und diverse Spin-offs) umfassendes Wikinger-Fantasy-Epos, das auf den ersten
Blick Ähnlichkeiten mit *Conan* (so z. B. der muskulöse Held) und *Prince Valiant*
(auch ästhetisch im detaillierten naturalistischen Artwork) aufweist (vgl. Hofmann
2014, 6–13). Das Waisenkind Thorgal wird um das Jahr 800 im fiktiven Midgard von
Wikingern gefunden und zum Krieger erzogen. Eines Tages wird aufgedeckt, dass

Thorgal der »Sohn der Sterne« ist, also von Außerirdischen abstammt. Geradezu exemplarisch für viele phantastische Comics mixt *Thorgal* die Ingredienzien der Fantasy – Mittelalter- und nordische Sagenelemente, Helden, Magier und phantastische Geschöpfe – mit Science-Fiction-Elementen zu einem eigenen Kosmos. Obendrein entsteht durch die epische Erzählweise ein Familienroman um Thorgal und seine Frau Aaricia, deren Kinder übernatürliche Kräfte haben. Wesentlichen Anteil an der Glaubwürdigkeit dieses Erzählkosmos haben die lebendigen Zeichnungen Rosińskis, dem prägnante Charakter- und Landschaftsporträts gelingen.

Mit *Le grand pouvoir de Chninkel* (1987; dt. *Die große Macht des kleinen Schninkel*, 2015) schuf das Gespann Van Hamme-Rosiński einen Fantasy-Roman, der an J. R. R. Tolkiens *The Hobbit* (1937) erinnert und ihn zugleich parodiert sowie die christliche Passionsgeschichte in verwandelter Form neu erzählt (Mouchart 2015, 3–5; Gravett/Knigge 2012, 515). Rosiński gelingen satirisch überspitzte Figuren und anspielungsreiche, zum Teil apokalyptische Bilder, die an mittelalterliche Höllengemälde denken lassen.

François Bourgeons 1983 begonnene Trilogie *Les compagnons du crépuscule* (dt. *Die Gefährten der Dämmerung*, 1986/2010) variiert das Muster des High-Fantasy-Genres (siehe Kasten). In dem im Hundertjährigen Krieg angesiedelten Epos geht es um ein ungleiches Trio, das sich auf eine abenteuerliche Reise begibt, um die »Schwarze Kraft« zu suchen, die letzte von drei großen Mächten, die die Welt erschaffen haben. Während das Spätmittelalter in all seiner Grausamkeit realistisch wiedergegeben wird, begegnen die Drei im Laufe der Reise guten wie bösen Fantasy-Wesen oder stoßen auf Menschen, die Zauberkräfte besitzen. Bourgeon ließ sich von bislang ungeklärten archäologischen Funden inspirieren, um etwa dem winzigen Volk des Waldes eine ›historische‹ Grundlage zu geben. Vor allem im zweiten Band lässt er in feinen Zeichnungen beeindruckende phantastische Landschaften und Architekturen entstehen (vgl. Thiébaut 1992).

In der 1982 begonnenen Serie *La quête de l'oiseau du temps* (dt. *Auf der Suche nach dem Vogel der Zeit*, 1997; vgl. Knigge 2004, 232–235) von **Serge LeTendre und Régis Loisel** geht es, ebenfalls dem Prinzip der Abenteuerreise folgend, um den Ritter Bragon und die schöne Pelissa, die verschiedene Aufgaben erledigen müssen, um den Vogel der Zeit zu finden. Régis Loisel prägte in dieser Serie seinen elegant-verspielten Zeichenstil, der wie geschaffen ist für undurchdringliche, exotische Zauberwälder, skurrile Fantasy-Wesen und erotische Details. Zugleich führte er einen ironischen, oft derben Humor ins Fantasy-Genre ein, das sich sonst in der Regel recht ernst nimmt.

Leseempfehlungen zu Kap. 12.4 (Auswahl deutscher Ausgaben)

Hal Foster/Burne Hogarth: *Tarzan.* Bonn 2012–2014.

Hal Foster: *Prinz Eisenherz.* Gesamtausgabe. Bonn 2006–2012.

Robert E. Howard/Richard Corben: *Bloodstar.* Linden 1981.

Richard Corben: *Den.* Hamburg 1991.

Richard Corben/Jan Strnad: *Mutantenwelt.* Linden 1982.

Richard Corben/Jan Strnad: *Neue Geschichten aus 1001 Nacht.* Linden 1981.

Jean Van Hamme/Grzegorz Rosiński: *Thorgal.* Bielefeld 2011.

Jean Van Hamme/Grzegorz Rosiński: *Die große Macht des kleinen Schninkel.* Bielefeld 2015.

François Bourgeon: *Die Gefährten der Dämmerung.* Bielefeld 2010.

Serge LeTendre/Régis Loisel: *Auf der Suche nach dem Vogel der Zeit*. Hamburg 1997.
Régis Loisel: *Peter Pan*. Berlin 2014.
Neil Gaiman: *Sandman*. Stuttgart 2007.
Mike Mignola: *Hellboy*. Ludwigsburg 2002.

12.5 | Individualisten. Weitere Spielarten und Höhepunkte des Phantastischen

Wie bereits in Abschnitt 12.3 erwähnt, ergaben sich ab Mitte der 1970er Jahre in der boomenden **Zeitschriftenkultur Frankreichs und Belgiens** (in geringerem Maße auch in Italien und Spanien) für Comiczeichner und -autoren neue künstlerische Möglichkeiten, sodass zahlreiche Erzählexperimente unternommen wurden, um den Bedarf an unkonventionellen Geschichten für Erwachsene zu decken.

Der Franzose **Jacques Tardi** machte durch eine Vielzahl anspruchsvoller Comicerzählungen auf sich aufmerksam, die auf ein ganz eigenwilliges Verständnis von phantastischem Erzählen schließen lassen (vgl. Schikowski 2010, 27–31; Heydenreich 2010, 32–37). Mit *Ici même* (1978; dt. *Hier Selbst*, 1989) schuf er (nach einem Szenario von Jean-Claude Forest) einen der **ersten Comicromane**, der in lockeren Episoden die absurde Lebenssituation seines lächerlichen Helden beschreibt. Arthur Selbst lebt auf der Mauer eines riesigen Grundstücks, das er als sein eigenes betrachtet. Dessen Boden darf aber nur von einer verhassten Großbourgeoisie betreten werden, der Arthur als Schließwart dient. Bis zum Ende bleibt die Geschichte vieldeutig, sie kann etwa als zugespitzte Gesellschaftssatire, aber auch als politische Parabel gelesen werden. Tardi gelingen pointierte surreale Bilder, die die Grenzen zwischen Realität und Traum aufheben. Seine kontrastreiche Schwarzweißästhetik hatte Einfluss auf eine Reihe von jüngeren Künstlern wie z. B. **David B.**, der seit den 1990er Jahren ähnlich albtraumhafte, mehrdeutige Werke schuf, z. B. *Le cheval blême* (1992; dt. *Das bleiche Pferd*, 2001).

Eindeutiger dem phantastischen Genre zuzurechnen ist Tardis nach eigenem Szenario entstandenes Werk *Le Démon des glaces* (1974; dt. *Der Dämon im Eis*, 1991). Im Erzählansatz eine Hommage an die Science-Fiction-Welten von Jules Verne, erinnern Seitenlayout und Panels an Illustrationsstile des 19. Jahrhunderts, etwa an die Kaltnadelradierungen eines Gustave Doré. Diese Retroästhetik nimmt in ihrer detaillierten Darstellung einer überkommenen Technik den **Steampunk** vorweg (siehe Kasten), der seit den 2000er Jahren die Gestaltung zahlreicher Comicreihen bestimmt (z. B. *Steam Noir* von Felix Mertikat und Benjamin Schreuder, 2011). In seiner Serie um *Adèle blanc-Sec* (ab 1976; dt. *Adeles ungewöhnliche Abenteuer*, 1990) schließlich treibt Tardi seine Vorliebe für den **Kolportageroman** auf die Spitze. Die vor und nach dem Ersten Weltkrieg angesiedelten Abenteuer einer Schriftstellerin verbinden den analytischen Detektivroman mit Motiven aus Trivial- und Schauerromanen, z. B. lässt er Dinosaurier, Mumien oder Affenmenschen mithilfe größenwahnsinniger Wissenschaftler wiederauferstehen, die nicht selten okkulte Riten betreiben oder verschworenen elitären Clubs angehören. Die haarsträubenden Wendungen der konstruiert wirkenden Handlungen parodieren den Zeitschriften-Fortsetzungsroman des 19. Jahrhunderts. Tardis stimmungsvollen, historisch sorgfältig recherchierten Dekors stehen karikiert gezeichnete Figuren gegenüber, die den grotesken Charakter der Reihe unterstreichen: Komik und Schrecken gehen Hand in Hand.

Steampunk

Der Steampunk entwickelte sich als subkulturelle Strömung in den 1980er Jahren als Gegenbewegung zur aufkommenden Computertechnologie, deren Produkte als steril empfunden wurden. Dieses zunächst literarische **Subgenre der Science-Fiction** (z. B. *Homunculus*, Roman von James Blaylock, 1986) konnte sich bald auch in anderen Kunstformen, insbesondere dem Film und dem Comic, etablieren. Die Wurzeln des Steampunk liegen in den Science-Fiction-Romanen von **Jules Verne und H. G. Wells**, deren Zukunftsvisionen oft mit Maschinen oder Architekturen versehen waren, die an frühindustrielle technische Errungenschaften (oft auch an das viktorianische England) erinnern und aus heutiger Sicht überholt scheinen (z. B. Dampftechnik oder Uhrwerkmechanik), jedoch gerade dadurch eine eigene, **nostalgische Ästhetik** besitzen. Neben der typischen anachronistischen Kombination von futuristischer Geschichte mit Retrotechnik oder -design kombinieren Steampunk-Geschichten oft Genre-Schemata der Science-Fiction mit denen des Abenteuer- oder des Detektivromans. Mitunter erzählen sie auch von Alternativwelten, in denen die technische Entwicklung andere Wege eingeschlagen hat als in unserer Wirklichkeit.

Der belgische Künstler **Didier Comès** schuf 1979 den schwarzweißen **Comicroman** *Silence* (dt. *Silence der Stumme*, 1982), eine in den Ardennen angesiedelte Geschichte um den Dorftrottel Silence, der sich mit der von der Gesellschaft ausgestoßenen Hexe Sarah anfreundet und so das dunkle Geheimnis seiner Herkunft erfährt. Die realistische Erzählung kippt immer wieder ins Phantastische, wenn Sarah etwa ihre magischen Fähigkeiten für ihre Rache einsetzt. Wie *Ici même* wurde *Silence* zuerst in der für ›literarische‹ Comics bekannten Zeitschrift *(À Suivre)* veröffentlicht und ist wegen seiner anspruchsvollen Erzählform, für die Comès poetische und expressive, kontrastreiche Schwarzweißbilder findet, als **Vorläufer der Graphic Novel** anzusehen (vgl. Gravett/Knigge 2012, 407; Hamann 1991; Trommer 2013).

Der deutsche **Zeichner Andreas** (Andreas Martens) hat – darin Tardi verwandt – ein Faible für die Ästhetik des 19. Jahrhunderts und versah seine phantastischen Serien *Rork* (ab 1983; dt. 2015) und *Cromwell Stone* (ab 1986; dt. 2014) mit visuellen Versatzstücken des viktorianischen Zeitalters, wobei er stilistisch an Buchillustrationen dieser Zeit anknüpft. Rork ist ein mit übersinnlichen Kräften ausgestatteter, unsterblicher Wanderer zwischen den Welten, der mit phantastischen Begebenheiten und Rätseln konfrontiert wird, mit außerirdischen Mächten etwa, die Menschen zu ihren Marionetten machen. Spektakulär sind Andreas' aufwendige, oft in vertikale Panels zersplitterten Seitenarchitekturen, die er immer wieder neu arrangiert, um eine phantastische, mystische Atmosphäre zu erschaffen (vgl. Gravett/Knigge 2004, 497).

Der Italiener **Lorenzo Mattotti** hat 1984 in seiner Erzählung *Fuochi* (dt. *Feuer*, 1986) – einer metaphorischen Erzählung um den Leutnant Absinth, der mit dem Panzerkreuzer Anselm II. vor Sankt Agatha ankert, um eine Erklärung für rätselhafte Vorkommnisse auf der Insel zu finden – eine vollkommen neuartige Dimension der Phantastik ins Spiel gebracht. Mattottis Fabel ist – wie die besten phantastischen Erzählungen (vgl. Todorov 2013, 34, 43–44) – mehrdeutig: Bis zuletzt bleibt der Leser verunsichert, ob die Vorgänge real sind oder nur Hirngespinste des Leutnant Absinth (!), oder ob sie der kranken Phantasie eines Malers entspringen, wie die letzte Seite nahelegt. Durch Mattottis expressiven Einsatz von Farbkreiden wird der Eindruck des Traumhaften verstärkt: Im visuellen **Rausch der Farben** lösen sich die figurativen Formen und Konturen auf (vgl. Mietz/Hamann 1991, 4–21).

> **Leseempfehlungen zu Kap. 12.5 (Auswahl deutscher Ausgaben)**
>
> **Jean-Claude Forest/Jacques Tardi:** *Hier Selbst.* Zürich 1989.
> **Jacques Tardi:** *Der Dämon im Eis.* Zürich 1991.
> **Jacques Tardi:** *Adeles ungewöhnliche Abenteuer.* Zürich 1990.
> **David B.:** *Das bleiche Pferd.* Berlin 2001.
> **Benjamin Schreuder/Felix Mertikat:** *Steam Noir – Das Kupferherz 1.* Ludwigs-
>   burg 2011.
> **Didier Comès:** *Silence der Stumme.* Hamburg 1982.
> **Andreas:** *Cromwell Stone.* Hamburg 2014.
> **Andreas:** *Rork.* Hamburg 2015.
> **Lorenzo Mattotti:** *Feuer.* Thurn 1986.

12.6 | Tendenzen seit den 1990er Jahren

12.6.1 | Wechselseitige Einflüsse zwischen europäischen Comics und japanischer Manga-Kultur

In **Japan** gab es seit den ersten Mangas in den 1930er Jahren eine Vorliebe für Science-Fiction- und vor allem **Roboter-Comics**. Einen ersten Höhepunkt bildet die Serie *Tetsuwan Atomu* (1951; dt. *Astro Boy*, 2000) von Osamu Tezuka, eine futuristische Pinocchio-Variation, die bis heute japanische Künstler beeinflusst, wie etwa die Serie *Pluto* (2003, dt. 2010) von Naoki Urasawa zeigt, die Tezukas Meisterwerk zeitgemäß weitererzählt.

    Manga- oder Anime-Einflüsse sind bereits seit den 1990er Jahren auch in westlichen Comics nachweisbar, wobei die Popularität von verfilmten Mangaserien wie Katsuhiro Otomos Action-orientierter Serie *Akira* (1982, dt. 1991) oder Masamune Shirows Cyberpunk-Serie *Kokaku kidotai* (1989; dt. *Ghost in the Shell*, 1995) eine große Rolle spielten (siehe Kasten). Die postapokalyptische Fantasy-Serie *Kazé no tani no Naushika* (1982; dt. *Nausicaä aus dem Tal der Winde*, 2010) von Hayao Miyazaki wiederum ist ein Beispiel für den wechselseitigen Einfluss, da Miyazaki sich darin von den Science-Fiction-Welten eines Moebius inspirieren ließ und gleichzeitig seinen einzigartigen eigenen Stil entwickelte, der westliche Künstler wie Luke Pearson (siehe 12.6.2) beeinflusste. Auch in neueren französischen **Fantasy**-Serien wie *Last Man* von Bastien Vivès, Balak und Michaël Sanlaville (2013; dt. 2014) ist der *Shônen Manga*-Einfluss deutlich zu erkennen, was sich vor allem in Figurendesign, Seitenlayout, Ausdrucksminimierung sowie häufigen Martial-Arts-Szenen niederschlägt, die dynamisch gezeichnet und choreographiert sind (vgl. Knigge 2004, 152–157, 236–239).

Cyberpunk

Cyberpunk ist eine ab den 1980er Jahren in Literatur, Film und Comic auftretende Form der **Science-Fiction-Erzählung**, die in einer dystopischen Zukunftswelt angesiedelt ist. Erzählt werden tiefschwarze **Kriminalstorys**, die oft die Allmacht von Konzernen oder den Missbrauch von Hochtechnologie kritisieren, mit deren Hilfe Menschen z. B. überwacht oder gleichgeschaltet werden. Die Sympathie liegt auf Seiten derer, die einer Subkultur von Verlierern oder Ausgestoßenen angehören (oft sind es Hacker) und sich den Machtapparaten entgegenstellen. Wesentlich initiiert hat das Genre William Gibson mit seiner Romantrilogie *Neuromancer* (1984 ff.; dt. 1987).

12.6.2 | Parodie und Ironisierung von Fantasy

Wie in Abschnitt 12.2.1 dargelegt, wurden Science-Fiction- und Fantasy-Genres bereits in den frühen US-Comicstrips nicht nur zitiert, sondern auch parodiert; Ähnliches gilt im frankobelgischen Raum für Serien wie *Spirou* (ab 1938, dt. *Spirou und Fantasio*, 2003) oder Hergés *Les aventures de Jo, Zette et Jocko* (1936, *Die Abenteuer von Jo, Jette und Jocko*, dt. 1989). Selbst Science-Fiction-Zeichner Moebius hat sein Genre nie allzu ernst genommen, wie die *Major Grubert*-Episoden oder auch *L'Incal* zeigen.

An diese im Grunde satirische Tradition knüpften einige Mitglieder der **Pariser Künstlergruppe L'Association** an, als sie die **Donjon**-Reihe 1998 (dt. 1999) starteten (Hamann 2012, 19). Sie gingen jedoch konsequenter vor, indem sie nicht einfach phantastische Elemente in eine realistische Szenerie integrierten, sondern eine eigene, umfassende Funny-Fantasy-Welt schufen, deren Regeln sie selbst festlegten, nach dem Vorbild bekannter Mainstream-Fantasy-Reihen in Literatur und Film, die sie selbst mochten und zugleich spielerisch aufs Korn nahmen. Der französische Zeichner **Lewis Trondheim** hat zusammen mit seinem Kollegen **Joann Sfar** das Konzept von *Donjon* erdacht, das von ihnen sowie einer Reihe befreundeter Zeichner umgesetzt wird und zahlreiche Haupt- und Nebenreihen hervorgebracht hat (eine Tendenz zu solchen Spin-offs ist in vielen Serien der letzten Dekade zu beobachten), wobei Trondheim durch seine typischen, reduziert gezeichneten anthropomorphen Tierfiguren den Look stärker beeinflusst hat als Sfar. Bereits in der Serie *Les formidables aventures de lapinot* (ab 1992; dt. *Herrn Hases haarsträubende Abenteuer*, ab 1997) spielte Trondheim dezent mit phantastischen Elementen, wenn Herr Hase z. B. in fast jedem Album wie selbstverständlich in einer anderen Epoche lebt, ohne dass dieser Umstand als Zeitreise thematisiert wird. *Donjon* parodiert die Sword-and-Sorcery-Fantasy sowie Rollenspiele wie *Dungeons and Dragons* (USA 1974; dt. 1983), stellt aber die Rollenverteilung oft auf den Kopf: Ritter können lächerlich sein und Monster (die hier in allen Variationen aufgeboten werden) Sympathieträger.

Ralph Azham (2011; dt. 2012) ist eine weitere humoristische Fantasy-Serie, die Lewis Trondheim alleine schreibt und zeichnet. Sie handelt vom Erpel und Loser Ralph, der seine magische Fähigkeiten erst entdecken muss. Die Serie lebt vom leichtfüßigen Spiel mit Fantasy-Klischees, subtil brüskiert Trondheim die Lesererwartungen mit unerwarteten Wendungen, sodass Figuren und Handlungen sich oft entgegen den Konventionen entwickeln.

Dem Engländer **Luke Pearson** ist mit der Reihe *Hilda* (ab 2010; dt. ab 2013) eine phantastische Reihe mit subtilem Humor geglückt, die sich vorrangig an kindliche Leser richtet, durch ihre Originalität und ihren Anspielungsreichtum aber auch Erwachsene anspricht. Sie ist weniger parodistisch angelegt als *Donjon* und *Ralph Azham* und bezieht sich auch auf kein fest definiertes Genre. Die kleine blauhaarige Hilda macht in einer skandinavisch anmutenden Umgebung jeden Tag Entdeckungen der phantastischen Art: seien es Zwergenvölker, die in ihrem direkten Umfeld leben und die sie bislang übersehen hat, lebendige Berge oder andere Fantasy-Wesen, die in der Nähe der Menschen existieren und jeweils ganz eigene Marotten haben. Dadurch entsteht eine kindliche Welt von großer Leichtigkeit, die ästhetisch an die minimalistisch gezeichneten *Mumin*-Comics von Tove Jansson (1954; dt. 2008) wie auch an Anime von Hayao Miyazaki erinnert – und laut Luke Pearson auch von beiden inspiriert ist (vgl. Brake 2013).

Leseempfehlungen zu Kap. 12.6 (Auswahl deutscher Ausgaben)

Osamu Tezuka: *Astro Boy*. Hamburg 2000.
Naoki Urasawa: *Pluto*. Hamburg 2010.
Katsuhiro Otomos: *Akira*. Hamburg 1991.
Masamune Shirow: *Ghost in the Shell*. Stuttgart 1995.
Hayao Mijazaki: *Nausicaä aus dem Tal der Winde*. Hamburg 2010.
Balak/Bastien Vivès/Michaël Sanlaville: *Last Man 1*. Berlin 2014.
Lewis Trondheim: *Herrn Hases haarsträubende Abenteuer*. Hamburg 1997.
Joann Sfar/Lewis Trondheim u. a.: *Donjon*. Berlin ca. 2000.
Lewis Trondheim: *Ralph Azham Bd. 1–7*. Berlin 2012.
Luke Pearson: *Hilda und der Mitternachtsriese*. Berlin 2013.

12.7 | Ausblick

Sieht man einmal von dieser humoristischen Spielart des Genres ab, vermisst man in den letzten Jahren im Bereich der Serien originelle inhaltliche Ansätze wie auch neuartige Zeichenstile. Die meisten neuen frankobelgischen Fantasy-Reihen wie z. B. *Elfes* von u. a. Jean-Luc Istin (2013; dt. *Elfen*, 2014; vgl. Dietz 2015, 14–20) scheinen sich vor allem in der Kreation und akribischen Ausgestaltung umfassender, rein **eskapistischer Universen** nach Vorbildern von literarischen High-Fantasy-Klassikern wie Tolkiens *The Lord of the Rings*, George R. R. Martins Romanreihe *A Song of Ice and Fire* (ab 1996; dt. *Das Lied von Eis und Feuer*, ab 1997) oder deren filmischen Adaptionen zu gefallen und bedienen damit einen wirtschaftlich lukrativen Markt (vgl. Dietz 2015, 14–20). Unter den französischen Science-Fiction-Serien sticht einzig *Le cycle de Cyann* (1993–2015; dt. *Cyann-Tochter der Sterne*, 2013) von Altmeister François Bourgeon und Claude Lacroix hervor, die von den Raum-Zeit-Reisen einer jungen Frau zu verschiedenen Planeten handelt und durch die facettenreiche Darstellung fiktiver Gesellschaftssysteme wie auch durch ihren visuellen Reichtum überzeugt.

Leseempfehlungen zu Kap. 12.7 (Auswahl deutscher Ausgaben)

Jean-Luc Istin u. a.: *Elfen.* Bielefeld 2014.
Claude Lacroix/François Bourgeon: *Cyann – Tochter der Sterne.* Bielefeld 2013 .
Brian K. Vaughn/Fiona Staples: *Saga.* Ludwigsburg 2013.
Marc-Antoine Mathieu: *Julius Corentin Acquefacques, Gefangener der Träume –*
   Der Ursprung. Berlin 1992.
Marc-Antoine Mathieu: *Die Richtung.* Berlin 2015.

Die amerikanische Science-Fiction-Serie *Saga* (2013, dt. 2013) von Brian K. Vaughn und Fiona Staples vermischt auf ambitionierte Weise Soap Opera, Familiensaga, Zeitgeist-Themen und *Star Wars*-Schemata, ohne die inhaltliche Tiefe der echten Klassiker des Genres zu erreichen, zumal sie sich ästhetisch nicht vom konventionellen Comic-Books-Zeichenstil löst, auf eine kurzlebige, digital hergestellte Oberflächengrafik setzt und sich so unentschieden zwischen Independent- und kommerziell orientiertem Mainstreamcomic bewegt.

Das wahrhaft Phantastische bleibt den experimentellen Künstlern vorbehalten. So unternimmt der Franzose **Marc-Antoine Mathieu** in seinen Comics um *Julius Corentin Acquefacques, prisonnier des rêves* (seit 1990; dt. *Julius Corentin Acquefacques, Gefangener der Träume*, 1992) und einzelnen Graphic Novels (zuletzt *Le sens*, 2014; dt. *Die Richtung*, 2015) absurd-surreale Denkspiele, die ins Innere der Kunstform Comic führen und nicht zuletzt – durch ihr Leitmotiv, den Traum – auch zurück an die Anfänge der Comic-Kunst (vgl. Leinen 2007; Lohse 2014).

Grundlegende Literatur

Braun, Alexander: *Winsor McCay. A Life of Imaginative Genius.* In: *The Complete Little Nemo by Winsor McCay.* Köln 2014.
Groensteen, Thierry u. a.: *Couleur directe – Meisterwerke des neuen französischen Comics.* Thurn 1993. [grundlegende Arbeit zur Bedeutung der *couleur directe* vor allem in Frankreich, die auch die wichtigsten Künstler (darunter Klassiker des phantastischen Comics) vorstellt]
Knigge, Andreas C.: *50 Klassiker Comics.* Hildesheim 2004. [Enthält gute Einführungen in einige der wichtigsten phantastischen Serien und Reihen.]
Platthaus, Andreas: *Moebius – Zeichenwelt.* Frankfurt a. M. 2003. [Stellt Moebius' Bilderwelten ausführlich und analytisch vor.]
Reddition 59 (2013), Themenheft: *Dossier Warren-Verlag.* [Das Themenheft gibt einen umfassenden Überblick über die Entwicklung des auf phantastische Comics spezialisierten Warren Verlags und stellt seine wichtigsten Künstler ausführlich und mit Bibliografie vor.]
Schröder, Horst: *Die ersten Comics. Zeitungscomics in den* USA *von der Jahrhundertwende bis zu den dreißiger Jahren.* Hamburg 1982 (schwed. *De Första Serierna/Dagspresserier/*USA *fran Sekelskiftet til 30-Talet,* Kopenhagen 1981). [1982a] [gute Darstellung der wichtigsten Zeitungsstrips, darunter *Little Nemo* und *Dream of a Rarebit Fiend, Popeye*]
Schröder, Horst: *Bildwelten und Weltbilder. Science-Fiction-Comics in den* USA*, in Deutschland, England und Frankreich.* Hamburg 1982 (schwed. *Em Serier om Serier/Framtiden/Serierutor.* Kopenhagen 1981). [1982b] [bis heute umfassendste Darstellung von Science-Fiction im Comic, die wichtigsten Werke bis Anfang der 1980er werden analysiert, mit z. T. etwas überholter linkspolitischer Tendenz]

Sekundärliteratur

Anton, Uwe: »Die Tendenz zur Realität. Valerian und Veronique und die Science Fiction«. In: *Comic Jahrbuch 1988.* Hg. v. Andreas C. Knigge. Frankfurt a. M./Berlin 1988, 143–154.

Antonsen, Jan Erik: »Fantasy«. In: *Metzler Lexikon Literatur. Begriffe und Definitionen*. Hg. v. Dieter Burdorf u. a. 3., völlig neu bearb. Aufl. Stuttgart/Weimar 2007, 230. [2007a]

Antonsen, Jan Erik: »Phantastische Literatur«. In: *Metzler Lexikon Literatur. Begriffe und Definitionen*. Hg. v. Dieter Burdorf u. a. 3., völlig neu bearb. Aufl. Stuttgart/Weimar 2007, 581 f. [2007b]

Barrets, Stan: »Wie alles begann«. In: Pierre Christin/Jean-Claude Mézières: *Valerian und Veronique*. Gesamtausgabe, Bd. 1. Hamburg 2011, 5–13.

Benton, Mike: *The Illustrated History of Horror Comics*. Dallas 1991.

Bischoff, Björn: »Im Zweifel für den Zweifel«. In: *Alfonz – Der Comicreporter* 1/2015, 34–36.

Brake, Michael: »Als Kind sah ich noch Riesen« (Interview mit Luke Pearson). In: *taz online* (19.07.2013), http://www.taz.de/!5063158/

Brake, Michael: »Nichts vom Bullshit der Erwachsenen« (über Luke Pearson). In: *Zeit online* (18.07.2013), http://www.zeit.de/kultur/literatur/2013–07/Luke-Pearson-Hilda.

Brittnacher, Hans Richard: »Horrorliteratur«. In: *Metzler Lexikon Literatur. Begriffe und Definitionen*. Hg. v. Dieter Burdorf u. a. 3., völlig neu bearb. Aufl. Stuttgart/Weimar 2007, 327 f.

Canemaker, John: *Winsor McCay – His Life and art*. Revised and expanded edition. New York 2005.

Courth, Tillman: »EC Comics« (o. J.), http://www.fifties-horror.de/ec-comics (27.7.2015)

Dietz, Elisabeth: »Das Konzept Elfen«. In: *Alfonz – Der Comicreporter* 2/2015, 14–20.

Eisner, Will/Corben, Richard u. a.: *Wer ist Richard Corben?* Linden 1982.

Fuchs, Wolfgang J./Reitberger, Reinhold C.: *Das große Buch der Comics – Anatomie eines Massenmediums*. Gräfelfing 1984.

Gfrereis, Heike (Hg.): *Grundbegriffe der Literaturwissenschaft*. Stuttgart/Weimar 1999.

Gravett, Paul/Knigge, Andreas C. (Hg.): *1001 Comics, die Sie lesen sollten, bevor das Leben vorbei ist*. Zürich 2012 (engl. *1001 Comics you must read before you die*, 2011).

Hamann, Volker: »Comès. Ein belgischer Meister des schwarzen Strichs«. In: *Reddition* 17 (1991), 36–38.

Heydenreich, Clemens: »Spirale der Kopfgeburten. Tardis Adele und die Phantastik«. In: *Reddition* 52 (2010), 32–37.

Hofmann, Matthias: »Die Welten von Thorgal«. In: *Alfonz – Der Comicreporter* 1/2014, 6–13.

Innerhofer, Roland: »Science-Fiction«. In: *Metzler Lexikon Literatur. Begriffe und Definitionen*. Hg. v. Dieter Burdorf u. a. 3., völlig neu bearb. Aufl. Stuttgart/Weimar 2007, 698 f.

Leinen, Frank: »Spurensuche im Labyrinth. Marc-Antoine Mathieus Bandes dessinées zu J. C. Aquefacques als experimentelle Metafiktion.« In: Frank Leinen/Guido Rings (Hg.): *Bilderwelten – Textwelten – Comicwelten*. München 2007, 229–263.

Lohse, Rolf: *Ingenieur der Träume. Medienreflexive Komik bei Marc-Antoine Mathieu*. Bochum 2014.

Mietz, Roland/Hamann, Volker: »Dossier Mattotti«. In: *Reddition* 17 (1991), 4–21.

Mouchart, Benoît: »J'on der Auserwählte«. In: Van Hamme/Rosinski: *Die große Macht des kleinen Schninkel*. Bielefeld 2015, 3–5.

Phelps, Donald: »Real people, real theatre«. In: *E. C. Segar's Popeye, Volume 2 – Well, blow me down*. Seattle/Washington 2007, 5–11.

Reddition 51 (2009): Themenheft *Dossier Blake und Mortimer*.

Reddition 57 (2012): Themenheft *Dossier L'Association*.

Reddition 59 (2013): Themenheft *Dossier Warren-Verlag*.

Ree de la, Gerry: *The Art of the Fantastic*. New York 1978.

Sagendorf, Bud: *Popeye – Die ersten 50 Jahre*. Stuttgart 1979.

Schikowski, Klaus: »Die visionäre Welt des Arthur Même: Forests und Tardis Meisterwerk Ici Même«. In: *Reddition* 52 (2010), 27–31.

Schröder, Horst: »Vorwort« In: E. C. Segar: *Ich Popeye*. Hg. v. Horst Schröder. Gütersloh 1975, 5–13.

Seeßlen, Georg: »Bilderwelten zwischen Apokalypse und Rekonstruktion – Auf der Suche nach der verlorenen Wirklichkeit«. In: *Medien konkret* 1/1993, 26–35.

Thiébaut, Michel: *Dans le sillage des sirènes*. Tournai 1992.

Todorov, Tzvetan: *Einführung in die fantastische Literatur*. Berlin 2013 (frz. *Introduction à la littérature fantastique*, 1970).

Trommer, Ralph: »Nachruf: Ein Pionier der Graphic Novel [Didier Comès]«. In: *tagesspiegel.de* (07.03.2013) http://www.tagesspiegel.de/kultur/comics/nachruf-ein-pionier-der-graphic-novel/7895128.html

Ueckmann, Natacha: »Hybride Kreaturen im modernen französischen Comic: Enki Bilal«. In: Cerstin Bauer-Funke/Gisela Febel (Hg.): *Der automatisierte Körper*. Berlin 2005, 301–328.

Zack (2003): Dossier 1: *Blueberry und der europäische Western-Comic*.

Ralph Trommer

13 Superheldencomics

13.1 | Definitionsversuche

Was ist ein Superheld? Oder eine Superheldin? Für Peter Coogan ist die Sache klar:
Eine Superheldin oder ein Superheld, das ist ein »heroischer Charakter auf einer
selbstlosen, pro-sozialen Mission« (Coogan 2009, 77, Übers. J. E.). Sie oder er hat
»außergewöhnliche Fähigkeiten«, verfügt über »fortschrittliche Technik« oder weist
zumindest »hochentwickelte körperliche, mentale oder mystische Merkmale« auf.
Dazu hat sie oder er eine »Superheldenidentität«, die sich in einem »Codenamen
oder unmittelbar wiedererkennbaren Kostüm« widerspiegelt. Kostüm und Code-
name fassen »Biographie, Charakter, Kräfte und Ursprung (die Wandlung vom normalen Menschen zum Superhelden)« kompakt und auf den ersten Blick nachvollziehbar zusammen. Dazu kommt, im Sinne einer »Doppelidentität«, oft eine weitere
zivile Identität, die »sorgsam geheim gehalten wird«. Schließlich ist der Superheldencomic in seinen Eigenschaften ganz klar von anderen Genres unterschieden – aufgrund der »Dominanz der eigenen Genrekonventionen« falle die Abgrenzung zu
»Fantasy, Science Fiction, Detektivgeschichte« angeblich nicht schwer (vgl. ebd.).

Wie immer bei Genrebeschreibungen, die als Merkmalkataloge angelegt sind, ergeben sich gleich auf den ersten Blick Schwierigkeiten mit Coogans Definition. Wie
viele der genannten Eigenschaften muss ein Comic etwa aufweisen, um noch als Superheldengeschichte durchzugehen? Und sind diese Kennzeichen für alle historischen
Manifestationen des Genres gleichermaßen gültig – schließlich gibt es Superhelden
schon seit den 1930er Jahren (für gewöhnlich wird die Erfindung von Superman im
Jahr 1938 mit dem Ursprung des Genres gleichgesetzt)? Kann man die Trennlinie
bspw. zur Detektivgeschichte wirklich so klar ziehen? Immerhin trat ein wichtiger Su-
perheldenprototyp wie die DC Comics-Figur Batman zum ersten Mal in einer Reihe
namens *Detective Comics* auf. Er begann seine Karriere 1939 als Sammelsurium von
Entlehnungen aus dem amerikanischen *film noir* und Gangsterfilm, dem deutschen
expressionistischen Stummfilm, Pulp-Heldengeschichten des frühen 20. Jahrhunderts
wie Doc Savage und The Shadow und Stories aus Monats- und Wochenzeitschriften
wie *Black Mask*. Dort wurden in den 1930er Jahren Detektivgeschichten veröffentlicht, unter anderem von Raymond Chandler und Dashiell Hammett (zur Figurengeschichte vgl. Chapman 2011, 173; Banhold 2009; Brooker 2001). Wie sollen wir zudem
»heroisch« definieren, und wie »pro-sozial«? Ist die Mission des Superhelden wirklich
immer von vornherein festgelegt und deshalb einfach zu erfassen?

Andere Bestimmungsversuche: Ohne Zweifel würden viele Vertreter der Comicforschung und Kritiker des Genres heftig protestieren gegen die Idee eines durch und
durch moralisch korrekt handelnden Protagonisten. Dan Hassler-Forest etwa beschreibt in seiner Studie *Capitalist Superheroes* (2013) viele Superheldenfiguren als
Vertreter eines entfesselten Kapitalismus, die für einen fundamental ungleichen Status Quo kämpfen, nicht für die gerechte Sache – eine These, die angesichts der vielen
Wirtschaftsmagnaten unter den Superheldenfiguren (Bruce Wayne/Batman, Tony
Stark/Iron Man, um nur die prominentesten zu nennen) zumindest nicht komplett
von der Hand gewiesen werden kann. Wieder andere Kritiker attestieren Figuren wie

Batman, Marvels Punisher oder Alan Moores Rorschach aus *Watchmen* (1986–87) faschistoide oder gar gänzlich faschistische Tendenzen (vgl. bspw. Phillips 2010). Im Gegensatz dazu gewinnen manche Kreative und Forscher anderen Superheldenge-schichten aus Sicht der Gender und Queer Studies durchaus positive Aspekte ab. Der schottische Comicautor Grant Morrison etwa sieht die US-amerikanischen Superhel-dinnen und Superhelden des sogenannten Silver Age der 1950er und 1960er Jahre aus dieser Perspektive, attestiert den »Zusammenbruch des durchtrainierten Super-heldenkörpers« in dieser Zeit (Morrison 2011, 86), und konzipiert das Silver Age in seiner autobiografischen Superheldengeschichte *Flex Mentallo: Man of Muscle Mys-tery* (1995) als Phase des Experiments mit Sexualität, Geschlechterbildern und Kör-perlichkeit (vgl. Ecke 2013).

Die Vielzahl der möglichen Sichtweisen demonstriert, dass eine Definition im Sinne Coogans nur eingeschränkt hilfreich ist. Anstatt zu versuchen, eine essentialis-tische Begriffsbestimmung zu finden, scheint es daher sinnvoller, das Genre aus his-torischer Perspektive auf Kontinuitäten und Wandel hin zu untersuchen, um auf die-ser Grundlage herauszufinden, welche Forschungsfragen sich gewinnbringend stel-len lassen. Ohne eine gewisse grundlegende Vertrautheit mit der historischen Dyna-mik aus Wandel und Kontinuität bleiben dem Forschenden viele Nuancen und oft auch Grundlegendes verschlossen. Jede Beschäftigung mit dem Superheldengenre muss auch eine historische sein (Einführendes zur Geschichte des Genres findet sich bei Gabilliet 2010, Wright 2001, Jenkins 2009 und Nyberg 1998; zu weiteren Aspek-ten des Superheldencomics vgl. Kap. 11 und 12).

13.2 | Historische Wandelbarkeit des Genres

Vor allem unter Fans des Genres ist die Idee, dass sich der Superheldencomic in drei Stufen fundamental gewandelt hat, weit verbreitet (vgl. Jenkins 2009). Knapp zu-sammengefasst verläuft die **Entwicklung des Superhelden** in dieser Fan-Konzep-tion so: **(1)** In den frühen Geschichten des sogenannten **Golden Age** zwischen 1938 (der Erfindung Supermans) und 1950 wird das Genre aus verschiedenen literari-schen und filmischen Versatzstücken konstituiert und bspw. für propagandistische Zwecke im Zweiten Weltkrieg eingesetzt. Figuren wie Jerry Siegels und Joe Shusters Superman und Captain America von Jack Kirby und Joe Simon werden so in den Heftreihen zur Allzweckwaffe gegen den Faschismus (vgl. Gabilliet 2010, 22). Mit dem Ende des Zweiten Weltkriegs verlieren diese Propagandahelden allerdings stark an Zuspruch und Auflage. **(2)** Die Superhelden werden erst ab Mitte der 1950er Jahre im **Silver Age** neu erfunden, als Wissenschaftler und Strahlemänner der Zeit des *space race* und der Kennedy-Präsidentschaft (so bspw. in den DC Comics-Reihen *Green Lantern* und *The Flash*), aber auch als die gebeutelten, zweifelnden und oft grotesken Figuren des Marvel-Universums wie z. B. die *Fantastic Four* oder *Spider-Man* (vgl. Howe 2010). **(3)** Mit dem Bronzenen oder **Dunklen Zeitalter** kommen wir schließlich in den 1980er Jahren an, in denen Autoren wie der Brite Alan Moore das Genre in Comics wie *Watchmen* der Ideologiekritik unterziehen. Aus den Helden werden Neurotiker, desillusionierte Noir-Figuren oder brutale Schläger.

Diese hauptsächlich von Fans geprägte, aber teils auch von Comicforschern auf-gegriffene Version der Genregeschichte (vgl. z.B. Klock 2002) hat eine ganze Reihe von Problemen. Sie ist bspw. teleologisch: Die Entwicklung hin zur Pathologie, zur offenen Politisierung und zur Gewalt im Dark Age wird als Endpunkt gesetzt –, auch,

weil sich mit der Hinwendung zu ›erwachsenen‹ Themen und für Kinder nicht geeigneter Gewaltdarstellung vermeintlich eine Wandlung zur kulturellen Legitimation
des Genres vollzogen habe. Als Beweis dieser geglückten kulturellen Distinktion
werden meist Superheldengeschichten wie Alan Moore und Dave Gibbons' *Watchmen* und Frank Millers *The Dark Knight Returns* angeführt, die beide weit über den
Zeitpunkt ihres Erscheinens hinaus großes Echo in Feuilletons und der Wissenschaft
fanden (eine Presseschau zu *Watchmen* findet sich bspw. bei Ness 2010).

13.3 | Grundlegende Merkmale: Werkhaftigkeit versus Serialität, Autorisierungskonflikte und Medienkonvergenz

Insbesondere die Literaturwissenschaft steht beim Erstkontakt mit dem Genre vor
Herausforderungen – nicht nur, weil sich der Forschende, um sich ernsthaft damit
beschäftigen zu können, zunächst mehr als 70 Jahre Superheldengeschichte erarbei-
ten muss. Superheldencomics verweigern sich in ihrer überwältigenden Mehrzahl
auch herkömmlichen Vorstellungen von Werkhaftigkeit und Autorschaft.

Serialität und Episodenhaftigkeit: Der Grund liegt darin, dass das Genre in fast allen Fällen in Serienform erzählt und industriell produziert wird (zu den besonderen
Produktionsbedingungen von Comics vgl. Kap. 2). Superheldengeschichten erscheinen in den USA in zumeist monatlichen Reihen, in Heften von durchschnittlich 24
bis 32 Seiten Umfang, wobei die eigentliche Geschichte meist 20 bis 24 Seiten ausmacht und die restlichen Seiten mit Werbung gefüllt werden. Die Superheldenreihen
sind fast immer darauf angelegt, potenziell unendlich serialisiert zu werden. Ist der
wirtschaftliche Erfolg gegeben, wird zwar bisweilen die Nummerierung der Hefte
neu gestartet, um mit dem Neustart noch mehr Leser zu gewinnen. Die Figur(en)
und die *storyworlds*, also »die Welten, welche Erzählungen evozieren« (Herman
2009, 105, Übers. J. E.), bleiben aber meist unberührt bestehen und werden weiter
serialisiert. Ursprünglich erfolgte diese Reihung episodenhaft, das heißt, Figuren und
die *storyworld* der Reihe blieben von Heft zu Heft gleich und fundamentale Veränderungen des Status Quo waren nicht erlaubt. Am Ende einer Ausgabe wird im Superheldencomic oft noch bis heute verlässlich auf den *Reset*-Knopf gedrückt, werden
Figurenkonstellationen wiederhergestellt, Charakterentwicklungen zurückgenom-
men und die vor den Ereignissen der letzten Episode herrschende Ordnung kehrt
wieder ein. Mittlerweile lassen die großen amerikanischen Superheldenverlage wie
DC Comics oder Marvel allerdings auch sogenannte *Episodic Serials* zu, also Reihen,
die über mehrere Ausgaben hinweg fortlaufende Geschichten erzählen und einen gewissen Wandel des Status Quo erlauben (meine Kategorisierung von Serialität ent-
nehme ich Mittell 2010, 228–230). In seltenen Fällen dürfen Reihen sogar komplett
abgeschlossen werden. Durch die monatliche Serialisierung ergeben sich immense
Episodenzahlen: Die DC Comics-Reihe *Action Comics* etwa brachte es zwischen 1938
und dem Neustart der Nummerierung im Jahr 2011 auf 919 Einzelhefte.

Produktionsweisen: Bei einer Laufzeit von 73 Jahren ist zudem offensichtlich,
dass der Autoren- und Zeichnerstamm einer solchen Reihe unmöglich gleich geblieben sein kann. Superheldencomics werden für gewöhnlich nach dem **Fließband-
prinzip im Team** produziert. Eine Autorin oder ein Autor erstellt auf Bestellung
durch einen Redakteur ein mehr oder weniger detailliertes Skript. Die Formatierung

und der Inhalt dieser Skripte sind abhängig vom persönlichen Stil der Autorin oder des Autors, aber auch von sogenannten *house styles* der Verlage (einen guten Eindruck, wie sich diese Arbeitsweise über die Jahrzehnte hinweg bei einem großen Verlag wie Marvel Comics gewandelt hat, bietet Howe 2010). Dieses Skript wird dann vom Redakteur bearbeitet und an eine(n) Zeichner_in weitergeleitet. Diese(r) setzt die schriftliche Ausarbeitung in Bleistiftzeichnungen um (heute wird auch oft direkt digital gearbeitet). Anschließend werden die Bleistiftzeichnungen mit Tusche nachgezogen; von einem Koloristen mit Farben versehen; von einem Letterer mit Sprechblasen und Buchstaben. Diese Teams sind selten langfristig mit nur einem Titel beschäftigt, sondern springen häufig von Serie zu Serie und von Verlag zu Verlag. Die Fluktuation der sogenannten Creative Teams ist dabei stark gestiegen. Während Künstler wie Jack Kirby und Stan Lee in den 1960er und 1970er Jahren noch teilweise über Jahrzehnte bestimmte Reihen bedienten, wechseln Autor_innen und Zeichner_innen heute oft im Jahres- oder sogar Halbjahresrhythmus.

Autorisierungskonflikt – Intellectual Property vs. Autorschaft: Zudem arbeiten diese Künstler an Reihen, die sie in den seltensten Fällen selbst geschaffen haben. Die Urheberrechte für Superheldenfiguren wie Superman oder die Fantastic Four liegen bei den Verlagen, nicht bei den Autoren und Zeichnern. Verlage sprechen daher von geistigem Eigentum (Intellectual Property) anstatt von Kunstwerken. Entsprechend werden die Autorinnen und Autoren meist auf Honorarbasis bezahlt und weniger als Künstler_innen denn als Dienstleister_innen gesehen, auch in juristischer Hinsicht. Die Figur Superman etwa gehört dem Verlag DC Comics, und die Superman-Schöpfer Jerry Siegel und Joe Shuster sind an ihrer Erfindung keinesfalls reich geworden. Da nimmt es kaum Wunder, dass Verlage und Kreative sich in vielen Fällen über Jahrzehnte wegen der Rechte an Figuren und Tantiemen streiten; ein besonders prominentes Beispiel ist der **Urheberstreit** zwischen Marvel Comics und dem Zeichner Jack Kirby, der einen Großteil der klassischen Marvelfiguren wie die Fantastic Four oder die X-Men (mit-)erfunden hat, von Marvel aber nicht als Mitinhaber des Urheberrechts an den Figuren anerkannt wird (vgl. Howe 2013).

Daniel Stein und Frank Kelleter (2012) charakterisieren den amerikanischen Superheldencomic aus diesen Gründen als **Schauplatz von Autorisierungskonflikten** – das heißt von Grabenkämpfen zwischen Verlagen, Autor_innen, Zeichner_innen und Fans über Urheberschaft, kulturelle Legitimation und Distinktion. Diese Autorisierungskonflikte haben unmittelbare Auswirkungen auf die künstlerische Gestaltung der Comics. Einerseits unterstützen Verlage aus ökonomischen Gründen einen gewissen ›Auteurismus‹, also die Tatsache, dass bestimmte Autor_innen und Zeichner_innen einen unmittelbar erkennbaren Stil pflegen und auf diese Weise eine Leserschaft binden. Andererseits ist ein grundlegender Wandel von der Dienstleistung hin zum Künstler im bürgerlichen Sinne mit entsprechenden Rechten an den *Intellectual Properties* von Verlagsseite nur unter bestimmten Umständen gewünscht (bspw. in speziell für solche *creator-owned* genannten Comics geschaffenen Imprints wie DCs Vertigo oder Marvels Icon).

Medienkonvergenz: Im Kontext der gegenwärtigen, vor allem durch die Digitalisierung bedingten, Veränderungen in der Medienlandschaft darf man außerdem nicht außer Acht lassen, dass Superheldencomics Teil riesiger transmedialer Unternehmen sind. Superheldenautor_innen arbeiten in Kontexten, in denen das neue, eng verzahnte Zusammenspiel der Medien – für gewöhnlich mit Henry Jenkins (2006) als Medienkonvergenz beschrieben – offensichtlich wird wie bei kaum einem anderen kulturellen Phänomen: Figuren wie Batman, die Avengers oder Spider-Man erscheinen in Comicreihen, als Zeichentrickfiguren, in milliardenschweren Kino-Blockbustern, in Online-Foren und in Fan Fiction, Podcasts und gelehrigen Fan-Annotationen zur Figuren- und Verlagsgeschichte. Der Medienwechsel und die gleichzeitige Präsenz auf allen medialen Kanälen sind zu zentralen Merkmalen des Superheldengenres geworden, wenn sie es nicht schon immer waren. Superman bspw. war schon in den 1940er Jahren nicht nur Comicfigur, sondern auch Protagonist einer Radioreihe und Filmheld.

Probleme der Literaturwissenschaft

Es lässt sich unschwer erkennen, dass sich aus dieser Mischung aus endloser Serialisierung, ambivalenter Autorschaft und Medienkonvergenz grundsätzliche Probleme für eine Literatur- und Kulturwissenschaft ergeben, die bisweilen noch vom Werkgedanken ausgeht und zudem meist auf der Suche nach kompakten Texten ist, die sich gut in Seminar- und Vorlesungskontexte einfügen. Wie soll man eine Reihe wie *Action Comics* mit über 900 Episoden sinnvoll beforschen und unterrichten? Welche Fragestellungen kann man behandeln, wenn sich bei ›normalen‹ Superheldengeschichten weder mit traditionellen Vorstellungen von Autorschaft noch von ›Werken‹ operieren lässt? Wie kann man einem Genre begegnen, das sich auf kein bestimmtes Medium beschränken mag? Anstatt sich diesen methodischen Problem zu stellen, wählen Literatur- und Kulturwissenschaftler deswegen oft noch orthodoxe Strategien. Man ignoriert die überwältigende Mehrzahl an Superheldengeschichten und beschäftigt sich stattdessen mit den wenigen Beispielen des Genres, die vermeintlich zum Werkhaften und (Ab-)Geschlossenen tendieren.

13.4 | *Watchmen* und *The Dark Knight Returns*: Klassiker des Genres im Kontext

Zwei Titel tauchen entsprechend in Aufsätzen und Monografien, aber auch in Lehrveranstaltungen zum Superhelden immer wieder auf: *Watchmen* von Alan Moore und Dave Gibbons (1986/87; dt. *Watchmen*, 2008) und *The Dark Knight Returns* von Frank Miller (1986; dt. *Batman: Die Rückkehr des dunklen Ritters*, 2007). Bei beiden handelt es sich um (zumindest zum Erscheinungszeitpunkt) abgeschlossene Reihen, in zwölf (*Watchmen*) bzw. drei (*The Dark Knight Returns*) Einzelheften veröffentlicht. *Watchmen* imaginiert eine Gruppe von neurotischen, moralisch oft mehr als zweifelhaften Superheldinnen und Superhelden in einem apokalyptischen New York Mitte der 1980er Jahre; *The Dark Knight Returns* versteht sich als Weitererzählung des Batman-Mythos. Beide Titel arbeiten mit romanhaften Mitteln und werden mitunter als Graphic Novels gehandelt. *Watchmen* wird als Generationen- und Familiengeschichte erzählt und ersetzt die endlose Serialisierung von nur bedingt wandlungsfähigen Superheldenfiguren durch sterbliche Charaktere, die altern und sich verändern. *The Dark Knight Returns* setzt mit seinem gealterten Batman ähnliche Schwerpunkte und baut wie *Watchmen* darauf, dass Konventionen und erzählerische Normen des Genres durch diesen neuen Umgang mit erzählter Zeit gebrochen werden. Berühmte Bösewichte wie der Joker, die in den normalen Heftreihen niemals wirklich sterben dürfen, werden hier bspw. endgültig aus dem Verkehr gezogen.

Metafiktionalität – Rückgriff auf die Konvention und Konventionsbruch: Gerade dieser Fokus auf Konventionsbrüche sollte uns aber darauf aufmerksam machen, dass die vermeintliche Geschlossenheit von *Watchmen* und *The Dark Knight Returns* illusorisch ist. Beide Titel verstehen sich als fundamental seriell, und zwar nicht nur im Sinne ihrer eigenen ursprünglichen Serialisierung in Heftform. *Watchmen* bezieht sich in zahlreichen metafiktionalen Passagen auf die Geschichte des Superheldengenres (eine grundlegende Analyse dieser komplexen Verweisstrukturen bietet Backe 2010). Moores Figuren sind zudem keine völligen Eigenkreationen, sondern basieren lose auf Superheldenprototypen aus dem wenig bekannten Charlton Verlag, der in den 1950er und 1960er Jahren meist sehr epigonale Serien veröffentlichte, dann aber in finanzielle Schwierigkeiten geriet und von DC Comics aufgekauft wurde (einen Überblick über die zahlreichen seriellen Kontexte von *Watchmen* findet sich bspw. bei Hudsick 2010). Frank Millers Batman-Erzählung wiederum nimmt Rückbezug auf über 40 Jahre Figurengeschichte und versteht sich als ›letztes‹ Kapitel der Batman-Serie, nur um als Schlussvolte neue Möglichkeiten endloser Serialisierung innerhalb eines Generationenmodells zu suggerieren: Batman braucht Nachfolger. Es ist also kaum möglich, viele Facetten von und auch das Lesevergnügen an *Watchmen* und *The Dark Knight Returns* zu verstehen, ohne in Grundzügen den seriellen Normalfall der Superheldengeschichte zu kennen, auf den beide immer wieder rekurrieren.

Das soll aber keinesfalls bedeuten, dass eine Superheldenforschung sich nicht mit solchen vermeintlich geschlossenen Superheldengeschichten beschäftigen sollte. Die Fachliteratur zu Moores und Millers Comics gehört zum Besten, was die Comicforschung hervorgebracht hat. Die Auseinandersetzung mit den Klassikern des Genres profitiert aber in jedem Fall erheblich von einer Kenntnis des ›Normalfalls‹ der Superheldenerzählung.

13.5 | Erzählerische Normen des Genres

Kanonisches Erzählen im Superheldencomic mittels extrinsischer Normen (siehe Definition im Kasten) ist die andere Seite der Wandelbarkeit des Genres (Jenkins 2009): Kontinuitäten sind ebenso wichtig. Zwar trifft es sicher zu, dass sich der Superheld über die Jahrzehnte oft fundamental gewandelt hat. Der frühe Superman etwa verschreibt sich der progressiven Ideologie des *New Deal* und schreckt nicht davor zurück, ganze Slums dem Erdboden gleichzumachen, wenn sie danach durch

---

Definition

Extrinsische erzählerische Normen sind gemäß dem Filmwissenschaftler David Bordwell ein »kohärenter Standard«, der »per Erlass oder durch wiederholte Praxis« etabliert wird. Sie »müssen nicht zwangsläufig schriftlich festgehalten oder explizit beschlossen werden, um wirksam zu werden« (Bordwell 1985, 150, Übers. J. E.). Stattdessen wird sowohl von Autoren-, als auch von Verlags- und Leserseite stillschweigend vorausgesetzt, dass ein Superheldencomic gewissen erzählerischen Standards zu folgen hat. Viele dieser extrinsischen Normen haben trotz allen Wandels des Genres über Jahrzehnte hinweg Bestand, und selbst wenn sie ausgehebelt werden – wie bspw. das Gebot, dass ein Superheld nicht töten darf – bleiben sie als Tabubruch wirkmächtig (zu Tötungsverbot und Selbstzensur im US-amerikanischen Mainstreamcomic vgl. Nyberg 1998).

Abb. 48: Cover des Hefts
Superman and Superboy

moderne Sozialwohnungen ersetzt werden (siehe Siegel/Shuster 2006). Superman, wie er heute von DC Comics veröffentlicht wird, hat keine solch explizite politische Agenda. Gleichzeitig muss man aber konstatieren, dass Superheldenautor_innen in ihren Arbeiten immer auf bestimmte erzählerische Normen Bezug nehmen – sei es, um sie zu befolgen oder sie zu unterwandern. Beim Lesepublikum von Superhelden-comics wird ein solides Wissen um diese erzählerischen Normen vorausgesetzt.

Dieses Wissen wird schon beim ersten Blick auf das Cover des Comics aktiviert: Dort wird häufig mit einer besonderen Art von *flash-forward* gearbeitet. Abgebildet wird auf dem Titelblatt oft einer der Höhepunkte der Handlung (vgl. Abb. 48). Dem versierten Fan ist aber klar, dass dieser *flash-forward* nicht selten unzuverlässig ist. Meist lässt die Coverdarstellung essentielle Handlungsdetails aus, um noch Über-raschungen zu ermöglichen, oder variiert den tatsächlichen Höhepunkt der Hand-lung minimal. Der Leser, der sich dieser Konvention bewusst ist, gewinnt sein Ver-gnügen entsprechend daraus, auf Basis dieses *flash-forwards* operationelle Fragen zu stellen und Hypothesen zu entwickeln: Wie wird die Erzählung diesen Höhe-punkt erreichen? Ist die Darstellung zuverlässig oder unzuverlässig? Wie wird diese konfliktreiche Klimax aufgelöst werden?

13.5.1 | Kausalität, Raum und Zeit

Narrative Logik: Eine zentrale extrinsische Norm des normalen Superheldencomics diktiert, dass die Vermittlung einer nachvollziehbaren, zuverlässigen und ungebrochenen Kausalkette Vorrang vor allen anderen erzählerischen Zielsetzungen hat. Dieser Fokus auf narrative Logik ist gewiss kein Alleinstellungsmerkmal des Superhelden; wir finden ihn bspw. auch im klassischen Hollywoodkino. In ihrer Analyse desselben unterscheiden Bordwell, Staiger und Thompson zwischen drei narrativen Systemen, die jedes erzählerische Medium aufweist: ein System, das der Darstellung narrativer Logik oder Kausalität dient, ein »System ... der Zeit; und ein System ... des Raums« (2006, 7, Übers. J. E.). Die Systeme der Zeit- und Raumdarstellung werden im normalen Superheldencomic fast immer dem **System der Kausalität** unterworfen. Räume sind primär dazu da, um von den Helden zum Erreichen ihres Ziels durchschritten zu werden und dabei Hindernisse zu bieten, bspw. auf der Suche nach einem Superbösewicht. Auf der zeitlichen Ebene stellt die Narration im kanonischen Superheldencomic fast immer nur die Zeiträume dar, die für die Kausalkette relevant sind.

    Gestaltung der erzählten Zeit: Besonders eine Analyse des Systems der Zeit in Superheldengeschichten ist aufschlussreich. Lässt die Erzählung bspw. zeitliche Lücken, dann geht das oft auch mit Lücken in der Kausalkette einher. In einer Geschichte aus der in den 1980er Jahren erschienenen Reihe *Batman and the Outsiders* versucht der Titelheld bspw. einen Kidnapper zu fassen (Barr/Aparo 2007). Zu Beginn der Geschichte wird der Konflikt eingeführt – ein Kind wurde entführt, und Batman soll den Fall aufklären und das Entführungsopfer retten. Natürlich lässt die Erzählung sorgsam aus, *von wem* und *warum* diese Entführung durchgeführt wurde. Diese zeitliche Lücke, die auch typisch für Kriminal- und Detektivgeschichten ist, evoziert also auch eine *fokussierte kausale Lücke* (Terminologie nach Bordwell 1985, 55), indem sie konkrete kausale Fragen suggeriert. Die extrinsische Norm für solche fokussierten Lücken garantiert dem Leser, dass temporale und kausale Leerstellen spätestens zum Ende der Geschichte geschlossen werden müssen – und dort werden dann tatsächlich auch Identität und Motivation des Kidnappers preisgegeben.

    Kontrastbeispiel *Watchmen*: *Watchmen* arbeitet ebenso zentral mit zeitlichen Lücken, die nach und nach gefüllt werden. Dabei nutzen Moore und Gibbons sowohl konventionelle fokussierte Lücken als auch unkonventionelle *diffuse* Lücken. Ganz klar orthodoxer Art ist dabei die Auslassung, die den Anstoß für die Handlung gibt: Ein Superheld mit dem Codenamen The Comedian ist ermordet worden, und die daran anknüpfende Detektivgeschichte soll beantworten, wer der Täter ist und warum er oder sie den Mord begangen hat. Anstatt aber mit präzisen Rückblenden nach und nach diese Fragen zu beantworten, öffnet die Narration von *Watchmen* immer mehr temporale Lücken, die fast immer diffus ausfallen. Die daran anknüpfenden Rückblenden beantworten Fragen wie: Wer war der Comedian, und in welchem Verhältnis steht er zu den vielen anderen Figuren von *Watchmen*? Warum sind die meisten Superhelden in der *storyworld* von *Watchmen* im Ruhestand? In welchen Punkten unterscheidet sich das 20. Jahrhundert von *Watchmen* von dem unseren, bedingt dadurch, dass in dieser *storyworld* Superhelden Teil der Realität sind?

    Auf diese Weise wird mindestens die Hälfte des Comics in **Rückblenden** erzählt, die oft gar nicht oder nur sehr bedingt kausal relevante Fragen beantworten. Moore und Gibbons weichen auch mit unzähligen anderen Strukturen von der typischen

Zeitlichkeit des Superheldengenres ab. So arbeiten sie bspw. mit Seitenlayouts, Farbschemata und von Szene zu Szene überlappenden Dialogen (»Dialogue Hooks«), welche die zahlreichen Plots von *Watchmen* nicht kausal, sondern thematisch zueinander in Beziehung setzen. Diese **unkonventionellen Strategien** schaffen unzählige Anknüpfungspunkte für Interpretationen, gerade weil sie kausale Fragestellungen außen vor lassen und somit das Augenmerk des Lesers weg von Fragen der Handlungsentwicklung und hin zu Abstraktion und Interpretation lenken. Dabei überdecken diese Strategien die eigentlich konventionelle Detektivgeschichte, die *Watchmen* eben auch ist. Der Ausnahmestatus, den *Watchmen* innehat, begründet sich also wesentlich durch die komplexe Temporalität und reduzierte Kausalstruktur des Comics. Moore und Gibbons folgen so nur bedingt extrinsischen Normen des Genres; in ihrer Wirkung hängen ihre Erzähltechniken aber stark vom Kontrast mit dem Normalfall des kanonischen Erzählens im Superheldencomic ab.

13.5.2 | Dramaturgie, Charaktere und Figurenentwicklung

Die Schöpfer von Superheldencomics haben wenig Raum, um ihre Geschichten zu erzählen. Durchschnittlich 20 bis 24 Seiten im Monat lassen praktisch keinen Platz, um bspw. den Protagonisten immer wieder neu einzuführen und komplex zu charakterisieren. Stattdessen liegt der Fokus einer typischen Expositionsphase im Superheldencomic ganz pragmatisch auf dem **Antagonisten**. Mit ihm werden nicht nur ein Charakter und seine Motivationen, sondern wird zugleich auch der **Konflikt** eingeführt, welcher die Episode für gewöhnlich strukturiert. Das Handeln des Bösewichts wird so fast immer zum ersten Anstoß der Handlung an sich.

Gleichzeitig kann der Autor aber nicht davon ausgehen, dass ein neuer Leser mit dem Protagonisten vertraut ist. Um dieses Defizit auszugleichen, arbeiten Superheldencomics mit Prototypen und einfachen, verlässlichen Schemata, die es leicht machen, den Protagonisten einzuschätzen und seine Handlungen vorausahnen zu können. Die Vorgehensweise ist sehr gut vergleichbar mit dem klassischen Hollywoodkino, das für seine Stars klar definierte **Figurenprototypen** erfand, die »**gleichbleibende Eigenschaften, Qualitäten und Verhaltensmuster**« zeigen (Bordwell 1985, 156). Superheldencomics machen diese Prototypenbildung oft mit kurzen Zusammenfassungen der Eigenschaften des Protagonisten auf der ersten Seite deutlich. In einer *Spider-Man*-Ausgabe aus den 1980er Jahren findet sich etwa folgender Prototyp (vgl. Abb. 49): »Während eines radiologischen Experiments wird der Schüler PETER PARKER von einer Spinne gebissen, die durch einen Unfall RADIOAKTIVER STRAHLUNG ausgesetzt war. Durch ein Wunder der Wissenschaft stellt Peter bald fest, dass er nun DIE KRÄFTE DER SPINNE erworben hat... Dass er zu einer menschlichen Spinne geworden ist... Stan Lee präsentiert: ›DEN ERSTAUNLICHEN SPIDER-MAN‹.« (O'Neil/Romita Jr. 1981, n.pag., Übers. J. E.). Damit erfährt der Leser alles Wichtige über die Figur, um verlässlich Hypothesen über den Handlungsverlauf aufstellen zu können: über Peters Alter, soziale Umgebung (Schule), Interessen, Kräfte, und moralischen Status (seine Taten sorgen für Staunen, nicht für Entsetzen).

Auch um die Effektivität dieses Prototypenmodells nicht zu verlieren, ist Charakterentwicklung im normalen Superheldencomic nur sehr eingeschränkt möglich. Das typische Schema für Veränderung wird dabei auch wieder dem klassischen Hollywoodkino entlehnt. Ein(e) bereits etablierter Protagonist_in verändert sich für

Abb. 49: Stan Lee,
Spider-Man

gewöhnlich nicht radikal, sondern weicht temporär von ihrem oder seinem Prototypen ab, zu dem sie oder er aber schlussendlich verlässlich zurückkehrt (vgl.
Bordwell 1985, 38). Besonders häufig vollzieht sich ein solcher von der Narration
nur vorgetäuschter Wandel im Superheldencomic durch Gehirnwäsche oder
Magie: Eine eigentlich moralisch untadelige Figur wird mental umprogrammiert
oder kontrolliert, richtet Schaden an, wird aber schließlich der Kontrolle des Super-
bösewichts wieder entrissen und kehrt zum Prototypen zurück.

Kontrastbeispiel Watchmen: *Watchmen* bedient sich beider Strategien und erfüllt
so auf den ersten Blick die extrinsischen Normen des Genres. Alle zentralen Figuren
werden als klar umrissene Prototypen eingeführt; auf die Charaktereigenschaften,
die in frühen Szenen vermittelt werden, kann sich der Leser meist verlassen. Dan
Dreiberg etwa wird im Gespräch mit seinem Mentor und Vorgänger in der Rolle des
Superhelden Nite Owl vorgestellt. Er kümmert sich voller Altruismus um den Rent-
ner, unterhält sich sichtlich gerne mit ihm, ist nostalgisch und etwas naiv. Die Tatsache, dass er seine Superheldenidentität aufgegeben hat, wird uns zudem von Anfang
an als temporärer, unglücklicher Charakterwandel gezeigt. Dan hat depressive Züge,
wirkt ziellos und ist impotent; eine Rückkehr zu seinem ursprünglichen Superheldenprototypen ist wünschenswert.

Anstatt die Charaktermodelle des normalen Superheldencomics also abzulehnen, unterwandern Moore und Gibbons sie auf andere Weise. So zeigen sie Dan bspw. in einem späteren Kapitel beim ersten und letzten Treffen eines Superheldenteams in den 1960er Jahren: Dort werden als Gegner nicht die genreüblichen Superbösewichte und Bankräuber aufgezählt, sondern stattdessen Studenten, die Anti-Kriegs-demos veranstalten, und aufbegehrende Afro-Amerikaner (Moore/Gibbons 2007, II, 11). Dreiberg wird so im Nachhinein zumindest für manche Leser zu einer **ambivalenten Figur**; seine grundsätzliche Liebenswürdigkeit wird durch den reaktionären, rassistischen Kontext relativiert. Seine letztliche Rückkehr zum Superheldenprototypen erscheint in diesem Licht manchem Leser vielleicht ebenso fragwürdig. Der vielbeschworene Realismus von *Watchmen* besteht also nicht in einer naiven Form von Mimesis, sondern in der Art und Weise, wie Moore und Gibbons Genrekonventionen und extrinsische Normen in den Vordergrund rücken und den Leser auffordern, sie aus moralischer Sicht in Frage zu stellen.

13.5.3 | Selbstreflexivität und Partizipationskultur

Beim Lesen dieser Beispiele könnte der Eindruck entstehen, dass ein fundamentaler Unterschied zwischen dem kanonischen Superheldencomic und *Watchmen* in der **Selbstreflexivität** von Moore und Gibbons' Klassiker begründet liegt (vgl. Kap. 18). Tatsächlich sind **metafiktionale Passagen** aber auch zentraler Bestandteil des normalen Superheldencomics. Sie werden im kanonischen Superheldencomic allerdings stark von extrinsischen Normen beschnitten. Typischerweise finden sich die meisten Beispiele für Selbstreflexivität im Superheldencomic auf den ersten Seiten – bspw. in Form von Kästen, die den Prototypen des Protagonisten, Autor_in und Zeichner_in, Tuscher_in und Letterer, Redakteur_in und Titel der Episode ausweisen und somit die eigenen Produktionsbedingungen thematisieren. Die Arbeit mit unzuverlässigen *flash-forwards* auf der Titelseite (s. o.) lässt sich ebenso als selbstreflexiv bezeichnen, da sie die Aufmerksamkeit auf Erzählmuster und Konventionen des Genres lenkt. Gleichzeitig zeigen diese Coverbilder auch die Grenzen des Erzählens im normalen Superheldencomic auf. Beispielsweise darf der Autor das Spiel mit der Unzuverlässigkeit nicht so weit treiben, dass die gezeigten Ereignisse gar nicht eintreffen. Ziel muss immer sein, erfindungsreich und clever innerhalb der Grenzen extrinsischer Normen zu operieren.

Storyworld und continuity: Worauf zielen diese selbstreflexiven Elemente im Superheldencomic ab? Mit Jenkins könnte man sie als Teil einer »**Partizipationskultur**« sehen: einer kulturellen Praxis, in der die Grenzen zwischen Comicproduzenten und -rezipienten zusehends verwischt werden (Jenkins 2006, 3). Die US-amerikanischen Superheldenverlage waren schon früh darum bemüht, wirkungsvolle Strategien zur Leserbindung zu finden. Als besonders effektiv erwies es sich dabei, alle hauseigenen Reihen in eine gemeinsame *storyworld* einzubinden und das Wissen um die Geschichte dieser *storyworld* mit kulturellem Prestige zu belegen. Im sogenannten DC-Universum treffen sich deshalb regelmäßig Helden wie Superman, Batman und Green Lantern und gehen in ›Crossover‹ genannten Geschichten auf gemeinsame Abenteuer. Das Marvel-Universum, das ab Ende der 1950er Jahre entstand, fügte diesem Konzept noch die entscheidende Komponente von **continuity** hinzu, das heißt die langsame Veränderung von reiner Episodenhaftigkeit hin zum *Episodic Serial*, das sich immer wieder auf vorangegangene Ereignisse innerhalb der eigenen Reihe, aber auch in der größeren *storyworld* des verlagseigenen Superheldenuniversums zurückbezieht. Damit wurden die Ereignisse früherer Episoden und anderer Serien relevant für die Lektüre. Der Superheldenleser muss sich also Hintergrundwissen über die jeweiligen Superheldenstoryworlds, ihre Bewohner und erzählerische Mechanismen anlesen, um Vergnügen an der Lektüre zu finden – und um bei anderen Superheldenfans kulturelles Prestige zu genießen. Mit dieser Akkumulation an Continuity-Wissen nähern sich Leser und Produzenten zusehends in ihrem Wissensstand aneinander an.

Fan- und Autorenakquise: Die Redakteur_innen und Autor_innen von Marvel Comics etwa trieben diese Annäherung ganz offen auf den Comicseiten voran. In praktisch jeder Ausgabe eines Marvel Comics der 1960er oder 1970er Jahre findet man Textkästen, in denen ein(e) Redakteur_in auf vorangegangene Ausgaben und Ereignisse verweist. Das ist als Handlungsanweisung zu verstehen: Sammle und lies die vorangegangenen Geschichten, um dich in deinem Wissensstand an den des Redakteurs und/oder Autors anzunähern und um deine Expertise anschließend auf Leserbriefseiten, in Fanzines und auf Conventions zur Schau zu stellen. Auf diese Weise beeinflussen Fans nicht selten Handlungsverläufe und entscheiden als Kritiker mit, ob bestimmte Creative Teams bei einer Serie bleiben. Nicht zuletzt wird aber als Ziel dieser partizipativen Gesten impliziert, der Leser könne irgendwann einmal selbst Autor oder Redakteur werden. Das trifft bei einem Großteil der heutigen Autorinnen und Autoren von Superheldencomics zweifelsohne zu. Im Gegensatz zur ersten oder zweiten Generation von Superheldenautorinnen und -autoren entstammen heute viele Kreative im US-amerikanischen Comicmainstream eben dieser Partizipationskultur.

Kontrastbeispiel *Watchmen*: Das gilt auch für Alan Moore, den Autor von *Watchmen*, der in Interviews nie einen Hehl aus seinen Ursprüngen in der Partizipationskultur amerikanischer Superheldencomics gemacht hat. Nur geschieht Moores Partizipation am DC Universum seit 1982 (Moore 1995, 72) von vornherein unter anderen Vorzeichen als bei vielen seiner Kolleginnen und Kollegen. Schon in der ersten von ihm betreuten Reihe wird ihm erlaubt, die (Selbst-)Zensurmechanismen des sogenannten Comics Code zu umgehen (zum Comics Code vgl. Nyberg 2010; siehe Originalwortlaut in Kap. 1, S. 20). Extrinsischen Normen, welche die Darstellung von Sex, Gewalt und ambivalenten Protagonisten stark einschränken, muss Moore also zu keinem Zeitpunkt entsprechen. Das gilt auch für *Watchmen*.

Die Selbstreflexivität von *Watchmen* erschöpft sich zudem nicht in der Anwendung und Ansammlung von Hintergrundwissen über Helden und *storyworld*, Konventionen und Normen. Moore nutzt Parallelismen, kausal nur lose zusammenhängende Figurennetzwerke und Rückgriffe auf die Genregeschichte nicht nur, um die Erzählmechanismen von konventionellen Superheldencomics sichtbar zu machen, sondern um den Leser zur **Ideologiekritik** anzustiften: Sind Superhelden Ermächtigungs- und Gewaltphantasien? Kann man dem Genre zum Vorwurf machen, dass der normale Superheld nie versucht, die Gesellschaft zu verändern, sondern immer nur auf Angriffe auf den Status Quo reagiert? Oder ist die Idee, ein Einzelner oder eine Gruppe könnten so viel Macht in sich bündeln, um ganze Gesellschaftsformen auszuheben, nicht an sich schon äußerst problematisch? Alle diese Fragestellungen ergeben sich aus Kontrasten zu den normalen Erzählformen des Genres: Etwa indem Dan Dreibergs völlig konventionelle Rückkehr zum Superheldenprototypen problematisiert anstatt gefeiert wird. Oder bspw. durch die moralisch höchst ambivalente Auflösung der Kriminal- oder Detektivgeschichte, die den roten Faden von *Watchmen* bildet. Natürlich finden die Held_innen den Mörder des Comedian – und beschließen gleich darauf, die Identität des Täters nicht preiszugeben. Sie machen sich damit (nicht nur) an diesem Mord mitschuldig – das heißt, die vermeintlichen Held_innen haben Teil an eben der verbrecherischen Geste in der Expositionsphase einer Superheldengeschichte, die im normalen Superheldencomic eigentlich allein vom Bösewicht ausgeht. Erfahrenen Leser_innen von Superheldengeschichten können solche selbstreflexiven Strukturen kaum entgehen.

13.6 | Zur kulturellen Dominanz der kanonischen Superheldengeschichte

Die Tatsache, dass *Watchmen* sein eigenes Genre derart kritisch befragt (oder besser: vom Publikum befragen lässt), sollte man aber nicht allein unter den Vorzeichen einer klassischen hermeneutischen oder ideologiekritischen Interpretation sehen. Vielmehr muss man auch andere Fragen stellen, die nicht auf werkhafte Lesarten abzielen. Warum war es Moore erlaubt, gegen extrinsische Normen zu verstoßen, die zuvor jahrzehntelang als gesetzt galten? Was hatte Moore durch diese Regelverstöße zu gewinnen, was ein eher konservativer Verlag wie DC Comics? War mit *Watchmen* wirklich die Abkehr vom kanonischen Superheldencomic gekommen, d. h. war *Watchmen* stilbildend?

Kanonisch erzählte Superheldencomics

Einen guten Einstieg bieten folgende Bände und Geschichten:

- Barr, Mike W. u. a.: *Showcase Presents Batman and the Outsiders* [1983–1985]. Bd. 1. New York 2007.
- Kanigher, Robert u. a.: *Showcase Presents The Flash* [1949–1961]. Bd. 1. New York 2007.
- O'Neil, Denny u. a.: *Essential The Amazing Spider-Man* [1980–1982]. Bd. 10. New York 2011.
- Starlin, Jim u. a.: *Essential Warlock* [1972–1977]. Bd. 1. New York 2012.
- Thomas, Roy u. a.: *Showcase Presents All-Star Squadron* [1981–1983]. Bd. 1. New York 2012.

Letzteres war definitiv nur sehr bedingt der Fall. Alle hier genannten extrinsischen Normen des Genres – und noch viele mehr – sind heute im US-amerikanischen Comicmainstream immer noch ähnlich wirkmächtig wie Mitte der 1980er Jahre. Superheldencomics, die in vergleichbarem Umfang wie *Watchmen* gegen die Norm verstoßen, sind selten. Moore und Gibbons hatten Mitte der 1980er Jahre derart große Freiheiten, weil sich der amerikanische **Comicmainstream in einer Krise** befand. Der Markt schrumpfte, die Leserschaft konnte nur bedingt jenseits der Jugendjahre gebunden werden (vgl. Gabilliet 2010, 85 f.). Ein gewisser Auteurismus und Konventionsbrüche waren nur eines von vielen Mitteln, mit denen Verlage wie Marvel und DC versuchten, sich aus der Misere zu befreien. Dieser Trend hin zu eingeschränkten Modellen prestigeträchtiger Autorschaft wurde spätestens Anfang der 2000er Jahre wieder eng beschnitten, als sich die ersten großen Kinoerfolge von Superheldenreihen wie *X-Men* und *Spider-Man* einstellten. Damit gewann das Modell des Intellectual Property in der festen Hand von Großunternehmen wie Disney und Warner

Bros. gegenüber dem Auteurismus wieder deutlich die Oberhand. Seitdem produzieren die großen amerikanischen Verlage erneut in der Hauptsache die normalen, kanonischen Superheldencomics, die bisher nur sehr bedingt beforscht sind (eine Ausnahme bilden bspw. Kelleter und Stein 2012; Beispiele für kanonisches Erzählen siehe Kasten). Wer aber die kulturelle Dominanz des Genres über die letzten zehn bis fünfzehn Jahre und alle Medien- und Landesgrenzen hinweg verstehen will, geschweige denn die Klassiker des Genres, muss sich zwangsläufig mit dem Normalfall des Genres beschäftigen – einem Normalfall, der bei näherer Betrachtung weit komplizierter ist (und bisweilen auch komplexer), als es auf den ersten Blick erscheinen mag.

Primärliteratur

Barr, Mike W./Aparo, Jim: »The Hand That Rocks the Cradle...« [1984]. In: *Showcase Presents Batman and the Outsiders*. Bd. 1. New York 2007, 214–237.

Claremont, Chris/Cockrum, Dave/Byrne, John: *Marvel Masterworks: The Uncanny X-Men* [1975–1976]. Bd. 1. New York 2009.

Lee, Stan/Kirby, Jack: *Marvel Masterworks: The Fantastic Four* [1961–1962]. Bd. 1. New York 2009.

Lee, Stan/Ditko, Steve: *Marvel Masterworks: The Amazing Spider-Man* [1963–1964]. Bd. 1. New York 2009.

Miller, Frank: *The Dark Knight Returns* [1986]. New York 2002 (dt. *Batman: Die Rückkehr des dunklen Ritters*. Stuttgart 2007).

Moore, Alan/Gibbons, Dave: *Watchmen. Absolute Edition* [1986/1987]. New York 2005 (dt. *Watchmen. Absolute Edition*. Stuttgart 2010).

Morrison, Grant/Quitely, Frank: *Flex Mentallo. Man of Muscle Mystery* [1995]. New York 2012.

O'Neil, Denny/Romita Jr., John: »Marathon.« [1981]. In: *Essential The Amazing Spider-Man*. Bd. 10. New York 2011, n.pag.

Siegel, Jerry/Shuster, Joe: *The Superman Chronicles* [1938/1939]. Bd. 1. New York 2006.

Simon, Joe/Kirby, Jack: *Marvel Masterworks: Golden Age Captain America* [1941]. Bd. 1. New York 2012.

Grundlegende Literatur

Ellis, Warren: *Come in Alone*. San Francisco 2001. [Essay-Sammlung, die Aufschlüsse über die Produktionsumstände von Superheldencomics Ende der 1990er und Anfang der 2000er Jahre gibt: über Skriptformatierungen, Verträge und Honorare, Verlagspolitik und Auteurismus]

Gabilliet, Jean-Paul: *Of Comics and Men: A Cultural History of American Comic Books*. Jackson, MS 2010. [die beste und umfassendste Geschichte des US-amerikanischen Mainstreamcomics, mit äußerst fundierten Materialien zu individuellen Verlagen und der Entwicklung verschiedener populärer Genres]

Howe, Sean: *Marvel Comics. The Untold Story*. New York 2012. [Howe schreibt seine Verlagsgeschichte von Marvel Comics nicht aus wissenschaftlicher Perspektive, gibt aber dennoch einen überaus lesenswerten und informativen Einblick in Wandel und Kontinuitäten im US-amerikanischen Superheldencomic.]

Jenkins, Henry: *Convergence Culture: Where Old and New Media Collide*. New York/London 2006.

Jenkins, Henry: »›Just Men in Tights‹: Rewriting Silver Age Comics in an Era of Multiplicity«. In: *The Contemporary Comic Book Superhero*. Hg. v. Angela Ndalianis. New York/London 2006, 16–43. [Jenkins' Arbeiten zu Fan- und Partizipationskultur bieten essentielle Erklärungsmodelle, um die Rezeptions- und Produktionsgeschichte von Superheldencomics zu verstehen.]

Kelleter, Frank/Stein, Daniel: »Autorisierungspraktiken seriellen Erzählens. Zur Gattungsentwicklung von Superheldencomics.« In: Frank Kelleter (Hg.): *Populäre Serialität. Narration – Evolution – Distinktion*. Bielefeld 2012, 259–290. [Kelleter und Stein entwickeln hier den Begriff des Autorisierungskonflikts, d. h. des Konflikts um Autorschaft im Superheldencomic (s. o.).]

Mittell, Jason: *Complex TV: The Poetics of Contemporary Television Storytelling*. New York 2015. [Mittell schreibt über amerikanische Fernsehserien, viele seiner zentralen Konzepte – z.B. zu Erzählstrategien und Autorschaft – sind aber sehr gut auf den ebenso seriellen Kontext der Superheldencomics übertragbar.]

Nyberg, Amy Kiste: *Seal of Approval: The History of the Comics Code*. Jackson 1998. [sehr gut recherchierte Geschichte des wichtigsten Selbstzensurapparats der US-amerikanischen Superheldencomics; im Anhang alle Versionen des sog. *Comics Code*, die über die Jahrzehnte entstanden sind, als unerlässliche Ressource]

Wright, Bradford: *Comic Book Nation. The Transformation of Youth Culture in America*. Baltimore/London 2001. [Geschichte des US-amerikanischen Mainstreamcomics aus kulturwissenschaftlicher Perspektive; als Ergänzung zum eher buchwissenschaftlichen Gabilliet]

Sekundärliteratur

Backe, Hans-Joachim: *Under the Hood. Die Verweisstruktur der Watchmen*. Bochum/Essen 2010.

Banhold, Lars: *Batman. Konstruktion eines Helden*. Berlin 2009.

Barker, Martin: *Comics. Ideology, Power and the Critics*. Manchester 1989.

Bordwell, David/Staiger, Janet/Thompson, Kristin: *The Classical Hollywood Cinema. Film Style & Mode of Production to 1960* [1985]. London ³2006.

Brooker, Will: *Batman. Analysing a Cultural Icon*. London 2001.

Chapman, James: *British Comics. A Cultural History*. London 2011.

Coogan, Peter: »The Definition of the Superhero«. In: Jeet Heer/Kent Worcester (Hg.): *A Comics Studies Reader*. Jackson 2009, 77–93.

Ecke, Jochen: »Grant Morrison's ›Fiction Suits‹: Comics Autobiography as Genre Fiction/Genre Fiction as Comics Autobiography«. In: Alfred Hornung (Hg.): *American Lives*. Heidelberg 2013, 297–312.

Hassler-Forest, Dan: *Capitalist Superheroes: Caped Crusaders in the Neoliberal Age*. Alresford 2013.

Herman, David: *Basic Elements of Narrative*. Malden, MA/Oxford 2009.

Hudsick, Walter: »Reassembling the Components in the Correct Sequence: Why You Shouldn't Read Watchmen First«. In: Richard Bensam/Julian Darius (Hg.): *Minutes to Midnight: Twelve Essays on Watchmen*. Edwardsville 2010, 8–23.

Klock, Geoff: *How to Read Superhero Comics and Why*. New York/London 2002.

Moore, Alan: »Tales from the Crypt. Horror Writer Alan Moore Carves a New Image with Spawn and WildC.A.T.S.« In: *Wizard: The Guide to Comics* 52 (1995), 70–78.

Morrison, Grant: *Supergods. What Masked Vigilantes, Miraculous Mutants, and a Sun God from Smallville Can Teach Us about Being Human*. New York 2011.

Ness, Sara van: *Watchmen as Literature. A Critical Study of the Graphic Novel*. London 2010.

Jochen Ecke

14 Manga

14.1 | Terminologisches, Produktionsbedingungen und zentrale Merkmale

Der internationale Erfolg des japanischen Manga verleitet in den meisten Fällen immer noch dazu, zunächst in besonderen kulturellen Spezifika den Grund für die enorme Popularität im In- und Ausland auszumachen. Der auch heute noch in vielen Arbeiten zum Manga kanonisch anmutende Rekurs auf die vermeintlich mehr als tausendjährige Geschichte, die genealogischen Wurzeln in der traditionellen japanischen Hofmalerei oder die besondere Form einer generalisierend als typisch *asiatisch* aufgefassten Visualität (vgl. z.B. Koyama-Richard 2007) leistet der kulturellen Essentialisierung und Homogenisierung des Manga in der allgemeinen Wahrnehmung unweigerlich Vorschub. Der Manga wird dadurch zum Resultat bestimmter kultureller Praktiken und Traditionen stilisiert, nicht aber als Produkt eines ausgeklügelten und hochkomplexen Produktions- und Wirtschaftssystems näher in Betracht gezogen.

Zum Begriff Manga: Einen nicht unerheblichen Anteil an dieser Form der Geschichtsschreibung des Manga hat hier zweifelsohne auch die Bezeichnung ›Manga‹ selbst. Zusammengesetzt aus den sinojapanischen Zeichen *man* 漫, ›zufällig‹, ›ziellos‹, ›zusammenhanglos‹, ›verschieden‹, und *ga* 画, ›malen‹, ›zeichnen‹, taucht dieser in Japan geprägte Neologismus nachweislich zum ersten Mal bereits gegen Ende des 18. Jahrhunderts in verschiedenen Werktiteln auf. Doch wird erst das von dem Holzschnittkünstler Katsushika **Hokusai** geschaffene Skizzen- und Malvorlagenbuch *Hokusai Manga*, das in 15 Heften teils posthum von 1814 bis 1878 erscheint, in der Forschung zum eigentlichen Referenzpunkt, der auch im Westen bekannte Künstler Hokusai zu Namensgeber und Vaterfigur des modernen Manga (Köhn 2005a, 199–205).

Tatsächlich etabliert sich der Begriff Manga als Bezeichnung für Satiredrucke neben bis dahin gängigen Bezeichnungen wie z.B. ›Toba-Bilder‹ (*tobae*) oder ›Punch-Bilder‹ (*ponchie*) erst Ende des 19. bzw. Anfang des 20. Jahrhunderts; bis auch vereinzelt narrative Bilderfolgen als Manga bezeichnet werden, vergehen weitere Jahre. Erst nach und nach werden alternative Bezeichnungen wie ›Filmerzählung‹ (*eiga shôsetsu*) oder ›Bilderzählung‹ (*emonogatari*) ungebräuchlich, sodass fortan ›Manga‹ als Sammelbegriff für die verschiedenen Formen der visuellen Narration in Japan fungiert.

Wandel der Bezeichnungen: Ab den 1960er Jahren zeichnet sich dann ein erneuter Wandel bei der Bezeichnung ab. Einerseits wird von Verlagsseite das international klingende Label *komikku* コミック (Comic) statt des bis dahin üblichen *manga* in zahlreichen neuen Zeitschriftentiteln wie z.B. *Comic Magazine* (1966 ff.) oder *Young Comic* (1967–89) zur Steigerung des Kaufanreizes forciert. Andererseits wird der bis dahin mit sinojapanischen Schriftzeichen wiedergegebene Begriff ›Manga‹ mehr und mehr mit der Silbenschrift *katakana* als マンガ geschrieben, um die in den großen Mangazeitschriften veröffentlichten Werke von den ebenfalls mit sinojapanischen Zeichen als Manga 漫画 bezeichneten Karikaturen und Strips der Tageszeitungen zu distanzieren. Ende der 1990er Jahre, als der Manga längst über die Landesgrenzen hinaus Bekanntheit erlangt hat, wird in Japan kurzzeitig sogar das selbstaffirmative Label ›J-komikku‹ benutzt, um das spezifisch ›Japanische‹ der eigenen Mangatradition stärker herauszustreichen, Tendenzen, die es zuvor schon z.B. in der Literatur (*J-Bungaku*) oder Pop-Musik (*J-Poppu*) zur Markierung des spezifisch ›Japanischen‹ international erfolgreicher Produkte gegeben hat. Heute werden, vor allem im Bereich des Marketings, die Bezeichnungen ›Manga‹ und ›Komikku‹ nahezu synonym von den Verlagen verwendet (Köhn 2010a, 290–291).

Der Mangamarkt, der von den drei großen Verlagshäusern Shôgakukan, Kôdansha und Shûeisha seit jeher dominiert wird, behauptet immer noch (Stand 2014) rund ein Drittel des Marktanteils der gesamten Druckbranche. In mehr als 270 wöchentlich, zweiwöchentlich oder monatlich erscheinenden, auf meist klar definierte Zielgruppen ausgerichteten und oft mehrere hundert Seiten umfassenden Mangazeitschriften, von denen – trotz eines steten Rückgang des Marktes seit den 1990er Jahren – einige Zeitschriften wie *Shônen Jump* (Shûeisha) immer noch ca. 2,8 oder *Shônen Magazine* (Kôdansha) 1,5 Millionen verkaufte Exemplare zählen, werden Manga erst als Serien lanciert, bevor sie dann im Anschluss als Buchreihe auf den Markt kommen. Die Serialisierung dient dabei der Risikominimierung, die spätere Veröffentlichung als Buchreihe dann der eigentlichen Gewinnmitnahme – ein System, dem sich auch die renommiertesten *Mangaka* (d. h. professionelle, von Verlagen angestellte Manga-Autoren) in Japan zu beugen haben (Berndt 2015, 227–238; JMPA; zu den Produktions- und Distributionsbedingungen des Comicmarkts generell vgl. Kap. 2).

Dieses sich ab den 1950er Jahren sukzessiv konsolidierende Produktions- und Vertriebssystem hat gleichzeitig auch die **zentralen Charakteristika des modernen Manga** geprägt, die sich in einer Typologie wie folgt zusammenfassen lassen (vgl. auch Berndt 1995, 15–43; Gravett 2004, 10–17):

- **Serialisierungen** (*rensai*) in einer (Manga-)Zeitschrift als Regel, daran schließt sich bei Erfolg die Veröffentlichung durch denselben Verlag als Buch (*tankôbon*) an. Eine direkte Erstveröffentlichung in Buchform (*kakioroshi*) bleibt die große Ausnahme;
- **Schwarzweißabbildungen** als Standard, lediglich Umschläge und Frontispize von Zeitschriften und Büchern sind farbig. Ausnahmen bilden hier z.B. später erscheinende Liebhabereditionen (*aizôban*);
- **geringe Ladenpreise** der Mangazeitschriften und -bücher, wodurch Manga für jede Altersgruppe und Schicht problemlos erwerb- und konsumierbar sind;
- **epische Breite** als Folge der Serialisierung, wodurch sich Geschichten problemlos über mehrere tausend Seiten erstrecken können;
- **Themen- und Genrevielfalt**, die u. a. auch Sach- und Lernmanga mit einschließt;
- **Alters- und Geschlechtsspezifizierung**, die aus der feingliedrigen Zielgruppensegmentierung des Zeitschriftenmarktes resultiert;
- **semiotisch hochkomplexe Erzählweise**, die durch ein ausdifferenziertes Zeichensystem und ein hohes Maß an Selbstreferenzialität gekennzeichnet ist.

14.2 | Geschichte

14.2.1 | Die Anfänge des Manga von den 1920er Jahren bis 1945

Der Beginn des modernen Manga als integraler Erzählform bestehend aus Text und Bild lässt sich auf den Anfang der 1920er Jahre datieren. In japanischen Tageszeitungen und Zeitschriften werden zwar bereits seit der Jahrhundertwende vermehrt kurze Comicstrips (*komae*) veröffentlicht, doch sind hier noch Text und Bild klar getrennt; die Abbildung illustriert meist den daneben stehenden Text. Erst der Kontakt mit bekannten amerikanischen Comicstrips bringt hier die entscheidende Veränderung, gaben nun japanische Zeitungsverleger ihren Zeichnern doch den Auftrag, selbst Werke in diesem neuen Stil zu schaffen. So entstehen neben direkten Übersetzungen wie z.B. von George McManus' *Bringing up Father* (japan. *Oyaji kyôiku*) auch **die ersten japanischen Comicstrips**, in denen mittels der Sprechblase zum ersten Mal eine integrale Gleichschaltung von Text und Bild erfolgen kann. Die Geschichte *Shôchan no bôken* (*Die Abenteuer von Shôchan*, 1923–24) von Oda Shôsei und Kabashima Katsuichi, ein serialisierter 4-Panel-Strip in der Tageszeitung *Asahi Graph* bzw. *Asahi shinbun*, stellt hierbei das erste rein japanische Werk dar, das mittels Sprechblase eine durchgehend integrale Erzählweise von Text und Bild verfolgt. Vor allem in der Tagespresse mehren sich nun **Mangastrips**, die dieser neuen Erzählweise folgen und – wenn auch noch zögerlich – eine gewisse Experimentierfreude zeigen, wie *Supîdotarô* (*Speedtarô*, 1930–33) von Shishido Sakô verdeutlicht, in dem bereits vereinzelt das Aufbrechen der symmetrischen Panelstrukturen des Strips zu finden ist (Ishiko 1970, 34–43; Shimizu 1991, 105–126; Schodt 1986, 49–54).

Jungen- und Mädchenzeitschriften: Neben den großen Tageszeitungen fungieren vor allem die seit Beginn des 20. Jahrhunderts von den großen Verlagshäusern speziell für Jungen und Mädchen herausgegebenen Zeitschriften als eigentliche Publikationsplattform für Mangastrips. Zunächst noch als eine Art optische Auflockerung zwischen den textlastigen Fortsetzungsromanen, Abenteuerberichten und Leserbriefkolumnen eingestreut, nimmt der Anteil an Strips ab den 1930er Jahren rapide zu. Die unbestrittenen Klassiker dieser Zeit, Tagawa Suihôs Tierparabel *Norakuro* (*Streuner Kuro*, 1931–41) und Shimada Keizôs Südseeabenteuer *Bôken Dankichi* (*Abenteurer Dankichi*, 1933–39) – beide erscheinen in der Zeitschrift *Shônen Club* (Kôdansha) – sind nicht nur mitverantwortlich für den einsetzenden Boom der Vorkriegszeit, sondern repräsentieren gleichzeitig auch die beiden Pole des Erzählens mit Text und Bild in dieser Zeit. Denn während sich Tagawa zur Schilderung des Aufstiegs seines streunenden Hundehelden Kurokichi vom einfachen Gefreiten zum obersten General im japanischen Militär des seit *Shôchan no bôken* etablierten integrativen Erzählformats des Mangastrips bedient, greift Shimada für die Wiedergabe der verschiedenen Abenteuer, die sein in der Südsee gestrandeter junger Held Dankichi bei den Inselvölkern zu bestehen hat, auf die traditionelle Erzählweise der Bilderzählung zurück, bei der Text und Bild streng voneinander getrennt sind. Shimada bedient sich zwar auf zwei von insgesamt 669 Seiten spielerisch des Strip-Formats mit Panellayout und Sprechblaseneinsatz, doch scheint dies für ihn und viele seiner Kollegen keine wirklichen Vorzüge zur herkömmlichen Erzählweise zu bieten, weshalb zahlreiche Künstler an letzterer festhalten (Köhn 2005a, 218–222).

Das Papiertheater: Verantwortlich für die ungebrochene Popularität der Bilderzählung ist dabei das Papiertheater (*kamishibai*), das sich ab den 1920er Jahren zum unangefochtenen Massenmedium in Japan entwickelt und seine Dominanz bis zur

Verbreitung des Fernsehens Ende der 1950er Jahre bewahren wird. Für das Papiertheater, bei dem ein Satz aus 10 bis 20 Bildern in einen hölzernen B4 oder A3 großen Bühnenrahmen gesteckt und die dazugehörige Geschichte von den Vorführern frei vorgetragen wird, bildet sich aufgrund der großen Nachfrage rasch eine effiziente und professionelle Arbeitsteilung heraus. Verleger/Verleiher (*kashimoto*) geben bei festen Vertragszeichnern Geschichten in Auftrag und leihen diese gegen einen Tagessatz an die Vorführer (*uriko*) aus, die wiederum nach der Vorführung durch den Verkauf von Süßigkeiten an die Zuschauer ihren Lohn erwirtschaften. Die Vorführer, deren Zahl alleine in Tôkyô bald weit mehr als 2000 beträgt, organisieren sich gewerkschaftlich, um zu gewährleisten, dass nur lizenzierte Vorführer an den ihnen zugewiesenen Straßenecken, Plätzen und zu festgelegten Uhrzeiten auftreten (Kamichi 1997, 33–34; Nash 2009, 13–54). Die Popularität der täglich am selben Ort zur selben Zeit fortgesetzten Geschichten führt dazu, dass bekannte Bildserien mit dem Text auf der Rückseite oder der zugehörigen Schallplattenaufnahme bald zum Nachspielen für zuhause verkauft werden. Vor allem für Kinder ist das Papiertheater im Gegensatz zum Kino zur leicht erschwinglichen Unterhaltung geworden; viele Stoffe aus dem Kino können sie hier mit einer filmischen Ästhetik bewundern, wie sie in Manga oder Bilderzählung in dieser Zeit noch nicht zu finden ist. Das Papiertheater jedoch als Medium für Kinder zu bezeichnen, wäre falsch. Auch für Erwachsene nimmt das Papiertheater zu jener Zeit eine immer zentralere Rolle im Leben ein, wie sich auch an den Straßenaufführungen für Erwachsene, der Verwendung zur christlichen Missionierung oder dem Einsatz als Propaganda- und Nachrichtenmittel während des Krieges zeigt (Kamichi 1997, 75–77; Sakuramoto/Konno 1985, 18–33; Orbaugh 2015, 87–97).

Mit dem Erlass zur Reform der Kinder- und Jugendliteratur 1938, der einer Präventivzensur gleicht, kommen jedoch die aufgezeigten Entwicklungen plötzlich zum Erliegen. Das Gros der Zeitschriften wird eingestellt, und zahlreiche Verleger bzw. Verleiher des Papiertheaters müssen den Betrieb schließen. Die erste Phase der Blüte visueller Kunst erlebt hier ein jähes Ende (Ishiko 1988, 184–210; Torigoe 2001, 263–264; Köhn 2005a, 222).

14.2.2 | Der duale Markt der Nachkriegszeit von 1945 bis Ende der 1950er Jahre

Bereits ein halbes Jahr nach der japanischen Kapitulation entstehen Anfang 1946 in Ôsaka Kleinstbetriebe – die großen Verlagshäuser in Tôkyô und Ôsaka waren durch die Luftangriffe zerstört worden –, die sich auf den Druck von 20 bis 25 Seiten starke Mangaheftchen spezialisieren. Diese aus recyceltem Papier hergestellten und aufgrund ihrer Umschlagfarbe als **Rotbuchmanga** (*akahon manga*) bezeichneten Werke werden zunächst nur von Süßwarengeschäften und Jahrmarktständen vertrieben.

Der Leihbuchhändlermarkt: Aufgrund des großen Erfolges werden die Geschichten immer voluminöser und teurer, sodass sie bald schon ihren Weg exklusiv in das Sortiment der **Leihbuchhändler** (*kashihon'ya*) finden, wo sie gegen eine sehr geringe Lesegebühr ausgeliehen werden können. Das mehr als 30.000 Betriebe zählende Netz an Leihbuchhändlern bietet für die Kleinstverlage einen fest kalkulierbaren Absatz, für die Leihbuchhändler, die bald selbst als Verleger tätig werden, einen rapiden Zuwachs an Kunden: eine Win-win-Situation für alle Seiten (Kajii 1979, 36–

39; Köhn 2010a, 290–292). Ende 1946 bzw. Anfang 1947 nehmen dann auch große Verlagshäuser wie Kôdansha oder Shôgakukan ihre Arbeit wieder auf, und die ersten Monatszeitschriften für Kinder (z.B. *Shônen Club* oder *Shônen gahô*) erscheinen wieder. Obwohl Manga jetzt wieder in großem Stil gedruckt werden können, stellt der Zeitschriftenmarkt, der während der Besatzungszeit (1945–52) strengen Kontrollen und Kontingentierungen unterliegt, zunächst keine Konkurrenz für den Leihbuchhändlermarkt dar. Denn während die Zeitschriften Manga in der Regel nur als Fortsetzungsgeschichten veröffentlichen, publiziert der Leihbuchhändlermarkt ausschließlich in sich abgeschlossene, hundert Seiten und mehr umfassende, monografische Manga.

Übergang zum Storymanga: Auch einer der größten Mangakünstler der Nachkriegszeit, Tezuka Osamu, hat, wie viele andere Künstler seiner Zeit, seine Wurzeln im Leihbuchhändlermarkt. Der 1947 zusammen mit Sakai Shichima veröffentlichte Rotbuchmanga *Die neue Schatzinsel* (*Shin Takarajima*) markiert hier den zentralen Übergang vom serialisierten Strip zum narrativen Storymanga (*sutôrî manga*), als dessen Begründer Tezuka heute gilt. Das typische **Layout der Rotbuchmanga** mit ihren meist linearen, auf drei waagerechte Zeilen verteilten symmetrischen Panels wird dabei stilbildend für den späteren *shônen manga* (s. u.). Tezuka greift für seine frühen Storymanga *Lost World* (1948), *Metropolis* (1949) oder *Faust* (1950; vgl. Kap. 16) meist noch auf literarische oder filmische Vorlagen zurück, die über eine ausreichend komplexe Narration für die Adaption als Manga verfügen, doch schon bald entwickelt er ganz eigene Geschichten mit entsprechend narrativem Potenzial. Der Rotbuchmanga wird bedingt durch seine Seitenstärke schon bald zu einem Experimentierfeld – allen voran durch Tezuka Osamu –, auf dem neue Wege mit dem Gutter (*mahaku*), den Panels (*koma*), visuellen (*keiyu*) oder auditiven Metaphern (*on'yu*) spielerisch ausgetestet und Techniken aus Nachbarmedien wie bspw. dem Film oder Papiertheater versuchsweise eingesetzt werden, um die Geschichten auch über die noch ungewohnte Seitenlänge attraktiv zu gestalten (Köhn 2010b, 36–42).

Die Bilderzählung: Neben den in Zeitschriften serialisierten und auf dem Leihbuchhändlermarkt monografisch publizierten Manga beansprucht jedoch auch das aus der Vorkriegszeit stammende Format der **Bilderzählung** mit rund 50 Prozent Marktanteil einen festen Platz in den großen Zeitschriften (Honma 2001, 154–158). Die Bilderzählungen setzen im Gegensatz zum Manga auf komplexe und detailreiche Sujets. Die Abbildungen, die meist neben den Text platziert oder zu komplexen Bildcollagen montiert sind und in der Regel einen bestimmten Moment des narrativen Kontinuums des Erzähltextes einfangen, zeichnen sich durch einen sehr realistischen Zeichenstil aus, der einmal mehr den starken Einfluss des Papiertheaters, das auch in der direkten Nachkriegszeit wieder schnell zum dominanten Unterhaltungsmedium wird, verdeutlicht. Der Erzähltext, der in einigen Werken fast schon epische Breite annimmt, weist hinsichtlich Vokabular und Satzbau einen hohen Grad an Literarizität auf und lässt bei aller Handlungsorientiertheit der Geschichten die Figuren, im Gegensatz zum Manga dieser Zeit, erstmals als komplexe Charaktere erscheinen. Yamakawa Sôjis *Jungenkönig* (*Shônen ôja*, 1947–57), eine freie *Tarzan*-Adaption, die über einen Zeitraum von zehn Jahren serialisiert wird, oder Komatsuzaki Shigerus *Erde SOS* (*Chikyû SOS*, 1948–51), eine Weltraumsaga, die großen Einfluss auf die Entwicklung von Science-Fiction-Geschichten im Manga haben wird, werden zu Bestsellern und wegweisenden Klassikern der Bilderzählung in der Nachkriegszeit (Takeuchi 1995, 30–49; Köhn 2005a, 229–232).

Unterschiedliche Publika: Bilderzählungen und Manga bedienen unterschiedliche

Lesebedürfnisse und -erwartungen, was ihre Koexistenz auf dem Markt erklärt. Während Bilderzählungen mit ihrer thematischen und sprachlichen Komplexität eher ein Lesepublikum im oberen Teenagerbereich und älter anzusprechen vermögen, ist es beim Manga zunächst noch ein eher junges Lesepublikum im Kinder- und unteren Teenageralter, das den stark handlungsorientierten, oft humoristischen Geschichten des Manga als Lektüre den Vorzug gibt.

Gegen Ende der 1950er Jahre geht das Zeitalter der Bilderzählungen jedoch allmählich zu Ende. Zum einen wird das Papiertheater ab der zweiten Hälfte der 1950er Jahre vom Fernsehen als neuem Unterhaltungsmedium verdrängt, zum anderen führt die Gründung der ersten Wochenzeitschriften für Kinder dazu, dass jetzt auch serialisierte Manga epische Breite annehmen können. Zu guter Letzt bewirkt schließlich das Aufkommen der sogenannten ›Dramatischen Bilder‹ (s. u.), dass erstmals integrale Text-Bild-Geschichten entstehen, die sich gezielt an ein erwachseneres Publikum richten (Kata 1971, 260–274; Kure 1997, 140–150; vgl. auch Tatsumi 2012).

14.2.3 | Genre- und Altersspezifizierung in den 1960er bis 1980er Jahren

Mit den 1959 gegründeten **Wochenzeitschriften** *Shônen Magazine* und *Shônen Sunday* versuchen die Verlagshäuser Kôdansha und Shôgakukan dem allmählichen Rückgang der Verkaufszahlen für Monatszeitschriften entgegenzuwirken, indem die Geschichten nun in demselben Tempo serialisiert werden können, wie die jungen Zuschauer wöchentlich die verschiedenen Serien im Fernsehen mitverfolgen. Das Konzept geht auf, bald entstehen weitere Wochenzeitschriften, wodurch der Zeitschriftenmarkt, der jetzt ganz auf den Druck von Manga in den einzelnen Zeitschriften setzt, sich immer weiter ausdifferenziert und das monografische Publizieren von Manga und Bildgeschichten auf dem Leihbuchhändlermarkt quasi zum Erliegen kommt. Stattdessen entsteht genau dort, fernab vom Mainstream, eine neue Strömung, die nachhaltig den Markt verändern wird.

Die ›Dramatischen Bilder‹: Ab der zweiten Hälfte der 1950er Jahre erscheinen auf dem Leihbuchhändlermarkt die Monatszeitschriften *Detektivbuch: Schatten* (*Tantei bukku: Kage*, 1956) und *Thriller book: Stadt* (*Surirâ bukku: Machi*, 1957), denen bald weitere folgen werden. Das Besondere an ihnen ist: Es handelt sich um Anthologien von ausschließlich in sich abgeschlossenen Kurzgeschichten, die nur über den Leihbuchhändlermarkt bezogen werden können. Veröffentlicht werden in diesen Zeitschriften die Werke einer Gruppe von Künstlern um den Zeichner Tatsumi Yoshihiro, die vor allem in der Anfangsphase noch aus dem Papiertheater stammen und sich nach neuen Wegen und Formen des bildlichen Erzählens suchend zu einem losen Kreis zusammenschließen, der sich in Anlehnung an das von Tatsumi 1957 neu geschaffene Label der ›Dramatischen Bilder‹ (*gekiga*) zur ›**Werkstatt der Dramatischen Bilder**‹ (*gekiga kôbô*) nennt (Köhn 2005b, 4–6; Suzuki 2013, 41–53).

Gemäß dem in ihrem Manifest verkündeten Programm, der großen Nachfrage nach unterhaltsamen Lesestoffen für die Übergangsphase zwischen Kindheit und Erwachsensein durch das Schaffen neuartiger Geschichten gerecht werden zu wollen (Tatsumi 1967, 25), entstehen nun Werke, die eine deutliche **Abkehr vom Storymanga** darstellen. Auffällig ist dabei ihr hoher Grad an Realismus in Bezug auf das Thema bzw. dessen Umsetzung; ihr Fokus auf gesellschaftliche Antihelden als Protagonisten (Arbeitslose, Verbrecher etc.), die sich durch charakterliche Ambivalenz

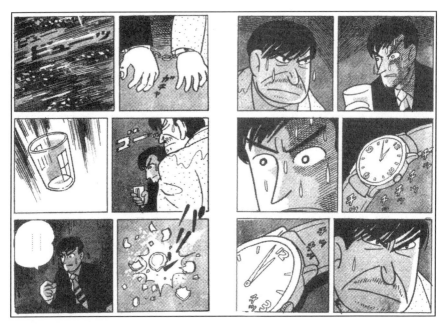

Abb. 50: Tatsumi, *Schwarzes Schneegestöber*, 1956

– fernab des sonst üblichen Gut-Böse-Schemas – und psychologische Tiefe bzw. Komplexität auszeichnen; und eine exponentielle Zunahme an filmischen Techniken, die erstmals auch ganze Abfolgen ›stummer‹ Panels zulässt. So verwendet Tatsumi in *Schwarzes Schneegestöber* (*Kuroi fubuki*, 1956), das die Flucht zweier ›Mörder‹ schildert, die aneinander gekettet vor die Wahl gestellt sind, einen Arm zu opfern, damit sie der Polizei getrennt entkommen können, sechs Seiten nahezu stummer Panels, um der Anspannung und Verzweiflung der beiden in dem alles entscheidenden Moment Ausdruck zu verleihen (Abb. 50). Das eher überraschende Happy End, bei dem der echte Mörder seinen Arm für den zu Unrecht Verurteilten opfert, ist dabei noch ein Relikt aus den Erzählkonventionen des Storymanga und wird bald nicht mehr in Tatsumis Werken zu finden sein.

Die Dramatischen Bilder richten sich an die den großen Monatszeitschriften inzwischen entwachsene Leserschaft und haben dabei so viel Erfolg, dass immer mehr Zeitschriften gegründet werden, um dem großen Bedarf nachzukommen. Aufgrund der steigenden Honorarforderungen einzelner Künstler, die nun mehr und mehr monografisch veröffentlichen, muss zum Füllen der Zeitschriften auf immer mehr kostengünstige Amateurarbeiten zurückgegriffen werden; der rapide Qualitätsverlust führt letztlich zur Einstellung der Zeitschriften und zur Auflösung der Künstlergruppe im Jahr 1960. Ihre eigentliche Blütezeit erlebt diese durch die Dramatischen Bilder initiierte Form des bildlichen Erzählens dann – Ironie der Geschichte – im Grunde genommen erst nach deren Auflösung. Neben zahlreichen monografisch publizierten Werken von Künstlern wie Shirato Sampei oder Saitô Takao, die heute zu den Klassikern der Dramatischen Bilder zählen, ist es vor allem die 1964 gegründete **Monatszeitschrift *Garo*** (1964–97), die nun zahlreichen Künstlern wie Tsuge Yoshiharu oder Sasaki Maki, die im Geist der Dramatischen Bilder groß geworden sind und zur Manga-Avantgarde gezählt werden, für mehr als drei Jahr-

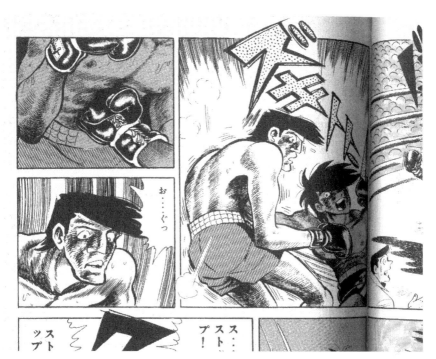

Abb. 51: Chiba Tetsuya, *Jô von morgen*, 1968–73

zehnte ein Forum zur Verfügung stellt, die Möglichkeiten und Grenzen des Erzählens mittels Text und Bildern im Bereich der Erwachsenenunterhaltung weiter auszuloten (Ishiko/Kikuchi/Gondô 1973, 250–258; Gravett 2004, 38–42).

Sportmanga: Während sich der Leihbuchhändlermarkt ab den 1960er Jahren vornehmlich auf ein älteres, in der Regel männliches Lesepublikum spezialisiert, beginnt sich der Zeitschriftenmarkt, und somit auch der Manga, allmählich weiter auszudifferenzieren. Der durch Tezuka lange Zeit geprägte Storymanga durchläuft bedingt durch das vermehrte Aufkommen von Sportmanga nach der Olympiade in Tôkyô 1964 eine grundlegende Veränderung. Werke wie die Baseballgeschichte *Kyojin no Hoshi* (*Hoshi von den Giants*, 1966–69) von Kajiwara Ikki (Text) und Kawasaki Noboru (Bild) oder das Boxerdrama *Ashita von Jô* (*Jô von morgen*, 1968–73) von Takamori Asao (i. e. Kajiwara Ikki, Text) und Chiba Tetsuya (Bild) gelten als Meilensteine dieser Entwicklung (vgl. Abb. 51). In beiden Werken liegt der Fokus auf dem Reifungsprozess des Protagonisten: Hartes Training, Durchhaltevermögen, Freundschaft, Rivalität, Liebe und ein unerbittlicher Trainer bzw. Meister im Hintergrund sind die Garanten für den Aufstieg an die Spitze. Durch die Sportgeschichten hält einerseits die neue Dynamik und Visualität der Dramatischen Bilder Einzug in den Storymanga, andererseits verliert dieser durch die neue Motivik des Sportmanga mehr und mehr seine ehemals verspielte, gaghafte Note (Berndt 1995, 45–63).

Die 1968 gegründete und bis heute auflagenstärkste Wochenzeitschrift *Shônen Jump* des Verlagshauses Shûeisha schreibt die aus dem Sportmanga stammenden und laut eigener Umfrage bei ihren Lesern als zentral erachteten Motive – Freundschaft (*yûjô*), Anstrengung (*doryoku*) und Sieg (*shôri*) – schließlich sogar als Zeitschriftenkonzept fest, das fortan normativ auf die dort veröffentlichten Geschichten wirkt. Der auf junge männliche Leser ausgerichtete **shônen manga** erhält somit trotz der frühen Gründung entsprechender Zeitschriften in der Nachkriegszeit eigentlich erst in den 1960er Jahren seine für heute charakteristische Form: temporeiche, aktionsgeladene Geschichten mit einem in der Regel männlichen Protagonisten, die ein weitgehend klassisches und somit schnell zu überfliegendes Panellayout (in der Tradition des Storymanga) aufweisen und einer nahezu analogen Motivstruktur im Sinne einer Reifungs- bzw. Erfolgsgeschichte folgen (Schodt 1996, 87–91).

Der shôjo manga: In den 1960er Jahren bahnt sich jedoch noch eine weitere Neuerung an, die ab den 1970er Jahren ihren eigentlichen Durchbruch haben wird: der sich speziell an Mädchen richtende *shôjo manga*. Nach den Gründungen der ersten Monatszeitschriften für Mädchen in der Nachkriegszeit, *Shôjo Club* (1946) oder *Ribbon* (1955), folgen auch hier in den 1960ern bald die ersten Wochenzeitschriften wie *Margaret* (1963) oder *Shôjo Friend* (1963). Auffällig ist, dass das Gros der serialisierten Geschichten zunächst von männlichen Künstlern wie Tezuka, Shirato oder Chiba stammt und abgesehen von der Tatsache, dass der Held weiblich ist, sich nicht wirklich von den Geschichten der *shônen*-Zeitschriften unterscheidet. Ende der 1960er drängen jedoch mehr und mehr weibliche *Mangaka* – eine Folge der von den Zeitschriften lancierten Newcomer-Wettbewerbe – in den Markt, die nun für die großen *shôjo*-Magazine zu zeichnen beginnen (Shamoon 2012, 82–100).

Die schillernde ›24er-Gruppe‹ (*hana no nijûyonengumi*), so die Bezeichnung für die mehr oder minder um das Jahr 1949 (japan.: Shôwa 24) geborenen Künstlerinnen Ikeda Riyoko, Hagio Moto, Takemiya Keiko oder Ôshima Yumiko, setzt neue Maßstäbe, sowohl hinsichtlich der Thematik als auch in Bezug auf die Darstellung. Der *shôjo manga* der 1970er thematisiert das *shôjo*-Sein, die Adoleszenzphase junger Mädchen, geprägt durch Selbstfindungs- und Reifeprozesse. Diese Suche nach dem eigenen Ich (oder auch dem Alter Ego in Form eines Zwillings, Clons etc.), der eigenen Sexualität bzw. sexuellen Orientierung sowie dem ultimativen Partner bahnt sich dabei in den unterschiedlichsten Narrativen ihren Weg. So lässt Ikeda ihre als Junge erzogene Leibgardistin Oscar in den *Rosen von Versailles* (*Berusaiyu no bara*, 1972–73) lange in einem Zwiespalt von gesellschaftlicher und biologischer Geschlechterrolle umherirren, bevor sie sich schließlich ihrer ›wahren‹ Identität als Frau bewusst werden darf (und stirbt), und Hagio lässt ihre drei Knaben Eric, Julusmole und Oscar in *Das Herz von Thomas* (*Tôma no shinzô*, 1974) das Ideal der einen großen, reinen, aber letztlich platonisch bleibenden Liebe durchleiden. Die Verlagerung auf die psychische Entwicklung der Protagonistinnen lässt die Geschichten narrativ vielschichtig und komplex werden; innere Monologe bahnen sich geballt ihren Weg in den Manga, der jetzt auch wieder verstärkt als Literatur *erlesen* werden will (Abb. 52). Zur Visualisierung der Innenwelten entwickeln die Autorinnen eine reiche Formensprache, die teils auf stilistischen Vorgaben der Illustratoren Nakahara Jun'ichi oder Takahashi Makoto beruhen, teils künstlerischen Strömungen des frühen 20. Jahrhunderts entlehnt sind. Charakteristisch für den *shôjo manga* werden die großen, funkelnden Augen als Fenster der Seele, die schlanken, langbeinigen, oft geschlechtlich ambivalent wirkenden Körper, die floralen Dekors als Ausdruck der psychischen Befindlichkeit sowie die mehrschichtigen Seitencollagen – oft mit vorgelagerten Ganzkörperporträts –, die mit ihrer Synchronizität von Raum und Zeit den linearen Lesefluss unterbrechen und zum Eintauchen in das Innenleben der Protagonisten einzuladen suchen (Yonezawa 2007, 218–64; Fujimoto 2012, 25–32).

Abb. 52: Hagio Moto, *Das Herz von Thomas*, 1974

Mit den 1960er Jahren vollzieht sich auf dem Zeitschriftenmarkt nicht nur eine klare Geschlechtsspezifizierung, sondern auch eine **Altersspezifizierung**. Die ab der zweiten Hälfte der 1960er Jahre gegründeten Zeitschriften *Comic Magazine* (1966) und *Young Comic* (1967) richten sich jetzt gezielt an ältere Leser (*seinen*) und holen quasi die Dramatischen Bilder des Leihbuchhändlermarktes mit ihrer Leserschaft wieder in den Mainstream zurück. Die Dualität der Märkte findet hier ihr Ende. Die Zeitschriftenserialisierung wird zum einzigen Weg der Publikation und Zeitschriften haben nun eine klar definierte Zielgruppe in Bezug auf Alter und Geschlecht, die von ihnen primär adressiert wird, sowie eine feste Gruppe von Künstlern, die meist an ›ihre‹ Zeitschrift bzw. ›ihren‹ Verlag vertraglich gebunden sind (*senzoku seido*).

Wichtige Mangaformate und -genres

Zu unterscheiden ist zwischen Mangaformaten, die sich im Lauf der Entwicklung als historische *Erzählform* herausgebildet haben (die ersten drei der folgenden Liste), und Mangagenres, die sich in erster Linie über die dezidierte *Publikationsform* (d. h. Zeitschriften) bestimmen lassen, wenngleich hier die einst klaren Abgrenzungen zunehmend verschwimmen. In den einzelnen Genres gibt es dann wiederum eine Vielzahl an thematischen Unterteilungen in Gag/Komödie, Horror, Science-Fiction etc.

- *koma manga*: Comicstrips, meist mit 4 oder 8 Panels.
- *emonogatari*: Bilderzählungen (Text und Bild separat), werden bis Ende der 1950er Jahre in Mangazeitschriften neben *Storymanga* publiziert.

- *sutôrî manga*: Sammelbezeichnung für narrative, an eine junge Leserschaft ausgerichtete Manga (Text und Bild integral) von Ende 1940er bis Ende der 1950er Jahre, eng mit den Werken von Tezuka Osamu assoziiert.
- *gekiga*: Bezeichnung für narrative Text-Bild-Geschichten von Mitte 1950er bis Anfang 1960er, ausgerichtet auf eine erwachsene Leserschaft und publiziert über den Leihbuchhändlermarkt.
- *shôjo manga*: Geschichten für Mädchen bis ca. 14–15 Jahre, erscheinen in Zeitschriften wie *Margaret* oder *Nakayoshi*.
- *shônen manga*: Geschichten für Jungen bis ca. 14–15 Jahre, erscheinen in Zeitschriften wie *Shônen Jump* oder *Shônen Sunday*.
- *seinen manga*: Geschichten für meist männliche Leser bis ca. 30 Jahre, erscheinen in Zeitschriften wie *Young Magazin* oder *Young Champion*.
- *sanryû gekiga, ero manga, rorikon manga*: Pornografische Manga, die sich Mitte/Ende der 1970er Jahre aus den *gekiga/seinen manga* entwickeln und in speziellen Zeitschriften wie *Lemon People* oder *Hot Milk* erscheinen.
- *Yaoi*: Homoerotische Parodien bekannter *shônen manga* für eine in der Regel weibliche Leserschaft, die aus dem *shônen'ai* des *shôjo manga* der 1970er Jahre entwickelt haben und auf dem Fanzine-Markt der 1980er Jahre erscheinen.
- *B(oys') L(ove)*: Homoerotische Männergeschichten für eine weibliche Leserschaft, die in kommerziellen Zeitschriften wie *Be Boy Gold* oder *Ciel* erscheinen; BL ist heute ein generischer Begriff, der oft auch den historischen *Yaoi* mit einschließt.
- *Ladies' comics*: Geschichten für eine weibliche Leserschaft bis ca. 30 Jahre, die sich aus den *seinen manga* entwickeln und in Zeitschriften wie *Feel Young* oder *Kiss* erscheinen.
- *Yuri*: Homoerotische Frauengeschichten für eine weibliche Leserschaft, die sich aus dem *shôjoai* des *shôjo manga* weiterentwickelt haben und in Zeitschriften wie *Comic Yurihime* oder *Tsubomi* erscheinen,
- *gakushû manga*: Sammelbegriff für Manga, die Fach- bzw. Spezialwissen in den unterschiedlichsten Bereichen vermitteln und in entsprechenden Zeitschriften veröffentlicht werden.

14.2.4 | Diffusion und Hybridisierung ab den 1980er Jahren

Die **Ausdifferenzierung des Zeitschriftenmarktes** nimmt in den 1980er Jahren, bedingt durch den Wirtschaftsboom der damaligen Zeit, neue Dimensionen an. Mehr und mehr Magazine drängen auf den Markt, der bald mehrere Hundert Zeitschriften zählt, spezialisiert auf die unterschiedlichsten Altersgruppen und Bedürfnisse beider Geschlechter, wie allein die Fülle an erotischen und pornografischen Zeitschriften verdeutlicht. Parallel zum Zeitschriftenmarkt entstehen ferner im Amateurbereich der großen Comicmessen (*komike*) sogenannte Fanzines (*dôjinshi*), die zunächst als Parodien bzw. Derivate von bekannten Serien im Bereich *shônen* oder *shôjo* erschienen waren, schon bald jedoch zu Trendsettern für Entwicklungen wurden, die von den großen Verlagen durch Gründung neuer Zeitschriften wiederum aufgenommen werden; zu denken ist etwa an Yaoi-Manga – ein Akronym, das vermeintlich homoerotische Geschichten ohne Höhepunkt (*yama nashi*), Pointe (*ochi nashi*) oder Sinn (*imi nashi*) bezeichnet – oder deren kommerzielle Weiterentwicklung, die B(oys') L(ove)-Manga, bei denen augenscheinlich homoerotische Beziehungen zwischen

Männern in komplexe narrative Settings eingebettet sind. Der Amateurbereich wird zu einer neuen wichtigen Kreativquelle des Mainstream-Marktes, so wie zuvor der Leihbuchhändlermarkt stimulierend und innovativ auf dessen Entwicklung gewirkt hat (Saito 2011; Levi/MacHarry/Pagliassotti 2010).

Nach der genre-konsolidierenden Phase der 1960er und 1970er Jahre beginnt die klare Trennung von *shônen*- und *shôjo*-Stilistik brüchig zu werden. Während der *shôjo manga* eine Formreduktion erlebt, inkorporiert der *shônen manga* nach und nach verschiedene Elemente (z.B. das Panellayout) des *shôjo manga* – oft dient nur noch das Publikationsorgan mit einer klar definierten Leserschaft als verlässliches Indiz für die mögliche Genrezuordnung eines Werkes. Diese **Hybridisierung der Darstellungsform** wird seit den 1990er Jahren durch die wachsende crossmediale Vernetzung von Manga, Anime (d. h. dem japanischen Zeichentrickfilm), Video- bzw. Computerspiel und *Light Novel* (einer populären Form der Jugendliteratur, die inzwischen über ähnliche Distributionswege wie der Manga verfügt) zusätzlich verstärkt, da jetzt das *character design* der Figuren mehr oder minder entscheidend für den Erfolg der unterschiedlichen Medienprodukte wird.

Der Mangamarkt ist zwar ein dynamischer, produktionsorientierter und äußerst absatzstarker Markt, doch sinken auch hier die Absatzzahlen auf dem japanischen Binnenmarkt seit Mitte der 1990er Jahre kontinuierlich. Nur zögerlich wird derzeit von den neuen Möglichkeiten des E-Publishing Gebrauch gemacht, meist als Alternative zur Druckversion der Zeitschriften oder als digitaler Reprint bekannter Klassiker aus dem Verlagsprogramm. Inwieweit die digitale Revolution tatsächlich neue Wege für den Manga eröffnen kann, bleibt somit abzuwarten (Berndt 2015; 235–238; AJPEA).

Charakteristika des Mangamarktes

Kommerzieller Zeitschriftenmarkt der großen Verlagshäuser

- *shûkanshi*: Wöchentlich erscheinendes Zeitschriftenformat.
- *gekkanshi*: Monatlich erscheinendes Zeitschriftenformat.
- *rensai*: Fortlaufende Veröffentlichung eines Manga in einer Zeitschrift, was in Japan – dasselbe gilt auch für den Bereich der Literatur! – der Regelfall ist.
- *tankôbon*: Anschließende Veröffentlichung einer erfolgreichen, meist noch laufenden Mangaserie als Softcover-Buchausgabe durch denselben Verlag.
- *bunkobon*: Abschließende kompakte Taschenbuchausgabe besonders erfolgreicher Buchserien, die sich durch kleineres Format und doppelte Seitenzahl auszeichnen.
- *dokusha ankêto*: Leserumfragen der einzelnen Zeitschriften zu den laufenden Serien, über die Einfluss auf die Handlung, die Figuren, die Themen etc. genommen werden kann. Die Verlage reagieren sehr sensibel auf das Feedback ihrer Leserschaft, das plötzliche Verschwinden/Hinzukommen einer Figur oder das Einstellen einer laufenden Serie sind daher keine Seltenheit.
- *shinjinshô*: Newcomer-Preise der großen Zeitschriften zur Rekrutierung neuer Talente (z.B. Atena shinjinshô des Verlagshauses Hakusensha).
- *mangashô*: Mangapreise der großen Verlage für besonders erfolgreiche Manga bereits etablierter Mangazeichner_innen (z.B. Shôgakukan mangashô, Kôdansha mangashô oder Bungei shunjû mangashô)

Amateurmarkt der Comicmessen und Amateurzirkel

- *komike/komiketto*: Zweimal jährlich in Tôkyô stattfindende, weltweit größte Comicmesse (*comic market*) für Amateurzeichner, die seit 1975 veranstaltet wird und inzwischen (Stand Dez. 2014) 35.000 teilnehmende Amateurzirkel und 560.000 Besucher zählt (http://www.comiket.co.jp/info-a/C87/C87After-Report.html).
- *dôjinshi*: Sog. Fanzines, die von Amateurzeichnern oder -zirkeln im Selbstverlag produziert und sowohl über die Comicmessen als auch spezialisierte Mangabuchhandlungen (z.B. Mandarake) bezogen werden können. Die Fanzines fungieren oft als Trendsetter (vgl. Yaoi) und dienen nicht selten den Künstlern als Sprungbrett in den professionellen Mangamarkt.

14.3 | Fazit und Ausblick

Manga sind heute fester Bestandteil der japanischen Gegenwartskultur. Die Ausdifferenzierung des Marktes ermöglicht – sofern gewollt – eine Leserbindung quasi durch alle Phasen des Lebens hindurch. Dabei haben Manga längst den Rahmen passiver Rezeption verlassen und sind, wie die zahlreichen Amateurmessen oder Cos(tume) Play-Conventions zeigen, Gegenstand einer äußerst aktiven Partizipation und Interaktion geworden. Manga haben nicht nur maßgeblich die Märkte in China, Taiwan oder Korea beeinflusst (zu Comics aus Korea, *Manhwa*, und aus China, *Manhua*, vgl. Yamanaka 2013; Seifert 2011; Lent 2015), sondern auch dem hiesigen, in Stagnation verfallenen Comicmarkt seit den 2000ern, wie vielfach in der Presse hervorgehoben, zu neuem Aufschwung verholfen (Platthaus 2003). Viele Künstler im Ausland werden durch die Formensprache des Manga inspiriert und erweitern das Erzählformat, wie auch hier in Deutschland zu sehen, kreativ durch **Hybridisierung und Akkulturalisierung** (Malone 2013, 242–252). Der wachsenden Zahl an inzwischen weltweit agierenden *Mangaka* wird seit 2007 mit dem von der japanischen Regierung als Folge der neuen Kulturpolitik des *Cool Japan* geschaffenen Internationalen Mangapreis (Kokusai manga shô) Rechnung getragen. Die Liste der bisherigen aus Ost- und Südostasien, Europa oder Australien stammenden Preisträger verdeutlicht hierbei einmal mehr, wie transnational und transkulturell der Manga als Formensprache inzwischen geworden ist (Dolle-Weinkauff 2010; zur internationalen Bedeutung des Manga vgl. auch die Forschungshinweise in Kap. 5), wenngleich der japanische Manga-Markt bislang eher selten nichtjapanischen Künstlern ein dauerhaftes Auskommen als *Mangaka* ermöglicht.

Lediglich die spezifischen Produktionsbedingungen bleiben somit eine Besonderheit des japanischen Manga, aber gerade diese Produktionsbedingungen waren und sind es, die den Manga zu dem haben werden lassen, was er ist: kein Comicgenre im eigentlichen Sinne, sondern ein eigenes (kleines) Zeichenuniversum.

Primärliteratur

Hagio, Moto: *Heart of Thomas* [*Tôma no shinzô*]. Seattle 2013.
Ikeda, Riyoko: *Rosen von Versailles* [*Berusaiyu no bara*], 7 Bde. Hamburg 2003–2004.
Saitô, Takao: *Golgo 13* [*Gorugo sâtîn*], 12 Bde. San Francisco 2006–2007.
Shirato, Sampei: *The Legend of Kamui* [*Kamuiden*], Bde. 1–2. San Francisco 1999.
Takamori, Asao; Chiba, Tetsuya: *Ashita no Jô*, 13 Bde. Grenoble 2010–2012.
Takemiya, Keiko: *To Terra* [*Tera e*], 3 Bde. New York 2007.
Tatsumi, Yoshihiro: *Tormenta Nera* [*Kuroi fubuki*]. Arzano 2014.
Tezuka, Osamu: *Metropolis* [*Metoroporisu*]. Milwaukie 2003.
Tezuka, Osamu: *Lost World* [*Rosuto warudo*]. Milwaukie 2003.

Sekundärliteratur

AJPEA/Zenkoku shuppan kyôkai, www.ajpea.or.jp/statistics/index.html (15.5.2015).
Berndt, Jaqueline: *Manga: Medium, Kunst und Material/Manga: Medium, Art and Material*. Leipzig 2015.
Berndt, Jaqueline: *Phänomen Manga. Comic-Kultur in Japan*. Berlin 1995.
Dolle-Weinkauff, Bernd: »Comics und kulturelle Globalisierung. Manga als transkulturelles Phänomen und die Legende vom ›östlichen Erzählen in Bildern‹«. In: Dietrich Grünewald (Hg.): *Struktur und Geschichte der Comics. Beiträge zur Comicforschung*. Bochum/Essen, 2010, 85–97.
Fujimoto, Yukari: »Takahashi Macoto: The Origin of Shôjo Manga Style«. In: *Mechademia*, Nr. 7 (2012), 24–55.
Gravett, Paul: *Manga. Sixty Years of Japanese Comics*. London 2004.
Honma, Masayuki (Hg.): *Shônen gahô taizen* [Sammelwerk zur Jungenillustrierten]. Tôkyô 2001.
Ishiko, Jun: *Nihon manga shi* [Geschichte des japanischen Manga] (Kyôiku bunko 1210). Tôkyô 1988.
Ishiko, Junzô: *Gendai manga no shisô* [Ideen des modernen Manga]. Tôkyô 1970.
Ishiko, Junzô; Kikuchi, Asajirô; Gondô, Susumu: *Gekiga no shisô* [Ideen der Dramatischen Bilder]. Tôkyô 1973.
JMPA/Nihon zasshi kyôkai, www.j-magazine.or.jp/magadata/index.php?module=list&action=-list&period_cd=26 (8.5.2015).
Kajii, Jun: *Sengo no kashihon bunka* [Leihbuchhändlerkultur der Nachkriegszeit]. Moroyamamachi 1979.
Kamichi, Chizuko: *Kamishibai no rekishi* [Geschichte des Papiertheaters] (Nihon jidô bungaku sôsho). Tôkyô 1997.
Kata, Kôji: Kamishibai *Shôwa shi* [Shôwa-Geschichte des Papiertheaters]. Tôkyô 1971.
Köhn, Stephan: »Japan als Bild(er)kultur: Erzähltraditionen zwischen visueller Narrativität und narrativer Visualität«. In: Dietrich Grünewald (Hg.): *Struktur und Geschichte der Comics. Beiträge zur Comicforschung*. Bochum/Essen 2010, 289–307. [2010a]
Köhn, Stephan: »Deutsche Klassik einmal anders. Oder: Wie Goethes Faust interessante Einblicke in den japanischen Comic gewähren kann«. In: Volker Frederking/Hartmut Jonas/Petra Josting (Hg.): *Medien im Deutschunterricht 2009*. München 2010, 33–49. [2010b]
Köhn, Stephan: *Traditionen visuellen Erzählens in Japan. Eine paradigmatische Untersuchung der Entwicklungslinien vom Faltschirmbild zum narrativen Manga*. Wiesbaden 2005. [2005a]
Köhn, Stephan: »Gekiga«. In: *Lexikon der Comics*, 56. Erg. Lfg. (Dez. 2005), 1–36. [2005b]
Koyama-Richard, Brigitte: *Mille ans de manga*. Paris 2007.
Kure, Tomofusa: *Gendai manga no zentaizô* [Das Gesamtbild des modernen Manga] (Futaba bunko). Tôkyô 1997.
Lent, John A.: *Asian Comics*. Jackson 2015.
Levi, Antonia/McHarry, Mark/Pagliassotti, Dru (Hg.): *Boys' Love Manga. Essays on the Sexual Ambiguity and Cross-Cultural Fandom of the Genre*. Jefferson, North Carolina, London 2010.
Lunning, Frenchy u. a. (Hg.): *Mechademia*, Nr. 1–9. Minneapolis, New York 2006–2014.
Malone, Paul M.: »Hybrides Spielfeld Manga. Adaption und Transformation japanischer Comics in Deutschland«. In: Mae, Michiko; Scherer, Elisabeth (Hg.): *Nipponspiration. Japanonismus und japanische Populärkultur im deutschsprachigen Raum*. Köln/Weimar/Wien 2013, 233–258.
Nash, Eric P.: *Manga kamishibai: the art of Japanese paper theater*. New York 2009.
Orbaugh, Sharalyn: »Kamishibai and the art of the interval«. In: *Mechademina*, Nr. 7 (2012), 78–100.
Platthaus, Andreas: »Starke Streifen«. In: *Börsenblatt*, Nr. 41 (2003), 29–33.
Saito, Kumiko: »Desire in Subtext: Gender, Fandom, and Women's Male-male Homoerotic Parodies in Contemporary Japan«. *Mechademia*, Nr. 6 (2011), 171–191.

Sakuramoto, Tomio; Konno, Toshihiko: *Kamishibai to sensô* [Papiertheater und Krieg]. Tôkyô 1985.

Schodt, Frederik L.: *Dreamland Japan. Writings on Modern Japan*. Berkeley, California 1996.

Schodt, Frederik L.: *Manga! Manga! The World of Japanese Comics*. New York 1986.

Seifert, Andreas: »Der Osten ist bunt – Chinesische Comictradition, japanische Vorbilder und die vergebliche Suche nach einer nationalen Ausdrucksform im chinesischen Comic zu Beginn des 21. Jahrhunderts«. In: Köhn, Stephan; Schimmelpfennig, Michael (Hg.): *China, Japan und das Andere*. Wiesbaden 2011, 113–131.

Shamoon, Deborah: *Passionate Friendship. The Aesthetics of Girls' Culture in Japan*. Honolulu 2012.

Shimizu, Isao: *Manga no rekishi* [Geschichte des Manga] (Iwanami shinsho 172). Tôkyô 1991.

Takeuchi, Osamu: *Sengo manga 50nen shi* [50 Jahre Geschichte des Nachkriegsmanga]. Tôkyô 1995.

Suzuki, Shige: »Tatsumi Yoshihiro's *Gekiga* and the Global Sixties«. In: Berndt, Jaqueline; Kümmerling-Meibauer, Bettina (Hg.): *Manga's Cultural Crossroads* (Routledge Advances in Art and Visual Culture). New York, London 2013, 50–64.

Tatsumi, Yoshihiro: *Gekiga daigaku* [Die hohe Schule der Dramatischen Bilder]. Tôkyô 1967.

Tatsumi, Yoshihiro: *Gegen den Strom – eine Autobiografie in Bildern* [Gekiga hyôryû, 2009; übers. von John Schmitt-Weigand]. Hamburg 2012.

Torigoe, Shin: *Nihon jidô bungaku shi* [Geschichte der japanischen Kinderliteratur]. Kyôto 2001.

Yamanaka, Chie: »*Manhwa* in Korea. (Re-)Nationalizing Comics Culture«. In: Berndt, Jaqueline; Kümmerling-Meibauer, Bettina (Hg.): *Manga's Cultural Crossroads* (Routledge Advances in Art and Visual Culture). New York, London 2013, 85–99.

Yonezawa, Yoshihiro: *Sengo shôjo manga shi* [Geschichte des *shôjo manga* der Nachkriegszeit] (Chikuma bunko). Tôkyô 2007.

Stephan Köhn

15 Graphic Memoirs – autobiografische Comics

15.1 | Begriffsbestimmungen

Art Spiegelmans *Maus*, Marjane Satrapis *Persepolis*, Craig Thompsons *Blankets*, Alison Bechdels *Fun Home* – diese vier Texte finden in einschlägigen Comic-Best-of-Listen und Feuilletonartikeln zum Thema weltweit immer wieder Erwähnung. Die vier Texte verbindet zweierlei: Sie gelten nicht nur als typische Vertreter der Graphic Novel in dem Sinne, dass sie als qualitativ hochwertige Beispiele grafischer Literatur gelten (vgl. hierzu und zum Folgenden Kap. 8), sondern sie weisen außerdem allesamt eine **autobiografische Färbung** auf – so sehr sich die jeweiligen Zugänge zur eigenen Biografie im Einzelnen auch unterscheiden mögen.

Bei *Maus* handelt es sich um ein Beispiel von Postmemory-Literatur (Hirsch 1992/2011), in der das Alter Ego des Autors die Auschwitz-Erinnerungen seines Vaters und zugleich seine ambivalente Beziehung zu ihm dokumentiert. *Persepolis* erzählt von Kindheit und Erwachsenwerden einer Iranerin vor dem Hintergrund der Islamischen Revolution in Teheran und im Wiener Exil. *Blankets* berichtet aus der Sicht des autobiografischen Protagonisten Craig von der ersten Liebe, der Abkehr von der Religion und der Hinwendung zur Kunst. *Fun Home* ist eine Coming-out- und Coming-of-Age-Geschichte, die außerdem der literarischen Sozialisation der Protagonistin viel Raum widmet.

Als die einzelnen Kapitel von Spiegelmans *Maus* zwischen 1980 und 1991 in der Zeitschrift *RAW* erschienen und schließlich in zwei Hardcover-Bänden zusammengefasst wurden (1986, 1991), war von Graphic Novels noch sehr selten die Rede. Heute gilt Spiegelmans Werk als eine der wichtigsten Graphic Novels überhaupt. Auch *Persepolis* und *Fun Home* wurden in den Kanon der Graphic Novel aufgenommen, wenngleich weder Satrapi noch Bechdel ihre Werke als Graphic Novels markierten: Erstere charakterisiert *Persepolis* als eine »**autofiction**«, während sich Bechdel eines Wortspiels bedient, um Inhalt und Tenor von *Fun Home* anzudeuten – *A Family Tragicomic* lautet der Untertitel. Satrapis *Persepolis* ist zunächst in vier Bänden (2000–2003) erschienen. *Blankets* (2003) und *Fun Home* (2006) sind tatsächlich als abgeschlossene Einzelwerke veröffentlicht worden (was ihre Charakterisierung als Graphic Novel zumindest insofern rechtfertigen würde, als man den Begriff ja auch ausgehend von produktionsspezifischen Besonderheiten definieren kann; vgl. Kap. 8). Lediglich auf dem Cover von *Blankets* findet sich die Bezeichnung ›Graphic Novel‹.

Terminologische Versuche: Dass der Oberbegriff ›Graphic Novel‹ für diese Art Comics nicht nur zu vage, sondern aufgrund des implizierten Romancharakters sogar irreführend sein kann, zeigt die lebhafte Suche nach alternativen Bezeichnungen, die zwei unterschiedliche Ursachen hat. Zum einen ist die Vermeidung der Bezeichnung ›Graphic Novel‹ nicht selten als literaturpolitisches Statement zu verstehen; viele Autor_innen und Forscher_innen assoziieren mit der Verwendung des Begriffs eine Abgrenzung zum als profan erachteten Comic, der sie sich nicht anschließen wollen (vgl. Blank 2014). Zum anderen dienen alternative Bezeichnungen auch ganz konkret dazu, der Besonderheit dieser Untergruppe von Comics präziser Ausdruck

Abb. 53: Lynda Barry, *One!Hundred!Demons!*, 2002, 7

zu verleihen und je unterschiedliche Aspekte in den Vordergrund zu rücken. So finden sich in der angloamerikanischen Forschung die Bezeichnungen ›*autobiocomics*‹ bzw. ›*autobioBD*‹ (Miller/Pratt 2004), die sich begrifflich noch besonders deutlich an die etablierte Gattung der Autobiografie anschließen, sich allerdings im weiteren Feld der Comics/*bandes dessinées* und nicht im engeren der Graphic Novels verorten. Ferner wird von ›*graphic nonfiction*‹ (Irwin 2004) gesprochen, womit insbesondere der Anspruch der Texte auf Referenzialisierbarkeit betont und sprachlich eine Grenze zur Fiktion gezogen wird. Demgegenüber hat die Comicautorin Lynda Barry für ihre Arbeiten den Neologismus »autobifictionalography« kreiert (so untertitelt sie ihren Comic *One!Hundred!Demons!*, 2002, s. Abb. 53), mit dem sie, wie auch Satrapi, die ihren Text eine *autofiction* nennt, gerade das fiktionale Moment jeder Selbstschreibung und -zeichnung unterstreicht. Daneben ist von ›*graphic life narratives*‹ (Chute 2010) die Rede, wodurch der Fokus auf die konstitutive Bedeutung des Erzählens gelegt wird, während der Begriff ›*autographics*‹ (Whitlock 2006, 2008) die Bedeutungsfelder von Autobiografie und grafischer Literatur auf besonders sprachökonomische Weise verbindet.

Um eher allgemein auf den autobiografischen Gehalt dieser Gruppe von Comics zu verweisen, ist schließlich in der neueren Forschungsliteratur oft von ›**Graphic Memoirs**‹ (Whitlock 2006; Smith/Watson 2010) die Rede. Insofern sich diese Bezeichnung an den Begriff ›Memoiren‹ anlehnt, bedienen sich ihre Befürworter_innen eines Terminus, der in der literaturwissenschaftlichen Forschung bereits etabliert ist. Nach enger Definition sind Memoiren »die literarische Form der Lebenserinnerungen des in die Gesellschaft integrierten, seine soziale Rolle ohne Vorbehalt spielenden Menschen« (Neumann 2013, 21); sie stellen ›gefestigte‹ und in ihrer/seiner gesellschaftlichen Rolle weitgehend etablierte Protagonist_innen ins Zentrum, während die Gattung Autobiografie insbesondere auch den Werdegang und das Herausschälen der individuellen Subjektivität bzw. Identität thematisiert. Nicht selten soll die Charakterisierung als Memoiren außerdem hervorheben, dass, anders als in Autobiografien, nur ein kleinerer, ganz bestimmter Ausschnitt eines Lebens präsentiert wird (Smith/Watson 2010, 274). Auch wenn ungeachtet dieser terminologischen Differenzierungsmöglichkeiten die Begriffe ›Memoiren‹ und ›Autobiografie‹ teilweise synonym verwendet werden, so scheint sich in Verlagen und in der Forschungsliteratur zunehmend der Terminus ›Graphic Memoirs‹ durchzusetzen (Smith/Watson 2010; Pedri 2015).

Die angedeutete **terminologische Vielfalt** rund um das Phänomen Graphic Memoir ist ein Indiz dafür, wie komplex die Diskussion um Autobiografisches im Comic ist (s. 15.3). Die unterschiedlichen Begriffe resultieren aus Diskursen, die das Zusammenspiel von Comic und Autobiografie, die Spannung zwischen Fakt und Fiktion und das Wesen der Einzelkomponenten Comic, Literatur und Autobiografie beleuchten.

15.2 | Historische Entwicklung und Verbreitung

Comics wurden und werden bisweilen noch immer hauptsächlich mit der schnellen und anspruchslosen Lektüre assoziiert. Eine wichtige Rolle bei der Herausbildung eines differenzierteren Verständnisses von Comics hat die **Etablierung der Graphic Novel** gespielt, deren historische Entwicklung, wie oben angedeutet, eng verzahnt mit der Geschichte der Graphic Memoirs ist. Auch autobiografische Comics werden daher gerne angeführt, wenn es darum geht, dem Ruf vom trivialen Unterhaltungs- und Massenmedium etwas entgegenzusetzen. Besonders wichtig ist dabei der Bezug zur realen Welt, der den Eskapismusvorwurf, den man den Geschichten aus phantastischen Welten oder von nicht alternden Superhelden gern entgegenhält, *per se* zu entkräften scheint. Ein Teil des **Legitimationsprozesses** besteht ferner darin, den Comic in Analogie zum Film zu einem **Autorenmedium** umzudefinieren. Insofern sie sich als Protagonisten ihrer Werke inszenierten, traten Comicautobiografen erstmals als Autoren in Erscheinung, und nicht mehr bloß als Texter, Zeichner oder Koloristen (zur ›im Normalfall‹ arbeitsteiligen Produktion von Comics vgl. Kap. 2). Das autobiografische Erzählen fand in der grafischen Literatur neue Spielräume, da mit dem Comic ein neues Medium zur Verfügung stand: Die gängigen Erzählkonventionen des Comics einerseits und der Autobiografie andererseits wurden in der Verbindung der beiden außer Kraft gesetzt und **Innovation** geradewegs zum Formprinzip dieser Liaison. Im autobiografischen Autorencomic ging es nicht mehr um stereotype Helden, die sich relativ vorhersehbar von Abenteuer zu Abenteuer oder von Fettnäpfchen zu Fettnäpfchen hangelten, und es gab keine rigiden Form- und Inhaltsvorgaben. Im Zentrum standen jetzt oft **Antihelden** und deren Persönlichkeitsentwicklung. Topoi der (autobio-)grafischen Auseinandersetzung waren die dunklen Seiten des Alltags oder gar schwerwiegende Traumata, zerrüttete Familien, Krankheit und Krieg.

Es finden sich einzelne bemerkenswerte Vorläufer dieser Art von Graphic Memoirs wie z.B. das monumentale grafische Selbstzeugnis *Leben? Oder Theater?* (1940–42) von Charlotte Salomon: In Bild und Text rekapituliert Salomon hier das Schicksal ihrer jüdischen Familie im Berlin der 1920er und 1930er Jahre sowie im Exil. Die ersten Comics, die ihre Autoren in Szene setzten und als erste Vertreter der Graphic Memoir gelten können, waren die US-amerikanischen *underground comix* der späten 1960er und frühen 1970er Jahre, die zeitgeistbedingt allerdings eher auf den Schockeffekt als auf die ernsthafte introspektive Selbstzeichnung abzielten (zum *underground comic* vgl. Kap. 1). Gleichwohl prägten ihre Autoren, allen voran **Robert Crumb** in seinen *Confessions* als sexuell obsessiver Antiheld, Codes, die das Genre bis heute prägen: Zelebriert wird die unvorteilhafte Selbstdarstellung, die auch wenig gefälligen Aspekten der Körperlichkeit Raum gibt. **Justin Greens** 1972 veröffentlichter Comic *Binky Brown Meets the Holy Virgin Mary*, eine Abrechnung mit der Sündenrhetorik seiner rigiden katholischen Erziehung und die Aufzeichnung der aus ihr resultierenden Neurosen, hat den Grundstein für die heutige Graphic Memoir gelegt. Grafisch den *underground comix* zuzuordnen, ist die dezidierte Selbstoffenbarung nebst Thematisierung psychischer Krankheiten ein inhaltliches Novum, das für viele weitere Graphic-Memoir-Autoren vorbildlich wurde. Werke von Joe Matt, Chester Brown und Peter Kuper, Mary Fleener und Julie Doucet stehen thematisch und stilistisch in der Tradition von *Binky Brown*. Spiegelman erklärt bspw. in einem Vorwort zu *Binky Brown*, dass es *Maus* ohne *Binky Brown* nie gegeben hätte. Und *Maus* wiederum, darauf verweisen die meisten der Graphic Memoirs, ist immer noch eine der wichtigsten Inspirationsquellen für das Genre, weit über die USA hinaus. Seit den 1990er Jahren, mit der Etablierung alternativer Verlagsstrukturen (vgl. Kap. 2), floriert der autobiografische Comic ganz besonders in Frankreich. Lange vor dem kommerziellen Überraschungserfolg von *Persepolis* veröffentlichte der Pariser Verlag **L'Association** ab 1990 vor allem autobiografische Werke der Verlagsgründer, u. a. die von David B., Jean-Christophe Menu und Lewis Trondheim. David B. erzählt in seinem sechsbändigen Werk *Die heilige Krankheit* (1996–2003) nicht nur die Geschichte seines Bruders, dessen Epilepsieerkrankung das Familienleben dominierte. Er selbst beschreibt seine Graphic Memoir in Interviews als Referenzwerk für seine folgenden fiktionalen Comics, an ihr lasse sich die Genese seiner Imagination und persönlichen Handschrift nachvollziehen. Nicht wenige Autoren haben sich nach ihren autobiografischen Erstlingswerken auch der Fiktion zugewandt oder mischen beide Ebenen in ihren **Metacomics**, wie z.B. der kanadische Autor Seth, der in *It's a good life if you don't weaken* (1993–96, dt. *Eigentlich ist das Leben schön*, 2004) einen Protagonisten namens Seth in Szene setzt, der es sich zur Aufgabe macht, alles über einen *New Yorker*-Cartoonisten namens Kalo herauszufinden. Die Figur Seth interagiert im Comic mit realen Comicautoren wie Chester Brown und Joe Matt; den Cartoonisten Kalo, dessen Cartoons imaginiert und integriert werden, gibt es allerdings nicht. Ähnlich verfährt der französische Autor Blutch, der in *Blotch, le roi de Paris* (1999, dt. *Blotch. Der König von Paris*, 2009) seinen Künstlernamen verfremdet und ein überzeichnetes Porträt seines Alter Egos entwirft, das es als chauvinistischen und größenwahnsinnigen Cartoonisten darstellt.

Im deutschsprachigen Raum, in dem man dem Comic skeptischer gegenüberstand und -steht, dauerte es länger, bis sich autobiografisch gefärbte Comics etablierten, aber spätestens der Ausstellungskatalog *Kopfkino* (2008) illustriert, dass der Trend auch **Deutschland** erreicht hat. Der Roadtrip- und Coming-of-Age-Comic *Heute ist der letzte Tag vom Rest deines Lebens* (2009) der Österreicherin Ulli Lust ist international erfolgreich. Auch Mawils preisgekrönter Comic *Kinderland* (2014), der ebenfalls auf dem internationalen Markt reüssiert, spielt mit autobiografischen Elementen: Markus Witzel lautet der Name des Autors, Mirco Watzke der des Protagonisten, der mit seinem Schöpfer nach dessen eigener Aussage nicht nur die DDR-Sozialisation und seine Tischtennis-Affinität teilt.

Ob Fabrice Neaud, Marjane Satrapi und Lewis Trondheim für den französischen, Robert Crumb und Craig Thompson für den englischsprachigen oder Flix (mit seiner *Held*-Trilogie, 2014) und Mawil für den deutschen Comic: Sie alle haben unter Beweis gestellt, dass das autobiografische Material eine bedeutende Inspirationsquelle für Comic-Künstler ist, die ihnen unabhängig vom Grad der Fiktionalisierung neue Themenfelder und Formen erschließt. Insofern ist davon auszugehen, dass die Graphic Memoir sich als eine Spielart des Comics dauerhaft etabliert und mit ihr die Autobiografie als Lesart – das gilt auch für Comics, die nicht dezidiert als autobiografisch markiert sind.

15.3 | Autobiografie und Comics – Anmerkungen zu ihrem Verhältnis

Es ist bemerkenswert, dass der Comic einen Teil seines späten Renommees ausgerechnet dem Trend zur Autobiografie verdankt, einer literarischen Textsorte, deren Wesen, Sinn und Legitimation seit jeher kontrovers diskutiert wird (vgl. Holdenried 2000; Wagner-Egelhaaf 2005). Autobiografie ist ein Sammelbegriff für eine Vielzahl von Untergattungen der Selbstschreibung. Ein verbindendes Moment ist das Spannungsverhältnis zwischen der Selbstinszenierung des Autobiografen und dem **Wahrheits- bzw. Wahrhaftigkeitsanspruch der Autobiografie**, zwischen Dichtung und Wahrheit also, zwischen Fiktion und Fakt. Diskussionen um die Zuverlässigkeit von Erinnerung, um Lüge, faktische und metaphorische Wahrheit oder um die Schwierigkeiten der Identitätsfindung werden in zahlreichen Werken der Autobiografieforschung aufgegriffen (Adams 1990; Kraus 2013). Die Vertreter der poststrukturalistischen Literaturtheorie (Barthes 1967; Foucault 1969; de Man 1979) gehen davon aus, dass das stabile, autonome und der Selbstbeschreibung fähige Subjekt ein künstliches bzw. nachträgliches Konstrukt ist; Identität gilt ihnen als etwas Zerstreutes, Fragmentarisches, Multiperspektivisches. Diese Auffassung findet ihre praktische literarische Umsetzung bspw. in Roland Barthes' eigener Anti-Autobiografie, deren französischer Titel *Roland Barthes par Roland Barthes* (1975; dt. *Über mich selbst*, 2010) bereits auf Barthes' Distanzierung von der konventionellen Ich-Erzählung verweist: »All dies muss als etwas betrachtet werden, was von einer Romanfigur gesagt wird«, so die einführenden Worte. Darauf folgen Fragmente und Aphorismen, die nicht in chronologischer, sondern alphabetischer Reihenfolge sortiert sind. Mit Hilfe der Integration von Fotografien entsteht eine autobiografische Text-Bild-Montage, die Gemeinsamkeiten mit Graphic Memoirs aufweist, wie unten verdeutlicht wird.

In demselben Jahr, in dem *Roland Barthes par Roland Barthes* erscheint, stellt **Philippe Lejeune**, der wohl bekannteste französische Autobiografieforscher, in seinem Aufsatz »Autobiographie et histoire littéraire« (1975; dt. »Autobiographie und Literaturgeschichte«, in: Lejeune 1994, 379–416) explizit eine Analogie zwischen Comic und Autobiografie her, indem er die Strapazen des Legitimationsprozesses aufzeigt, den beide durchlaufen mussten und müssen, um in akademischen Kreisen ernst genommen zu werden (und im Zuge dessen er im Übrigen auch thematisiert, welchen Anteil an ihrer Etablierung die akademischen Institutionen selbst haben). Mitte der 1970er Jahre ließ sich freilich noch nicht absehen, was die Fusion der beiden literarischen *underdogs* Jahrzehnte später bewirken würde: Die wachsende Reputation des Comics als eines von der Hochkultur bis dato als niedere Ausdrucksform verrufenen Mediums.

Der autobiografische Pakt: Graphic Memoirs haben sich als besonders dynamisches Experimentierfeld für innovative autobiografische Praktiken erwiesen. Lejeunes viel zitierte Definition der Autobiografie und die von ihm formulierte Bedingung des ›autobiografischen Paktes‹ (siehe Kasten) stellen sich im Hinblick auf Graphic Memoirs allerdings als problematisch heraus.

Philippe Lejeune: Der autobiografische Pakt

Lejeune zufolge handelt es sich bei der Autobiografie um eine »[r]ückblickende Prosaerzählung einer tatsächlichen Person über ihre eigene Existenz, wenn sie den Nachdruck auf ihr persönliches Leben und insbesondere auf die Geschichte ihrer Persönlichkeit legt« (Lejeune 1994, 14). Lejeune beschreitet im Rahmen der Diskussion des Phänomens ›Autobiografie‹ neue Wege, wenn er nicht formale Elemente in den Mittelpunkt seines Bestimmungsversuchs rückt, sondern einen speziellen Lektürevertrag – eben den autobiografischen Pakt –, der zwischen Autor und Leser geschlossen werde und den Kern der Gattung markiere, wobei die Identität von Autor, Erzähler und Protagonist die Voraussetzung dieses Vertrags sei.

Die von Lejeune genannten Kriterien ›Retrospektive‹, ›Prosaerzählung‹ und ›Fokus auf der individuellen Geschichte‹ sind zwar nicht nur für Comicautobiografien problematisch, sondern werden auch in postmodernen Prosa-Autobiografien oder autobiografischer Performance Art aufgebrochen; aufgrund ihrer medialen Spezifika treten an Graphic Memoirs die Schwierigkeiten dieser Definition aber besonders deutlich hervor.

Spiel mit Zeit- und Erzählebenen: Das Medium Comic spielt generell mit verschiedenen Zeit- und Erzählebenen und multipliziert Perspektiven. Durch die räumliche Anordnung der Panels ist z.B. der Blick auf Vergangenheit, Gegenwart und Zukunft gleichzeitig gerichtet. Die Simultaneität von Bild- und Textnarration wiederum kann genutzt werden, um verschiedene Perspektiven oder gar konkurrierende Versionen einer Erzählung zu präsentieren. So ist bspw. die Stimme des Off-Textes in Satrapis *Persepolis* die der erwachsenen Erzählerin, die die im Panel dargestellten Handlungen und Äußerungen der kindlichen Figur kommentiert. Bilder werden in Graphic Memoirs im Übrigen durch die Blocktexte nicht unbedingt erläutert: Ob das, was wir sehen, der diegetischen Realität entspricht oder eine Metapher für das Innenleben des Erzählers/der Erzählerin darstellt, erschließt sich daher nicht immer auf den ersten Blick. Auch wird die subjektive Kamera nur selten eingesetzt, meist ist stattdessen der autobiografische Protagonist im Bild zu sehen.

Hinzu kommt, dass der Textanteil im Regelfall geringer ausfällt als in einer klassischen Prosa-Autobiografie, für eine konventionelle Erzählung aus der Retrospektive und in der ersten Person bleibt daher wenig Raum, wie Jan-Frederik Bandel (2008, 27) feststellt: »Außerhalb der Dialoge, in denen alle Figuren gleichberechtigt erscheinen, kann die Heldin oder der Held des Comics aber nur in zwei Formen ›Ich‹ zu sich sagen: in der Gedankenblase (einer im Autorencomic fast nie verwendeten Form) und eben im erzählerischen Blocktext.« Die im Blocktext artikulierte Off-Stimme muss aber nicht einmal zwangsläufig die eines Ich-Erzählers sein.

Hybridcharakter des Comics: Ist die von Lejeune aufgestellte Gleichung Autor = Erzähler = Protagonist schon in Bezug auf die Prosa-Autobiografie nicht ganz unproblematisch, macht der hybride Charakter des Text-Bild-Mediums die Lage noch einmal komplizierter: Denn der Erzähler und der Protagonist werden im Comic verdoppelt und agieren auf Bild- und Textebene nicht immer im Einklang miteinander.

Abb. 54: Patrice Killoffer, *676 Apparitions de Killoffer*, 2009

Groensteen (2011, 93) differenziert daher zwischen dem *monstrateur*, d. h. der zeigenden Erzählinstanz, und dem *récitant*, der berichtenden Erzählinstanz, die ihm zufolge erst im Zusammenspiel den *narrateur fondamental* ergeben.

Zudem müssen autobiografische Comics nicht einmal das Werk eines einzigen *auteur complet* sein. Auch hier gibt es Beispiele einer – in der Comicbranche ansonsten ja üblichen (vgl. Kap. 2) – Arbeitsteilung zwischen Texter und Zeichner, so z.B. Harvey Pekars lakonische Alltagserzählungen in Zusammenarbeit mit unterschiedlichsten Zeichnern im Comicmagazin *American Splendor* (1976–2008) und Frédéric Poincelets grafische Übersetzungen intimster Tagebucheinträge Loïc Néhous in *Essai de sentimentalisme* (2001).

Die Zuverlässigkeit der Erzählerstimmen wird also bereits durch ihre hier beschriebene, mehrfache Multiplikation hinterfragt. Vervielfacht wird bisweilen außerdem der **Autoren-Avatar** (Whitlock 2006), d. h. die grafische (Selbst-)Darstellung des Autobiografen, und zwar nicht nur in der Sequenz der Panels, sondern mitunter sogar innerhalb eines einzigen Panels. Sowohl Lewis Trondheims *Approximate continuum comics* (1993/1995, dt. 1999) als auch Patrice Killoffers *Six cent soixanteseize apparitions de Killoffer* (2003, dt. *Sechshundertsechsundsiebzig Erscheinungen von Killoffer*, 2007) verwenden die Metapher der Selbstmultiplikation, um die verschiedenen und verborgenen Facetten der Persönlichkeit in einen Dialog treten zu lassen (Abb. 54). Bereits die Titel beider Comics liefern einen Hinweis auf die dahinter stehenden Identitätskonzepte: Das autobiografische Schreiben wird verstanden als Annäherung (»approximate«); nicht »meine«, sondern »Erscheinungen von Killoffer« werden auf dem Deckblatt angekündigt.

Auch unabhängig von der konkreten Bildmetaphorik durchkreuzt schon das grafische Element an sich den vermeintlichen Objektivitätsanspruch der Autobiografie: Bilder sind immer nur Annäherungen an die und Übersetzungen von ›Wirklichkeit‹, es handelt sich ›bloß‹ um Zeichen, die auf ein Referenzobjekt in der Außenwelt verweisen. Im Autorencomic dominieren zudem wenig realistische, abstrahierte Zeichnungen, mal expressionistisch, mal naiv, immer dezidiert subjektiv. Vermutlich ist es gerade diese Unmittelbarkeit des subjektiven Bildes, die dem Leser einen hohen Grad an Authentizität verspricht. Die **individuelle zeichnerische Handschrift** ist etwas sehr Persönliches; ein »subjective mark of the body is rendered directly onto the page« (Chute 2010, 117). Besonders interessant ist in diesem Zusammenhang die Frage, wie der Autor seinen »autobifictionalographic« (Barry) Protagonisten, d. h. sein grafisches Alter Ego gestaltet. Die Palette reicht hier vom Fotorealismus eines Fabrice Neaud über die minimalistischen Figürchen Marjane Satrapis bis zu den ganz in der Tradition der Funnies stehenden anthropomorphen Supa-Hasi-, Maus- und Vogel-Avataren von Mawil, Art Spiegelman und Lewis Trondheim.

Selbstreflexivität: Die bewusste und plakative Inszenierung, Überzeichnung und Fiktionalisierung sind Merkmale des autobiografisch gefärbten Comics, die für seine hohe Selbstreflexivität in Bezug auf das Medium und sein Problembewusstsein im Hinblick auf die Autobiografie sprechen. Lynda Barrys Alter Ego stellt gleich zu Beginn ihrer »autobifictionalography«, am Zeichentisch sitzend, die entscheidende Frage: »Is it autobiography if parts of it are not true? Is it fiction if parts of it are?« (Barry 2002, 7). Indem sie das Wahrheitspostulat problematisieren und veranschaulichen, wie Identität im Comic auf sprachlicher und bildlicher Ebene konstruiert wird, illustrieren Graphic Memoirs geradezu exemplarisch zentrale Theoreme der **poststrukturalistischen Literaturtheorie.** Oft dienen die Panels als Bausteine, die einerseits bei der Strukturierung der Erinnerung helfen, andererseits durch ihre Zwischenräume und Grenzen das Fragmentierte und Versatzstückhafte der Identität demonstrieren. Was Ansgar Nünning im Hinblick auf Meta-Autobiografien formuliert, lässt sich daher optimal auf Graphic Memoirs übertragen: »Das literarische Wissen von ›Meta-Autobiographien‹ […] besteht […] nicht zuletzt darin, dass sie die Konventionen traditioneller Autobiographien dekuvrieren, deren Aporien freilegen und das auf der Referentialität gründende Wissen dieser vermeintlich nicht-fiktionalen Gattung in Zweifel ziehen« (Nünning 2013, 29). Neben metareflexiven Graphic Memoirs gibt es jedoch auch solche, in denen sich klassische Topoi der Autobiografie wie ›spirituelle Suche‹ oder ›geglückte Selbstfindung‹ samt der entsprechenden (stringenten, klaren, linearen) Erzählweisen finden. Durch die Form ihrer Darstellung können Comicautobiografen also signalisieren, ob sie die Idee eines einheitlichen, beschreibbaren und autonomen Individuums teilen oder verwerfen.

15.4 | Leitfragen zur Analyse und Strukturmerkmale

Unabhängig von der (wie gesehen) großen thematischen und darstellerischen Bandbreite der Graphic Memoirs lässt sich ein – notwendigerweise unvollständiges und beispielhaftes – Set zentraler Leitfragen zu ihrer Analyse formulieren. Folgende Fragen nehmen zentrale Dimensionen des Genres in den Blick:

- Wird in der Graphic Memoir selbstreferenziell Bezug auf den autobiografischen Pakt genommen? Nimmt der Autor z.B. explizit Stellung zu seiner eigenen Glaubwürdigkeit?
- Erfährt der Leser etwas über die Gründe des Autors, autobiografisch und grafisch zu erzählen?
- Wie wird Authentizität im hybriden Bild-Text-Medium hergestellt, wie wird sie hinterfragt?
- Werden etwa authentische Dokumente wie Briefe, Tagebucheinträge oder Fotos in die Erzählung integriert? Werden phantastische Elemente integriert? Wenn ja, werden sie als solche markiert?
- Wie realistisch, wie abstrahiert sind die Bilder?
- Bestätigen oder konterkarieren sich Bild und Text?

- Welcher Art ist das »pictorial embodiment« (El Refaie 2012, 51), die Darstellung des Körpers?
- Bildet der Körper lediglich die physische oder auch die psychische Konstitution des Protagonisten ab?
- Welche der ›klassischen‹ autobiografischen Themenfelder wie Kindheit und Familienleben, spirituelle Suche, Entwicklung der Sexualität, politische und berufliche Sozialisation, Liebe und Freundschaft finden Erwähnung?
- Lassen sich grafische Leitmotive der Selbst(be)schreibung identifizieren, z.B. der Autor am Zeichentisch, der Autor vor dem Spiegel, Spiele mit Masken, Spiele mit Rollen, grafische Inszenierung des inneren Dialogs zwischen verschiedenen Facetten einer autobiografischen Persönlichkeit?

1h25 als Beispiel für Strukturmerkmale von Graphic Memoirs: Dass es einige ganz typische Merkmale gibt, die eine Mehrzahl der Graphic Memoirs offenbar kennzeichnet, illustriert der Überraschungserfolg des Comics *1h25* aus dem Jahr 2009, an dessen Beispiel sich die spezifischen inhaltlichen und Strukturmerkmale von Graphic Memoirs besonders gut veranschaulichen lassen. Als autobiografisches Erstlingswerk der jungen Kunsthochschulabsolventin Judith Forest lanciert, wurde der Comic nicht allein im Feuilleton für seine unprätentiösen und sensiblen intimen Schilderungen der Suche einer jungen Frau nach ihrer (Künstlerinnen-)Identität gefeiert (vgl. Blog von Groensteen, Rezensionen von *Les Inrockuptibles* u. a.). Dass die Autorin sich schließlich als minutiös inszenierte **Kunstfigur** der belgischen Verleger von La Cinquième Couche entpuppte, die so ihre Kritik am Hype um die ›belanglose Autobiografie‹ demonstrieren wollten, ändert nichts daran, dass der Comic als besonders authentisch und damit als besonders lesenswert rezipiert wurde. Ursächlich für seine Rezeption als authentische Graphic Memoir sind nicht allein **paratextuelle Verweise** (Markierung des Comics als autobiografisch, Auftritte der ›Autorin‹ in Fernsehshows), die zu einer autobiografischen Lesart einladen; gekonnt bedient sich der Comic nämlich aus dem inhaltlichen wie formalen Repertoire der Graphic Memoir. Wie das Beispiel zeigt, ist die Präsenz dieser Merkmale kein Garant für die ›Echtheit‹ einer autobiografischen Erzählung, wie auch umgekehrt nicht jede Graphic Memoir mit den unten aufgeführten Genrekonventionen operiert.

Inhaltliche Merkmale von Graphic Memoirs

- Auseinandersetzung mit intimen Details, Identitätskrisen, Selbstporträt als Antiheld_in: Ängste, Traumata, Familienleben, Liebesleben
- Auseinandersetzung mit dem Körper/dem Körperlichen (vor allem auf der Bildebene): vorteilhafte oder unvorteilhafte grafische Inszenierung des Körpers, hoher oder niedriger Grad der Abstraktion
- Auseinandersetzung mit der künstlerischen Persönlichkeit und dem künstlerischen Werdegang, Inszenierung als Künstler_in, Darstellung des kreativen Prozesses oder der Schaffenskrisen
- Auseinandersetzung mit Zeitempfinden, Erinnerungsvermögen
- Auseinandersetzung mit den Konventionen der Autobiografie, Reflexion des Spannungsverhältnisses zwischen Fakt und Fiktion auf Bild- und Textebene
- verbale und grafische Authentizitätsmarker (Affirmationen, persönliche Dokumente, Fotografien, Interaktion mit anderen prominenten Comicautor_innen)

Formale Merkmale von Graphic Memoirs

- Angebot des autobiografischen Pakts (Paratexte, Namensübereinstimmung)
- Ich-Erzählung auf Textebene (geringer Textanteil im Vergleich zu Prosa-Memoiren)
- Dominanz von Panels, in denen der Autor_innen-Avatar prominent dargestellt ist
- hohe Anzahl ›kontemplativer‹ Panels ohne *action*
- Archivierung von Erinnerungsrequisiten (Bücher, Fotos, Objekte) in grafischer Form
- hoher Grad an Bildmetaphorik, wiederkehrende Bildmetaphern, Leitmotive
- Panelübergänge: wenig »action-to-action«, mehr »moment-to-moment« und »aspect-to-aspect« (vgl. McCloud 1993)
- häufig dunkles Farbregister, grau/schwarzweiß/sepia (Anlehnung an Schrift, alte Fotografien)
- Pluralität der Erzählerstimmen auf Text- und Bildebene (Multiplikation innerhalb von Text- und Bildebene: Off-Text/Sprechblasentext, Vervielfachung des Autor_innen-Avatars innerhalb eines Panels)
- häufig impulsiv, naiv, spontan und skizzenhaft anmutende Zeichnungen (Authentizitätseffekt)
- experimentelle, avantgardistische Seitenarchitektur

15.5 | Forschung

Die Betrachtung autobiografischer Comics mit den Debatten um die Autobiografie zu verknüpfen, ist für Comicforschung und Autobiografieforschung gleichermaßen gewinnbringend. Es erstaunt daher nicht, dass der Graphic Memoir in aktuellen Standardwerken der Autobiografieforschung (z.B. Smith/Watson 2010, 168–173) zunehmend Aufmerksamkeit geschenkt wird. Umgekehrt wird auch die Autobiografieforschung in der Comicforschung rezipiert. Die Zahl der Beiträge, die sich ausgehend von einem Einzelwerk wie Spiegelmans *Maus* (Frahm 2006; Hirsch 1992; Hirsch 2011) oder Satrapis *Persepolis* (Davis 2005; Whitlock 2006) auch allgemeiner den Charakteristika der Graphic Memoir widmen, steigt stetig. Forschungsliteratur zum Phänomen ›Graphic Memoir‹ allgemein liegt bislang primär in englischer Sprache vor; so auch die einzige Monografie zum autobiografischen Comic, Elisabeth El Refaies *Autobiographical Comics. Life Writing in Pictures* (2012), die anhand der Analyse von 85 Comics nicht nur das große Themenspektrum und die stilistische Bandbreite der Graphic Memoir aufzeigt, sondern auch darlegt, inwiefern auf den ersten Blick wenig spektakuläre Lebensgeschichten von ihrer grafischen ›Übersetzung‹ profitieren und sowohl neue Autor- als auch Leserkreise erschließen. Hillary Chute hat in *Graphic Women. Life Narrative & Comics* (2010) den Fokus konsequent auf weibliche Comicautobiografik gelegt, um der medialen Unterrepräsentierung von Frauen in der Comicszene entgegenzuwirken (siehe auch Groensteen 2010). Auch der Sammelband *Graphic Subjects. Critical Essays on Autobiography and Graphic Novels* (2011) greift diesen Schwerpunkt auf und beschäftigt sich darüber hinaus nicht nur intensiv mit Art Spiegelman, sondern auch mit weniger bekannten Vertreter_innen der Comic-Kultur. Für die englischsprachige Comicforschung sei außerdem auf die Erörterungen von Bart Beaty (2007, 2009), Ann Miller (2007) und Charles

Hatfield (2005) hingewiesen. Alle drei widmen sich in ihren Monografien vornehmlich der Verortung des alternativen Autor_innen-Comics, in den ersten beiden Fällen für den europäischen, im dritten Fall für den US-amerikanischen Raum. In diesem Zusammenhang betonen sie das emanzipatorische Moment der Selbstzeichnung, die es nicht nur erlaubt habe, neue Themenfelder zu ergründen, sondern auch formale (Genre-)Konventionen zu überschreiten und entsprechende neue Verlagsstrukturen zu schaffen. Jared Gardner (2008) und Nancy Pedri (2015) bieten mit ihren Aufsätzen einen fundierten Einstieg in zwei Facetten des Untersuchungsgegenstands Graphic Memoir: Gardner skizziert die Genese des autobiografischen Comics; Pedri diskutiert das Spannungsverhältnis zwischen Fakt und Fiktion u. a. anhand der Funktion integrierter Fotografien. Jonas Engelmann konzentriert sich in seiner Monografie *Gerahmter Diskurs. Gesellschaftsbilder im Independent-Comic* (2013) auf die Verhandlung von Geschichtsschreibung im Autorencomic und demonstriert in seinen *close readings* (u. a. von Werken von David B., Satrapi und Spiegelman) die gesellschaftspolitische Relevanz der autobiografischen Auseinandersetzung mit Krankheit, Krieg und Religion. Der von Dietrich Grünewald herausgegebene Tagungsband *Der dokumentarische Comic. Reportage und Biografie* (2013) umfasst eine Reihe von Aufsätzen zum Themenfeld ›Biografie und Autobiografie‹. Weitere deutschsprachige Artikel legen den Fokus auf Autorinszenierungen in Paratexten (Stein 2009) oder diskutieren, inwiefern der autobiografische Comic Realität authentisch darstellen kann oder muss (Platthaus 2005; Bandel 2008). Die Entwicklung französischsprachiger autobiografischer Comics rekonstruiert Thierry Groensteen schon 1996 in »Les petites cases du moi«. Jan Baetens plädiert in »Autobiographies et bandes dessinées« (2004) im Sinne Paul de Mans (1979) für die Autobiografie als Lese- und Verstehensfigur, die auch auf sogenannte fiktionale Werke angewandt werden könne (dazu auch Grove 2004), um zu einem offeneren Autobiografieverständnis zu gelangen.

Primärliteratur

Barry, Lynda: *One! Hundred! Demons!* Seattle 2002.
Barthes, Roland: *Über mich selbst.* Berlin 2010 (frz. *Roland Barthes par Roland Barthes*, 1975).
Bechdel, Alison: *Fun Home. Eine Familie von Gezeichneten.* Köln 2008 (engl. *Fun Home. A Family Tragicomic*, 2006).
Blutch: *Blotch. Der König von Paris.* Berlin 2009 (frz. *Blotch, le roi de Paris*, 1999).
David B.: *Die heilige Krankheit.* [Jubiläumsausg., Bd. 1–6]. Zürich 2012 (frz. *L'Ascension du Haut Mal*, 1996–2003).
Forest, Judith: *1h25.* Brüssel 2009.
Green, Justin: *Binky Brown Meets the Holy Virgin Mary* [1972]. San Francisco 2009.
Killoffer, Patrice: *Sechshundertsechsundsiebzig Erscheinungen von Killofer.* Berlin 2007 (frz. *Six cent soixante-seize apparitions de Killoffer*, 2003).
Lust, Ulli: *Heute ist der letzte Tag vom Rest deines Lebens.* Berlin 2009.
Mawil: *Das große Supa-Hasi-Album. Sonntag-Nachmittags-Album für die ganze Familie.* Berlin 2005.
Mawil: *Kinderland.* Berlin 2014.
Neaud, Fabrice: *Journal.* [Bd. 1–4, 1996–2002]. Angoulême 2011.
Néhou, Loïc/Poincelet, Frédéric: *Essai de sentimentalisme.* Angoulême 2001.
Peeters, Frederik: *Blaue Pillen.* Berlin 2006 (frz. *Pilules bleues*, 2001).
Pekar, Harvey: *Best of American splendor.* New York 2005.
Satrapi, Marjane: *Persepolis.* (frz. *Persepolis*, Bd. 1–4, 2000–2003]. Zürich 2013.
Seth: *Eigentlich ist das Leben schön.* Wuppertal 2004 (engl. *It's a good life if you don't weaken*, 1993–1996).
Spiegelman, Art: *Die vollständige Maus. Die Geschichte eines Überlebenden.* Bonn 2010 (engl. *Maus I. My father bleeds history*, 1986; *Maus II. A survivor's tale: and here my troubles began*, 1991; *The complete Maus*, 2003).

Thompson, Craig: *Blankets. Ein illustrierter Roman.* Hamburg 2009 (engl. *Blankets. A graphic novel*, 2003).
Trondheim, Lewis: *Approximate continuum comics.* Berlin 1999 (frz. *Approximate continuum comics*, 1993–94, *Approximativement*, 1995).
Trondheim, Lewis: *Außer Dienst.* Berlin 2007 (frz. *Désœuvré, 2005*).

Grundlegende Literatur

Beaty, Bart: *Unpopular culture. Transforming the European comic book in the 1990s.* Toronto 2007.
[Der monografische Überblick über die Entwicklung der alternativen Comicszene in Europa (frz. Verlage L'Association, ego comme x) enthält auch ein Kapitel zur Autobiografie, behandelt werden u. a. David B., Neaud, Satrapi, Trondheim.]
Chaney, Michael (Hg.): *Graphic subjects. Critical essays on autobiography and graphic novels.* Madison, Wis. 2011. [Sammelband zum Thema Graphic Memoirs, ein Beitragsschwerpunkt liegt auf weiblicher Comicautobiografik, ein weiterer auf Art Spiegelmans Arbeiten. Darüber hinaus bietet er Einzelanalysen zu bekannten und unbekannteren autobiografischen Comics außerhalb der USA und Frankreichs.]
Chute, Hillary: *Graphic women. Life narrative and contemporary comics.* New York 2010. [Widmet sich weiblicher Comicautobiografik; bietet *close readings* von Werken Kominsky-Crumbs, Gloeckners, Barrys, Satrapis, Bechdels u. a. und legt dabei den Schwerpunkt auf Aspekte der Gender- und Körperdarstellung sowie der Archivierung.]
El Refaie, Elisabeth: *Autobiographical comics. Life writing in pictures.* Jackson 2012. [Einzige Monografie zum autobiografischen Comic; bietet einen Überblick über die Geschichte des Genres samt Forschung und arbeitet anhand von 85 Comics Strukturmerkmale, das große Themenspektrum und die stilistische Breite von Graphic Memoirs heraus; gut geeignet als Vertiefungslektüre.]
Engelmann, Jonas: *Gerahmter Diskurs. Gesellschaftsbilder im Independent-Comic.* Mainz 2013. [Beschäftigt sich mit der Geschichtsschreibung im Autorencomic; demonstriert in *close readings* die gesellschaftspolitische Relevanz der autobiografischen Auseinandersetzung mit Krankheit, Krieg und Religion. Ein Fokus liegt auf Krankheitsdarstellungen (David B., Frederik Peeters, Julie Doucet).]
Groensteen, Thierry: »Les petites cases du Moi: L'Autobiographie en bande dessinée«. In: *Neuvième Art* 1 (1996), 58–69. [Stellt die Entwicklung des autobiografischen Comics in Frankreich im Vergleich mit derjenigen in den USA dar und stellt beliebte Themenfelder vor.]
Grünewald, Dietrich (Hg.): *Der dokumentarische Comic. Reportage und Biografie.* Essen 2013. [Der Band ist aus einer Tagung der Gesellschaft für Comicforschung hervorgegangen und enthält ein Kapitel zu »Biografie und Autobiografie«; widmet sich u. a. Themen wie Traumaverarbeitung, Selbstreflexion und Archivierung im autobiografischen Comic.]
Hatfield, Charles: *Alternative comics. An emerging literature.* Jackson 2005. [Monografie über die Entwicklung alternativer Comics in den USA, theamtisiert u. a. die Authentizitätsdebatte und analysiert Werke von Spiegelman, Pekar, Crumb u. a.]
Miller, Ann: *Reading bande dessinée. Critical approaches to french-language comic strip.* Bristol/Chicago 2007. [Monografie zum französischsprachigen Comic, der insbesondere alternative Autorencomics in den Blick nimmt und unter soziologischen und kulturtheoretischen Aspekten betrachtet; die letzten beiden Kapitel widmen sich ausschließlich autobiografischen Comics.]
Pedri, Nancy: »Graphic Memoir: Neither Fact Nor Fiction«. In: Daniel Stein/Jan-Noël Thon (Hg.): *From Comic Strips to Graphic Novels: Contributions to the Theory and History of Graphic Narrative.* Berlin/Boston 2013, 127–154. [Beitrag eignet sich gut als Einstieg in das Thema Graphic Memoirs in englischer Sprache.]
Platthaus, Andreas: »›Sprechen wir über mich.‹ Die Rückkehr des autobiografischen Elements im Comic«. In: Stefanie Diekmann/Matthias Schneider (Hg.): *Szenarien des Comic. Helden und Historien im Medium der Schriftbildlichkeit* Berlin 2005, 193–207. [Versucht, den Erfolg des autobiografischen Comics im Kontext der Legitimations- und Authentizitätsdebatte zu erklären; guter deutschsprachiger Einstieg in das Thema Graphic Memoirs.]
Stein, Daniel: »Was ist ein Comic-Autor? Autorinszenierung in Selbstporträts und autobiografischen Comics«. In: Stephan Ditschke/Katerina Kroucheva/Daniel Stein (Hg.): *Comics. Zur Geschichte und Theorie eines populärkulturellen Mediums.* Bielefeld 2009, 201–237. [Untersucht Formen der Selbstdarstellung im US-amerikanischen Comic, darunter frühe Zeitungsstrips von Feininger; Fokus auf Autorinszenierungen in Paratexten.]

Sekundärliteratur

Adams, Timothy Dow: *Telling lies in modern American autobiography*. Chapel Hill 1990.

Baetens, Jan: »Autobiographies et bandes dessinées. Problèmes, enjeux, exemples«. In: *Belphégor: Littérature Populaire et Culture Médiatique* 4/1 (2004), http://dalspace.library.dal.ca/bitstream/handle/10222/47689/04_01_Baeten_autobd_fr_cont.pdf?sequence=1 (17.04.2015).

Bandel, Jan-Frederik: »Jenseits des ›Authentischen‹. Stichworte zum autobiografischen Comic«. In: Marlene Laube (Hg.): *Kopfkino*. Berlin 2008, 18–30.

Barthes, Roland: »Der Tod des Autors«. In: Fotis Jannidis u. a. (Hg.): *Texte zur Theorie der Autorschaft*. Stuttgart 2012, 185–193 (frz. »La mort de l'auteur«, 1968).

Beaty, Bart: »Autobiography as Authenticity«. In: Jeet Heer/Kent Worcester (Hg.): *A comics studies reader*. Jackson 2009, 226–235.

Blank, Juliane: *Vom Sinn und Unsinn des Begriffs Graphic Novel*. Berlin 2014.

Davis, Rocío G.: »A Graphic Self. Comics as autobiography in Marjane Satrapis Persepolis«. In: *Prose Studies* 27/3 (2005), 264–279.

Frahm, Ole: *Genealogie des Holocaust. Art Spiegelmans MAUS – A Survivor's Tale*. München 2006.

Gardner, Jared: »Autobiography's Biography, 1972–2007«. In: *Biography* 31/1 (2008), 1–26.

Groensteen, Thierry: »François Matton, Judith Forest et le dessin-croquis« (2009), http://neuvieme-art.citebd.org/spip.php?article55 (04.06.2015).

Groensteen, Thierry: »Les paradoxes de la BD au féminin« (2010), http://neuviemeart.citebd.org/spip.php?article29 (17.04.2015).

Groensteen, Thierry: *Bande dessinée et narration*. Paris 2011.

Grove, Laurence (2004): »Autobiography in Early Bande Dessinée«. In: *Belphégor: Littérature Populaire et Culture Médiatique* 4/1 (2004), http://dalspace.library.dal.ca/bitstream/handle/10222/47694/04_01_Grove_auto_en_cont.pdf?sequence=1 (17.04.2015).

Hirsch, Marianne: »Family Pictures. Maus, Mourning and Postmemory«. In: *Discourse*, 15/2 (1992), 3–29.

Hirsch, Marianne: »Mourning and Postmemory«. In: Michael Chaney (Hg.): *Graphic subjects. Critical essays on autobiography and graphic novels*. Madison, Wis. 2011, 17–44.

Holdenried, Michaela: *Autobiographie*. Stuttgart 2000.

Irwin, Ken: »Graphic nonfiction: a survey of nonfiction comics«. In: *Collection Building*, 33/4 (2004), 106–120.

Kraus, Esther: *Faktualität und Fiktionalität in autobiographischen Texten des 20. Jahrhunderts*. Marburg 2013.

Lejeune, Philippe: »Autobiographie et histoire littéraire«. In: *Revue d'Histoire Littéraire de la France* 6 (1975), 903–936.

Lejeune, Philippe: *Der autobiographische Pakt*. Frankfurt a. M. 1994 (frz. Le pacte autobiographique, 1975).

Man, Paul de: »Autobiographie als Maskenspiel«. In: Christoph Menke (Hg.): *Die Ideologie des Ästhetischen*. Frankfurt a. M. 1993, 131–146 (engl. »Autobiography as De-Facement«, 1979).

McCloud, Scott: *Understanding Comics. The invisible art*. New York 1993.

Miller, Ann/Pratt, Murray: »Transgressive Bodies in the Work of Julie Doucet, Fabrice Neaud and Jean-Christophe Menu: Towards a Theory of the AutobioBD«. In: *Belphegor: Littérature Populaire et Culture Médiatique* 4/1, http://dalspace.library.dal.ca/bitstream/handle/10222/47696/04_01_Miller_trnsgr_en_cont.pdf?sequence=1 (01.06.2015).

Neumann, Bernd: *Von Augustinus zu Facebook. Zur Geschichte und Theorie der Autobiographie*. Würzburg 2013.

Nünning, Ansgar: »Meta-Autobiographien. Gattungstypologische, narratologische und funktionsgeschichtliche Überlegungen zur Poetik und zum Wissen innovativer Autobiographien«. In: Uwe Baumann/Karl August Neuhausen (Hg.): *Autobiographie*. Bonn 2013, 27–82.

Smith, Sidonie/Watson, Julia: *Reading autobiography. A guide for interpreting life narratives*. Minneapolis, Minn. ²2010.

Spiegelman, Art: »Introduction«. In: Justin Green: *Binky Brown Meets the Holy Virgin Mary* [1972]. San Francisco 2009, n. p.

Wagner-Egelhaaf, Martina: *Autobiographie*. Stuttgart/Weimar ²2005.

Whitlock, Gillian: »Autographics: The Seeing ›I‹ Of the Comics«. In: *Modern Fiction Studies* 52/4 (2006), 965–979.

Whitlock, Gillian/Poletti, Anna: »Self-Regarding Art«. In: *Biography* 31/1 (2008), v–xxiii.

Marie Schröer

16 Literaturcomics

16.1 | Literaturcomics und ihre Vorlagen

16.1.1 | Ein- und Abgrenzungen des Genres

Comics und Graphic Novels, denen literarische Texte zugrunde liegen (im Folgenden ›Literaturcomics‹ genannt), existieren in vielen Spielformen (vgl. Hangartner 2009; Schmitz-Emans 2012; Schmitz-Emans 2012a; Trabert/Stuhlfauth-Trabert/Waßmer 2015). Vor allem der Einzug von Graphic Novels in die Büchersammlungen einer kulturell interessierten Leserschaft stimulierte hier eine verstärkte Nachfrage, die Comiczeichner verschiedener Sprachräume bedienen. Literaturcomics unterscheiden sich hinsichtlich ihrer Nähe zum Ausgangstext, aber auch hinsichtlich der **Motive für die Wahl der literarischen Vorlage**. So kann **(1)** die Bildererzählung in den Dienst der Textvorlage treten, insofern sie Wissen über diese vermitteln möchte; entsprechende Beispiele präsentieren sich oft auch auf paratextueller Ebene als informative Sachcomics (vgl. Kap. 17). Andererseits **(2)** kann die Vorlage als Stofflieferantin und Spielmaterial zur Realisierung ästhetischer Eigeninteressen der Comic-Künstler (Zeichner und Szenaristen) fungieren; die Übergänge zwischen Information *über* und Spiel *mit* der literarischen Vorlage sind aber fließend. Besonders beliebte Hypotexte sind die großen **weltliterarischen Klassiker** (etwa Dantes *Divina Commedia*, Shakespeares Dramen, Goethes *Faust*, Melvilles *Moby Dick*, Texte Kafkas), sei es im Rahmen der Nutzung des Comics zur Verbreitung von Kanonwissen, sei es, weil so beim Leser am ehesten ein solches Wissen bereits vorausgesetzt werden kann; Letzteres ist vor allem bei parodistischen Klassiker-Referenzen wichtig. Beliebt sind ferner Adaptionen von Texten bestimmter Genres, insbesondere der **Schauer-, Fantasy- und Science-Fiction-Literatur** (vgl. Kap. 12). Dass zu Texten E. A. Poes, H. P. Lovecrafts, zu Bram Stokers *Dracula* und anderen Klassikern der Gothic Literature besonders viele Comicparaphrasen vorliegen, deutet auf einen einschlägigen literarischen Geschmack der Leser (und der Künstler) hin. Insgesamt bestehen enge Wechselbeziehungen zwischen der Geschichte der Literaturcomics und nationalen und transnationalen Kanonbildungen. Zu erzählenden und dramatischen Texten unterhalten Literaturcomics engere Affinitäten als zu lyrischen, allerdings gibt es auch Serien und Einzelbände mit **Gedichtcomics** und **Comics zu Lied- und Chansontexten**. Die französische Comicreihe *...en bandes dessinées* des Verlages petit à petit besteht aus Einzeltiteln zu Lyrikern, Chansonniers und (seltener auch) Erzählern. In den Bändchen wird jeweils eine Sequenz entsprechender Texte durch verschiedene Zeichner in Bildparaphrasen umgesetzt; in paratextuellen Vorbemerkungen werden die Gedichte, Chansons und Erzählungen in Beziehung zur Biografie des Künstlers gesetzt. So erscheint bspw. *Rimbaud en bandes dessinées* als eine gezeichnete biographistische Phantasie zu Arthur Rimbaud; Analoges gilt für die Bände zu Charles Baudelaire, Jacques Brel und anderen Dichtern.

Ein dem Literaturcomic verwandtes Genre bilden Comics und Graphic Novels auf der Basis **mythischer Stoffe, Legenden und Märchen**, deren Überlieferung ja maßgeblich über literarische Reformulierungen erfolgt, sodass ihre bildnarrative Gestaltung an die entsprechende literarische Tradition anschließt. Antike und fremdkulturelle Mythen bilden ein vielseitig nutzbares Materialreservoir für wissensvermittelnde wie für phantastische und spielerische Bildgeschichten; Märchen sind beliebte Comicvorlagen. Die Reihe *Classics Illustrated Junior* (s. u.) bietet viele Beispiele; das Spektrum der Märchencomics reicht von konventionellen bis zu stilistisch experimentellen Paraphrasen wie *Grimms Märchen ohne Worte* von Frank Flöthmann (2013). Bibelcomics werden vor allem in religiös-didaktischen Kontexten eingesetzt.

16.1.2 | Beobachtungs- und Forschungsperspektiven

Die mit Literaturcomics verbundenen **Medientransferprozesse** sowie Einzelbeispiele für literaturbasierte Comics sind von der rezenten Comicforschung unter verschiedenen Akzentuierungen in den Blick gerückt worden (vgl. u. a. Ferstl 2010; Schmitz-Emans 2012). Gerade Adaptionsprojekte, bei denen rein schriftsprachlich verfasste Werke zu Vorlagen für Bildgeschichten werden, bieten Anlässe, comicspezifische Codes, Bild-Text-Relationen sowie Verfahren paratextueller Rahmung und metaisierender Selbstreferenz vergleichend zu beobachten (vgl. dazu u. a. diverse Beiträge in Bachmann/Sina/Banhold 2012; Backe 2010 sowie Schmitz-Emans 2012a). Aus literaturwissenschaftlicher Sicht lassen sich **Literaturcomics als intertextuell geprägte Phänomene** beschreiben. In Gérard Genettes Terminologie charakterisiert, entsteht der **Literaturcomic als ›Hypertext‹** zu einem literarischen ›**Hypotext**‹, unabhängig von der konkreten Beschaffenheit der jeweiligen Relation, und konkrete Beispiele illustrieren die verschiedenen Möglichkeiten der ›Präsenz‹ eines Textes in einem anderen, etwa durch Paraphrase, Parodie oder Pastiche (vgl. Genette 1982, siehe Kasten).

Intertextualität und Hypertextualität

Grundsätzlich lässt sich zwischen einem weiten und einem engeren Verständnis von Intertextualität unterscheiden. Im weiteren Verständnis meint Intertextualität die (auch potenzielle) Beziehung zwischen unterschiedlichen Texten, denn jeder Text markiere letztlich ein »Mosaik von Zitaten« (J. Kristeva). In der engeren Konzeption G. Genettes wird Intertextualität verstanden als **erkennbare Präsenz eines Textes in einem anderen** in Form des Zitats, des Plagiats oder der Anspielung. Unter dem Terminus Hypertextualität fasst Genette die konkrete Bezugnahme eines bestimmten späteren Textes (Hypertext) auf einen bestimmten vorgängigen Text (Hypotext). Der spätere Hypertext variiert den vorgängigen Hypotext durch (1) Nachahmung (**Pastiche**), die auch kunstvoll übertrieben werden kann, was einen lächerlichen Effekt zeigt (**Persiflage**), oder (2) Abwandlung. Die Abwandlung kann dabei den Inhalt betreffen (wie bei der **Parodie**, wo die Komik durch die Beibehaltung der typischen Formmerkmale bei Wahl eines unpassenden Inhalts zustande kommt) oder auf der Stilebene angesiedelt sein (wie bei der **Travestie**: hier bleibt der Inhalt gleich, aber die Form wird verändert).

Aus der Perspektive eines weiter gefassten Intertextualitätskonzepts erscheinen viele Literaturcomics als exemplarische ›Mosaike‹ aus Text- und Bild-Zitaten. Ein anderer Zugang zu Literaturcomics eröffnet sich im Horizont der begrifflichen Differenzierung zwischen **Hoch- und Populärkultur** (vgl. u. a. Becker 2011) – bildet die Comic-adaption literarischer (zumal kanonisierter) Werke doch einen **Brückenschlag** zwischen als hochkulturell geltenden literarischen Phänomenen und dem Comic, der vielfach der Populärkultur zugerechnet wird, nachdem er sogar Jahrzehnte kulturkritisch motivierter Verbannung aus dem Bereich des kulturell Wertvollen hinter sich hat. Eine wiederum andere, wenn auch affine Perspektive ergibt sich mit Blick auf die für den Literaturcomic *per definitionem* konstitutive **Zitathaftigkeit**: An Werke einer anderen Kunst anschließend, kann die Arbeit des Comiczeichners pointierend auf ihren eigenen Kunstcharakter aufmerksam machen.

Dass Literaturadaptionen im Comic nicht an einem wie auch immer spezifizierten Maßstab von ›Angemessenheit‹ oder ›Originaltreue‹ zu bemessen sind, ist evident. Betont werden muss aber auch, dass sie keineswegs alle trivialisierend, humoristisch oder beides zugleich sind. Ein **wertneutraler Parodie-Begriff** eignet sich für eine generalisierende Charakteristik noch am ehesten, lässt rein punktuelle Anspielungen auf Literarisches aber gegenüber nacherzählenden Comics unterbelichtet (vgl. Schmitz-Emans 2012). Man könnte bei Comicparaphrasen literarischer Plots metaphorisch von einer ›**Inszenierung**‹ des jeweiligen Vorlagentextes sprechen, die Zeichner und Szenarist auf dem Druckpapier vornehmen und unter Orientierung an eigenen Codes und ästhetischen Leitideen gestalten. Nahe liegt – vor allem mit Blick auf die jüngere Geschichte der Graphic Novel – aber auch der Hinweis auf Konzepte und Leitideen poststrukturaler Ästhetik als einer Ästhetik der Stoff- und Motivzitate, des Pastiches und der Medienentgrenzung.

16.2 | Gattungen und Spielformen

16.2.1 | Intertextualität auf der Ebene von Stoffen und Inhalten

Adaptionen/Nacherzählungen

›Literaturadaptionen‹ im strikten Sinn liegen vor, wo die Handlung der literarischen Vorlage mit comicspezifischen Mitteln nacherzählt wird. Zwischen textnaher und freier **Paraphrase** besteht ein breites Spektrum, bedingt u. a. durch die mediale Hybridität des Comics (vgl. u. a. Schüwer 2008; diverse Beiträge in Ditschke/Kroucheva/Stein 2009 sowie Schmitz-Emans 2010b). So können etwa Zitate direkt aus der Vorlage übernommen werden, die Bilder dazu aber in einen parodistischen Spannungsbezug treten. *Faust*-Comics unterschiedlicher Art, so der von Falk Nordmann (2009) und von Flix (2010/2014), arbeiten mit solchen Kontrasten (Abb. 55).

Auf der Ebene der Textgestaltung bilden solche Comics einen Extremfall, die den Ausgangstext komplett wiedergeben und mit Zeichnungen verbinden, wie etwa im Fall von Lyrikcomics oder in der auch zu Unterrichtszwecken genutzten französischen Klassiker-Reihe *texte intégral* (petit à petit; hier u. a. Integraltext-Comics zu Edmond Rostand: *Cyrano de Bergerac*, 2007; Pierre Corneille: *Le Cid*, 2006; Jean Racine: *Phèdre*, 2011; Alfred Jarry: *Ubu Roi*, 2007). **Volltextcomics** zu Werken der philosophischen Literatur hat Joann Sfar geschaffen, der die grafisch gestalteten Textvorlagen dabei von Comicfiguren und gezeichneten Szenen umspielen lässt (Reihe *La Petite Bibliothèque Philosophique de Joann Sfar*; hier: Voltaire: *Candide*, 2003; Platon: *Le Banquet*, 2002).

Abb. 55: Flix, *Faust*,
2010/2014

Formen der Textbearbeitung

Häufiger als Volltext-Übernahmen sind aber Formen der Textbearbeitung, sei es der Kürzung oder sonstigen **Modifikation** der (dabei aber partiell übernommenen) Vorlage, sei es ihrer Zusammenfassung durch einen neu erstellten Text, sei es auch ihrer Ersetzung durch eine neue, aber ähnliche Erzählung – wobei die Ähnlichkeit auch eine recht entfernte sein und nur durch Titel oder Figurennamen suggeriert werden kann. Der Vorlage verpflichtet, sie aber umgestaltend, präsentieren sich auch partielle Nacherzählungen, sei es im Sinn gekürzter Fabeln, sei es durch selektive Verwendung von Episoden oder Plotelementen. So erzählt Dino Battaglia E. T. A. Hoffmanns *Sandmann*-Geschichte unter dem Titel *Olimpia* zwar nach, aber nur bis zu einem bestimmten Punkt, und Will Eisner bietet in *Graphic Storytelling and Visual Narrative* eine stark verkürzte und inhaltlich modifizierte Nacherzählung von Kafkas *Prozess*-Roman (1996, 116–123).

Anspielungen auf literarische Texte, Handlungsmodelle und Figuren
Weiter von ihren Vorlagen entfernen sich Comics, die auf diese eher anspielen als sie
nachzuerzählen, sei es durch Übernahme von Handlungselementen und -mustern,
die man mit der Vorlage assoziiert – wie z.b. mit Kafkas Gregor Samsa aus *Die Ver-
wandlung*, der etwa in einem Donald-Duck-Comic als Gregor Ducksa wiederkehrt –,
sei es durch Verwendung von Figuren, die wie verfremdete Zitate aus der Textvorlage
wirken – wie z.B. der *Don Quijote* des Cervantes. Schon in der Pionierzeit des Zeitungscomics findet sich eine Anspielung auf Goethes *Faust*: Richard Outcault lässt
Yellow Kid zusammen mit anderen Kindern im *New York Journal* vom 28.11.1897
eine Szene aus Goethes *Faust I* proben; auf einem Plakat liest man die Zusammenfassung des Stücks. Eher anspielend als nacherzählend ist als *Faust*-basierter Comic
auch Luciano Bottaros und Carlo Chendis Disney-Bildgeschichte *Il Dottor Paperus*
(1958), wie denn insgesamt im Rahmen von Disney-Comics und ihnen angeglichenen Comicserien vielfach Bestände bildungsbürgerlichen Literaturwissens auf komische Weise verfremdet werden. Ein Extrembeispiel für den Rekurs auf gleich mehrere literarische Figuren bietet *The League of Extraordinary Gentlemen* von Alan
Moore und Kevin O'Neill (2000 ff.) als ein Pastiche aus bekannten Charakteren und
Motiven: Hier treffen Stevensons Mr. Hyde, H. G. Wells' ›Invisible Man‹, Bram Stokers Mina Harker aus *Dracula*, Jules Vernes Captain Nemo, Arthur Conan Doyles
Dr. Moriarty sowie andere literarische Figuren zusammen, lokalisiert in einer osten-
tativ aus Text- und Filmzitaten konstruierten Welt (vgl. Backe 2010).

16.2.2 | Rekurse auf literarische Gattungen und Strukturen

Orientierung an literarischen Gattungs- und Handlungsmustern
Auf der Grundlage literarischer Hypotexte entstehen Comics bzw. Graphic Novels
auch dann, wenn sie sich bezogen auf Figuren, Szenarien und Handlungsräume an
spezifischen **literarischen Gattungen** orientieren, wie etwa am Historiendrama oder
am Historischen Roman, an der Kriminal- oder an der Reiseerzählung, an der Biografie oder Autobiografie. Bilderzählende Varianten des Historischen Romans, der
Detektivgeschichte und des Science-Fiction-Romans haben die Geschichte des Zeitungscomics und des Heftcomics stark geprägt (vgl. Blackbeard 1995). Hal Fosters
Prince Valiant-Serie setzte ab 1937 die Tradition des Artusromans fort. Ein deutsches
Pendant zu dem ab 1951 unter dem Titel *Prinz Eisenherz* auch im deutschen Sprachraum beliebten Artus-Comic erschien mit Hansrudi Wäschers *Sigurd*-Serie ab 1953.
Will Eisner präsentierte 1940 eine neue Variante der Comic-Sonntagsbeilage in Heft-
format; Titelserie ist *The Spirit*, in deren Mittelpunkt ein Detektiv steht. *Dick Tracy*
von Chester Gould als eine weitere erfolgreiche Detektivcomicserie wurde mit Blick
auf den Erfolg von Dashiell Hammetts Krimi *The Maltese Falcon* entwickelt (Blackbeard 1995, Bd. 1, 27).
   Lockerer, aber nicht weniger prägend sind die Bezüge zu literarischen Vorlagen,
wo Comicgeschichten **Typen von Ereignis- oder Handlungsmustern** wiederholen,
so etwa in Märchen-Bildgeschichten mit aus der Märchen-Literatur geläufigen Motiven oder in Traumgeschichten. Der Comicpionier Winsor McCay ist ein früher Spe-
zialist für raffinierte Traumerzählungen; seine Serie *Dream of the Rarebit Fiend*
(1904) und die Abenteuer des *Little Nemo* (ab 1905) erinnern u. a. an Lewis Carrolls
populäre *Alice*-Geschichten. Die Einzelgattungen vor allem des Heftcomics (Abenteuercomics, Detektivcomics, Science-Fiction-Comics, erotischer Comic, humoristi-

sche Tiergeschichte etc.) entstehen teilweise in enger Wechselbeziehung zu Gattungen der Unterhaltungsliteratur und deren Plotmustern; lange bestimmen sie die mit dem Stichwort ›Comic‹ verbundenen Assoziationen. Neue Formate, die ebenfalls in der Literatur ihre historischen Vorbilder haben, werden in der Ära der Graphic Novel von Comiczeichnern entdeckt und adaptiert, insbesondere die Comicbiografie, die Comicautobiografie, die Familiengeschichte, die Reiseerzählung und die Reportage (vgl. u. a. die Beispiele in Kannenberg 2008). Comics zu historischen Gegenständen, zu spezifischen Ereignissen, insbesondere Kriegen und Katastrophen, bieten viele Anlässe zum Vergleich mit analogen Genres in der Literatur.

Orientierung an literarischen Strukturmodellen

Weniger von einzelnen literarischen Texten als vielmehr von sich werkübergreifend manifestierenden literarischen Gestaltungsverfahren geprägt – insofern aber ebenfalls literaturbasiert – sind Beispiele solcher Comics und Graphic Novels, in denen bestimmte Strukturierungsverfahren aufgegriffen werden. Dies gilt insbesondere für **Konstruktionen aus Rahmen- und Binnenerzählung**, wie sie in der Erzählliteratur variantenreich anzutreffen sind, sowie für deren dramatisches Pendant, das **Spiel-im-Spiel**. Schon frühe Comiczeichner (so George Herriman) vermischen gelegentlich differente Ebenen intradiegetischer Realität und bringen sich selbst als Figur ins Spiel. Tezuka Osamu, der diesen Einfall in *Nanairo Inko* (s. u.) aufgreift, macht deutlich, woher maßgebliche Anregungen stammen: vom Metatheater Luigi Pirandellos.

Auch für *mise-en-abyme*-**Strukturen** bietet neben der Malerei die Literatur vielfältige Vorlagen (siehe Kasten). Stark autoreferenzielle Graphic Novels wie die von Marc-Antoine Mathieu (vgl. Leinen 2007; Lohse 2009; Schmitz-Emans 2012b), dessen Geschichten u. a. um die medialen Bedingungen von Wahrnehmung und Darstellung kreisen, nutzen die entsprechenden Strukturmuster und verbinden damit Hinweise auf ihre literarischen, bildkünstlerischen und filmischen Vorgänger (Abb. 56).

Mise en abyme

bezeichnet eine spezifische, letztlich paradoxe Erzählstruktur, in der eine Darstellung sich selbst als Bestandteil des Dargestellten enthält – ein Buch kommt also in sich selbst vor. Der Begriff *mise en abyme* stammt aus der Wappenkunde und bezeichnet dort verschachtelte Strukturen von Wappen, die Wappen darstellen, die Wappen darstellen… Die *mise-en-abyme*-Struktur ist eine selbstreflexive Wiederholungsfigur.

Zu den literarischen Vorgängern gehört – als Meister der *mise en abyme* – Jorge Luis Borges. Mathieus Graphic Novels illustrieren zudem auf inhaltlicher Ebene die möglichen Konsequenzen thematischer Affinitäten zu literarischen Œuvres; der Serienheld mehrerer Graphic Novels (*Julius Corentin Acquefacques, prisonnier des rêves*) ist schon durch seinen (anagrammatischen) Namen (Akfak!) als Hommage an Kafka ausgewiesen. Im »Préface« zu Mathieus *L'ascension* (2005) werden Borges und Kafka als Anreger der Bildgeschichte explizit genannt; in Bänden der Acquefacques-Reihe finden sich versteckte Anspielungen. Einen Sonderfall des Rekurses auf die Kompositionsweise einer literarischen Vorlage bietet Matt Madden mit seinem Comicband *99 ways to tell a story. Exercises in style* (2005): Die hier umgesetzte Idee,

Abb. 56: Marc-Antoine Mathieu, *Der Ursprung (L'origine)*, 1990

eine einfache Alltagsszene in 99 stilistischen Varianten grafisch zu erzählen, hat ihr Vorbild in Raymond Queneaus *Exercices de style* (1947); Madden verweist darauf auch explizit (vgl. Kap. 18, Abb. 61–63).

16.2.3 | Literaturbezogenes Wissen im Spiegel des Comics

Autorenporträts – Autorengeschichten

Nicht nur literarische Fabeln, Figuren oder Plotelemente können den Inhalt literaturbasierter Comics und Graphic Novels prägen, sondern auch die Lebensgeschichten literarischer Autoren. Zu den auf Wissensvermittlung abzielenden Sachcomics gehören auch **biografisch angelegte Bilderzählungen** über Schriftsteller sowie Autoren-Porträts, die in bildnarrativer Form biografische Partien mit Hinweisen auf das jeweilige literarische Œuvre verbinden und so den porträtierten Autor als Comicfigur unter gezeichnete Figuren versetzen, die er selbst erfunden hat. Der Übergang zwischen biografisch-historiografischer Information und bildnarrativem Spiel mit übernommenen literarischen Motiven ist dabei fließend. So verknüpft ein von Golo (Guy Nadaud) gezeichneter Comic über B. Traven (*Portrait d'un anonyme célèbre*, 2007) die Lebensgeschichte dieses rätselhaften Autors mit Motiven fiktionaler, teils phantastischer Provenienz.

In der als sachinformativ konzipierten Publikationsreihe *Introducing...*, der damit teilweise deckungsgleichen Reihe *...for Beginners* sowie in ähnlich konzipierten Einzel- und Serienpublikationen werden unter anderem auch literarische Autoren porträtiert (vgl. Schmitz-Emans 2012b, 259–263 sowie Kap. 17). Ein berühmtes Beispiel ist **Introducing Kafka** von Robert Crumb und David Zane Mairowitz (1994), aus dem später Bildzitate für eine grafische Adaption von Kafkas *Process*-Roman übernommen wurden (Chantal Montellier/David Zane Mairowitz, 2008). In den Bänden der *...en bande dessinée*-Serie zu französischen Lyrikern und Erzählern überlagern sich narrative Textparaphrasen mit biografistischen Anspielungen auf die jeweiligen Dichter. An das *Introducing*-Format schließen andere Sachcomic-Reihen an, so die Serie *Infocomics*, die, basierend auf einer englischen Vorlage (Nick Groom/Piero: *Shakespeare. A Graphic Guide*, 2010; dt. *Shakespeare – ein Sachcomic*, 2011), auch Literarisches präsentiert. Der Übergang zwischen tatsächlichen Informationen, narrativ ausgesponnenen und weitgehend phantasierten Lebensgeschichten ist im Feld der ›biografischen‹ Comicerzählungen fließend.

Übersichtsdarstellungen zur Literaturgeschichte

Praktiken der Wissensdarstellung verpflichtet sind, wenn auch auf parodistische Weise, Comicerzählungen zu Epochen oder anderen übergreifenden Bereichen der Literaturgeschichte. Allerdings wird Bildungswissen hier kaum ernsthaft vermittelt, sondern vielmehr vorausgesetzt – und zum Objekt humoristischen oder satirischen Spiels gemacht. So präsentiert Catherine Meurisse unter dem Titel *Mes hommes de lettres. Petit précis de littérature française* (2008) einen Durchgang durch die Geschichte der französischen Literatur vom Mittelalter bis zum 20. Jahrhundert, in dem die einzelnen Episoden auf wichtige Dichter sowie auf deren Werke Bezug nehmen (vgl. Schmitz-Emans 2012b, 293–295). David Vandermeulens *Littérature pour tous* (2002), präsentiert als gezeichneter Literaturkurs, bietet eine Sequenz parodistischer Pseudo-Paraphrasen zu kanonischen Werken, gerahmt durch satirische Verweise auf Autoren und auf Praktiken des Literaturunterrichts. Als Surrogat zeitraubenden Erwerbs literarischer Bildung empfiehlt sich, in ähnlichem Sinn parodistisch, das aus Kurzcomics zu ausgewählten Werken bestehende Bändchen *Weltliteratur für Eilige. Und am Ende sind sie alle tot* von Henrik Lange (2009).

Anthologische Formate

In einem zitathaften, teils satirischen Bezug zum Konzept des literarischen Kanons stehen auch **Kompilationen** von knappen **Paraphrasen** oder **Motivpastiches** zu Werken der Weltliteratur, bei denen unterschiedliche Comic-Künstler jeweils ein von ihnen gewähltes Werk des Kanons in äußerst reduzierter Form rekapitulieren (vgl. Schmitz-Emans 2012b, 273–290). Schon in dieser Reduktion liegt ein parodistisches Moment. *Moga Mobos 100 Meisterwerke der Weltliteratur* (2001) empfiehlt sich ironisch als Ersatz der Original-Lektüren. *Alice im Comicland. Comiczeichner präsentieren Werke der Weltliteratur* (hg. von Irene Mahrer-Stich, 1993), aus Einzelcomics bestehend, vermittelt ein in der Schweiz kompiliertes Bild zeitgenössischer Vorstellungen über ›Kanonisches‹. Auch die beiden Bände von *50 – Literatur gezeichnet* (hg. von Wolfgang Alber und Heinz Wolf, 2003 und 2004) basieren auf einem geläufigen Kanon, diesmal aus österreichischer Sicht, wobei die damit verbundenen bildungsbürgerlichen Implikationen insgesamt eher satirisiert werden. Eine dreibändige Anthologie mit dem programmatischen Titel *The Graphic Canon. The World's Great Literature as Comics and Visuals*, 2012–2013 von Russ Kick herausgegeben, inzwischen auch ins Deutsche übersetzt, präsentiert eine Vielzahl grob chronologisch geordneter Texte vom Gilgamesch-Epos bis zur Gegenwartsliteratur. Wie die früheren Anthologien dokumentiert auch dieses Projekt die Perspektivenabhängigkeit von Kanones (obwohl Werke verschiedener Kulturen berücksichtigt sind), und wie die Vorläufer legt es den Comicbegriff teils eher großzügig aus, insofern die Beiträge nicht immer aus Bildsequenzen bestehen.

16.3 | Der Literaturcomic in der Geschichte des Comics

Nicht nur unter synchron-generischen, sondern auch unter diachron-historischen Aspekten ist der literaturbasierte Comic ein facettenreiches Teilphänomen des Comics insgesamt, dessen Geschichte in mehr als einer Hinsicht wichtige Entwicklungen spiegelt. Dies gilt (1) für die Formatgeschichte der Bilderzählung vom frühen Zeitungscomic über den Heftcomic bis zum Comicbuch; es gilt (2) für Prozesse der Internationalisierung und der kulturellen Hybridisierung sowie (3) für die Geschichte stilistischer Ausdifferenzierungen der Comicerzählung, oft verknüpft mit Momenten ästhetischer Selbstreflexion.

16.3.1 | Vorgeschichte und frühe Seriencomics

Schon die Vorgeschichte des Comics im engeren Sinn unterhält Beziehungen zu Literarischem. Die als Vorformen der modernen Bildgeschichte geltenden Bildsequenzen der Antike und des Mittelalters visualisieren vielfach Texterzählungen (vgl. McCloud 2001). Dies gilt – auch in der Neuzeit noch – insbesondere für bildnarrative Gestaltungen antik-mythischer und biblischer Provenienz, aber auch für andere Spielformen der Bildsequenz. Rodolphe Töpffer, der als Pionier der Bilderzählung und wichtiger Vorläufer des Comics im 19. Jahrhundert gilt, hat mit seiner Bildgeschichte *Docteur Festus* (1845) in parodistischer Weise an die Geschichte des *Faust*-Stoffs angeknüpft. Eine satirische Bildadaption von Victor Hugos *Les Misérables* publizierte Amédée de Noé (Cham) 1862/1863 in *Le Journal Amusant* (Blackbeard 1995, Bd. 1, 15).

Spielen literarische Reminiszenzen in den frühen Zeitungscomics eher punktuell eine Rolle, so tauchen sie als Bestandteile verfügbaren Allgemeinwissens doch gelegentlich auf – wie im Fall von Outcaults *Faust*-Reminiszenz (s. o.). Bei der Konzeption von Serien, in denen sich lange Narrative teils über Jahrzehnte hin entfalten, werden literarische Vorbilder dann teilweise prägend. Hal Fosters *Tarzan*-Strips (ab 1929) basieren auf einem Roman von Edgar Rice Burroughs. Der Comic-Tarzan wird seinerseits später zur Vorlage für Alex Raymonds *Jungle Jim* (ab 1934) und andere Abenteuer-Bildgeschichten. Fosters *Prince Valiant* ist als grafischer Artusroman inhaltlich Thomas Malory (*Le Morte d'Arthur*) und anderen Vorläufern in der Artusliteratur verpflichtet.

Abb. 57: *Classics Illustrated: Faust*, o. J.

16.3.2 | Konzept und Geschichte der *Classics Illustrated*

Führt die Etablierung des **Comic-Heft-Format**s, das Konzeption und Publikation umfangreicherer Bildgeschichten erleichtert, insgesamt zu einer weiteren Ausdifferenzierung der verschiedenen Comicgenres, so stimuliert sie gerade im Bereich literaturbasierter Comics die Genese des Literaturcomics im engeren Sinn: der Nacherzählung literarischer Texte durch Panels und im Rekurs auf comicspezifische Codes. Alfred Kanter konzipiert in den 1940er Jahren eine Serie von Heftcomics, die den Anspruch erheben, auf unterhaltende und zumal für jugendliche Leser eingängige und anregende Weise die weltliterarischen Klassiker zu popularisieren (zu *Classics Illustrated* vgl. ausführlicher Schmitz-Emans 2012b, 252–259). Als Vorlage der regelmäßig erscheinenden Hefte wurden anerkannte literarische, Klassiker gewählt; die gestalterische Umsetzung erfolgte durch wechselnde Zeichner und Szenaristen, wobei das Konzept der Reihe eine gewisse stilistische Homogenität impliziert, auch wenn für Gilberton bekannte Zeichner wie etwa Louis Zansky und Jack Kirby verpflichtet wurden. So zeigt das Heftcover der *Classics Illustrated*-Version von Goethes *Faust* die Hauptfigur und Mephisto im Stil eines konventionellen Filmplakats der 1940er Jahre (s. Abb. 57).

Zu Kanters Konzept gehören ferner diverse Strategien, den Heftcomic dem Verdacht bildungsferner und nutzloser Unterhaltung zu entziehen; so empfehlen sich diverse Literaturnacherzählungen explizit als Einstiegslektüre, die zur Konsultation der Originaltexte überleiten möchte; auf Reklameanzeigen wird verzichtet. Auch

Paratexte mit historischen Informationen unterstreichen den Informationswert der Hefte, deren Bildsprache und Covergestaltung allerdings klar der Ästhetik des unterhaltsam-spannenden Heftcomics verpflichtet ist. Die von 1941 bis 1946 zunächst unter dem Serientitel *Classic Comics* (anfangs bei der Elliot Publishing Company, ab 1942 bei der Gilberton Company) erscheinende US-amerikanische Serie trägt ab 1947 drei Jahrzehnte lang (bis zu ihrer Einstellung) den bis heute bekannten Namen *Classics Illustrated (CI)*, ab 1953 flankiert durch die Nebenreihe *Classics Illustrated Junior*, die u. a. Märchen als Comics präsentiert.

Teils parallel zu den US-amerikanischen *Classics Illustrated*, teils mit eigenständigen Titeln, erscheinen analoge Reihen in anderen Ländern, so die britischen *Classics Illustrated* und die griechischen *Klassiká Eikonografiména*. Von 1956 bis 1972 erscheint in wechselnden Verlagen die deutsche Reihe **Illustrierte Klassiker**. *Die spannendsten Geschichten der Weltliteratur*. Wie auch die amerikanischen Serientitel werden die deutschen gelegentlich neu aufgelegt; ab den 1990er Jahren werden Nachdrucke publiziert. In den USA erstehen die *Classics Illustrated* unter neuen verlegerischen Rahmenbedingungen und beeinflusst durch die mittlerweile erfolgte Etablierung des Graphic Novel-Formats ab 1990 phasenweise wieder auf. Zunächst bei First Comics/Berkley Publishing, 1997/1998 dann bei Acclaim Books in überarbeiteten und paratextuell ergänzten Versionen. Seit der Jahrtausendwende gab es mehrere verlegerische Ansätze, durch bearbeitete Neuauflagen an die jahrzehntelangen Erfolge der illustrierten Klassiker anzuknüpfen; dies gilt auch für die *Classics Illustrated Junior*. Fernsehproduktionen und digitale Editionen flankieren die jüngere Geschichte der Serie. Wiederholt haben andere Verlage die Konzeption der *Classics Illustrated* aufgegriffen. Ab 1976 erscheinen die **Marvel Classic Comics** als eine Serie, in der sich überarbeitete Neuauflagen älterer illustrierter Klassiker, aber auch neue Titel finden; mit individual-stilistischen Mitteln wird eher verhalten umgegangen. In den Jahren 1982 bis 1984 erscheinen im Verlag Oval Projects drei Shakespeare-Comics mit Originaltexten.

In jüngerer Zeit wurde u. a. mit der Serie *Brockhaus Literaturcomics* an das Konzept einer den weltliterarischen Klassikern gewidmeten Reihe angeknüpft, die vorbereitend auf, aber auch ersatzweise für die eigentliche ›Klassiker‹-Lektüre rezipiert wird.

Comicserien wie *Introducing...* oder *...for Beginners* sowie Sachcomics wie *...for Dummies* schließen an den Informationsanspruch der *CI* ebenso an wie an die Funktionalisierung der Comic-Codes. Kurzparaphrasen wie *Moga Mobos 100 Meisterwerke der Weltliteratur* (2009), die die Textadaption auf eine Seite und wenige Panels reduzieren, sind demgegenüber parodistische Hommagen an die *CI* als ein comicgeschichtlich folgen- und erfolgreiches Format – und insofern Metacomics (vgl. Kap. 18).

16.3.3 | Literatur im Buch-Comic: Größere Formate, stilistische Ausdifferenzierung

Die allmähliche Anerkennung des Comics als Kunstform sowie die Nutzung des Buchformats für Graphic Novels wirken sich impulsgebend auch auf den Literaturcomic aus, der an Gestaltungsoptionen wie an Prestige gewinnt. Die bei First Comics/Berkley Publishing in den 1990er Jahren erscheinenden Serientitel weisen partiell bereits die individuelle Stilistik ihrer jeweiligen Zeichner auf, wie etwa Bill Sienkiewiczs *Moby Dick* – eine Entwicklung, die durch die stilistische Ausdifferenzierung des Comics in der Ära der Graphic Novel bedingt ist und sich nicht nur in Literaturcomic-

Reihen, sondern auch und vor allem in Einzeladaptionen niederschlägt. Neben den Anspruch, literaturbezogenes Wissen zu vermitteln, ist der auf **autonome künstlerische Gestaltung** getreten. Die Reihe *Puffin Graphics* ist geprägt durch ästhetisch ambitionierte Paraphrasen literarischer Texte, wobei Zeichner und Szenaristen auf stilistische Individualisierung setzen und comicspezifische Darstellungsmittel innovativ nutzen. Mit dem die **Ära der Graphic Novel** charakterisierenden (und in dieser Form neuartigen) Selbstverständnis des **Literaturcomics als Kunstform** verbinden sich vor allem in Einzeladaptionen literarischer Texte, die ja Reihenformatbedingungen unterliegen, verschiedene Strategien der Autoreferenz, so der Einsatz von Bildzitaten, flankierend zu den genrebedingten Textzitaten, die Konstruktion von Rahmen- und Meta-Erzählungen sowie die Verwendung unkonventioneller grafischer Mittel. Erfolgreich und stilbildend sind in den 1990er Jahren u. a. Mairowitzs und Crumbs *Introducing Kafka* (1993) als ein Band, der zwar in einer Reihe erscheint, stilistisch aber klar Crumbs Signatur trägt, ferner die Comicversion von Paul Austers *City of Glass* durch Paul Karasik und David Mazzucchelli (1994), Bob Callahans und Scott Gillis' Adaption von Barry Giffords *Perdita Durango* (1995; vgl. Platthaus 2000). Gelegentlich präsentieren wichtige Comiczeichner in Form mehrfacher Literaturadaptionen eine Art persönlichen Kanon. So spiegeln die Literaturcomics von Dino Battaglia seine Vorliebe für romantische Schauerliteratur, insbesondere für Hoffmann und Poe (vgl. Jans/Cuozzo u. a. 2006). Diverse Adaptionen Nicolas Mahlers bilden einen kleinen **österreichischen Kanon** (H. C. Artmann, nach Lewis Carroll: *Alice in Sussex*; Musil: *Der Mann ohne Eigenschaften*; Thomas Bernhard: *Alte Meister*; vgl. Reichmann 2015 und Schmitz-Emans 2015). Den persönlichen Kanon des 2003 verstorbenen Guido Crepax dokumentiert posthum die 2011 erschiene Anthologie *Jekyll e altri classici della letteratura*.

Kulturtransfer, kulturelle Hybridität: Literatur im Manga

Einen Sonderfall in mehr als einer Hinsicht bilden die unter dem Serientitel *Nanairo Inko* (engl. *Rainbow Parakeet*, 1981–1983) zu Mangabüchern zusammengefassten, zunächst als Einzelepisoden erschienenen Literaturcomics des japanischen Manga-Pioniers **Tezuka Osamu** (vgl. Schmitz-Emans 2010a). Dieser konstruiert um die Figur eines begabten Schauspielers und Trickdiebs herum einen lockeren Rahmenplot, der innerhalb der einzelnen Episoden zum Anlass der **Referenz auf ein bestimmtes Werk der dramatischen Weltliteratur** wird. Auf dieses Werk wird durch Handlungselemente der Episode angespielt; es wird genannt, manchmal erläutert, manchmal von Akteuren der Episode zitiert oder inszeniert, manchmal zu Vergleichszwecken herangezogen, wo es um die Kommentierung von Figuren und Situationen geht. Knappe Informationen über das jeweilige Referenzstück, sein Entstehungsjahr und seinen Autor ergänzen die Bildgeschichten. Nicht nur wegen ihrer exklusiven Bezugnahme auf dramatische Literatur ist Tezukas Serie ungewöhnlich. Sie schlägt eine programmatische Brücke zwischen Hochkultur und dem als populärkulturell geltenden Manga; sie konstruiert Spiegelungsbezüge zwischen der intradiegetischen Figur des talentierten und zugleich diebischen (sich fremdes Eigentum aneignenden) Schauspielers und dem Zeichner, der sich fremder dramatischer Plots bedient. Und sie präsentiert mittelbar einen nicht nur internationalen, sondern auch **transkulturellen Kanon**, insofern neben Schauspielen aus Europa und den USA auch japanische Stücke als Hypotext fungieren – wie denn auch Tezukas Manga-Stil selbst westliche Elemente und Traditionen der japanischen Grafik verschmilzt.

16.3.4 | Optionen der Graphic Novel

Die reihen- und serienunabhängige Comicadaption literarischer Textvorlagen, ihrer Plots, Figuren oder Motive gewinnt durch die Extension des Comics vom Zeitungs- über den Heftcomic zur Graphic Novel an gestalterischem Spielraum. Von litera- risch-textuellen Strukturierungsformen in höherem Maße als zuvor übernommen werden können nun Kapitelgliederungen und (pseudo-)paratextuelle Rahmungen. Ein Beispiel **textlich und grafisch komplexer Buchgestaltung** bietet Posy Sim- monds' *Gemma Bovery* (1999; dt. 2011), eine parodistische Anknüpfung an Gustave Flauberts Roman *Madame Bovary* (1856), in der die Geschichte der Protagonistin ei- nerseits Ähnlichkeiten mit der der Flaubert'schen Emma Bovary aufweist, anderer- seits über diese Ähnlichkeit aber auch auf Figurenebene reflektiert und sie somit iro- nisch gebrochen wird.

Können im Rahmen des Graphic Novel-Formats Romanvorlagen ausführlicher als im Heftcomic nacherzählt – oder auch modifiziert – werden, so eröffnet das Format der **Graphic Novel-Serie** (bzw. der Graphic Novel in mehreren Teilbänden) weitere Optionen. Ein konzeptionell herausragendes Beispiel bietet Stéphane Heuets Projekt einer Adaption von Marcel Prousts *À la recherche du temps perdu* für den Comic bzw. die ›bande dessinée‹ (vgl. dazu Platthaus 2012). Seit 1998 in mehreren Teilbänden publiziert, aber noch unabgeschlossen, arbeitet Heuet als Texter mit ausgewählten Textpassagen aus dem Originaltext. Der Verlauf seiner Bilderzählung steht gegen- über dem vielschichtigen, nichtlinear erzählten Proust'schen Roman zwar im Zei- chen von Umstellungen und Straffungen; Heuet bemüht sich aber durch Panel- und Bildregie sowie durch Bildzitate um ein Pendant zu jener Vielschichtigkeit. Damit verbinden sich **Strategien künstlerischer Reflexion über Bildmedien und Bild- lichkeit**. Daniel Casanave und Robert Cara haben eine dreiteilige Comic-Nacherzäh- lung zu Kafkas *Amerika*-Roman geschaffen (2005, 2007, 2008), für die Analoges gilt.

Dass neben inter- bzw. transtextuellen Strategien auch Bildzitat-Techniken dazu eingesetzt werden, um auf die Komplexität literarischer Vorlagen mit comicspezifi- schen Mitteln zu reagieren, illustriert neben Heuets Proust-Comic auch Martin Row- sons Adaption von Laurence Sternes *Tristram Shandy* (1996; dt. 2011). Neben die Nacherzählung der nichtlinearen, ständig durch Digressionen unterbrochenen Ro- manhandlung treten Formen der Übernahme und Erweiterung buchgestalterischer Experimente, die bei Sterne selbst angelegt sind. – Wie Rowsons *Tristram Shandy*, so ist auch Alexandra Kardinars und Volker Schlechts Comicparaphrase zu E. T. A. Hoff- manns Erzählung *Das Fräulein von Scuderi* (2011) durch **Verfremdungsstrategien** geprägt, die auf den Gestaltungsprozess selbst verweisen; die gezeichneten Figuren, aus Hoffmanns Text entlehnt, erscheinen in der Graphic Novel vielfach wie aus einer Materialvorlage herausgeschnitten. Exkursartige Textpassagen werden im Stil abs- trahierender Logos erzählt – ein indirekter Hinweis auf das mit Hoffmanns verschie- denen erzählerischen Registern wetteifernde Stilspektrum des Comics. Gelegentlich lassen Comic-Künstler literarische Figuren in ihren Geschichten ein anderes Leben führen als im literarischen Bezugstext oder bieten von der Vorlage **abweichende Fi- gureninterpretationen**. So schließt Will Eisner mit seiner Graphic Novel *Fagin, the Jew* (2003) zwar an Charles Dickens' *Oliver Twist* an, wo der Jude Fagin als Böse- wicht dargestellt wird, korrigiert Dickens' Judenbild aber durch sein abweichendes Porträt – und zitiert schließlich sogar Dickens selbst als gezeichnete Figur in seiner Comicerzählung, um ihn durch die eigene Figur zurechtweisen zu lassen.

Wird mit der Ära der Graphic Novel auch der Weg frei für **komplexe autoreferen-**

zielle Strategien, die sich im Buchformat entfalten, so nutzen Comicerzähler auch diese Optionen u. a. im Rekurs auf literarische Vorläufer. Marc-Antoine Mathieu, der in seinen Bilderzählungen die materiellen und medialen Parameter von Bildgeschichten, Bildkonstruktion und Bildrezeptionsprozessen, von Imaginationsvorgängen und konkreter Buchgestaltung bespiegelt, verortet sich nicht zuletzt in der Nachfolge von Autoren, die (wie Kafka) das Medium Schrift und (wie Borges) das Medium Buch thematisiert haben. Gern wählen künstlerisch ambitionierte Zeichner literarische Vorlagen, um ihre gestalterischen Möglichkeiten in **experimentellen Text-Bild-Arrangements** zu erkunden (vgl. etwa Nordmann, *Faust*, 1996; David Vandermeulen & Ambre, *Faust*, 2006). Kunst- und medienreflexive Potenziale eigener Art bieten Formen und Verfahren der Kombination literarischer Schreibweisen mit Formen des Comics. Haben die Produzenten von Literaturcomics häufig literarische ›Bausteine‹ in Form von Textzitaten oder längeren, der Vorlage stilistisch oft angeglichenen Passagen in ihre Bilderzählungen integriert, so integrieren umgekehrt rezente Autoren gelegentlich Comicelemente in ihre Romane (vgl. etwa Thomas von Steinaecker: *Geister*. Mit Comics von Daniela Kohl, 2008).

Primärliteratur

[Div. Zeichner:] *Moga Mobos 100 Meisterwerke der Weltliteratur*. Berlin 2001.
Casanave, Daniel/Robert Cara: *L'Amérique*. 3 Bde. Frontignan 2005, 2007, 2008.
Eisner, Will: *Fagin, the Jew*. New York 2003.
Flix: *Faust. Der Tragödie erster Teil*. Hamburg 2010/14.
Flöthmann, Frank: *Grimms Märchen ohne Worte*. Köln 2013.
Heuet, Stéphane: *Marcel Proust: À la recherche du temps perdu*. Paris 1998–2013 (dt. *Auf der Suche nach der verlorenen Zeit*, 2010–2014).
Kardinar, Alexandra/Volker Schlecht: *Das Fräulein von Scuderi*. Frankfurt a. M. 2011.
Meurisse, Catherine: *Mes hommes de lettres. Petit précis de littérature française*. Paris 2008.
Montellier, Chantal/David Zane Mairowitz: *Franz Kafka: The Trial*. London 2008.
Nordmann, Falk: *Faust. Der Tragödie erster Teil*. Hamburg 1996.
Rowson, Martin: *Tristram Shandy*. London 1996 (dt. *Leben und Ansichten von Tristram Shandy, Gentleman*, 2011).
Simmonds, Posy: *Gemma Bovery*. London 1999 (dt. *Gemma Bovery*, 2011).
Vandermeulen, David: *Littérature pour tous*. Montpellier 2002.

Grundlegende Literatur

Backe, Hans-Joachim: *Under the Hood. Die Verweisstruktur der Watchmen*. Bochum/Essen 2010. [Der Band analysiert die *Watchmen*-Comics von Moore/Gibbons unter Akzentuierung ihrer intertextuellen Prägung; kommentiert werden Motive, Konzepte und Zitate aus biblischen und weltliterarischen Texten, aus Liedern, philosophischen und wissenschaftlichen Werken. So wird exemplarisch deutlich, wie sich stoffliche Elemente, Figuren- und Motivsemantisierungen literarischer Provenienz als Zitate funktionalisieren lassen, um vielschichtige Comics zu konstruieren.]
Lohse, Rolf: »Acquefacques, Oubapo & Co. Medienreflexive Strategien in der aktuellen französischen bande dessinée«. In: Ditschke/Kroucheva/Stein 2009, 309–334. [In dieser exemplarischen Studie wird deutlich, inwiefern sich die Bildgeschichten Marc-Antoine Mathieus in die Geschichte der Literatur einschreiben: nicht nur auf der Ebene von Zitaten und Modellen, Figuren und Handlungselementen aus Einzeltexten, sondern auch durch Anknüpfungen an literarische Strömungen wie Oulipo.]
Schmitz-Emans, Monika (Hg.): *Comic und Literatur: Konstellationen*. Berlin/Boston 2012. [2012a] [Die Beiträge des Bandes beleuchten anhand konkreter Beispiele die Beziehungen zwischen Literatur und Comic auf verschiedenen Ebenen: auf der der Comicadaption literarischer Texte (Beispiele zu Dante, Poe, Proust, Saint-Exupéry u. a.), auf der der Comicvariante literarischer Gattungen (wie etwa der Biografie und der historischen Erzählung), auf der einer Reinszenierung von Mythen (wie etwa Orpheus) sowie auf der einer selbstbewusst entfalteten Zitatästhetik.]

Schmitz-Emans, Monika (in Zusammenarb. m. Christian A. Bachmann): *Literatur-Comics. Adaptationen und Transformationen der Weltliteratur*. Berlin/Boston 2012. [2012b] [Ausgehend von einem Versuch, das weite Feld des Literaturcomics zu kartieren und dabei verschiedene Spielformen der Comicadaption literarischer Texte, Motive und Figuren differenzierend zu beschreiben, werden Schwerpunktbereiche der Literatur-Adaption durch Comiczeichner anhand von Beispielen erörtert. Schwerpunkte liegen auf der Selbstbespiegelung des Comics in anderen Künsten sowie auf seiner Beziehung zur Geschichte der Konzeptualisierungen von ›Weltliteratur‹.]

Trabert, Florian/Stuhlfauth-Trabert, Mara/Waßmer, Johannes (Hg.): *Graphisches Erzählen. Neue Perspektiven auf Literaturcomics*. Bielefeld 2015. [Der Band versammelt Beiträge zu verschiedenen Spielformen der Literaturadaption durch Comiczeichner, zu den Literaturadaptionen einzelner Zeichner, zu exemplarischen, teils ›kanonischen‹ Einzelwerken, zu Strategien der Parodie, der Variation und der Modernisierung, aber auch zur Vorgeschichte des Comics in frühen Bilderzählungen.]

Sekundärliteratur

Bachmann, Christian A./Sina, Véronique/Banhold, Lars (Hg.): *Comics Intermedial*. Essen 2012.

Becker, Thomas (Hg.): *Comic. Intermedialität und Legitimität eines popkulturellen Mediums*. Essen/Bochum 2011.

Blackbeard, Bill (Hg.): *100 Jahre Comic Strips*. 2 Bde. Hamburg 1995 (engl. *The Comic Strip Century: Celebrating 100 Years of an American Art Form*, 1995).

Ditschke, Stephan/Kroucheva, Katerina/Stein, Daniel (Hg.): *Comics. Zur Geschichte und Theorie eines populärkulturellen Mediums*. Bielefeld 2009.

Ferstl, Paul: »Novel-Based Comics«. In: Mark Berninger/Jochen Ecke/Gideon Haberkorn (Hg.): *Comics as a Nexus of Cultures. Essays on the Interplay of Media, Disciplines and International Perspectives*. London 2010, 60–69.

Genette, Gérard: *Palimpsestes. La Littérature au second degré*. Paris 1982.

Hangartner, Urs: »Von Bildern und Büchern. Comics und Literatur – Comic-Literatur«. In: *Text + Kritik*, Sonderband: *Comics, Mangas, Graphic Novels* (2009), 35–56.

Jans, Michel/Cuozzo, Mariadelaide/Lador, Pierre-Yves/Péju, Pierre/Pratt, Hugo/Toppi, Sergio: *Battaglia. Une Monographie*. St Egrève 2006.

Kannenberg, Gene (Hg.): *500 essential Graphic Novels. The Ultimate Guide*. New York/Cambridge 2008.

Leinen, Frank: »Spurensuche im Labyrinth. Marc-Antoine Mathieus Bandes dessinées zu Julius Corentin Acquefacques als experimentelle Metafiktion«. In: Frank Leinen/Guido Rings (Hg.): *Bilderwelten – Textwelten – Comicwelten. Romanistische Begegnungen mit der neunten Kunst*. München 2007, 229–263.

McCloud, Scott: *Comics richtig lesen. Die unsichtbare Kunst* [1994]. Hamburg 2001 (engl. *Understanding Comics: The Invisible Art*, 1993).

Platthaus, Andreas: *Im Comic vereint – Eine Geschichte der Bildgeschichte*. Frankfurt a. M./Leipzig 2000.

Platthaus, Andreas: »Über Proust hinaus erzählen. Stéphane Heuets Adaption von *Un amour de Swann*«. In: Schmitz-Emans 2012a, 67–83.

Reichmann, Wolfgang: »›Was lesen wir denn da?‹ Über Nicolas Mahlers visuelle Verdichtung und intertextuelle Fortschreibung von H. C. Artmanns *Frankenstein in Sussex*«. In: Trabert/Stuhlfauth-Trabert/Waßmer 2015, 125–141.

Schmitz-Emans, Monika: »Der Comic als ›übersetzte‹ Literatur? Literaturcomic, Übersetzung und Kulturtransfer bei Tezuka Osamu«. In: Hiroshi Yamamoto/Christine Ivanovic (Hg.): *Übersetzung – Transformation. Umformungsprozesse in/von Texten, Medien, Kulturen*. Würzburg 2010, 123–142. [2010a]

Schmitz-Emans, Monika: »Weltliteratur im Comic«. In: Alexandra Kleihues/Barbara Naumann/Edgar Pankow (Hg.): *Intermedien. Zur kulturellen und artistischen Übertragung*. Zürich 2010, 531–551. [2010b]

Schmitz-Emans, Monika: »Sprechblasen. Der Comic und seine Bedeutung für literarisch-poetische Experimente in den 1960er und 1970er Jahren«. In: Christoph Zeller (Hg.): *Literarische Experimente: Medien, Kunst, Texte seit 1950*. Heidelberg 2012, 173–207. [2012c]

Schmitz-Emans, Monika: »Nicolas Mahlers Literaturcomics«. In: Trabert/Stuhlfauth-Trabert/Waßmer 2015, 19–42.

Schüwer, Martin: *Wie Comics erzählen. Grundriss einer intermedialen Erzähltheorie der grafischen Literatur*. Trier 2008.

Monika Schmitz-Emans

17 Sachcomics

17.1 | Begriffsbestimmungen

Womit beschäftigen sich Sachcomics? Durchforstet man auf der Suche nach einer Antwort probehalber einmal die einschlägigen Verlagsprogramme und wirft z.B. einen Blick in den Katalog der Reihe »Infocomics« (TibiaPress), die immerhin den Zusatztitel »ein Sachcomic« trägt, trifft man auf eine überwältigende Bandbreite an vorgestellten Themen. »Seriös, leicht verständlich und lebendig«, so die Verlagswerbung, behandeln Infocomics u. a. Philosophie, Psychologie, Evolution, Ökonomie, Quantentheorie, die Epoche der Aufklärung, Marxismus, Ethik, Statistik, Zeit, Shakespeare, Nietzsche, Slavoj Žižek. Entsprechend reichen die Überschriften der übergeordneten Infocomics-Kategorien von »Grundlagen« über »Wirtschaft/Politik«, »Naturwissenschaften«, »Philosophie«, »Geschichte/Literatur« bis hin zu »Biologie/Psychologie«; neben Einführungen in wissenschaftliche Disziplinen und in allgemeine Themen finden sich auch solche in das Leben und Werk großer Denker.

Ganz in diesem Sinne lautet im englischsprachigen Raum der meist gebräuchliche Begriff für Sachcomics ›**Educational Comics**‹. Es finden sich außerdem Begriffe wie »Non-fictional Comics« (im Gegensatz zu »Fictional Comics«; Rifas 2010), »Factual Comics« (Williams 1999), »Special Purpose Comics« (Davidson 2008) oder »Fact-based Comics« (Kunzle 2015). ›Educational‹ meint hier ›wissensvermittelnd‹ im Gegensatz zu ›entertaining‹, wobei sich die beiden Begriffe in Bezug auf Sachcomics nicht ausschließen müssen. Im Gegenteil: Ein Vorteil des Mediums besteht gerade darin, das Sachlich-›Lehrende‹ mit dem Unterhaltenden zu verbinden, ganz im Sinne des klassischen Literatur-Leitspruchs »prodesse et delectare«.

Begriffsbestimmung 1: Dem hätte auch Will Eisner zugestimmt, der als Comicpraktiker sowohl im unterhaltenden wie im ›(be)lehrenden‹ Fach zuhause war und der als Comictheoretiker in seinem Grundlagenwerk *Comics & Sequential Art* (1985 u. ö.) für unterhaltende Elemente auch im Sachcomic plädiert: »Im Fall eines rein belehrenden Comics, besonders wenn dem Leser ein bestimmtes Verhalten oder eine bestimmte Anschauung vermittelt werden soll, ist die Information oft in viel Humor und Übertreibung verpackt, um die Aufmerksamkeit des Lesers zu gewinnen, die Aussage zu betonen und für den Leser wiedererkennbare Situationen zu schaffen. Dabei werden unterhaltende Elemente in die zweckgebundene Lektüre hineingebracht« (Eisner 1995, 142). Eisner unternimmt einen frühen Versuch der definitorischen Bestimmung des Genres, wenn er zwei Arten von Sachcomics (in seiner Terminologie ›Instructional Comics‹ statt ›Educational Comics‹) unterscheidet: die ›Technical Instruction Comics‹ und die ›Attitudinal Instruction Comics‹. »Die zwei Grundformen der Lehrcomics [»instructional comics«] sind bestimmt durch die Vermittlung technischen Wissens oder einer bestimmten Einstellung zu einem Thema« (Eisner 1995, 144). Die Aufgabe des ›**Technical Instruction Comics**‹ beschreibt er folgendermaßen: »Ein rein ›technischer‹ Comic, der das zu lernende Vorgehen aus der Sicht des Lesers zeigt, gibt Instruktionen zum Vorgehen und zu Abläufen, die meist im Bereich des Zusammenbaus oder der Reparatur von Geräten liegt. Solche Abläufe sind schon von ihrer Natur aus sequentiell und daher besonders zur Darstellung als Bildfolge geeignet; der Erfolg dieser Anwendung des Mediums Comic liegt darin begründet, dass der Leser die dargestellte Erfahrung leicht nachvollziehen kann« (Eisner 1995, 145 f.). ›**Attitudinal Instruction Comics**‹ hingegen charakterisiert Eisner so:»Eine andere Lehrfunktion [»instructional function«] des Mediums kann es sein, eine bestimmte Anschauung [»attitude«: Haltung, Einstellung] gegenüber einer Sache oder einer Aufgabe zu vermitteln. Die Beziehung zum Leser, die auf dem Wege der Identifikation hergestellt wird, wenn er eine Szene als Bildfolge dargestellt oder ›gespielt‹ sieht, bewirkt schon aus sich selbst heraus einen Lerneffekt« (Eisner 1995, 146).

Begriffsbestimmung 2: Der Frankfurter Comicforscher und Literaturwissenschaftler Bernd Dolle-Weinkauff hingegen definiert Sachcomics nicht ausgehend von ihrer Stellung innerhalb des Spektrums der Comicgenres, sondern in Erweiterung der Diskussionen um faktuale Literatur als»**Spielart der Sachliteratur**, die mit den visuell-verbalen Darstellungsmitteln des Comics operiert. Als nichtfiktionales Genre intendiert der Sachcomic in erster Linie die Vermittlung von Information. Die Themen des Sachcomics reichen von naturwissenschaftlicher, technischer und politisch-gesellschaftlicher Information bis hin zu handbuchartigen Formen und Ratgeberliteratur (Kochbücher, Reparaturanleitungen)« (Dolle-Weinkauff 1990, 332). In Hinblick auf die Lage des Genres Sachcomic in Deutschland stellt er damals einen thematischen Wandel fest:»Entdeckt und anfangs ausschließlich genutzt als Medium der politischen Bildung und historisch-ideologiekritischer Aufklärung, folgt der Sachcomic in der Gegenwart zunehmend dem Trend zur Aufbereitung von Stoffen verschiedenster Art, wobei zunehmend auch [...] naturwissenschaftliche Themen aufgegriffen werden« (Dolle-Weinkauff 1990, 305).

Begriffsbestimmung 3: Einen ganz andersartigen Versuch der Gegenstandsbestimmung unternimmt der US-Amerikaner Leonard Rifas, wenn er ›Educational Comic‹ nicht als ein einzelnes Genre beschreibt, sondern als »a large constellation of related (and somewhat overlapping) categories« (Rifas 2010, 160). Anstelle einer Definition skizziert er ein **Spektrum möglicher Formen von** ›**Educational Comics**‹: »These include local and global history comics, ›true fact‹ comics, illustrated adaptations of novels and plays, instructional comics, propaganda and psychological warfare comics, religious education and proselytizing comics, advertising and industrial public relations comics, political campaign comics, health education comics, biography and autobiography comics, development education comics, educational fotonovelas, benefit/cause comics, comics-illustrated brochures, cartoon-illustrated nonfiction picture books, infotainment, and classroom-based edutainment« (Rifas 2010, 161).

Begriffsbestimmung 4: Angesichts dieser Vielfalt an Sachcomics, die Lehrformate zwar umfassen, aber keineswegs auf sie beschränkt sind, schlägt die deutsche Comicforscherin Heike Elisabeth Jüngst in ihrer 2010 auf Englisch verfassten Habilitationsschrift über Sachcomics die Verwendung des neutralen Oberbegriffs ›**Information Comics**‹ statt ›Educational Comics‹ vor. Ergänzend zu Eisners Unterteilung in ›Technical Instruction Comics‹ und ›Attitudinal Instruction Comics‹ führt sie den Typus ›**Fact Comics**‹ ein. Damit bezeichnet sie jene Sachcomics, die weder Anleitungen geben noch auf Verhaltens- oder Einstellungsänderungen abzielen, sondern reine Fakten vermitteln:»[Fact comics] use the comics format to present facts to the reader« (Jüngst 2010, 18). Anspruch und Aufgabe von Sachcomics überhaupt benennt der Untertitel ihres Buches *Information Comics*:»Knowledge Transfer in a Popular Format«.

17.2 | Die Anfänge der Sachcomicgeschichte

Das Genre Sachcomic bildet sich in den 1940er Jahren in den USA heraus und entwickelte bald schon eine große Breitenwirkung (Übersichten zur Geschichte des Sachcomics bieten etwa Williams 1999; Davidson 2008; Rifas 2010; siehe auch Jüngst 2010, 34 f.). Neben kommerziellen Verlagen sind es Interessengruppen, **Firmen und öffentliche Institutionen**, die Anwendungsbereiche für Sachcomics finden. Didaktisch präsentiert sich das Genre in den Anfängen in einem doppelten Sinn: Mit den neuen Inhalten oder Themen will man einerseits zur **Nobilitierung eines verschmähten Mediums** beitragen und andererseits spezifische Informationen und Ideen transportieren – ob nun aufgrund kommerzieller, pädagogischer oder politisch-ideologischer Interessen. Die vorwiegend in den USA geführte kontroverse Diskussion, ob Comics einem jugendlichen Publikum schaden oder nützen, führt auch zur Erkenntnis, dass Comics ein riesiges Potenzial aufweisen, weil sie für ein junges Lesepublikum attraktiv sind und es gleichzeitig beeinflussen können. Eine Folge davon ist, dass viele Sachcomics der 1940er und 1950er Jahre als **Werbemittel** dienten, um Leser zum Konsum bestimmter Produkte zu verführen oder politisch zu gewinnen, oder auch schlicht als Image-Werbung für Firmen fungierten (etwa die *Adventures in...*-Heftreihe von General Electric Corporation). Selbst **Wahlpropaganda** wurde mit Comics betrieben, so brachte zum Beispiel das Democratic National Committee 1948 drei Millionen Gratisexemplare einer Comicbiografie von Präsidentschaftskandidat Harry Truman unter die Leute (Booker 2014, 119).

Den Beginn der Sachcomicsgeschichte markiert die Reihe *True Comics* (1941–59). Der New Yorker Verlag The Parents' Institute, Inc. tritt mit dem Werbespruch an, »Truth« sei merkwürdiger und tausendmal aufregender als »Fiction« – »TRUTH is stranger and a thousand times more thrilling than FICTION« steht bereits auf dem Cover der allerersten Ausgabe von *True Comics* (Vol. 1, No. 1, April 1941). Nationales und Weltgeschehen haben in den *True Comics* ebenso Platz wie Prominentenbiografien aus den Bereichen Sport und Showbusiness oder auch Reportagen. Die populäre und kommerziell äußerst erfolgreiche Reihe findet Nachfolger, die die *True Comics* imitieren. Sie heißen *Real Heroes, Real Life Comics, It Really Happened, Picture News, Picture Stories*. Vermittelt werden **Allgemeinbildung** ebenso wie kanonisiertes biografisches, patriotisches oder auch religiöses Bildungsgut. Zeitgleich mit den *True Comics* entsteht die Reihe *Classic Comics* (ab 1947 *Classics Illustrated*, bis 1971; vgl. dazu ausführlicher Jones 2001). Sie stellt eine Pionierleistung auf dem Gebiet der popularisierenden und simplifizierenden Literaturvermittlung dar. ***Classics Illustrated***, die später auch in Europa Furore machten und auf Deutsch erschienen, widmen sich mehrheitlich Werken der westlichen Literaturgeschichte, in Einzelfällen auch den Biografien von US-amerikanischen Heldenfiguren wie Buffalo Bill oder Davy Crockett. Historische Themen sind sogenannten »special issues« von *Classics Illustrated* vorbehalten. Diese Form der Literaturvermittlung steht am Beginn des Genres **Literaturcomics**, dessen vielfältige Formen von humoristisch bis künstlerisch-avanciert reichen und sich keineswegs in der Vermittlung von literarischem Wissen erschöpfen (vgl. Kap. 16); nur ein Teil dieses Genres zählt daher zu den Sachcomics.

Auch das **Militär** nutzt das Mittel Sachcomic. In den USA heißt die entsprechende Publikation *PS Magazine. The Preventive Maintenance Monthly* und erscheint seit 1951 bis heute (vgl. hierzu Fitzgerald 2009). Soldaten der US-Armee sollen im Hinblick auf die Themen Handhabung und Unterhalt von Waffen, Geräten und Fahrzeugen sensibilisiert und praktisch geschult werden. Als Art Director für die ersten beiden Erscheinungsjahrzehnte von *PS Magazine* zeichnet Will Eisner verantwortlich, der bereits während des Zweiten Weltkriegs Comics zum Army-eigenen Magazin *Army Motors* beiträgt und danach mit einer eigenen Firma neben dem Militär auch General Motors, das Rote Kreuz oder die American Dental Association mit Sachcomics beliefert (vgl. zu Eisner als Sachcomic-Zeichner Yronwode 2010).

17.3 | Zentrale Themen und Subgenres

Darstellungsformen

Sachcomics kennen unterschiedlichste Darstellungsformen.

- Zur Vermittlung eines Themas dienen etwa **Protagonisten**; sie können als Identifikationsfiguren funktionieren und den emotionalen Zugang beim Lesepublikum befördern. Der ›menschliche Faktor‹ wird dann verstärkt, wenn der Autor/Künstler selber in einer Sachcomicgeschichte erscheint, rein erzählend (z.B. in Blocktexten), im jeweiligen Fach dozierend oder in Form eines gezeichneten Avatars als ›Guide‹ die Leserinnen und Leser durch Handlung und Stoff begleitend.
- Sachcomics müssen ihr Thema faktisch dokumentieren und belegen. Sie tun es durch **akribische Wiedergabe** etwa in jeweils zeitgenössischen Rekonstruktionen von Dekors (Stadtlandschaften, Architektur) und Objekten. Es kann auch durch eine collageartige Mischung der Darstellungsformen geschehen, etwa im Wechsel von (Nach-)Gezeichnetem, Fotografie, Textdokumenten, Tabellen oder wissenschaftlichen Illustrationen. Eine solche Darstellung erhöht den ästhetischen Reiz ebenso wie die Glaubwürdigkeit im Faktischen.

17.3.1 | Politik und Geschichte

Ob als Gesamtschauen (Weltgeschichte, Ländergeschichte) oder auf bestimmte Epochen bzw. Einzelereignisse fokussiert – geschichtliche und politische Themen erfreuen sich im Bereich der Sachcomics wohl der größten Beliebtheit. Die Intention kann (politische) Aufklärung sein oder, wie in den meisten Fällen, schlicht Wissensvermittlung im Bildungszusammenhang. Dank ihrer Attraktivität und Anschaulichkeit eignen sich Comics hierfür in besonders hohem Maß (vgl. Fix 1996; Munier 2000; Gundermann 2007; Mounajed 2009).

Mit einer politisch-aufklärerischen, dezidiert linken Grundhaltung produziert der Mexikaner **Rius** ab den 1960er Jahren über 100 Sachcomics. Unter seinen Werken finden sich Comicarbeiten zu Nicaragua, zum Kommunistischen Manifest oder zur fragwürdigen Rolle internationaler Pharmakonzerne in Entwicklungsländern. Rius' Methode ist die Collage, d. h. er gestaltet seine Arbeiten als Wechsel von Kurzcomics, die bewusst ›volkstümlich‹, in einfachen Strichen gehalten sind, und einmontiertem Bild- und Textmaterial, das Sachverhalte dokumentieren soll (Abb. 58). Seine beiden Sachcomics *Cuba para principiantes* (1960) und *Marx para principiantes* (1972) verbreiten sich dank englischer Übersetzungen und englischer bzw. US-amerikanischer Verlage bald schon international. *Marx for Beginners* (1975) bildet den Grundstein für die populäre Sachcomic-Reihe ... *for Beginners* (in Deutschland ab Ende der

Abb. 58: Rius, *Economía para ignorantes (en economía)*, 1983, 55

1970er Jahre erschienen unter dem Titel ... *für Anfänger)*. Die englische Reihe wird 1999 in *Introducing. . .* umbenannt und mit neuen Titeln sowie der Wiederauflage bestehender Titel fortgeführt. Titel dieser Reihe speisen das aktuelle Sortiment von *Infocomics* bei der deutschen TibiaPress.

Der Kommunikationswissenschaftler **Leonard Rifas** (Seattle) verantwortet seit 1976 unter dem Namen ***EduComics*** ein eigenes, dem Sachcomic gewidmetes Verlagsprogramm, das er mit der ersten westlichen (d. h. übersetzten) Ausgabe von Keiji Nakazawas autobiografischem Hiroshima-Manga *Hadashi no Gen* (*Gen of Hiroshima*, dt. *Barfuß durch Hiroshima*, 2004–2005) eröffnete. Rifas' Autoren- und Verlegerarbeit ist deutlich geprägt vom Geist der US-amerikanischen Underground-Szene; dazu gehört eine klare Haltung gegen das Establishment und eine kritische Distanz zur offiziellen Politik der USA. 1976 publiziert Rifas mit *All-Atomic Comics* eine Sammlung von Underground-Comics, die der Nutzung von Atomkraft kritisch gegenüberstehen, und widmet sich im Weiteren in Zusammenarbeit mit Nicht-Regierungsorganisationen Themen wie Ernährungspolitik, Energiepolitik oder Pazifismus. Rifas' *EduComics* stehen für jene Ausprägung von Sachcomics, welche die Subjektivität des Anwaltschaftlich-Parteiischen mit der Objektivität von Non-Fiction vereinen wollen.

Abb. 59: Larry Gonick, *The Cartoon History of the Universe*, Vol. 5, 1980, 70

Larry Gonick, studierter Harvard-Mathematiker, ist ab den frühen 1980er Jahren der Schöpfer einer Reihe von sogenannten ***Cartoon Guides to...*** vornehmlich zu (natur-)wissenschaftlichen Themen (Physik, Chemie, Genetik, Statistik, Computer, Algebra). Ab 1978 widmet Gonick sich auch der Geschichte; begleitet von einem ironisch gezeichneten Professor (die auktoriale Kommentarstimme des Autors Gonick), der zur Reise mit der Zeitmaschine einlädt, werden einzelne geschichtliche Epochen vorgestellt. In *The Cartoon History of the Universe* (in Buchform 1990–2002, s. Abb. 59) und seiner Fortsetzung *The Cartoon History of the Modern World* (2007/2009) schließlich wird der geschichtliche Bogen vom Urknall bis in die Gegenwart gespannt. Unterhaltung und kritische Anregung sind Ansprüche von Gonicks Sachcomics, dessen Credo es ist, dass aus besser informierten Menschen auch bessere Mitglieder der menschlichen Gemeinschaft werden. Gonick operiert mit einem ›humanistischen‹ Impetus, im Unterschied zu Rius und Rifas, die in ihren Arbeiten linke politische Positionen vertreten.

17.3.2 | Welt und Wissenschaft

Die . . . *for Beginners*-Reihe mit den entsprechenden Themen und Larry Gonicks Serie *Cartoon Guides to. . .* sind Beispiele dafür, wie sich Sachcomics auch (natur-)wissenschaftlicher Themen annehmen. Geeignet vor allem als Einführung in eine Disziplin, bedient diese Art des Sachcomics das Bedürfnis nach schneller Information und bietet sich als Medium an, in dem Abstraktes und mitunter schwer Verständliches anschaulich vermittelt und damit leichter verständlich gemacht werden kann (vgl. Prechtl 2013). Die Kunst der **Komplexitätsreduktion** ist bei der Popularisierung von ›schwierigen‹ Themen wie Ökonomie oder Mathematik in Sachcomics in besonders hohem Maß gefordert. Wie sie gelingen kann, illustrieren drei Beispiele.

Darstellungsweisen: Ein (fiktiver) Vortrag von Bertrand Russell über seine Suche nach fundierten Grundlagen der Mathematik, den er 1939 in den USA hält, bildet den Erzählrahmen zum Comic ***Logicomix*** (2009, dt. 2010) von Apostolos Doxiadis, Christos H. Papadimitriou (Text) und Alecos Papadatos (Zeichnungen). Er erzählt zum einen die Lebensgeschichte von Russell, dem Mathematiker, Philosophen, Pazifisten und Literaturnobelpreisträger von 1950; auf einer weiteren Ebene werden die mathematisch-logischen Themen verhandelt und schließlich ist die Geschichte der Entstehung des Comics selbst Teil der Erzählung. Viele Figuren der **Mathematikgeschichte** (Alfred North Whitehead, Alan Turing, Kurt Gödel, Gottlob Frege, Ludwig Wittgenstein) tauchen in der Geschichte auf, die zeitlich vom späten 19. Jahrhundert bis zum Zweiten Weltkrieg reicht. *Logicomix* stellt sich erfolgreich der Herausforderung, Abstraktes zu konkretisieren, komplexe theoretische Gedanken durch die Bindung an handelnde Menschen zu veranschaulichen und am Ende eine ›abenteuerliche‹ Wissenschaftsgeschichte zu erzählen (vgl. Vogel 2013).

Der Comic ***Economix*** (2012, dt. 2013) ist ein Beispiel für einen Wissenschaftscomic, der die großen Zusammenhänge im komplexen Geflecht der Ökonomie verständlich machen will. Er tritt auf mit dem Anspruch einer **Gesamtschau auf das Phänomen Ökonomie,** dargestellt werden gleichermaßen theoretische wie historische Aspekte der Wirtschaft. So beginnt *Economix* in der Steinzeit, diskutiert die Erkenntnisse von Wirtschaftstheoretikern wie Adam Smith, Karl Marx oder John Maynard Keynes und führt schließlich bis zur Finanzkrise im Jahr 2008 und zur Protestbewegung Occupy Wall Street. Stilistisch in einem eher kindlich-naiven Strich gehalten, setzt *Economix* auf Verständlichkeit in anschaulichen Szenen und auf einen ironisch-satirischen Grundton. Autor Michael Goodwin führt als Comicfigur durch seinen Sachcomic, dabei erzählt er parteiisch-kritisch ›von unten‹, hierin mit den politisch engagierten Sachcomics der Anfangszeit, etwa eines Rius, vergleichbar.

Der denkbar größtmögliche Erzählbogen überhaupt findet sich in einem Ausnahmebeispiel im Feld der Sachcomics, das sich der Welt an sich von den Anfängen bis zu ihrem Ende widmet. Es handelt sich um die Evolutions-›Geschichten‹ des deutschen Zeichners **Jens Harder**, der sich mit *Alpha*, *Beta* und dem geplanten *Gamma* an ein bildnerisches Monumentalwerk gemacht hat. Die 350 Seiten des 2009 publizierten Albums *Alpha* umspannen ganze 13,7 Milliarden Jahre und ›erzählen‹ die Erdgeschichte vom Urknall bis zum Erscheinen des Menschen im Holozän. Die verbleibenden Millionen Jahre bis zum Beginn unserer Zeitrechnung, d. h. vom Tertiär bis zum Altertum, behandelt Harder im 360-seitigen ersten Folgeband *Beta. Vol. 1* (2004). Band 2 von *Beta* wird bis zur Gegenwart reichen, während der abschließende Band *Gamma* in die Zukunft führen soll.

Was Harder bietet, ist eine extrem verdichtete Darstellung in einem praktisch **text-**

freien Erzählfluss aus Bildern. Anstatt den Ablauf der Erdgeschichte chronologisch zu erzählen, nutzt Harder Vorausdeutungen und Querverweise, erstellt Bezüge zwischen Ereignissen und kombiniert sie neu. Den einzelnen Kapiteln ordnet er eine eigene Farbgebung zu. Als Quellen seiner Erzählung nutzt Harder Textdokumente, er schöpft aus einem riesigen Fundus wissenschaftlicher Illustrationen und greift für anachronistische Verweise auf Bilder aus der Populärkultur zurück, namentlich aus Comics und Filmen.

17.3.3 | Comicreportagen

Ins Spektrum der vielen möglichen Subgenres des Sachcomics reiht sich seit den 1990er Jahren die mit dokumentarischem Anspruch auftretende Comicreportage ein. Diese comicjournalistischen Arbeiten vertrauen auf Selbsterfahrenes und **Augenzeugenschaft**; sie reklamieren Authentizität durch das unmittelbare Dabeigewesensein der Verfasser und durch das Belegen der Fakten (vgl. dazu ausführlicher Denkmayr 2008; Grünewald 2013). Dietrich Grünewald beschreibt die Besonderheiten dieses Subgenres wie folgt: »[Reportagen] verbinden Fakteninformation mit Reflexion, machen den subjektiven Blick, die Parteilichkeit des Reporters sichtbar, wollen dokumentieren, unterhalten, kritisieren, Positionen vermitteln. Im Verhältnis von authentisch und wahr kann es darum gehen, nicht nur oberflächliche Fakten zu schildern, sondern die unter der sichtbaren Oberfläche verborgene ›Wahrheit‹ aufzudecken, zu vermitteln, zu dokumentieren« (Grünewald 2013, 11). Comicreportagen im Speziellen vermögen nun, Geschehenes durch die Bildlichkeit nicht nur zu veranschaulichen, sondern ebenso durch das comicspezifische Erzählen zu ›**verlebendigen**‹, zu berühren oder zu packen und selbst im subjektiven Nacherzählen möglichst viel Authentisch-Dokumentierendes zu vermitteln.

Allen voran sind die Arbeiten von **Joe Sacco** zu nennen, der als Pionier im Bereich des ›gezeichneten Journalismus‹ zu bezeichnen ist und dessen erste große Comicreportage *Palestine* ab 1993 in neun Heften (in Buchform 2001, dt. *Palästina*, 2009) erscheint. Im Winter 1991/92 hält er sich zu Recherchezwecken für zwei Monate im Westjordanland und Gazastreifen auf. Was er dort sieht und erlebt, dokumentiert er bei dieser wie auf folgenden Reisen in Form schriftlicher Notizen, Fotografien (selten Zeichnungen) und Interviews, um anschließend seine Comics zuhause fertigzustellen. Vor Ort ist Sacco als **teilnehmender Beobachter** ins Geschehen involviert, im Comic zeichnet er sich selber als Protagonisten, also als Teil der Story. Sacco nimmt so zwar einen subjektiven Standpunkt ein. Insofern er sich jedoch, wie im Fall von *Palestine*, an politische Brennpunkte begibt und darüber als Augenzeuge berichtet, beanspruchen seine Comicreportagen unmittelbare Zeugenschaft und Faktentreue für sich. Seinen Fokus legt er auf die kleinen Leute, gleichsam die Opfer von politischen, bisweilen kriegerischen Ereignissen, und auf ihre Lebenswelten, die Sacco in seinen Comicbildern mit ihren Alltagsdetails darstellt (vgl. zu Sacco ausführlicher Groth 2002).

Seit Mitte der 1990er Jahre ist der Pressezeichner **Patrick Chappatte** als Comicreporter unterwegs. Im Unterschied zum US-Amerikaner Sacco, der auf eigene Rechnung und eigenes Risiko produziert, arbeitet der Genfer Chappatte im Auftragsverhältnis. Seine Reportagen erscheinen regelmäßig in internationalen Zeitungen (v. a. *Le Temps* und *International Herald Tribune*). Schauplätze von Chappattes Comicreportagen sind Gaza, Guatemala, Seoul und verschiedene afrikanische Länder.

Abb. 60: Guibert/Lefèvre/
Lemercier, *Der Fotograf.*
Bd. 1: *In den Bergen Afgha-*
nistans, 2008, 6

Zum internationalen Bestseller entwickelt hat sich die dreibändige Comicreportage
Le Photographe (dt. *Der Fotograf,* 2003–2006) von Emmanuel Guibert, Didier Lefèvre und Frédéric Lemercier. Der Comic folgt den Spuren des französischen Fotografen **Didier Lefèvre** (1957–2007), der den Einsatz der ›Ärzte ohne Grenzen‹ in Afgha-
nistan im Jahr 1986 dokumentiert. Seine (schwarzweißen) Fotografien sind integraler Bestandteil des (farbigen) Comics, und zwar nicht einfach als Hintergrundbilder,
sondern als Erzählmittel und gleichzeitig als Beleg für Authentizität und Realismus
(Abb. 60). Zur eigentlichen Dokumentation der sich schwierig gestaltenden humani-
tären Hilfe kommen in *Le Photographe* detaillierte ethnografische Elemente, die ein
Bild von ›Land und Leuten‹ geben. Das Spezielle dieser Comicreportage ist der ge-
lungene **Mix aus Fotografie und Zeichnung**. Der Comic kennt zum einen ganze
Foto-Strecken, die den Bildern Platz lassen, und zum andern einen Wechsel von Ge-
zeichnetem und Fotos, wobei Letztere in das Raster der Panelstruktur eingepasst
sind.

17.3.4 | Comicbiografien und -autobiografien

Jesus, Buddha, der Dalai Lama, Churchill, Mao, Hitler, Che Guevara, Martin Luther King, Salvador Dalí, Goethe und Schiller, Billie Holiday, die Beatles, Jim Morrison, Kurt Cobain – man könnte fast glauben, es gebe praktisch keinen Prominenten aus Geschichte, Politik, Kultur, Religion oder Wissenschaft, der nicht bereits in einer Comicbiografie gewürdigt worden wäre (zu Comicbiografien vgl. Grünewald 2013). Das Spektrum biografischer Zugänge reicht dabei von ›kritisch‹ über ›objektiv-neutral‹ bis zu ›hagiografisch-verherrlichend‹. ›Gute‹ Comicbiografien sind der Faktentreue verpflichtet und weisen, selbst in der extremen stofflichen Verdichtung, gültige Aussagewerte einer Lebensbeschreibung auf. Dem Umstand einer nötigen Umfangbeschränkung geschuldet, konzentrieren sich Comicbiografien auf die **visuelle Wiedergabe von Lebensstationen** in geeigneter Auswahl, als Szenen oder Situationen, die für eine Biografie und das Handeln und Wirken eines Protagonisten als wichtig erachtet werden, und die sich im Erzählmedium Comic oft als spannende oder originelle Ereignisse darstellen lassen.

Im besten Fall geraten Künstlerbiografien zu Monografien im eigentlichen Sinne über Leben und Werk des Künstlers. Ein Beispiel dafür stammt von dem Schweizer **Christophe Badoux**, der im Auftrag des Berner Zentrums Ernst Klee das wechselhafte Leben und künstlerische Wirken von Klee konzentriert auf 80 Comicseiten darstellt (*Klee*, 2008). Auch wenn die meisten Comicbiografien das Leben berühmter Menschen thematisieren, finden sich Beispiele, in denen Nicht-Prominente die Protagonisten sind. Aufgrund persönlicher Begegnungen und Interviewaufzeichnungen über mehrere Jahre hinweg verarbeitete etwa der Franzose Emmanuel Guibert das Leben des US-amerikanischen Kriegsveteranen Alan Ingram Cope (1925–1999) in den beiden Bänden *Alans Krieg* (dt. 2010; frz. 2009) und *Alans Kindheit* (dt. 2014; frz. 2012) zu einem beispielhaftem Dokument der **Oral History**, das sich vor allem durch seinen alltagsweltlichen, unspektakulären Charakter auszeichnet.

Darstellungstechniken: Ein künstlerisch herausragendes Beispiel aus der jüngeren Comicbiografiegeschichte stammt von dem Kanadier **Ho Che Anderson**. Nach eigener Aussage liefert er mit KING: *A Comics Biography of Martin Luther King* (1993–2003) seine»Interpretation des Mannes Martin Luther King. Nicht der von den Medien kreierte Halbgott unter Sterblichen, nicht der übermenschliche Superredner mit dem Traum, sondern einfach der Mensch. Kein Gelaber, keine Kultur, sondern geradeheraus« (Anderson 2008, 11). Zeichnerisch geschieht dies in einem Wechsel von flächigen **Schwarzweiß-Panels** und abstrahierenden, expressiven **Farbsequenzen**. In die Erzählung streut Anderson Reproduktionen von ungerasterten **Fotografien**, Fernsehdokumenten sowie Zeitungsausschnitten ein. Die geraffte Lebensgeschichte des Bürgerrechtsaktivisten King wird multiperspektivisch durch Zeugenstimmen erzählt, die das historische Geschehen von ihrer individuellen Warte aus interpretieren und kommentieren, dem Chor im antiken griechischen Theater ähnlich.

Als Vertreter einer jüngeren Generation widmet sich der deutsche **Reinhard Kleist** seit 2006 mit mehreren bemerkenswerten Arbeiten dem Thema Biografie. Die Comics behandeln das Leben von Exponenten aus Kultur, Politik oder Sport: von Country-Sänger Johnny Cash, Pop-Ikone Elvis Presley, Staatschef Fidel Castro, Boxer Hertzko Haft und Leichtathletin Samia Yusuf Omar.

Ganz der eigenen Geschichte (nicht selten jedoch im Kontext historischer Ereignisse) widmen sich **Autobiografien** in Comicform, eine Gattung, die sich in der

neueren Comicgeschichte einen festen Platz erobert und mit Spiegelmans *Maus*, Nakazawas *Barfuß durch Hiroshima* und Satrapis *Persepolis* bedeutende Beispiele mit
internationaler Resonanz hervorgebracht hat (vgl. Kap. 8 und 15).

17.4 | Fazit

Sachcomics wollen etwas bewirken: Sie wollen Information über bestimmte Ereignisse oder Phänomene liefern, sie wollen ihren Lesern etwas beibringen oder deren
Einstellung im Hinblick auf bestimmte Fragen beeinflussen (Hangartner/Keller/
Oechslin 2013). Dabei ist, wie deutlich wurde, die Bandbreite der möglichen Themen, denen sich Sachcomics widmen, ebenso breit wie der Variantenreichtum hinsichtlich der Art und Weise der jeweiligen Darstellung.

Die Forschung hat sich Sachcomics bisher besonders intensiv unter dem Gesichtspunkt gewidmet, inwieweit sie für den Einsatz in Schulen geeignet sind. Dabei stehen Fragen der **Vermittlung** historischer und politischer Themen im Vordergrund
(Mounajed 2009; Gundermann 2007; *Geschichte lernen. Geschichtsunterricht heute*
H. 37). Daneben untersuchen erste Wirkungsforschungen (Hangartner/Keller/
Oechslin 2012 und 2013) an Sachcomic-Beispielen aus den Themenbereichen Natur-
wissenschaft und Gesundheit (Information, Aufklärung, Prävention), welchen Anforderungen Sachcomics genügen müssen, um die Wissensvermittlung erfolgreich
bewerkstelligen zu können. Die aktuell umfassendste Studie zu Sachcomics liefert
Heike Elisabeth Jüngst (2010).

Primärliteratur

Anderson, Ho Che: *Martin Luther King*. Hamburg 2008 (engl. *King – A Comics Biography of Martin Lu-
ther King, Jr.*, 2006).
Badoux, Christophe: *Klee*. Bern/Zürich 2008.
Breccia, Alberto und Enrique (Zeichnungen), Oesterheld, Héctor (Text): *Che: eine Comic-Biografie*.
Hamburg 2008 (span. 1968).
Chappatte, Patrick: *Reportages BD*. Genf 2002; *BD Reporter. Du Printemps arabe aux coulisses de l'Ely-
sée*. Nyon 2011.
Comics With Problems: http://ep.tc/problems (10.4.2015).
Davidson, Sol: *Educational Comics. A Family Tree*. 2008 http://www.english.ufl.edu/imagetext/archi-
ves/v4_2/davidson/ (12.4.2015).
Delisle, Guy: *Shenzhen*. Berlin 2006 (frz. 2000).
Delisle, Guy: *Pjöngjang*. Berlin 2007 (frz. *Pyongyang*, 2002).
Delisle, Guy: *Aufzeichnungen aus Birma*. Berlin 2009 (frz. *Chroniques Birmanes*, 2007).
Delisle, Guy: *Aufzeichnungen aus Jerusalem*. Berlin 2012 (frz. *Chroniques de Jérusalem*, 2011).
Doxiadis, Apostolos/Papadimitriou, Christos H./Papadatos, Alecos: *Logicomix. Eine epische Suche
nach Wahrheit*. Zürich 2010 (engl. *Logicomix. An Epic Search for Truth*, 2009).
Gonick, Larry: *The Cartoon Guide To…* New York 1981–2011.
Gonick, Larry: *The Cartoon History of the Universe I–III*. New York 1990–2002.
Gonick, Larry: *The Cartoon History of Modern World 1/2*. New York 2007/2009.
Goodwin, Michael/Burr, Dan E.: *Economix. Wie unsere Wirtschaft funktioniert (oder auch nicht)*. Berlin
2013 (engl. *Economix. How Economy Works (And Doesn't Work) in Words and Pictures*, 2012).
Guibert, Emmanuel: *Alans Krieg*. Zürich 2010 (frz. *La Guerre d'Alan*, 2000–2008, Buchausgabe 2009).
Guibert, Emmanuel: *Alans Kindheit*. Zürich 2014 (frz. *L'Enfance d'Alan*, 2012).
Guibert, Emmanuel/Lefèvre, Didier/Lemercier, Frédéric: *Der Fotograf*. Bd. 1: *In den Bergen Afghanis-
tans*. Zürich 2008; Bd. 2: *Ärzte ohne Grenzen*. Zürich 2008; Bd. 3: *Allein nach Pakistan*. Zürich 2009
(frz. *Le Photographe*, 2003/2004/2006).
Guibert, Emmanuel/Keler, Alain/Lemercier, Frédéric: *Reisen zu den Roma*. Zürich 2012 (frz. *Les nou-
velles d'Alain*, 2011).

Harder, Jens: *Alpha … Directions*. Hamburg 2010; *Beta … Civilisations*, Vol. 1. Hamburg 2014.
Kleist, Reinhard: *Cash. I See a Darkness*. Hamburg 2006.
Kleist, Reinhard/Ackerman, Titus: *Elvis. Die illustrierte Biografie*. Köln 2007.
Kleist, Reinhard: *Havanna*. Hamburg 2008.
Kleist, Reinhard: *Castro*. Hamburg 2010.
Kleist, Reinhard: *Der Boxer. Die wahre Geschichte des Hertzko Haft*. Hamburg 2011.
Kleist, Reinhard: *Der Traum von Olympia. Die Geschichte von Samia Yusuf Omar*. Hamburg 2015.
PS Magazine. The Preventive Maintenance Monthly (1951–1971):
    http://dig.library.vcu.edu/cdm/landingpage/collection/psm (12.4.2015);
    (1951–2014): http://www.nsncenter.com/Library/PSMagazine (12.4.2015).
Sacco, Joe: *Palästina*. Zürich 2009 (*Palestine*, 2001).
Sacco, Joe: *Bosnien*. Zürich 2010 (*Safe Area Goražde. The War in Eastern Bosnia 1992–95*, 2000).
Sacco, Joe: *Gaza*. Zürich 2011 (*Footnotes in Gaza*, 2009).
Sacco, Joe: *Reportagen. Den Haag, Palästina, Kaukasus, Irak, Malta, Indien*. Zürich 2013.
Sacco, Joe: *Sarajevo*. Zürich 2015 (*The Fixer/War's End*, 2003/2005).
True Comics: 1941–1959 (Issue 1–78, mit Lücken):
    http://www.lib.msu.edu/branches/dmc/collectionbrowse.jsp?coll= 39&par= 2 (12.4.2015).

Grundlegende Literatur

Grünewald, Dietrich (Hg.): *Der dokumentarische Comic. Reportage und Biografie*. Essen 2013. [Sammelband mit Beiträgen zu Theorie und Themen des Sachcomics, u. a. »Krieg und Gewalt«, »Berichterstattung: Nah-Ost-Konflikt«, »Biografie und Autobiografie«]

Hangartner, Urs/Keller, Felix/Oechslin, Dorothea (Hg.): »Sachcomics. Ein Manual für die Praxis« (2012), http://www.hslu.ch/download/d/Publikationen/d-sachcomics-manual-web.pdf (28.3.2015). [praxisorientierte Zusammenfassung des SNF-Forschungsprojekts »Angewandte Narration: Sachcomics«, durchgeführt an der Hochschule Luzern – Design & Kunst (2009–2012); ausführliche kommentierte Leseliste mit Primärquellen und Sekundärliteratur]

Hangartner, Urs/Keller, Felix/Oechslin, Dorothea (Hg.): *Wissen durch Bilder. Sachcomics als Medien von Bildung und Information*. Bielefeld 2013. [Sammelband, der u. a. einen Überblick über die Geschichte der Sachcomics gibt und Beiträge zur Wirkungsmöglichkeit von Sachcomics im pädagogisch-didaktischen Bereich und in der historisch-politischen Bildung enthält]

Jüngst, Heike Elisabeth: *Information Comics. Knowledge Transfer in a Popular Format*. Frankfurt a. M. 2010. [In ihrer Habilitationsschrift, die mit einer Fülle von Analyse-Primärmaterial arbeitet, zeigt Jüngst im Kontext des Wissenstransfers von Experten zu Nichtexperten (Popularisation) auf, wie ›information comics‹ gestaltet sind und als Mittel für ›knowledge tranfer‹ funktionieren.]

Mounajed, René: *Geschichte in Sequenzen. Über den Einsatz von Geschichtscomics im Geschichtsunterricht*. Frankfurt a. M. 2009. [Verfolgt in seiner Dissertation das Ziel, das Lernpotenzial von Geschichtscomics für historisches Lernen zu ergründen. Auf solider empirischer Basis zeigt er Möglichkeiten und Grenzen der Vermittlung von historischem Wissen durch Geschichtscomics auf; enthält eine wertvolle Liste des Gesamtbestands von in Deutschland erschienenen Geschichtscomics, nach Epochen geordnet.]

Sekundärliteratur

Blank, Juliane: »Alles ist zeigbar? Der Comic als Medium der Wissensvermittlung nach dem *icon turn*«. In: *KulturPoetik* 10/2 (2010), 214–233.
Booker, M. Keith: »Educational Comics«. In: Ders. (Hg.): *Comics Through Time. A History of Icons, Idols, and Ideas*. Santa Barbara 2014, 117–121.
Davidson, Sol: »Educational Comics: A Family Tree«. In: *ImageText. Interdisciplinary Comics Studies* 4/2 (2008). http://www.english.ufl.edu/imagetext/archives/v4_2/davidson/#one (10.4.2015).
Denkmayr, Judith: *Die Comicreportage*. Magisterarbeit, Universität Wien 2008. https://www.pictopia.at/comic-szene/diplomarbeit-die-comicreportage-zum-download.php (10.4.2015).
Dolle-Weinkauff, Bernd: *Comics. Geschichte einer populären Literaturform in Deutschland seit 1945*. Weinheim/Basel 1990.
Eisner, Will: *Mit Bildern erzählen. Comics & Sequential Art*. Wimmelbach 1995 (engl. *Comics & Sequential Art*, 1985, expanded version [7]1991).
Eisner, Will: *Grafisches Erzählen. Graphic Storytelling*. Wimmelbach 1998 (engl. *Graphic Storytelling*, 1995).

Fitzgerald, Paul E.: *Will Eisner and PS Magazine. An Illustrated History and Commentary*. New Castle 2009.

Fix, Marianne: »Politik und Zeitgeschichte im Comic. Mit einer annotierten Bibliographie für Öffentliche Bibliotheken«. In: *Bibliothek. Forschung und Praxis* 20/2 (1996), 161–190. Auch: http://educanet2.ch/sachcomics/.ws_gen/15/fix-politik.pdf (12.4.2015).

Geschichte lernen. Geschichtsunterricht heute (1994), H. 37: Themenheft »Geschichte im Comic«.

Groth, Gary: »Joe Sacco. Frontline Journalist. Why Sacco went to Goradze«. In: *The Comics Journal*. Special Edition Winter, 2002, 55–72.

Gundermann, Christine: *Jenseits von Asterix. Comics im Geschichtsunterricht*. Schwalbach/Ts. 2007.

Hangartner, Urs: »Von Bildern und Büchern. Comics und Literatur – Comic-Literatur«. In: Heinz Ludwig Arnold/Andreas Knigge (Hg.): *Comic, Mangas, Grapic Novels. Text + Kritik* Sonderband V/09 (2009), 35–56.

Jones, William B., Jr.: ›*Classics Illustrated*‹: *A Cultural History*. Jefferson 2001.

Jüngst, Heike Elisabeth: »Educational Comics – Text-type, or Text-types in a Format«. In: *Image & Narrative* I, 1 (2000) http://www.imageandnarrative.be/inarchive/narratology/heikeelisabethjuengst.htm (10.4.2015).

Kunzle, David M.: »Comic strip. The fact-based comic: historical, didactic, political, narrative«. In: *Encyclopædia Britannica. Encyclopædia Britannica Online* (2015), http://www.britannica.com/EBchecked/topic/127589/comic-strip/278935/The-fact-based-comic-historical-didactic-political-narrative (18.4.2015).

McCloud, Scott: *Comics richtig lesen*. Hamburg 1994 (engl. *Understanding Comics*, 1993).

McCloud, Scott: *Comics neu erfinden. Wie Vorstellungskraft und Technologie eine Kunstform revolutionieren*. Hamburg 2001 (engl. *Reinventing Comics*, 2000).

Munier, Gerald: *Geschichte im Comic. Aufklärung durch Fiktion? Über die Möglichkeiten und Grenzen des historisierenden Autorencomic der Gegenwart*. Bielefeld 2000.

Packalen, Leif/Odoi, Frank (Hg.): *Comics with an Attitude. A Guide to the Use of Comics in Development Information*. Helsinki 1999.

Packalen, Leif/Sharma, Sharad: »Grassroots Comics. A development communication tool« (2007), http://www.worldcomics.fi/files/8413/6517/4053/grassroots-book.pdf (10.4.2015).

Palandt, Rolf (Hg.): *Rechtsextremismus, Rassismus und Antisemitismus in Comics*. Berlin 2011.

Pernet, Elise: »BD journalisme: Quand les dessinateurs se font reporters« (2012). Dossier Pédagogique. Maison du dessin de presse Neuchâtel. http://www.e-media.ch/documents/showFile.asp?ID= 3424 (10.4.2015).

Plank, Lukas: *Gezeichnete Wirklichkeit: Comic-Journalismus und journalistische Qualität*. Wien 2013.

Prechtl, Markus: »Potenziale der sequenziellen Kunst: Bildergeschichten und Comics im naturwissenschaftlichen Unterricht«. In: Hangartner/Keller/Oechslin 2013, 271–300.

Rifas, Leonard: »Educational Comics«. In: M. Keith Booker (Hg.): *Encyclopedia of Comic Books and Graphic Novels*. Santa Barbara 2010, 160–169.

Vogel, Matthias: »Pathosformel und Ausdrucksfigur in Educational Comics. Bildhafte Sinnproduktion durch die Anlehnung an die kunsthistorische und mediale Tradition«. In: Hangartner/Keller/Oechslin 2013, 65–92.

Williams, Jeff: *Culture, Theory, and Graphic Fiction*. Lubbock 1999.

Yang, Gene: »Comics in Education (Introduction, History of Comics in Education, Strengths of Comics in Education)« (2003), http://www.geneyang.com/comicsedu/ (10.4.2015).

Yronwode, Cat: »Eisner: Die P*S-Jahre«. In: *Reddition. Zeitschrift für Graphische Literatur* 53 (2010), 32–39.

Urs Hangartner

18 Metacomics

18.1 | Das *Was* und *Wie* des Comics – Annäherungen

Tapfere Helden, waghalsige Abenteuer, schreiendkomische Geschichten oder der Kampf ›Gut gegen Böse‹ – das sind Sujets, die auf ihre Rezipienten einen starken Sog ausüben und zahlreiche Klassiker der Comic-Kunst ausmachen. Man wird in der Lektüre Teil dieser Welten, leidet mit den Helden, kämpft an ihrer Seite und triumphiert mit ihnen über den Bösewicht. Von Interesse ist bei einer solchen Lektüre, die sich häufig dem Vorwurf der Naivität ausgesetzt sieht, vor allem die Handlung: Es kommt darauf an, *was* passiert. Die Welt präsentiert sich – in einem mehr oder weniger illusionistischen Gestus – als in sich geschlossenes Universum. Die gezeichneten Linien sowie kolorierten Flächen, die mit Text gefüllten Sprechblasen und die in die gezeichnete Welt gedrängten, Laute und Geräusche imitierenden Buchstaben werden nur in ihrer Funktion wahrgenommen, diese Welt darzustellen und die Geschichte zu erzählen. Dieser holzschnittartig umrissenen Form des Comics samt der sie begleitenden Lektüreform steht eine andere gegenüber, bei der es nicht auf die Geschichte, sondern vor allem auf die Art und Weise der Präsentation – das *Wie* – ankommt.

Grundbegriffe

- **Metacomics** sind Comics, die ihren eigenen Status als Comic herausstellen, indem sie die Produktionsbedingungen, den künstlerischen Entstehungsprozess, die Art und Weise, wie sie gestaltet sind, und ihre Distribution sowie die konkrete Rezeption durch den Leser thematisieren. Die Vorsilbe ›meta‹ (griech., ›hinter‹) markiert, dass sich diese Comics – im Vergleich mit nichtreflexiven Comics – auf eine zweite Ebene begeben, die es erlaubt, hinter eine ›Fassade‹ zu schauen.
- Metacomics nehmen auf verschiedene Weise Bezug auf sich selbst: Insofern sie auf sich selbst verweisen, sind sie **selbstreferenziell**, insofern in ihnen Fragen des Comics im Allgemeinen verhandelt werden, sind sie **selbstreflexiv**. In ihnen verbinden sich Eigenschaften der literarischen Metafiktion und des Metabildes (*metapicture*).
- **Metafiktion** zeichnet sich dadurch aus, dass sie die Theorie der Fiktion durch das Schreiben von fiktionalen Texten untersucht und dass sie systematisch das Augenmerk auf sich als künstlerisches Artefakt lenkt, um nach dem Verhältnis von Fiktion und Realität zu fragen (Waugh 1984, 2). **Metabilder** wiederum sind Bilder über Bilder, d. h. Bilder, die auf sich selbst oder andere Bilder referieren oder die vorführen, was ein Bild eigentlich ausmacht (Mitchell 1994, 35).

Dass es nicht nur *eine* Art und Weise gibt, eine Geschichte zu erzählen, hat Raymond Queneau spielerisch in seinen literarischen *Exercices de style* (1947) mit 99 Variationen einer Ausgangserzählung vorgeführt. Matt Madden hat in seinem Comic *99*

Abb. 61–63: Matt Madden, *99 Ways to Tell a Story,* 3, 7 und 5.

Ways to Tell a Story (2005), der bereits im Untertitel *Exercices in Style* programmatisch Bezug nimmt auf Queneau, knapp sechzig Jahre später diese Idee auf den Comic übertragen. Im Nebeneinanderstellen von verschiedenen darstellerischen Optionen verweist Madden nicht allein auf die Gemachtheit jedes Comics, sondern – in einem emphatischen Sinne – auch auf seine Artifizialität. Im Vordergrund steht nicht die banale Alltagsgeschichte vom Weg zum Kühlschrank, auf dem man vergisst, was man eigentlich wollte, sondern wie sie immer wieder neu und anders erzählt wird, d. h. ihre gestalterische Umsetzung (s. Abb. 61–63).

Überschrieben sind Maddens Variationen mit einem je eigenen Titel, der als Paratext den Deutungsrahmen vorgibt. Das ***Template*** (Abb. 61) skizziert in möglichst objektiver Weise die Geschichte, die ***Subjective***-Version (Abb. 62) lässt die Ereignisse aus der Perspektive des Protagonisten erscheinen, indem man sein Sichtfeld teilt (wie bei der ›subjektiven Kamera‹); und in der ***Monologue***-Version (Abb. 63) wird auf das *showing*, d. h. das szenische Vorführen der Ereignisse, zugunsten des *telling*, d. h. des erzählerischen Berichtens davon, verzichtet: Eine Figur erzählt bei einer Tasse Kaffee die Geschichte. Die Gestaltung eines solchen Comics, der auf der Variation eines Sujets basiert, zielt also weniger auf Illusionsbildung und die Sogwirkung der Geschichte, sondern in seiner Serialität vielmehr auf die Offenlegung der darstellerischen Mittel des Comiczeichners einerseits und die Reflexion der Seh- und Lesegewohnheiten des Rezipienten andererseits. Die **variierende Wiederholung** einer Alltagsgeschichte lässt Maddens Comic zu einem Comic über das Comicmachen und Comiclesen werden: zu einem *Metacomic* (vgl. Schmitz-Emans 2012, 58–61).

Das, was den Metacomic strukturell und inhaltlich auszeichnet, ist seine Selbstreflexivität. Im Metacomic – hier verstanden als Bezeichnung eines Genres – erreicht die Selbstreflexivität eine besondere Qualität: Sie ist nicht ein gestalterisch-thematischer Aspekt des Comics unter vielen, sondern der dominierende. Paratextuell wird dieser Anspruch z. B. in der deutschen Ausgabe von Marc-Antoine Mathieus *Le Décalage* (2013, dt. *Die Verschiebung*) explizit markiert: »Vorsicht: Enthält Anomalien, die nicht nur geplant, sondern sogar Thema dieses Buches sind«. Die definitorische Zuspitzung erscheint notwendig, denn **selbstreflexive und selbstreferenzielle Erzählweisen** sind historisch und generisch verbreitet: Gerade aus dem Wissen um die Artifizialität des Comics, der nicht die Wirklichkeit abbilden will, so M. Thomas Inge, haben Comiczeichner seit den Anfängen des Comicstrips selbstreferenzielle und selbstreflexive Verfahren eingesetzt (Inge 1991, 1 f.). Selbstreflexive Elemente lassen sich, um einige Beispiele herauszugreifen, bereits Mitte der 1890er Jahre in *The Yellow Kid* und in Ernie Bushmillers *Nancy* aus den 1940er und 1950er Jahren (ebd., 2) ebenso wie in *The-Flash*-Heften aus den 1950er und 1960er Jahren (Kidder 2008, 251–255) finden. Die US-amerikanischen Comics der 1980er und 1990er Jahre warten mit einer Vielzahl von selbstreflexiven Elementen auf (Inge 1991; Dunne 1992, 160–181); die Arbeiten von Will Eisner und Scott McCloud rücken seit Mitte der 1980er Jahre Formen der Selbstreflexivität und Selbstreferentialität nochmals in besonderem Maße ins Zentrum (vgl. 18.3).

18.2 | Von der Selbstreflexivität zum Metacomic – Bestimmungs- und Typologisierungsversuche

Um aber die Eigenheiten von Metacomics analytisch differenziert beschreiben zu können, müssen sie von Aspekten der Selbstreferentialität und Selbstreflexivität her gedacht werden. **Selbstreflexivität** kann sich in unterschiedlichsten erzählerischen Verfahren oder Ploteigenheiten realisieren: Beispielsweise wenn Lyonel Feininger bei der Vorstellung seiner Serie *The Kin-der-Kids* sich in der *Chicago Sunday Tribune* (29. April 1906) als Marionettenspieler inszeniert, der selbst einen Zettel im Ohr hat, durch den er als »your Uncle Feininger« ausgewiesen wird. Der beistehende Text erläutert vorausgreifend (und zugleich das Zukünftige präsentierend): »Feininger the famous German artist exhibiting the characters he will create.« Ein anderer Aspekt kommt in den Blick, wenn bspw. der Held in James Childress' Comicstrip *Conchy* (8. Juni 1975) sich seines Status als gezeichnete Figur bewusst ist und die Konventionen der *Sunday page* thematisiert: »Sundays are nice... It's the one day in seven when we appear in full color [...] Some people feel a comic strip character should never make mention of knowing that he *is* a comic strip character« (zit. n. Inge 1991, 9). Conchy diskutiert kurz diese Position und geht in seinen Überlegungen noch weiter: »Maybe in real life we're *all* comic strip characters and to think long on it would serve only to smear the ink of our own existences« (ebd.). Ein wieder anderer Aspekt rückt in den Fokus, wenn die Heldin von *The Sensational She-Hulk* (#43) sich auf dem Cover des Heftes in einem kurzen Rock und aufgerissener Bluse präsentiert, den Blick auf ihre Unterwäsche freigibt und dabei eingesteht: »*Okay*, I'll *admit* this cover has *nothing* to do with the story this month... but I've got to do *something* to sell this book!« (zit. n. Palumbo 1997, 318). Ergänzend zur Reflexion der eigenen Produktion, Gemachtheit und Rezeption von Comics, wie sie die drei Beispiele vorführen, haben **erzählerische Besonderheiten** wie Metalepsen, also die Durchbrechung eigentlich nichtpermeabler narrativer Grenzen (z. B. wenn sich Figuren an den Leser wenden), *mise-en-abyme*-Strukturen, also das Spiegelungsverhältnis von narrativer Makro- und Mikrostruktur, und Verfahren der Ironisierung sowie Parodie selbstreferenziellen und selbstreflexiven Charakter.

18.2.1 | Drei Typologisierungsmodelle

Zur Typologisierung selbstreflexiver Phänomene im Allgemeinen und des Metacomics im Besonderen wurden u. a. von (1) M. Thomas Inge, (2) Matthew T. Jones und (3) Roy T. Cook Modelle vorgeschlagen, die je eigene Schwerpunkte setzen, aber zu-

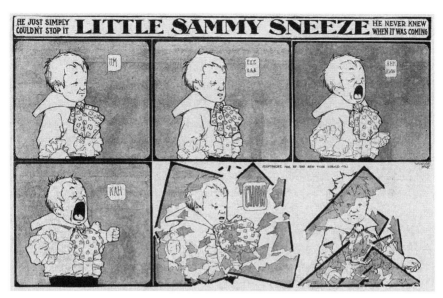

Abb. 64: Winsor McCay, *Little Sammy Sneeze*, 24. September 1905 im *New York Herald*

gleich über signifikante Überschneidungsmengen verfügen (vgl. zudem Kidder 2008; Schmitz-Emans hat zehn »Strategien der Autoreflexion« unterschieden, Schmitz-Emans 2012, 31–61, 107 f.).

M. **Thomas Inge** unterscheidet mit Blick auf Comics aus den Jahren 1988 bis 1991 drei verbreitete Typen des Metacomics:

1. Im **Crossover**-Comic tritt eine Figur aus einem Comic (oder einem anderen medialen Format) in einem anderen quasi als ›Gast‹ auf: So agiert Bart aus der TV-Serie *The Simpsons* (Matt Groening) ebenso in Bil Keanes *Family Circus* wie in Bill Holbrooks *Safe Havens* (Inge 1991, 5).
2. Bestimmte Comics **beziehen sich** implizit oder explizit **auf andere Comics**, indem zentrale Motive aus anderen Comics integriert werden. Beispielsweise beginnt Grimm aus dem Strip *Mother Goose and Grimm* Popeye zu ähneln, nachdem ihm Mother Goose (zu viel) Spinat gegeben hat (ebd., 5 f.).
3. Andere Comics beziehen sich auf die **technisch-stilistischen Eigenheiten** des Comics, etwa – wie Inge ausführt – die Materialien, die man für die Herstellung braucht (Stifte, Tusche, Papier), aber auch auf die Konventionen der Rahmung, die Symbole, die man einsetzt, um Geräusche und Emotionen auszudrücken, oder die Einfachheit der Sprache in Comics (ebd., 6). Bereits Winsor McCay reflektiert den Umgang mit der Rahmung, wenn er den Helden des gleichnamigen Comicstrips *Little Sammy Sneeze* durch sein charakteristisches Niesen nicht nur seine Umwelt in Unordnung bringen lässt, sondern im wörtlichen Sinne auch die eigene mediale Umgebung (Abb. 64). Selbstreflexive Momente, die sich auch in *Little Nemo in Slumberland* und in *Dream of the Rarebit Fiend* finden, zeichnen McCays Arbeiten immer wieder aus (Braun 2012, 117–133).

Die von Inge beschriebenen Aspekte betreffen also recht unterschiedliche Phänomene: Im ersten Fall geht es um die partielle Überschneidung von eigentlich separaten erzählten Welten, die durch Transgression herbeigeführt wird. Der zweite Fall ist insofern dem ersten vergleichbar, als es sich auch hierbei um einen Aspekt der Intertextualität handelt: Doch steht nicht die Figur im Zentrum, sondern motivische oder stilistische Anlehnungen. Der dritte Aspekt umfasst die Auseinandersetzung mit allen medialen und stilistischen Eigenheiten des Comics.

Matthew T. Jones' Modell ist kleinteiliger, schließt aber in einigen Punkten an Inges Klassifizierung an (Jones 2005, 271):

1. Bei der »**authorial awareness**« geht es – wie in Art Spiegelmans *Maus I* (1986) und *Maus II* (1991) – um die Offenlegung des Autors und seines Sich-Abarbeitens am Stoff (ebd., 271).

2. Demgegenüber will die »**demystification**« jene Verfahren vorführen, mittels derer man einen Comic entstehen lässt (dies schließt an Inges dritten Aspekt an, ebd., 275 f.). So zeigen Will Eisner in *Comics & Sequential Art* (1985) sowie *Graphic Storytelling* (1996) und Scott McCloud in *Understanding Comics* (1993) die Art und Weise, wie Comics funktionieren (dazu mehr in 18.3).

3. Bei der »**reader awareness**« wird der Leser z.B. dadurch, dass ihn Figuren direkt ansprechen oder – vergleichbar mit der Formensprache des Films – mit ihrem Blick die ›vierte Wand‹, die die Grenze zwischen der erzählten Geschichte und der Position des Zuschauers markiert, zu durchbrechen versuchen, auf seinen Status als Leser hingewiesen (wie z.B. im bereits erwähnten Cover von *The Sensational She-Hulk*, ebd., 279).

4. Als Beispiele für »**intertextuality**« greift Jones erneut auf das Werk von Will Eisner zurück, der Beispiele aus seinem eigenen Werk bringt, um die Funktionsweise von Comics zu erläutern (ebd., 282). So bezieht sich Eisner z.B. in *Comics & Sequential Art* auf seine Graphic Novel *A Contract With God* (1978), um den unterstützenden Einsatz von grafisch gestalteten Textteilen vorzuführen (Eisner 1985/2008a, 4).

5. Im Fall von »**intermedia reflexivity**« ist ein Medium durch ein anderes dargestellt, sodass der Blick auf die Eigenheiten der jeweiligen Medien gelenkt wird (Jones 2005, 283). Die mediale Differenz rückt bspw. in Cecil Fernandos *Shelter. The Man in the Pointed Hat* (1998) in den Vordergrund, wenn das fotografische Bild eines Fernsehers in den gezeichneten Comic eingefügt wird (ebd.).

Vergleicht man Inges und Jones' Systematisierungen, wird deutlich, dass Jones seine Typologie teils im kommunikativen Spannungsfeld zwischen Autor und Leser aufbaut.

Eine Reihe von bereits beschriebenen Phänomenen taucht auch bei **Roy T. Cook** auf, doch ordnet er diese in seinem sechsgliedrigen Modell teils anders:

1. Als »**narrative metacomic**« bezeichnet Cook jene Comics, die die Produktion und Rezeption oder andere Aspekte der Comic-Kultur thematisieren (vgl. Cook 2012, 175).

2. »**Cameo metacomic**« werden die Texte genannt, in denen Figuren, Orte und andere Elemente auftauchen, die nicht denselben erzählten Welten angehören oder die sich z. B. durch parodistische Verfahren – explizit oder implizit – auf andere Comics beziehen (ebd.). Hier geht es also einerseits um die Transgression von Grenzen zwischen erzählten Welten und intertextuelle Beziehungen andererseits.

3. Im »**self-aware metacomic**« sind sich die Figuren ihres Status als Comicfigur bewusst (wie im zitierten *Conchy*-Beispiel, ebd.).

4. Der »**intertextual metacomic**« nimmt auf unterschiedliche Weise Bezug auf andere Texte und Kunstwerke (im Gegensatz zum *cameo metacomic* handelt es sich bei den Bezugsartefakten nicht gleichermaßen um Comics, ebd., 175 u. 186).
5. Als Figur tritt im »**authorial metacomic**« der Texter oder Zeichner des Comics auf (ebd., 175).
6. Der »**formal metacomic**« ist ein Comic, in dem die Konventionen des Mediums Comic reflektiert werden (ebd.). Auch hierbei handelt es sich letztlich um eine intertextuelle Bezugnahme auf konkrete Prätexte oder bestehende Traditionen.

Bei Cook wird aber ebenso wie bei Inge und Jones keine Grenze gezogen zwischen Formen der Selbstreferenz und den selbstreflexiven Phänomenen als Realisationen metafiktionaler Schreibweisen einerseits und ihrer Überführung in Genres andererseits. In Sinne begrifflicher Präzision erscheint es aber sinnvoll, zwischen metafiktionalen Phänomenen, die punktuell auftreten, und Metacomics als einem eigenen Genre zu differenzieren.

18.2.2 | Fazit: Selbstreflexivität und Comics

Versucht man nun, ausgehend von den drei skizzierten Positionen das Verhältnis von Selbstreflexivität und Comics genauer zu fassen, so lässt sich Folgendes festhalten: Selbstreflexivität kann sich, begreift man Comics als Medien der Kommunikation, auf alle Instanzen und Stufen der Kommunikationssituation, das eigentliche Kommunikat, d. h. die erzählte Geschichte samt ihren Figuren, sowie auf alle eingesetzten medialen, stilistischen und textuellen Verfahren beziehen. Zu unterscheiden sind also **produktions-** und **rezeptionsbezogene Formen** der Selbstreflexivität und Formen, die die *histoire*, also das Erzählte, sowie den *discours*, also die Erzählweise – hier im medial weitesten Sinne verstanden – thematisieren. Selbstreflexivität kann sich auf der **textuellen** und/oder der **bildlichen Ebene** realisieren. Sie kann ferner **explizit** oder **implizit** sein. Implizite Formen basieren vor allem auf intertextuellen und intermedialen Bezugnahmen, die beim Rezipienten ein spezifisches Wissen über die Geschichte des Comics, seine Formen und Konventionen verlangen, um als solche erkannt zu werden. In quantitativer Hinsicht ist schließlich zwischen **punktueller** und **extensiver Selbstreflexivität** im Comic zu unterscheiden. Freilich bietet ein solches Gerüst nur einen groben Rahmen, in dem sich die Phänomene verorten lassen, dabei wird man manche Phänomene (wie Metalepsen) schwerlich allein einer Ebene zuschreiben können. Weitere terminologische Klarheit im Hinblick auf selbstreflexive Phänomene könnte eine Übertragung der ausdifferenzierten Typologisierungsmodelle aus der Forschung zur Metafiktion schaffen (einen groben, aber geordneten Überblick gibt Wolf 2008).

Klar ist aber auch: Nicht jeder Comic, in dem eines der selbstreflexiven Verfahren zum Einsatz kommt oder in dem punktuell die Formen der Selbstthematisierung auftreten, wird damit zum Metacomic. Es erscheint sinnvoll den Begriff des Metacomics allein für jene Comics vorzubehalten, die selbstreflexive Aspekte zu ihrem eigentlichen Programm machen. Besonders eindrucksvolle Beispiele für die Reflexion des Comics im Medium des Comics liefern Will Eisner und Scott McCloud (Schmitz-Emans 2012, 38–52).

18.3 | Klassiker des Metacomics: Eisner und McCloud

18.3.1 | Will Eisners Metacomics

Will Eisner legte bereits Mitte der 1980er Jahre mit *Comics & Sequential Art* (1985/2008a) eine Auseinandersetzung mit Comics im Medium des (Meta-)Comics vor, Mitte der 1990er Jahre folgte dann *Graphic Storytelling* (später mit dem Zusatz *and Visual Narrative*, 1996/2008b), posthum erschien schließlich der dritte Band seiner »educational trilogy« *Expressive Anatomy for Comics and Narrative* (2008c). Die älteren Bände erlebten eine Vielzahl von Neuauflagen, bei denen Eisner teils Aktualisierungen vorgenommen hat. Dabei geht es ihm ebenso um eine **historisch-anthropologische Herleitung** des Erzählens im Allgemeinen wie um eine Einführung in die Formensprache des Comics. *Comics & Sequential Art* nimmt sich Grundfragen des Comics an, indem Comics »as a form of reading« vorgestellt werden. Comics basieren auf dem Zusammenspiel von Wörtern und Bildern, sodass Eisner die **Lektüre als zweipoligen Prozess** versteht: »The reading of a graphic novel is an act of both aesthetic perception and intellectual pursuit« (Eisner 1985/2008a, 2). Darüber hinaus thematisiert Eisner aber auch Aspekte des Timing, der Rahmung und der expressiven Anatomie. In *Graphic Storytelling* skizziert Eisner den Beginn des Erzählens aus einer »sozialen Urszene« (Schmitz-Emans 2012, 40) heraus: Prähistorische Höhlenbewohner sitzen in einer Höhle um eine Feuerstelle herum und verfolgen die Geschichte, die eine aufrecht stehende Figur erzählt, die zugleich auf Malereien an den Wänden deutet. Dabei übernimmt der Erzähler – so Eisner – unterschiedliche Funktionen: »In primitive times, the teller of stories in a clan or tribe served as entertainer, teacher and historian« (Eisner 1996/2008b, 1). Eisner schlägt daraufhin einen großen historischen Bogen, der auf der nächsten Seite auch grafisch umgesetzt ist: »The earliest storytellers probably used crude images buttressed with gestures and vocal sounds which later evolved into language. Over the centuries, technology provided paper, printing machines and electronic storage« and transmission devices« (ebd., 2). Abgebildet ist der Weg vom prähistorischen Erzähler über das antike Drama, den mittelalterlichen Skriptor und die Buchdruckpresse bis hin zum Film und Comic.

Marc-Antoine Mathieus *Julius Corentin Acquefacques*

In den letzten Jahren fand in Frankreich die Reflexion über den Comic im Medium des Comics in verschiedenen Formaten statt. Beteiligt daran waren ebenso einzelne Autoren und Herausgeber wie auch ganze Künstlergruppen. Mit *Julius Corentin Acquefacques, prisonnier des rêves* (6 Bde. 1990–2013) hat Marc-Antoine Mathieu eine Reihe geschaffen, in der der **Comic als Medium** selbst zum Grundthema wird (Miller 2007, 130; vgl. Leinen 2007; Schmitz-Emans 2012, 218–248). Denn immer wieder werden **metafiktionale Erzählverfahren** eingesetzt und es wird mit den narrativen Ebenen, deren Transgression (Metalepse) und Spiegelung (*mise en abyme*) gespielt. In *L'Origine* (1990, dt. *Der Ursprung*) – um einige Beispiele herauszugreifen – erhält der Held aus dem Comic selbst ausgerissene Seiten; in *La Qu...* (1991, dt. *Die vier F...*) verlässt er kurz seine schwarzweiße Welt und taucht in eine farbige ein. *Le début de la fin* (1995, dt. *Der Anfang vom Ende*) kann in zwei Richtungen gelesen werden; und in seinem neuesten Band *Le décalage* (2013, dt. *Die Verschiebung*) ist die Seitenfolge verdreht, sodass sich das Titelblatt mitten im Heft befindet. In diesem Sinne sind die Bände hochgradig »autoreflexiv« (Schmitz-Emans 2012, 237).

18.3.2 | Scott McClouds Metacomics

Scott McCloud knüpft mit seinen Arbeiten wie *Understanding Comics* (1993), *Reinventing Comics* (2000) und *Making Comics* (2006) an Eisners Arbeiten an, wenn er »die Stilmittel des Comics und seine spezifische Ästhetik mit dessen eigenen Mitteln dar[stellt]« (Schmitz-Emans 2012, 43). Auch McCloud verortet den Comic historisch, indem er zum Beispiel altägyptische Hieroglyphen, den Teppich von Bayeux (11. Jh.) und Kupferstiche von William Hogarth (18. Jh.) als frühe Formen des Comics versteht (diese Linie zieht auch Matt Madden, wenn er in seinen *99 Ways to Tell a Story* eine Version seiner Alltagsgeschichte präsentiert, die sich stilistisch und farblich am Teppich von Bayeux orientiert, Madden 2005, 82 f.). McCloud verknüpft so die Geschichte des Comics mit der **Kultur- und Kunstgeschichte**, ein Aspekt, den er auch in *Reinventing Comics* ins Zentrum rückt, wenn er immer wieder den »Kunstcharakter dieser bildmedialen Form« betont (Schmitz-Emans 2012, 45 u. 47). Im siebten Kapitel von *Understanding Comics* expliziert McCloud seinen Kunstbegriff, der in der Tradition Immanuel Kants und Friedrich Schillers auf einer »autonomieästhetisch fundierte[n] These« basiert (ebd., 49). McCloud geht davon aus, dass menschliches Handeln motiviert wird durch den Selbsterhaltungs- und den Fortpflanzungstrieb. Kunst ist das Gegenteil davon: »Art, as I see it, is any human activity which *doesn't* grow out of *either* of our species' two basic instincts: *survival* and *reproduction*« (McCloud 1993, 164). Er führt dies in einer simplen Geschichte vor, deren Protagonist ein prähistorischer Mann ist. Als dieser auf der Suche nach einer Frau ist, wird er selbst zum Gejagten, denn plötzlich taucht ein Säbelzahntiger auf. Nur dadurch, dass es ihm gelingt, sich an einem Baum hinaufzuziehen, rettet er sein Leben. Das Raubtier aber fällt in einen Abgrund. All diese Handlungen sind von den beiden genannten Triebimpulsen motiviert, erst die Reaktion des Überlebenden eröffnet eine neue Dimension: Er zieht eine Fratze. Im Verlachen zeigt sich seine »Freiheit«, die jenseits der beiden zielorientierten Triebe liegt. McCloud unterbricht die erzählte Geschichte, fügt ein Bild von sich selbst als erzählender Figur ein: Er sitzt auf einem Hocker, der Hintergrund ist schwarz, mittig über seinem Kopf ist eine Sprechblase platziert – »Art« (ebd., 165; s. Abb. 65). Hier beginnt für ihn also Kunst. Die **Entfunktionalisierung**, die McCloud mit seinem Beispiel aus der Urgeschichte des Menschen postuliert, verbindet die kleine Geste des prähistorischen Mannes mit Matt Maddens zu Beginn vorgestelltem Erzählprogramm: Denn die von Madden eingesetzten Bilder und Texte sind befreit von ihrer primären Funktion als Instrumente der Welterzeugung und des Geschichtenerzählens. Darüber hinaus verweist diese kleine Geschichte auf eine der zentralen Funktionen von selbstreflexiven Darstellungen im Allgemeinen und Metacomics im Besonderen: auf die Herausstellung des Kunstcharakters.

Kunst als Schöpfungsprozess besteht laut McCloud aus sechs Schritten (Abb. 66): »idea/purpose«, »form«, »idiom«, »structure«, »craft« und »surface« (ebd., 170 f.). Die ›Idee‹ umfasst den Inhalt (»content«) eines Werks (die Emotionen, Philosophien und Ziele eines Werks); unter der ›Form‹ versteht McCloud die künstlerisch-mediale Präsentationsweise, die von der Skulptur über ein Lied bis hin zum Topflappen und Comic reichen kann. Als ›Idiom‹ bezeichnet er das stilistische Register und die Genrezugehörigkeit. Die ›Struktur‹, als vierter Schritt, meint die Komposition des Werkes, die sich in Selektionsentscheidungen ebenso niederschlägt wie in der Anordnung der Teile. Der nächste Schritt bezeichnet die konkrete (handwerkliche) Umsetzung, für die praktische Fertigkeiten ebenso gefragt sind wie

Abb. 65: Scott McCloud, *Understanding Comics*, 165

Abb. 66: Scott McCloud,
Understanding Comics, 170

Erfindungsgabe und die Fähigkeit zur Problemlösung. Der letzte Schritt, die ›Oberfläche‹, bezieht sich auf das »finishing«, also diejenigen Aspekte, die bei der ersten Rezeption wahrgenommen werden. McCloud versteht diese Schritte als universell: »All works begin with a purpose, however *arbitrary*; all take some *form*; all belong to an *idiom* (even if it's an idiom of *one*); all possess a *structure*; all require some *craft*; all present a *surface*« (ebd., 182). Aber je umfassender das Wissen des Künstlers über diese Schritte ist, umso mehr rückt das Künstlerische in den Vordergrund: »But the more a creator learns to command *every* aspect of his/her art and to understand his/her relationship *to* it, the more ›artistic‹ concerns are likely to get the *upper hand*« (ebd., 182). McCloud deutet den Comic aber nicht allein aus dieser kunsttheoretischen Perspektive, sondern er reflektiert auch seine Verschränkung mit gesellschaftlichen, ökonomischen und medialen Bedingungen.

In *Reinventing Comics* skizziert McCloud vor dem Hintergrund der Comic-Krise in der zweiten Hälfte der 1990er Jahre zwölf Revolutionen, die das Potenzial von Comics als künstlerischer Form und als Markt auszuschöpfen helfen und damit in die Zukunft weisen sollen: Als wichtig erscheinen die literarische und künstlerische Dimension von Comics, die Stärkung der Künstlerrechte, eine produzenten- und käuferfreundlichere Ausrichtung des Comicgeschäfts, die gesellschaftliche und institutionelle Anerkennung von Comics, ein ausgewogeneres Gender-Verhältnis und die Integration von Minderheiten sowie eine größere generische Pluralität. Darüber hinaus beschäftigt er sich auch mit den Folgen der Digitalisierung für die Produktion, Distribution und Ästhetik von Comics (gerade der Auseinandersetzung mit der Digitalisierung und ihrem Potenzial gesteht McCloud besonders viel Platz zu, vgl. McCloud 2000, 6–24).

Die Gruppe *Oubapo*

Die Gruppe Oubapo (*Ouvroir de la bande dessinée potentielle*,»Atelier für den potenziellen Comic«), die in der Tradition der literarischen Gruppe Oulipo steht, will die konventionellen »Regeln [des Comics] sichtbar und produktiv für die Gestaltung« von Comics machen (Lohse 2009, 319). Mit dem **Konzept der ›contraintes‹** (»Zwänge«) schließen die Gruppenmitglieder an ihre literarischen Vorbilder an und arbeiten mit zwei Ansätzen: Zum einen versuchen sie aus der Geschichte des Comics Vorbilder für »**Formexperimente**« zu finden und zum anderen arbeiten sie zugleich »an der Neuschaffung von formalen Einschränkungen für den Comic« (Engelmann 2013, 56). Zwischen 1997 und 2015 sind einige Bände der Reihe *OuPus* erschienen, die die Arbeit der Gruppe dokumentieren. Der erste Band dient als »**Manifest**«, in dem die »theoretische[n] Grundlage[n] und erste Beispielsammlung[en] der Möglichkeiten ästhetischer Zwänge« geliefert werden (ebd.). Thierry Groensteen hat in der ersten Nummer eine Reihe von ›generativen‹ und ›transformativen Zwängen‹ zusammengestellt, die einerseits »originale Comics hervorbringen« und andererseits »Eingriffe in bereits existierende Comics darstellen« und die in den sich anschließenden Publikationen aufgegriffen wurden (ebd., 57). So haben sich François Ayroles und Jochen Gerner auf unterschiedliche Arten produktiv mit Hergés Werk und dem **Primat der *ligne claire*** auseinandergesetzt. Sie haben den Prätext jeweils unterschiedlich bearbeitet, während Gerner in *TNT en Amérique* bspw. die Dialoge aus Hergés Prätext auf wenige Worte kürzt, die aus einer geschwärzten Grundfläche auftauchen, und auf den eigentlichen Helden verzichtet, kürzt Ayroles in der zweiten Nummer von *OuPus* u. a. *Tintin au Congo* auf zwei Panels (vgl. Engelmann 2013, 58–83; Miller 2007, 129–130).

18.4 | Selbstreflexivität (des Metacomics): künstlerischer Anspruch, historische Bedeutung und Funktionen

Gelesen wird Selbstreflexivität, wie bereits die Überlegungen von Scott McCloud deutlich machen, *grosso modo* als »sign of artistic control and sophistication«, als Ausdruck des Wissens um die Grenzen des Genres und die »autonomy of the artist« (Inge 1991, 1 f.). Mit der Reflexion der eigenen Entstehungs- und Rezeptionsbedingungen erhält der Comic ein hohes Maß an Selbstbezüglichkeit, die ihn von (einfachen) populären Medien abhebt und ihn in die Nähe eines **Kunstwerks** rücken lässt. In seinen Überlegungen zum Status von Kunst begreift Arthur C. Danto nämlich die »Selbstbezüglichkeit« von Kunst als ein konstitutives Element künstlerischer Artefakte im Allgemeinen, wenn er hypothetisch postuliert, dass es »kein Zufall [sei], wenn Kunstwerke immer aufgrund dessen Kunstwerke wären, daß sie über Kunst sind und damit über sich selbst – und daß sie für ihre Existenz den Begriff Kunst benötigen« (Danto 1984, 228). Dieses Argument wurde in kunsttheoretischen Diskussionen immer wieder variiert und gleichermaßen für die Literatur (Scheffel 1997, 11–45) wie den Comic geltend gemacht (Schmitz-Emans 2012, 31–61). Als »[e]pochal für die Geschichte des Comics« wird in diesem Sinne die »Entstehung des Metacomics« angesehen, der eine »Spielform des Comics [ist], die explizit vom Comic selbst handelt und die eigene Medialität auf inhaltlicher wie auf darstellerischer Ebene bespiegelt« (Schmitz-Emans 2012, 38). Die Comicforschung versteht die Selbstbezüglichkeit des Comics als Spielart der Metafiktion (Dunne 1992, 160–181; Palumbo 1997; Leinen 2007) und bezieht sich in der Auseinandersetzung mit Metacomics auf die einschlägigen literatur- wie kunstwissenschaftlichen Positionen wie Patricia Waughs Überlegungen zur Metafiktion (Waugh 1984; Jones 2005; Miller 2007; Kidder 2008) oder W. J. T. Mitchells Konzept des ›metapicture‹ (Mitchell 1994, 35–82; Szép 2014; Kidder 2008). Auch wenn historisch gesehen Formen der Selbstreflexivität durchweg auftreten, wird eine enge Beziehung zwischen dem Einsatz von Selbstreflexivität und einer **postmodernen Ästhetik** hergestellt (Dunne 1992; Inge 1995; Miller 2007).

Verschiedenartig sind die **Funktionen und Effekte**, die selbstreflexive Verfahren als Grundlage von Metacomics haben. Im Hinblick auf die erzählte und dargestellte Welt des Comics sind selbstreflexive Aspekte **illusionsstörend**: Sie verschieben den Fokus von der erzählten Welt auf das *Wie* des Erzählens und verhindern eine immersive und illusionistische Lektüre. Erzielt wird aber durch die unverhofften Wendungen sowie durch die Transgression eigentlich nicht überschreitbarer Grenzen ein komischer Effekt. Die Bezugnahmen auf inhaltliche und formale Comictraditionen schaffen – aus der Perspektive der Produzenten – einen Verhandlungsraum für generische Konventionen. In jenen Fällen, bei denen intertextuelle und intermediale Verfahren zum Einsatz kommen, bedarf es eines umfassenden Wissens beim Rezipienten. Diese Phänomene erschließen sich nicht von selbst, zugleich verspricht jedoch das Erkennen der Prätexte (und auch der Abweichung von diesen) dem Rezipienten die Teilhabe an einer Seh- und Lesegemeinschaft, die sich über ihr Wissen definiert. Metacomics avancieren durch ihre vielfältigen Referenzen zu einem medialen Speichermedium.

Primärliteratur

Eisner, Will: *Comics and Sequential Art* [1985]. New York/London 2008 (dt. *Mit Bildern erzählen. Comics & Sequential Art*, 1995). [2008a]
Eisner, Will: *Graphic Storytelling and Visual Narrative* [*Graphic Storytelling*, 1996]. New York/London 2008 (dt. *Grafisches Erzählen. Graphic storytelling*, 1998). [2008b]
Eisner, Will: *Expressive Anatomy for Comics and Narrative*. New York/London 2008. [2008c]
Madden, Matt: *99 Ways to Tell a Story: Exercises in Style*. New York 2005.
Mathieu, Marc-Antoine: *Julius Corentin Acquefacques, prisonnier des rêves*. 6 Bde. Paris 1990–2013 (dt. *Julius Corentin Acquefacques, Gefangener der Träume*, 1992–2015).
McCloud, Scott: *Understanding Comics. The Invisible Art* [1993]. New York 1994 (dt. *Comics richtig lesen*, 1994).

McCloud, Scott: *Reinventing Comics. How Imagination and Technology Are Revolutionizing an Art Form*. New York 2000 (dt. *Comics neu erfinden. Wie Vorstellungskraft und Technologie eine Kunstform revolutionieren*, 2001).
McCloud, Scott: *Making Comics. Storytelling Secrets of Comics, Manga and Graphic Novels*. New York 2006 (dt. *Comics machen. Alles über Comics, Manga und Graphic Novels*, 2007).
Oubapo: *OuPus 1–6*. Paris 1997–2015.

Grundlegende Literatur

Cook, Roy T.: »Why Comics Are Not Films: Metacomics and Medium-Specific Conventions«. In: Aaron Meskin/Roy T. Cook (Hg.): *The Art of Comics. A Philosophical Approach*. Chichester 2012, 165–187. [Die Auseinandersetzung mit Metacomics ist bei Cook argumentativ eingespannt in die philosophische Frage, ob es notwendigerweise eine Philosophie des Comics geben müsse, wenn es schon eine Philosophie des Films gibt.]
Inge, M. Thomas: »Form and Function in Metacomics: Self-Reflexivity in the Comic Strips«. In: *Studies in Popular Culture* 13/2 (1991), 1–10. [Präsentiert eine Vielzahl von interessanten Beispielen, die grob klassifiziert und in ihrer Funktion bestimmt werden.]
Jones, Matthew T.: »Reflexivity in Comic Art«. In: *International Journal of Comic Art* 7/1 (2005), 270–286. [Untersucht Formen der ›Reflexivität‹ als thematische und strukturelle Grundlagen für Metacomics; aufgrund der Beispiele und Klassifizierung ein guter Startpunkt für die Beschäftigung mit Metacomics.]
Kidder, Orion Ussner: »Show and Tell. Notes Towards a Theory of Metacomics«. In: *International Journal of Comic Art* 10/1 (2008), 248–267. [Verbindet in seiner Auseinandersetzung die theoretischen Ansätze von P. Waugh und W. J. T. Mitchell und führt ihren heuristischen Wert vor.]
Schmitz-Emans, Monika: *Literatur-Comics. Adaptationen und Transformationen der Weltliteratur*. In Zusammenarb. m. Christian A. Bachmann. Berlin/Boston 2012. [Obwohl der Fokus eigentlich auf dem Literaturcomic liegt, sind für den Metacomic besonders die Auseinandersetzung mit Comics als ›neunter Kunst‹ und die Differenzierung von verschiedenen ›Strategien der Autoreflexion‹ erhellend und weiterführend.]

Sekundärliteratur

Braun, Alexander: *Winsor McCay: Comics, Filme, Träume*. Bonn 2012.
Danto, Arthur C.: *Die Verklärung des Gewöhnlichen. Eine Philosophie der Kunst* [1981]. Frankfurt a. M. 1984.
Dunne, Michael: *Metapop. Self-Referentiality in Contemporary American Popular Culture*. Jackson/London 1992.
Engelmann, Jonas: *Gerahmter Diskurs. Gesellschaftsbilder im Independent-Comic*. Mainz 2013.
Leinen, Frank: »Spurensuche im Labyrinth. Marc-Antoine Mathieus Bandes dessinées zu Julius Corentin Acquefacques als experimentelle Metafiktion«. In: Frank Leinen/Guido Rings (Hg.): *Bilderwelten – Textwelten – Comicwelten. Romanistische Begegnungen mit der Neunten Kunst*. München 2007, 229–263.
Lohse, Rolf: »Acquefacques, Oubapo & Co. Medienreflexive Strategien in der aktuellen französischen ›bande dessinée‹«. In: Stephan Ditschke/Katerina Kroucheva/Daniel Stein (Hg.): *Comics. Zur Geschichte und Theorie eines populärkulturellen Mediums*. Bielefeld 2009, 309–334.
Miller, Ann: *Reading ›bande dessinée‹: Critical Approaches to French-Language Comic Strip*. Bristol/Chicago 2007.
Mitchell, W. J. T.: »Metapictures«. In: ders.: *Picture Theory. Essays on Verbal and Visual Representation*. Chicago 1994, 35–82.
Palumbo, Donald E.: »Metafiction in the Comics: ›The Sensational She-Hulk‹«. In: *Journal of the Fantastic in the Arts* 8 (1997), 310–330.
Scheffel, Michael: *Formen selbstreflexiven Erzählens. Eine Typologie und sechs exemplarische Analysen*. Tübingen 1997.
Szép, Eszter: »Metacomics – a Poetics of Self-Reflection in Bill Watterson's ›Calvin and Hobbes‹ and Pádár and Koska's ›Lifetime Story‹«. In: *Studies in Comics* 5/1 (2014), 77–95.
Waugh, Patricia: *Metafiction. The Theory and Practice of Self-Conscious Fiction*. New York 1984.
Wolf, Werner: »Metafiktion«. In: Ansgar Nünning (Hg.): *Metzler Lexikon Literatur- und Kulturtheorie. Ansätze – Personen – Grundbegriffe*. 4., aktual. und erw. Aufl. Stuttgart/Weimar 2008, 487–489.

Lukas Werner

Glossar

Abenteuercomic (engl. *adventure comic*)
Comicgenre; vgl. Kap. 11.

Anime
Japanischer Zeichentrickfilm, häufig auf →Manga basierend.

Auteurismus
Pflege eines erkennbaren Stils eines →Zeichners oder →Szenaristen in Heftserien
(→Serialität); vgl. Kap. 13, S. 236, 245 f.

Autor (lat. *auctor* = Urheber, Schöpfer)
(1) Aufgrund der besonderen Produktionsweise von Comics, an der häufig mindestens
zwei Personen (→Szenarist und →Zeichner) beteiligt sind, problematische Kategorie –
insb. im Hinblick auf Fragen nach geistigem Eigentum (Urheberrecht); vgl. Kap. 13.3.
(2) Häufig auch als Synonym für →Szenarist gebraucht.

Autorencomic
(1) Begriff für einen Comic, bei dem Szenario und Zeichnungen aus einer Hand stammen,
d. h. →Zeichner und →Szenarist eine Person sind. (2) Auch als Synonym für →Graphic
Novel gebraucht; vgl. Kap. 8, S. 158.

Avatar
Figur, die in autobiografischen Comics den →Autor repräsentiert (→Graphic Memoir);
vgl. Kap. 15.3, S. 269.

Bande dessinée (wörtl. ›gezeichneter Streifen‹; kurz auch BD)
Französischer Oberbegriff für Comics, der sich von den frühen Publikationsformen
ableitet (→Comicstrip).

Bewegungslinien
→Speedlines

Blocktext (auch Blockkommentar; engl. *caption*)
Meist ober- oder unterhalb des →Panels in einem separaten Kasten platzierter Text, der
häufig Erzählerrede (vereinzelt auch Figurenrede) präsentiert; vgl. Kap. 4, S. 101.

Cartoon
(1) ›Einbildgeschichten‹, die in der Regel in Zeitungen abgedruckt und häufig komisch
sind; vgl. Kap. 7, Definitionskasten S. 144. (2) Zeichen, das zwar eine Ähnlichkeitsbeziehung zum Dargestellten aufweist, aber besonders stark vereinfacht ist; typisch für
→Funnies; vgl. Kap. 4, Definitionskasten S. 81.

Cliffhanger
Spannungsmoment am Ende einer Episode, das erst in der nächsten Folge aufgelöst wird
und so zur Bindung der Leser an eine Serie (→Serialität) beiträgt.

Closure (wörtl. ›Schließung‹, im Dt. häufig ›Induktion‹ oder auch ›Inferenz‹)
Leistung des Lesers, aus den einzelnen Panels des Comics eine zusammenhängende
Geschichte zu konstruieren, also gewissermaßen die Lücken zwischen den →Panels zu
schließen; vgl. Kap. 4.4.

Comic
Zur Begriffsgeschichte vgl. Kap. 10.1; zur Definition vgl. Kap. 3.1.3, Kasten S. 61; zur Problematik der Definition des Phänomens Comic vgl. Kap. 3.

Comicalbum
→Comicformat aus dem frankobelgischen Raum, das häufig in Serien (→Serialität)
erscheint; im Vergleich zum →Comic-Heft größer (ca. DIN-A4-Format), mit festerem
Umschlag und geklebt oder gebunden wie ein Buch; umfasst in der Regel 48 bis 64 Seiten.
Zunächst wurden vor allem zuvor bereits einzeln veröffentlichte Episoden eines Comics in
Alben zusammengeführt und als zusammenhängende Geschichten präsentiert, später
zunehmend auch Geschichten gleich als Album konzipiert und veröffentlicht; vgl. Kap. 2.3
und Kap. 11.2.2.

Comic book
→ Comic-Heft

Comicformate
Verschiedene Publikationsformen von Comics, die mit jeweils unterschiedlichen Bedingungen der Produktion, Distribution und Rezeption verbunden sind (vgl. Kap. 2) und nicht selten Einfluss auf die erzählerische Anlage der Geschichten haben; zu unterscheiden sind insbesondere → Comicstrip, → Comic-Heft, → Comicalbum, → Graphic Novel und → Webcomic.

Comic-Heft (engl. *comic book*)
→ Comicformat; geklammerte, 16 bis 64 Seiten umfassende Publikation mit Papierumschlag; vgl. Kap. 7.5, Kasten S. 152 f. In den 1930er Jahren in den USA zunächst als Kompilationen von → Comicstrips zu Werbezwecken erschienen, dann aber zeitnah als eigenständige Publikationsform gestaltet und über Zeitungskioske vertrieben; vgl. Kap. 1.3, S. 11 ff.

Comicreportage
Subgenre des → Sachcomics, das journalistisch Ereignisse des Weltgeschehens aufbereitet; vgl. Kap. 17.3, S. 298 f.

Comicroman
→ Graphic Novel

Comic shop
(1) Frühe Organisationsform arbeitsteiliger Comicproduktion; vgl. Kap. 1.3, S. 12 f. (2) Laden, der auf den Verkauf von Comics spezialisiert ist; vgl. Kap. 2.3.

Comicstrip
Kurzer, in Zeitungen veröffentlichter Comic (man unterscheidet zwischen → *daily strip* und → *Sunday strip*); → Comicformat; vgl. Kap. 7.

Comics Code
1954 auf politischen Druck hin von Comicverlagen eingeführter Richtlinienkatalog zum ›Schutz der Jugend‹ (Originalwortlaut in Kap. 1.5, Kasten S. 20 f.), der eine Form der Selbstzensur darstellte und erst in den 1980er Jahren an Bedeutung verlor (zu den Voraussetzungen vgl. Kap. 1.5, S. 19 ff., zu den Folgen Kap. 1.5, S. 22 f. sowie Kap. 2.3, S. 45 f.).

Comix
Bezeichnung für *underground comics* (vgl. Kap. 1.6), die Ende der 1960er Jahre in den USA aufkamen und sich hinsichtlich der Produktion, Distribution und Rezeption von Mainstreamcomics unterschieden (vgl. Kap. 2.2, S. 45); das ›x‹ in der abweichenden Schreibweise steht für ›x-rated‹, also ›nicht jugendfrei‹; zu ihrer Bedeutung für die Entwicklung der → Graphic Novel vgl. Kap. 8.4.

Convention (im Dt. Festival, Salon oder Messe)
Veranstaltung; nicht selten ursprünglich auf private Initiative von Comicinteressierten und -produzent_innen gegründet, um sich besser zu vernetzen, sind sie heute zentraler Bestandteil der Fankultur (vgl. Kap. 2.3/2.4, S. 50 f.); eine Auswahl wichtiger Comicfestivals mit Webadressen bietet Kap. 6.3.2, Kasten S. 133.

Couleur directe
Direktkolorierung aus der Hand des Zeichners auf die Originalzeichnungen; vgl. Kap. 12, S. 221 f.

Daily strip (dt. Tagesstrip)
An Werktagen erscheinender Zeitungsstrip (vgl. → *Sunday strip*); vgl. Kap. 7.4.

Digitaler Comic
→ Webcomic

Direct sales market
Besondere Form des Comicvertriebs, bei dem Comicläden (→ *comic shop*) direkt bei den Verlagen bestellen (im Gegensatz zum Vertrieb über Zeitungskioske), was Auswirkungen u.a. auf die Rezeption von Comics hat; vgl. Kap. 2.3.

Dorn (im Dt. auch Ventil; engl. *tail*)
Teil der → Sprechblase, der diese einem Sprecher zuweist.

Fantasy-Comic
Comicgenre; vgl. Kap. 12.

Funnies
Comicgenre; vgl. Kap. 10.

Funny animal strip
Subgenre der → Funnies mit Tieren als vermenschlichten Akteuren; vgl. Kap. 10.2.3.

Gekiga (dt. dramatische Bilder)
Japanischer Comic für Erwachsene (als Gegensatz zum → Manga etabliert); zur Definition vgl. Kap. 14.2.3, S. 258, zum Phänomen vgl. Kap. 14.2.3, S. 253 ff.

Golden Age/Silver Age
Bezeichnungen zur Periodisierung der Geschichte der → Comic-Hefte (Golden Age: 1938 bis Mitte der 1950er, Silver Age: ab Mitte der 1950er, ab den 1980ern folge dann das ›Dunkle Zeitalter‹), aufgrund der teleologischen Implikationen oft problematisiert; vgl. Kap. 13.2.

Grafische Literatur
Bezeichnung, die als Synonym für → Comic genutzt wird und deren Gebrauch mit bestimmten Vorannahmen und Konsequenzen verbunden ist; vgl. Kap. 2.1.

Graphic Memoir
Comicgenre; vgl. Kap. 15.

Graphic Novel (dt. auch Comicroman, → Autorencomic)
(1) → Comicformat. (2) Comicgenre; vgl. Kap. 8.

Grid (auch *panel grid*)
Raster, das die Verteilung und Größe der → Panels auf einer Seite festlegt; ein einheitliches Raster nennt man ›*uniform grid*‹ (verbreitet ist z.B. ein Raster von drei Zeilen à drei Panels pro Seite); vgl. Kap. 4.6.2.

Gutter (im Dt. Zwischenraum, Rinnstein)
Raum zwischen zwei → Panels.

Horrorcomic
Comicgenre; vgl. Kap. 12, insb. S. 218 f.

Induktion
→ Closure

Inking (auch *finishing*)
Im arbeitsteiligen Produktionsprozess (vgl. Kap. 2.2) bezeichnet ›Inken‹ das Nacharbeiten der Bleistiftvorlagen des → Zeichners bzw. → Pencillers mit Tinte (engl. *ink*) mit dem Ziel der Herstellung einer Reproduktionsvorlage. Die vom Inker bearbeiteten Blätter sind (im Falle farbiger Comics) die Vorlagen für die → Kolorierung.

Insert
(1) In ein größeres → Panel integriertes Panel (Panel im Panel). (2) Direkt in ein Panel integrierter Text, der nicht als → Sprechblase oder → Soundword gestaltet ist; vgl. Kap. 4.

Kolorierung
Im arbeitsteiligen Produktionsprozess (vgl. Kap. 2.2) nachträgliche farbige Gestaltung der getuschten Vorlagen (→ Inking) durch einen Koloristen.

Kriminalcomic
Comicgenre; vgl. Kap. 11.

Lettering
Grafische Gestaltung und Einfügen der Schrift im Comic, per Hand (Handlettering) oder mit Maschinentypen bzw. digital. Während die Schrift in den → Sprechblasen und → Blocktexten im arbeitsteiligen Produktionsprozess häufig von hierfür spezialisierten Personen (den Letterern) gestaltet wird, werden die → Soundwords in der Regel von den → Zeichnern selbst verantwortet.

Ligne claire
Zeichenstil; vgl. Kap. 11.2, Definitionskasten S. 199.

Literaturcomic
Comicgenre; vgl. Kap. 16.

Manga
(1) Im Japan. Oberbegriff für Comic. (2) Comicgenre; vgl. Kap. 14.

Metacomic
Comicgenre; vgl. Kap. 18.

Panel
Einzelbild im Comic; vgl. Kap. 4, Definitionskasten S. 78 f.

Panelrahmen (engl. (panel) frame)
Rand des → Panels; vgl. Kap. 4.6.3.

Penciller
Im streng arbeitsteiligen Produktionsprozess (vgl. Kap. 2.2) der → Zeichner, der die Textvorlage des → Szenaristen zeichnerisch umsetzt und die Bleistiftvorlage für das → Inking erstellt.

Phantastische Comics
Sammelbegriff für Comicgenres mit phantastischen Elementen; vgl. Kap. 12.

Pulp magazines
Groschenhefte, einflussreich für die Entwicklung der → Comic-Hefte insgesamt sowie insb. der → Abenteuer- und → Kriminalcomics; vgl. Kap. 11.1, Kasten S. 195.

Rinnstein
→ Gutter

Sachcomic
Comicgenre; vgl. Kap. 17.

Science-Fiction-Comic
Comicgenre; vgl. Kap. 12.

Seitenarchitektur (engl. *layout*; frz. *mise en page*)
Aufbau und Gestaltung einer Comicseite, vgl. Kap. 4.6.1. Den Arbeitsschritt, das Szenario auf die Seite zeichnerisch ›runterzubrechen‹ und festzulegen, wo welche Aktion, Figur oder Sprechblase platziert wird, nennt man ›*breakdown*‹ (dt. auch Seitenaufteilung).

Serialität
Prinzip der Serie, mit besonderem Einfluss auf bestimmte → Comicformate (insb. → Comicstrip, → Comicalbum und → Comic-Heft) und Genres (u.a. → Superheldencomic); etabliert über das Strukturelement der Wiederholung bestimmte Schemata, Typen, Erzählstrategien und -muster, vgl. Kap. 13.3.

Sequenz (auch Bildfolge, Bilderfolge)
Folge mehrerer → Panels, die eine (Erzähl-)Einheit bildet; liegt der Definition von → Comics als sequenzieller Kunst zugrunde; vgl. Kap. 4, Definitionskasten S. 78f.

Shôjo manga
→ Manga, der Mädchen adressiert; vgl. Kap. 14.2.3

Shônen manga
→ Manga, der Jungen adressiert; vgl. Kap. 14.2.3

Silver Age
→ Golden Age/Silver Age

Soundword (dt. Geräuschwort, Klangwort)
Wort, das ein Geräusch lautmalerisch und grafisch repräsentiert; vgl. Kap. 4.9.3.

Speedlines (auch *motion lines*, *action lines*; dt. Bewegungslinien)
Striche, die Bewegung anzeigen; vgl. Kap. 4.5.

Splash panel (auch *splash page*)
Großformatiges → Panel, das mind. eine halbe Seite einnimmt und häufig Comicgeschichten eröffnet; vgl. Kap. 4.6.4.

Split panel
Sonderform des Panels, bei dem die Darstellungen in benachbarten → Panels so aneinander anschließen, dass sie ein übergreifendes Gesamtbild ergeben; vgl. Kap. 4.6.4.

Spread
Panel, das sich über mehr als eine Seite erstreckt; vgl. Kap. 4.6.4.

Sprechblase (engl. *balloon*)
Typische Form der grafischen Einbettung von Rede im Comic, die mittels → Dorn einer Figur zugewiesen wird. Von ihr zu unterscheiden ist die Denkblase (auch ›Gedanken-blase‹), die meist durch eine abweichende Umrahmung markiert wird; vgl. Kap. 4.9.1. Rede und Gedanken von Figuren können im Comic aber auch im → Blocktext oder in Form von → *inserts* präsentiert werden.

Stummcomic (engl. *pantomime strip*)
Comic, der gänzlich ohne Sprache auskommt.

Stummes Panel
Panel, das gänzlich ohne Sprache auskommt.

Sunday strip (auch *Sunday page*, dt. Sonntagsseite)
In Sonntagsbeilagen erscheinender Zeitungsstrip (vgl. → *daily strip*); vgl. Kap. 7.3.

Superheldencomic
Comicgenre; vgl. Kap. 13.

Syndikat
Organisationsform zum Vertrieb von Comics; vgl. Kap. 2.3, Definitionskasten S. 43f.

Szenarist (engl. *writer*)
Entwirft das Szenario (engl. *script*), d.h. die Textgrundlage des Comics, auf deren Basis die Zeichnungen (→ Zeichner) erstellt werden; wird häufig als der → Autor des Comics betrachtet.

Webcomic
Comicformat; vgl. Kap. 9.

Zeichner (engl. *artist*)
Erstellt auf der Grundlage des Szenarios (→ Szenarist) die Zeichnungen für den Comic. Gemeinsam mit dem Szenaristen (mitunter in Personalunion, → Autorencomic) gilt der Zeichner als der künstlerische Hauptverantwortliche des Comics. Die Aufgabe des Zeichners kann je nach Produktionsweise aufgeteilt werden auf den → Penciller, den Inker (→ Inking) und den Koloristen (→ Kolorierung).

Autorinnen und Autoren

Dr. Jochen Ecke ist Wissenschaftlicher Mitarbeiter am Department of English and Linguistics der Universität Mainz.

Dr. Barbara Eder ist freie Wissenschaftlerin, Journalistin und Autorin. Sie lehrt an unterschiedlichen Universitäten und promovierte mit einer Arbeit zu Migrationsdarstellungen in Graphic Novels am Schwerpunkt für visuelle Zeit- und Kulturgeschichte, Universität Wien.

Christian Endres lebt als freier Autor und Schriftsteller in Würzburg. Er betreut als Redakteur u.a. die deutschen Comicausgaben von *Spider-Man*, *Batman*, den *Avengers* und *Flash* im Panini-Verlag.

Dr. des. Lukas Etter ist Wissenschaftlicher Mitarbeiter im Fach Nordamerikanische Literatur- und Kulturwissenschaft am Seminar für Anglistik der Universität Siegen.

Dr. Ole Frahm ist Privatdozent, freier Künstler und Publizist in Frankfurt am Main. Er ist Mitgründer der Arbeitsstelle für Graphische Literatur (Universität Hamburg).

Björn Hammel lebt als Mediengestalter und Informatiker in Bonn. Er zeichnet den Comicstrip *Kater + Köpcke* und hat das Szenario für den Webcomic *TearTalesTrust* geschrieben. 2014 ist seine Monografie über *Webcomics* erschienen.

Urs Hangartner ist Kulturjournalist und Ausstellungsmacher; von 2009 bis 2012 war er Leiter des Nationalfonds-Forschungsprojekts »Angewandte Narration: Sachcomics« an der Hochschule Luzern – Design & Kunst; hier Gastdozenturen seit 2000.

Matthias Harbeck ist Wissenschaftlicher Bibliothekar an der Universitätsbibliothek der Humboldt-Universität zu Berlin. Er ist Organisator des Berliner Comic-Kolloquiums und Mitglied der Gesellschaft für Comicforschung (ComFor).

Andreas Knigge lebt als freier Autor, Journalist, Lektor und Literaturagent in Hamburg. Er war langjähriger Cheflektor des Carlsen Verlags und Herausgeber des *Comic-Jahrbuchs* und ist Mitglied der Jury für den Max-und-Moritz-Preis.

Dr. Stephan Köhn ist Professor für Japanologie am Ostasiatischen Seminar der Universität zu Köln.

Dr. Stephan Packard ist Vertretungsprofessor für Theorien und Kulturen des Populären an der Universität zu Köln und Juniorprofessor für Medienkulturwissenschaft an der Universität Freiburg. Er ist Vorsitzender der Gesellschaft für Comicforschung (ComFor).

Andreas Platthaus ist Redakteur im Feuilleton der *Frankfurter Allgemeinen Zeitung* in Frankfurt am Main.

Dr. Monika Schmitz-Emans ist Professorin für Allgemeine und Vergleichende Literaturwissenschaft an der Universität Bochum.

Marie Schröer arbeitet als Dolmetscherin und freie Autorin in Berlin. Sie ist außerdem als Lehrbeauftragte an der Universität Potsdam und der Humboldt-Universität zu Berlin tätig. Aktuell promoviert sie mit einer Arbeit über autobiografische Comics.

Dr. Daniel Stein ist Professor für Nordamerikanische Literatur- und Kulturwissenschaft am Seminar für Anglistik der Universität Siegen.

Dr. Antonius Weixler ist Wissenschaftlicher Mitarbeiter im Fach Neuere deutsche Literaturgeschichte an der Universität Wuppertal.

Dr. des. Lukas Werner ist Literaturwissenschaftler, Referent der Studienstiftung des deutschen Volkes in Bonn und Mitglied des Wuppertaler Zentrums für Erzählforschung.

Personenregister

Crane, Stephen (1871–1900) 147
Crepax, Guido (1933–2003) 26, 287
Crosby, Percy (1891–1964) 43
Cruchaudet, Chloé 161
Cruikshank, George (1792–1878) 3
Crumb, Robert (geb. 1943) 24, 25, 43, 160,
 161, 266, 274, 283, 287
Cruse, Howard (geb. 1944) 32, 160, 165
Czerwionka, Marcus 51

D

Danto, Arthur C. (1924–2013) 314
Davis, Jack (geb. 1924) 218
Davis, Jim (geb. 1945) 191
Defendini, Pablo 174
Defoe, Daniel (1660–1731) 195
Dickens, Charles (1812–1870) 288
Dieck, Martin tom (geb. 1963) 43, 51
DiMassa, Diane (geb. 1959) 165
Dineur, Fernand (1904–1956) 41
Dirks, John (1917–2010) 149
Dirks, Rudolph (1877–1968) 5, 6, 40, 49,
 148, 149, 184
Disney, Walter Elias ›Walt‹ (1901–1966) 9,
 15, 18, 22, 132, 186, 189, 203, 245, 280
Ditschke, Stephan 51, 158
Doetinchem, Dagmar von 118
Dolle-Weinkauff, Bernd 112, 292
Doré, Gustave (1832–1883) 4
Dorfman, Ariel 118
Dorgarthen, Hendrik (geb. 1957) 48
Dos Passos, John (1896–1970) 14
Doucet, Julie (geb. 1965) 161, 163, 266, 274,
 275
Doxiadis, Apostolos (geb. 1953) 297
Doyle, Sir Arthur Conan (1859–1930) 43,
 195, 280
Druillet, Philippe (geb. 1944) 26, 220
Duchamp, Marcel (1887–1968) 62
Dumas, Alexandre (père, 1802–1870) 195
Duncan, Randy 110
Duval, Marie (eigtl. Isabelle Émilie de
 Tessier, 1847–1890) 111
Dystel, Oscar (1912–2014) 156

E

Eco, Umberto (geb. 1932) 26, 118, 123
Edison, Thomas Alva (1847–1931) 4
Edwards, Tommy Lee 176
Eisner, Will (1917–2005) 13, 14, 17, 29, 30,
 31, 33, 34, 35, 38, 61, 77, 78, 81, 89, 90,
 91, 92, 100, 101, 104, 105, 117, 123, 156,
 157, 158, 159, 162, 198, 207, 208, 209,
 279, 280, 288, 291, 292, 294, 306, 308,
 309, 310, 311

El Refaie, Elisabeth 272
El-Shafee, Magdy 36

F

Falk, Lee (1911–1999) 187
Fantoni, Guido 26
Farley, David 172
Feininger, Lyonel (1871–1956) 306
Feldstein, Albert (1925–2014) 19, 215, 218
Fellini, Federico (1920–1993) 26
Fernando, Cecil 308
Ferri, Jean-Yves (geb. 1959) 203
Feuchtenberger, Anke (geb. 1963) 42, 46,
 129, 161
Fickelscherer, Holger (geb. 1966) 161
Finger, Bill (1914–1974) 206
Fisher, Harry Conway ›Bud‹ (1885–1954) 40,
 150, 185
Flaubert, Gustave (1821–1880) 288
Fleener, Mary (geb. 1951) 266
Fleischer, Max (1883–1972) 18
Flix (eigtl. Felix Görmann, geb. 1976) 266,
 278, 279
Flöthmann, Frank (geb. 1967) 277
Forest, Jean-Claude (1930–1998) 25, 34, 45,
 219, 220, 226
Forest, Judith 271
Forrest, Hal (1895–1959) 197
Foster, Hal (1892–1982) 9, 10, 197, 198, 200,
 209, 223, 280, 284
Frahm, Ole 61, 107, 127
Franquin, André (1924–1997) 189
Fred (eigtl. Fred Othon Aristidès, 1931–
 2013) 27
Freud, Sigmund (1856–1939) 6, 213
Frey, Hugo 158, 160
Fuchs, Wolfgang J. 50

G

Gabilliet, Jean-Paul 111
Gaiman, Neil (geb. 1960) 224
Gaines, William (1922–1992) 19, 20, 218
Gardner, Jared 115, 144, 273
Gernsback, Hugo (1884–1967) 215
Getsiv, Mike 67
Gibbons, Dave (geb. 1949) 31, 159, 235, 237,
 240, 241, 243, 245, 289
Gibson, William (geb. 1948) 229
Gifford, Barry (geb. 1946) 287
Gillis, Scott 287
Gillon, Paul (1926–2011) 17, 220
Gillray, James (1756–1815) 3
Giraud, Jean (Pseud. Moebius, 1938–
 2012) s. Moebius
Glidden, Sarah (geb. 1980) 162

S

Saalburg, Charles W. (1865–1947) 143
Sacco, Joe (geb. 1960) 162, 298
Sackmann, Eckart 65
Saint-Ogan, Alain (1895–1974) 15, 217
Sakô, Shishido 250
Salomon, Charlotte (1917–1943) 265
Samanci, Ozge 177
Sanlaville, Michaël (geb. 1982) 228
Satrapi, Marjane (geb. 1969) 34, 163, 164,
  263, 264, 266, 268, 270, 272, 273, 274,
  301
Savoia, Sylvain (geb. 1969) 163
Schlecht, Volker 288
Schmidt, Manfred (1913–1999) 208, 211
Schmidt, S.J. 58
Schrag, Ariel (geb. 1979) 165
Schreuder, Benjamin (geb. 1981) 226
Schulz, Charles Monroe (1922–2000) 19, 40,
  48, 190, 191
Schultze, Charles Edward (1866–1939) 6
Schüwer, Martin 69, 96, 98, 107, 115
Schwartz, Julius (1915–2004) 22
Scott, Ridley (geb. 1937) 222
Scott, Sir Walter (1771–1832) 195
Seda, Dori (1951–1988) 161
Segar, Elzie Crisler (1894–1938) 8, 15, 214
Seldes, Gilbert (1893–1970) 7, 117
Senefelder, Alois (1771–1834) 3
Seth (eigtl. Gregory Gallant, geb. 1962) 266
Sfar, Joann (geb. 1971) 229, 278
Shelley, Mary (1797–1851) 218
Shelton, Gilbert (geb. 1940) 25, 160
Shichima, Sakai (1905–1969) 252
Shigeru, Komatsuzaki (1915–2001) 252
Shirato, Sampei (geb. 1932) 23, 254, 256
Shirow, Masamune (geb. 1961) 228
Shôsei, Oda 250
Shuster, Joe (1914–1992) 12, 24, 42, 153,
  234, 236, 239, 246
Siegel, Jerry (1914–1996) 12, 24, 42, 153,
  234, 236, 239
Sienkiewicz, Bill (geb. 1958) 286
Simmonds, Posy (1945) 288
Simon, Joe (1913–2011) 14, 234
Smith, Jeff (geb. 1960) 192
Smith, Matthew J. 110
Smith, Sidney (1877–1935) 8, 40, 44
Sowa, Marzena (geb. 1979) 163
Spiegelman, Art (geb. 1948) 25, 31, 32, 38,
  42, 43, 45, 51, 117, 126, 158, 159, 160,
  162, 171, 263, 266, 270, 272, 273, 274,
  275, 301, 308

Springer, Frank (1929–2009) 26
Stanislas (eigtl. Stanislas Barthélemy, geb.
  1961) 161
Staples, Fiona 231
Stefanelli, Matteo 114
Stein, Daniel 105, 106, 115, 236, 274
Steinaecker, Thomas von (geb. 1977) 289
Steiner, Elke (geb. 1971) 162
Sterne, Laurence (1713–1768) 288
Sterrett, Cliff (1883–1964) 187, 214
Stevenson, Robert Louis (1850–1894) 195,
  280
Stoker, Bram (1847–1912) 276, 280
Suihô, Tagawa (1899–1989) 250
Sullivan, Pat (1887–1933) 9
Swarte, Joost (geb. 1947) 16
Swinnerton, Jimmy (1875–1974) 143

T

Takao, Saitô (geb. 1936) 254
Tan, Shaun (geb. 1974) 163
Taniguchi, Jirō (geb. 1947) 36
Tardi, Jacques (geb. 1946) 27, 33, 34, 45, 46,
  226, 227
Tati, Jacques (1907–1982) 16
Tatsumi, Yoshihiro (1935–2015) 23, 253,
  254, 262
Tea, Michelle (geb. 1971) 165
Tetsuya, Chiba (geb. 1939) 255
Tewari, Anuj 177
Tezuka, Osamu (1928–1989) 17, 18, 228,
  252, 255, 256, 258, 281, 287, 290
Thompson, Craig (geb. 1975) 32, 263, 266
Thon, Jan-Noël 100, 115, 274
Tofano, Sergio (1886–1973) 15
Tolkien, J.R.R. (1892–1973) 192, 223, 225,
  230
Töpffer, Rodolphe (1799–1846) 3, 111, 116,
  124, 284
Traven, B. (1882–1969) 283
Triggs, Teal 47
Trinkwitz, Joachim 126, 136
Trondheim, Lewis (geb. 1964) 34, 161, 189,
  229, 266, 269, 270, 274
Trudeau, Garry (geb. 1948) 192
Tunç, Asli 114

U

Uderzo, Albert (geb. 1927) 189, 202
Urasawa, Naoki (geb. 1960) 228

Printed in Great Britain
by Amazon